Dear Twilight Readers,

Thank you for all of your enthusiastic support for my stories over the years. I hope *Midnight Sun* brings you some enjoyment and escape as you return to Forks and experience the world through Edward's eyes.

Stay safe and healthy.

Love,

친애하는 트와일라잇 독자들에게,

오랜 시간 동안 저의 이야기를 열정적으로 응원하고 지지해 주셔서 고맙습니다. 《미드나잇 선》을 읽는 시간 동안 여러분이 다시금 포크스로 돌아가 에드워드의 시선으로 세상을 바라보며 잠시 현실에서 벗어나는 즐거움을 누리시기 바랍니다.

항상 건강하고 평안하세요.

사랑을 담아.

midnight sun

midnight sun : 백야. 한밤중에도 태양이 지지 않는 현상

[조각상 이미지]

Canova, Antonio. Cupid and Psyche
"The State Hermitage Museum, St. Petersburg"
"Photograph © The State Hermitage Museum /photo by Vladimir Terebenin"

midnight sun

미드나잇 선 2

스테프니 메이어 지음 | 심연희 옮김

북폴리오

지난 15년간 내 삶의 행복이 되어 준 모든 독자들에게 이 책을 바칩니다. 우리가 처음 만났을 때, 여러분 중 많은 분은 밝고 아름다운 눈망울에 미래에 대한 꿈을 가득 담고 있던 어린 십 대들이었지요. 지금껏 지내 온 시간 동안 그 꿈을 모두 이루셨기를, 그리고 이루어진 뒤의 현실이 여러분이 기대했던 것보다 훨씬 더 멋지기를 바랍니다.

차례

일러두기

《미드나잇 선》에서는 같은 상황을 서술한 《트와일라잇》에 수록된 에드워드와 벨라의 대사를 기본적으로 동일하게 사용하였습니다. 다만, 수정이 필요한 경우 대사를 수정하였습니다. 《트와일라잇》과 일부 대사가 다를 수 있음을 미리 양해 말씀드립니다.

16
매듭

벨라가 밤새도록 푹 잤기 때문에 나는 불안했다.

처음으로 그 애의 향기를 맡았던 순간부터 지금까지 너무 오랜 시간이 흐른 것만 같았다. 그래서 하루 내내 1분마다 이 끝에서 저 끝까지 극단적으로 요동치는 나의 정신 상태를 억제할 만한 힘이 내겐 없었다. 오늘 밤은 평소보다 더욱 심했다. 코앞에 닥친 위험 때문에, 지난 백 년간 겪었던 그 어떤 때보다도 정신적인 스트레스가 극에 달해 있었다.

그런데 벨라는 팔다리를 편안히 늘어뜨린 채, 얼굴을 찡그리지도 않고 입가를 방긋 올려 대면서 계속 잤다. 그 숨결은 메트로놈처럼 고르게 들숨과 날숨을 반복했다. 밤마다 이 애를 계속 지켜보았어도, 이토록 평화롭게 잠든 적은 없었다. 이게 대체 무슨 뜻이지?

생각할 수 있는 이유는 단 하나였다. 벨라는 이해를 못했구나. 내가 그토록 경고했건만 여전히 진실을 믿지 못하는구나. 나를 너무 신뢰하고 있다. 하지만 그건 잘못이야.

아버지가 문 사이로 방을 훔쳐보았지만, 벨라는 꿈쩍하지 않았다. 지금은 아직 이른 시각이라 해도 뜨지 않긴 했다. 나는 있던 자리에 그대로 있었다. 그늘진 구석이니 내 모습은 분명 보이지 않을 것이다. 그 애 아버지의 숨겨진 생각에는 후회와 죄책감이 어려 있었다. 물론 그리 심각한 건 아닌 듯했다. 그저 딸애를 또 혼자 두고 나가야 한다는 사실을 시인하는 수준이었다. 잠시 그는 주저했지만, 이미 세운 계획과 동료들, 차를 태워 주겠다고 했던 약속 등등이 얽힌 의무감이 발길을 잡아끌었다. 물론 정말 이렇게 생각했는지는 확실하지 않고, 내가 최대한 추측하기로 그랬다는 것이다.

찰리는 계단 아래 외투를 걸어 둔 옷장에서 낚시용품을 꺼내다가 요란한 소리를 냈다. 하지만 벨라는 그 소리를 듣고도 반응이 없었다. 눈꺼풀조차 전혀 떨리지 않았다.

일단 찰리가 떠나자 내 차례가 되었다. 물론 나는 이 방의 평온한 분위기에서 떠나야 한다는 게 너무 싫었다. 하지만 모든 상황에도 불구하고, 이 애가 평온하게 잠들어 있으니 내 마음도 차분해졌다. 나는 마지막으로 숨을 가득 들이켜 폐를 온통 불태운 다음, 그 불길을 가슴에 고이 담았다. 다음 불길의 고통을 다시 들이킬 때까지 이 느낌을 잘 간직해야지.

그 애가 잠에서 깨자마자 요란한 소동은 다시 시작되었다. 꿈결에 찾아냈던 차분함은 아침 빛을 받자마자 사라진 모양이었다. 움직이는 소리는 다급했고, 몇 번이나 커튼을 홱 들추는 모습을 보자 나를 찾고 있는 것 같다는 생각도 들었다. 어서 둘이 함께 있고픈 마음에 초조해졌지만, 우리는 몇 시에 만날지 이미 약속했기 때문에 이 애가 준비하는 과정을 섣불리 방해하고 싶지 않았다. 그리고 내 쪽은 준비를 마치긴 했지만 부족한 느낌만 들었다. 오늘 같은 날에 제대로 준비를 마쳤다고 말하는 게 과연 가능할까?

온종일 벨라와 함께 있게 되어 기쁜 이 마음을 오롯이 즐길 수 있다면 얼마나 좋을까. 내가 묻는 말에 그 애가 모두 대답하는 걸 들으면서, 내 주위를 감싸는 그 따스함을 느끼며 즐거워하고 싶다. 하지만 동시에 이 집에서 등을 돌리고 정반대 방향으로 도망칠 수 있다면 정말 좋겠다는 생각도 들었다. 이 세상의 끝까지 도망쳐서 다시는 돌아오지 않을 수 있을 만큼 내가 강하다면 얼마나 좋을까. 그러면 그 애를 또 위험에 빠뜨리는 일은 없을 텐데. 하지만 나는 앨리스의 환상 속에서 벨라의 생기 없고 그늘진 얼굴을 보았다. 그래서 내가 그만큼 강해질 수 없다는 걸 깨달아 버렸다.

나무 그늘에서 내려와 이 집 앞마당을 걸을 때쯤, 나는 나름 우울한 분위기를 다스려 보려고 애썼다. 얼굴에서 현재의 정신 상태를 드러내는 기색을 어떻게든 지워 보려 했지만, 지금은 얼굴 근육을 어떻게 사용해야 하는지도 잊어버린 것 같다.

나는 조용히 문을 두드렸다. 벨라가 귀 기울여 듣고 있다는 걸 알았다. 이윽고 마지막 계단 몇 개를 비틀거리며 내려오는 발소리가 들리더니 현관으로 이어졌다. 문으로 달려온 그 애는 낡은 자물쇠를 여느라 한참 씨름해 댔고, 마침내 문을 활짝 열었다. 어찌나 센 힘으로 열었던지 문이 벽에 부딪히며 쾅 소리를 냈다.

벨라는 내 눈을 가만히 들여다보았다. 다음 순간 가만히 멈추고서 미소 지었고, 그 미소 안에선 전날 밤 평온하게 보냈다는 기색이 뚜렷이 드러났다.

내 기색도 덩달아 밝아졌다. 나는 숨을 들이쉬고서 사그라져 가던 갈증에 다시금 새로운 고통을 부어 버렸다. 하지만 이 고통은 벨라와 함께 있는 기쁨에 비하면 아무것도 아니었다.

엉뚱한 호기심이 든 나는 그 애의 옷을 바라보았다. 어떤 옷을 입기로 했을까? 나는 단번에 옷의 조합을 기억해 냈다. 이제 생각해 보니, 이 스웨터는 가장 잘 보이는 위치인 낡은 컴퓨터 위에 늘어져 있었다. 그 아래에는 하얀 버튼다운 셔츠가 있었고, 바로 옆에는 청바지를 두었지. 연갈색에 하얀 칼라가 달린 셔츠, 하늘색 청바지……. 굳이 내 옷을 보지 않아도 우리의 옷 색감과 스타일이 똑같다는 걸 알 수 있었다.

나는 짧게 키득거렸다. 공통점이 또 있군.

"안녕."

"왜 그래?"

그 애가 던진 질문에 대답할 말이 천 가지는 되었지만, 순간 당황해 버렸다. 그러다 그 애가 자기 모습을 슬쩍 내려다보는 걸 알았다. 내가 웃는 이유가 뭔지 찾으려고 본인을 훑어본 거군.

"옷이 똑같아."

대답을 들은 벨라가 놀란 표정으로 내 옷과 자신의 옷을 확인하는 동안 나는 또 웃었다. 그러다 순간, 놀라던 그 애는 얼굴을 찌푸렸다. 왜? 이런 우연의 일치가 생길 때 그냥 살짝 놀라며 재미있어하는 것 말고 또 무슨 느낌이 들어야 하는데? 혹시 이 옷을 고른 데는 좀 더 심오한 이유가 있었나? 나름의 이유가 있는데 내가 웃어서 화가 났나? 이상하게 들리지 않게 물어보려면 어떻게 해야 하지? 아무리 생각해 봐도, 이 애가 옷을 고른 이유는 나랑은 다를 거라는 사실밖에 떠오르는 게 없었다.

내가 이렇게 입은 목적이 무엇인지를, 또 이 옷차림이 앞으로 야기할 사건을 생각하자 내심 몸서리가 쳐졌다. 하지만 이 상황을 피해서는 안 된다. 내 진짜 모습을 벨라에게 숨기고 싶지 않다. 이 애는 모든 걸 알 자격이 있으니까.

나와 함께 트럭으로 걷는 동안 벨라는 다시 미소를 지었다. 갑자기 우쭐해진 미소였다. 내가 했던 약속을 무를 생각은 없었지만, 별로 마음에 들지는 않았다. 내 생각이 합리적이지 않다는 건 안다. 매일 이 에스러운 고물 트럭을 타고 여기저기 돌아다녔지만 벨라에게 안 좋은 일은 일어나지 않았으니까. 물론 나쁜 일들은 내가 옆에서 끔찍한 장면을 지켜보는 목격자가 될 때까지 얌전히 기다려주지는 않는 것 같았다. 내 표정을 본 그 애는 내가 약속은 했어도 그 때문에 화가 났다고 여긴 것 같았다.

"약속은 약속이야."

벨라는 운전석에서 몸을 뻗어 조수석 문을 열어 주며 자못 흡족한 목소리로 말했다.

내가 운전을 누가 하네 마네 같은 사소한 걸로 걱정하고 있는 거였다면 얼마나 좋았을까.

노후한 엔진은 기침 같은 소리를 내며 켜졌다. 금속 차체가 너무 심하게 떨려서, 이러다 차 어딘가에서 나사가 풀리지는 않을지 걱정이 되었다.

"어디로 가?"

요란한 소음 가운데 벨라가 반쯤은 소리치듯 말했다. 그리고 기어를 후진으로 놓고서 뒤를 돌아보았다.

"안전벨트부터 매시지. 난 벌써 초조해."

내가 고집을 피우자 그 애는 나를 어두운 눈빛으로 쏘아보더니 벨트를 확 채어서 매고 다시 한숨을 쉬었다. 그리고 또 물었다.

"어디로 가냐니까?"

"101번 고속도로 북쪽 방향을 타."

벨라는 길을 주시하며 시내를 천천히 운전했다. 고속도로에 들어서면 속도를 높이기는 할까. 지금은 도로에 표시된 제한 속도보다 시속 5킬로미터 느리게 운전 중이었다. 태양은 여전히 동쪽 지평선 위에 낮게 뜬 채로 옅은 구름층에 가려져 있었다. 앨리스의 환상에 따르면, 한낮이 되었을 때 날씨가 맑을 거라고 했다. 하지만 이런 속도로 달리다가는 숲 속에 안전하게 도착할 즈음에는 해가 다 져 버리지 않을까.

"이러다 저녁 되기 전에 포크스를 빠져나갈 수나 있겠니?"

내가 트럭을 폄훼하면 벨라가 발끈하리라는 걸 알면서도 난 이렇게 물었다. 그 애는 역시나 예상대로 반응했다.

"이 트럭은 네 차의 할아버지뻘은 될 만큼 오래된 거야. 존경심을 좀 가져 봐."

이렇게 쏘아붙이기는 했어도, 그애는 약간 더 속력을 높였다. 이제 제한 속도에서 시속 3킬로미터를 웃도는군.

포크스 시내를 빠져나가자 조금 안심이 되었다. 이윽고 창밖으로 도시 문명 대신 숲이 더욱 많이 보이기 시작했다. 화강암을 해머로 쳐대듯 엔진이 울렸다. 벨라는 단 한순간도 길에서 눈을 떼지 않았다. 지금 무슨 생각을 하는지 묻고 싶었지만 그 애 마음을 흐트러뜨리고 싶지는 않았다. 그 집중력은 매서울 정도였다.

"우회전해서 110번 고속도로로 접어들어."

내가 말하자 그 애는 혼자 고개를 끄덕이더니 기어가다시피 속도를 낮추고 우회전을 했다.

"이젠 포장도로가 끝날 때까지 달리는 거야."

"포장도로가 끝나면 뭐가 있는데?"

아무도 없는 숲이 있지. 증인이 전혀 없는 숲이. 괴물이 있지.

"등산로."

그러자 그 애는 여전히 도로에서 눈을 떼지 않은 채 높고 새된 목소리로 되물었다.

"우리 등산해?"

걱정스러운 말투라서 나도 걱정이 되었다. 그 생각은 미처 못했는데……. 거기까지 거리는 아주 짧았고, 가는 길도 험하지 않았다. 그 애 집 뒤편의 오솔길과 별다를 게 없었다.

"그럼 곤란해?"

달리 데려갈 데가 또 있나? 나는 차선책을 아무것도 생각해 두지 않았는데.

"아니."

벨라는 재빨리 대답했지만, 목소리는 여전히 긴장한 기색이었다.

"걱정하지 마. 길이도 8킬로미터 정도밖에 안 되고, 천천히 갈 테니까."

정말인데……. 하지만 그 순간, 8킬로미터가 나한테나 짧은 거지 인간에게는 아니라는 걸 깨닫자 갑자기 공포가 몰려왔다. 아, 차라리 오늘 일정을 연기할 수 있었다면 얼마나 좋았을까.

그 애는 이맛살을 찌푸렸다. 말 없이 몇 초가 지난 다음에는 아랫입술을 씹기 시작했다.

"무슨 생각해?"

혹시 돌아가고 싶을까? 마음을 전부 바꾸어 먹었을까? 오늘 아침 현관문을 열어 주지 말 걸 그랬다는 생각을 하나?

"그냥 어딜 가게 되려나 생각했어."

벨라의 어조로 보아 아무렇지 않게 대답하려는 마음이었겠지만, 아쉽게도 무척 티가 났다.

"날씨가 좋으면 늘 내가 가고 싶어지는 곳이야."

나는 슬쩍 창문을 내다보며 말했다. 그 애도 창문을 내다보았다. 이제 구름은 얇은 베일 수준이었다. 곧 하늘이 갤 것이다.

햇빛에 닿은 내 피부를 보면 벨라는 뭐라고 생각할까? 오늘의 소풍에서 뭘 보게 될 거라고 속으로 떠올렸을까?

"찰리가 오늘은 날씨가 아주 따뜻할 거랬어."

이 애의 아버지를 떠올리며, 그가 강가에서 즐거운 하루를 보내는 모습을 그려 보았다. 지금 운명의 갈림길에 서 있다는 걸 모른 채로, 어쩌면 인생을 파괴할 만한 악몽이, 온 세상을 삼켜버릴 악몽이 자신을 덮칠 수도 있다는 걸 모른 채로 낚시를 하고 있겠지.

"찰리한테 오늘 뭐 할지 말씀드렸어?"

나는 기대하지 않고 물었다. 그 애는 앞을 똑바로 보며 미소 지었다.

"아니."

이렇게 기분 좋은 소리로 대답하지 않았으면 좋았으련만. 그래도 아직 증인은 하나 더 있으니까. 벨라가 집에 돌아오지 않는다면 말해 줄 사람이 있으니까 괜찮아.

"하지만 제시카는 우리가 같이 시애틀에 가는 줄 알고 있지?"

"아니, 네가 여행을 취소했다고 말했어. 사실이잖아."

그 애는 의기양양하게 말했다.

뭐라고? 난 그런 소리 못 들었는데. 이건 내가 앨리스와 사냥을 떠났을 때 했던 말이로군. 벨라는 나더러 자기를 죽이고 도망치기를 바란다는 것처럼 내 흔적을 덮어 버렸다.

"그럼 네가 나랑 있다는 걸 아무도 모른단 얘긴가?"

그 애는 내 말투를 듣고 살짝 움찔했지만, 이내 턱을 치켜들고 억지로 웃어 보였다.

"글쎄……. 네가 앨리스한테는 말하지 않았어?"

나는 목소리를 차분하게 내려고 심호흡을 해야 했다.

"그게 퍽이나 도움 되겠군."

이제 벨라는 미소를 거두었지만, 그것 말고는 내 말을 들었는지 아닌지 티를 내지 않았다.

"포크스에서 지내는 게 너무 우울해서 자살이라도 하기로 한 거야?"

"우리가 공공연하게 같이 다니면…… 너한테 문제가 될지도 모른다고 했잖아."

그 애는 웃음기 없는 말투로 가만히 대답했다.

나는 그 얘기를 나누었던 순간을 완벽하게 기억하고 있었다. 그런데 벨라는 말뜻을 정반대로 받아들여 버렸구나. 자기 몸을 더욱 무방비한 상태로 만들어 나에게 다가오라고 말한 게 전혀 아니었는데. 나한테서 도망치란 뜻으로 한 말이었는데.

"그래서 네가 집에 돌아가지 않으면 나한테 무슨 문제라도 생길까 봐 염려한 건가?"

나는 이를 악물고 말했다. 단어를 정확하게 선별해서 애써 강조하며 한 말이었다. 그래서 지금 본인의 상황이 따져 보면 얼마나 우스운지 절대로 못 알아들을 리 없도록 말이다.

여전히 도로를 주시한 채로, 그 애는 고개를 끄덕였다.

"내가 얼마나 그릇된 존재인지 너는 어째서 모르는 거야?"

나는 으르렁댔다. 너무 화가 나 버려서 벨라가 듣고 이해할 만큼 느리게 말할 수가 없었다. 아무리 말해 봤자 소용이 없구나. 그렇다면 직접 보여 주는 수밖에.

그 애는 초조해 보였지만, 이제는 행동이 좀 달라져 나를 보려고 눈길을 슬쩍 돌리다시피 했다. 물론 도로에서 눈을 떼지는 않았다. 내가 화내서 겁을 먹었구나. 정작 겁내야 할 건 따로 있건만. 그저 자기 때문에 내 기분이 상하는 걸 걱정하는 것뿐이구나. 마음을 읽지 않아도 이미 정해진 패턴을 예상할 수 있었다.

평소 난 진심으로 벨라에게 화낸 적이 없었다. 그저 스스로에게 화가 났을 뿐이었다. 그래, 이 애가 내게 하는 반응은 언제나 정반대였지. 하지만 달리 보자면 그 반응은 옳았다. 벨라는 언제나 상냥했다. 내가 받을 자격 없는 신뢰를 주면서, 내 감정이 중요하다는 듯 걱정했다. 그 선량함 때문에 이 애는 이런 위험에 빠진 거다. 벨라의 미덕과 나의 악덕, 상반된 이 두 가지가 우리를 하나로 묶어 버렸다.

우리는 포장도로의 끝에 다다랐다. 벨라는 흙투성이 갓길에 차를 세우고 시동을 껐다. 오랫동안 시끄러운 굉음에 시달리다가 갑자기 조용해지자 고요함이 충격처럼 몰려드는 것만 같았다. 그 애는 안전벨트를 풀더니 나를 보지도 않고 재빨리 차에서 내렸다. 그리고 내게서 등을 돌린 채로 스웨터를 벗었다. 몇 초간 낑낑대며 스웨터를 목에서 빼낸 그 애는 옷소매를 허리에 둘러 묶었다. 그 셔츠가 색뿐만 아니라 디자인까지 내 것과 똑같은 걸 보자 놀라웠다. 입은 옷은 또 어떤가. 어깨까지 드러낸 민소매라니. 평소에 보던 모습 이상이라 당장에 전기가 확 튀듯 매혹을 느껴 버렸지만, 사실 지금 가장 크게 드는 감정은 걱정이었다. 나의 집중력을 방해하는 것은 그게 뭐든 위험했으니까.

한숨이 나왔다. 이런 상황을 겪고 싶지 않았다. 심각한 이유는 여러 가지다. 삶과 죽음이 달린 여러 가지 이유들이 있잖은가. 하지만 이 순간 나의 가장 큰 두려움은 다름 아닌 벨라의 표정을 마주하는 것이었다. 마침내 내 진짜 모습을 보게 되었을 때, 저 눈에는 혐오감이 내비치리라.

정면으로 맞서자. 용기 있는 척하자. 이 이기적인 두려움을 능가하는 대범한 존재인 척하자. 비록 그게 가식일지라도 말이야.

나도 스웨터를 훌훌 벗었다. 그러자 내 모습이 심하게 드러나는 느낌이었다. 이제껏 가족 앞에서 말고는 피부를 이만큼 드러낸 적이 한 번도 없었는데.

나도 모르게 턱에 힘이 들어갔다. 나는 트럭에서 슬쩍 나오면서 스웨터는 두고 내렸다. 다시 입고 싶은 유혹에 빠지지 않기 위해서였다. 그리고 차 문을 닫은 다음, 이제는 숲을 응시했다. 길에서 나와 숲속으로 들어가면 내 모습이 심하게 눈에 띄지는 않을지도 모른다.

날 바라보는 벨라의 시선이 느껴졌다. 하지만 너무 겁이 나서 돌아보지 못했다. 대신 나는 어깨 너머로 고개만 슬쩍 돌렸다.

"이쪽이야."

말이 너무 짤막하고 빠르게 나와 버렸다. 이 불안감을 다스려야 한다. 나는 천천히 앞으로 걷기 시작했다.

"등산로는 어쩌고?"

벨라의 목소리가 평소보다 한 옥타브 높게 나왔다. 나는 다시 그 애를 슬쩍 보았다. 내 쪽으로 오려고 트럭 앞을 걸어오는 모습은 불안해 보였다. 그 애가 겁을 먹을 이유가 너무 많아서, 무엇 때문에 불안한지 짐작할 수가 없었다.

평범한 사람처럼 말해 보려 했다. 가볍고 재미있게. 그러면 벨라의 불안감을 누그러뜨릴 수 있지 않을까. 나는 여전히 불안하겠지만, 그래도.

"도로 끝에 등산로가 있다고 했지, 거기로 간다는 말은 하지 않았어."

"등산로로 안 간다고?"

벨라는 마치 침몰하는 배의 마지막 구명조끼를 가리키는 것처럼 등산로라는 단어를 말했다.

나는 어깨를 펴고 거짓 웃음을 지은 다음 그 애를 마주보며 약속했다.

"길 잃어버리게 하지는 않을 테니 염려 마."

마음의 준비를 단단히 했지만, 벨라를 마주 보자 생각보다 힘들었다. 관객의 웃음이 들리는 시트콤의 등장인물이라도 되는 듯, 정말로 입을 벌린 모습이라니. 놀라 멍해진 것도 잠시, 그 애는 드디어 반응을 보였다. 내가 피부를 드러냈다는 걸 깨닫고 재빨리 눈으로 훑어 댄 것이다.

하지만 이건 아무것도 아니야. 그저 창백한 피부일 뿐이라고. 뭐, 비인간적으로 울퉁불퉁하게 근육질인 내 몸뚱이 위로 다소 비인간적으로 뒤덮인 극도로 창백한 피부라고나 할까. 그늘에서는 그래도 인간처럼 보이는 내 피부에조차 이렇게 반응한다면…….

벨라의 얼굴이 시무룩해졌다. 아까 내가 느꼈던 허탈함이 그 애에게로 옮겨 가서, 백 년 동안 내가 살아 왔던 세월의 무게에 짓눌리는 듯한 표정이었다. 어쩌면 이것만 봐도 끝난 건지도 몰라. 어쩌면 이것만 봐도 이 애에겐 충분했을지도 몰라.

"집에 가고 싶니?"

만약 나를 떠나고 싶은 거라면, 지금 도망치고 싶은 거라면, 가게 해주리라. 그 애가 사라지는 모습을 지켜보며, 난 견딜 것이다. 어떻게 견뎌낼 수 있을지는 잘 모르겠지만, 어떻게든 방법을 찾아보리라.

하지만 벨라는 알 수 없는 반응을 보이며 눈을 반짝 빛내더니 소리쳤다.

"아니!"

너무 빨리 나온 대답이 마치 쏘아붙이는 듯했다. 그 애는 서둘러 내 옆으로 다가왔다. 어찌나 가까이 왔는지 몇 센티미터만 몸을 기울여도 내 팔에 그 애 팔이 닿을 것 같았다.

이건 무슨 뜻이지?

"그럼 왜 그래?"

나는 물어보았다. 그 애의 눈에는 고통이 어렸다. 행동과는 전혀 어울리지 않는 고통이었다. 날 떠나고 싶은 건가, 곁에 있고 싶은 건가?

대답하는 목소리는 고저가 거의 없이 낮았다.

"난 등산 잘 못해. 네가 많이 참아 줘야 할 거야."

나는 그 애를 완전히 믿지는 않았지만, 이건 선의의 거짓말이었다. 따라 걷기만 해도 되는 잘 정비된 길이 아니라서 걱정하는 건 분명했지만, 단지 그 이유만으로 표정에 깊은 슬픔이 나타날 리는 없으니까. 나는 몸을 바짝 기대고 최대한 부드럽게 웃으면서 그 애도 같이 웃게 하려고 구슬려 보았다. 그 입가에, 그 눈매에 떠오른 괴로운 표정을 보기 싫었다.

"나도 꽤 참을 수 있어. 아주 부단히 노력했을 때 얘기지만."

나는 가벼운 어조로 달랬다.

내 말에 그 애는 어설프게 미소 지었지만, 한쪽 입가는 고집스레 웃지 않았다.

"집에 보내 줄게."

나는 약속했다. 어쩌면 벨라는 이제 선택지가 없다고, 그저 이 불의 시련을 마주해야 한다고 여기고 있을지도 모른다. 어떤 식으로든 나에게 갚아야 할 게 있다고 생각하고 있나. 하지만 내게 갚아야 할 건 아무것도 없는데. 원한다면 언제라도 자유로이 떠나면 되는데.

그러나 이어진 그 애의 반응에 나는 당황하고 말았다. 난 안심하라는 뜻으로 말한 건데 받아들이기는커녕 나를 심하게 노려보다니. 그 애는 입을 열더니 비꼬는 어조로 대답했다.

"해 지기 전에 8킬로미터나 되는 밀림을 헤쳐 가야 하니까 어서 앞장서시지."

나는 어안이 벙벙해진 채 그 애를 빤히 바라보았다. 그리고 내가 뭘 화나게 한 건지 분명히 설명해 달라는 마음으로 말이 더 나오기를 기다렸지만, 그 애는 턱을 치켜들고 어디 덤벼보라는 듯 눈을 가늘게 뜰 뿐이었다.

어찌할 바를 모르는 채로 나는 한쪽 팔을 뻗으며 앞장을 섰다. 다른 팔로는 앞을 가로막는 나뭇가지를 높이 들어올렸다. 그 애는 나뭇가지 아래로 뚜벅뚜벅 걸어가더니, 길을 막은 작은 가지를 홱 치웠다.

숲 속에서는 상황이 확실히 쉬웠다. 아니, 어쩌면 나는 벨라가 처음에 보인 반응을 이해하는 데 시간이 좀 필요했던 것이었을지도 모른다. 나는 길을 앞장서며 나뭇잎을 붙잡아 그 애 앞길을 터 주었다. 길을 가는 동안 대부분 그 애는 땅을 보며 걸었다. 나를 안 쳐다보려는 게 아니라, 땅바닥을 믿지 못하겠다는 것 마냥. 나무뿌리를 넘어가면서 뿌리 몇 가닥을 노려보는 모습을 보며 날 안 보는 이유가 이건가 생각했다. 잘 넘어지는 사람은 울퉁불퉁한 바닥을 걷는 게 걱정스럽긴 하겠지. 하지만 그렇더라도, 아까 우울했던 이유나 계속 이어지는 분노는 왜인지 설명이 되지 않았다.

숲에서는 많은 게 예상보다 쉬웠다. 이 안에서 우리는 단둘이었고 목격자도 전혀 없었지만, 그럼에도 위험하다는 느낌은 들지 않았다. 길을 가다 장애물을 만난 적도 몇 번 있었다. 앞에 통나무가 쓰러져 있거나, 넘어가기엔 너무 큰 바위가 불쑥 튀어나와 있기도 했다. 그럴 때마다 본능적으로 손을 뻗어 그 애를 도와주었는데, 학교에서 그 애를 만졌을 때보다 더 어렵지는 않았다. 아니, 어렵지 않다는 말은 틀린 표현이다. 예전에도 그랬듯 짜릿하고 즐거웠다. 그 애를 부드럽게 들어 올렸을 때는, 심장 박동이 두 배로 빨라지는 소리가 들려왔다. 내 심장도 뛸 수 있다면 그 애처럼 두근두근 댔을 테지.

안전하게 느껴지는 이유가 뭘까. 완전히 안전하다고 할 수는 없어도, 비교적 안전하다고 생각하는 이유는 여기가 환상 속의 장소는 아니기 때문일 것이다. 앨리스는 내가 숲 속에서 벨라를 죽이는 장면을 본 적이 한 번도 없었다. 내가 앨리스의 환상을 머릿속에 담아 두지 않아도 되었다면 좋았을까……. 물론 가능한 미래를 모른 채, 대비도 못 하고 있었다면 아무것도 알지 못한 탓에 벨라를 죽이게 되었을 수도 있다. 생각은 꼬리에 꼬리를 물어 댔지만 답은 나오지 않았다.

내 두뇌 회전이 느렸다면 얼마나 좋았을까. 이런 생각을 한 게 한두 번이 아니었다. 딱 하루만, 아니 딱 한 시간만 인간의 두뇌 회전 속도 정도로 머리를 억지로 늦출 수만 있다면, 이 답 없는 문제를 두고 끝없이 계속 집착할 시간은 없었을 텐데.

“살면서 제일 즐거웠던 생일이 언제였어?”

나는 벨라에게 물었다. 어떻게든 딴생각을 해야만 했다.

그 애의 입가가 일그러지더니, 조심스러운 미소 같기도 하고 찌푸린 표정 같기도 한 얼굴이 되었다.

“왜? 오늘은 내가 질문하면 안 되는 날이야?”

그러자 걱정을 떨쳐 버리려는 듯, 벨라는 웃으면서 손을 내저었다.

“질문해도 괜찮아. 그냥 어떻게 대답해야 할지 모르겠어서. 난 생일 별로 안 좋아하거든.”

“그건…… 특이한데.”

이제껏 만난 10대 애들 중에 이런 생각을 하는 애가 있었던 것 같지 않았다. 그 애는 어깨를 으쓱이며 말했다.

“많이 부담스럽잖아. 선물을 받는다거나 하는 거 말야. 맘에 안 드는 선물을 받으면 어떡해? 그래도 준 사람이 상처받지 않도록 받은 순간은 아주 맘에 든다는 기색을 보여야 하잖아. 게다가 사람들은 생일 당사자를 아주 유심히 지켜봐.”

“너희 어머니는 네 마음에 드는 선물을 주시지 않았나 봐?”

내가 추측하자 벨라는 대답 대신 아리송한 미소를 지었다. 마음의 상처를 입은 건 분명하지만, 어머니에 대해서 안 좋은 말은 하지 않으려는 기색이 보였다.

우리는 말 없이 또 800미터 가량 걸었다. 벨라가 먼저 뭔가 더 말해주기를 속으로 바랐지만, 그 애는 숲길만을 계속 바라보며 집중했다.

그래서 내가 다시 물었다.

"초등학교 때 제일 좋아했던 선생님은 누구야?"

"헵매닉 선생님. 2학년 때였어. 내가 원할 때마다 수업 시간에 책을 많이 읽게 해 주셨거든."

그 애는 대번에 대답했다. 나는 빙긋 웃어 보였다.

"모범생다운 대답이네."

"네가 제일 좋아했던 초등학교 선생님은 누구야?"

"기억 안 나."

내가 일깨워 주자, 그 애는 눈살을 찌푸렸다.

"그렇겠구나. 미안, 그 생각을 못……."

"사과할 필요 없어."

벨라가 나한테 쉽게 되물어볼 수가 없을 질문을 생각하는 동안 말없이 400미터를 걷고 말았다.

"개가 좋아, 고양이가 좋아?"

그 애는 고개를 갸웃했다.

"그건 정말 모르겠는데…… 고양이가 좋지 않을까? 품에 착 안겨오지만 독립적이니까. 그렇지?"

"개를 키워 본 적은 없어?"

"개도 고양이도 키운 적 없어. 엄마한테 알러지가 있대."

하지만 벨라의 반응은 묘하게 믿지 못하겠다는 기색이 있었다.

"엄마 말을 안 믿어?"

내 질문에 그 애는 다시 말을 멈추었다. 어머니를 저버릴 마음이 없어서겠지. 그러다 이내 천천히 대답했다.

"음, 엄마가 다른 사람 개들을 쓰다듬는 걸 많이 봤거든."

"그럼 왜 그런 말을 하셨을까……."

내가 곰곰이 생각하자 벨라는 웃었다. 쓰라린 기색이 전혀 없는 그야말로 천진한 웃음이었다.

"나한테 물고기 한 마리만 사 달라고 엄마를 설득하는 데만도 무척 오래 걸렸어. 그러다 마침내 깨달았지. 엄마는 집에 항상 틀어박혀 있어야 하는 상황이 신경 쓰였던 거야. 내가 말한 적 있지? 엄마는 주말마다 날 데리고 나가는 걸 무척 좋아했다고. 우리는 엄마가 한 번도 가 보지 않았던 작은 마을이나 그리 유명하지 않은 유적지에 가곤 했어. 나는 엄마에게 일주일에 한 번만 줘도 되는 물고기 사료를 보여 줬어. 물에 잘 녹지 않는 알약 형태 사료가 있거든. 그러자 엄마도 마침내 동의했어. 르네는 자신을 집에 잡아 두는 닻 같은 존재를 못 참는 거였어. 그렇지 않아도 이미 나란 존재가 있잖아? 이미 인생을 완전히 바꾸어 버린 커다란 닻이 있는데 뭘 또 더하려 하겠어. 엄마는 자청해서 그런 짓을 또 하지 않을 거야."

나는 아주 유순한 표정을 지었다. 이토록 통찰력이 있다니. 물론 벨라가 언제나 나를 그토록 쉽게 꿰뚫어 보았던 걸 의심하지는 않았지만, 이 정도일 줄이야. 그래서 이 애의 과거에 대한 나의 해석은 더욱 어둡게 변했다. 벨라가 남을 돌보는 사람으로 커야 했던 이유는, 어머니가 보살핌이 필요했기 때문이 아니라 혹시 자신이 쓸모 있는 존재가 되어야 한다는 의무감 때문이었을까? 벨라가 혹시 자신은 태어나지 말았어야 하는 아이라고 생각한 적이 있었을까. 아니면 스스로의 가치를 증명해야 한다고 느꼈던 건 아니었을까. 그렇게 생각하자 화가 났다. 문득 묘한 욕망이 솟아올랐다. 사회적으로 용납 가능한 선에서, 어떻게든 이 애를 지극정성으로 돌봐 주고 싶었다. 그래서 너는 그저 존재하기만 해도 충분한 사람이라는 걸, 벨라에게 보여 주고 싶었다.

그 애는 내가 반응을 조심스레 제어하고 있다는 걸 알아차리지 못하고 또 한 번 웃으며 말을 이었다.

"금붕어보다 더 큰 반려동물을 키워 보지 않은 건 어쩌면 잘된 일이었을 거야. 나는 그다지 좋은 주인이 아니었거든. 첫 번째 물고기가 죽었을 때는 먹이를 너무 많이 주었나 싶어서 두 번째 물고기를 구했을 때는 아주 조금 먹였어. 하지만 그러지 말았어야 했어. 그리고 세 번째로 물고기를 구했을 때는……."

벨라는 당혹스러운 얼굴로 나를 올려다보며 말했다.

"그때는 뭐가 문제였는지 정말로 모르겠어. 계속 어항 위로 뛰어오르기만 하더라. 결국 어항 속에서 빠져나온 애를 너무 늦게 발견하고 말았지."

얼굴을 찌푸린 채, 그 애는 말을 이었다.

"세 번 연속 물고기가 그렇게 되니까, 내가 연쇄살인마가 된 것 같았어."

웃지 않을 수가 없었다. 하지만 그 애는 기분나빠 하지 않은 것 같았다. 나와 함께 웃었으니까.

즐거웠던 기분이 가라앉는 동안, 하늘빛이 변했다. 하늘에 두껍게 드리워진 구름 사이로 앨리스가 예언했던 햇빛이 나타나자, 곧바로 나는 다시 초조하고 불안해졌다.

지금 내 감정을 가장 잘 설명할 수 있는 단어는 무대공포증밖에 떠오르지 않았다. 이 감정이 참 우습다는 건 안다. 벨라가 날 혐오하면 어떡하지? 너무 싫은 나머지 날 거절한다면? 그렇다면 괜찮겠지. 아니, 괜찮은 정도가 아니라 좋은 거지. 이건 말 그대로 현재 내 마음을 상처입힐 고통 중에서도 가장 작고 사소한 고통이니까. 허영심과 상처받기 쉬운 자존심이라는 게, 정말 그렇게나 강한 힘일까? 허영심과 자존심 같은 게 나를 압도할 거라고 생각해 본 적은 한 번도 없었고, 지금 역시 마찬가지였다. 하지만 내 모습을 드러내야 한다는 생각에 너무 사로잡힌 나머지 다른 사항까지 세세히 따져 볼 수가 없었다. 혐오감을 느낀다면 나를 거부하게 되겠지. 벨라는 내게서 떠날 것이고, 내가 자기를 보내주어야 한다는 걸 알게 될 것이다. 그러면 내가 다시 트럭까지 데려다주는 것도 싫어할 정도로 날 겁내게 될까? 이 애를 다시 도로까지 안전하게 데려다 주어야 할 텐데. 그러면 혼자 차를 몰고 갈 수 있을 텐데.

그 장면이 주는 고통 때문에 온몸이 바스라지는 느낌이 들었지만, 사실은 그보다 더 나쁜 장면도 있었다. 앨리스가 보여 주었던 장면, 바로 다가올 시험이었다. 그 시험에서 탈락한다면……. 상상조차 할 수 없는 일이다. 앞으로는 어떻게 견뎌 내며 살란 말인가? 삶을 끝낼 방법을 과연 찾아낼 수 있을까?

우린 운명의 순간에 너무 가까이 다가왔다.

조금은 듬성듬성해진 숲을 지나자, 벨라는 빛이 변했다는 걸 알아차렸다. 그리고 놀리듯 눈살을 찌푸렸다.

"아직 멀었어?"

나 역시 가벼운 기분인 척했다.

"거의 다 왔어. 저 앞에 밝은 빛 보여?"

그 애는 눈을 가늘게 뜨고서 앞쪽으로 펼쳐진 숲을 바라보았다. 눈썹 사이에 집중할 때 나타나는 주름이 생겼다.

"글쎄, 안 보이는 것 같은데?"

"하긴, 네 눈엔 아직 무리겠다."

순순히 시인하자, 그 애는 어깨를 한 번 으쓱였다.

"안과에 가 봐야겠군."

앞으로 가는 동안 침묵은 더욱 무겁게만 느껴졌다. 이제는 벨라가 밝은 초원을 발견했다는 걸 알 수 있었다. 그 애는 무의식적으로 웃었고, 보폭도 한층 커졌다. 지금은 땅을 보고 있지 않았다. 숲 사이로 한 번 걸러 들어오는 햇빛에서 눈을 떼지 않았다. 이토록 열띤 모습을 보자 나의 주저하는 마음이 더욱 무거워졌다. 조금 더 시간이 필요해. 한 시간, 아니 두 시간쯤……. 여기서 멈추면 안 될까? 내가 가지 말자고 하면, 나를 용서해 줄까?

하지만 미루어 봤자 소용이 없다는 건 안다. 앨리스는 조만간 이날이 오리란 걸 이미 보았다. 피해 봤자 상황은 쉬워지지 않으리라.

이제는 벨라가 앞장을 섰다. 울타리를 이루다시피 무성히 자란 양치식물을 헤치고 초원으로 들어가는 발걸음은 거침이 없었다.

그 애의 얼굴을 볼 수 있으면 좋을 텐데. 오늘 같은 날 이 초원이 얼마나 아름다울지 짐작이 갔다. 들꽃의 향기는 따스한 날씨에 더욱 달콤하게 다가왔다. 저편에서 개울이 나지막이 졸졸 흘렀다. 곤충들은 조용히 노래했고, 새들은 저 멀리서 높고 짧게 지저귀거나 혹은 부드럽게 지저귀기도 했다. 지금은 근처에 새들이 하나도 없었다. 내가 여기 와서 이곳에 있던 커다란 짐승들이 죄다 겁먹어 버렸으니까.

벨라는 경건한 듯한 태도로 황금빛 공간 안에 들어섰다. 햇살을 받은 머리카락은 반짝였고, 하얀 피부는 은은히 빛났다. 높이 피어난 꽃들을 어루만지는 그 손가락을 보고 나는 다시 페르세포네를 떠올리고 말았다. 봄이 인간의 형상을 입는다면, 바로 저 모습이리라.

이대로 하염없이 저 애를 지켜볼 수 있을 것만 같았다. 어쩌면 영원토록. 하지만 이곳의 아름다움에 취해, 그늘 속에 도사린 괴물의 존재를 오랫동안 잊어 주기를 기대하는 건 지나친 바람이겠지. 벨라는 몸을 돌려, 놀라움 가득한 눈을 크게 뜨고 입술에는 의아한 기색이 담긴 미소를 지은 채 나를 바라보았다. 기대감 어린 저 모습. 내가 움직이지 않자 그 애는 내 쪽으로 걸어오기 시작했다. 그러곤 한쪽 팔을 들어 어서 오라고 내밀었다.

지금 이 순간, 너무나 인간이 되고 싶은 나머지 온몸이 제 기능을 잃을 뻔했다.

하지만 나는 인간이 아니다. 이제는 완벽하게 익힌 규율을 발휘할 시간이다. 나는 손바닥을 위로 들어올려 경고했다. 그 애는 이 신호를 이해했지만 두려워하지 않았다. 팔을 내리고 그 자리에 섰다. 그리고 호기심 가득한 모습으로, 기다렸다.

나는 숲의 공기를 깊이 들이쉬었다. 몇 시간 만에 처음으로 맡는 그 애의 향기를, 그 타는 듯한 향취를 일부러 들이마셨다.

앨리스의 환상을 신뢰한다 해도, 이 이야기가 어떻게 더 전개될지는 확신할 수가 없었다. 이제 끝날 때가 되었을 거야. 그렇지? 벨라는 나를 볼 테고, 그러면 모든 게 변하겠지. 처음부터 그랬어야 했던 방식으로. 나를 몹시 무서워하고, 혐오하고, 소름 끼쳐 하고, 가까이 오지 말라며 질겁하고…… 나와 관계를 끊겠지.

이보다 더 어려운 일은 앞으로도 닥칠 것 같지 않은 기분이 들었다. 하지만 나는 억지로 발을 들어 앞으로 몸을 옮겼다.

피하지 않고 정면으로 마주하리라.

그럼에도…… 그 애 얼굴에 처음으로 나타날 반응을 견딜 수 없을 것 같았다. 이 애는 상냥한 모습으로 날 대하겠지. 하지만 첫 순간에 곧바로 떠오를 충격과 혐오감을 감추는 건 불가능할 것이다. 그래서 난 저 애가 마음을 가라앉힐 시간을 줄 마음이었다.

나는 눈을 감고 눈부신 태양 아래로 걸어 나갔다.

17

고백

살갗에 따스한 햇살이 느껴졌다. 그 빛을 볼 수 없어서 다행이었다. 지금은 내 모습을 보고 싶지 않았다. 이제껏 살아오면서, 단 0.5초의 시간이 이토록 길게 느껴진 적이 있었던가. 사방이 조용했다. 이윽고 벨라가 비명을 질렀다.

"에드워드!"

나는 눈을 번쩍 떴다. 방금 드러낸 내 모습을 보고 그 애가 도망칠 거라고 믿어 의심치 않으며.

하지만 벨라는 괴로운 모습으로 입을 벌린 채 나를 향해 똑바로 달려오고 있었다. 이러다 서로 부딪힐 것 같았다. 손을 내 쪽으로 반쯤 뻗은 채 그 애는 긴 수풀 사이를 비틀거리고 휘청이면서 다가왔다. 겁먹은 표정은 아니었지만, 절박해 보였다. 이해가 안 갔다. 지금 뭘 하고 있는 건가.

무슨 의도인지는 모르겠지만 벨라가 나와 부딪히게 둘 수는 없었다. 나는 그 애와 거리를 둘 필요가 있었다. 그래서 다시 손바닥을 내보인 채 손을 들었다.

벨라는 주춤거렸다. 그리고 그 자리에서 잠시 비틀거리며 불안한 기색을 역력히 내비쳤다.

그 애의 눈을 가만히 응시하자, 눈망울에 비친 내 모습이 보였다. 이제야 왜 저러는지 이해가 좀 되었다. 그 눈에 비친 모습, 나를 참 닮은 것 같은 그 모습은 온몸이 불타는 남자의 형상이었다. 내가 분명히 미신이라고 말했는데도, 벨라는 무의식적으로 햇빛을 받으면 불에 타는 뱀파이어란 개념을 고집스레 믿고 있었던 거다.

그래서 걱정했구나. 괴물이 무서운 게 아니라, 괴물이 다칠까 봐 무서웠구나.

벨라는 한 걸음 앞으로 다가왔고, 내가 반 걸음 뒤로 물러서자 주저했다.

"빛을 받으면 아프니?"

그 애가 속삭였다. 그래, 내 생각이 맞았구나. 본인 걱정을 하는 게 아니었어. 지금 같은 때조차도.

"아니."

나도 속삭임으로 대답했다. 이제는 조심스러운 태도로, 그 애가 한 발짝 더 다가왔다. 나는 힘없이 손을 내렸다.

아직도 내 곁에 오고 싶어 하는구나.

나에게 다가오자 벨라의 표정이 바뀌었다. 고개는 한쪽으로 기울어졌고, 처음에는 가늘게 떴던 눈이 이내 휘둥그레졌다. 우리 사이에는 아직도 꽤 거리가 있었지만, 내 피부에서 반사되는 빛이 그 애에게 프리즘을 비추는 효과를 내는 게 보였다. 벨라는 한 발짝, 또 한 발짝 발을 떼었고 이제는 같은 거리를 유지하며 마치 내 주위를 천천히 맴도는 것처럼 움직였다. 나는 미동도 없이 서 있었다. 그 애가 시야에서 벗어났는데도 내 피부를 훑어 대는 눈빛이 느껴졌다. 호흡은 평소보다 빨랐고, 심장도 더 빨리 뛰었다.

다시 내 오른편 시야로 들어온 벨라는 이제 한 바퀴 맴돌기를 끝마쳤다. 그리고 나를 마주하자 입가에 자그마한 미소를 지어 보였다.

어떻게 웃을 수가 있지?

벨라는 더 가까이 다가오더니, 나와 25센티미터 사이를 두고서야 멈추었다. 가슴에 꼭 말아쥔 손은 마치 이쪽으로 뻗어 날 만져 보고 싶지만 두려워하는 것처럼 보였다. 내 팔에서 산산이 반사된 햇살이 그 애의 얼굴에 맴돌았다.

"에드워드."

나직이 부르는 내 이름. 목소리에는 경이로움이 서려 있다.

"이제 내가 무섭니?"

나는 조용히 물었다. 그러자 내가 이런 질문을 하리라고는 전혀 예상치 못했던 것처럼, 그래서 무척 놀란 것처럼 그 애는 대답했다.

"아니야."

나는 벨라의 눈을 가만히 들여다보았다. 그 말을 생각으로도 다시 한 번 듣고 싶었다. 그 애의 생각이 들려올 리는 없지만 그래도 또 듣고 싶은 이 마음을 주체할 수가 없었다.

그 애는 내 얼굴을 바라보며, 아주 천천히 내게 손을 뻗었다. 혹시 내가 이러지 말라고 말해 주기를 기다리는 건지도 몰라. 하지만 난 아무 말도 하지 않았다. 그 따스한 손가락이 내 팔목을 쓸었다. 그리고 내 피부에서 자신의 피부를 넘나들며 어른거리는 햇빛을 빤히 바라보았다.

"무슨 생각 해?"

나는 속삭였다. 이 순간, 이 애의 생각을 읽을 수 없어 끊임없이 알고 싶어 해야 한다는 게 또다시 극심히 고통스러워졌다.

벨라는 살짝 고개를 흔들었고, 무어라 말해야 할지 고민하는 것처럼 보였다.

"나는……."

그 눈빛이 나를 올려다보았다.

"모르겠어……."

다시금 심호흡을 하더니 말을 이었다.

"이보다 아름다운 걸 본 적이 없거든. 이토록 아름다운 게 있을 줄은 상상도 못했어."

난 충격에 휩싸여 그 애를 빤히 응시했다.

지금 적나라하게 번뜩여 대는 내 피부는 뱀파이어의 특징을 여실히 드러내고 있었다. 내 상태가 병이라면, 지금 가장 심한 증상을 보이고 있는 거다. 태양 아래에서, 나는 그 어떤 때보다도 인간이 아닌 모습이었다. 그런데 이 애는 내가…… 아름답다고 생각하다니.

나도 모르게 손이 올라가 벨라의 손을 잡으려 했지만, 억지로 손을 뺐다. 이 앨 만지면 안 돼.

"하지만 정말 이상하긴 하잖아."

나는 이렇게 말했다. 분명히 이 애도 내 모습이 무시무시하기도 하다는 걸 알았을 것이다.

"이상한 게 아니라 놀라운 거지."

벨라는 내 말을 고쳐 주었다.

“내가 인간 같지 않은 모습을 이토록 적나라하게 드러냈는데 넌 거부감도 안 들어?”

이 말에 어떤 대답이 나올지 분명히 예상하고는 있었지만, 그래도 난 여전히 놀랍기만 했다. 그 애는 어설픈 미소를 지으며 대답했다.

“거부감 안 들어.”

“들 텐데.”

그러자 그 미소가 더욱 커졌다.

“인간 같지 않은 게 더 아름다울 수도 있다는 생각이 드는 중이야. 인간은 너무 과대평가된 게 아닐까 싶은데.”

조심스럽게, 나는 벨라의 따스한 손끝이 닿아 있는 팔을 빼내어 등 뒤로 감추었다. 이 애는 인간의 가치를 너무 가볍게 여기고 있군. 인간이 아니게 된다는 것의 의미가 얼마나 큰지 몰라서 이러는 것이다.

벨라는 다시금 한 발짝 앞으로 나갔다. 그 애의 몸이 너무 가까이 있어서 따스한 체온이 햇빛보다 더 또렷하고 생생하게 느껴졌다. 벨라는 고개를 내 쪽으로 들었다. 그러자 햇살이 그 목덜미를 황금빛으로 빛냈고, 그림자는 턱 바로 뒤 동맥이 지나는 자리를 강조하며 어른댔다.

나의 몸은 본능적으로 반응했다. 입속에 독액이 고였고, 근육이 움츠러들었으며, 생각이 산산이 흩어졌다.

그 환상은 얼마나 빠르게 나타났던가! 환상 속 배경에 들어온 지 겨우 몇 초밖에 되지 않았는데.

나는 호흡을 멈추고 벨라에게서 멀리 떨어진 다음 경고의 의미로 한 손을 들어 올렸다.

그 애는 날 따라오려 하지 않았다.

"내가…… 미안."

속삭이는 말소리의 어조는 살짝 올라갔다. 그래서 질문처럼 들렸다. 자기가 무엇 때문에 사과하는지 모르고 있었다.

나는 조심스럽게 숨을 내쉰 다음 호흡을 가다듬었다. 벨라의 향은 평소와 비슷한 고통 수준이었다. 나를 압도할 정도는 아니었다. 갑자기 압도당할까 봐 내심 염려하던 수준은 아니었다.

"시간이 좀 필요해."

내가 설명하자, 그 애는 다시금 속삭였다.

"알았어."

나는 벨라를 빙 둘러 걸었다. 일부러 천천히 발걸음을 옮기며 초원 한가운데로 향했다. 그리고 낮게 자란 풀밭에 앉아, 아까처럼 근육에 가만히 힘을 주어 몸을 굳혔다. 조심스럽게 숨을 들이쉬고 내쉬면서 그 애가 이쪽으로 머뭇거리는 발걸음을 내딛는 소리를 들었다. 내 옆에 다가와 앉자 그 향기가 물씬 풍겼다.

"이러면 괜찮니?"

벨라는 확신 없는 목소리로 물었다. 나는 고개를 끄덕였다.

"그냥…… 집중하게 해 줘."

당황스러움과 걱정이 어린 눈망울이 휘둥그레졌다. 난 설명하고 싶지 않았다. 그저 눈을 감았다.

난 겁쟁이가 아니야, 라고 난 속으로 되뇌었다. 아니, 겁쟁이일지도 모르지만 그뿐만인 건 아니야. 반드시 집중해야만 해.

벨라의 향기에 초점을 맞추었다. 그 애의 심장 속 심실들을 넘나들며 솟구치는 피의 소리의 집중했다. 지금 움직여도 되는 건 내 폐뿐이었다. 몸의 다른 부분들은 꼼짝없이 움직이지 못하도록 잡아 두었다.

벨라의 심장이잖아. 무의식적으로 신체 시스템이 자극에 반응할 때마다 나는 이렇게 되뇌었다. 벨라의 생명이잖아.

그 애의 피 생각을 안 하려고 언제나 조심했다. 내가 피할 수 없는 향기라지만 그 피의 흐름을, 움직임을, 맥박과 뜨거운 유동성을 깊이 생각해서는 안 되었다. 하지만 지금 나는 머릿속 한가득 그 피를 떠올리도록, 그 피가 내 체내를 침범하고 나의 자제력을 공격하도록 내버려 두었다. 솟구치며 고동치는 피, 두근두근 뛰며 찰박거리는 그 움직임, 대동맥 속에서 힘차게 흐르고, 모세혈관 속을 물결치듯 흘러가는 액체. 그 열기, 우리가 이렇게 떨어져 있는데도 드러난 내 피부 위로 밀려오는 그 피의 열기. 혀를 불태우고 목을 아프게 만드는 그 피의 맛.

나는 내 몸을 꽉 잡고 관찰했다. 머릿속 조그마한 구석은 고립된 채로, 맹공격을 당하는 와중에도 생각하는 힘을 잃지 않았다. 그 자그마한 합리성을 힘입어, 나는 자신의 모든 반응을 세밀하게 살펴보았다. 각 반응을 억제하는 데 필요한 힘의 양을 계산하고, 그 합계와 내가 가진 힘의 경중을 따져 보았다. 그러자 거의 비슷한 양이 나왔다. 하지만 나는 의지력이 야만성보다 강하다는 걸 믿었다. 근소하지만, 의지가 강했다.

이게 앨리스가 예언한 매듭인가? 하지만 뭔가…… 불완전한 느낌인데.

그동안 벨라는 나처럼 가만히 앉아서 자신만의 생각에 잠겨 있었다. 내 마음속이 이렇게 혼란한 상태라는 걸 이 애는 조금이나마 상상할 수 있을까? 이 묘하고 조용한 대치 상황에 대해서 그 애 나름으로는 무어라 생각하고 있을까? 무슨 생각인지는 몰라도, 그 몸은 차분했다.

시간도 벨라의 맥박에 맞추어 느려지는 것 같았다. 저 멀리 들려오는 새소리가 이내 졸린 느낌으로 변했다. 자그마한 시냇물이 졸졸 흐르던 소리가 어쩐지 더욱 나른해졌다. 내 몸의 긴장이 풀리고, 심지어 입안에 타액이 고이던 것도 멈추었다.

그 애의 심장 박동이 이천삼백육십사 번째에 이르자, 나는 지난 수많은 날보다 지금 더 강력한 자제력이 있는 느낌이 들었다. 앨리스가 예언한 대로, 상황에 맞서는 게 관건이었던 것이다. 나는 준비가 되었나? 하지만 어떻게 그렇다고 확신하지? 내가 확신하는 날이 언젠가 오기는 할까?

게다가 내가 먼저 조용히 하자고 강요해 놓고, 이 침묵을 어떻게 깨뜨리지? 이제 침묵이 어색하게 느껴지기 시작했다. 이 애는 진작에 어색함을 느끼고 있었겠지.

나는 굳었던 자세를 풀고 풀밭에 누워, 한 손을 아무렇게나 올려 뒷머리를 괴었다. 몸짓을 통해 감정을 가장하는 것은 오래전부터 들였던 버릇이었다. 내가 이렇게 긴장을 푼 척하면 믿어 줄지도 몰라.

벨라는 조용히 한숨을 쉴 뿐이었다.

그 애가 말을 꺼낼까 기다려 보았지만, 아까와 마찬가지로 아무 말 없이 조용히 앉아 뭔지 모를 생각을 할 뿐이었다. 백만 개의 프리즘처럼 햇빛을 반사해 대는 괴물과 호젓한 장소에 단 둘이 앉은 채로 말이지. 내 피부를 바라보는 눈길이 느껴졌지만, 벨라가 혐오스러워 하는 모습은 더는 그려지지 않았다. 내 상상 속에서 느껴지는 그 애의 눈빛. 이제는 그 눈빛이 경탄하고 있다는 걸, 이 애가 나를 그 무엇보다도 아름답다고 여긴다는 사실을 안다. 그러자 이 애와 어둠 속 교실에서 느꼈던 전류가 다시금 돌아와, 마치 생명력을 지닌 피인 것처럼 내 혈관 속을 타고 흘렀다.

나는 벨라의 몸에서 느껴지는 박자에 빠져들었고, 그 소리와 온기와 향기가 뒤섞이도록 내버려 두었다. 오싹한 전류가 내 피부 아래로 흐르는 동안에도 내가 여전히 비인간적인 욕망을 제압할 수 있음을 알아냈다.

물론 이러는 데는 온통 주의를 기울여야 했다. 그리고 이 조용한 기다림의 시간은 어쩔 수 없이 끝나 버릴 것이다. 이 애는 묻고 싶은 게 너무 많겠지. 이젠 전보다 훨씬 많을 거란 생각이 들었다. 이 애에게 대답해 주어야 할 게 천 가지는 되리라. 내가 한 번에 전부 설명할 방법은 없을까?

나는 벨라의 피가 흘러왔다 흘러가는 소리에 귀를 기울이면서, 몇 가지 일을 아슬아슬하지만 동시에 진행해 보기로 했다. 정신을 여러 가지 일에 나누는 게 너무 과한지 아닌지 살펴보자.

우선, 정보를 수집했다. 내가 들을 수 있는 새소리를 토대로 새들의 정확한 위치를 삼각 측량한 다음, 그 소리를 토대로 각각의 종과 속을 구분했다. 그리고 시냇물 속 생명체가 드러낸 불규칙한 물장구를 분석해서 물의 양을 토대로 물고기의 크기를 가늠한 다음 여기에 가장 맞는 종류가 무언지 추론했다. 내 근처에는 곤충들도 있었다. 고등 동물들과는 다르게, 곤충들은 뱀파이어 종을 돌을 보듯 무시했기 때문이다. 나는 곤충들을 날갯짓의 속도와 비행 고도, 다리가 흙에 부딪쳐 미세하게 사각대는 소리를 통해 분류했다.

나는 계속 분류하면서 계산까지 해보았다. 현재 약 1025평방미터인 이 초원 지역에 4913마리의 곤충이 있다면, 3626평방킬로미터 면적인 올림픽 국립공원에는 평균적으로 얼마나 많은 곤충이 존재하나? 그리고 고도가 3미터 올라갈 때마다 곤충의 개체 수가 1퍼센트씩

감소한다면 몇 마리가 있게 될까? 나는 머릿속에 국립공원의 지형도를 떠올리며 수를 계산하기 시작했다.

동시에 나는 백 년 동안 살면서 거의 들어 본 적이 없던 노래들을 생각해 보았다. 한 번 이상 들어 본 적 있는 평범한 노래들은 떠올리지 않았다. 문이 열려 있던 술집 옆을 지나면서 들었던 곡조들, 밤길을 지나는 동안 가정집 요람에서 자는 아이에게 들려주던 그 집안 고유의 자장가들, 다니던 대학 강의실과 가까운 건물에서 들려오던, 음대 학생들이 공연 프로젝트를 위해 쓰다가 폐기했던 곡들이었다. 나는 빠르게 노랫말을 읊조리면서, 이것들이 결국은 널리 퍼지지 않을 운명이 되어 버린 이유가 뭔지 주목해 보았다.

벨라의 피는 여전히 고동쳤고, 온기는 여전히 따스했고, 나는 여전히 불타올랐다. 하지만 나는 자신을 제어할 수 있었다. 나의 자제력은 느슨해지지 않았다. 나는 평정심을 잃지 않았다. 가까스로였긴 하지만.

"지금 뭐라고 말했어?"

그 애가 속삭여 물었다.

"그냥…… 혼자서 노래했어."

나는 순순히 대답했다. 지금 내가 뭘 하고 있는지 더 분명하게 설명할 방법이 없었고, 그 애도 더는 캐묻지 않았다.

침묵이 끝나가고 있다는 게 느껴졌다. 하지만 두렵지는 않았다. 난 이 상황에 편안하다고 해도 될 만큼 적응하고 있었고, 강인함과 평정심이 느껴졌다. 어쩌면 나는 운명의 매듭을 이미 풀었을지도 몰라. 어쩌면 우리는 이제 안전한 저편으로 넘어간 것인지도 몰라. 앨리스의 희망어린 환상이 이제는 현실이 되어 가고 있는지도 몰라.

벨라의 호흡의 변하면서 새로운 방향으로 생각을 하고 있다는 신호가 왔다. 나는 걱정보다는 호기심이 들었다. 이쯤에서 질문이 나오리라 생각했지만, 대신 그 애를 둘러싼 풀잎이 움직이는 소리가 들렸다. 벨라가 내 쪽으로 몸을 기울인 것이다. 그 손에서 들려오는 맥박 소리가 가까워졌다.

부드럽고 따스한 손가락 하나가 내 손등을 천천히 어루만졌다. 아주 부드러운 감촉이었지만 피부 속에서는 전기가 통하듯 반응이 거셌다. 내 목 속에서 불타는 느낌과는 다른 종류인 그 불길은 좀 더 정신을 어지럽혔다. 머릿속으로 해 대던 계산과 노래 재생이 더듬대다가 멈추어 버렸다. 그 애에게 온 신경이 쏠려 버렸다. 내 귓가에서 겨우 30센티미터 떨어진 곳에서 그 애의 심장이 촉촉하게 고동쳤다.

나는 눈을 떴다. 그 표정을 너무나 보고 싶었고, 그 생각을 너무나 추측하고 싶었다. 예상대로였다. 벨라의 눈은 경이로움으로 환하게 빛났고, 입가는 미소를 띠었다. 나와 눈을 마주치자, 그 미소는 더욱 또렷해졌다. 나도 같이 웃어 주었다.

"겁 안 나?"

이 애는 나에게 겁먹고 도망치지 않았어. 여기 있고 싶어 해. 나랑 말이야.

장난스러운 어조로 벨라는 대답했다.

"다른 때보다 특별히 더 겁나진 않아."

이제는 더 가까이 몸을 기댄 채로, 그 애는 내 팔뚝을 천천히 어루만졌다. 내 피부에 닿은 그 피부는 뜨거운 열기처럼 느껴졌다. 손가락을 떨기는 했지만, 그 손길에는 두려움이 없었다. 나는 애써 반응을 참으면서 나도 모르게 눈꺼풀을 다시 감았다. 몸속을 뒤흔드는 전류가 마치 지진의 흔들림 같았다.

"혹시 싫어?"

그 애는 날 어루만지던 손을 멈칫하며 물었다.

"아니."

난 재빨리 대답했다. 그리고 나자, 내 경험을 조금이라도 알려주고 싶은 마음에 말을 이었다.

"어떤 느낌인지 넌 상상도 못할걸."

나 역시, 이 순간 전에는 상상조차 못했던 느낌이었다. 이제껏 느꼈던 쾌락을 모두 넘어서는 쾌락이었다.

그 손가락은 내 팔꿈치 안쪽으로 올라가더니, 그곳에 가볍게 무늬를 그렸다. 이윽고 벨라는 자세를 바꾸어 한 손으로 내 손을 잡았다. 가볍게 잡아당기는 느낌이 뭘까 생각하다 깨달았다. 내 손을 뒤집고 싶어 하는구나. 그래서 손을 돌려주었건만, 그 애는 두 손을 굳히더니 조용히 숨을 헐떡였다.

그 모습을 슬쩍 올려다보다 순간 실수했다는 걸 깨달았다. 지금 난 사람이 아니라 뱀파이어에 가까운 속도로 몸을 움직여 버렸던 거다.

"미안."

나는 중얼거렸다. 하지만 우리의 눈이 다시 마주치자 내가 실질적으로는 아무런 해를 끼치지 않았다는 걸 금방 알 수 있었다. 그 애는 놀란 마음에서 벗어나, 웃는 얼굴을 그대로 유지했다.

"너랑 있으면 마음이 너무 편해서 자꾸 혼자 있을 때처럼 행동하게 돼."

이렇게 말한 나는 다시 눈을 감았다. 그래서 벨라의 피부 감촉에 오롯이 집중할 수 있었다.

그 애가 내 손을 들려고 하는 기색이 느껴졌다. 내가 도와주지 않으면 내 손을 들어올리는 것조차 꽤 힘들다는 걸 알기에, 그 동작에 맞추어 손을 움직였다. 난 보기보다 상당히 무거웠다.

벨라는 내 손을 자기 얼굴에 바짝 갖다 댔다. 따스한 입김이 손바닥에 스쳤다. 그 손가락이 미는 대로, 나는 내 손을 이쪽저쪽 쉽게 기울이게 해 주었다. 그러다 무언가를 뚫어져라 보는 눈빛이 느껴져서, 그게 뭘까 눈을 떠보았다. 내 피부 위로 이리저리 빛이 움직여서 생긴 불꽃 같은 무지개가 그 애 얼굴 위로 어른대고 있었다. 미간에는 또 주름이 보였다. 지금은 뭐가 또 궁금한 걸까?

"무슨 생각하고 있는지 말해 봐. 네 생각은 왜 알 수가 없는지 아직도 이상하니까."

부드럽게 말했지만, 사실은 지금 애원하고 있다는 걸 이 애는 알아줄까?

벨라는 입술을 살짝 다물더니 왼쪽 눈썹을 아주 조금 치켜올리며 대답했다.

"다른 사람들은 언제나 그렇게 모르고 살아."

다른 사람들이라. 나를 포함하지 않은 수많은 인간 무리. 이 애가 속한 종족. 같은 부류.

"힘들겠다."

농담처럼 말해 보았지만, 의도한 만큼 재미있게 들리지는 않았다.

"무슨 생각했는지 아직 말 안 했잖아."

재차 묻자, 그 애는 천천히 대답했다.

"네가 무슨 생각을 하는지 나도 알 수 있으면 좋겠다는 생각을 했어……."

하지만 그뿐만이 아냐. 확실히 뭔가 더 있어.

"또?"

벨라의 목소리는 나지막했다. 보통 인간은 그 목소리를 잘 듣지 못했을 것이다.

"네가 진짜라는 걸 믿을 수 있기를 바라기도 했고, 내 두려움이 없어지면 좋겠다는 생각을 했어."

순간 번뜩이는 고통이 내 안을 찔렀다. 난 이제껏 잘못 생각했구나. 결국 이 애를 겁먹게 만들었어. 당연히 그랬겠지.

"네가 두려워하지 않았으면 좋겠다."

이건 사과이자 한탄이었다.

하지만 벨라가 충동적이다시피 방긋 웃어서 난 놀라고 말았다.

"그것도 분명 생각해 볼 일이긴 하지만, 내가 말하는 두려움은 그게 아니야."

어떻게 지금 같은 상황에서 농담을 할 수 있지? 이게 무슨 뜻이야? 대답을 너무 듣고 싶어서 더 이상 태연한 척할 수가 없었다. 나는 반쯤 일어나 앉았다.

"그럼 뭐가 두려운 거야?"

그러다 깨달았다. 우리 얼굴이 지금 너무 가까이 있다는 것을. 그 입술이 내 입술과 너무 가까웠다. 미소가 사라져 버린 채, 벌어진 입술. 그 애는 코로 숨을 들이마시고 눈을 반쯤 감았다. 그리고 내 향기를 좀 더 맡고 싶다는 듯 가까이 다가왔다. 턱을 1센티미터쯤 위로 들고, 목덜미를 앞으로 내밀어 경동맥을 드러낸 채로.

나는 반응하고 말았다.

독액이 입에 넘쳐 올랐다. 잡혀 있지 않던 손은 벨라를 붙잡으려고 제멋대로 움직였고, 나에게 몸을 숙이는 그 애를 향해 턱이 비틀리며 열렸다.

난 벨라에게서 펄쩍 뛰어 물러섰다. 다리까지 광기가 닿지는 않았기에, 두 다리는 재빨리 내 몸을 초원의 저 끝 가장자리로 던져 버렸다. 어찌나 빨리 움직였던지 그 애 손에서 내 손을 부드럽게 빼낼 겨를조차 없었다. 그냥 뿌리쳐 버렸다. 나무 그늘 속에 웅크린 채로 착륙한 다음 가장 먼저 생각난 게 그 손이었다. 아직도 그 애의 두 손이 손목에 붙어있는 걸 보자 안도감이 밀려왔다.

안도감에 뒤이어 혐오감이 따라왔다. 증오스러워. 역겨워. 오늘 벨라의 눈빛에 드러날까 봐 너무나 무서웠던 온갖 감정들이 곱절로 몰려왔다. 지난 백 년의 세월을 참아 냈던 만큼, 그리고 나는 그런 눈길을 받을 만한 혐오스러운 존재임을 뼈저리게 아는 만큼 감정은 증폭되었다. 괴물, 악몽, 생명의 파괴자, 꿈속에서라도 나타나지 말았어야 하는 존재……. 그 애의 꿈속에서도, 나의 꿈속에서도.

내가 좀 더 나은 존재였다면, 좀 더 강했더라면, 벨라를 하마터면 죽일 뻔한 야만적인 놈이 아니었다면, 그 순간 우리는 첫 키스를 했을지도 모른다.

그렇다면 난 방금 시험에 떨어진 건가? 더는 희망이 없나?

그 애의 눈망울은 말갛고 멍했다. 검은 눈동자 둘레로 온통 흰자가 보였다. 그러다 눈을 깜빡이고는 다시 초점을 되찾으며 내가 있는 쪽으로 시선을 고정하는 모습이 보였다. 우리는 오랫동안 서로를 바라보았다.

아랫입술을 한 번 떨고 나서 벨라는 다시 입을 열었다. 나는 긴장한 채로, 나를 비난할 그 말을 기다렸다. 비명을 지르겠지. 다시는 가까이 오지 말라고 말하겠지.

"미안……해……, 에드워드."

그 애는 들릴 듯 말 듯 속삭였다.

이럴 줄 알았어.

나는 대답하기 전에 심호흡을 해야 했다.

그리고 저쪽까지 들릴 정도로 크게 성량을 조절하면서 부드러운 어조로 말하려고 애썼다.

"잠깐만."

벨라는 몇 센티미터 뒤로 물러나 앉았다. 아직도 눈을 휘둥그레 뜬 채였다.

나는 다시금 숨을 들이쉬었다. 그 애의 향기가 여기서도 느껴졌다. 향기는 끊임없이 타오르는 고통에 불을 지폈지만 그 이상은 아니었다. 지금 내 느낌은…… 평소 그 애와 있을 때와 다를 게 없었다. 지금은 몸과 정신에 아무런 이상한 기색이 보이지 않았다. 괴물이 곧바로 튀어나오도록 잠복하고 있다는 느낌은 들지 않았다. 내가 쉽사리 정신을 놓아 버릴 것 같지도 않았다. 그래서 난 비명을 지르면서 나무를 뿌리째 뽑아 버리고 싶었다. 만약 내가 절체절명의 순간을 감지할 수 없다면, 방아쇠가 당겨지는 순간을 알아차리지 못한다면, 나에게서 저 애를 어떻게 보호할 수 있단 말인가?

그러다 앨리스가 격려해 준 말이 떠올랐다. 나는 이제껏 벨라를 보호했다. 그래서 이제껏 아무 일도 없었다. 하지만 앨리스가 본 것은 거기까지만이었다. 내가 폭주하는 상황은 미래이지 과거가 아니라는 걸 보았어도, 그녀는 내가 어떤 기분이었는지는 모른다. 스스로의 통제력을 잃은 채로 최악의 충동을 결국 이겨 내지 못한 나약한 기분이 뭔지, 아무것도 막아 낼 수 없다는 게 뭔지 그녀는 모른다.

하지만 넌 막아 냈어. 앨리스는 이렇게 말하겠지. 하지만 그것만으로는 충분치 않다는 걸 모르겠지.

벨라는 내게서 눈길을 돌리지 않았다. 그 애의 심장은 평소의 두 배나 빨리 뛰고 있었다. 너무 빠르잖아. 건강에 좋을 리 없어. 그 애의 손을 잡고 다 괜찮다고 말해 주고 싶었다. 너는 괜찮다고, 안전하다고, 걱정할 거 없다고……. 하지만 너무 뻔한 거짓말이겠지.

난 여전히…… 정상적인 느낌이 들었다. 정상적이라는 말은 어폐가 있겠지만, 적어도 지난 몇 달 간 지내왔던 상태와 다를 게 없었다. 자제력을 갖춘 상태로, 예전과 정확히 마찬가지였다. 너무 자만했던 나머지 그 애를 죽일 뻔했던 상태와 똑같았다.

나는 천천히 벨라 쪽으로 돌아갔다. 혹시 거리를 둬야 하는 건 아닐까. 그래도 초원 저 끝에서 소리쳐 사과하는 건 옳지 않은 것 같았다. 하지만 예전처럼 그 애 곁에 가까이 가도 될 만큼 스스로를 믿을 수는 없었다. 그래서 대화를 나눌 수 있을 만큼 몇 발짝 떨어진 곳에서 멈춰 서서 바닥에 앉았다.

그리고 내 감정을 모두 담아 애써 말해 보았다.

"정말 미안해."

벨라는 눈을 깜빡였다. 눈이 다시 휘둥그레져 있었다. 심장도 너무 쿵쿵댔다. 표정은 그대로 굳어 버린 채였다. 사과해 봤자 별 소용이 없어 보였다. 어떤 식으로든 받아들여지지 않은 것 같았다.

이건 아니라는 생각이 곧바로 들었는데도, 나는 상황을 아무렇지 않게 넘기려는 평소 버릇을 또 꺼내들고 말았다. 이 애의 얼굴에 굳어져 버린 경악한 표정을 너무나도 풀어 주고 싶었다.

"나도 어느 면에선 인간에 지나지 않는다고 말하면 이해할 수 있을까?"

한발 늦게 벨라는 고개를 끄덕였다. 딱 한 번의 끄덕임. 이 상황을 가볍게 만들어 보려는 나의 무미건조한 노력에 애써 웃어 주려고도 했다. 하지만 미소가 제대로 지어지지 않아 그 표정은 더욱 이상해졌을 뿐이었다. 고통스러워 보이는구나. 그러다 마침내, 두려움에 떨게 되겠지.

예전에도 이 애 얼굴에 떠오른 공포를 본 적은 있었다. 하지만 언제나 나의 불안감은 금방 사라졌다. 나란 존재는 어마어마한 위험을 감수하고서라도 가까이 할 가치가 있는 건 아니라고 이 애가 깨달아 주기를, 반쯤은 바란 적도 있었다. 하지만 그때마다 이 애는 나의 가정을 뒤엎었다. 그 눈동자에 서린 공포는 절대로 나를 두려워해서가 아니었다.

그런데 지금은 아니다.

공기를 가득 채운 공포의 향기는 따끔한 금속성의 느낌이었다.

이것이야말로 내가 그토록 기다려왔던 거다. 이런 걸 바란다고, 스스로 항상 생각하던 것이다. 벨라가 돌아서기를, 그래서 스스로의 생명을 구하고 내가 홀로 불타오르게 내버려 두기를.

그 애의 심장이 계속 쿵쿵 뛰었다. 웃고도 싶었고, 울고도 싶었다. 이제 내가 바라는 대로 되고 있잖아.

이건 다 벨라가 딱 2센티미터 더 가까이 내게 몸을 숙였기 때문이었다. 가까이 다가와 내 향기를 맡고 싶었던 거야. 그 향기가 기분 좋아서였어. 내 얼굴이 잘생겨서, 내가 덫을 숨기고 내비치는 유혹이 너무 매력적인 만큼 향기도 좋아서였어. 정확히 그 의도로 만들어진 나의 모든 것은 이 애에게 유혹적이었다.

"난 세계에서 가장 뛰어난 육식동물이야. 그렇지 않아?"

이제 난 목소리에서 씁쓸함을 감추지 않았다.

"내 목소리, 내 얼굴, 심지어 내 체취까지 널 유인하고 있으니."

이 모든 게 정말이지 쓸데없이 지나쳤다. 나의 매력과 유혹이 무슨 쓸모가 있나? 나는 먹이가 내 입에 내려앉기를 기다리는 식충식물이 아니었다. 내 속마음처럼, 겉모습도 혐오스러울 수는 없었던 걸까?

"마치 그것들이 나한테 꼭 필요한 무기라도 되는 것처럼!"

이제는 자제력이 느껴졌다. 하지만 예전 같지는 않았다. 내 모든 사랑과 갈망과 희망은 산산이 부서지는 중이었고, 앞에는 수천 세기나 이어질 슬픔이 망망대해처럼 펼쳐졌다. 더는 아닌 척하고 싶지 않아. 내가 괴물이라 행복할 수 없다면, 차라리 괴물로 살아가겠어.

나는 일어서서 그 애의 심장처럼 마구 뛰었다. 공터 둘레를 재빨리 두 바퀴 돌아보았다. 이 애는 내가 달리는 모습을 볼 수 있기는 할까.

그리고 아까 서 있던 자리에 홱 멈추었다. 거기서는 예쁜 목소리를 낼 필요가 없으니까.

"마치 네가 날 피해 도망이라도 칠 수 있다는 듯이 말이지."

머릿속으로 벨라가 날 피해 달아나는 장면을 떠올려 보자, 기괴한 코미디 같다는 생각에 웃음이 났다. 나의 웃음소리는 나무 사이에서 날카로운 메아리가 되어 퍼져 나갔다.

도망친다 해도, 결국은 잡힐 테니까.

내 옆에 있던 전나무 고목의 낮은 가지는 손 닿을 곳에 있었다. 나는 힘들이지 않고 줄기에서 가지를 꺾었다. 나무는 새된 소리를 내며 버텼고, 꺾인 부위에서 나무껍질과 목질의 파편이 터져 나왔다. 가지를 손에 잠깐 들고 무게를 가늠했다. 대략 391킬로그램이었다. 공터

오른편에 있는 솔송나무를 부러뜨리기에는 충분치 않았지만, 상처는 낼 수 있을 테지.

나는 지면에서 9미터 위쯤에 난 옹이를 목표로 삼아 전나무 가지를 확 던졌다. 던진 가지는 목표 지점을 정확히 맞추었다. 가지의 가장 두꺼운 부분이 요란하게 우지끈 소리를 내며 나무 조각으로 산산이 부서졌고, 그 파편은 희미하게 새된 소리를 내며 아래에 자라던 양치식물 위로 우수수 흩날렸다. 옹이 중심에 길게 균열이 생기더니 양방향으로 수십 센티미터씩 길게 뻗어 갔다. 솔송나무는 한 번 부르르 떨었고, 충격은 뿌리를 타고 땅속으로 퍼졌다. 내가 저 나무를 죽인 걸까. 몇 달 기다려 보면 알게 되겠지. 바라건대 죽지 않기를. 초원은 이제 다시금 조용한 모습으로 완벽해졌다.

이제껏 나는 거의 힘이 들지 않았다. 내가 지닌 힘에서 아주 작은 부분만 발휘해도 이 정도였다. 하지만 결과는 너무 위력적이었다. 너무 많은 해를 받았다.

벨라와 두 걸음을 사이에 두고 섰다. 팔을 뻗으면 닿을 거리였다.

"마치 네가 나와 싸울 상대라도 된다는 듯이."

내 목소리에는 이제 쓰라림은 사라졌다. 방금 살짝 짜증을 내면서 힘은 들지 않았어도, 분노는 좀 누그러졌다.

그러는 내내, 벨라는 아무런 움직임이 없었다. 지금은 얼어붙은 채로 서서 눈을 휘둥그레 뜨고 있을 뿐이었다. 우리는 서로를 바라보았다. 그 순간이 너무나 길게만 느껴졌다. 난 스스로에게 너무 화가 난 채였지만, 속에는 더는 타오를 불이 없었다. 모든 게 의미 없게 느껴졌다. 난 원래 이런 존재야.

먼저 움직인 건 벨라였다. 아주 살짝이긴 했다. 내가 뿌리쳤던 그 두 손은 그 애 무릎에 힘없이 떨구어진 채였지만, 지금은 한쪽 손이 꿈틀대며 펴졌다. 그 손가락이 내 쪽으로 살며시 펴졌다. 무의식적인 움직임이었을 테지만, 벨라가 잠든 채로 "돌아와."라고 말하며 무언가에게 손을 뻗으며 애원했을 때와 묘하게도 비슷해 보였다. 그때 난 이 애가 내 꿈을 꾸고 있어 주기를 바랐었는데.

그때는 포트 엔젤레스에 가기 전날 밤이었다. 그때 나는 몰랐지만, 벨라는 이미 내 정체를 알고 있었다. 제이콥 블랙이 말을 했다는 걸 내가 알았더라면, 악몽이 아닌 이상에야 내 꿈을 꿀 리는 없을 거라 생각했을 것이다. 하지만 그때도 이 애에게는 아무런 상관이 없던 거다.

이 애의 눈에는 아직도 공포가 서려 있었다. 당연히 그렇겠지. 하지만 애원 역시 어린 것 같았다. 혹시 내가 지금 돌아와 주기를 바라는 마음은 없을까? 만약, 돌아와 주기를 바란다면 나는 돌아가야 하나?

벨라의 고통은 나의 가장 큰 약점이다. 앨리스가 내게 보여 준 대로였다. 이 애가 겁에 질린 모습을 보고 싶지 않았다. 나는 두려워 마땅한 존재라는 걸 너무 잘 알고 있어서 속이 무너졌지만, 이런 부담에도 불구하고 나는 그 애가 슬퍼하는 모습을 차마 볼 수가 없었다. 그러면 올바른 결정이라 할 만한 것을 내릴 능력이 싹 사라져 버리니까.

"두려워하지 마."

나는 애원하며 속삭였다.

"약속할게……."

아니, 약속이란 말은 너무 가벼운 어감이다.

"널 해치지 않겠다고 맹세하겠어. 두려워하지 마."

나는 천천히 벨라에게 다가갔다. 그 애가 예상할 시간이 없을 만큼 빠른 움직임은 짓지 않았다. 나는 일부러 서두르지 않으면서 느린 동작으로 앉았다. 아까 했던 말을 이어서 할 수 있도록 말이다. 그리고 몸을 살짝 숙여 눈높이를 그 애에게 맞추었다.

벨라의 심장 박동이 조금 느려졌다. 눈꺼풀은 긴장을 풀고서 원래 자리로 돌아왔다. 내가 가까이 다가와서 차분해지기라도 한 듯 말이다.

"날 용서해. 이제 충분히 자제할 수 있어. 잠시 너 때문에 허를 찔린 거지. 지금은 얌전해졌으니 걱정하지 않아도 돼."

나는 간절히 빌었다. 이 얼마나 한심한 사과란 말인가. 그래도 내 사과를 듣고 그 애의 입가가 슬며시 미소 같은 걸 지었다. 나는 또 바보처럼, 이 상황을 즐겁게 만들어 본답시고 어설픈 농담을 했다.

"정말로 오늘은 나, 갈증 같은 거 안 난다니까."

그러면서 난 윙크까지 했다. 누군가 봤다면 내가 백네 살이 아니라 열세 살이라고 생각했을지도 모르겠군.

그런데 벨라가 웃었다. 조금 흐트러진 숨결로. 살짝 떨리긴 했어도 그건 진짜 웃음이었고, 진짜 즐거움과 안도감이 드러났다. 따스한 눈망울, 긴장이 풀린 어깨, 그리고 내게 다시 향하는 손.

그 애의 손에 내 손을 다시 부드럽게 쥐어 주는 게 더없이 올바른 일인 듯 느껴졌다. 그래서는 안 되는 걸 알면서도 그랬다.

"괜찮은 거야?"

벨라는 우리의 손을 내려다보더니 고개를 들어 나와 잠시 눈을 맞추다가, 결국은 다시 눈을 내리깔았다. 그리고 내가 광분하기 전에 했던 것처럼 손끝으로 내 손금을 따라 그어 댔다. 그러다 다시 나와 눈을 마주치고는 얼굴에 천천히 미소를 띄워 턱에 자그마한 보조개를 드러내었다. 그 미소에는 아무런 비판도, 후회도 없었다.

나 역시 같이 웃어 주었다. 이제야 이곳의 아름다움을 감상할 수 있을 것만 같은 기분이었다. 태양과 꽃들과 금빛 공기가 갑자기 눈에 들어왔다. 즐겁고도 자비로운 풍경. 그 애의 자비로움은 선물 같이 느껴졌다. 돌처럼 굳어버린 내 심장이 감사함을 그득 담고 부풀어 올랐다.

기쁨과 죄책감이 뒤섞인 어리둥절함과 안도감을 느끼자, 문득 내가 집에 돌아왔던 날이 떠올랐다. 수십 년 전의 그 일이.

그때의 나 역시 준비가 덜 되어 있었다. 난 좀 더 기다리려 했었다. 다시 눈을 황금빛으로 만들고 나서 칼라일에게 보여 주고 싶었다. 하지만 내 눈은 여전히 기이한 주홍빛이었고, 붉은 기가 더 많이 감도는 호박색이었다. 당시 난 예전의 식습관으로 돌아가는 데 무척 애를 먹고 있었다. 예전에는 이토록 힘들지 않았건만. 칼라일의 도움 없이 계속 이 상태를 유지할 수 있을 것 같지 않아 두려웠다. 이러다간 다시 인간의 피를 먹던 시절로 돌아가 버릴 터였다.

하지만 눈에 옛 시절의 증거가 너무 선명하게 드러나 걱정이 되었다. 예상할 수 있는 최악의 재회 장면은 뭐가 될까? 칼라일은 그냥 날 쫓아내 버리려나? 이렇게 되어 버린 날 보고 실망한 나머지, 나를 쳐다보는 것조차 힘들어할까? 아니면 속죄를 요구하려나? 그렇다면 어떤 처벌을 한다 해도 나는 감수할 마음이었다. 내가 좋아지려 노력한다면 칼라일의 마음이 움직일까? 아니면 그저 내가 실패했다는 것만 보려나?

두 분을 찾기란 간단했다. 그들은 내가 떠났을 때 살았던 장소에서 멀리 이동하지 않았다. 혹시 내가 쉽게 돌아오도록 하기 위해서였을까?

두 분의 집은 높고 험한 장소에 홀로 서 있었다. 내가 아래에서부터 다가가는 동안, 겨울의 햇살이 창문에서 반짝여서 집에 누가 있는지 알아볼 수가 없었다. 나무 사이를 통과해 가면 빨리 도착할 수 있었지만, 나는 눈 덮인 빈 들판을 가로지르며 집 쪽을 서성여 댔다. 거기 서니 내리쬐는 햇살에 몸이 반짝여대어 내 모습이 더욱 잘 보였다. 나는 천천히 움직였다. 달리고 싶지 않았다. 그러면 두 분이 깜짝 놀랄지도 모르니까.

날 먼저 발견한 건 에스미였다.

"에드워드!"

소리치는 목소리가 들렸다. 난 아직 1.6킬로미터 바깥에 있었는데도 말이다.

1초도 안 되는 찰나에 옆문으로 쏜살같이 나와 산장을 둘러싼 바위 사이를 헤치고 달려오는 에스미의 모습이 보였다. 그녀 뒤로 눈의 결정이 피어나 하얀 구름을 이루었다.

에드워드야! 그 애가 돌아왔어!

이런 생각을 듣게 되리라고는 예상하지 못했다. 하지만 에스미는 아직 내 눈을 똑바로 보지 않아서 그러는 건지도 모른다.

에드워드라고? 그게 정말이야?

아버지는 보폭을 넓혀서 어머니 뒤로 바짝 따라오고 있었다.

그의 머릿속에는 간절한 희망뿐이었다. 비난하는 기색은 없었다. 아직까지는.

"에드워드!"

이렇게 외치는 에스미의 낭랑한 목소리에선 기쁨이 뚜렷하게 묻어났다.

이윽고 그녀는 나를 올려다보았다. 내 목에 두 팔을 꼭 감고서, 내 뺨에 계속해서 입 맞추었다. **이제 다시는 떠나지 말아 줘.**

잠시 후, 칼라일의 팔이 우리 둘을 감쌌다.

고맙다. 그는 온 마음을 다해 열렬히 생각했다. **우리에게 돌아와 주어 정말 고맙다.**

"칼라일……, 에스미……. 정말 죄송해요. 제가 정말……."

"지금은 아무 말 안 해도 된단다."

에스미는 내 목에 머리를 기대고 내 체취를 맡으며 속삭였다. **내 아들.**

나는 칼라일을 올려다보았다. 눈을 크게 뜬 채로, 아무것도 숨기지 않고서.

이렇게 왔잖니. 칼라일은 그저 행복한 마음만을 품고서 날 마주 보았다. 내 눈 색깔이 뭘 의미하는지 분명히 알 텐데도, 그 기쁨에는 아무런 흠이 없었다. **미안해할 것 없다.**

천천히, 모든 게 이토록 쉽다는 사실을 믿을 수 없는 채로, 나는 두 팔을 올려 우리 가족의 품으로 돌아왔다.

지금도 역시 같은 느낌이었다. 나는 이렇게 환영받을 만한 존재가 아닌데. 내 의지였든 아니었든 나쁜 짓을 저질렀는데도, 그 모든 게 갑자기 다 지난 일이 되어 버렸다는 걸 좀처럼 믿기가 힘들었다. 하지만 벨라가 용서해 주자 모든 어둠이 싹 씻긴 것만 같았다.

"내가 참으로 무례하게 굴었군. 우리가 무슨 대화를 하고 있었지?"

물론 나는 하다가 중단된 대화가 무슨 내용이었는지 기억하고 있었다. 더욱 기억나는 건, 살포시 벌린 입술이 몇 센티미터 앞에 있었다는 점이다. 그때 나는 그 애의 알 수 없는 마음에 완전히 넋을 놓고 있었다.

벨라는 눈을 두어 번 깜빡였다.

"솔직히 난 기억 안 나."

그럴 수 있겠지. 나는 속에 불을 붙일 숨을 들이쉬고 다시 내쉬었다. 이게 정말로 날 태워 버릴 수만 있다면 얼마나 좋을까.

"뻔한 이유 말고……, 네가 두려워하는 이유에 대해서 얘기하고 있었던 것 같은데."

뚜렷한 공포 때문에 이 애의 마음속에서 다른 생각은 전부 사라져 버렸던 게 분명했다.

하지만 그 애는 미소를 짓더니 내 손을 다시 내려다보았다.

"아, 맞다."

하지만 그 말뿐이었다.

"그래서?"

나는 재촉해서 물었다.

하지만 벨라는 날 마주보지 않고, 다시금 내 손금을 따라 선을 긋기 시작했다. 난 그 손끝의 움직임이 뭔지 의미를 찾아보려 했다. 혹시 그림일까. 아니면 글자일까. 설마 에—드—워—드—제—발—가—버—려 같은 글자라면? 하지만 나는 아무런 의미를 찾을 수가 없었다. 또 알 수 없는 게 늘어났구나. 이 애가 절대로 대답해 주지 않을 질문이 또 생겼다. 난 대답을 들을 자격이 없는 놈이다.

한숨이 나왔다.

"내가 이렇게 한심한 놈인지 미처 몰랐는데."

순간, 벨라가 눈을 들어 내 눈빛을 살폈다. 우리는 몇 초간 서로를 바라보았고, 난 그 애의 강렬한 시선에 놀라고 말았다. 나는 이 애의 마음을 전혀 읽지 못하는데, 이 애는 나의 마음을 아주 잘 읽는 것 같은 느낌이었다.

"내가 두려운 건……."

벨라는 말을 꺼내들었다. 결국 내 질문에 대답하고 있다니, 감사한 마음이었다.

"음, 뻔하잖아. 네 곁에 머물 수가 없기 때문이야."

벨라는 머문다는 말을 하며 눈길을 떨구었다. 이번만큼은 나도 분명히 이해했다. 그 애가 머물 수 없다고 말한 건, 지금처럼 햇살 아래에서 머물거나, 오후 한때를 같이 머물거나, 주중에 만나는 걸 의미한 게 아니었다. 내가 그 애 곁에 머물고 싶다는 의미처럼, 그 애도 같은 마음이었다. **언제까지나 여기 있어. 영원히 머물러 줘.**

"나는 나에게 허락된 것보다 훨씬 더 오래 네 곁에 머물고 싶으니까."

만약, 결국에, 지금 벨라가 설명한 대로 정확하게 내 곁에 머물도록 만들어 버린다면, 뒤따를 모든 결과를 생각했다. 내가 이 애를 영원히 내 곁에 머물도록 만든다면 어떨까. 감당해야 할 희생들과, 슬픈 상실, 쓰라린 후회와 무정한 시선들만이 이 애를 기다리겠지.

"그래."

하지만 벨라의 말에 나도 그렇다고 시인하기가 어려웠다. 상상 속에서 그 모든 고통이 생생하게 다가왔음에도, 내가 간절히 원하고 있음에도 말이다.

"정말로 두려워할 만한 일이지."

나와 함께 있고 싶어 하다니.

"나와 함께 있기를 바라는 것."

이런 이기적인 나와 있고 싶어 하다니.

"네 신상을 위해 절대로 좋은 일이 못되니까."

내가 순순히 인정한 말에 그 애는 내 손을 바라보며 얼굴을 찡그렸다. 나도 내 말이 맘에 들지 않는데, 나보다 더 안 든다는 것처럼.

내 말은 암시조차 위험한 길을 의미했다. 하데스와 그가 내민 석류였다. 난 대체 이 애에게 독이 든 석류알을 얼마나 많이 넣어 버렸는가? 내가 떠난 후 벨라가 창백한 얼굴로 슬퍼하는 모습을 앨리스가 볼 정도로 많이 넣어 버렸구나. 그 환상을 보며 나 역시 그 독에 물든 것처럼 느껴졌다. 난 이미 이지러져 버렸다. 회복될 가망이 없이 중독되었다. 그 환상을 머릿속에서 완전히 떠올릴 수조차 없었다. 이 애를 떠난다니, 그럼 난 어떻게 살라고? 내가 떠난 후 고뇌하는 벨라의 모습을 앨리스는 내게 보여 주었다. 혹시 그녀는 그 미래에서 내 모습이 어떤지도 보았을까? 분명 난 부서진 그림자처럼 조각조각 나고 공허해진 쓸모없는 존재가 되어 있으리라.

나는 떠오른 생각을 입 밖으로 말했다. 하지만 그건 스스로 들으라고 한 소리나 마찬가지였다.

"오래전에 난 떠났어야 했어. 지금이라도 떠나야겠지. 하지만 그럴 수 있을지 모르겠군."

그 애는 여전히 우리의 손을 바라보았지만, 뺨은 따스했다. 그러더니 중얼거렸다.

"난 네가 떠나는 거 싫어."

내가 자기와 함께 있기를 바라는구나. 난 그 행복과 애써 맞서 싸웠지만, 어서 항복하라며 행복은 날 끌어당겼다. 나에게도 선택지가 있기는 한가? 아니면 지금은 벨라에게만 있는 건가? 이 애가 가라고 할 때까지는, 내가 옆에 있게 될까? 희미한 산들바람에 이 애의 목소리가 울려 퍼지는 것 같았다. **난 네가 떠나는 거 싫어.**

"그러니까 떠나야 하는 거야."

우리가 함께 있는 시간이 많을수록, 헤어질 때 힘들어질 게 분명하잖아.

"하지만 걱정하지 마. 난 더없이 이기적인 놈이거든. 너랑 함께 있는 걸 너무 좋아해서 문제지."

"다행이야."

벨라는 가볍게 말했다. 그게 자명한 사실이라는 듯한 말투였다. 여자애들이 다 그런 것처럼, 제일 좋아하는 괴물이 너무나 이기적이라서 언제나 괴물 스스로를 우선순위에 두는 모습을 보고 기뻐하는 게 모든 여자애들의 특성이라도 된다는 것처럼.

욱하는 마음이 치밀어 올랐다. 하지만 이건 오로지 스스로를 향한 분노였다. 나는 자제심을 엄격히 발휘하여 내 손을 그 애의 손에서 뺐다.

"그럼 안 된다니까! 내가 원하는 건 너랑 함께 있는 것뿐이 아니야! 그걸 절대로 잊지 마. 난 다른 사람보다 특히 너한테 더 위험한 존재란 걸 절대 잊어선 안 되는 거야."

벨라는 의아한 눈초리로 나를 바라보았다. 이제 그 눈에서는 공포가 싹 사라져 있었다. 그 애는 고개를 살짝 왼쪽으로 기울였다.

"난 네가 무슨 얘길 하는지 모르겠어. 특히 마지막 부분은."

벨라는 분석하는 말투로 대답했다. 그러자 우리가 학교식당에서 나누었던 대화가 떠올랐다. 사냥에 대해서 물었을 때였지. 그때 이 애는 마치 보고서에 쓸 자료를 수집하는 듯한 말투였다. 관심이 무척 많았지만, 학술적 질문에 지나지 않는 듯한 태도였었다.

그 표정을 보자 웃지 않을 수가 없었다. 분노는 왔을 때처럼 순식간에 사라져 갔다. 즐거운 감정들을 얼마든지 느낄 수 있는데, 분노하며 시간 낭비를 할 필요가 뭐 있겠어?

"어떻게 설명해야 할까."

나는 중얼거렸다. 이 애는 당연히 내가 무슨 이야기를 하는지 모르고 있다. 이 애의 향기에 내가 어떻게 반응하는지 나는 아주 구체적으로 생각해 본 적이 없었다. 그건 당연한 일이었다. 이런 갈증은 추한 것이자 내가 몹시 부끄러워하는 것이니까. 갈증을 느끼는 대상을 생각할 때마다 느껴지는 노골적인 공포는 말할 것도 없다. 아, 정말 어떻게 설명할 수 있을까.

"널 다시 겁먹게 하지 않으면서……, 음."

벨라의 손가락이 쫙 펴진 채로 다시 내 손을 잡았다. 나는 저항할 수 없었다. 내 손을 그 두 손에 다시 부드럽게 내주었다. 그 기꺼운 손길, 내 손가락을 꽉 감싸는 열정 어린 태도를 느끼자 마음이 좀 차분해졌다. 알겠어. 난 곧 모든 걸 털어놓게 될 거야. 내 안에서 부글대는 진실이 폭발할 준비를 마쳤으니까. 하지만 제아무리 내게 늘 관대했던 벨라라도, 이걸 과연 어떻게 받아들일지 알 수가 없었다. 이 순간이 언제라도 불쑥 끝나 버릴 수 있다는 걸 알지만, 그래도 이 애가 날 받아주는 지금을 음미했다.

한숨이 나왔다.

"네 손에서 느껴지는 온기, 참 좋다."

벨라도 미소를 지으면서 우리의 손을 바라보았다. 그 눈망울에는 매료된 기색이 가득했다.

내 진실을 잘 설명할 방법은 없었다. 외설스럽다 싶을 정도로 생생하게 드러내는 수밖에 없겠지. 빙빙 말을 돌려 봤자 이 애는 어리둥절해질 뿐일 테고. 어쨌든 이 애는 진실을 알 필요가 있다. 나는 심호흡을 했다.

"사람들이 저마다 좋아하는 맛이나 향이 다르다는 거 알지? 어떤 사람들은 초콜릿 아이스크림을 좋아하고, 어떤 사람은 딸기 맛 아이스크림을 좋아하는 식으로."

윽. 생각했을 때는 너무 약하게 서두를 떼는 것이 아닌가 싶었지만, 막상 말로 내뱉으니 생각보다 더 끔찍하게 들렸다. 벨라는 공손하게 동의하는 듯 고개를 끄덕였지만, 표정은 지나칠 정도로 사근사근했다. 아마도 이게 무슨 뜻인지 깨닫는 데 1분은 걸릴 것이다.

"먹는 것에 비유해서 미안하지만, 달리 생각할 방법을 모르겠군."

나는 사과했다. 그 애는 방긋 웃었다. 정말로 재미있다는 듯한, 친근감이 느껴지는 미소였다. 보조개가 갑자기 나타났다. 그 웃음을 보니 우리가 이 우스꽝스러운 상황에 서로 피식자와 포식자가 아니라 나란히 일하며 해결책을 찾아보려는 협력 관계로 함께 존재한다는 느낌이 들었다. 문득 더 이상 바랄 것이 없다는 마음이 되어 버렸다. 물론 바라는 것이야 있지만, 불가능한 것이었으니까. 만약, 나도 다시 인간이 된다면 얼마나 좋을까 하는 그런 바람. 나도 벨라를 보며 빙긋 웃었지만, 이 미소는 그 애처럼 진실하지 않고 죄책감이 어린 것뿐이라는 사실을 알고 있다.

벨라의 손이 내 손을 꼭 잡았다. 어서 더 이야기해 보라는 손짓이었다.

나는 생각해 낼 수 있는 가장 좋은 비유를 들어 천천히 설명을 시작했다. 하지만 무슨 말을 해도 실패하고 있다는 걸 이미 안다.

"그러니까 인간은 모두 근본적인 체취가 달라서, 저마다 다른 냄새가 나. 알코올 중독자를 시큼한 맥주 냄새 가득한 맥주 창고에 가둔다면 그 사람은 기꺼이 맥주를 마시겠지. 하지만 그 사람이 마음을 달리 먹은 상태라면, 예컨대 알코올 중독을 치료하는 중이라면 참을 수도 있을 거야. 그런데 또 다른 방 한가운데 몇백 년쯤 묵은 아주 귀한 브랜디가, 말하자면 최고급 코냑 한 잔이 있고 방 안에 달콤하고 그윽한 향기가 가득하다면, 그 사람이 어떻게 할 것 같아?"

내가 지금 내 입장을 너무 동정적으로 그리고 있나? 정말 나쁜 놈이라기보다는 비극의 희생자처럼 묘사하고 있는 건 아닐까?

벨라는 내 눈을 들여다보았다. 나는 무의식적으로 그 애의 내면 반응을 들어 보려 하다가, 이 애 역시 내 마음을 읽으려 한다는 느낌을 받았다.

내 입으로 했던 말을 떠올리며 생각해 보았다. 지금 한 비유가 충분히 설득력이 있었나?

나는 곰곰이 생각하며 말했다.

"아무래도 그건 올바른 비교가 아닌 것 같아. 브랜디를 거부하는 건 너무 쉬운 일일 것 같군. 알코올 중독자 대신 헤로인 중독자로 바꿔야겠어."

그녀는 미소를 지었다. 아까처럼 커다란 미소는 아니었지만, 꾹 다문 입술로 이쪽을 놀리는 듯 삐딱한 미소였다.

"그러니까 네 말은 내가 네가 가장 좋아하는 헤로인 종류라도 된다는 거야?"

놀라서 웃음이 나올 뻔했다. 난 언제나 실패하는 걸 이 애는 항상 해낸다. 농담을 던지고, 분위기를 밝게 만들고, 긴장을 풀어 버리기 등등, 난 못하는 걸 이 애는 항상 성공하는구나.

"응, 넌 바로 내가 가장 좋아하는 종류의 헤로인이야."

이렇게 인정하는 건 확실히 끔찍했다. 그럼에도 어쩐지 안심이 되었다. 벨라가 내게 보여주는 건 죄다 지지하는 마음과 이해심이었다. 이 애가 이 모든 걸 어쩐지 용서할 수 있다는 사실에 머리가 어질어질했다. 어떻게 이럴 수가 있어?

하지만 벨라는 다시금 날 연구해 보겠다는 태도로 변했다.

"그런 일이 자주 있어?"

고개를 궁금한 듯 갸웃거리며 내게 물었다.

생각을 듣는 특이한 능력이 있는 나였지만, 정확한 비교를 하는 건 어려웠다. 내가 듣는 상대방의 머릿속 감각을 진짜로 생생하게 느끼는 건 아니었으니까. 그저 상대방의 생각을 통해서 감정을 알 뿐.

내가 갈증을 표현하는 방식 역시 나머지 가족들과 똑같지 않았다. 나에게 갈증이란 타오르는 불길 같았다. 재스퍼 역시 갈증이 타오른다고 표현했지만, 그에게는 불이 아니라 산성 물질이 타오르는 것과 비슷했다. 마치 화학 반응이 포화 상태를 일으키는 것처럼 말이다. 로잘리는 갈증을 심각한 메마름이라고 생각했는데, 외부에서 가해지는 힘이 아니라 비명을 지르고 싶을 정도로 내면이 부족해지는 것이었다. 에밋 역시 로잘리와 비슷하게 갈증을 표현하는 경향이 있었다. 다시 태어난 두 번째 삶에서 로잘리가 가장 먼저, 또 가장 자주 에밋에게 영향을 준 존재이니 당연히 그럴 것이다.

그래서 나는 다른 이들이 저항하는 데 힘든 시기를 얼마나 많이 겪었는지, 또 저항하지 못했던 때는 언제인지 알고 있었지만, 그들이 겪어 낸 유혹이 얼마나 강렬했는지는 정확히 알 수가 없었다. 다만, 그들의 표준적 통제 수준에 근거하여 어느 정도 추측은 할 수 있었다. 불완전한 기술이었지만, 이 애의 호기심을 충족시켜 줄 수는 있겠지.

이건 더욱 끔찍했다. 대답하는 동안 벨라의 눈을 차마 바라볼 수가 없었다. 그래서 나무 끝으로 슬금슬금 다가가는 태양을 응시했다. 매 순간이 더할 나위 없이 아프게만 느껴졌다. 이 순간이 지나면 다시는 이 애와 함께 있을 수 없을지도 모르는데. 이 귀중한 순간을 이토록 불쾌한 이야기를 하면서 보내지 않을 수 있었다면 얼마나 좋을까.

"남자 형제들끼리 그에 대해 얘길 나눠봤어. 재스퍼는 너희들 모두의 체취가 다 같다더군. 재스퍼는 맨 나중에 우리 가족이 됐거든. 절제하는 것 자체만 해도 재스퍼한테는 힘든 일이야. 체취나 향의 차이를 구분할 만큼 민감해질 시간이 아직 없었던 거지."

횡설수설 말하다 보니 내가 무슨 말을 해 버렸는지 깨달았지만, 이미 말을 내뱉어 버린 후라 난 그만 움찔하고 말았다.

"미안해."

재빨리 사과했다. 하지만 그 애는 자그맣게 훗 소리를 내뱉었다.

"괜찮아. 내가 언짢아지거나 겁을 먹을까 봐 걱정하진 마. 그게 네가 생각하는 방식이잖아. 나도 이해할 수 있어. 아니, 최대한 이해하려고 노력은 할게. 그냥 네가 편한 대로 설명하면 돼."

나는 애써 마음을 가라앉혔다. 무슨 기적이 일어난 건지는 모르겠지만, 벨라는 나의 가장 어두운 면을 알면서도 두려워 떨지 않을 수 있는 능력이 있었다. 난 그 사실을 받아들여야 한다. 이 애는 나를 미워하지 않을 수 있었다. 만약 이 애가 이 사실을 들어도 될 만큼 강인하다면, 나 역시 말해줄 수 있을 만큼 강인해져야 한다. 태양을 다시 바라보자, 남은 시간이 점점 줄어들고 있다는 게 느껴졌다. 나는 천천히 입을 열었다.

"그래서…… 재스퍼는 내가 너한테 느낀 것처럼…… 끌리는 사람을 만나면 어떻게 해야 할지 모르겠다더군. 그러니 생각해 보나 마나겠지. 에밋은 오래 전에 그런 경험이 있기 때문에 내 말을 이해했어. 에밋은 그런 적이 두 번 있었는데, 한 번이 다른 한 번보다 더 강했다고 했어."

마침내 벨라와 눈을 마주쳤다. 살짝 가늘게 뜬 두 눈의 초점이 강렬했다.

"너는?"

이건 대답하기 쉬웠다. 추측할 필요도 없는 질문이었으니.

"한 번도 없었어."

그 애는 한참 그 말을 곰곰이 생각하는 듯했다. 이걸 어떻게 받아들였는지 알 수 있으면 좋으련만. 이윽고 벨라의 얼굴이 살짝 누그러졌다.

"그래서 에밋은 어떻게 했는데?"

이렇게 묻는 말은 가벼운 대화를 나누는 듯한 어조였다.

마치 지금 내가 이 애에게 동화를 들려주고 있다는 것처럼 묻는구나. 이야기의 진행이 어디선가는 어둡기도 하지만, 결국 끝부분에서는 선이 항상 승리하고 진짜 악이나 영원히 잔인한 일은 절대로 일어나지 않는다는 이야기를 듣고 있는 것처럼, 내게 묻는구나.

두 명의 무고한 희생자들에게 대해 어떤 말을 들려줄 수 있을까? 희망과 두려움이 있던 인간들이었다. 사랑하는 가족과 친구들이 있던 이들이었다. 불완전했지만, 더 나은 사람으로 살아갈 기회를 받아 마땅한, 그렇게 살아 보려 했던 이들이었다. 이름이 있던 한 남자와 한 여자였다. 지금 그들의 이름은 이름 모를 묘지 속 단출한 비석에 새겨져 있다.

칼라일이 우리를 장례식에 참석시켰다는 걸 안다면, 이 애는 우리를 좋게 생각해 줄까? 아니면 더 나쁘게 생각하게 될까? 에밋이 죽인 그 둘만이 아니었다. 우리가 실수하거나 일탈을 저지를 때 희생된 자들의 장례식에 우리는 모두 참석했다. 희생자들을 잘 아는 이들이 그들의 삶에 대해 짧은 이야기를 하는 것을 들었으니, 우리가 받을 저주가 조금 줄어들었을까? 고통의 눈물과 비명을 목격했으니 죄가 줄었을까? 불필요한 신체적 고통이 생기지 않도록, 우리는 유가족에게 익명으로 금전적 원조를 제공했지만, 생각해 보면 무신경한 행동이었던 것 같았다. 생명을 앗아간 데 비하면 너무나 약소하지 않은가.

벨라는 내 대답을 기다렸다 포기하고서 말했다.

"알 것 같아."

그 표정은 이제 애도의 기색을 띠었다. 그렇다면 나에게는 이토록 커다란 자비를 베풀면서 에밋은 비난하는 건가? 그는 그 둘만 희생시킨 건 아니었지만, 희생자의 총합을 따지자면 내가 더 많았다. 이 애가 에밋을 나쁘게 여기게 될 거라 생각하니 괴로웠다. 이 범죄 이야기를 듣고서 멈칫하게 된 건가? 이 두 희생자 이야기가 더욱 특별하게 마음에 걸리는 건가?

"유혹에 강한 자들도 가끔은 실수를 하잖아, 안 그래?"

난 힘없이 물었다.

이것도 용서받을 수 있을까?

아니겠지.

벨라는 움찔 놀라며 내게서 몸을 돌렸다. 물론 2센티미터 정도밖에 안 움직였지만, 거리감은 1미터처럼 크게 느껴졌다. 그 애는 입술을 일그러뜨렸다.

"뭘 묻는 거야? 내 허락이라도 구하는 거니?"

심하게 날 선 목소리는 빈정거리는 듯했다.

그래, 여기까지가 벨라의 한계로구나. 솔직히 이제껏 이 애가 너무나 친절하고 자비롭고, 너무 관대하다고 생각했었다. 하지만 알고 보니 나의 타락상을 과소평가했던 것뿐이었군. 내가 그토록 경고했음에도, 이 애는 내가 그저 유혹하고만 있다고 생각해 온 게 틀림없다. 포트 엔젤레스에 그랬던 것처럼, 유혈사태를 막았던 것처럼 내가 항상 나은 선택을 한다고만 생각한 거야.

그날 밤에도 난 말했었다. 우리 가족이 최선을 다하고는 있지만, 실수를 할 때도 있다고 말이다. 내가 살인을 자백하고 있었다는 걸 이 애는 깨닫지 못했던 걸까? 그렇다면 그토록 쉽게 상황을 받아들인 것도 놀라운 게 아니로군. 벨라는 내가 언제나 강한 존재라서, 양심의 가책 정도만 받을 상황만 만들 뿐 그 이상은 저지르지 않는다고 생각했던 거군. 뭐, 그렇게 생각하는 게 이 애 잘못인 건 아니다. 난 누군가를 죽였다고 드러내어 말한 적이 없으니까. 내가 몇 명을 죽였는지 말해 준 적은 없었으니.

내 생각이 꼬리에 꼬리를 무는 동안, 벨라의 표정이 부드러워졌다. 내가 얼마나 이 애를 사랑하는지 알려주면서 작별을 고할 방법은 무얼까. 그 사랑에 위협을 느끼지 않게 고하는 방법은 뭘까.

그런데 문득, 더 이상 목소리에 날을 세우지 않은 채 벨라가 물었다.

"그럼 희망이 없다는 거야?"

1초도 안 되는 동안 난 우리가 바로 전에 나누었던 대화를 머릿속으로 돌려보았다. 그리고 내가 벨라의 반응을 오해하고 있었다는 사실을 깨달았다. 난 이제껏 과거에 지은 죄를 용서해 달라고 애원하고 있었는데, 이 애는 내가 앞으로, 곧바로 닥칠 죄를 용서해 달라는 줄 알고 있었구나. 내가…….

"아니, 아니야!"

인간이 이해할 수 있는 속도로 말을 느리게 하느라 무척 힘이 들었다. 벨라에게 들려줘야 하는 말을 너무 급하게 하려 했기 때문이었다.

"당연히 희망은 있어! 물론 난 절대로……."

널 죽이지 않아. 차마 이 말을 맺지 못했다. 이 애가 죽어 버린단 상상만 해도 너무 고통스러웠다. 나는 벨라의 눈을 뚫어져라 응시하며, 차마 할 수 없는 말을 어떻게든 전달하려고 해보았다.

"우린 달라. 에밋은…… 그 사람들은 에밋이 우연히 만난 낯선 사람들이었어. 그건 아주 오래전 일이고, 그때 에밋은 지금보다 훈련도 덜 됐었어. …… 그러니 조심하지도 않았겠지."

벨라는 내 말을 찬찬히 듣고서, 내가 말하지 않은 내용까지 이해했다.

"그러니까 만일 우리가……."

잠시 말을 멈춘 그 애는 적당한 상황을 예로 찾아내려 궁리했다.

"어두운 골목길 같은 데서 만났다면……."

아, 이제는 쓰라린 진실을 밝힐 때가 왔구나.

"그날 학생들이 가득한 교실 한가운데서 벌떡 일어나지 않으려고 내가 얼마나……."

널 죽이지 않으려고 얼마나 노력했던가. 나는 벨라에게서 시선을 떨구었다. 너무나 부끄러웠다.

이런 상황에서도, 그 애에게 내 모습을 변명하고픈 일말의 희망이 떨쳐지지 않았다.

"네가 내 옆을 스쳐 걸어갔을 때, 바로 거기서 난 칼라일이 우릴 위해 쌓아온 모든 것을 망칠 수도 있었어. 그렇게 오랜 세월 내가 마지막까지 남은 갈증을 부인하며 살지 않았다면, 나 자신을 막지 못했을 거야."

순순히 털어놓았다. 머릿속에는 그때의 교실이 너무나 선명하게 떠올랐다. 완벽한 기억력이란 재능이 아니라 저주에 가까웠다. 그 시간을 매 초 이토록 정확하게 기억할 필요가 과연 있단 말인가? 눈을 휘둥그레 뜨던 그 애의 공포심을, 그 눈동자에 비친 나의 괴물 같던 얼굴을? 그 향기가 나의 선한 면을 죄다 파괴했던 방식을 무엇 때문에 또렷이 기억하나?

지금 보는 벨라의 표정이 아득했다. 어쩌면 이 애도 그때를 떠올리고 있는지도 모르지.

"넌 내가 미친 줄 알았겠지."

벨라는 내 말을 부정하지 않았다. 가냘픈 목소리가 흘러나왔다.

"이해가 되지 않았어. 어떻게 그렇게 짧은 시간에 날 미워할 수 있는지……."

그 순간 이 애도 진실을 직감적으로 느꼈었구나. 내가 자기를 증오했다는 걸 정확히 이해했구나. 내가 그토록 강렬하게 원했던 만큼, 증오했다는 걸 말이야.

"나한테 넌, 나를 파멸시키려고 지옥에서 온 악마처럼 보였어."

그때의 감정을 다시 느끼고 이 애를 먹잇감으로 바라보던 기억을 떠올리니 괴로웠다.

"네 피부에서 풍기는 향기는……, 첫날은 그 향기 때문에 완전히 돌아 버릴 것 같더군. 그 한 시간 내내, 나는 너랑 단둘이 있을 수 있는 곳으로 널 꼬여 낼 방법을 수백 가지는 생각했다. 그리고 가족을 떠올리고는, 내가 그들에게 어떻게 그런 짓을 할 수 있겠냐고 스스로를 다그치며 그 생각을 물리쳤지. 그래서 너를 유혹해 나를 따라오게 만들기 전에 어서 달아나야 했어……. 넌 따라왔을 테니."

진실을 들은 벨라의 기분은 어떨까? 정반대의 사실들을 어떻게 배열하며 이해하고 있을까? 자기를 죽일지도 모르면서, 동시에 자신의 연인이 될 수도 있는 나를 어떻게 생각할까? 살인자인 나를 따라왔을 거라고 확신하는 나의 이 자신감을, 이 애는 어떻게 여길까?

벨라는 턱을 1센티미터쯤 들어 올리더니, 수긍했다.

"분명 그랬겠지."

우리의 손은 아직도 조심스레 얽혀 있었다. 그 손은 내 손만큼이나 움직임이 없었지만, 안에서는 피가 펄떡펄떡 맥동하고 있다는 게 달랐다. 이 애도 나와 같은 두려움을 느낄까. 지금이라도 손을 떼어야 하는 건 아닌가 하는 두려움을, 그리고 한번 손을 놓으면 이 애에게 더는 용기가 생기지도 않고 용서하고 싶지도 않아 다시 잡을 수 없게 되는 건 아닐까 하는 두려움을 느낄까.

벨라의 눈을 안 보면 고백하기가 좀 더 쉬웠다. 나는 말을 이었다.

"그래서 당장 수업 시간표를 바꿔 어떻게든 피해 보려고 쓸데없는 시도를 하고 있는데, 네가 거기 있더라……. 그렇게 가까이. 작고 따뜻한 방에 네 체취가 가득해 난 다시 미칠 것 같았지. 거기서 정말 난 널 해치울 뻔했어. 거긴 내가 상대해야 할 다른 인간이 한 사람밖에 없었으니까."

벨라의 팔에서 시작된 떨림이 손까지 이어져 갔다. 어떻게든 새로이 설명하려 들 때마나 나는 더욱 더 듣기 괴로운 말을 써 대기만 했다. 상황에 맞는 말, 진실을 담은 말이었지만, 그만큼 추한 말들이었다.

하지만 말을 막을 수가 없었다. 말들이 내 입에서 쏟아져 나오며 설명 속에 고백이 섞여 들어가는 동안, 벨라는 미동도 없다시피 조용히 앉아 있었다. 나는 다 설명했다. 도망치려고 했지만 성공하지 못했다고, 오만함 때문에 다시 이곳으로 돌아왔다고. 그 오만함 때문에 우리가 서로 대화를 하게 되었다고. 그런데 네 생각을 읽을 수 없어서 답답한 마음에 너무 괴로웠다고, 너의 향기는 나에게 계속해서 고문이자 유혹으로 다가왔다고 설명했다. 이야기를 하다 보니 우리 가족 이야기도 나왔다. 가족들이 매 고비마다 내 행동에 어떻게 영향을 주었는지 벨라는 잘 이해하고 있을까. 그러다 타일러의 승합차에서 너를 구해 주면서 내 관점이 바뀌었고, 네가 단지 위험을 유발하는 존재, 짜증스럽기만 한 존재만이 아님을 난 인정할 수 밖에 없게 되었다고 말했다.

"병원에선?"

내가 입을 다물자 벨라는 재촉하며 물었다. 내 얼굴을 낱낱이 바라보는 그 애는 동정심과 열망, 그리고 아무런 비난의 기색 없이 이야기를 계속 듣고 싶은 욕망을 품고 있었다. 나는 더 이상 그 애의 자비로움에 놀라지는 않았다. 하지만 앞으로도 언제까지나 이건 기적이라고 생각하게 되겠지.

나는 불안했다고 설명했다. 너를 구해서 불안했던 게 아니라, 결과적으로 나와 우리 가족의 정체를 드러낸 것이 되어 불안했다고. 그래서 그날 텅 빈 복도에서 내가 왜 날카로운 태도를 보였는지 이해해 주기를 바랐다. 그래서 이야기는 자연스럽게 우리 가족이 다양한 반응을 보였다는 쪽으로 흘러갔다. 가족 중 몇몇이 너를 영원히 입 다물게 만들어 버리길 원했다는 사실을 말했을 때는 어떻게 생각할까 궁금했다. 하지만 벨라는 이제 떨지 않았고, 저도 모르게 두려움을 내비치지도 않았다. 전체적인 내막을 들으며, 밝게만 여기던 면에 사실은 어두움이 공존하고 있었다는 걸 알았으니 이 애는 얼마나 묘한 기분일까.

나는 계속 이야기했다. 그 후로 너에게 전혀 관심 없는 척 굴어 보았다고, 그건 우리 모두를 보호하기 위해서였다고 말이다. 하지만 이제껏 죄다 실패했노라고.

그날 학교 주차장에서 그토록 본능적으로 행동하지 않았더라면, 지금 나는 어떻게 살고 있었을까 혼자서 생각해 본 적이 한두 번이 아니었다. 만약 내가 지금 이 애에게 끔찍하게 묘사했던 것처럼, 자동차 사고로 죽게 내버려 두었다면, 그래서 더할 나위 없이 무시무시한 모습으로 본 모습을 드러내어 인간들이 그 꼴을 봤다면 어떻게 되었을까. 아마 우리 가족은 즉시 포크스에서 도망쳐야 했겠지. 만약 그런 일이 일어났더라면 가족들은 어떻게 반응했을지 상상해 보았다……. 대부분 지금과는 반대였을 거다. 로잘리와 재스퍼는 화내지 않았을 것이다. 조금 으스대기는 했을지 모르겠지만 날 이해했겠지. 칼라일은 크게 실망했어도 여전히 날 용서했을 테고. 앨리스는 영영 사귈 수 없게 된 친구를 두고 슬퍼했을까? 에스미와 에밋만이 변치 않는 태도로 날 대했을 것이다. 에스미는 나의 안위를 걱정하고 있을 거고, 에밋은 그저 어깨를 으쓱였겠지.

나는 사실 알고 있었다. 내게 닥친 재난을 그때도 약간 눈치채고 있었다는 사실을 말이다. 처음부터, 벨라와 몇 마디 나눠 보지 않았던 그 순간부터 나는 이 애에게 강하게 끌렸다. 하지만 그때 이토록 어마어마한 비극이 펼쳐질 것도 알았을까? 그건 아니었으리라. 물론 고통스럽기야 했을 테고, 그 후로는 뭘 잃어버렸는지도 정확히 깨닫지 못한 채 공허한 삶을 또 살아가겠지. 진정한 행복이 무엇인지는 전혀 깨닫지 못한 채로.

그때 이 애를 잃어버리는 편이 더 쉬웠을 거란 사실 역시 알고 있다. 진정한 기쁨이 뭔지 몰랐겠지만, 또 그만큼 깊은 고통에 괴로워할 일도 없었을 테니까. 이런 고통이 존재할 수 있다는 사실조차 몰랐을 테니까.

나는 벨라의 친절하고 상냥한 얼굴을 가만히 생각했다. 이제는 내게 너무나 소중해졌고, 나의 세상의 중심이 되어 버린 그 모습을. 내 여생에 두고두고 보고 싶은 단 하나의 존재는 이 애뿐이다.

벨라는 같은 경이로움을 두 눈 가득 담은 채 나를 다시 바라보았다. 나는 긴 고백을 이제 끝맺었다.

"그 모든 걸 다 감안해도, 바로 지금, 보는 사람도 없고 날 막을 이유도 전혀 없는 지금 널 해치는 것보다는 차라리 처음 만난 순간에 우리 존재를 노출시키는 편이 훨씬 마음 편했을 거야."

그 애의 눈이 둥그레졌다. 하지만 두려움이나 놀라움 때문이 아니었다. 나에게 매료되어서였다.

"왜?"

이렇게 묻는 말에 설명하기도 역시 어려웠다. 정말 하기 싫었던 말들만큼이나 이 말도 쉽게 할 수 없었다. 하지만 내겐 너무나 하고 싶은 말들도 있었다.

"이사벨라……, 벨라."

이 이름을 말하는 것만으로도 그저 좋았다. 일종의 맹세 같은 느낌이었다. 이건 내가 속해 있는 이름이야.

나는 조심스럽게 한 손을 빼서 햇빛을 받아 따스하고 부드러운 그 머리카락을 쓰다듬었다. 이런 별 것 아닌 손길에서 오는 기쁨이, 이런 식으로 다시 이 애를 자유로이 만질 수 있다는 앎이 나를 온통 뒤흔들었다. 난 다시 벨라의 두 손을 잡았다.

"널 해친다면 나는 스스로를 용서하고 살아갈 수가 없을 거야. 그 생각이 날 얼마나 괴롭혔는지 넌 모르겠지."

벨라의 동정심 가득한 표정에서 눈을 떼고 싶지 않았지만, 이 얼굴을 보면서 동시에 앨리스의 환상 속에 나타난 이 애의 또 다른 얼굴을 보기란 너무 힘들었다.

"창백하고 싸늘한 모습으로 식어버린 네 모습을 생각만 해도……, 빨갛게 얼굴을 붉히는 너를 두 번 다시 볼 수 없고, 내 가식을 꿰뚫어 볼 때면 예리하게 반짝이는 네 눈을 두 번 다시 볼 수 없다고 생각하면 난 견딜 수가 없어."

이런 말로는 내 생각 속에 숨은 고뇌를 전혀 전달할 수가 없었다. 그러나 나는 지금 그 추악한 부분을 견뎌 내는 중이라서, 그토록 오랫동안 이 애에게 하고팠던 말을 할 수 있었다. 고백을 할 수 있어 기쁜 마음으로, 나는 벨라의 눈을 다시 바라보았다.

"이제 너는 나한테 가장 중요한 존재야. 영원히, 가장 중요한 존재."

이 감정을 어떻게 표현하면 좋을까. '견딜 수 없을 정도로'라는 표현으로는 부족했다. 내가 방금 한 고백의 말도 이 감정을 그저 약하게만 담아낸 메아리 정도였다. 이런 말로도 부족할 정도라는 걸, 내 눈을 보면서 알아주면 좋으련만. 나는 이 애 마음을 읽지 못하지만, 이 애는 언제나 내 마음을 더욱 잘 읽으니까.

벨라는 기뻐서 어쩔 줄 모르는 내 눈빛을 잠시 마주하면서 뺨을 슬그머니 분홍빛으로 물들였지만, 이내 우리가 맞잡은 두 손 쪽으로 눈을 내리깔았다. 그 아름다운 얼굴빛을 바라보자 온몸이 떨려왔다. 그저 사랑스럽기만 한 저 얼굴빛을 좀 봐.

"너도 내 마음 이미 알잖아. 내가 지금 여기 있는 건…… 한 마디로 말해서 너랑 헤어져 있느니 차라리 죽겠다는 뜻이야."

벨라는 속삭이듯 말했다.

더할 나위 없는 행복과 심한 후회를 동시에 느끼는 게 가능할 줄은 미처 몰랐다. 이 애는 날 원해. 너무 기쁘다. 하지만 이 애는 내게 자기 목숨을 걸었어. 말도 안 돼.

여전히 눈을 내리깐 채로, 벨라는 얼굴을 찡그리며 말했다.

"난 바보거든."

그 맺음말에 웃음이 났다. 어떻게 보자면 이 말이 맞다. 세상 그 어떤 종(種)이라도, 제일 위험한 포식자의 품에 맹목적으로 달려든다면 오래 살 리가 없으니까. 이 애가 특이해서 다행이지.

"넌 정말 바보라니까."

나는 부드럽게 놀려 댔다. 하지만 이 바보에게, 난 언제까지나 감사하게 되리라.

벨라는 장난기 어린 얼굴로 방긋 웃으며 나를 보았다. 우리는 함께 웃었다. 진실을 고백하는 고된 시간을 거치고 나서 웃게 되자 무척 안도감이 들어서, 내 웃음은 지금 장난기에서 벗어나 순수한 기쁨을 드러냈다. 이 애도 분명히 같은 마음이겠지. 우리는 한마음이 되어 더없이 완벽한 순간을 누리고 있었다.

불가능한 일이었지만, 우리는 서로에게 속했다. 우리가 함께 하는 그림은 모든 게 다 잘못이었다. 살인자와 죄 없는 사람이 가까이 기대

앉아, 서로를 앞에 둔 채로 햇볕을 쬐며 그저 평화로이 시간을 보내다니. 마치 우리가 더 좋은 세상으로, 이런 불가능한 상황도 존재할 수 있는 유토피아로 승천한 것 같았다.

문득 수십 년 전에 봤던 그림이 하나 떠올랐다.

우리가 정착할 만한 적당한 마을을 찾아다닐 때마다, 칼라일은 종종 곁길로 빠져서 오래된 교구 교회에 몰래 들어가곤 했다. 그는 교회만 보면 안 들어가 볼 수 없는 것 같았다. 그런 곳은 대개 단순한 목재 구조물이었다. 채광이 잘 되는 창문도 없어서 안은 어둡고, 마룻바닥과 의자 등받이는 사람의 손길을 하도 받아 매끈하고 냄새가 나는 그런 공간을 보기만 하면 칼라일은 반사적으로 차분해지곤 했다. 그의 아버지, 또 그의 어린 시절이 떠오르는 그 순간에는 폭력적으로 끝나버렸던 인간의 삶은 저 먼 이야기인 듯 느껴졌다. 그는 오로지 즐거운 것만을 기억했다.

그 날도 우리는 곁길로 샜다. 필라델피아에서 북쪽으로 48킬로미터쯤 떨어진 곳에 있는 곳에서 오래된 퀘이커 교회를 발견했던 것이다. 그 건물은 농가보다 크지 않은 아담한 곳이었다. 바깥은 돌로 장식했고, 안은 아주 검소하게 꾸며져 있었다. 여기저기 옹이진 바닥과 곧게 선 등받이 의자가 너무 평범해 보였기에, 저쪽 벽에 장식이 있는 걸 본 나는 그만 놀랄 뻔했다. 칼라일도 그 장식에 흥미를 보여서, 우리는 함께 찬찬히 살펴보았다.

그건 각 변이 38센티미터밖에 안 되는 정사각형 모양의 자그마한 그림이었다. 돌로 지은 이 교회보다도 더 오래된 그림이라고 난 추측했다. 이걸 그린 화가는 척 봐도 그림 공부를 한 적이 없어 보이는 아마추어였다. 그럼에도 이 단순하고도 조악하게 그려진 이미지에는 심금을 울리는 무언가가 있었다. 그림 속 동물에는 따스해 보이는 연약함이 드러났다. 가슴 아플 정도의 부드러움이었다. 이 화가가 형상화한 온화한 세상의 모습에 나는 묘한 감동을 받았다.

더 좋은 세상이로군. 칼라일은 혼자서 생각했다.

그 세상은 지금 같은 순간이 존재할 수 있는 세상이리라. 지금 그런 생각이 들었다. 그러자 가슴 아플 정도의 부드러움이 다시금 느껴졌다.

"그렇게 해서 사자가 새끼 양과 사랑에 빠져 버렸지……."

내가 속삭이자, 벨라는 두 눈을 크게 뜨고 그 의미를 1초간 생각했다가, 이내 얼굴을 붉히며 눈을 내리깔았다. 그리고 잠시 호흡을 가다듬더니, 충동적으로 미소를 지었다.

"참 바보 같은 양도 다 있다니까."

그 애는 내 농담에 장단을 맞추었다.

"참 정신 나간 사자도 다 있지."

나도 대꾸했다. 하지만 이게 맞는 말인지는 모르겠다. 한편으로는 맞는 말이긴 했다. 난 일부러 불필요한 고통을 자초하며 즐기고 있으니까. 교과서에 나오는 마조히즘의 정의와 똑같은, 정신 나간 짓이 맞다. 하지만 고통은 치러야 할 대가였고…… 그에 따른 보상은 고통보다 훨씬 더 컸다. 그러니 고통이란 대가는 무시해도 좋을 정도였다. 나는 이 고통의 열 배라도 기꺼이 치를 것이다.

"왜……?"

벨라는 주저하며 중얼거렸다. 나는 알고 싶어 하는 그 열정에 미소를 지었다.

"응?"

그러자 그 이마가 살짝 주름지려는 기색이 보였다.

"아까 왜 달아났는지 말해 줘."

그 말을 듣자 정말로 배를 한 대 확 얻어맞은 것 같았다. 그토록 혐오스러운 순간을 다시 떠올리고 싶어 하는지 알 수가 없었다.

"너도 알잖아."

하지만 그 애는 고개를 저으며 눈썹을 축 늘어뜨리더니, 이제는 진지한 목소리로 말했다.

"아니, 그러니까 내가 뭘 잘못했는지 정확히 알고 싶어. 그래야 앞으로 조심해야 할 행동이 뭔지 배울 수 있잖아. 예를 들어서 이런 건……."

벨라는 손끝으로 내 손등을 천천히 쓸어 올려 손목에 이르렀다. 닿는 곳마다 고통 없는 불길이 일었다.

"괜찮은 것 같아."

책임을 자기가 직접 지겠다니, 이 역시 벨라답군.

"넌 잘못한 거 없어, 벨라. 내 잘못이니까."

그러자 그 애는 턱을 치켜들었다. 고집스러워 보이는 행동이었지만 그 눈동자는 애원하고 있었다.

"그래도 더 힘들게 만들지 않도록 나도 최대한 돕고 싶단 말이야."

그 말에 처음 든 본능적인 생각은 이건 네가 걱정할 일이 아니라 내 문제라고 계속 우기자는 거였다. 그렇지만 난 알고 있었다. 내가 이제껏 묘하고 기괴하고 무시무시한 말만을 한 상황인데도, 벨라는 그저 날 이해하려고만 든다는 사실을 말이다. 내가 묻는 말에 최대한 분명히 대답해 준다면, 이 애는 더욱 기뻐하겠지.

그렇지만 피에 대한 갈망을 어떻게 설명한단 말인가? 너무 수치스럽다.

“글쎄…… 너랑 가까이 있는 것 자체가 힘들었어. 인간들은 대부분 본능적으로 우리가 풍기는 낯선 느낌에 치를 떨면서 우리를 멀리하거든……. 네가 그렇게 가까이 다가올 줄은 예상 못했어. 네 목덜미에서 풍기는 냄새도 그렇고.”

나는 말을 차마 잇지 못했다. 제발 날 역겹다고 생각하지 말아 줘.

그 애는 미소를 참는 듯 입을 꾹 다물었다.

“알았어. 목을 내놓지 말아야겠군.”

그러면서 오른쪽 쇄골 쪽으로 턱을 쭉 당기는 시늉을 했다. 내 불안한 마음을 누그러뜨리려는 의도가 분명했고, 또 효과가 있었다. 그 표정에 웃고 말았으니까. 안심을 시켜주려, 나는 말했다.

“아니야. 다른 이유 때문이 아니라 그냥 좀 놀라서 그랬달까.”

나는 다시 손을 들어 벨라의 목덜미에 살며시 갖다 댔다. 믿을 수 없으리만큼 부드러운 피부와 발산되는 온기가 느껴졌다. 엄지로 턱선을 훑어보았다. 그 애만이 일으킬 수 있는 전류가 내 몸을 둥둥 울리기 시작했다. 나는 속삭였다.

“봐, 아무렇지도 않잖아.”

벨라의 맥박도 같이 뛰기 시작했다. 손 아래로 느껴지고, 귓가에 들리는 질주하는 심장의 박동. 그 얼굴에서 분홍빛이 퍼져 턱과 헤어라인까지 물들어갔다. 그 애가 반응하는 모습과 소리는 내 갈증을 깨웠다기보다 오히려 나의 인간적인 반응에 더욱 불을 붙여 질주하게 만들어버리는 것 같았다. 이토록 생생한 느낌을 받은 적은 처음이었다. 인간으로 살았을 때도 이런 느낌을 받은 적이 있었던가.

“빰이 달아오르면 넌 참 사랑스러워.”

나는 중얼거리며 벨라의 손에서 내 왼손을 살며시 빼낸 다음, 손바닥 사이로 그 애의 얼굴을 감싸쥐었다. 그 애의 동공이 커지면서 심장 박동이 빨라졌다.

그때 난 너무나 키스하고 싶었다. 부드럽게 휘어진 그 입술, 언제나 살짝 갈라진 그 입술 때문에 난 멍해진 채 앞으로 끌려갔다. 하지만 새롭게 느껴지는 이 인간적 감정이 그 어느 것보다도 훨씬 더 강렬한 지금에서조차, 나는 스스로를 완전히 신뢰할 수가 없었다. 한 번만 더 시험해 봐야 한다. 앨리스의 매듭은 다 통과한 것 같았지만 그래도 뭔가가 부족한 느낌이었다. 그 순간, 뭘 더 해야 하는지 깨달았다.

언제나 내가 피해왔던 것, 절대로 내 머릿속이 탐험하지 못했던 것이 하나 있었다.

"움직이지 마."

내가 경고하자, 벨라는 숨을 죽였다.

천천히, 나는 앞으로 몸을 숙였다. 그러면서 혹시 그 애가 달가워하지 않는 기색을 보일까 싶어 표정을 살펴보았다. 하지만 그런 기색은 없었다.

마침내 나는 앞으로 고개를 푹 숙이고, 머리를 돌려 벨라의 목덜미 우묵한 곳에 뺨을 댔다. 연약한 피부 아래로 따스한 피가 주는 생명의 열기가 고동치며 차갑고 돌 같은 내 몸으로 건너왔다. 나는 기계처럼 호흡을 조절하면서 숨을 들이쉬고 내쉬며 몸을 제어했다. 그리고 몸 안에서 일어나는 모든 미세한 움직임을 판단하며 기다렸다. 어쩌면 필요 이상으로 오래 기다렸는지도 모르지만, 이렇게 있으니 너무 즐거운 나머지 꾸물대도 좋다는 생각이 든다.

이 단계에서는 아무런 함정도 없을 거란 확신이 들자, 나는 좀 더

진도를 나갔다.

천천히, 하지만 꾸준하게 몸을 움직였다. 벨라가 놀라거나 겁먹는 일이 없도록 나는 조심스럽게 다시 자세를 잡았다. 내 손이 그 애의 턱을 지나 어깨로 내려가자 여린 몸이 부르르 떨렸고, 나는 순간 조심스러웠던 호흡을 놓쳐버리고 말았다. 하지만 이내 다시 마음을 다잡고 하던 동작으로 되돌아가 머리를 움직였다. 이제 내 귀는 벨라의 심장 바로 위에 있었다.

그 심장 소리. 아까는 크게 들려오던 소리가 이제는 내 온몸을 에워싸고 오디오처럼 울려 대는 것만 같다. 내 발밑의 땅마저도 안정되지 못하고, 그 심장의 박자에 맞추어 희미하게 흔들리는 것만 같다.

나의 의지에 반하여 한숨이 새어 나갔다.

"아아."

영원히 이렇게 있을 수만 있다면 얼마나 좋을까. 이 심장 소리에 푹 빠져들어, 이 피부의 따스함을 만끽하며 지낼 수만 있다면. 하지만 이제는 최종 시험을 볼 차례였다. 나는 얼른 시험을 마치고 싶었다.

벨라의 향기를 처음으로 난 불길처럼 들이마시며 마음껏 상상해 보았다. 생각을 차단하고 잘라내어 의식에서 억지로 밀어내기보다는, 그냥 떠오르는 대로 놔두었다. 생각들이 기꺼이 나오지는 않았다. 적어도 지금은 아니었다. 하지만 나는 언제나 피하기만 했던 상상 속 지점에 억지로 들어갔다.

이 애를 맛보는 상상으로……, 그 피를 빨아 대는 상상으로.

더할 나위 없이 절실한 욕구를 완전히 해소한다면 그 안도감이 어떨지는 기존의 경험으로 충분히 알 수 있었다. 벨라의 피는 내가 만난 그 어떤 인간의 피보다도 나를 강렬하게 끌어당겼다. 그러니 그 안도감과 쾌감도 그만큼 더욱 강렬할 거라고만 추측할 뿐이었다.

그 피는 내 목구멍의 고통을 달래주고, 몇 달간 일던 입속의 불길을 죄다 누그러뜨리겠지. 한 번도 그 애를 보고 불길을 느낀 적이 없었던 것처럼 느껴질 것이다. 고통은 완전히 완화되리라.

내 혀에 느껴지는 그 피의 달콤함은 더욱 상상하기가 힘들었다. 내 욕망에 그토록 완벽하게 부합하는 피를 이제껏 경험해 본 적은 없었다. 하지만 내가 이제껏 알아온 모든 갈망을 분명히 충족시켜 줄 것이다.

인간의 피 없이 살아온 지 75년 만에 처음으로, 나는 완전한 배부름을 느끼게 되리라. 내 몸은 강력하고 완전하게 느껴지리라. 몇 주간 아무것도 마시지 않아도 갈증을 느끼지 못할 정도이리라.

나는 일어날 일들을 순서대로 쭉 생각하면서 놀라고 말았다. 이제껏 금기로 여겨왔던 상상들을 마음껏 해보고 있는데도, 지금 그 상상은 내게 너무 감흥이 없었다. 심지어 피를 마신 다음 어쩔 수 없이 일어날 일들, 예를 들어 갈증이 다시 돌아오는 상황이나 그 애 없는 세상에 공허함을 느끼는 상황은 애써 생각하지 않는데도, 내 상상대로 행동하고 싶은 욕망은 전혀 들지 않았다.

그 순간 또한 나는 똑똑히 보았다. 내 속에는 달리 괴물이 살고 있던 게 아니었다. 처음부터 괴물은 없었다. 내 정신에서 욕망을 분리하려는 열망 때문에, 나는 습관적으로 나의 일부를 의인화하여 진짜 내 모습이라고 여기는 부분과 거리를 두었던 거다. 마치 내가 싸울 상대를 만들기 위해 사악한 운명의 여신이란 존재를 창조했듯 말이다. 그건 대응기제(對應機制, 어려운 위협이나 도전을 받았을 경우 생리적, 심리적 수준의 대처 반응양식을 뜻함_옮긴이)로, 그다지 좋은 게 아니었다. 선과 악이 공존하는 전체로써 나 자신의 모습을 바라보고, 현실을 받아들이며 노력하는 편이 더 좋으니까.

나는 계속 꾸준히 호흡했다. 벨라의 향기를 한 모금씩 받아들이며 느끼는 고통은 그 애를 안았을 때 느꼈던 압도적이고 버거웠던 신체 감각에 반가운 대조가 되어 주었다.

우리 둘 모두를 겁먹게 만들어 버렸던 조금 전의 격렬한 반응이 무엇이었는지 조금은 더 이해하게 된 것 같았다. 실은 이미 내가 압도당해 버릴 거라 굳게 믿고 있었기 때문에, 정말로 압도당해 버렸을 때는 자기충족적 예언이 실현된 거나 다름없었다. 나의 불안감과 그토록 집착해 왔던 고통스러운 환상들에 더해, 예전의 자신감을 뒤흔들어 버렸던 몇 달 동안의 자기 의심이 모두 합쳐진 나머지, 벨라를 지켜주는 데 절대적인 비중을 차지했던 결심을 그만 약하게 만들었기 때문이었다.

심지어 악몽 같은 앨리스의 환상도 문득 활기가 예전보다 덜해졌고, 색은 바래져 갔다. 나를 뒤흔들었던 그 힘은 쇠퇴하고 있었다. 이제 그 미래는 전적으로 불가능해졌기 때문이다. 지금은 그 점이 확실해졌다. 벨라와 나는 손 잡은 채로 이곳을 떠날 것이고, 내 삶은 마침내 시작될 테니까.

우리는 얽힌 매듭을 통과했다.

앨리스 역시 이것을 분명 보았겠지. 그래서 기뻐하고 있겠지.

현재의 자세가 유난히 편안했지만, 나의 삶을 새로이 펼쳐 보고 싶은 마음 역시 간절했다.

나는 천천히 벨라에게서 몸을 떼었다. 그 애의 팔을 쭉 쓰다듬던 두 손은 다시금 내 옆으로 내려왔다. 그 얼굴을 다시 보는 것만으로도 소박한 행복이 가득했다.

내 머릿속에서 얼마나 대단한 일들이 일어나는지 알지도 못한 채, 벨라는 나를 호기심 어린 눈망울로 바라보았다.

"다시는 그리 어렵지 않을 거야."

나는 이렇게 약속했지만, 막상 말하고 보니 그 애는 내 말이 무슨 뜻인지 잘 이해가 안 갔을 거란 사실을 깨닫고 말았다.

"너한텐 어려운 일이었어?"

벨라는 동정 어린 눈빛으로 물었다. 날 걱정해 주는 저 마음에 몸 안쪽까지 따스해진다.

"내가 상상한 것만큼 나쁘진 않았어. 넌?"

그 애는 믿을 수 없다는 듯 나를 슬쩍 바라보았다.

"나도 나쁘지…… 않았어."

뱀파이어에게 안겨 있던 것 치고는 참 태평해 보이는구나. 하지만 분명 본인의 생각보다는 더 많은 용기를 내야 했겠지.

"무슨 뜻인지 알잖아."

벨라는 커다랗고 따스한 미소를 지었다. 보조개가 한쪽에만 보이는 미소였다. 만약 내가 가까이 다가오는 걸 애써 참아 내려 정말로 애를 써야 했더라도, 그 애는 절대로 아니라고 했을 게 분명했다.

행복에 들떠 아찔한 이 마음. 지금 맛보는 이 환희란 이렇게밖에 표현할 수가 없다. 스스로를 설명할 때 이런 표현을 자주 써 본 적은 없었는데. 머릿속에 드는 생각을 죄다 입 밖으로 내뱉고 싶었다. 벨라의 머릿속 생각을 낱낱이 듣고 싶었다. 하지만 그 생각만은 여전히 들리지 않았다. 그래도 그것 말고는 모든 게 새로웠다. 모든 게 변해 버렸다.

난 벨라의 손을 잡았다. 내 피부로 그 애 피부를 느껴보고 싶다는 단순한 이유에서였다. 머릿속으로 이래도 될까 철저하게 따져보지 않은 적은 이번이 처음이었다. 처음으로 즉흥적인 행동을 해 보자 자유로움이 느껴졌다. 이런 새로운 충동이란 옛 충동과는 전혀 무관했다.

"자, 봐."

나는 그 손바닥을 내 뺨에 댔다.

"따뜻해진 거 느껴져?"

내가 처음으로 본능에 따른 행동을 하자, 벨라의 반응은 예상을 뛰어넘었다. 내 광대뼈에 닿는 그 애의 손가락이 떨려왔다. 두 눈은 둥그레지고, 미소는 슬그머니 사라졌다. 심장 고동과 호흡이 가빠졌다.

괜한 행동을 했구나 후회하려던 순간, 벨라는 가까이 몸을 기대 오며 속삭였다.

"움직이지 마."

온몸에 짜릿한 전율이 흘렀다.

그 요청은 쉽게 이루어졌다. 인간은 절대로 따라할 수 없는 수준으로 꼼짝도 하지 않도록 몸을 굳혔다. 무슨 의도인지는 모르겠지만, 너무나 알고 싶었다. 혈액 순환계가 없는 내 몸에 적응해 보려는 것 같지는 않은데. 나는 눈을 감았다. 왜 눈을 감았을까. 그 시선을 너무나 의식하며 의미를 꼼꼼히 따져보려는 날 보고 벨라가 부담스러워할까 봐 그런 걸까, 아니면 이 순간에 아무런 방해를 받고 싶지 않아서였을까. 나도 모르겠다.

그 애의 손이 아주 천천히 움직이기 시작했다. 먼저 어루만진 부분은 뺨이었다. 이윽고 그 손끝은 감고 있는 눈꺼풀을 지나 그 아래 반원 모양 눈두덩을 쓸었다. 그 피부가 내 피부와 닿는 곳마다 따끔따끔한 열기의 흔적이 남았다. 다음으로는 내 콧날을 쓸다가, 이제는 떨림이 더욱 뚜렷하게 느껴지는 손가락으로 내 입술선을 따라 선을 그었다.

얼어붙었던 내 몸이 녹아버렸다. 나는 입을 살짝 벌려서 가까이 다가온 벨라의 손끝을 두고 호흡했다.

손가락 하나가 다시 내 아랫입술을 간질이더니, 이내 손이 물러났다. 그 애가 몸을 뒤로 젖히자 우리 사이의 공기가 서늘해졌다.

나는 눈을 뜨고 벨라와 시선을 마주했다. 그 애의 얼굴은 빨갛게 달아올랐고, 가슴은 여전히 세차게 뛰고 있었다. 비록 피가 흐르는 몸이 아니지만, 나 역시 몸속에 그 박동이 환상의 메아리처럼 울려대는 걸 느꼈다.

난 정말…… 많은 걸 원했다. 이 애를 만나기 전, 불멸의 존재로 사는 동안 전혀 필요성을 느끼지 못했던 것들을 원했다. 내가 불멸의 존재로 살기 전에도 원하지 않았을 게 확실한 것들이었다. 그리고 그들 중 몇 가지는 언제나 내게 불가능하게 여겨지던 것들이었는데, 이제는 꽤 많은 부분이 가능해진 것 같기도 했다.

그러나 지금 벨라와 함께 있는걸 편안하게 느끼면서도 당연히 갈증은 남아 있었었고, 내가 여전히 너무나 강력한 존재라는 것도 문제였다. 이 애보다 훨씬 강한 나의 온몸은 강철처럼 단단했다. 그러니 언제나 이 애가 다치기 쉬운 존재라는 걸 염두에 두어야 한다. 이 애와 있을 때 어떻게 움직여야 하는지 정확히 알아내려면 시간이 필요하겠지.

벨라는 자신의 손길을 내가 어떻게 느끼는지 궁금해하면서, 기다리고 있다는 표정으로 날 바라보았다.

나는 더듬더듬 설명했다.

"내가 지금 느끼는 이 복잡하고…… 혼란스러운 감정을…… 너한테도 전할 수 있다면 좋겠군. 그럼 너도 이해할 텐데."

햇빛을 받은 벨라의 곱슬곱슬한 머리카락이 산들바람에 나부꼈다. 환한 빛 아래 불그스름하게 빛나는구나. 나는 손을 뻗어 그 제멋대로 찰랑거리는 머리카락 한 줌의 질감을 손가락 사이로 느껴 보았다. 그러자 우리 사이가 너무 가까워서, 결국 참지 못하고 그 얼굴까지 쓰다듬었다. 태양 아래 드러난 뺨이 벨벳 같았다.

벨라는 머리를 내 손에 살짝 댔지만, 내 얼굴을 바라보는 눈빛은 여전히 강렬했다.

"얘기해 봐."

그 애가 흐트러진 호흡 사이로 말했다. 나는 어디서부터 말을 꺼내야 할지 생각조차 할 수 없었다.

"말로는 설명 못할 것 같아. 이미 말한 대로…… 나는 너에게 허기와 갈증을 느껴야 하는……."

나는 벨라에게 미안한 표정으로 어설픈 미소를 지으며 말을 이었다.

"비참한 존재야. 그런 부분은 너도 어느 정도는 이해할 수 있을 거야. 그래도 넌 허락될 수 없는 물건에 중독된 적이 없으니 아마 완벽하게 공감할 순 없겠지……. 하지만……."

내 손가락이 제멋대로 그 입술을 탐색하려 드는 것 같았다. 입술을 가볍게 쓸어 보았다. 드디어 만져봤어. 내가 상상했던 것보다 더 부드러워. 더 따스해.

"또 다른 허기 같은 게 느껴져. 나한텐 너무 낯설어서 도저히 이해할 수 없는 허기야."

그러자 그 애는 다시금 살짝 회의적인 눈빛을 내게 던지며 말했다.

"그거라면 의외로 내가 더 잘 이해할 수 있을 것 같은데."

난 순순히 인정했다.

"난 지극히 인간적인 감정엔 익숙하지 않아. 언제나 이런 느낌인가?"

내 체내를 활활 불태우는 급격한 흐름 같은 느낌이었다. 자석처럼 나를 앞으로 끌어당기는 듯한 느낌이었다. 아무리 가까이 있어도 만족하지 못하고 더 가까워지고 싶은 느낌.

"나한테 묻는 거야?"

벨라는 잠시 말을 멈추고 생각한 다음 말했다.

"나도 잘 몰라. 전엔 한 번도 느껴본 적 없거든."

나는 벨라의 두 손을 잡았다. 그리고 경고했다.

"난 너에게 어떻게 다가가야 할지 모르겠어. 과연 할 수 있을지도 모르겠고."

이 애를 안전하게 지키기 위해 내가 넘지 말아야 할 한계를 어디에 설정해야 할까? 이기적인 욕망 때문에 지혜롭지 못하게 그 한계를 밀어붙이게 되는 상황을 어떻게 방지할 수 있을까?

벨라는 내게로 더 가까이 다가왔다. 그리고 내 맨가슴에 옆얼굴을 기대는 동안, 나는 몸을 조심스레 가만히 굳혔다. 앨리스가 내 옷장에 이런저런 간섭을 했던 게 지금처럼 고마운 적이 없었다.

그 애는 스르르 눈을 감았다. 그리고 만족한 듯 한숨을 쉬었다.

"이거면 충분해."

나에게 다가오라는 이 상황을 내가 거부할 수 있을 리 없었다. 이 정도까지는 제대로 해낼 수 있을 거란 확신이 들었다. 세심하게 주의하면서, 나는 두 팔로 가볍게 벨라를 감싸 안았다. 처음으로 이 애를 진짜로 품에 안아보는구나. 그리고 그 따스한 향기를 들이마시면서 정수리에 입을 맞추었다. 첫 입맞춤이야. 살며시 한 것이지만, 나만 한 것이지만.

벨라는 짧게 키득거렸다.

"생각보다 잘하네, 뭐."

"나도 인간으로서의 본능이 있어. 깊숙이 파묻혀 있겠지만 분명 있을 거야."

이 머리카락에 내 입술을 대고서 이 애를 품에 안고 있는 동안, 시간의 흐름은 무의미했다. 벨라의 심장은 지금 나른하게 뛰었고, 내 피부에 느껴지는 숨결은 느리고 규칙적이었다. 그러다 나무 그림자가 우리 위에 드리워지자 난 시간이 많이 지났다는 걸 알아차렸다. 이제는 내 피부에 반사되는 빛도 없었고, 갑자기 어두워진 초원은 오후라기보단 저녁에 가까운 모습이었다.

벨라는 깊은 한숨을 내쉬었다. 이번에는 만족감이 아니라 후회가 깃든 한숨이었다. 나는 이런 상황들을 가늠하고서 말했다.

"너 가야겠다."

"내 생각은 못 읽는다더니?"

나는 빙긋 웃고서 마지막으로 그 애의 정수리에 몰래 입 맞추었다.

"아무래도 점점 또렷해지는 것 같은데."

우리는 여기서 꽤 오래 있었지만, 돌이켜 보면 몇 초밖에 안 되는 것 같았다. 지금까지 무시했지만, 벨라는 곧 인간의 욕구를 느끼게 되겠지. 하지만 다시 느릿느릿 오랫동안 숲을 헤쳐가야 할 거다. 그런 생각을 하다가 문득 좋은 생각이 떠올랐다.

다음에 뭘 할지 상관없이 이 애를 품에서 놓고 싶지 않았지만 나는 손을 떼었다. 그리고 그 어깨를 양손으로 가볍게 짚으며 물었다.

"뭐 하나 보여 줄까?"

"뭘 보여 주려고?"

벨라는 살짝 의심 어린 목소리로 물었다. 내 목소리가 좀 흥분해 있다는 걸 그제야 깨달았다.

"내가 숲에서 어떻게 돌아다니는지 보여 줄게."

내 설명에 그 애는 입을 꾹 다물고는 의심스러운 표정을 지었다. 눈썹 사이의 주름이 이전보다 더욱 진하게 나타났다. 내가 공격할 뻔했을 때도 이렇진 않았는데. 난 좀 놀라고 말았다. 평소에는 호기심 가득하고 겁 없기만 했으면서.

"걱정하지 마, 넌 안전할 테니. 훨씬 더 빨리 네 트럭까지 갈 수 있어."

내가 장담하는 말을 듣고 그 애는 한동안 곰곰이 생각하다가 속삭였다.

"박쥐로 변하기라도 할 거야?"

웃음을 참을 수가 없었다. 별로 참고 싶지도 않았다. 이토록 내가 본 모습을 자유롭게 느꼈던 적이 또 있었던가. 물론 그건 따져 보면 사실이 아니었다. 가족들과만 있을 때면 언제나 자유롭고 개방적인 기분이 들었으니까. 하지만 지금은 달랐다. 황홀감과 감당하기 힘들 만큼의 행복감. 온몸의 세포가 새롭게, 짜릿하게 살아나는 느낌이었다. 우리 가족 안에서 이런 기분을 느꼈던 적은 없었다. 하지만 벨라와 있을 때는 모든 감각이 강렬해졌다.

"그런 거 아니라니까! 또 그 소리!"

웃음을 멈추고 다시금 말을 할 수 있게 되자 난 벨라를 놀렸다. 그 애는 방긋 웃었다.

"그래, 난 네가 언제든 박쥐로 변할 거라고 생각하고 있단 말이야."

나는 한 손을 내밀며 벌떡 일어섰다. 하지만 그 애는 의심스러운 눈초리로 손을 바라보았다.

"겁쟁이 아가씨, 얼른 내 등에 업히기나 해."

내가 구슬리는 말에 벨라는 주저하며 잠시 날 바라보았다. 왜 이러는 걸까. 내 생각이 이상해서 경계심이 드는 걸까. 아니면 나한테 어떻게 다가와야 할지 몰라서 그런 걸까. 우리는 이런 신체 접촉을 이제 막 시작한 참이라, 여전히 서로는 수줍음을 많이 느끼고 있긴 하다.

이러는 건 어떻게 다가와야 할지 몰라서라는 결론이 나왔다. 그렇다면 내가 쉽게 해 주자.

난 벨라를 바닥에서 들어 올린 다음, 등에 업고 팔다리를 내 몸에 부드럽게 감았다. 그 애의 맥박이 빨라지고 호흡이 거칠어졌다. 하지만 일단 업히자, 팔다리를 내 몸에 꼭 붙였다. 난 그 몸의 온기에 휩싸인 기분이었다.

"네가 평소 메고 다니는 배낭보다 좀 무거울걸."

걱정스러운 목소리가 들렸다. 혹시 내가 이 무게를 감당 못할 거라고 생각하나?

"하."

나는 코웃음을 쳤다. 이 얼마나 쉬운 일이란 말인가. 무게가 느껴지지도 않는 그 몸은 업고 가는 느낌이라기보다는 그저 내 몸에 그 애를 감쌌다는 느낌뿐이었다. 이 행복이 어찌나 크던지 갈증은 완전히 가려져서 지금은 고통이 거의 느껴지지 않았다.

내 목을 감싼 벨라의 손을 떼어 내고 그 손바닥을 코에 대 보았다. 그리고 있는 힘껏 숨을 들이마셨다. 그래, 고통이 있기는 있구나. 없어지진 않았지만 별것 아니네. 이토록 빛으로 가득 차 행복한데, 이까짓 불길쯤이야.

"점점 쉬워지고 있군."

난 숨죽여 말했다. 그리고 우리가 처음 산행을 시작했던 출발점으로 돌아가는 가장 평탄한 길을 선택한 다음, 완만한 산등성이를 나섰다. 길을 돌아가면 몇 초 정도 더 들겠지만, 그래 봤자 트럭까지 가는 데는 몇 분 걸리지 않는다. 몇 시간 동안 걷는 것보다는 낫지. 위아래로 많이 움직이는 길을 가느라 이 애 몸이 흔들리게 되는 것보다도 낫다.

이 역시 새롭고 즐거운 경험이었다. 난 언제나 달리기를 좋아했다. 지난 백여 년 동안 달리기는 가장 순수한 형태의 신체적 행복이었다. 하지만 지금, 이 애와 몸을 딱 붙이고, 또 마음도 하나가 된 상황에서 함께 달리고 있으니, 달리는 행위 자체만으로도 상상해 보지 못했던 수많은 즐거움이 있음을 깨달았다. 나만큼 이 애도 짜릿함을 느낄까.

문득 석연치 않은 마음이 내게 잔소리를 해 댔다. 벨라가 집에 가고 싶어 하는 것 같으면 얼른 서둘러 데려다 주었어야지. 그러나…… 그 전에 이 대단한 서막의 시작을 적절한 피날레로 장식해야 하는 것 아닌가? 우리가 새롭게 알게 된 이 순간에 일종에 봉인을 찍어야 하는 게 맞잖아? 예배의 축도처럼 말이야. 하지만 내가 너무 성급하게 움직인 나머지 무언가 빠졌다는 걸 알아차렸을 때는 이미 움직이는 중이었다.

그래도 아직 늦지 않았다. 진짜 키스를 해보자. 그 생각에 몸속에 다시금 전류가 흘렀다. 한때는 불가능할 거라 생각했었다. 한때는 우리가 키스할 수 없다는 사실에 나만큼이나 그 애도 마음 아플 거란 생각에 슬프기도 했었다. 하지만 이제는 둘 다 가능할 거라는……, 그리고 그 순간이 빠르게 다가오고 있다는 확신이 들었다. 그러자 전류가 뱃속에 휘몰아쳤다. 어째서 사람들은 이토록 거친 느낌을 그저 속이 울

렁인다는 어설픈 말로만 표현할까.

이윽고 트럭이 주차된 곳에 도착한 나는 몇 걸음 앞에서 부드럽게 멈춰 섰다.

"재미있지?"

나는 벨라의 반응을 잔뜩 기대하며 물었다. 하지만 그 애는 대답하지 않았다. 내 허리와 목을 꽉 잡은 팔다리는 풀어질 줄 몰랐다. 몇 초간 아무 대답 없이 그저 조용했다. 뭔가 잘못됐나?

"벨라?"

그 애가 헐떡이는 소리가 들렸다. 그제야 숨을 참고 있었다는 걸 깨달았다. 빨리 눈치챘어야 했는데.

"나 좀 누워야 할 것 같아."

벨라는 가냘픈 목소리로 말했다.

"아, 미안해."

인간과 지내는 법을 철저히 배울 필요가 있겠어. 멀미를 할 거라고는 생각조차 못했군.

나는 팔다리가 풀어지기를 기다렸지만, 그 애는 근육 하나 꼼짝하지 못했다.

"네가 도와줘야 할 것 같아."

벨라가 속삭였다.

느리고 부드러운 손짓으로 먼저 그 애의 다리를 풀어 준 다음, 팔을 풀었다. 그리고 그 몸을 돌려서 내 가슴에 감싸 안았다.

안색이 너무 창백해서 처음에는 놀랐지만, 하얗게 변해 버린 얼굴을 전에도 본 적이 있었다. 그날도 이 애를 팔에 안고 있었지. 하지만 그때와 지금은 완전히 다르다.

나는 무릎을 꿇고 벨라를 부드러운 양치식물 위에 앉혔다.

"기분이 어때?"

"어지러운…… 것 같아."

"무릎 사이로 머리를 숙여 봐."

나의 조언을 듣자, 훈련된 반응인 것처럼 벨라는 곧바로 따라 했다.

난 그 옆에 앉았다. 침착한 호흡 소리를 들으면서, 나도 모르게 이 상황에 지나치게 불안해하고 있다는 걸 깨달았다. 별로 심각한 건 아니고 그저 메스꺼움 정도라는 걸 알지만, 그래도…… 창백하고 아픈 모습을 보자 합리적인 생각을 할 수 없을 정도로 괴로웠다.

잠시 후, 그 애는 시험해 보겠다는 듯 고개를 들었다. 안색은 여전히 창백했지만, 아파 보이지는 않았다. 눈썹에는 열게 땀이 맺혀 있었다.

"좋은 생각은 아니었나 보다."

난 바보 같은 기분으로 중얼거렸다. 벨라는 힘없이 미소를 지었다.

"아니야, 아주 재미있었어."

명백한 거짓말에 나는 코웃음을 쳤다.

"하! 너 지금 유령처럼 창백해. 아니, 안색이 나만큼이나 하얗게 질려 있다고."

"눈을 감을 걸 그랬어."

그 애는 천천히 숨을 들이쉬며 이렇게 말하고는 정말로 눈을 감았다.

"다음번엔 잊지 마."

혈색이 돌아오면서, 그 뺨에 퍼져가는 분홍빛에 정비례하여 나의 긴장감도 사라졌다.

"다음번이라니!"

극적인 한탄조가 나왔다. 짐짓 노려보는 그 얼굴에 난 웃어 주었다.

"잘난 척은."

벨라는 투덜대며 아랫입술을 비쭉 내밀었다. 둥글고 도톰한 저 입술. 믿을 수 없으리만큼 부드러워 보여. 저 느낌은 어떨까 상상했다. 그러면서 몸이 더욱 가까워졌다.

나는 무릎을 돌려 그 애를 마주보았다. 초조하고, 안절부절못하고 있었다. 조급한 마음은 확신이 없었다. 더 가까워지고 싶다는 열망은 마치 이전에 나를 지배하던 갈증 같다는 생각이 들었다. 이 열망 역시 쉽사리 물러서지 않았고, 무시할 수가 없었다.

벨라의 뜨거운 숨결이 내 얼굴에 닿았다. 난 몸을 더 가까이 기댔다.

"눈을 떠봐, 벨라."

그 애는 천천히 눈을 떴다. 짙은 속눈썹 사이로 나를 잠시 올려다보며 이내 턱을 들었고, 우리는 눈높이를 맞추었다.

"달리면서 내가 생각한 게 있어……."

난 말하다 그만 입을 다물었다. 이건 아무리 봐도 별로 로맨틱한 서두가 아니로군.

벨라는 눈을 가늘게 뜨고 물었다.

"나무랑 부딪히지 않아야겠다는 거겠지."

그러면서 그 애는 웃음을 참으려 했지만, 나는 키득키득 웃었다.

"바보 같기는. 달리기는 나에게 제2의 본능과 같아. 생각할 필요가 없는 거지."

"잘난 척은."

그 애는 아까 했던 말을 반복했다. 이번에는 좀 더 강조해서.

우리는 지금 주제에서 벗어나 있다. 이토록 우리 얼굴이 가까운 상태에서 이럴 수도 있다니, 그것도 놀라웠다. 나는 미소를 지으며 본론으로 돌아갔다.

"그게 아니야. 해보고 싶은 게 생각났어."

나는 벨라의 얼굴 양쪽을 가볍게 잡았다. 그리고 혹시 싫다면 얼마든지 얼굴을 뗄 수 있는 여지를 넉넉히 남겨 두었다.

그 애의 호흡이 가빠졌다. 무의식적으로 고개를 내 쪽으로 가까이 기울였다.

나는 8분의 1초 동안 내 신체 상태를 다시 측정했다. 온몸의 기관을 철저하게 시험하면서, 어떤 부분도 내 허를 찌르고 잘못 작동하지 않으리라는 점을 확인했다. 갈증은 잘 통제되어 신체 욕구의 가장 깊숙한 곳으로 가라앉아 있었다. 나는 손과 팔과 몸통이 돌아갈 때의 압력을 조절했고, 그 피부에 닿는 나의 손길은 산들바람보다 더 부드러워졌다. 예방 조치는 필요 없을 거란 확신이 들었지만, 그래도 난 호흡을 멈췄다. 아무리 조심해도 지나치지 않는 법이니까.

벨라는 스르르 눈을 감았다.

우리 사이에 남은 아주 짧은 거리를 좁혀 들어갔다. 그리고 내 입술을 그 입술에 살며시 겹쳤다.

마음의 준비는 단단히 해 두었다고 생각했었다. 그런데 미처 준비하지 못한 게 있었다. 온몸이 그만 확 타오르고 말았다.

입술의 감촉이 손가락 감촉보다 훨씬 더 커다랗게 다가오는 것은 대체 어떤 신비한 화학작용 때문인가? 입술이라는 특정한 피부 영역의 단순 접촉이 어째서 내가 이제껏 경험한 그 어떤 자극보다 강렬하게 다가오는지, 논리적으로 이해가 되지 않았다. 우리의 입술이 만나는 곳에서 새로운 태양이 폭발하는 듯한 느낌이었다. 그 눈부신 빛에 온몸이 부풀어 오르다 못해 산산조각날 것만 같았다.

이 키스의 위력과 맞붙어 볼 시간도 없이, 벨라에게도 화학작용이 일어났다.

그 애는 숨을 헐떡이며 반응했다. 내 입술에 닿은 그 입술이 벌어지면서 숨결에 실린 열기가 내 살갗을 태웠다. 그 팔이 내 목을 두르고, 손가락이 내 머리칼 속을 파고들었다. 그 힘에 몸을 실어 그 애의 입술이 내 입술에 더 꼬옥 맞부딪혔다. 신선한 피가 확 흘러든 입술은 아까보다 따스하게 느껴졌다. 더욱 벌어지며 나에게 손짓하는 두 입술…….

그 입술의 초대를 받아들인다면, 안전하지 못하리라.

조심조심, 가능한 한 가벼운 힘으로 난 벨라의 얼굴을 나에게서 떼어내었다. 그리고 손끝을 그 피부에 가만히 대어 우리 사이의 거리를 벌렸다. 이런 자그마한 몸짓 말고는, 내 몸을 꼼짝 않은 채로 두면서 난 노력했다. 이 유혹을 무시할 수가 없다 해도, 최소한 떨어져 있어 보자고 말이다. 포식자의 반응이 몇 가지 기분 나쁘게 돌아온 게 느껴졌다. 입안에는 독액이 차오르고, 몸속이 꽉 죄어들었다. 하지만 이건 피상적인 반응이었다. 이성이 완전히 신체를 장악하고 있다고 말하면 어폐가 있을지 모르겠으나, 적어도 먹고 싶다는 열망은 없었기 때문에 딱히 틀린 말도 아니었다. 훨씬 더 기분 좋은 열정이 꿈틀거려 전율이 느껴졌다. 하지만 그 열정의 특성상 자제해야겠다는 필요성을 없앨 수는 없었다.

벨라의 표정은 압도되어 멍하면서도 사과하는 기색이었다.

"앗."

몇 시간 전이었다면 이 애의 순진한 행동이 어떤 일을 일으켰을까 생각해 보지 않을 수가 없었다.

"그런 식으로 가볍게 반응할 일은 아니었어."

오늘 내가 얼마나 많은 걸 이루어 냈는지 벨라는 모른다. 하지만 이 애는 내가 언제나 스스로를 완벽하게 제어하는 것처럼 행동했다. 사실은 안 그런 상황에서도 말이다. 하지만 지금은 마침내 내가 그 신뢰를 받을 자격이 있다고 느껴서 안도감이 들었다.

벨라는 뒤로 몸을 빼려 했지만, 내 손은 아직 그 얼굴을 단단히 잡고 있었다.

"내가 이러지 말았어야 하나……?"

"아니야, 참을 만했어. 제발 잠깐만 기다려 줄래?"

나는 그 애를 달래었다. 나는 무척 조심하고 싶었다. 모르는 새에 실수하고 싶지 않았으니까. 이미 나의 근육은 느슨해졌고, 독액도 더는 나오지 않았다. 그 애를 품 안에 안고 키스라는 신비한 화학작용을 계속 진행시키고 싶다는 충동은 더욱 더 거부하기 어려웠지만, 나는 수십 년 동안이나 올바른 선택을 하는 연습을 해온 경험이 있었다.

"됐어."

마침내 마음이 차분해지자 이렇게 말했다. 벨라는 다시 웃음을 참으며 물었다.

"참을 만해?"

"난 생각보다 강하군."

나는 이렇게 말하며 웃었다. 지금 이토록 자제심이 강력하게 발휘되리라고는 예전에는 절대로 믿지 못했을 것이다. 참으로 빠른 진보였다.

"알고 나니 기쁜데."

"나도 같은 말 할 수 있으면 좋겠지만, 미안해."

"넌 어차피 인간에 **불과하잖아**."

내 농담에 벨라는 눈을 흘겼다.

"그거 참 고마운 말이네."

우리가 키스하는 동안 내 몸을 가득 채웠던 빛은 사라지지 않은 채였다. 너무 행복해서 어떻게 이 느낌을 간직할 수 있을지 모를 정도다. 압도적인 기쁨과 전반적으로 느껴지는 곤혹스러움에 지금 책임감 있게 행동하지 못하게 될까 봐 걱정이 되었다. 이 애를 집에 데려다줘야 하잖아. 오늘 오후에 노닐었던 유토피아도 이제 끝났다는 생각이 들었지만 그렇게 힘들지는 않았다. 우리는 함께 떠날 테니까.

나는 일어서서 벨라에게 손을 내밀었다. 이번에는 그 애도 재빨리 손을 잡았다. 나는 그 애를 일으켜 세웠다. 그러자 벨라는 불안정한 모습으로 선 자리에서도 비틀거렸다.

"아직도 달려온 것 때문에 어지러워? 아니면 키스 후유증인가?"

난 이렇게 묻고 크게 웃었다. 그 애는 다른 손으로 내 손목을 잡고 몸을 바르게 세우며 장난스레 말했다.

"잘 모르겠지만 아직 어지러워. 아마 둘 다 영향이 있겠지."

벨라의 몸이 흔들리며 내 몸으로 가까이 다가왔다. 현기증 때문이 아니라 다분히 의도적인 것 같았다.

"내가 운전해야겠다."

그러자 비틀거리던 기색이 싹 사라지는 것 같았다. 그 애는 어깨를 펴고 말했다.

"정신 나갔어?"

벨라가 운전한다면, 그 두 손이 운전대를 잡고 있게 놔두어야 할 것이다. 그리고 길 말고 다른 곳을 보게 할 수도 없을 테지. 하지만 내가 운전한다면, 훨씬 더 여유가 있을 거야.

"난 네가 멀쩡할 때보다 훨씬 더 잘할 수 있어. 넌 반사신경이 워낙 느리잖아."

이건 진심이 아니라 놀리는 말이라는 걸 알려주려고, 나는 미소를 지었다. 물론 진심도 조금은 섞였지만.

벨라는 사실을 두고 왈가왈부하지 않았다.

"그건 사실이지만, 내 신경이나 트럭은 지금 네 운전 솜씨를 받아들일 수 없을 것 같아."

나는 이 애가 예전에 날 비난했던 그 기술을 써 보려고 했다. 현혹시키는 기술 말이다. 대체 어떻게 해야 하는 건지는 아직도 정확히 모르겠지만.

"부탁이니 좀 믿어 줘, 응? 벨라?"

하지만 효과는 없었다. 아마 이 애가 눈을 내리깔고 있어서 그렇겠지. 벨라는 청바지 주머니를 폭폭 친 다음 열쇠를 꺼내 손가락을 꼭 감싸 주먹을 쥐었다. 그리고 다시 눈길을 들고서 고개를 저었다.

"안 돼. 어림도 없어."

그러더니 나를 빙 돌아 길 쪽으로 걷기 시작했다. 정말로 어지러운 건지, 아니면 걸음이 어설퍼서 그런 건지는 모르겠지만, 결국 두 걸음 만에 비틀거렸고, 넘어지려 하는 걸 내가 잡아 주었다. 난 다시금 가슴에 그 애를 안았다.

"벨라."

나는 나지막이 말했다. 그 애의 눈빛에서는 장난기가 싹 사라졌다. 이제는 내게 기댄 채로, 얼굴을 내 쪽으로 살짝 들어올렸다. 곧바로 키스해 버린다면 어떨까. 하지만 그건 참 환상적이자 동시에 끔찍한 생각 같았다. 나는 억지로 조심하는 편을 택했다.

그리고 장난스러운 어조로 그 애를 설득했다.

"지금까지 난 널 살려 두느라 이미 별의별 짓을 다 했어. 그런데 똑바로 걷지도 못하는 지금 운전석에 앉힐 수야 없지. 게다가 친구가 음주운전을 하게 내버려 둔다면 사람이 아니지."

난 음주 운전 반대 공익광고의 문구를 인용하며 말을 맺었다. 그 광고는 이 애 시대와는 맞지 않는 것이긴 했다. 이 광고가 나왔을 때 벨라는 겨우 세 살이었으니까.

"음주 운전이라니?"

그 애는 항의했지만, 나는 비뚜름한 미소를 지어 보였다.

"너는 내가 옆에 있기만 해도 몽롱하게 취하잖아."

그러자 패배를 시인하며 벨라는 한숨을 쉬었다.

"그건 나도 인정해."

그리고 주먹을 치켜들었다. 손에서 내 손으로 열쇠가 떨어졌다. 이윽고 주의하라는 당부가 이어졌다.

"살살 다뤄. 내 트럭은 노인이란 말이야."

"잘 생각했다."

내 말에 벨라는 입술을 꾹 다물고 인상을 썼다.

"그럼 넌 아무렇지도 않다는 거야? 내가 옆에 있어도?"

아무렇지도 않다니? 이 애 때문에 내 모든 부분이 완전히 변했는데. 나조차도 변한 내 모습을 알아보기가 쉽지 않은데.

백 년 만에 처음으로, 나는 이런 존재가 된 것이 감사했다. 물론 벨라를 위험에 빠뜨리는 면이 있기는 했지만 그걸 제외한다면, 뱀파이어가 되어 갖게 된 모든 속성을 난 인정할 수 있게 되었다. 뱀파이어가 되었기에, 이토록 오래 살아 벨라를 만나게 되었으니까.

앞으로 무엇이 나를 기다리고 있을지 알았다면, 그리고 상상했던 것보다 나란 존재가 더 나은 무언가가 되려고 진보하고 있다는 사실을 알았다면 그간 견뎌온 수십 년의 세월이 그토록 어렵지는 않았을 텐데. 내가 생각해 왔던 것처럼 수십 년 동안 쓸데없이 시간을 죽인 게 아니었다. 그 세월은 진보의 과정이었으니까. 스스로를 다듬고, 준비하고, 완전히 제어한 결과 지금 이것을 가질 수 있게 된 거다.

내가 새로워졌다는 것을 완전히 확신할 수는 없었다. 내 모든 세포를 가득 채우는 이 격한 황홀함은 오랫동안 지속될 수 없을 것이다. 그래도 나는 예전 모습으로 돌아가고 싶지 않았다. 지금 보자면 예전의 에드워드는 미완성인 것처럼, 불완전한 것처럼 보였다. 마치 반쪽이 사라진 것 같다고나 할까.

예전 에드워드라면 이런 건 절대로 하지 못했겠지. 나는 몸을 숙이고 벨라의 턱 끝에 입술을 댔다. 펄떡펄떡 뛰는 동맥 바로 위쪽이었다. 그리고 턱선을 따라 뾰족한 끝까지 부드럽게 입술을 쓸다가, 다시 위로 입술을 올리며 귀까지 입을 맞춰 대며 내 입술의 희미한 압박 아래로 따스한 그 피부의 벨벳 같은 감촉을 느꼈다. 그리고 다시 천천히 뾰족한 턱 쪽으로 입술을 움직였다. 그 입술과 닿을 듯 말 듯한 자리까지. 내 품에서 파르르 떠는 그 애를 보자, 나는 전례 없이 따스함을 느끼고 있지만 이 애에게는 얼음장에 닿은 듯 차가울 거란 사실이 떠올랐다. 나는 손을 풀었다.

그리고 벨라의 귓가에 속삭였다.

"어쨌든 반사신경은 내가 더 뛰어나잖아."

18

육체보다 강한 정신

내가 운전하겠다 고집부린 건 아주 잘한 일이었다.

우리는 손을 잡고, 서로 눈을 마주 보면서 기쁜 기색을 감추지 않고 길을 달렸다. 벨라가 운전했다면 인간의 감각을 도로에 집중해야 했을 테니 이럴 수 없었을 것이다. 그러나 무엇보다도, 순수한 빛으로 터질 듯 내 온몸이 가득 찼다는 느낌은 전혀 희미해지지 않았다는 게 더욱 문제였다. 이게 얼마나 벅찬 느낌인지 난 잘 알았다. 나도 이토록 벅찬데, 벨라는 인간의 몸으로 과연 이 벅찬 기분을 견딜 수 있을까. 그러니 인간 같지 않은 내가 운전하는 편이 훨씬 안전했다.

해가 지면서 구름이 움직이고 있었다. 이따금 저물어가는 붉은 태양빛이 내 얼굴에 들이치기도 했다. 불과 어제만 해도, 이런 식으로 햇빛에 내 모습이 노출되었다면 얼마나 무서운 기분이 들었을지 상상이 되었다. 하지만 지금은 그저 웃고 싶었다. 마치 내 안에 가득한 빛이 웃음이란 형태가 되어 빠져나가고 싶어 하는 듯, 내 속이 웃음으로 가득 찬 것 같았다.

문득 호기심이 들어, 트럭에 있는 라디오를 켰다. 그런데 아무 주파수에도 맞추어져 있지 않아 지직대는 소리에 난 놀랐다. 하지만 엔진의 소음을 생각하면 운전할 때 음악에 별 신경을 쓸 수가 없었겠다 싶었다. 나는 어느 정도 들을만한 주파수가 잡힐 때까지 다이얼을 돌려 보았다. 그러다 조니 에이스의 노래가 나오자 미소가 지어졌다. 〈Pledging My Love(내 사랑을 맹세하며)〉로군. 딱이네.

나는 노래를 따라 부르기 시작했다. 약간 유치한 기분이 들었지만, 이런 말을 할 기회를 얻을 수 있어서 즐겁기도 했다. 언제나, 영원히, 너만을 사랑하리.

벨라는 내 얼굴에서 눈을 떼지 않으며 미소를 지었다. 지금 이런 내 모습이 난 너무 놀라운데 너는 웃는구나.

"50년대 음악 좋아해?"

노래가 끝나자 그 애가 물었다.

"50년대 음악은 좋아. 60년대나 70년대 음악보다 훨씬 낫지. 윽!"

물론 그 시절의 음악 경향을 따르지 않은 뛰어난 음악가들도 분명히 있었지만, 그 당시 몇 안 되는 라디오 채널에서 가장 많이 들려오던 음악들은 내 취향이 아니었다. 디스코 음악을 좋아한 적은 한 번도 없었다.

"80년대 음악도 들어 줄 만해."

벨라는 뭔가 걱정스러운 듯 눈에 힘을 주고 입을 꾹 다물었다. 그러더니 조용히 물었다.

"정말로 몇 살인지 말 안 해 줄 거야?"

아, 날 괴롭힐까 봐 무서워서였구나. 나는 느긋하게 웃었다.

"그게 그렇게 중요해?"

가볍게 응수하자 벨라는 안심한 듯했다.

"아니, 중요하진 않지만 그래도 궁금해……. 난 궁금한 게 있으면 잠을 못 자는 타입이란 말이야."

이제는 내가 걱정할 차례였다.

"네가 기분 나빠할까 봐 그러지."

이 애는 나의 비인간적인 모습을 혐오스럽게 여기지 않았지만, 우리가 몇 살 차이나 나는지 알게 되면 달라지지 않을까? 사실상 많은 면에서 난 여전히 열일곱이었다. 하지만 이 애도 그렇게 봐 줄까?

날 두고 무슨 상상을 했을까? 천 살도 넘었을 거라고 생각할까? 고딕풍의 성에 살고, 루마니아에서 태어났다고 생각했을까? 뭐, 그런 뱀파이어도 있긴 있으니까. 칼라일의 지인 중에는 실제로 몇 있다.

"얘기해 봐."

벨라가 도전적으로 말했다.

나는 그 눈을 들여다보며, 깊숙한 눈망울에서 답을 찾아보았다. 그리고 한숨을 쉬었다. 우리가 이토록 대단한 일을 겪은 후이니, 이젠 용기를 내 봐도 좋을까? 하지만 여기서 또다시 이 애를 겁먹게 할까 봐 너무 두려웠다. 물론 완전히 정직하게 밝히는 것밖에 방법은 없다.

"나는 1901년 시카고에서 태어났어."

순순히 말한 다음, 나는 고개를 도로 쪽으로 돌렸다. 벨라가 내 시선에 부담스러워하지 않으면서 머릿속으로 연도를 따져보도록 배려한 거다. 하지만 곁눈질로 슬쩍슬쩍 훔쳐보지 않을 수가 없었다. 이 애는 침착한 표정을 지어 보였지만, 반응을 조심스레 자제하고 있다는 게 보였다. 제발 겁먹지 말아 주었으면 하는 내 마음 이상으로, 이 애 역시 두려운 기색을 드러내고 싶어 하지 않는구나. 우리가 서로를 알아 갈수록, 우리는 서로의 감정을 그대로 비추는 것만 같았다. 이렇게 한 마음이 되어 가네.

"칼라일은 1918년 여름에 나를 병원에서 발견했어. 난 열일곱 살이었고 스페인 독감에 걸려 죽어 가고 있었지."

이 말을 듣자 벨라의 자제력이 흐트러졌다. 그 애는 충격을 받아 숨을 헉 몰아쉬며 눈을 휘둥그레 떴다. 나는 안심시켜 주었다.

"그때 일은 잘 생각나지 않아. 오래전이기도 하고, 인간이었던 때의 기억은 사라지게 되거든."

내 말에 완전히 안심이 든 것 같지는 않았지만, 그 애는 고개를 끄덕였다. 하지만 아무 말 없이 내 설명이 이어지기를 기다렸다.

머릿속으로는 완전히 정직해지자고 생각했지만, 막상 말을 꺼내려니 한계가 있을 수밖에 없었다. 이 애가 알아야 할 것들이 있지만…… 알려줘서 좋을 게 없을 세부 사항들도 있었으니까. 어쩌면 앨리스 말이 맞을지도 모른다. 어쩌면, 벨라가 지금 내 느낌과 비슷한 느낌을 받았다면, 이 느낌을 계속 이어 가자는 마음이 절실하다고 여길 수도 있겠지. 이 애가 초원에서 말했던 것처럼, 내 곁에 머물기 위해서. 벨라가 원하는 게 무엇이든, 거절하기가 간단치 않다는 건 알겠군. 나는 조심스레 말을 골랐다.

"칼라일이 나를 구해 줬을 때 느낌이 어땠는지는 기억해. 쉬운 일도 아니었고, 잊을 수 있는 성질의 것도 아니었지."

"부모님은?"

그 애는 소심한 목소리로 물었다. 나는 긴장을 풀었다. 방금 한 말에 집착하지 않아 주어 다행이었다.

"부모님은 이미 같은 병으로 돌아가셨고, 나 혼자였어."

그건 말하기 어렵지 않았다. 과거의 이 부분은 실제 나의 기억이라기보다는 그저 누군가에게 들은 이야기 같았으니까.

"칼라일이 나를 선택한 것도 그 때문이지. 돌림병의 혼란 속에서 내가 사라진 걸 아무도 모를 테니까."

"그분이 어떻게…… 너를 구하신 거야?"

어려운 질문을 피하는 건 이쯤에서 그만두자. 이 애에게 알려주지 말아야 할 가장 중요한 건 무엇일지 생각했다.

내 말은 그 애 질문의 핵심을 비껴가는 것이었다.

"어려운 일이었어. 우리로선 그 일을 해내는 데 필요한 자제력을 갖추기가 쉽지 않거든. 칼라일은 우리 중에서 가장 인간적이고 동정심이 많은 분이야. 역사를 통틀어도 그분 같은 이를 찾지는 못할 거라고 생각해."

나는 잠시 아버지를 생각했다. 이런 칭찬의 말이 부족할 정도로 칼라일은 대단한 분이지. 그리고 이 애가 알아도 안전할 수준만큼의 설명을 이어갔다.

"나로선 그저 고통스러울 뿐이었지만."

다른 기억들도 아마 고통스러웠을지 모르겠다. 특히 어머니를 잃은 기억이 그랬겠지. 하지만 그 기억마저도 이제는 흐릿하고 선명하지 않은 반면, 그 고통의 기억은 유난히 선명했다. 몸이 살짝 움찔했다. 내 곁에 머문다는 게 정확히 뭘 뜻하는지 알고서도 벨라가 정말로 다시 요구한다면, 이 기억을 떠올리는 것만으로도 나는 안 된다고 잘라 말할 것이다. 이 애가 그런 고통을 견뎌야 한다고 생각하니 몸이 부르르 떨렸다.

그 애는 나의 대답을 귀 기울여 들으며 입을 꾹 다물고 눈을 가늘게 뜬 채 생각에 잠겼다. 무슨 반응을 보일지 알고 싶었지만, 내가 묻는다면 더 날카로운 질문을 받게 되겠지. 제발 관심사를 다른 데로 돌려 주길 바라며, 나는 과거를 계속 이야기했다.

"칼라일은 외로움 때문에 그런 일을 한 거였어. 대개 그런 이유로 선택을 내리는 경우가 많지. 나는 칼라일이 처음 만든 가족이었지만, 그는 곧 에스미도 찾아냈어. 에스미는 절벽에서 떨어졌다더군. 사람들이 곧장 에스미를 병원 시체실로 옮겨 왔는데, 아직 숨이 붙어 있었던 거야."

"죽어가는 중이어야 하나 보네. 그게…… 되려면?"

아직 관심사를 돌리지 못했군. 아직도 어떻게 우리 같은 존재가 되는지 알아내려고 하는군. 나는 급히 방향을 바꾸었다.

"아니야. 칼라일이니까 그렇게 한 거지. 다른 선택의 여지가 있는 사람에겐 절대로 그런 짓을 할 분이 아니니까. 칼라일 말로는 약해졌을 때가 더 쉽다고는 하더라."

나는 다시금 도로로 시선을 돌렸다. 이 말은 덧붙이지 말았어야 했는데. 왜 나는 이 애가 알고 싶어 하는 대답을 자꾸만 암시하고 있는 걸까. 혹시 내 마음 한구석으로는 이 애에게 알려주고 싶은 걸까. 그래서 나와 함께 있을 방법을 이 애가 찾아내기를 바라고 있는 걸까. 나는 좀 더 말조심해야 한다. 나의 이기적인 마음을 잘 묶어 두어야 한다.

"에밋과 로잘리는?"

나는 그 애에게 미소를 지었다. 내가 말을 피하고 있다는 걸 분명 눈치챘구나. 그런데도 내 마음을 편하게 해 주려고 애쓰고 있구나.

"그 다음으로 칼라일이 로잘리를 데려와 가족으로 삼았어. 칼라일이 나와 로잘리가 자기와 에스미 사이처럼 되기를 바랐다는 건 나중에야 깨달았어. 그분은 내가 옆에 있을 때는 생각을 조심하거든."

그러다 칼라일이 마침내 실수로 생각을 드러냈을 때, 얼마나 혐오감이 들었던가. 로잘리는 처음부터 내게 반가운 식구가 아니었다. 사실, 그녀가 가족이 되고서부터 우리 모두의 삶이 더욱 복잡해졌으니까. 그래서 칼라일이 그녀와 나를 두고 형제자매 이상의 가까운 관계를 상상했다는 걸 알자 소름이 끼쳤다. 하지만 내가 얼마나 싫어했는지를 솔직히 밝히는 건 실례가 되겠지. 신사답지 못한 행동이니.

"하지만 로잘리는 내게 단 한 번도 여자 형제 이상으로 느껴지지 않았어."

이렇게 말하는 게 내 심정을 가장 부드럽게 요약한 것이겠지.

"그러다 겨우 2년 만에 로잘리가 에밋을 찾아냈지. 그땐 우리가 애팔래치아 산맥에 살고 있었는데, 사냥을 하다가 곰한테 물려 거의 목숨이 끊긴 에밋을 찾아낸 거야. 로잘리는 혼자서 못해낼까 봐, 에밋을 안고 160킬로미터도 넘는 거리를 달려 칼라일에게 왔어."

그때 우리는 녹스빌 외곽에 살고 있었다. 날씨를 보면 우리가 머물기에 이상적인 장소는 아니어서, 대부분의 날을 집에서 머물러야 했다. 하지만 오래 머물 예정은 아니었다. 칼라일은 당시 테네시 의과대학에서 몇 가지 병리학 연구를 진행 중이라 온 것이었다. 몇 주, 혹은 몇 달 정도 있으면 된다고 생각했고…… 그건 별로 어렵지 않았다. 갈 수 있는 도서관도 여러 군데였고, 우리는 빨리 움직일 수 있는 존재라서 별로 멀다는 생각 없이도 밤 문화를 즐길 수 있는 뉴올리언즈까지 가곤 했다. 하지만 로잘리는 갓 태어난 상태에서 벗어났는데도 인간과 지나치게 가까이 있는 상황을 불편하게 여겼던지라, 여가 생활을 즐기기를 거부했다. 그녀는 맥 빠진 채로 징징거리기만 하며, 우리가 재미있는 것이나 자기 계발을 해보라고 권유할 때마다 트집을 잡아 댔다. 솔직히 말하자면, 지금 내가 말하는 것만큼 심하게 징징대지는 않았을지도 모른다. 에스미는 로잘리에게 나처럼 짜증을 내지는 않았으니까.

로잘리는 혼자서 사냥하는 걸 좋아했다. 원래는 내가 따라가며 지켜봐 주어야 했지만, 혼자서 사냥하겠다는 그녀의 태도에 내가 크게 반대하지 않아서 우리 둘 다 참 다행이었다. 그녀는 조심하는 법을 알고 있었다. 우리는 모두 사람이 사는 지역에서는 감각을 억제하는 훈련을 받았다. 로잘리는 내게 반갑지 않은 침입자나 다름없었던지라 그녀에게 좋은 점도 있다고 수긍하기가 나한테 쉽지는 않았지만, 그럼에도 그녀가 놀라운 자제력을 타고났다는 점은 인정하지 않을 수 없었다. 로잘리의 고집이 무척 세기 때문이 아니었을까 싶다. 그리고 내가 보기에는 나를 이겨 보려는 욕망도 좀 작용했다.

녹스빌의 어느 여름날, 동트기 전 새벽의 고요함을 깨고 평소보다 더 빠르고 무겁게 쿵쿵대는 로잘리의 발소리가 들려왔다. 그녀의 낯익은 향기에 인간의 피에서 나는 강렬한 향기를 심하게 묻힌 채로, 머릿속에 온통 뒤죽박죽 앞뒤가 맞지 않는 생각을 담고서 로잘리가 나타났을 때도, 나는 처음부터 그녀가 실수로 인간을 해쳤다고는 생각하지 않았다.

로잘리는 다시 태어난 지 첫해에 복수를 감행하기 위해 몇 번이나 사라졌을 때가 있었다. 그 전에 그녀의 생각은 또렷하고도 철저하게 전부 드러났다. 나는 로잘리의 계획을 알고서 칼라일에게 보고했다. 처음에 칼라일은 부드러운 태도로 로잘리에게 상담을 해 주면서, 전생에 연연하지 말라고 강하게 설득했다. 만약 전생을 잊는다면 고통이 줄어들 수 있을 거라고 확신도 주었다. 복수해 봤자 그녀가 잃어버린 것을 어느 것 하나 되찾을 수는 없으니까. 하지만 칼라일이 아무리 지도했어도 로잘리의 분노는 꺾이지 않았다. 그래서 그는 로잘리에게 습격을 할 때 얼마나 신중해야 하는지 조언을 해 주었다. 우리 중 누구도 로잘리의 복수가 정당하지 않다고 주장할 수는 없었다. 그녀의 삶을 끝장냈던 강간범과 살인자들이 없다면 이 세상이 더욱 좋아지리라는 사실도 믿지 않을 수가 없었다.

나는 로잘리가 모든 걸 끝마쳤다고 생각했었다. 그녀의 생각은 오래전부터 차분했고, 부수고 찢고 토막 내고 절단하겠다는 싶은 욕망에 사로잡히지 않았다.

하지만 피 냄새가 쓰나미처럼 집안에 몰려오자, 나는 곧바로 추측했다. 로잘리가 자기를 죽인 공범자를 또 발견했다고 말이다. 전반적으로 나는 그녀를 높이 평가하지는 않았지만, 아무런 해를 끼치지 않는 그 자제심은 강하게 믿었으니까.

그런데 로잘리가 무척 겁에 질린 목소리로 칼라일에게 도와 달라고 소리치자 나의 모든 예상이 뒤엎어지고 말았다. 이윽고 그녀의 고통어린 날카로운 목소리 아래로 아주 희미한 심장 박동이 포착되었다.

나는 방에서 달려 나왔다. 그리고 그녀가 미처 말을 끝맺기도 전에 현관에 있는 그녀를 발견했다. 칼라일은 벌써 와 있었다. 로잘리의 머리는 평소와 달리 산발이었고, 가장 좋아하는 드레스는 피투성이가 되어 치맛자락까지 새빨갛게 물들었다. 그녀는 팔에 커다란 인간 남자를 안고 있었다. 의식이 없다시피 한 남자는 초점이 맞지 않는 눈으로 방안을 멍하니 바라보았다. 균일한 간격의 열상(裂傷)으로 피부가 갈가리 찢어졌고, 그 아래 뼈들도 분명히 부러진 채였다.

"살려 줘요! 제발!"

로잘리는 칼라일에게 비명을 지르다시피 소리쳤다.

제발요, 부탁이에요, 제발. 마음속에는 간절한 애원뿐이었다.

그 말을 하는 것조차 어려워 보였다. 말을 하면서 공기를 다시 들이마시게 되자, 입가에 너무 가까이 있던 신선한 피의 위력에 다시금 그녀의 몸이 움찔거렸다. 그녀는 얼굴을 돌리며 남자를 몸에서 멀리 떼어 놓았다.

칼라일은 로잘리의 고통을 이해했다. 재빨리 그녀의 품에서 남자를 받아든 칼라일은 부드럽게 그를 응접실 카펫에 눕혔다. 남자는 신음조차 낼 수 없는 중증 상태였다.

나는 충격에 휩싸여 이 이상한 광경을 지켜보았다. 무의식적으로 숨은 멈춘 채였다. 사실은 벌써 이 집에서 나갔어야 했다. 재빨리 떠나는 에스미의 생각이 들려왔다. 그녀 역시 나만큼이나 어리둥절한 상황이었지만, 그래도 피 냄새를 포착하자마자 도망쳐야 한다는 건 알았다.

너무 늦었군. 칼라일은 남자를 살펴보며 깨달았다. 그는 로잘리를 실망시키게 되어 무척 괴로워했다. 그녀는 칼라일이 준 두 번째 삶을 누가 봐도 싫어하고 있었지만, 그렇다고 그에게 무언가를 요구하는 일은 거의 없었기 때문이다. 있었더라도, 이렇게까지 고통스러운 모습으로 간청한 적은 분명히 없었다. 칼라일은 생각했다. **이 남자는 로잘리의 가족이었나 보군. 이 애의 마음을 또 아프게 해야 하다니, 내가 어떻게 견뎌낼 수 있을까?**

덩치 큰 남자는 눈을 감았다. 지금 제대로 보니, 그는 나보다 나이가 그리 많지 않아 보였다. 얕았던 호흡이 거칠어지기 시작했다.

"뭘 보고만 있어요?"

로잘리가 비명을 질렀다. 죽어 가잖아요! 죽어 간다고요!

"로잘리, 나는……."

칼라일은 피 묻은 손을 힘없이 내밀었다.

그때 로잘리의 머릿속에 어떤 이미지가 떠올랐다. 나는 즉시 그녀가 뭘 요구하는지 이해하고서, 재빨리 설명했다.

"고쳐 달라는 뜻이 아니에요. 로잘리는 이 남자를 구해 달라고 말하는 거예요."

로잘리는 번뜩이는 눈으로 나를 보았다. 그 강렬한 감사의 눈빛에 그녀의 얼굴이 확 변했다. 전에는 한 번도 보지 못했던 얼굴이었다. 순간 나는 그녀가 얼마나 아름다운지 다시금 깨달았다.

오래지 않아 칼라일은 결정을 내렸다.

아! 칼라일이 속으로 외쳤다. 이윽고 그가 로잘리를 위해 얼마나 많은 것을 해 줄 수 있을지, 그녀에게 본인이 얼마나 큰 빚을 졌다고 생각하는지 나는 정확히 보았다. 심사숙고의 과정은 아주 금방 끝났다.

칼라일은 이미 부서진 남자의 몸 옆에 무릎을 꿇은 채로 우리를 쫓아냈다. 얼굴을 남자의 목덜미에 기울인 채로 그는 말했다.

"너희가 여기 있으면 안전하지 않아."

나는 로잘리의 피 묻은 팔을 잡고 문으로 돌진했다. 그녀는 저항하지 않았다. 우리는 둘 다 집에서 빠져나와 테네시 강 근처까지 쉬지 않고 달렸고, 강물 속에 몸을 푹 담갔다.

로잘리는 드레스와 살갗에서 피가 씻겨나가게 둔 채로 강변의 시원한 진흙에 누웠다. 그곳에서 우리는 처음으로 대화다운 대화를 했다.

그녀는 말을 많이 하지 않았다. 머릿속으로 나에게 남자를 찾은 광경을 보여주었다. 아예 처음 보는, 죽어 가는 남자였다. 그런데 그 얼굴을 보자 어쩐지 이 남자가 없는 미래를 견딜 수 없었던 것이다. 왜 그런지는 정확히 표현할 수가 없었다. 어떻게 이걸 해낼 수 있었는지, 그 남자를 죽이지 않은 채로 비참한 마음을 느끼며 여기까지 달려왔는지도 표현할 수가 없었다. 백 킬로미터를 넘게 달려온 그녀의 모습이 보였다. 그 어느 때보다도 빠르게 달리는 모습을, 갈증을 해소하고 싶은 고통에 사냥감을 찾아 달리던 때보다도 더 빨랐던 모습을. 이 모든 과정을 생생하게 떠올리자, 로잘리의 마음은 무방비하고 연약해졌다. 나는 당황했지만, 그녀 역시 당황한 채로 대체 왜 이런 건지 이해하려고 애쓰는 중이었다.

나는 가족이 또 늘어나는 상황을 아직 받아들일 준비가 안 되었다. 로잘리가 바라는 것이나 필요한 게 뭔지 특별히 신경 써 본 적조차 없었다. 하지만 그녀의 눈을 통해 이 모든 과정을 본 순간, 로잘리의 행복을 기원할 수밖에 없었다. 처음으로 우리는 같은 편이 되었다.

우리는 당분간 집에 돌아가지 못했다. 로잘리는 일이 잘 되었는지 너무나도 알고 싶은 마음에 초조해했다. 나는 그녀를 안심시켜 주었다. 일이 잘못되었다면 칼라일이 벌써 우리를 찾으러 왔을 거라고 말하며, 지금은 안전해질 때까지 기다리는 수밖에 없다고 말이다.

그 시간 동안 우리 둘은 변했다. 마침내 칼라일이 우리에게 집에 오라고 했을 때, 우리는 남매가 되어 돌아갔다.

내가 누나를 어떻게 사랑하게 되었는지 생각하며 말을 멈춘 순간은 길지 않았다. 벨라는 아직도 이야기를 마저 들으려고 기다리고 있었다. 어디까지 말했더라. 피를 뚝뚝 흘리면서, 최대한 에밋으로부터 얼굴을 돌린 채로 그를 안고 있던 로잘리. 그녀의 자세를 기억하자 최근의 일이 떠올랐다. 나 역시 어지러워하는 벨라를 애써 안은 채 양호실에 데려갔었지. 흥미로운 병렬 관계로군.

"그게 얼마나 힘겨운 여정이었을지 나도 이제야 겨우 짐작이 가는구나."

이렇게 말을 맺었다. 우리는 여전히 손을 깍지 낀 채였다. 맞잡은 손을 들어올린 나는, 그 손등으로 그 애의 볼을 가볍게 쓸었다.

하늘에 한 줌 남은 붉은 기는 이제 진한 보랏빛으로 희미해져 갔다.

"그래도 해냈잖아."

벨라는 짧은 침묵 끝에 이렇게 말하며 내가 이야기를 계속해 주길 간절히 바랐다.

"그렇지. 에밋의 얼굴에서 뭔가 강한 용기를 얻을 만한 걸 봤나 봐."

놀랍게도 로잘리는 옳았다. 정말 믿을 수가 없으리만큼 그 둘이 완벽하게 어울리는 모습이란 반쪽끼리 만나 온전한 하나가 된 것 같았다. 이런 걸 운명이라 할까? 아니면 하늘이 내린 어마어마한 행운이라 해야 할까? 어떻게 말해야 할지 모르겠다.

"그 뒤로 두 사람은 줄곧 함께 지냈어. 가끔은 우리와 떨어져 둘이 부부로 지내기도 하지."

아, 그럴 때가 얼마나 고마운지 모른다. 난 에밋도 로잘리도 개별적으로는 사랑하지만, 그 둘이서 함께 붙어 있을 때 어쩔 수 없이 들려오는 마음의 소리를 듣고 있노라면 고된 시련이 따로 없었다.

"하지만 어린 행세를 해야 한 곳에서 오래 머물 수가 있거든. 포크스는 완벽한 곳인 것 같아서, 우리 모두 고등학교에 들어가기로 한 거야. 몇 년 있으면 아마 우린 또 두 사람 결혼식에 참석해야 할 것 같은데."

나는 웃었다. 로잘리는 결혼하는 걸 무척 좋아했다. 결혼을 하고 또 할 수 있는 기회가 생기는 것이야말로 불멸의 존재로 살아 가면서 그녀가 가장 좋아하는 점일 거다.

"앨리스랑 재스퍼는?"

"앨리스랑 재스퍼는 둘 다 참 드문 경우야. 둘 다 외부인의 도움 없이 우리가 양심이라고 부르는 지금의 취향을 개발했거든. 재스퍼는 다른…… 가족에 속해 있었는데."

나는 적나라한 말은 피했다. 지금도 재스퍼의 시작을 생각하면 몸이 떨려 와서 자제해야 했다.

"우리하고는 성향이 아주 다른 가족이었어. 침울해진 재스퍼는 혼자 동떨어져 살게 됐고, 그런 재스퍼를 앨리스가 찾아냈지. 앨리스도 나처럼 일반적인 우리 부류와는 다른 재능을 갖고 있어."

이 말에 벨라는 차분한 얼굴빛을 싹 지워 버릴 만큼 놀랐다.

"정말? 하지만 사람들의 생각을 읽어 낼 수 있는 건 너뿐이라고 했잖아."

"맞아. 앨리스는 다른 재능이 있어. 앞으로 일어날지도 모를 일, 즉 다가올 일을 내다보는 거지."

앞으로 일어나지 않을 일까지도. 나는 그 최악의 미래를 벗어났다. 그래도…… 새로운 환상이, 내가 견디며 살아갈 수 있는 그 환상이 너무 흐릿하기만 해서 괴로웠다. 그리고 또 다른 환상, 앨리스와 벨라가 모두 하얗고 차가운 존재로 나타난 환상은 훨씬 더 선명했다. 하지만 선명하다 해도 상관없다. 그런 일은 일어나지 않으니까. 나는 불가능한 미래를 이미 제압했으니, 이 미래도 역시 이겨 낼 것이다.

"하지만 앨리스의 예지력은 아주 주관적이야. 미래는 돌처럼 굳어진 게 아니라서, 많은 것이 바뀌기도 하거든."

이렇게 말하는 내 목소리에는 단단히 날이 섰다. 크림빛과 살구색이 섞인 벨라의 피부를 슬쩍 바라보았다. 있어야 할 모습 그대로라는 걸 확인하려는 듯이 말이다. 하지만 그 애가 나와 시선을 마주치자 눈길을 돌렸다. 내 눈빛에서 무엇을 얼마나 읽어 낼지 절대로 알 수가 없어서였다.

"어떤 것들을 내다보는데?"

벨라는 알고 싶어 했다. 그래서 안전한 답을 들려주었다. 이미 현실이 된 예언들만을.

"앨리스는 재스퍼 스스로도 알아차리기 전에 재스퍼가 자기를 찾아다닐 걸 예견했어."

그들의 결합은 마법 같았다. 재스퍼가 그때 일을 생각할 때마다 온 집안은 꿈결 같은 만족감으로 느긋해질 정도였다. 그만큼 재스퍼의 상호 감정은 강력했다.

"칼라일과 우리 가족의 모습을 미리 보고서 둘이 함께 우릴 찾아왔지."

나는 첫 만남 자리에 있지 않았다. 앨리스와 재스퍼가 나타나자, 칼라일은 극도로 경계심을 보였고, 에스미는 겁에 질렸으며, 로잘리는 적대적이었다. 다들 그토록 걱정했던 이유는 바로 재스퍼의 외모가 아주 호전적이었기 때문이다. 하지만 앨리스는 그들의 불안감을 해소하기 위해 어떻게 하면 되는지 정확하게 알고 있었다. 물론 무슨 말을 해야 하는지도 정확히 알았다. 그녀는 그 중요한 첫 만남의 자리를 가능한 한 모든 방식으로 그려 본 다음, 최상의 미래를 선택했다. 에밋과 내가 그 자리에 없었던 것도 우연이 아니었다. 앨리스는 가족 중 주요

수호자가 없는 더 부드러운 자리를 선호했기 때문이다.

불과 며칠 후에 에밋과 내가 돌아왔을 때, 그 둘이 우리 집에 얼마나 단단히 뿌리박았는지 보고도 믿을 수가 없었다. 우리 둘은 큰 충격을 받았고, 에밋은 재스퍼를 보자마자 전투태세를 갖추었다. 그러나 앨리스는 내가 무어라 말도 하기 전에 앞으로 달려나와 나를 끌어안았다.

그건 공격으로 여겨질 수도 있었겠지만 나는 겁먹지 않았다. 그녀의 생각은 깊은 확신을 갖고 있었고, 나에 대한 사랑으로 가득했다. 그때 난 뱀파이어로 다시 태어난 다음 혹시 기억 상실에 걸렸던 걸까 처음으로 생각하기까지 했다. 이 자그마한 불멸의 존재는 나를 완벽하게 알고 있었으니까. 심지어 지금 가족이나 인간이었을 적의 가족보다도 훨씬 더 많이. 대체 이 여자는 누구지?

아, 에드워드! 이제야 만났어! 내 남동생! 우리는 마침내 한 가족이 되었어!

그녀는 내 허리에 팔을 꼭 감은 채였다. 나는 주저하다가 결국 그녀의 어깨에 두 팔을 얹었다. 이윽고 그녀는 자신의 삶의 첫 기억부터 지금 이 순간까지 빠르게 생각했고, 이어서 앞으로 우리가 함께 보낼 몇 년간의 주요한 장면들을 보여주었다. 이제는 나도 그녀를 알고 있다는 것을 깨닫게 되자, 순간 무척 묘한 기분이 들었다.

"이쪽은 앨리스야, 에밋."

나는 에밋에게 말했다. 품에는 여전히 새 누나를 안은 채였다. 에밋의 공격적인 태도는 어리둥절하게 바뀌었다.

"앨리스는 우리 가족이 되었어. 그리고 이쪽은 재스퍼야. 형은 그를 사랑하게 될 거야."

앨리스에 대한 이야기는 참 많았다. 수많은 기적과 현상들, 역설과 수수께끼들이 잔뜩 있었다. 벨라에게 주요 장면만 이야기한다 해도 이번 주 내내 걸릴 것이다. 하지만 나는 몇 가지 단순하고 아주 무미건조한 세부 사항만을 알려주었다.

"앨리스는 인간이 아닌 존재에 대한 예지력이 더 뛰어나. 예를 들면 우리 부류 같은 존재들이 가까이 다가오면 언제나 앨리스가 먼저 알아. 그들이 우리에게 어떤 위협을 줄지 예견하는 거지."

앨리스 역시 가족의 수호자가 되었다.

"너 같은 부류가…… 많아?"

벨라는 그 말에 약간 놀란 목소리로 물었다.

"아니, 많진 않아. 하지만 대부분 한 곳에 정착하진 않지."

나는 눈웃음을 치면서 그 애의 손을 꽉 잡았다.

"우리처럼 너희 인간사냥을 포기한 경우에만 언제까지나 인간들과 함께 살 수 있거든. 우리처럼 사는 건 알래스카의 작은 마을에서 만난 한 가족밖에 없었어. 한동안 우리도 그들과 함께 살았는데, 너무 많이 몰려 살면 눈에 쉽게 띄잖아."

그리고 그 가문의 수장인 타냐는 괴로울 정도로 집요했다.

"우리 같이…… 다르게 사는 이들은 서로 어울려 지내는 경향이 있거든."

"그럼 다른 부류는?"

이제 우리는 벨라의 집에 도착했다. 아무도 없어서 창문은 모두 불이 꺼진 채였다. 나는 그 애가 항상 차를 대는 자리에 주차한 다음 엔진을 껐다. 갑자기 조용해지자 어둠 속에 둘이 있는 게 굉장히 친밀한 느낌이었다.

"대부분 떠돌며 지내. 우리 가족도 모두 그런 시기를 거쳤어. 그런데 그것도 시들해지더라. 하지만 우리들은 대부분 북반구를 선호하기 때문에 이따금씩 다른 이들을 우연히 만나기도 해."

"그건 또 왜?"

나는 빙긋 웃으며 팔꿈치로 그 애를 부드럽게 쿡 찔렀다.

"오늘 오후에 너 계속 눈 감고 있었니? 내가 햇빛 속에서 거리를 마구 돌아다니면 사방에서 교통사고가 일어나지 않겠어? 우리가 세상에서 가장 햇빛이 적은 곳에 속하는 올림픽 페닌술라를 선택한 것도 바로 그 때문이야. 낮에 돌아다닐 수 있다는 건 참 근사하거든. 80년도 넘게 밤에만 활동하는 게 얼마나 피곤한지 넌 모를 거야."

"그래서 그런 전설이 생겨났나 보네?"

벨라는 알겠다는 듯 고개를 끄덕이며 말했다.

"아마 그럴 거야."

사실 그 전설은 정확한 출처가 따로 있었다. 하지만 그 이야기는 하고 싶지 않았다. 볼투리 가는 아주 멀리 떨어져 있고, 뱀파이어 세계를 감시하는 그들의 임무에 무척 열중하고 있으니까. 불멸의 존재들의 사생활을 보호하기 위해 만들어낸 전설 정도를 벨라가 아는 것 이상으로, 그들이 이 애의 삶에 영향을 주는 일은 절대로 없을 것이다.

"그럼 앨리스도 재스퍼처럼 다른 가족에 속한 아이였어?"

"아니, 그건 여전히 미스터리야. 앨리스는 인간이었을 때의 삶을 전혀 기억 못해."

나는 그 첫 기억을 본 적이 있다. 밝은 아침 햇살이 비치고, 공기 중에는 옅은 안개가 드리워진 기억이었다. 앨리스의 몸 둘레에 난 엉킨 풀과, 그녀가 깨어난 우묵한 자리에 그늘을 드리운 커다란 참나무. 그 외에는 아무것도 떠오르지 않았다. 자신이 누군지, 여기서 무엇을 하는지 아무런 정보가 없었다. 그녀는 자신의 창백한 피부를 내려다보았다. 햇살에 반짝이는 피부였다. 하지만 자신이 누구고 어떤 존재인지 모른 채였다. 그러다 마침내 첫 번째 환상이 그녀를 사로잡았다.

남자의 얼굴이었다. 사납지만 쇠약한 얼굴은 상처가 있었어도 아름다웠다. 그윽한 붉은 눈과 황금빛 갈기 같은 머리카락. 이 얼굴을 보자 자신이 어디에 속해 있는지 심오한 확신이 떠올랐다. 이윽고 그녀는 자신의 이름을 부르는 남자를 보았다.

앨리스.

이게 내 이름이구나, 하고 그녀는 깨달았다.

환상을 통해 그녀는 자신이 누구인지, 또 앞으로 어떤 존재가 되어야 하는지 알게 되었다. 그녀가 받을 수 있는 도움은 그뿐이었다.

"게다가 누가 자기를 만들었는지도 몰라. 혼자서 깨어났대. 앨리스를 만든 게 누군지는 몰라도 그냥 가버렸다는 건데, 어떻게 그럴 수 있었는지, 이유가 뭔지 우리도 도무지 모르겠어. 앨리스한테 예지력이 없었다면, 그래서 재스퍼와 칼라일을 예견하고 언젠가 가족이 된다는 걸 알고 있지 않았더라면 아마 완전히 야만스런 짐승처럼 살았을 거다."

벨라는 말없이 곰곰이 생각에 잠겼다. 이해하기 어려울 게 분명하다. 우리 가족들도 적응하는 데 시간이 걸렸으니까. 이제 이 애는 또 뭘 물어볼지 궁금했다.

그런데 벨라의 뱃속에서 꼬르륵 소리가 났다. 그제야 깨달았다. 하루 종일 같이 있었는데 그동안 이 애는 아무것도 안 먹었구나. 아, 이 애한테 인간의 욕구가 있다는 걸 좀 더 생각할 필요가 있어!

"미안해, 나 때문에 저녁도 못 먹고 있구나."

"난 괜찮아. 정말이야."

벨라는 너무 급하게 대답했다.

"음식을 먹는 사람이랑 같이 오래 지낸 적이 없어서 잊어버렸어."

사과는 했지만, 어설픈 변명이었다. 내게 대답하는 그 애의 표정은 속내를 다 드러내며 그저 연약해 보였다.

"난 너랑 같이 있고 싶어."

다시금, '같이 있고'라는 단어가 평소보다 훨씬 더 큰 무게로 들리는 것만 같았다.

"나도 들어가도 돼?"

나는 정중하게 물었다. 그 애는 이 말에 분명히 당황한 기색으로 두 번 눈을 깜빡였다.

"들어가고 싶어?"

"너만 괜찮다면 나야 좋지."

안으로 들어가려면 아주 정식으로 초대를 받아야 한다고 생각하는 걸까. 그 생각에 미소가 나왔고, 곧이어 양심의 가책을 느껴서 얼굴을 찌푸렸다. 솔직히 털어놓아야겠지. 또 다시. 하지만 몰래 남의 방에 들어갔다는 부끄러운 사실을 고백해야 하다니, 어떻게 말을 꺼내지?

초조하게 방법을 생각하며, 나는 차에서 내린 다음 조수석을 열어 주었다.

"대단히 인간다운 행동이네."

그 애가 칭찬했다.

"확실히 기억이 되살아나고 있나 본데."

이게 아무 일도 아닌 것처럼, 우리는 함께 인간의 걸음으로 어둡고 조용한 집 안마당을 걸었다. 벨라는 같이 걸으며 나를 힐끗 쳐다보고는 미소를 지었다. 나는 열쇠가 숨겨진 곳에 손을 뻗어 집은 후, 문을 열어 주었다. 그 애는 어두운 현관을 들여다보며 잠시 주저했다.

"문이 열려 있었어?"

"아니, 처마 밑에 있는 열쇠로 내가 열었어."

벨라가 현관쪽 불을 켜기 위해 움직이는 동안, 나는 문제의 열쇠를 다시 돌려놓았다. 다시 이쪽을 바라본 그 애는 눈을 치켜뜨고 날 쳐다보았다. 노란 현관 불빛이 그 얼굴에 사나운 그림자를 드리웠다. 엄한 표정을 지으려고 하네. 하지만 입가가 꿈틀대는 걸 보니 웃음을 참고 있는 것 같은데. 나는 순순히 털어놓았다.

"너에 대해 궁금한 게 많았거든."

"그동안 날 염탐했어?"

농담할 내용은 아닌 것 같았지만, 벨라는 금방이라도 웃을 듯한 말투였다.

그때 모두 고백했어야 했지만, 나는 놀려대는 말투에 장단을 맞추었다.

"밤에 달리 할 일이 있어야지."

이건 잘못된 선택, 비겁한 선택이었다. 이 애는 단지 농담조의 말만 들었을 뿐, 잘못을 시인하는 말은 듣지 못했다. 다시금 묘한 깨달음이 들었다. 비록 어마어마한 악몽이 될 만했을 일은 해결되었을지라도, 아직도 무서워해야 할 일은 계속될 거라는 깨달음이. 물론 이건 그저 내 잘못일 뿐이었다. 나는 극도로 형편없이 행동했구나.

벨라는 살짝 고개를 흔들더니 나에게 들어오라 손짓했다. 나는 그 애를 지나쳐 현관으로 들어가서 먼저 불을 켜 주었다. 그 애가 어두운 곳에서 걸려 넘어질까 봐서였다. 그리고 주방에 있는 자그마한 식탁에 앉아 주위를 둘러보며 창 밖에서는 보이지 않았던 구석을 살펴보았다. 주방은 깔끔하고 따뜻했다. 환하게 칠해진 요란한 노란색은 어쩐지 사랑스러웠다. 마치 햇빛을 흉내내려다가 실패한 것처럼 보인달까. 사방에서 벨라의 향기가 났다. 그래서 아주 고통스러워야 하건만, 어느새 난 이 상황을 묘하게 즐기고 있었다. 참으로 마조히즘적이군.

벨라는 알 수 없는 표정으로 나를 빤히 바라보았다. 살짝 당황한 것 같기도 하고, 살짝 놀라기도 한 듯했다. 내가 진짜 여기 있는 건지 못 믿겠다는 눈빛이었다. 나는 미소를 지으면서 냉장고를 보라고 가리켰다. 그 애는 알겠다는 미소를 지으며 그쪽으로 고개를 돌렸다. 금방 먹을 수 있는 음식이 있었으면 좋겠는데. 혹시 내가 이 애에게 저녁을 사주었어야 했나? 하지만 낯선 사람들이 잔뜩 있는 곳에 가서 둘 다 시달리는 건 아니라는 생각이 들었다. 우리가 새로이 이해하게 된 상황은 아직도 너무 독특했고 적응이 되지 않았다. 게다가 입 다물고 있어야 하는 상황이라도 생기면 견딜 수 없을 것이다. 나는 오롯이 이 애와 함께 있고 싶었다.

먹을 만한 음식을 찾아내는 건 1분밖에 걸리지 않았다. 벨라는 라자냐 한 조각을 잘라 전자레인지에 데웠다. 오레가노와 양파, 마늘과 토마토소스의 냄새가 났다. 이탈리아 음식의 냄새다. 그 애는 레인지 속에서 회전하는 접시를 물끄러미 지켜보았다.

나도 아마 요리하는 법을 배워야겠지. 사람과 똑같은 방법으로 맛을 볼 수 없으니 분명히 어려움이 있겠지만, 요리 과정은 수학적 계량이 상당 부분을 차지하는 것 같았다. 그렇다면 제대로 된 냄새를 파악할 때까지 분명히 독학할 수 있을 거야.

왜냐하면 갑자기 확신이 들었기 때문이다. 지금 이 순간은 그저 특이한 이벤트가 아니고, 앞으로도 우리는 이런 고요한 저녁 시간을 계속해서 함께 보내게 될 거라는 확신이었다. 우린 앞으로 몇 년간 이렇게 지내게 되겠지. 이 애와 나 둘이서, 서로의 존재를 오롯이 기뻐하면서. 아주 많은 시간을 함께……. 내 속에서 빛이 다시금 확 퍼지며 밝아졌고, 이러다 온몸이 산산조각 나 버릴 것 같단 생각이 또 들었다.

"여기 얼마나 자주 왔어?"

벨라는 날 보지도 않고 물었다. 나는 어마어마한 미래의 모습에 흠뻑 빠져 있던 나머지 그 애의 질문을 금방 알아듣지 못했다.

"음……?"

그 애는 여전히 날 보지 않았다.

"여기 얼마나 자주 왔냐고."

아, 그래. 용기를 낼 시간이다. 결과가 어떻든 정직해질 시간이야. 낮 동안 여러 일을 겪은 후라, 나는 벨라가 결국은 날 용서해 주리라고 확신했다. 제발 그래 주길.

"거의 매일 밤 왔지."

그 애는 눈을 깜짝 놀란 눈빛으로 고개를 확 돌려 나를 보았다.

"왜?"

"넌 잠잘 때 아주 흥미롭거든. 얘기를 하잖아."

"말도 안 돼!"

벨라는 숨을 헐떡였다. 뺨부터 확 번져간 피는 거기서 멈추지 않고 이마까지 물들였다. 빨개진 얼굴의 피가 주변 공기를 달구자 방안의 온도가 아주 조금 올라갔다. 그 애는 등 뒤의 조리대에 몸을 기대더니 손마디가 하얘질 정도로 그곳을 꾹 움켜쥐었다. 지금은 충격받은 표정일 뿐이지만, 곧 다른 감정도 드러나겠지.

"나한테 많이 화났어?"

"그야 상황에 따라 다르지!"

벨라는 숨가쁘게 불쑥 내뱉었다.

상황에 따라 다르다고? 그렇다면 어떤 상황이면 봐줄 만하단 말일까? 어떤 상황이어야 덜 끔찍하고, 어떤 상황이 더 끔찍한 건가? 이 애는 내가 얼마나 비뚤어진 마음으로 숨어 있었는지 정확히 알 때까지 판단을 유보하고 있군. 그 생각에 나는 혐오감이 들었다. 혹시 내가 관음증에 걸린 변태인 거라고 생각하나? 자기가 옷을 벗어 주기를 기다리면서 어둠 속에서 음흉하게 엿보고 있었다고 보나? 만약 내 속이 꼬일 수 있었다면, 꼬였을 것이다.

너와 떨어져 있는 게 너무 고통스러워서 그랬다면 믿어 줄까? 혹시 네가 위험할지도 모른다는 생각에, 온갖 재해들을 상상했기 때문에 그랬다 말하면 대체 누가 믿어 줄까. 너무 근거 없는 이야기였다. 그럼에도 만약 지금 당장 이 애와 떨어지게 된다면, 근거 없는 위험이 또 닥쳐오리란 생각에 난 또 괴로워지게 될 것이다.

참 길게 느껴지는 몇 초가 흐른 후, 전자레인지가 작업을 마쳤다며 새된 신호음을 울렸다. 하지만 벨라는 다시 말을 하지 않았다.

"무슨 상황?"

내가 재촉하자, 벨라는 괴롭게 대답을 뱉었다.

"네가 무슨 얘기를 들었는지!"

순간 안도감이 확 밀려들었다. 내가 비도덕적인 마음으로 지켜보고 있었을 거라고는 생각하지는 않는구나. 그저 내가 들었을지도 모르는 잠꼬대가 부끄러워서 걱정이 된단 말이지? 뭐, 그렇다면 내가 마음을 풀어 줄 수 있겠군. 이 애는 부끄러울 말을 하지 않았으니까. 나는 벌떡 일어나 급히 벨라의 두 손을 잡았다. 이토록 쉽게 손을 잡을 수 있다는 사실에 마음 한구석에 전율이 흘렀다.

"제발 화내지 마!"

나는 간청했다. 벨라는 눈을 내리깔았다. 나는 고개를 숙여서 눈높이를 맞추고 그 애가 나를 봐줄 때까지 기다렸다가 속삭였다.

"넌 어머니를 그리워해. 어머니 걱정을 많이 하지. 비가 내리면 빗소리 때문에 잘 못 자고 뒤척이는 편이야. 전에 살던 집 얘기를 참 많이 했었는데, 이젠 좀 드물어졌어. 한 번은 '너무 초록색 일색이야'라고 한 적도 있어."

나는 조용히 웃으며 어떻게든 그 애도 따라 웃도록 달래 보았다. 수치스러워 할 필요가 전혀 없다는 걸 분명히 알아줄 것이다.

"그밖에 또?"

벨라는 한쪽 눈썹을 치켜뜨며 다그쳤다. 얼굴을 반쯤 돌리고 눈을 아래로 내리깔았다가 다시 쏜살같이 올리는 모습을 보니, 뭘 걱정하는지 알 것 같았다.

"내 이름을 부르더라."

난 순순히 대답했다. 그 애는 숨을 들이키고는 긴 한숨을 내쉬었다.

"많이?"

"'많이'라면 정확히 얼마나 되는 거야?"

그러자 벨라는 두 눈을 확 내리깔았다.

"아, 안 돼!"

나는 손을 뻗어 조심스럽게 그 어깨를 감싸 안았다. 그 애는 여전히 얼굴을 가린 채로 내 가슴에 기댔다.

이 입술에서 흘러나오는 내 이름을 들으면, 무척 기뻐하는 것 외에 다른 감정을 느낄 수 있을 리 없잖아. 내가 가장 좋아하는 소리인데. 그 숨소리, 그 심장 소리와 더불어서 가장 좋아하는 것인데…….

나는 그 귓가에 속삭여 대답했다.

"쑥스러워하지 마. 내가 꿈을 꿀 수 있다면 네 꿈을 꿀 거야. 그렇다 해도 난 그게 전혀 부끄럽지 않아."

한때는 이 애의 꿈을 꾸기를 얼마나 바랐던가! 그럴 수 없어서 얼마나 속상했던가. 그런데 지금은 현실이 꿈보다 훨씬 더 좋았다. 무의식 속에서 뭘 하든, 이 현실을 1초라도 놓치고 싶지 않으니까.

벨라의 몸에서 긴장이 풀렸다. 콧노래 같기도 하고, 기분 좋은 신음 같기도 한 행복한 소리가 한숨처럼 흘러나왔다.

정말 이게 실제 상황일까? 내가 이토록 터무니없는 행동을 저질렀는데도 아무런 벌을 받지 않는 건가? 이건 보답 이상인 것 같은데. 이 애에게 더욱 많이 참회해야 할 게 분명해.

내 품 안에서 울리는 심장 소리 너머로 다른 소리가 들려왔다. 차 한 대가 점점 가까이 다가왔고, 운전자의 생각은 매우 조용했다. 고된 하루를 보내고 지친 마음이었다. 저 따스한 창문의 불빛에 도착해서 음식과 휴식을 맛보기를 기다리는 마음이었다. 하지만 나는 그가 무슨 생각을 하는지 정확히 확신할 수는 없었다.

지금 이 자리에서 움직이고 싶지 않았다. 나는 벨라의 머리칼에 뺨을 지그시 대고서 벨라가 아버지의 차 소리를 들을 때까지 기다렸다. 이윽고 그 애의 몸이 굳는 걸 느꼈다.

"내가 여기 있는 걸 너희 아버지가 아셔도 돼?"

벨라는 대답을 주저했다.

"잘 모르겠어……."

나는 얼른 그 머리카락에 입술을 댄 다음 한숨을 쉬면서 그 애를 품에서 놓았다.

"그럼 다음에 뵙지……."

그리고 재빨리 주방에서 빠져나와 쏜살같이 계단을 올라가서 방 사이에 난 작고 어두운 복도로 들어갔다. 전에도 여기 온 적 있었다. 벨라에게 덮어 줄 이불을 찾으러.

"에드워드!"

벨라가 주방에서 속삭여 부르는 소리가 들렸다.

나는 근처에 있다는 걸 알려줄 만큼 소리 내어 웃기만 했다.

그 애 아버지는 쿵쿵대며 현관에 올라온 다음 현관 매트에 부츠를 두 번씩 털었다. 그리고 열쇠를 구멍에 꽂았지만, 이미 열려 있는 문손잡이가 열쇠째로 돌아가자 투덜댔다.

"벨라니?"

문을 홱 열면서 그가 딸을 불렀다. 그의 머릿속으로 전자레인지에서 나는 음식 냄새가 들어오자, 뱃속이 꼬르륵 소리를 내었다.

그러고 보니 벨라도 아직 식사를 못했구나. 아버지가 와서 우리 시간을 방해한 게 오히려 다행이로군. 이대로였다면 굶길 뻔했어.

하지만 마음 한구석은 아주 조금…… 아쉬웠다. 내가 여기 있는 걸 너희 아버지가 아셔도 되느냐고, 우리가 사귀는 걸 알려도 되느냐고 물어봤을 때 난 다른 대답을 듣고 싶었다. 물론 벨라가 나를 아버지에게 소개하려면 생각해봐야 할 게 참 많았다. 아니면 나 같은 존재가 자신을 사랑한다는 사실을 아버지에게 절대로 알리고 싶지 않을 수도 있겠지. 지극히 타당한 생각이다. 타당하다 못해 당연할지도.

게다가 지금 나의 이런 옷차림으로 벨라의 아버지에게 정식으로 인사드린다는 게 불편했을 수도 있다. 이건 옷을 안 입은 거나 마찬가지다. 그러니 과묵한 그 애 성격에 고마워해야 하는 게 맞다.

"여기 있어요."

벨라는 아버지에게 소리쳤다. 찰리가 문을 잠그면서 알겠다는 의미로 나직하게 툴툴대는 소리가 들려왔다. 이윽고 부츠를 신은 발이 주방으로 터벅터벅 걸어가는 소리가 들리더니, 그의 말이 들렸다.

"나도 그거 좀 줄래? 배고파 죽겠구나."

찰리가 자리에 앉고 벨라가 주방을 돌아다니는 소리는 알아듣기 쉬웠다. 일련의 생각들로 지켜보지 않아도 괜찮았다. 씹는 소리가 들려왔다. 벨라가 마침내 뭔가를 먹고 있군. 냉장고 문이 열렸다가 닫혔다. 전자레인지가 돌아갔다. 물보다는 진한 액체를 컵에 따르는 소리가 들렸다. 우유 같군. 접시 세트가 부드럽게 나무 식탁에 놓였다. 벨라가 자리에 앉으며 의자 다리가 바닥에 끌리는 소리가 들렸다.

"고맙다."

찰리가 말했고, 이어서 둘은 한참 동안 음식을 씹었다.

편안한 침묵을 먼저 깬 건 벨라였다.

"오늘 어떠셨어요?"

하지만 말투는 마치 마음이 다른 곳에 있는 것처럼 들려왔다. 나는 미소를 지었다.

"좋았어. 고기도 많이 잡았고. 넌 어땠니? 하려던 일은 다 했어?"

"아뇨. 집안에만 있기엔 날씨가 너무 좋았어요."

아무렇지 않은 듯 던진 벨라의 대답은 찰리의 말처럼 느긋하지는 않았다. 그 애는 아버지에게 비밀을 숨기는 데 타고난 재능이 없었다.

"날씨 참 좋았지."

그는 맞장구를 쳤지만 벨라의 말투에 날이 섰다는 걸 모르고 있는 듯했다.

의자 끄는 소리가 또 들렸다.

"뭐가 그렇게 바빠?"

찰리가 묻자, 벨라는 마른침을 크게 삼켰다.

"네, 좀 피곤해서요. 일찍 자려고요."

그 애의 발소리가 개수대로 향하더니 물 흐르는 소리가 났다.

"좀 흥분한 것 같구나."

찰리가 계속 말했다. 생각보다 아무것도 모르지는 않는군. 그의 생각을 읽는 게 이토록 어렵지 않았다면 내가 이런 사항을 놓칠 리 없었을 텐데. 나는 찰리의 생각을 이해하려고 애를 썼다. 벨라의 눈길이 복도를 슬쩍 보았다. 갑자기 그 애의 빰이 확 밝아졌다. 지금 그가 보고 있는 건 이 정도인 듯했다. 그러다가 갑자기 흐릿하고 맥락 없는 이미지가 뒤죽박죽 떠올랐다. 1971년형 겨자색 임팔라 자동차. 색지로 장식된 포크스 고등학교 체육관. 그네 의자와 창백한 머리카락 위로 밝은 초록색 베레모를 쓴 여자애. 자그마한 싸구려 식당의 철제 바 자리에 놓인 빨간 비닐 의자 두 개. 달빛이 비치는 해변을 따라 걷고 있는 길고 짙은 곱슬머리의 여자애.

"제가요?"

벨라는 짐짓 모른 척 물었다. 개수대에 물 흐르는 소리와 더불어 멜라민 접시가 부딪히는 소리가 들려왔다.

찰리는 여전히 그날 밤의 달을 생각하는 중이었다.

"토요일이잖니."

그는 아무렇게나 말했다. 벨라는 여기에 뭐라 대답해야 할지 모르는 모양이었다. 대체 무슨 생각으로 찰리가 이 말을 한 건지 나 역시 알 수가 없었다.

그러다 마침내, 말이 나왔다.

"오늘 밤에 별다른 계획 없어?"

이제야 그 이미지가 이해 가는 것도 같군. 본인의 젊었을 적 토요일 밤을 생각하고 있던 건가? 그럴지도.

"없어요. 전 그냥 잠이나 잘 거예요."

그 애는 그저 피곤하다는 목소리를 내었다.

찰리는 콧김을 한 번 들이쉬고는 물었다.

"시내에선 네 마음에 드는 남자애를 못 찾은 거냐?"

혹시 딸이 평범한 10대를 경험하지 못할까 봐 걱정하는 건가? 해봐야 할 경험을 놓칠까봐? 순간 나는 깊은 의심의 눈초리를 느꼈다. 혹사 나도 똑같은 걱정을 해야 하나? 나 때문에 이 애가 해야 할 경험을 못 하고 있나?

하지만 이윽고 초원에서 느꼈던 확신과 올바름의 감각이 나를 덮쳐왔다. 우리는 서로의 것이잖아.

"네, 아직은 별로 마음에 드는 애가 없어요."

벨라는 살짝 잘난 척하는 어조로 말했다.

"마이크 뉴튼은 어떨까 생각했는데……. 걔가 잘해 준다면서."

이건 예상하지 못했다. 갑자기 가슴 속에서 분노가 칼날처럼 파고들었다. 아니, 이건 분노가 아니다. 질투다. 그 아무것도 아닌 하찮은 놈만큼 내가 누군가를 심하게 미워한 적이 또 있었던가.

"걘 그냥 친구예요, 아빠."

이 대답을 듣고 찰리가 언짢아했는지 아니면 안심했는지는 알 수 없었다. 아마 그 둘 다인 것 같았다.

"하긴, 아무래도 그 애들한텐 네가 너무 과분하지. 대학에 들어가서 찾아보는 것도 괜찮으니 기다려봐라."

"저도 그게 좋을 것 같아요."

벨라도 빠르게 대답했다. 그리고 주방에서 나와 계단을 올라가기 시작했다. 발걸음은 느렸다. 졸립다고 말했으니 정말 졸린 척을 하기 위해서였을 것이다. 그래서 내가 그 애보다 먼저 방에 가 있을 여유는 충분했다. 하지만 혹시라도 찰리가 따라올지도 모른다. 옷을 반만 입은 채로 몰래 엿듣고 있는 나를 혹시라도 찰리가 발견하는 상황을, 벨라가 바라지는 않을 테니까.

"잘 자라."

찰리가 그 애 뒤로 소리쳤다.

"아침에 봐요, 아빠."

벨라는 피곤한 목소리를 내 보았지만 전혀 그렇게 들리지 않았다.

평소처럼 어두운 구석에 보이지 않도록 흔들의자에 앉아 있으면 안 된다는 마음이 들었다. 그곳이 은신처인 건, 내가 여기 있다는 걸 벨라가 몰라야 할 때나 그렇다. 내가 그 애를 속였을 때나 있던 자리잖아.

그래서 벨라의 침대에 누웠다. 이 방에서 제일 잘 보이는 장소이자, 나의 존재를 숨기려는 기색이 전혀 보이지 않는 곳이니까.

거기 누우니 예상대로 벨라의 향기가 날 온통 뒤덮었다. 세제 냄새가 진한 걸 보니 최근에 시트를 빤 것 같았지만, 그래도 그 애만의 향기보다 세지는 못했다. 언제나처럼 압도적이면서도, 고통스러울 정도로 기분 좋은 그 향기에 둘러싸여 있구나. 그 애의 존재감이 참으로 예리하게 느껴졌다.

벨라는 방으로 들어오자마자 느릿하게 걷던 행동을 멈추었다. 문을 쾅 닫자마자 살금살금 창문으로 다가갔다. 내 옆을 바로 지나가면서도 눈길 한 번 주지 않는군. 이윽고 창문을 연 그 애는 밖으로 몸을 숙이고 어둠 속을 응시했다.

"에드워드?"

벨라는 다 들리는 목소리로 속삭였다.

침대에 떡하니 누웠는데도 결국 잘 안 보였던 거군. 여봐란듯이 모습을 드러내려던 시도가 실패해 버려 조용히 웃고서, 나는 부름에 대답했다.

"응?"

벨라가 어찌나 몸을 빨리 돌렸던지 그만 휘청일 뻔했다. 한 손으로 창턱을 잡아 몸을 가눈 그 애는 다른 손으로 목을 꽉 쥐었다.

"우앗."

목멘 소리가 나왔다. 마치 슬로모션처럼, 벨라는 벽에 등을 기댄 채로 스르르 미끄러져 내리더니 결국 나무 바닥에 주저앉았다.

다시금, 내가 한 모든 행동이 잘못된 것만 같았다. 그래도 이번에는 무섭다기보다는 재미있군.

"미안해."

그 애는 고개를 끄덕였다.

"나 심장이 멈춘 것 같아. 다시 뛸 때까지 좀 기다려 줘."

정말로 방금 나 때문에 충격을 받은 그 심장이 마구 울려 댔다.

나는 일어나 앉았다. 모든 동작을 의도적으로 천천히 했다. 말하자면 인간처럼 움직였다. 그 애는 동작 하나하나에 시선을 고정시킨 채로 날 바라보며, 입가에 슬그머니 미소를 띠었다.

벨라의 입술을 보자 우리가 너무 멀리 떨어져 있는 느낌이 들었다. 그래서 그 애 쪽으로 몸을 기대어 손으로 그 애 팔 윗부분을 감싸 몸을 들어 올린 다음, 내 옆에 앉혔다. 이제 우리 사이는 겨우 2센티미터 정도 거리가 되었다. 훨씬 낫군.

벨라의 손 위에 내 손을 얹었다. 부드러운 피부가 느껴지자 안도감 같은 것이 들었다.

"옆에 좀 앉아 있도록."

그 애는 방긋 웃었다.

"심장은 어때?"

물론 그 심장은 아주 강하게 뛰고 있었다. 심지어 주변 공기가 은은히 떨려 대는 게 느껴졌다.

"나도 몰라. 심장 소린 나보다 네가 더 잘 듣잖아."

벨라가 반박했다. 그건 맞는 말이군. 내가 부드럽게 웃자 그 애의 미소가 담뿍 커졌다.

쾌적한 날씨는 아직까지 이어졌다. 구름이 흩어져 은빛 달의 광채가 피부에 비치자, 벨라는 마치 완벽한 천상의 존재처럼 보였다. 나는 이 애에게 어떻게 보일까. 그 눈은 경이로움으로 가득했다. 내 눈 역시 마찬가지겠지.

아래층에서 현관문이 열렸다가 닫혔다. 집 근처에서는 찰리의 잘 들리지 않는 생각 외에 다른 이의 생각은 없었다. 찰리는 지금 어디로 가는 걸까. 멀지 않은 곳에서…… 금속이 삐걱대는 소리와 나지막한 탁, 소리가 들렸다. 뭔가 도식 같은 것이 그의 머릿속에 스쳐갔다.

아. 벨라의 트럭이구나. 난 조금 놀랐다. 찰리는 벨라가 무언가 꾸민

다고 생각했군. 하지만 그 행동을 억제하기 위해 이토록 극단적으로 행동하다니.

찰리의 이상한 행동에 대해서 말해 주려던 순간, 그 애가 갑자기 표정을 바꿨다. 그리고 화장실 쪽을 슬쩍 보더니 다시 날 바라보며 물었다.

"인간적인 일로 잠시 실례해도 될까?"

"물론이지."

나는 그 표현에 재미있어 하면서 즉시 대답했다.

갑자기 벨라는 눈썹을 축 늘어뜨리고는 날 째려보았다. 그리고 엄한 목소리로 명령했다.

"어디 가지 마."

그건 이제껏 받았던 요구 중 가장 쉬운 것이었다. 세상 그 어떤 일이 닥쳐도 나는 지금 이 방을 떠나지 않을 작정이었으니.

나 역시 그 애의 목소리에 맞추어 심각하게 대답했다.

"알겠습니다, 아가씨."

그리고 똑바로 앉아서 온몸의 근육을 제자리에 가만히 두었다. 그 애는 기뻐하며 미소를 지었다.

1분간 필요한 물건을 모아든 벨라는 방을 나갔다. 일부러 문을 살그머니 닫으려고 하지도 않았다. 다시금 쾅 소리를 내며 문이 닫혔다. 다른 문소리가 더욱 크게 쾅 울려 댔다. 욕실 문이었다. 이러면 딸이 사악한 짓을 꾸미지 않았다는 걸 찰리가 조금은 믿어 주지 않을까 생각했다. 벨라가 정확히 어떤 짓을 꾸미고 있는지 그가 상상이나 할 수 있으려나. 하지만 그 행동은 모두 헛수고였다. 찰리는 잠시 후에야 안으로 들어왔으니까. 위층에서 샤워하는 소리를 듣고서 그가 당황했을 거란 생각이 들었다.

벨라를 기다리는 동안 침대 옆에 있는 작은 책 무더기를 살펴볼 기회를 마침내 얻었다. 샅샅이 살펴본 결과, 별로 놀라울 건 없었다. 책 중에서 하드커버는 단 한 권이었다. 문고판으로 재간행되기에는 나온 지 얼마 안 되는 책이어서 그렇군. 그건《투스 앤 클로》로, 그 애가 좋아한다 말한 책 중 아직 내가 읽어 보지 않은 것이었다. 이제껏 이 책을 읽어 볼 기회가 없었다. 정신 나간 경호원처럼 벨라를 따라다니느라 너무 바빴으니까. 그래서 지금 소설을 펴고 읽기 시작했다.

읽다 보니 벨라가 평소보다 샤워를 오래 한다는 걸 알아차렸다. 언제나처럼 불안감이 고개를 번쩍 치켜들었다. 마침내 그 애가 내게서 뭔가를 깨닫고 날 피하려는 걸까. 애써 그 생각을 무시했다. 벨라가 늑장을 부리는 데는 얼마든지 다른 이유가 있을 수 있잖아. 대신 애써 책 내용에 집중했다. 왜 이 책을 좋아하는지 알 것 같았다. 신기하고도 매력적인 이야기였다. 물론 사랑이 승리하는 이야기라면 요즘은 뭐든 내 취향이 되긴 했지만.

욕실 문이 열렸다. 나는 책을 돌려놓았다. 166페이지까지 읽었으니, 나중에 돌아와서 계속 읽어야지. 그리고 아까처럼 조각상 같은 자세로 다시 돌아왔다. 하지만 난 실망하고 말았다. 그 애는 방으로 오지 않고 헐레벌떡 계단을 내려갔기 때문이다. 발걸음은 계단 끝까지 이어졌다.

"안녕히 주무세요, 아빠."

벨라가 소리쳤다. 찰리의 생각이 약간 허둥지둥대는 것 같았지만, 그 말고는 다른 걸 알아낼 수가 없었다.

"잘 자라, 벨라."

그는 우물거리며 대꾸했다.

이윽고 벨라는 쏜살같이 계단을 올랐다. 누가 봐도 서두르는 기색으로 한 번에 여러 칸씩 뛰어올랐다. 그리고 문을 활짝 열고서, 안에 들어오지도 않은 채로 어둠 속에서 내 모습을 찾기 시작했다. 이윽고 그 애는 단단히 문을 닫았다. 그리고 예상했던 자리에 그대로 있는 나를 발견하고서 함박웃음을 지었다.

완벽하게 미동도 없던 나도 얼굴을 풀고 마주 웃어 주었다.

벨라는 잠시 주저했다. 닳아빠진 잠옷을 눈으로 빠르게 훑고 있었다. 그러더니 미안한 듯한 자세로 팔짱을 꼈다.

아까 욕실에서 금방 나오지 않았던 게 이래서였을 수도 있겠구나. 괴물이 두려워서가 아니라, 더 일반적인 이유로 두려웠던 거로구나. 부끄러웠구나. 어째서인지는 쉽게 이해가 갔다. 태양과 초원의 마법이 풀린 지금, 이 애는 자기 모습이 어떻게 보일까 확신이 없는 것일지도. 나 역시 참 생소한 기분이 드니까.

나는 옛날 버릇을 또 꺼내 들고 말았다. 불안감을 없애 주려고 벨라를 놀려대는 버릇 말이다. 그래서 미소 띤 얼굴로 그 애가 입고 나온 옷차림을 바라보며 한마디 했다.

"멋져."

그 애는 얼굴을 찡그렸지만 어깨의 힘은 빠졌다. 난 계속 우겨 댔다.

"놀리는 게 아니라, 정말 너한테 잘 어울리는데."

어쩌면 너무 성의 없는 칭찬이었으려나. 어깨 둘레에 엉켜 있는 젖은 머리카락을 해초처럼 드리운 채, 달빛에 은은히 빛나는 얼굴을 보니 그저 예쁜 것 이상이었다. 여신 같기도 하고, 물의 정령 같기도 한 이 모습. 그 둘 사이의 어떤 존재를 표현하는 단어는 왜 없을까.

"고마워."

벨라는 중얼거리더니, 다가와서 아까처럼 내 옆에 바짝 앉았다. 이번에는 다리를 꼬아 앉았다. 그 애의 무릎이 내 다리에 닿은 지점에 열이 확 올랐다.

나는 문을 가리키고 나서, 우리가 있는 방의 아래쪽을 가리켰다. 거기서는 이 애의 아버지가 머릿속으로 여전히 으르렁대는 중이었다.

"뭐 하는 거야?"

내가 묻자, 그 애는 자그맣게 우쭐한 미소를 지었다.

"찰리는 내가 몰래 외출하려는 줄 알아."

"아."

내가 오늘 저녁 찰리의 마음을 읽어 낸 것과, 벨라가 읽어 낸 것은 얼마나 공통점이 있으려나.

"왜?"

벨라는 순진한 척 눈을 커다랗게 떴다.

"내가 좀 흥분한 것처럼 보이나 봐."

벨라의 농담에 장단을 맞춰주며, 나는 그 턱 아래를 살며시 잡고서 자세히 보려는 듯 달빛에 비치도록 들어 올렸다. 하지만 그 애 얼굴을 만지자 머릿속에서 농담이 죄다 사라졌다.

"좀 열에 들뜬 것 같긴 하다."

이렇게 중얼거린 나는 앞으로의 결과 따윈 전혀 생각하지 않고 몸을 숙여 그 애의 뺨에 내 뺨을 갖다 댔다. 눈이 저절로 감겼다.

벨라의 향기를 들이마셨다. 내 피부에 닿은 그 피부가 더 강하게 타올랐다.

입을 연 그 애의 목소리는 낮고 탁했다.

"이제는 나랑 가까이 있는 게……."

벨라는 잠시 말을 잇지 못하다가 다시금 목소리를 가다듬고 말했다.

"훨씬 편해졌나 봐."

"그렇게 보여?"

콧날로 벨라의 턱을 쓰다듬으면서 나는 방금 들은 말을 생각했다. 이 애를 만지는 쾌감은 그 어떤 것에도 비할 바가 아니었지만, 목 속으로 느껴지는 신체의 고통은 조금도 줄어들지 않았다. 이 순간의 기적에 정신이 어느 정도 몽롱해지긴 했어도, 다른 정신으로는 근육의 움직임을 죄다 교정하고 신체 반응을 전부 감시하는 중이었다. 사실 이러느라 상당한 정신력이 소모되었지만, 불멸의 존재는 남는 정신력이 아주 많았다. 그래서 이 순간에도 별 피해가 없었다.

나는 벨라의 젖은 머리칼을 들어 올린 다음 귀 바로 밑에 있는, 더할 나위 없이 부드러운 피부에 입술을 살며시 댔다.

그 애는 숨을 나지막이 헐떡였다.

"확실히 훨씬 쉬워졌어."

"음."

난 이렇게만 대답했다. 지금은 달빛에 비친 그 목덜미를 탐험하는 데 깊이 몰두하는 중이었으니까.

"그래서 궁금해졌어……."

벨라는 말을 꺼내다가, 내 손가락이 천천히 쇄골을 어루만지자 입을 다물었다. 그리고 다시 초조하게 숨을 들이마셨다.

"뭐가?"

나는 쇄골 위 움푹한 곳에 손끝을 넣어 보며 물었다. 그 애는 한층 새되고 떨린 목소리로 물었다.

"왜 그런 거야?"

"육체적인 본능보다 정신력이 강했던 거지."

나는 키득키득 웃으며 대답했다. 하지만 벨라가 내게서 몸을 빼자 경계심에 난 그만 얼어붙고 말았다. 혹시 내가 선을 넘었나? 부적절한 행동을 했나? 그 애도 나만큼이나 놀란 듯 이쪽을 바라보았다. 뭐라고 말해 주길 기다렸지만, 벨라는 바다처럼 깊은 눈으로 날 응시할 뿐이었다. 그동안 그 애의 심장은 방금 마라톤을 뛰고 온 것처럼 퍼덕거렸다. 아니면 심하게 놀랐거나.

"내가 뭐 잘못했어?"

내가 묻자, 벨라는 입술을 슬며시 움직여 웃으며 대답했다.

"아니, 그 반대야. 난 너 때문에 미칠 것 같아."

조금 놀라운걸. 난 그저 이렇게 물었다.

"정말?"

그 심장은 여전히 두근거리고 있지만…… 두려움이 아니라 욕망 때문이었다. 사실을 알아버린 지금 내 몸속 전류는 과부하가 걸렸다.

대답 대신 미소를 지었는데, 너무 크게 지은 것 같다.

벨라도 나만큼 활짝 웃었다.

"박수라도 한판 쳐 줄까?"

내가 그렇게 자신만만하다고 생각하나? 이 모든 상황이 얼마나 내 능력 밖인 건지 전혀 짐작하지 못하나? 나는 아주 뛰어난 면이 많았고, 대부분 인간을 초월하는 능력 때문이었다. 자신감을 가져도 좋을 때가 언제인지는 잘 안다. 하지만 지금은 전혀 아니다.

"뭐랄까, 그냥 좀 기분 좋게 놀랐을 뿐이야. 백 년 넘게 살면서……."

나는 잠시 말을 멈추었다. 어쩐지 우쭐한 그 애의 반응에 그만 웃을 뻔했으니까. 그러다 계속 말을 이었다.

“이런 건 상상도 못했거든.”

솔직히 이 비슷한 일도 상상한 적 없었다.

“형제자매 이외의 방식으로…… 같이 있고 싶은 누군가를 만날 거라곤 상상도 못했어.”

이제껏 로맨스란 언제나 조금은 어리석은 거라고 여겼건만, 결국은 나 역시 빠져 버리다니.

“그렇게 이렇게 찾아낸 데다, 나한테 모든 게 새로운데도 잘 해낼 수 있다는 게……, 그리고 너랑 함께 있는 것까지 모든 게…….”

이제껏 하고 싶은 말을 제대로 표현하지 못한 적은 거의 없었지만, 이건 내가 한 번도 경험해 본 적 없는 감정이라서, 뭐라 표현해야 할지 알 수가 없었다.

“넌 원래 뭐든 잘하잖아.”

벨라의 말투는 이게 너무나 당연한 말이라서 굳이 소리 내어 말할 필요도 없다는 식이었다.

나는 인정한다는 듯 어깨를 으쓱인 다음, 그 애와 조용히 웃었다. 기쁨과 경이로움이 가득한 웃음이었다.

그 애의 웃음이 잦아들더니, 미간 사이에 걱정하듯 주름이 나타났다.

“하지만 지금은 어떻게 그렇게 쉬워진 거지? 오늘 오후만 해도…….”

비록 지금 그 어느 때보다도 마음이 잘 맞는 상황이지만, 초원에서 보냈던 벨라의 오후와 나의 오후는 서로 아주 다른 경험이었다는 것을 기억해야 했다. 우리가 함께 햇빛을 받으며 있었던 그 시간 동안, 내가 겪었던 것 같은 변화를 어떻게 이 애가 이해할 수 있겠는가? 새로이 친해진 것과는 별개로, 벨라에게 내가 어떻게 여기까지 이르렀는지 정확히 설명할 수는 없다는 걸 안다. 이 애는 내가 마음껏 상상해봤던 것이 무엇이었는지 앞으로도 전혀 모를 것이다.

나는 한숨을 쉬며 말을 골랐다. 내가 밝힐 수 있는 만큼은 이해해주었으면 좋겠는데.

"그리 쉽지는 않아."

앞으로도 결코 쉽지 않으리라. 언제나 고통스러우리라. 하지만 중요하지 않았다. 가능성이 있다면, 그것만으로도 괜찮다.

"하지만 오늘 오후엔 나도…… 아직 갈팡질팡했어."

이게 과연 갑자기 사납게 변해 버린 내 모습을 설명할 수 있는 말일까? 하지만 다른 말이 떠오르지 않았다.

"아까 용서 못할 만큼 무례하게 군 거 정말 미안하다."

그 애는 자비로운 미소를 지었다.

"용서 못할 만큼은 아니었어."

"고마워."

나는 이렇게 중얼거리고는 다시 설명을 시작했다.

"알겠지만…… 내가 얼마나 강한지 자신이 없었던 거야……."

나는 벨라의 한쪽 손을 잡아 내 피부에 댔다. 얼음장 같은 피부에 타오르는 불씨를 뿌리는 기분이었다. 그건 본능적인 몸짓이었고, 어쩐지 말하기가 쉬워졌다는 걸 알고 난 놀랐다.

"하지만 극복할 수 있다는 가능성도 있었으니까……."

나는 그 손목 안쪽에 있는 가장 향기로운 지점을 들이마셨다. 그리고 불길 같은 고통을 즐겼다.

"조심스러웠지. 내가 충분히 강하다는 확신이 서서, 혹시 모를 가능성이 완전히 사라지기를 기다렸달까……."

마침내 벨라의 눈을 마주하자, 그만 말꼬리를 흐리고 말았다. 난 이제 그 애의 두 손을 다 잡았다.

"그럼 이젠 전혀 가능성이 없는 건가."

이 애의 말이 질문인지 아닌지 알 수가 없었다. 질문이라 해도, 답은 이미 확실히 나와 있다고 여기는 것 같았다. 나 역시 그 애 말이 옳다고 기뻐하며 장단을 맞추고 싶었다.

"육체적인 본능보다 정신력이 강하니까."

내가 다시 말했다.

"와, 그것 참 쉽네."

벨라는 다시 웃고 있었다. 그 활기찬 기분에 나도 스르르 빠져들어 따라 웃었다.

"너한텐 쉽겠지!"

난 놀려댔다. 그리고 한 손을 놓고 검지로 그 애의 코끝을 어루만졌다.

갑자기 우스웠던 분위기가 사라지고, 어쩐지 거친 분위기가 되었다. 머릿속에 온갖 걱정이 소용돌이처럼 몰아쳤다. 장난스러운 기색이 사라진 나는 어느새 다시 억눌린 목소리로 경고하고 있었다.

"나도 몹시 애쓰고 있어. 너무 견디기 힘들어지면, 언제라도 떠날 수 있도록."

그러자 벨라는 얼굴을 찡그리더니 예상치 못하게 화난 기색을 역력히 내비쳤다.

하지만 내 경고는 아직 끝나지 않았다.

"내일은 더 힘들어질 거야. 온종일 네 체취를 맡아서 지금은 놀라울 정도로 거기 둔감해졌거든. 하지만 상당 기간 너랑 떨어져 있으면 처음부터 다시 시작해야 할 거다. 그래도 완전히 처음부턴 아니겠지."

벨라는 내 가슴에 몸을 기댔다가, 이러면 안 된다는 듯 다시 몸을 다시 천천히 흔들었다. 그러자 아까 그 애가 턱을 아래로 숙이던 모습과 했던 말이 떠올랐다. **목을 내놓지 말아야겠군**.

"그럼 가지 마."

나는 호흡을 일정하게 유지했다. 타오르는 호흡을 말이다. 그리고 겁먹지 말자고 억지로 마음먹었다. 그렇게 말하면 나의 더없이 거대한 욕망에 불을 붙인다는 걸 모르는 건가?

지금 내 얼굴에 친절한 기색이 있었으면 좋겠다는 마음으로, 나는 미소를 지었다. 이 애에게는 웃어 주기가 정말 쉽다.

"나야 좋지. 쇠고랑을 가져와. 내가 너의 포로가 되어 주지."

나는 이렇게 말하며 벨라의 섬세한 손목에 두 손을 감쌌다. 하지만 속으로는 그 이미지가 그저 우스웠다. 철이나 강철로도, 앞으로 발견될 그 어떤 합금을 동원해서라도 나를 묶어 봤자 소용없을 것이다. 하지만 이 연약한 인간 여자애는 날 묶을 수 있다.

"오늘은 평소보다 낙천적인 사람이 된 것 같아. 이런 네 모습 처음이야."

벨라가 말했다. 낙천적이라……. 빈틈 없는 관찰력이군. 냉소적이었던 나의 옛 모습을 떠올리니 나와는 전혀 달라 보였다.

나는 여전히 그 애의 손목을 잡고서 그쪽으로 몸을 가까이 숙였다.

"원래 그런 거 아니야? 첫사랑의 기쁨이란 게 바로 이런 거라던데. 책에서 읽거나 영화에서 본 것과 실제로 경험하는 건 참 많이 다르다는 게 놀랍잖아."

벨라는 생각에 잠겨 고개를 끄덕였다.

"아주 다르지. 내가 상상한 것보다 훨씬 강력해."

그러고 보니 직접 느껴 보는 것과 간접적으로 느끼는 게 얼마나 차이가 큰지 실제로 느껴 본 건 처음이군.

"예를 들어서 질투라는 감정도 마찬가지야. 책에서도 수만 번은 읽어 봤고, 연극이나 영화에서 배우들이 다르게 연기하는 것도 수천 번은 봤을 거다. 그래서 난 질투란 감정을 꽤 정확하게 이해했다고 생각했거든. 그런데 실제론 충격이더군……. 마이크가 너한테 댄스파티에 가자고 한 날 기억 나?"

"네가 다시 나한테 말을 건 날이잖아."

마치 내가 엉뚱한 부분을 우선해서 기억하고 있다는 것처럼, 그 애는 말을 고쳐 주었다.

하지만 나는 그 전에 일어났던 일에 몰두하느라 정신이 없었다. 처음으로 그 특별한 열정을 느꼈던 순간을 아주 완벽하게 되살리고 있었기 때문이다.

"그날 난 거의 분노에 가까운 불쾌감을 느껴 몹시 놀랐는데, 처음엔 그게 뭔지 잘 몰랐어. 네가 무슨 생각을 하고 있는지, 왜 네가 그 자식의 청을 거절했는지 알 수가 없어서 평소보다 더 짜증이 났거든. 단순히 친구가 좋아하는 상대라서였나? 누군가 다른 사람이 있는 걸까? 어느 쪽이든 내가 상관할 권리가 없다는 건 알고 있었어. 그래서 상관하지 않으려고 노력은 했지. 그러더니 아예 파트너가 줄을 서는 거야."

예상대로 벨라는 얼굴을 찌푸렸고, 나는 다시 웃을 수밖에 없었다.

"나는 네가 그놈들에게 뭐라고 하는지 들어 보고 네 표정을 지켜보려고, 이상하리만치 초조하게 기다렸어. 네 얼굴에 떠오른 짜증을 보며 안도감이 드는 걸 부인할 수가 없었지. 하지만 확신할 수는 없더군……. 그래서 그날 밤 처음 여길 오게 된 거야."

그 애의 볼에 서서히 홍조가 들기 시작했지만, 내게 몸을 기대오는 모습은 부끄럽다기보다는 강렬했다. 분위기가 한 번 더 변하더니, 난 어느새 오늘 백 번이나 했던 것 같은 고백을 또 하고 있었다. 이제는 더욱 속삭이는 목소리로.

"네가 자는 모습을 지켜보며, 나는 밤새 내가 지켜야 할 도리나 원칙과 내가 원하는 것 사이에서 몹시 갈등했어. 원칙대로 내가 널 계속 무시하거나, 네가 이곳을 떠날 때까지 몇 년쯤 내가 어딘가 다른 데 있다 돌아오면, 넌 언젠가 마이크나 어떤 다른 놈과 함께 있게 될 거라고 생각하니 버럭 화가 났어."

화가 났고, 비참했다. 삶에 부여된 모든 색채와 목적이 전부 빠져나가는 것처럼.

"그런데 바로 그때 네가 잠자면서 내 이름을 불렀어."

돌이켜보면 그 짧은 순간이 전환점이자 분기점이 된 것 같았다. 그때까지 나는 스스로를 수없이 의심했지만, 이 애가 날 부르는 소리를 듣고 나니 내게는 선택의 여지가 없어져버렸다.

나는 아주 나지막하게 목소리를 낮추고 말했다.

"너무 똑똑하게 말해서 처음엔 잠이 깬 줄 알았지. 그런데 네가 몸을 뒤척이며 다시 한 번 내 이름을 중얼거리곤 한숨을 쉬었어. 그 순간 온몸에서 힘이 쭉 빠지면서 무기력해지는 느낌이 들더군. 그제야 난 너를 더는 무시할 수 없다는 걸 깨달았지."

벨라의 심장이 더욱 빨리 뛰어 댔다.

"하지만 질투는…… 정말 이상한 감정이야. 생각보다 훨씬 더 강렬했어. 게다가 비논리적이기도 하지! 조금 전만 해도 찰리가 마이크 뉴튼 이름을 꺼냈을 때…….”

아마 그 불운한 놈에게 내가 얼마나 강렬한 감정을 품어 댔는지 정확하게 밝히면 안 될 거란 생각에 난 입을 다물었다.

“네가 듣고 있다는 걸 알아차렸어야 했는데.”

그 애는 투덜댔다. 하지만 그토록 가까이에서 일어나는 대화를 듣지 못할 리가 있겠는가.

“어쨌든 그것 때문에 정말로 질투심을 느꼈어?”

벨라의 목소리는 짜증스러움에서 믿을 수 없다는 투로 바뀌었다.

“나한텐 새로운 감정이야. 너 때문에 내 안에 있는 인간의 본성이 되살아나고 있는 모양이지. 그런데 모든 게 새로우니까 훨씬 더 강렬하게 느껴져.”

뜻밖에도 잘난 척하는 미소가 그 입가에 떠올랐다.

“겨우 그걸로 네가 언짢았다니까 하는 말이지만 로잘리가, 그 미모의 화신 로잘리가 원래 네 짝이었다는 얘기를 들은 난 어떻겠어? 에밋이 있든 없든, 내가 어떻게 로잘리랑 경쟁상대가 되겠느냐고.”

그 애는 비장의 카드를 내놓는 것처럼 이런 말을 했다. 마치 질투란 게 제3자의 외모에서 오는 매력을 파악할 만큼 이성적이라는 듯이, 그래서 그에 맞추어 정비례하여 증가한다는 듯이 말이다.

“경쟁이 안 되지.”

나는 그렇게 생각하지 말라고 말했다. 그리고 내 손에 잡힌 그 손목을 천천히 당겨 나에게로 이끌었다. 이윽고 벨라의 머리가 내 턱 바로 밑에 닿았다. 피부에 닿은 그 애의 뺨은 후끈했다.

“경쟁이 안 된다는 건 나도 알아. 그러니까 문제지.”

그 애가 투덜거렸다.

"물론 로잘리는 나름대로 예쁘지만."

로잘리의 대단한 미모를 부정할 수는 없을 것 같았지만, 그 아름다움은 부자연스러우리만큼 한껏 고조된 것이라 매력적이라기보단 마음이 심란해질 정도였다.

"행여 내게 누이 같은 존재가 아니고 에밋이 곁에 없었더라도 너랑 비교하면 나한텐 십분의 일, 아니 백분의 일 만큼의 매력도 없거든. 거의 90년 동안 나는 나와 같은 부류는 물론이고 너 같은 인간들 사이를 돌아다니며…… 내가 찾는 게 뭔지도 모른 채 나 혼자만으로도 완벽하다고 생각했어. 네가 아직 태어나지 않았기 때문에 아무것도 찾을 수 없었던 거지."

그러자 벨라가 속삭여 대답했다. 그 대답의 숨결이 내 피부에 어른거렸다.

"불공평한 것 같아. 나는 전혀 누굴 기다린 적도 없는데 왜 이렇게 쉽게 사랑에 빠진 거지?"

악마 같은 존재를 그 누가 이토록 동정한단 말인가. 그래도 그렇지, 이 애는 자신의 희생을 너무 가벼이 여기는 건 아닐까.

"네 말이 맞아. 너한텐 더 어렵게 만들어야 할지도."

나는 벨라의 손목을 모아 왼손에 잡았다. 그리고 자유로워진 오른손으로는 그 애의 흘러내린 머리카락을 가볍게 쓰다듬었다. 그 질감이란, 이토록 매끄러운 머릿결이란 전에 상상했던 해초와 크게 다르지 않았다. 그 머리카락 타래를 손가락으로 배배 꼬며, 나는 벨라가 포기해야 할 것이 무언지 반어적으로 읊었다.

"넌 그저 나랑 함께 있는 매 순간 목숨만 걸면 되니까 별로 힘든 것도 아니겠지. 그저 본성을 저버리고, 인간다운 면모를 등지면 되는 거야. …… 그게 뭐 그리 아깝겠어?"

"난 조금도 아까울 게 없어."

그 애가 내 피부에 숨결을 내뱉으며 대답했다.

그 순간 내 머릿속으로 로잘리의 얼굴이 스쳐 지나간 건 놀랍지 않아야겠지. 지난 70년 동안 그녀는 잃어버려서 너무 슬픈 인간적 면모를 내게 천 가지는 들먹여 댔다.

"아직은 그렇겠지."

내 목소리에서 무언가를 느꼈던지, 벨라는 안긴 품에서 빠져나와 가슴에서 몸을 떼고 내 얼굴을 보려 했다. 나도 그 애를 놓아주려는데, 이 중요한 순간에 바깥에서 무언가 소리가 났다.

의심. 어색함. 걱정. 이 세 가지가 평소처럼 불분명하게 느껴졌다. 게다가 그게 뭔지 추측할 시간도 없었다.

"무슨……?"

벨라가 채 질문을 마치기도 전에 난 움직였다. 내가 습관적으로 밤을 보내던 어두운 구석으로 달려가자, 그 애는 매트리스에 턱 부딪혔다.

"어서 누워."

다급한 기색이 들릴만한 소리로 난 속삭였다. 계단을 올라오는 찰리의 발소리를 이 애가 듣지 못했다니 좀 놀랐다. 그래도 공정하게 따져보자면, 그는 발소리가 안 들리게 살금살금 올라오고 있는 것 같았다.

벨라도 즉시 반응해서, 이불을 뒤집어쓰고 몸을 웅크렸다. 찰리의 손은 벌써 문손잡이를 돌리고 있었다. 문이 삐걱 열리자, 벨라는 숨을 깊이 들이마시더니 천천히 내쉬었다. 지나치게 과장하는 행동이라 연기라는 티가 살짝 났다.

허어. 찰리에게서 들리는 반응은 이뿐이었다. 벨라가 또 자는 척 숨쉬기 연기를 하자 찰리는 살그머니 문을 닫았다. 나는 그의 침실 문이 닫히고 매트리스 스프링이 끼익대는 소리까지 들리길 기다렸다가 다시 벨라에게 돌아갔다.

벨라는 여전히 긴장한 채로 몸을 웅크리고는 느리고 고른 숨을 크게 들이쉬고 내쉬었다. 이제껏 말짱하게 깨어서 기다리고 있었구나. 찰리가 이 애를 몇 초만 더 유심히 지켜봤더라면, 자는 척하고 있다는 걸 분명히 알아챘을 것이다. 벨라는 속임수에 별로 재능이 없었다.

이제 난 새로이 생긴 이 이상한 본능을 따라 행동했다. 아직까지는 날 타락시키지 않은 그 본능을. 그 애 옆자리에 몸을 눕히고는 이불 속으로 파고들어 그 몸에 팔을 둘렀다.

"네 연기 참 형편없더라."

이런 식으로 벨라와 함께 찰리를 속이는 게 일상적인 일인 것처럼, 나는 가볍게 말했다.

"그 방면으로 진출하면 절대로 안 되겠어."

그 심장이 다시 쿵쿵 뛰었지만, 목소리는 나만큼이나 무심했다.

"상관없어."

벨라는 내 품으로 더욱 가까이 파고들었다. 그리고 가만히 안겨 만족한 듯 한숨을 쉬었다. 이러다 내 팔에 안긴 채로 잠들게 될까. 심장이 뛰는 소리를 들어 보면 못 잘 것 같았지만, 그 애는 더는 말이 없었다.

문득 머릿속에 벨라를 위해 만든 노래가 떠올랐다. 거의 무의식적으로 나는 그 멜로디를 나지막하게 흥얼거리기 시작했다. 그 곡은 이 장소에서 영감을 받았으니 여기에 속한 것 같았다. 벨라는 뭐라 반응하지 않았지만, 조심스럽게 귀 기울이고 있다는 듯 몸에는 힘이 들어갔다.

나는 노래를 부르다 말고 물었다.

"잠들 때까지 노래 불러줄까?"

그 애가 조용히 웃자 나는 놀랐다.

"좋아. 네가 여기 있는데 과연 잠을 잘 수 있을지 모르겠지만!"

"다른 땐 잘만 자던데 뭐."

그러자 거친 목소리가 들려왔다.

"그땐 네가 여기 있는 걸 몰랐으니까 그렇지."

내가 함부로 들어와 화난 것처럼 보여서 솔직히 다행이었다. 내가 처벌받아 마땅하다는 걸, 이 애가 내게 책임을 물어야 한다는 걸 알고 있었으니까. 하지만 내게서 멀어지지는 않았잖아. 내 품에 안겨 있는 동안은 어떤 식으로든 날 벌할 거란 생각이 들지는 않아.

"네가 자고 싶지 않으면 그럼……?"

혹시 뭘 먹고 싶은가? 아주 중요한 욕구가 있는데 내가 너무 이기적으로 못하게 막고 있나? 하지만 내 곁에 있어 달라고 말하는데, 어떻게 떠날 수 있겠어?

"자고 싶지 않으면……?"

벨라는 내 질문을 그대로 따라했다.

"그럼 뭘 하고 싶은데?"

사실은 너무 지쳤다고 말하려나? 아니면 하나도 안 피곤한 척을 하려나?

그 애는 한참 있다가 겨우 대답했다.

"모르겠어."

마침내 대답을 들었지만, 대체 이제껏 무슨 생각을 곰곰이 한 건지 궁금하지 않을 수가 없었다. 이렇게 벨라와 같이 있게 된 건 상당한 진전이었지만, 묘하게 자연스러운 느낌이었다. 이 애도 같은 기분일까? 아니면 내가 너무 주제넘는 생각을 하고 있나? 내가 그렇듯, 이 애도 더 많은 걸 상상하고 있나? 그래서 이토록 오랫동안 생각하다 말한 건가?

"생각나면 말해."

난 아무런 제안을 하지 않았다. 이 애가 하자는 대로 할 거야.

하지만 말이 쉽지, 막상 행동은 어려웠다. 벨라가 아무 말이 없는 동안, 나도 모르게 그 애에게 더욱 기댔고, 얼굴로 턱선을 쓸어대며 그 향기와 온기를 들이마셨다. 이제는 불길같은 고통도 나의 일부가 된 상태라, 다른 것들을 파악하기가 더 쉬웠다. 이제껏 이 애의 향기를 생각하면 두려움과 갈급함만이 떠올랐었는데. 하지만 지금은 예전에 음미하지 못했던 그 향기 속 여러 아름다움의 층위가 느껴졌다.

"냄새에 둔감해졌다더니."

그 애가 중얼거렸다. 난 예전에 들었던 비유로 다시금 설명했다.

"와인을 마다한다고 해서 와인의 향을 음미할 수 없다는 의미는 아니잖아. 너한테는 꽃향기가 나. 라벤더…… 프리지아 같은. 군침 도는 향기지."

나는 짧게 웃었다.

벨라는 마른침을 크게 삼키더니 애써 태연한 목소리로 말했다.

"그럼 그렇지. 누군가가 내가 얼마나 먹음직스러운 냄새를 풍기는지 말해 주지 않는 날은 일진이 나쁜 날 아니겠어?"

나는 다시 웃고 나서 한숨을 쉬었다. 이 애에게 이렇게 반응한 부분을 언제나 후회하곤 했지만, 이제는 더 이상 무거운 것이 아니었다. 장미꽃의 아름다움에 비하면 이건 정말로 별 것 아닌 가시 한 개에 불과하다.

"하고 싶은 일이 생각났어."

벨라가 말했다. 나는 간절히 기다렸다.

"너에 대한 얘기를 더 듣고 싶어."

음, 나한테도 재미있을 만한 건 아니었지만, 이 애의 뜻이라면 뭐든지 들어줘야지.

"아무거나 물어봐."

그러자 벨라는 전보다 숨죽인 목소리로 나지막히 물었다.

"왜 그렇게 사는 거야? 너의 원래…… 천성을 거부하기 위해 어떻게 그토록 애를 쓸 수가 있는지 난 아직 이해가 안 돼. 내 말 오해하진 마. 물론 네가 그렇게 할 수 있다는 게 난 기쁘니까. 그냥 처음에 왜 그런 어려운 결정을 내렸는지 알고 싶을 뿐이야."

이렇게 물어봐 주어 기뻤다. 이건 중요한 점이었다. 나는 가장 잘 설명할 수 있는 방법이 무엇일지 애써 생각했지만, 몇 군데 말을 더듬고 말았다.

"좋은 질문인데, 그걸 물어본 사람이 네가 처음은 아니야. 다른 이들은 대부분 우리 운명에 꽤 만족하며 살기 때문에 그들 또한 우리가 살아가는 방식을 놀라워해. 하지만 우리가 어떤 일정한 방식으로 살아왔다고 해서……, 우리 가운데 그 누구도 원한 적 없는 운명의 한계를 극복하고…… 좀더 나은 삶을 선택할 수 없다는 의미는 아니지. 우리에게 내재된 근본적인 인간성이 과연 얼마나 되는지는 몰라도, 최대한 그걸 지키려고 노력하는 거야."

내가 분명히 말했나? 내 말을 이해했을까?

그 애는 아무런 대답도, 움직임도 없었다.

"잠들었니?"

나는 아주 조용히 속삭였다. 혹시라도 잠든 거라면 깨워서는 안 되니까.

"아니."

벨라는 재빨리 말했다. 하지만 더는 아무런 말이 없었다.

아무것도 바뀐 게 없는데도 모든 게 바뀌어 버린 이 상황이 답답하고도 참 웃겼다. 난 언제나 이 애 생각을 읽을 수가 없어서 미쳐 버리기만 하리라.

나는 어서 말해 보라고 재촉했다.

"궁금한 게 그것뿐이야?"

"아직 멀었어."

그 얼굴을 볼 수는 없었지만, 미소 짓고 있다는 건 알 수 있었다.

"또 알고 싶은 게 뭔데?"

"왜 사람 마음을 읽을 수 있게 된거야? 왜 너만? 그리고 앨리스는 미래를 볼 수 있잖아. 왜 그런 일이 생기는 거지?"

대답을 잘 할 수 있었다면 좋았을 텐데. 난 그저 어깨를 으쓱이며 털어놓았다.

"우리도 잘은 몰라. 칼라일이 생각해 낸 이론은…… 우리가 인간일 때 갖고 있던 가장 강한 성향을 다음 생에 가져간다는 거야. 다시 태어났을 땐 우리의 정신력이나 감각 같은 것들이 더 강화되는 거지. 칼라일은 내가 원래 주변 사람들의 생각에 대단히 민감한 아이였을 거라고 생각해. 앨리스는 예전에도 얼마간 예지력이 있었을 테고."

"그럼 박사님은 이번 생에 어떤 성향을 가져오신 거야? 다른 사람들은?"

이건 대답하기 쉬웠다. 전에도 여러 번 생각해 본 적이 있었으니까.

"칼라일은 동정심을 가져왔고, 에스미는 열정적으로 사랑하는 능력을 갖고 왔어. 에밋은 강인한 힘을, 로잘리는……."

음, 로잘리는 확실히 아름다움을 가져왔지. 하지만 아까 우리가 했던 대화를 떠올려 보면 이 분위기에 맞는 대답은 아닌 것 같았다. 벨라가 느끼는 질투심이 내 질투심에 비하면 아무것도 아니라 할지라도, 질투심을 느낄 상황을 만들고 싶지 않았다.

"끈기를 갖고 태어났다고 해야겠지. 다른 사람들은 옹고집이라고 부르겠지만."

이것 역시 분명한 사실이긴 했다. 나는 조용히 웃으며 그녀가 인간 여자애였을 때 어땠을지 상상해 보았다.

"재스퍼는 아주 흥미로워. 재스퍼는 전생에서 자기 방식대로 일이 추진되도록 주변 사람들에게 막강한 영향력을 발휘하는 카리스마가 있었던 것 같더군. 지금 재스퍼는 주변에 있는 사람들의 감정을 마음대로 좌지우지할 수가 있거든. 예를 들어 방 안에 가득 모여 있는 화난 사람들을 달랜다거나, 반대로 무기력한 사람들을 흥분시키는 거지. 대단히 미묘한 재능이야."

그 애는 다시 말이 없어졌다. 놀랄 것은 아니었다. 받아들이기 쉽지 않은 이야기니까.

"그럼 모든 게 어디에서 시작됐을까? 칼라일이 너를 변하게 했고, 누군가 또 그분을 변하게 했을 테니까 계속 거슬러 올라가면……."

이것 역시 추측으로밖에 대답할 수 없었다.

"글쎄, 너희 인간은 어디에서 시작됐는데? 진화론? 창조론? 우리도 먹고 먹히는 천적관계가 존재하는 다른 여러 종과 마찬가지로 진화한 게 아닐까?"

흔들림 없는 칼라일의 신앙에 내가 항상 동의하는 건 아니었지만, 가끔은 칼라일의 믿음이야말로 가장 신빙성이 있다는 생각이 들었다. 그의 믿음이 무척 확고하기 때문일 것이다.

"나로서는 믿을 수가 없긴 해도, 만일 이 세상 모든 것들이 우연히 저절로 존재하게 된 게 아니라고 한다면, 섬세한 에인절피시와 상어를 같은 바다에서 헤엄치게 하고, 새끼 바다표범과 범고래를 동시에 창조한 위대한 신이 우리를 함께 창조해 이 세상에 살게 했다고 보는 것도 어렵지 않겠지?"

"잠깐만."

벨라는 아까처럼 진지한 목소리로 말하려 했지만, 곧 농담을 할 거란 기색이 느껴졌다.

"그러니까 나는 새끼 바다표범인 셈이지?"

"맞아."

나는 고개를 끄덕인 다음 웃었다. 그리고 눈을 감고 그 애의 정수리에 입맞추었다.

벨라는 몸을 비틀며 무게중심을 옮겼다. 어디 불편한가? 그래서 안고 있던 몸을 놓으려 했지만, 다시 자리를 잡은 그 애는 내 가슴에 또 파고들었다. 아까보다 숨결이 살짝 더 깊어진 것 같군. 심장은 이미 안정적인 리듬을 되찾았다.

"잘 준비 됐니? 아니면 물어볼 게 더 있어?"

"백만 개, 아니 이백만 개 정도밖에 없어."

"내일도 있고, 모레도 있고, 또 그 다음날도 있잖아……."

벨라와 함께 저녁 시간을 앞으로도 많이 보낼 수 있다고, 주방에서 난 강렬하게 생각했었다. 어둠 속에서 함께 껴안고 있는 지금은 그 생각이 더욱 강렬해졌다. 이 애만 좋다면, 우리가 떨어져 있어야 하는 시간은 거의 없다시피 하겠지. 함께 있는 시간이 떨어져 있는 시간보다 더 많을 것이다. 온몸이 얼얼해지도록 기쁜 마음을 이 애도 느낄까?

"아침에 사라지지 않을 자신 있어? 어쨌든 너는 전설적인 존재잖아."

그 애는 전혀 장난기 없는 목소리로 물었다. 정말 걱정이 된다는 듯 들리는군.

"안 갈게."

나는 약속했다. 그건 마치 서약과도, 맹세와도 같았다. 내 진심을 알아주길 바라.

"오늘 밤엔 그럼…… 한 가지만 더 물을게……."

나는 잠자코 질문을 기다렸지만, 벨라는 말을 잇지 않았다. 대신 심장 소리가 다시 들쭉날쭉 들려오기 시작하자 난 어리둥절해졌다. 그 애 피가 펄떡펄떡 뛰며 발산하는 열기에 내 주변 공기가 달아올랐다.

"뭔데?"

"아니야, 그만 두자. 마음이 바뀌었어."

"벨라, 아무거나 물어도 된다니까."

하지만 그 애는 아무 말도 없었다. 대체 이 시점에서 뭐가 그리 무서운 건지 나는 도무지 짐작할 수가 없었다. 심장이 다시 빠르게 뛰자, 나는 커다랗게 신음하고 말았다.

"네 생각을 읽지 못해도 차츰 괴로움이 덜해질 거라고 생각했는데, 좌절감이 점점 더 심해지는군."

그러자 벨라는 대번에 반박했다.

“난 네가 내 생각을 읽지 못해서 얼마나 기쁜데. 네가 내 잠꼬대를 엿들을 수 있다는 것만으로도 난 충분히 괴로워.”

무단 침입을 싫어했던 이유가 잠꼬대를 들려주고 싶지 않아서라니, 이유도 참 이상했다. 하지만 나는 듣지 못한 질문이 뭔지, 무슨 질문이기에 심장이 그리 빨리 뛰는 건지 너무 알고 싶었기 때문에, 지금 그 점을 생각할 겨를이 없었다.

“부탁이야.”

나는 애원했다. 하지만 그 애는 고개를 저었다. 그러면서 내 가슴에 머리카락이 스쳐 댔을 뿐이었다.

“네가 말하지 않으면 난 뭔지 몰라도 훨씬 심각한 거라고 짐작할 거야.”

이렇게까지 말하고서 기다렸지만, 벨라는 협박에도 굴하지 않았다. 사실, 나는 사소한 것이든 심각한 것이든 아무런 생각이 나질 않았다. 그래서 다시 매달렸다.

“어서 말해 보라구.”

“있지.”

주저했지만, 그래도 말은 시작했구나. 아니, 아직인가. 다시금 침묵이 내려앉았다.

“응.”

내가 살짝 재촉했다.

“로잘리하고 에밋이 곧 결혼할 거라고 했잖아…….”

벨라는 말하다 말고 다시 입을 다물었다. 대체 무슨 생각을 하는 건지 난 당황하고 말았다. 혹시 결혼식에 초대를 받고 싶은 건가?

"너희들…… 결혼도 인간들의 결혼과 똑같아?"

머릿속이 빠르게 돌아가면서, 나는 단번에 그 의도를 파악했다. 아, 진작에 알아차렸어야 했는데. 명심해 두어야 한다. 지금껏 이 애를 알아온 결과, 이 애 심장이 빠르게 뛸 때마다 적어도 열에 아홉은 무서워서 그런 게 전혀 아니라는 사실을 말이다. 보통은 매력을 느끼기 때문이었다. 난 말 그대로 지금 이 애와 함께 침대에 올라온 상황인데, 생각이 이렇게 이어지는 게 당연하지 않겠는가.

나는 스스로의 둔감함을 비웃었다.

"궁금한 게 그거였어?"

내 말투는 가벼웠지만 당면한 문제에 대답하지 않을 수는 없었다. 온몸에 전류가 폭동을 일으킨 듯 흘렀다. 자세를 바꾸어 입술을 그 애의 입술에 대고 싶은 충동을 애써 참아야 했다. 그건 올바른 대답이 아니었으니까. 그럴 리가 없으니까. 왜냐하면 이 질문에는 당연히 다음 질문이 따라오게 될 테니까.

"응, 거의 같을 거야. 아까도 말했듯이 분명히 인간으로서의 욕망도 대부분 남아 있는 상태에서, 더 큰 다른 욕망에 가려져 있을 뿐이거든."

"아아."

벨라는 이렇게만 말했다. 혹시 내 짐작이 틀렸나.

"그게 궁금한 다른 이유라도 있어?"

그러자 그 애는 한숨을 쉬었다.

"계속 궁금했거든. 혹시…… 언젠가…… 너와 나도……."

아니, 틀리지 않았다. 순간 슬픔이 내 가슴을 짓누르는 것 같았다. 이런 대답 말고, 다른 대답을 해 줄 수 있었다면 얼마나 좋았을까.

"내 생각에…… 우린…… 안 될 거야."

섹스라는 말을 쓰지는 않았다. 벨라도 피한 말이니까.

"나랑 그렇게…… 가까이 있으면 너한테 너무 힘들기 때문에?"

그 애가 속삭였다. 상상하지 않기란 힘들었지만…… 정신 차리자. 나는 천천히 대답했다.

"확실히 그것도 문제가 되겠지. 하지만 내가 염려하는 건 그게 아니야. 네가 너무 부드럽고 연약하기 때문에 곤란해. 우리가 함께 있을 때 난 네가 다치지 않도록 매 순간 행동을 조심해야 해. 벨라, 난 단순한 실수로도 널 쉽게 죽일 수 있어."

나는 조심스럽게 손을 올려 벨라의 뺨에 댔다.

"내가 성급하게 군다면…… 만약 단 일 초라도 주의를 충분히 기울이지 않으면, 네 얼굴을 어루만지려고 손을 뻗었는데 실수로 두개골을 부서뜨릴지도 몰라. 네가 얼마나 부서지기 쉬운 존재인지 넌 아마 짐작도 못 할 거야. 너랑 같이 있으면서 어떻게든 자제력을 잃는 건 내가 절대로 용서할 수가 없어."

나의 약점을 인정하는 건 갈증을 고백하는 것만큼 수치스럽지는 않은 것 같았다. 결국 내 힘은 그저 나의 일부일 뿐이니까. 음, 물론 갈증도 나의 일부이기는 하지만 그 애 주위에서만 특히 강렬해지는 건 자연스럽지 않았다. 나의 그런 면은 변명의 여지가 없고 수치스럽게만 느껴졌다. 심지어 잘 통제하고 있는 지금도 갈증이 존재한다는 사실 자체가 창피했다.

벨라는 내 대답을 듣고 오랫동안 생각에 잠겼다. 아마도 의도했던 것보다 내 말이 더 무섭게 들렸겠지. 하지만 내가 진실을 너무 편집해서 말한다면 어떻게 제대로 이해하겠는가?

"겁나니?"

내가 물었지만, 여전히 말이 없었다. 그러다 천천히 대답이 나왔다.

"아니, 난 괜찮아."

우린 다시금 수심어린 침묵에 빠졌다. 이 애가 말이 없는 동안 내 생각은 자꾸만 딴곳으로 흘러갔고, 그래서 별로 기쁘지 않았다. 물론 이 애는 자기 과거에 대해서 두서없는 이야기를 많이 해주었지만…… 게다가 아주 수줍게 이 주제를 먼저 꺼내긴 했지만…… 궁금하지 않을 수가 없었다. 이제 드는 생각이란 지금 자꾸만 거슬리는 호기심을 그냥 내버려둔다면 결국 곪아버릴 거란 사실뿐이었다.

나는 아무렇지 않다는 듯 물어보려 했다.

"나도 궁금해졌어. 너 혹시 그런 경험이……?"

"당연히 없지! 다른 사람한텐 이런 기분 느껴 본 적 없다고 했잖아."

벨라는 대번에 대답했다. 화난 건 아니었지만, 말도 안 된다는 어조였다.

혹시 내가 자기 이야기를 귀담아듣고 있지 않았다고 생각한 건가? 나는 마음을 풀어 주려 대답했다.

"알아. 그냥 다른 사람들 생각은 다르니까 물어본 거야. 사랑과 욕망이 언제나 같이 움직이는 건 아니란 거 나도 알거든."

"나한텐 걔들이 늘 붙어다녀. 어쨌든 지금 내 안엔 걔네 둘이 같이 존재하고 있단 말이야."

둘이라고 말한 건 일종의 수긍이었다. 벨라가 날 사랑한다는 건 안다. 우리가 둘 다 욕망을 품은 게 사실이니, 분명히 문제를 어렵게 만들겠지.

나는 벨라가 묻기 전에 미리 말해야겠다고 생각했다.

"다행이네. 적어도 우리한테 공통점이 한 가지는 생겼군."

그 애는 한숨을 쉬었지만, 그건 기분 좋은 한숨이었다. 벨라가 곧 천천히 물었다.

"네 안에 있는 인간적인 본능 말이야……. 그런 식으로도 나한테 매력을 느끼나?"

그 말에 난 크게 웃었다. 이 애를 원하지 않는 식이라니, 그게 어떤 식이란 말인가? 정신과 영혼과 육체가 모두 다 원하는데. 육체도 다른 둘 못지않게 원하는데. 나는 그 애 목덜미에 드리워진 머리카락을 쓰다듬었다.

"인간이 아닐지는 몰라도 나 역시 남자야."

벨라는 하품을 했다. 나는 웃음을 애써 참았다.

"질문에 대답해 줬으니 이제 그만 자."

"잘 수 있을지 모르겠어."

"그럼 내가 갈까?"

정말로 가기 싫었지만, 물어보기는 했다.

"안 돼!"

격분한 그 대답은 밤새 속삭여 댔던 우리의 목소리보다 훨씬 컸다. 하지만 아무 일도 없었다. 찰리의 코 고는 소리도 흐트러지지 않았다.

나는 다시 웃고서 벨라에게 더 가까이 다가갔다. 그리고 내 입술을 그 귓가에 대고서 그 애를 위한 노래를 흥얼거리기 시작했다. 아주 조용히, 숨결처럼 나지막이.

벨라가 무의식에 빠져들자, 그 차이가 느껴졌다. 몸의 근육에서 긴장감이 모두 사라져가며 느슨해지고 나른해졌다. 호흡이 느려지고, 가슴에 모은 손끝이 둥그러졌다. 마치 기도하는 것 같구나.

움직일 마음은 전혀 없었다. 사실은 영원히 이렇게 있고 싶었다. 결국엔 이 애가 몸을 뒤척이겠고, 깨우지 않으려면 놓아 주어야 한다는 것도 안다. 하지만 지금은, 이보다 더 완벽할 수가 없었다. 아직도 이 기쁨이 실감나지 않았다. 솔직히 이런 기쁨에 익숙해질 수 있는 자는 그 누구도 없으리란 생각마저 들었다. 최대한 오랫동안 이 느낌을 간직해야지. 미래에 어떤 일이 일어날지 모르겠으나, 나의 세상을 온통 뒤바꿔 놓은 이날이, 천국 같았던 오늘이 있기에 앞으로 어떤 고통이 오더라도 감수할 가치가 있으리라.

"에드워드."

벨라가 잠결에 속삭였다.

"에드워드……, 사랑해."

19
집으로

이보다 더 행복한 밤이 앞으로 또 있을까? 그럴 리가.

벨라는 잠든 채로 계속해서, 거듭해서 나를 사랑한다고 말했다. 그 말도 좋았지만, 그 어조에서 들려오는 완벽하고도 더없는 행복이야말로 영원히 바라고픈 전부였다. 나 때문에 참 행복해하잖아. 그럼 더 이상 무슨 말이 필요하겠어?

아주 이른 새벽으로 접어들자 그 애는 점차 깊은 잠에 빠져들었다. 이제는 잠꼬대를 하지 않겠군. 나는 아까 읽다 만 책을 다 읽었고, 이제 그 책은 내가 제일 좋아하는 책 중 하나가 되었다. 그런 다음 다가올 오늘의 사건을 생각하면서 시간을 보냈다. 앨리스의 환상에 따르면 벨라는 오늘 우리 가족을 만나게 된다. 앨리스의 머릿속에서 분명히 보기는 했지만, 여전히 믿을 수가 없었다. 벨라가 정말 만나고 싶어 할까? 나는 소개하고 싶어 할까?

앨리스가 벨라와 상당히 깊은 우정을 나누었던 모습을 난 곰곰이 생각했다. 물론 벨라는 전혀 모르고 있지만. 그래서 이제는 내가 추구하는 미래에 대해서 강한 확신이 들었기에, 또 그렇게 될 거란 가능성도 있기에, 앨리스에게 벨라를 계속 떨어뜨려 놓는 건 확실히 좀 잔인한 처사라는 생각이 들었다. 그러면 벨라는 에밋에 대해선 어떻게 생각할까? 에밋이 얌전하게 행동할 거라고 백 퍼센트 확신할 수는 없었다. 그는 분명히 뭔가 즉흥적으로 행동하거나 무서운 말을 던지며 재미있다고 여길 테니까. 하지만 얌전히 있어 주는 대가로 내가 뭔가 약속한다면 어떨까…… 레슬링 시합을 해 주겠다고 할까? 미식축구는 어떨까? 분명히 에밋이 좋아할 만한 대가가 있을 것이다. 재스퍼는 거리를 둘 거란 사실을 난 이미 알고 있었다. 하지만 앨리스가 먼저 그러라고 말했던 걸까? 아니면 앨리스가 본 미래가 이루어지려면 내가 재스퍼에게 부탁을 해야 하는 걸까? 물론 벨라는 이미 칼라일을 만나봤다. 하지만 그때와 지금은 다를 것이다. 벨라가 칼라일과 함께 시간을 보낸다고 상상하자 어느새 참 좋다는 생각이 들었다. 칼라일은 우리 중 최고니까. 그는 알면 알수록 더욱 우러러보게 되는 존재였다. 그리고 에스미는 벨라를 만나게 되어 무척 기뻐할 것이다. 에스미가 좋아할 생각을 하면서 난 마음을 거의 굳힐 뻔했다.

하지만 실은 아직 한 가지 장애물이 남았다.

로잘리였다.

벨라를 집으로 데려오기 전에 반드시 사전 작업을 해야 한다는 걸 난 깨달았다. 그러려면 지금 이 애 곁에서 떠나야 한다.

나는 깊은 꿈속에 빠진 벨라를 가만히 바라보았다. 벨라가 자면서 몸부림을 치기 시작한 다음부터 나는 침대에서 내려와 바닥에 앉은 채였다. 매트리스 가장자리에 가만히 기댄 나는 손을 내밀어 손 끝으로 머리카락을 한 줌 쥐어 보았다. 그리고 한숨을 쉬면서 마지못해 자리에서 일어섰다. 할 일은 해야 한다. 이 애는 내가 떠난 줄도 모를 것이다. 하지만 아무리 짧게 떨어져 있다 해도 나는 이 애를 너무나 보고 싶겠지.

나는 급히 집으로 향했다. 최대한 빠른 시간 내에 임무를 완수하기를 바라면서.

앨리스는 평소처럼 자신의 역할을 해주었다. 내가 이루고픈 것은 대부분 세부적인 것에 불과했다. 앨리스는 무엇이 가장 중요한지 알고 있었다. 아니나 다를까, 내가 집으로 달려가자 로잘리는 현관 계단 맨 위에 앉아서 나를 기다리고 있었다.

앨리스는 그녀에게 자세히 말해 두지 않았다. 처음 본 로잘리의 얼굴은 살짝 당황한 상태였다. 뭘 기다리고 있는지도 모르는 것 같았다. 그래서 나를 보자마자, 당황했던 얼굴을 찌푸렸다.

아, 이번엔 또 뭐야!

"로잘리, 제발 부탁이야. 나랑 얘기 좀 할래?"

앨리스가 널 도와주고 있다는 걸 미리 눈치챘어야 했는데.

"앨리스는 자기 좋으라고 그러는 것도 좀 있어."

로잘리는 벌떡 일어서서 청바지를 털었다.

"로잘리, 부탁할게."

알았어! 알았으니까 할 말 있으면 해.

나는 제안의 의미로 팔을 내밀며 말했다.

"나랑 같이 산책하면서 대화할까?"

그녀는 입술을 꾹 다물었지만 고개를 끄덕였다. 나는 집을 빙 둘러 칠흑같이 어두운 강변으로 그녀를 안내했다. 처음에 우리는 아무 말

없이 북쪽으로 강변을 따라 걸었다. 세찬 강물 소리 말고는 조용했다.

이 길은 계획적으로 고른 것이었다. 예전의 그날을, 바로 그녀가 에밋을 집에 데려온 날을 떠올려 주기를 바라서였다. 우리가 처음으로 같은 편이 되었던 그 날을.

"이제 본론으로 좀 들어가 줄래?"

그녀가 불평했다. 목소리에는 짜증이 실린 것도 같았지만, 머릿속으로는 무슨 생각을 하는지 다 들렸다. 그녀는 긴장하고 있었다. 혹시 그 내기 때문에 내가 아직도 화났을까 봐 걱정되나? 살짝 부끄러워하는 것도 같다는 생각이 들었다.

"부탁하고 싶은 게 있어. 너한텐 쉽지 않은 부탁일 거란 점도 알아."

내 말은 로잘리가 예상했던 게 아니었다. 하지만 나의 부드러운 어조를 듣고서 그녀는 더욱 화를 내기만 했다.

그 인간에게 잘해 주라는 거구나. 그녀는 추측했다.

"맞아. 그 애를 좋아해 줄 필요는 없어. 그러고 싶지 않다면 말이야. 하지만 그 앤 이미 내 삶의 일부가 되어 버렸어. 그래서 네 삶의 일부가 되었기도 하지. 물론 네가 이런 걸 부탁하지도 않았고, 바라지도 않는다는 거 알아."

응, 안 바라. 그녀는 마음속으로 고개를 끄덕였다.

"하지만 너도 에밋을 집으로 데려왔을 때 나한테 동의를 구하지 않았잖아."

내가 옛일을 이야기하자 그녀는 비웃듯 코웃음을 쳤다. **그건 다르지.**

"그래. 분명히 다르지. 네 결과는 영원하니까."

순간 로잘리는 걸음을 멈췄다. 나도 따라 섰다. 놀라움과 의아함이 뒤섞인 표정으로 그녀는 나를 빤히 바라보았다.

그게 무슨 말이야? 그럼 네 결과는 영원하지 않다는 거야?

로잘리의 머릿속이 온통 이 질문에 몰두하고 있었던지라, 정작 그녀가 다른 주제로 말을 꺼냈을 때 난 놀라고 말았다.

"내가 에밋을 선택했을 때 넌 상처받은 기분이었어? 그게 너한테 어떤 식으로든 고통이 됐어?"

"물론 아니야. 너는 아주 좋은 선택을 했어."

그녀는 다시 코웃음을 쳤다. 내 입바른 말에 별 감흥을 받지 않았군.

"나 역시 좋은 선택을 했다는 걸 증명할 기회를 주면 안 돼?"

내 말에 로잘리는 홱 돌아서고서, 다시 북쪽으로 성큼성큼 걷기 시작했다. 이제는 길이 없는 숲 속을 마구 헤치며 나갔다.

난 그 애를 차마 볼 수가 없어. 그 앨 보면 사람으로 안 보여. 그저 없어질 쓰레기로만 보인다고.

내 의도에 반하여 분노가 치밀어 올랐다. 나는 으르렁대고 싶은 마음을 애써 참으며 마음을 가라앉혀 보았다. 로잘리는 나를 슬쩍 돌아보고서 내 표정이 달라졌음을 알아보았다. 그녀는 다시 걸음을 멈추고는 몸을 획 돌려 나를 마주보았다. 한결 부드러워진 얼굴이었다.

정말 미안해. 이 정도로 잔인한 말을 하려던 건 아니었어. 난 그냥…… 그냥 그 애가 이러는 걸 차마 볼 수가 없어서 그래.

로잘리가 속삭였다. 격한 감정을 이기지 못해 온몸을 바짝 군힌 채였다.

"그 애는 모든 기회를 다 가졌어, 에드워드. 그 애 앞에는 인생의 가능성이 모두 열려 있잖아. 그런데 걔는 그걸 전부 쓰레기로 만들어 버리려는 거잖아. 내가 잃어버린 모든 걸. 난 그 꼴을 차마 두고 볼 수가 없어."

나도 그녀를 빤히 바라보았다. 온몸이 떨려 왔다.

이제껏 로잘리의 이상한 질투심을 성가시다 여겨왔다. 내가 벨라를 더 좋아한다는 점에서 비롯된 질투인 건 사실이었으니. 그저 너무나 옹졸하기만 했지. 하지만 이건 아주 다른 이유, 훨씬 더 깊은 이유였다. 벨라의 목숨을 구한 이후, 로잘리를 처음으로 이해하게 된 것 같았다.

나는 조심스럽게 손을 뻗어 그녀의 팔을 잡았다. 뿌리칠 거라고 예상했지만, 그녀는 미동도 없이 서 있을 뿐이었다.

"그런 일은 없도록 할 거야."

나 역시 그녀만큼 격렬한 심정으로 약속했다.

로잘리는 오랫동안 내 얼굴을 살펴보았다. 그리고 머릿속으로 벨라의 얼굴을 떠올렸다. 앨리스의 환상에서처럼 완벽하게 재현된 게 아니라, 솔직히 캐리커처에 가까운 모습이었다. 그러나 그 뜻은 분명했다. 지금 보이는 벨라의 피부는 하얗고 눈은 빨갛게 빛났다. 그 이미지에서는 심한 혐오감이 풍겨나왔다.

이게 네 목표가 아니라고?

난 역겨운 마음을 실어 고개를 저어 댔다.

"아니, 아니야. 난 그 애가 모든 걸 가졌으면 좋겠어. 아무것도 빼앗지 않을 거야. 로잘리, 이해하겠어? 난 그런 식으로 그 앨 해치지 않을 거라고."

이제 로잘리 역시 불안해졌다. **하지만…… 어떻게 그게…… 가능하겠어?**

나는 어깨를 으쓱이며 아무렇지 않은 척을 했다. 물론 속마음은 그게 아니었지만.

"그 애가 열일곱 살짜리 남자한테 질릴 때까지는 얼마나 걸리려나?

한 스물셋 정도까지는 내가 계속 그 애 관심을 끌 수 있으려나? 어쩌면 스물다섯? 결국…… 걔는 날 떠나겠지."

난 얼굴 표정을 애써 가다듬었다. 이 말을 하는 심정을 숨기려고 말이다. 하지만 그녀는 내 마음을 간파했다.

너는 지금 위험한 게임을 하고 있어, 에드워드.

"살아남을 방법을 찾아봐야지. 그 애가 떠난 다음에……."

나는 움찔 몸을 떨면서 힘없이 손을 늘어뜨렸다. 그러자 그녀가 말했다.

"그런 말이 아니야."

있지, 네가 내 취향이 아니긴 해도 너에게 필적할 만한 인간 남자는 세상에 없어. 너도 알면서.

나는 고개를 저었다.

"언젠가 그 애는 내가 줄 수 있는 것 이상을 원하게 될 거야."

내가 줄 수 없는 게 얼마나 많은가.

"너라면 더 원하지 않겠어? 네가 그 애 입장이라면 어떻겠어? 에밋이 내 입장이고?"

로잘리는 내 질문을 심각하게 받아들여서 곰곰이 생각했다. 그래서 지금 모습의 에밋을 생각했다. 천진한 미소를 지으며 자신에게 손을 뻗는 에밋을. 그리고 자신을 다시 인간이 되었다고 생각했다. 여전히 예쁘지만 지금보다는 덜 눈부신 자태로 그에게 손을 뻗는 인간 소녀 로잘리를. 그런 다음 에밋을 외면하는 자신의 인간 모습을 상상했다. 그 어느 것 하나 마음에 들지 않은 기색이었다.

이제 그녀는 좀 가라앉은 어조로 생각했다. **하지만 난 내가 뭘 잃어버렸는지 알고 있어. 그런데 걔는 자기가 뭘 잃어버릴지 모르고 있는 것**

같아.

그녀는 다시금 목소리를 높여 말했다. 그 말투에는 갑자기 경박한 기색이 아주 살짝 묻어났고, 입술은 힘없이 미소를 지었다.

"이런 말 하면 팔십 먹은 노인네 같다는 건 알지만…… 너도 요즘 애들이 어떤지 알잖아. 지금 이 순간 일어나는 일에만 온통 신경쓰면서, 5년 후에는 어찌 될지 아무런 생각이 없지. 50년 후까지는 말할 것도 없고. 걔가 너한테 자기를 변신시켜 달라면 어떡할 건데?"

"그건 잘못이라는 이유를 설명할 거야. 뭘 잃어버리게 될지 전부 다 말할 거야."

그래도 해 달라고 졸라 대면?

난 머뭇거렸다. 머릿속에는 앨리스의 환상 속 슬픈 벨라의 모습이 떠올랐다. 움푹한 뺨을 보이면서 고통 속에서 웅크리고 있는 그 애의 모습을. 만약 그 애가 그토록 슬퍼하는 이유가, 내가 떠나서가 아니라 내 존재 때문이라면? 로잘리가 품고 있는 비통함을 똑같이 가득 느끼는 벨라의 모습을 상상해 보았다.

"거절할 거야."

로잘리는 내 목소리에 담긴 굳건한 의지를 들었다. 그녀는 마침내 내 결심을 이해해 주었구나. 그래서 혼자 고개를 끄덕였다.

그래도 이건 너무 위험한 것 같아. 네가 그만큼 강한지는 모르겠거든.

그녀는 돌아서서 집 쪽을 향해 천천히 걷기 시작했다. 나는 보조를 맞추며 따라가며, 조용히 말을 꺼냈다.

"지금 네 삶은 원해서 받은 게 아니지. 하지만 지난 70년 동안 살면서, 한 5년 정도는 정말 행복했다고 말할 수 있지 않아?"

그녀의 삶에서 가장 좋았던 순간이 스치고 지나갔다. 모두 에밋과 관련된 나날이었다. 하지만 내가 그 기억을 봤는데도, 그녀는 언제나처럼 완고하게 굴면서 내 말에 동의하려 들지 않았다.

나는 어설프게 웃으며 계속 물었다.

"5년뿐 아니라 10년도 되지?"

로잘리는 여전히 대답하지 않았다. 나는 속삭였다.

"나도 5년은 행복하게 지내게 해 줘, 로잘리. 오래갈 수 없다는 거 알아. 그래도 행복할 수 있는 동안은 행복하게 살게 해 줘. 부디 내 행복의 일부가 되어 줘. 날 지지하는 누나로서 말이야. 내가 에밋을 선택한 너를 사랑하는 것처럼 네가 나의 선택을 사랑하지는 못한다 해도, 최소한 그 애를 너그럽게 대하는 척이라도 할 수 있잖아?"

내 말은 정중하고 조용했지만, 로잘리는 벽돌에 얻어맞은 표정을 지었다. 그녀의 어깨가 순간 확 굳더니 부들부들 떨렸다.

내가 뭘 할 수 있을지 모르겠어. 내가 그토록 원하는 모든 걸 다 가진 그 애를 보면……. 나는 아무리 해도 얻을 수 없는 것들인데……. 너무 힘들어.

안다. 로잘리에게는 고통스러운 일이겠지. 하지만 그녀의 후회와 슬픔이 제아무리 크다 한들, 앞으로 날 기다리고 있을 고뇌에 비하면 정말이지 아무것도 아니라는 것 역시 난 알고 있었다. 로잘리의 삶은 앞으로도 지금과 같을 것이다. 에밋은 그녀 곁에 끝까지 머물며 위로해줄 테지. 하지만 난…… 모든 걸 잃게 되리라.

"한번 해볼래?"

아까보다 좀 더 단호한 목소리로 나는 요구했다.

그녀는 몇 초간 느리게 걸었다. 눈을 내리깐 채였다. 그러다 마침내 어깨를 늘어뜨리고는 고개를 끄덕였다. **해보지 뭐.**

"그럼 기회가 있어…… 앨리스가 봤거든. 오늘 아침에 벨라가 우리 집으로 올 거야."

그러자 로잘리는 눈을 번쩍 뜨며 다시금 화를 내었다. **그렇게 급하게는 못해.**

나는 두 손을 들어 그녀를 달랬다.

"그럼 지금은 괜찮아. 될 때까지 기다릴게."

로잘리의 눈빛이 다시금 의심스러워지는 걸 보니 슬펐고, 피곤했다. 어쩌면 강하지 못한 건 그녀인 것 같았다. 내 눈빛이 비판적이 된 걸, 그녀는 본 것 같았다. 그래서 고개를 돌리더니 갑자기 집을 향해 달리기 시작했다. 난 굳이 따라가지 않았다.

다른 식구들에게 알리는 일은 그리 오래 걸리지 않았고, 로잘리를 대할 때만큼 힘들지도 않았다. 재스퍼는 내 요구에 쉽게 동의했다. 어머니는 행복한 기대감을 불태우셨다. 에밋을 두고 생각했던 건 더 이상 필요하지 않았다. 에밋은 로잘리와 함께 있을 테니까. 로잘리는 여기서 멀리 떨어진 곳에 가 있을 테고.

뭐, 이렇게 시작하는 거겠지. 적어도 로잘리는 해보겠다고 약속해 주었으니까.

나는 1초 만에 새 옷으로 갈아입었다. 앨리스가 주었던 민소매 셔츠를 입고서도 그토록 두려워했던 끔찍한 상황은 하나도 일어나지 않았고, 오히려 예상치 못했던 즐거움을 좀 얻긴 했지만, 그래도 이런 옷은 묘하게 혐오스러웠다. 평소에 입는 옷을 입는 게 더 편했다.

나가는 길에 앨리스와 마주쳤다. 그녀는 아까 로잘리가 있었던 곳 근처인 현관 계단 가장자리 기둥에 기대 서 있었다. 방긋 웃어 보이는 얼굴에서 으쓱한 기색이 엿보였다. **모든 게 벨라가 방문하기에 완벽해.**

내가 보았던 환상 그대로야.

그녀가 지금 본 건 역시 환상일 뿐이라고 지적하고 싶었다. 얼마든지 바뀔 수 있는 것이다. 하지만 그럴 필요는 없지.

"넌 벨라의 마음이 어떤지 모르잖아."

내가 지적하자 그녀는 눈을 흘겼다. **벨라가 너한테 언제 싫다고 한 적 있었니?**

그거 흥미로운 지적인데.

"앨리스, 나……."

하지만 내 질문이 뭔지 이미 알고 있어서 그녀는 말을 끊었다.

네가 직접 봐.

그녀는 뒤얽힌 리본처럼 보이는 벨라의 미래를 떠올렸다. 어떤 건 확정되었고, 어떤 건 아직 실체가 없었고, 또 어떤 건 안개처럼 사라져 갔다. 그 광경은 이제 지저분하게 뒤엉킨 매듭이 아니라 더욱 정렬되어 있었다. 악몽처럼 끔찍했던 미래는 완전히 사라져 있어서 다행이었다. 하지만 가장 견고한 타래 안에는 핏빛 붉은 눈과 다이아몬드 같은 피부를 한 벨라가 여전히 가장 잘 보이는 자리를 차지하고 있었다. 내가 찾고 있는 환상은 주변부 타래에 존재하는 모호한 미래일 뿐이었다. 스무 살의 벨라, 스물다섯 살의 벨라. 희미하게 보이는 환영은 가장자리가 흐릿했다.

앨리스는 바짝 모은 다리를 팔로 단단히 둘렀다. 내 눈에 어린 좌절감이 무슨 뜻인지, 생각을 읽거나 미래를 보지 않아도 그녀는 알 수 있었다.

"그럴 일은 절대로 없을 거야."

네가 언제 벨라의 부탁을 거절한 적 있었니?

나는 앨리스를 노려보며 계단을 내려간 다음, 달리기 시작했다.

잠시 후 벨라의 방에 도착했다. 나는 앨리스를 머릿속에서 지워 버리고 조용히 잠든 그 애의 차분한 모습에 흠뻑 빠져들었다. 벨라는 전혀 움직이지 않은 것 같았다. 그럼에도, 아무리 짧은 시간이라 해도 떨어져 있다가 다시 와 보니 상황은 달라져 버렸다. 내 마음이…… 다시 자신을 잃었으니까. 그래서 아까처럼 침대 옆에 앉지 못하고, 난 어느새 예전에 앉던 흔들의자에 앉아 있었다. 주제넘게 굴고 싶지 않아서였다.

내가 돌아온 지 얼마 안 되어 찰리가 일어났다. 새벽의 여명이 하늘을 밝히기도 전이었다. 찰리의 평소 생활 방식을 알고 있는데다, 흐릿하긴 해도 명랑한 생각을 하고 있는 걸 보니, 그는 분명 또 낚시를 갈 마음이었다. 아니나 다를까, 전날 밤보다 더욱 그럴듯하게 잠든 벨라의 방을 잠깐 엿본 찰리는 살금살금 아래층으로 내려가 계단 밑에서 낚시 장비를 챙겨들기 시작했다. 그리고 구름이 회색 빛으로 희미하게 빛나기 시작할 즈음 집을 나섰다. 다시금 벨라의 트럭 후드를 여는 녹슨 금속성 소리가 들려왔다. 나는 창가에 서서 그 모습을 바라보았다.

찰리는 후드를 열어놓고 어젯밤 그가 떼어 옆에 달아 둔 배터리 케이블을 교체하고 있었다. 케이블을 다시 연결하기란 특별히 어려운 일은 아니었다. 하지만 벨라가 어두운 한밤중에 트럭을 고칠 시도를 하지는 않을 거라 생각한 모양이었다. 대체 딸이 어디에 갈 거라고 상상했던 걸까.

잠시 짐을 경찰차 뒷좌석에 낑낑대며 실은 찰리는 이윽고 차를 타고 떠났다. 나는 예전 자리로 돌아와 벨라가 일어나기를 기다렸다.

한 시간쯤 지나 태양이 두꺼운 구름을 걷고 완전히 떠오르자 벨라가 마침내 잠에서 깼다. 그 애는 햇빛을 막으려는 듯 한쪽 팔로 얼굴을 가렸다가, 이윽고 나지막한 신음을 흘리며 옆으로 돌아누우며 머리 위로 베개를 잡아당겼다.

그러다 갑자기 숨을 헉 들이키며 소리쳤다.

"앗!"

벨라는 벌떡 일어나 얼떨떨한 상태로 앉았다. 두 눈은 애써 초점을 맞추려 했다. 뭔가를 찾는 눈빛이 분명했다.

아침에 잠에서 막 깬 모습이라. 이건 처음 본다. 항상 아침에는 머리가 항상 이런 모양인가? 아니면 이렇게 산발이 된 건 내 책임일까?

"머리가 건초더미같이 부스스하지만, 그래도 예쁜데?"

내가 말을 건네자, 그 애의 시선이 내 쪽으로 확 움직였다. 안도감이 가득한 표정이었다.

"에드워드! 안 갔구나!"

너무 오랫동안 가만히 누워 있어서 아직 힘이 덜 들어간 채로 벨라는 비틀비틀 일어섰다. 그리고 내 쪽으로 곧장 방을 가로질러 달려와 내 품에 확 안겼다. 순간 주제넘게 굴지 말아야겠다고 걱정하던 마음이 좀 어리석게 느껴졌다.

나는 벨라를 가볍게 잡아서 무릎 위에 단단히 앉혔다. 이제 그 애는 충동적으로 행동한 자기 모습에 충격을 받은 듯했다. 미안하다는 그 표정에 나는 웃었다.

"당연하지."

내가 대답하자, 그 애의 심장이 마구 뛰는 게, 혼란스럽게 들렸다. 자다가 갑자기 전속력으로 뛰려니 몸이 적응하지 못한 거구나. 나는 그 어깨를 쓰다듬으며 심장이 차분해지기를 바랐다.

벨라는 내 어깨에 머리를 폭 기대 오며 속삭였다.

"꿈인 줄 알았어."

"넌 그렇게 창의력이 뛰어나지 않잖아."

난 그 애를 놀려댔다. 내가 직접 꿈을 꾸었던 기억은 이제 나지 않지만, 다른 사람의 머릿속으로 들은 바에 따르면, 꿈이란 건 그다지 조리 있게 전개되거나 자세하지는 않은 듯했다.

그런데 벨라는 갑자기 몸을 벌떡 일으켰다. 그리고 어떻게든 일어서려고 해서 나는 손을 떼었다. 그 애는 목 멘 소리로 외쳤다.

"찰리!"

"한 시간 전에 나가셨어. 먼저 네 트럭 배터리 케이블부터 다시 연결해 주셨지. 딸이 나가고 싶은데도 고작 배터리 케이블 때문에 못 나갈 거라 생각하신다면 솔직히 조금 실망인걸."

벨라는 돌아설까 말까 마음을 못 정하고 발을 앞뒤로 떨어 댔다. 눈으로는 내 얼굴과 문을 번갈아가며 쳐다보았다. 몇 초 동안 무언가 결정을 내리느라 무척 고민하는 모양이었다.

"너 원래 아침에 이렇게 갈팡질팡하지 않잖아."

난 이렇게 말했지만 사실은 아침에 어떤지 잘은 몰랐다. 깨어나기도 훨씬 전에 방에서 나갔으니까. 하지만 이렇게 말했으니 그 애가 반박해 주길 바랐다. 평소처럼, 내가 무언가 예상하면 그 애가 보통 그러듯이 말이다. 그리고 지금 왜 이러지도 저러지도 못하고 있는 건지 뭐든 설명해 주기를 바랐다. 하지만 그 애가 내 품으로 돌아오고 싶다면 어서 오라고, 대환영이라는 뜻으로 두 팔을 벌렸다.

벨라는 내 쪽으로 오려다가 이내 눈살을 찌푸렸다.

"일 분만 기다려. 다녀올 데가 있어."

물론 기다려야지. 앞으로는 더욱 익숙해지겠지.

"기다릴게."

나는 약속했다. 벨라가 여기 있으라고 했으니, 다시 가라고 할 때까지 여기서 기다릴 거야.

이번에는 어제처럼 오래 걸리지 않았다. 벨라가 욕실 장을 확 열고 쾅 닫는 소리가 났다. 오늘은 서두르고 있구나. 빗으로 머리를 마구 쥐어뜯는 소리가 나자 난 움찔 놀라고 말았다.

몇 분 되지 않아 그 애는 다시 내게로 돌아왔다. 뺨에는 아주 밝은 홍조가 돌았고, 눈빛은 환하게 열정이 타올랐다. 하지만 이번에는 아까보다 좀 더 조심스럽게 다가오더니, 확신 없는 모습으로 내 무릎에 닿을락 말락 하는 지점에서 멈추어 섰다. 하지만 지금 본인 손을 마구 배배 꼬고 있다는 건 모르나 보네.

또 수줍어하는 건가. 그렇다는 생각밖에 들지 않았다. 내가 오늘 아침에 이 방에 돌아오면서 느꼈던 그 감정을, 떨어져 있다가 다시 보게 되었을 때 느꼈던 감정을 이 애도 똑같이 느끼고 있는 걸까. 그렇다면 절대로 그런 걱정은 할 필요 없어. 너도, 나도 말이야.

나는 벨라를 조심스럽게 두 팔에 안았다. 그 애는 기꺼이 내 가슴에 기대고 내 다리 위에 올라앉았다.

"어서 와."

내가 중얼거리자, 벨라는 만족한 듯 숨을 내쉬었다. 그 애의 손가락은 내 오른팔을 천천히 쓰다듬어 올라갔다가 다시 내려왔다. 그동안 나는 흔들의자를 그 숨소리에 맞추어 앞뒤로 흔들었다.

그렇게 내 어깨를 손가락으로 더듬어가던 그 애는 옷깃을 만지작거리다 우뚝 멈추었다. 그리고 몸을 젖히고는 믿을 수 없다는 표정으로 날 바라보았다.

"집에 갔었어?"

나는 빙긋 웃었다.

"어제 입던 옷을 그대로 입고 나갈 순 없잖아. 이웃들이 뭐라고 생각하겠어?"

하지만 벨라의 못마땅한 기분은 더욱 심해질 뿐이었다. 나는 내가 미리 해 두어야 했던 조치를 설명하고 싶지 않았다. 그래서 이 애의 주의를 싹 돌릴 만한 비장의 무기를 사용했다.

"넌 아주 깊이 잠들어 있었어. 난 하나도 놓치지 않았지. 잠꼬대가 다른 날보다 일찍 시작되더군."

예상대로 벨라는 신음을 내뱉었다.

"무슨 얘기 들었어?"

그 애가 대뜸 물었다. 이 애를 놀리고픈 마음을 다잡기란 불가능했다. 진실을 꺼내들자 몸속이 기쁨으로 마구 녹아드는 것만 같았다.

"날 사랑한다고 했어."

벨라는 눈을 내리깔고 얼굴을 내 어깨에 묻어서 가렸다.

"그건 이미 알잖아."

속삭이는 열기가 셔츠 면직물 사이로 스며들었다.

"그래도 또 들으니까 좋던걸."

나는 그 애의 머리카락에 속삭였다.

"사랑해."

이 말은 들으면 들을수록 전율이 더해 간다. 전보다 더 위압적으로 날 압도해 온다. 내가 듣고 있다는 걸 아는 상황에서 벨라가 말해 주었다는 게 아주 큰 의미로 다가왔다.

난 그보다 더 강력한 말을 하고 싶었다. 이 애가 나에게 어떤 존재가 되었는지 정확하게 표현할 말이 무얼까. 이제 내 안에는 온통 벨라뿐이었고, 다른 건 하나도 없었다. 우리가 처음 나눈 대화를 떠올리며, 그때는 내가 살아도 사는 게 아니었음이 기억났다. 하지만 이제는 그렇지 않으리라.

"이제 넌 내 생명이야."

나는 속삭였다.

하늘에는 아직도 짙은 구름이 가득했고 태양은 그 뒤로 깊이 숨었지만, 이 방은 어쩐지 황금빛으로 가득했다. 공기는 평소보다 더 맑아지고 깨끗해졌다. 나는 두 팔로 그 애를 감쌌고, 우리는 함께 천천히 흔들리며 완벽한 한때를 맛보았다.

지난 24시간 동안 줄곧 생각했던 것이지만, 이 상태로 다시는 움직이지 못한다 해도 이 우주의 섭리에 완전히 만족할 거란 생각이 다시금 들었다. 벨라의 몸이 내게 폭 맞닿아 오는 느낌이 너무 좋았다. 이 애도 같은 기분일 게 틀림없어.

아, 하지만 난 책임감 있게 행동해야 한다. 나의 제멋대로인 기쁨을 억제하고 현실적으로 살아야 한단 말이다.

나는 1초간 벨라를 좀 더 꼭 안아본 다음 팔에서 힘을 빼고 말했다.

"아침 먹을 시간이야."

벨라 역시 나와 마찬가지로, 꼭 붙어 있던 몸을 떼고 싶지 않다는 듯 주저했다. 이윽고 내게서 몸을 꼼지락대며 떨어진 그 애는 몸을 뒤로 젖혀서 얼굴을 보여 주었다.

그런데 그 애의 얼굴은 겁에 질려 휘둥그레졌다. 입을 벌리고 두 손을 휙 들어 목을 보호하듯 감쌌다.

벨라가 괴로워하는 모습이 너무 분명해서 난 그만 겁에 질린 채로 이게 무슨 일인지 파악하지도 못했다. 온 감각이 촉수처럼 우리 주위로 미친 듯이 뻗어나가며, 대체 어떤 위험이 닥친 건지 찾아 댔다.

이제 벨라를 안고서 창문 밖으로 뛰어내려 안전한 곳으로 도망치려던 순간, 그 애의 표정이 풀어지면서 짓궂은 미소를 띠었다. 난 마침내 내 말과 그 애의 행동이 무슨 연관성이 있는지 이해했다. 지금 장난을 친 거로군.

벨라는 깔깔 웃었다.

"장난이야! 내 연기가 형편없다더니!"

마음을 가다듬느라 0.5초가 걸렸다. 안도감에 마음이 누그러졌지만, 아직 충격이 가시지 않아 차분해질 수가 없었다.

"재미없었어."

"재미있잖아."

벨라는 이렇게만 우겨 댔다. 나는 어쩔 수 없이 미소를 지었다. 앞으로도 우리가 이런 식으로 뱀파이어 관련 농담을 해야 한다면, 내가 참아야겠지. 이 애를 위해서라면.

"다시 말할까? 인간들은 아침 먹을 시간이야."

그 애는 쾌활하게 미소 지었다.

"알았어."

앞으로야 듣기 싫은 뱀파이어 농담을 참는다 해도, 지금 일까지 그냥 넘길 생각은 별로 없었다.

그래서 나는 그 애를 내 어깨에 둘러매고 쏜살같이 방을 나섰다. 아주 조심스럽게 움직였지만, 천천히 움직이지는 않았다. 벨라도 나만큼이나 충격을 받았으면 좋겠군. 물론 나만큼 무서울 리는 절대로 없겠지만 말이야.

"야!"

불평하는 목소리는 내 동작에 맞추어 흔들려 나왔다. 그래서 계단을 내려가면서는 살짝 속도를 늦추었다.

"후아."

이제 주방에 도착해 의자에 벨라를 부드럽게 앉히자, 그 애는 숨을 내쉬었다. 그리고 지금은 조금도 놀라지 않은 게 분명한 얼굴로 나를 올려다보며 미소 지었다.

"아침 메뉴는 뭔데?"

그 물음에 나는 얼굴을 찌푸렸다. 인간들이 뭘 먹는지 알아낼 여유까지는 없었는데. 뭐, 음식이 어떻게 생겨야 하는지 기본적으로는 알고 있으니, 즉석에서 뭐라도 할 수는 있겠지…….

"어, 글쎄. 뭘 먹고 싶은데?"

나는 주저하며 말했다. 간단히 만들 수 있는 것이었으면 좋겠군.

당황한 내 모습을 본 벨라는 웃으면서 일어섰다. 그리고 두 팔을 머리 위로 쭉 뻗으며 날 안심시켜 주었다.

"됐어. 내가 알아서 잘 찾아 먹을게."

그 애는 한쪽 눈썹을 찡긋거리며 깜찍한 미소를 짓더니 이렇게 덧붙였다.

"어떤 걸 잡아먹는지 잘 보라고."

자신의 공간에서 활기차게 움직이는 벨라를 지켜보는 것은 눈이 번쩍 뜨이는 것 같았고, 또 유혹적이었다. 이토록 자신감 있는 모습을 전에는 본 적이 없었다. 마치 눈을 감고 있어도 원하는 걸 전부 찾아낼 수 있을 것만 같았다. 먼저 그릇을 찾고, 다음에는 까치발을 하고서 높은 선반에서 이름 없는 시리얼 한 상자를 꺼냈다. 몸을 돌려 냉장고 문을 열면서 서랍에서 숟가락을 빼내더니, 엉덩이로 서랍을 살짝 닫았다. 이제 모든 걸 탁자 위에 올려놓은 벨라는 망설이다 내게 물었다.

"넌 뭐 필요한 거 없어?"

나는 눈을 흘겼다.

"어서 먹기나 해, 벨라."

그 애는 못 먹을 것 같이 질척한 시리얼을 한 숟갈 입에 넣고 재빨리 씹으며 나를 슬쩍 바라보았다. 그리고 음식을 삼킨 후 물었다.

"오늘 할 일은 뭐야?"

"흠……."

이미 여기까지 준비해 놓았으면서 아무 생각도 안 했다고 말한다면 거짓말이겠지.

"우리 가족을 만나 보는 건 어떨까?"

그러자 벨라의 얼굴이 핼쑥해졌다. 음, 싫다는 걸까. 그렇겠지. 하지만 앨리스가 틀릴 때가 있다니 놀라웠다.

"겁나는구나?"

이렇게 물어보는 나의 말투는 마치 그렇다는 대답을 바라고 있는 것처럼 들렸다. 너무 무리한 일을 바라고 있었다는 생각이 들었다.

눈빛만 봐도 알 수 있었지만, 그 애는 굳이 대답했다.

"응."

낮고 떨리는 목소리였다. 이럴 줄은 몰랐다. 무서운 게 있더라도 절대로 인정하는 법이 없던 애인데. 적어도 나를 무서워했을 때는 절대로 인정하지 않았는데.

"걱정하지 마. 내가 보호해 줄게."

나는 어설프게 웃었다. 이 애를 설득하려는 건 아니었다. 그것 말고도 오늘 우리가 같이 할 수 있는 일은 백만 가지나 있는데, 뭐하러 생명의 위협을 느낄 일을 굳이 해야 할까. 하지만 내가 위험하지 않게 언제나 직접 막아줄 거란 사실을 이 애가 알아주길 바랐다. 유성이 떨어져도, 괴물이 몰려와도 다 막아 줄 거야.

하지만 벨라는 고개를 저었다.

"너희 가족이 겁나는 게 아니야. 다들…… 나를 싫어할까 봐 겁나는 거지. 나 같은…… 애를 집에 데려가서 소개하면……."

여기서 그 애는 얼굴을 찡그리며 덧붙였다.

"가족들이 놀라지 않겠어? 내가 다 안다는 거 가족들도 알아?"

순간 예상치 못했던 분노가 나를 뒤흔들었다. 어쩌면 이 애 말이 맞기 때문일까. 적어도 로잘리는 싫어하니까. 벨라가 스스로를 이런 식으로, 마치 본인에게 문제가 있는 것처럼 말하는 게 싫었다. 문제는 우리에게 있는데도 말이다.

"이미 다 알고들 있다구."

나는 이렇게 말했지만 목소리에는 화난 기색이 뚜렷이 드러났다. 웃어 보려 했지만 그런다고 내 목소리가 부드러워지지는 않았다.

"어젠 다들 내기까지 했지. 널 무사히 데려올 수 있을지 아닌지. 어쩌자고 앨리스의 반대편에들 걸었는지 통 이해는 안 되지만."

이런 말을 하면 벨라가 우리 가족에게 편견을 가질지도 모른다는 생각이 들었다. 하지만 알 건 알아야 한다. 난 노여움을 애써 억누르고 말을 이었다.

"아무튼 우리 가족은 비밀이 없어. 내가 마음을 읽어대고 앨리스가 미래를 보는 판인데, 비밀같은 게 있을 수가 없지."

그 애는 힘없이 웃었다.

"마음 편하게 만들어서 아무한테나 속내까지 다 털어놓게 하는 재스퍼도 빼먹지 말아야지."

"내 얘길 꽤 귀담아 들었구나."

"나도 이따금은 꽤 주도면밀하거든."

잠시 집중하듯 눈살을 찌푸렸던 그 애는 고개를 끄덕였다. 마치 그 초대를 받아들인다는 것처럼.

"그래서 앨리스가 내가 오늘 걸 예견한 거야?"

벨라는 우리의 대화 내용이 아주 평범하다는 듯 여상한 목소리로 물었다. 하지만 난 놀랐다. 우리 가족을 만나러 가자는 말에 동의하는 것처럼 들렸으니까. 마치 앨리스의 환상에는 다른 선택지가 없다는 것처럼.

그 애가 앨리스의 말이 법칙인 것처럼 완전히 받아들이는 모습은 나의 가장 아픈 부분을 건드리고 말았다. 어쩌면 지금조차도 내가 벨라의 인생을 망치고 있는 거란 가능성이 너무 싫었다.

"그런 셈이지."

나는 순순히 인정하고 창밖의 뒤뜰을 내다보려는 듯 고개를 돌렸다. 내가 얼마나 화가 났는지 보여주고 싶지 않았다. 내게 향하는 그 애의 시선이 느껴졌다. 이 애를 잘 속이고 있는 것 같지 않았다.

하지만 내가 만들어 놓은 좋은 분위기였으니, 다시금 억지로 마음을 맞추었다. 나는 벨라를 다시 바라보며 최대한 자연스럽게 웃었고, 시리얼을 가리키며 물었다.

"그거 맛있나? 솔직히 내 눈엔 별로 맛있어 보이지 않는데."

"글쎄, 예민해진 회색곰 맛은 아니겠지……."

그 애는 내 반응을 보자 말꼬리를 흐렸다. 그리고 이제는 음식에 집중해서 재빨리 먹었다.

벨라 역시 무언가를 열심히 생각 중이었다. 씹으면서도 눈빛이 멍했으니까. 하지만 우리의 생각이 지금도 똑같지는 않겠지.

그 애가 편하게 식사하도록 나는 다시 창밖을 내다보았다. 작은 뒤뜰을 바라보니 얼마 전 햇빛이 환했던 날 그곳에서 벨라를 지켜보았던 기억이 났다. 그 애를 삼키려 몰려오던 검은 구름도. 절망에 빠지기란 얼마나 쉬운지. 그리고 나의 선한 의도를 뒤늦게 죄다 비판하고 그저 이기적인 면으로만 보는 것도 어찌나 쉬운지.

혼란스러운 마음으로 벨라를 돌아보았다. 하지만 벨라는 두려움 없는 눈빛으로 나를 바라보고 있기만 했다. 나를 믿는 거야. 언제나 그랬듯이 말이야. 나는 심호흡을 했다.

그렇다면 이 애의 신뢰에 부응해야 한다. 할 수 있다. 이 애가 날 그렇게 봐 준다면, 못할 것이 무엇이겠어.

뭐, 그렇다면 앨리스는 이 사소하고 간단한 시험에서 예언력을 제대로 증명했군. 놀랄 일은 아니다. 벨라는 순전히 내 마음을 즐겁게 해주려고 초대에 승낙한 걸까? 분명 대부분은 그 이유겠지. 내가 바라마지않는 이유도 그 이유와 밀접한 연관이 있었지만, 혹시 벨라가 오로지 나 때문에 승낙한 게 아닐까 걱정이 들기도 했다. 음, 최소한 내 의견을 알려 주고 어떻게 반응하는지 봐야겠군.

"그리고 너도 너희 아버지에게 나를 소개시켜 줘야지."

난 아무렇지 않게 말했다. 그러자 그 애는 당황했다.

"벌써 너에 대해 아시는데 뭐."

"네 남자친구로 말이야."

그러자 벨라는 눈을 가늘게 떴다.

"왜?"

"그게 관례 아닌가?"

난 태연하게 대답했지만, 그 애가 반발한 것에 속으론 떨고 있었다.

"난 모르겠는데."

순순히 인정하더니, 벨라는 더욱 나지막한 목소리로, 확신 없이 말을 이었다.

"꼭 그럴 필요는 없잖아. 날 위해서…… 네가 굳이 연기를 할 필요는 없다고."

내가 자기 때문에 달갑지 않은 일을 처리하고 있다고 생각하나?

"연기하는 거 아닌데."

내가 단호하게 말하자 그 애는 먹던 음식을 내려다보며 남은 시리얼을 아무렇게나 휘저었다.

어쩌면 그냥 거절을 당하는 편이 나았을지도 모르겠군.

"찰리한테 내가 네 남자친구라고 얘기할 거야, 말 거야?"

벨라는 여전히 눈을 내리깐 채로 조용히 물었다.

"네가 내 남자친구야?"

이건 내가 두려워했던 거절이 아니었다. 분명히, 나는 지금 뭔가 오해하고 있군. 찰리가 나에 대해서 알면 안 된다고 생각하는 이유가, 내가 인간이 아니기 때문이었어? 아니면 이것 말고 다른 이유가 또 있나?

"난 인간이 아니긴 하지만 남자이기는 하지. 그러니 남자친구라는 말의 범위를 넓힌다면 별다른 이의가 없는데."

"사실 네가 그 이상의 존재라는 의미야."

벨라는 여전히 식탁과 이야기하듯 눈을 내리깐 채로 속삭였다.

그 표정을 보자 얼마 전 점심 시간 때의 격앙된 대화가 떠올랐다. 그때 이 애는 우리의 감정이 불평등하다고 생각했고, 나보다 본인의 마음이 더 크다고 말했었다. 이 애 아버지에게 인사를 드리고 싶다는 말이 어떻게 이런 결론으로 이어지는 건지 이해할 수가 없었다. 만약…… 남자친구란 말이 한때 잠깐 이어질 관계를 가리키는 말이 아니었다면 괜찮았을까? 남자친구라는 말은 아주 인간적이고 덧없는 개념이긴 하다. 내가 이 애에게 되고픈 그 무엇에는 한참 미치지 못하는 말이지만, 그래도 찰리는 이해할 만한 말이잖은가.

"네 아버지께 괜히 쓸데없는 설명까지 덧붙일 필요는 없을 거야."

나는 부드럽게 대답했다. 그리고 손가락을 뻗어 벨라의 얼굴을 들어 올리고 눈을 맞추었다.

"하지만 왜 내가 여기 자주 나타나는지 어느 정도 설명은 해 드려야지. 스완 서장님이 나한테 딸에 대한 접근 금지 명령을 내리는 건 원치 않으니까."

"정말? 정말로 여기 자주 올 거야?"

그 애는 나의 가벼운 농담은 무시한 채로 걱정스레 물었다.

"네가 원하는 한 언제든."

나에게 떠나라 말할 때까지는, 난 이 애의 것이니까.

벨라는 나를 노려보다시피 쳐다보았다. 그러곤 더없이 강렬한 눈빛으로 말했다.

"난 언제나 널 원할 거야. 영원히."

확신에 찬 앨리스의 목소리가 들려왔다. **네가 언제 벨라의 부탁을 거절한 적 있었니?**

로잘리의 질문도 들려왔다. **걔가 너한테 자기를 변신시켜 달라면 어**

떡할 건데? 그래도 해 달라고 졸라 대면?

하지만 로잘리의 말은 일면 옳았다. 벨라가 '영원히'라고 말했을 때, 그건 내가 생각하는 영원의 의미와는 다른 것이었다. 이 애에게는 아주 긴 시간을 의미하는 것뿐이겠지. 아직 끝을 볼 수 없어서 그런 거다. 겨우 17년을 산 인간이 영원은커녕 50년의 세월이 뭔지 어떻게 알겠는가? 이 애는 시간이 멈추어버린 불멸의 존재가 아니라 인간이었다. 불과 몇 년 안에, 이 애는 몇 번이고 완전히 싹 다른 사람이 되어버릴 것이다. 더 넓은 세상을 경험하면서, 우선순위도 바뀌겠지. 지금 원하던 것을 그때도 원하게 되지는 않을 것이다.

내게 남은 시간이 사라져간다는 걸 알기에 나는 천천히 그 애에로 다가갔다. 그리고 손끝으로 그 얼굴을 쓸어 보았다.

벨라는 나를 마주 보며 애써 이해해 주려 했다.

"그런 말 들으면 슬퍼?"

이 물음에 어떻게 답해야 할까. 벨라의 심장 고동이 울릴 때마다 얼굴이 아주 조금씩 변해 가는 모습이 보일 것만 같은 기분으로, 나는 그 애를 가만히 바라보았다.

벨라는 내 눈빛을 그대로 마주 보았다. 내 얼굴에서는 무엇이 보일까. 이 얼굴은 절대로 변하지 않으리라는 생각을 혹시 하고 있을까.

잘록한 모래시계의 구멍을 통해 모래가 빠져나가는 느낌만이 더욱 강렬해졌다. 난 한숨을 쉬었다. 낭비할 시간은 없어.

나는 거의 다 빈 그릇을 슬쩍 보며 말했다.

"다 먹었어?"

그 애는 일어서며 대답했다.

"응."

"옷 갈아입어. 난 여기서 기다릴게."

벨라는 말없이 응수했다.

잠시 혼자 있을 시간이 필요했다. 왜 이리 불길한 생각에서 헤어나올 수 없는 걸까. 스스로를 통제할 필요가 있다. 나에게 주어진 행복을 매 순간 꼭 쥐며 살아야 한다. 그 순간들은 언젠가 끝나 버리기 때문에 더더욱 그래야 한다. 처절한 의심과 끝없는 망상을 대단하게 해대는 나의 능력 때문에, 이러다 최고의 순간마저 망칠 수 있다는 걸 잘 안다. 몇 년밖에 남지 않은 귀중한 시간을 의심과 망상만 하며 날려 버리다니, 그 얼마나 아까운가.

천장을 통해 벨라가 옷장을 뒤지는 소리가 들려와 귀를 기울였다. 이틀 밤 전, 우리가 초원에 가기 전날 준비했던 것처럼 시끄러운 소리가 나지는 않았지만 그 비슷하긴 했다. 우리 가족에게 어떻게 보일까 너무 고민하지 않았으면 좋을 텐데. 앨리스와 에스미는 벌써 무조건적으로 그 애를 사랑하고 있었다. 다른 이들 역시 옷을 무얼 입었든 신경쓰지 않을 것이다. 뱀파이어로 가득한 집에 방문한 인간 소녀의 용감함만을 눈여겨볼 테니까. 재스퍼조차도 그 용감함에 틀림없이 감명받을 것이다.

그 애가 계단을 뛰어내려올 때쯤 나는 마음을 다잡은 상태였다. 오늘 있을 일에만 집중하자. 앞으로 12시간 동안은 벨라의 입장에 초점을 맞추자. 그 생각만으로도 나는 계속 미소 지을 수 있었다.

"다 됐어. 이 정도면 얌전하지?"

벨라는 계단을 두 단씩 내려오면서 소리쳤다. 그러다 나랑 부딪칠 뻔해서 나는 그 애를 잡았다. 활짝 웃으며 날 올려다보는 그 모습을 보자 조금씩 피어나던 의심은 모두 사라졌다.

예상했던 대로, 그 애는 포트 엔젤레스에 갔을 때 입었던 파란 블라우스 차림이었다. 내가 가장 좋아하는 옷이라 입었구나. 정말 예뻐 보이네. 머리를 뒤로 묶은 것도 좋았다. 이러면 머리카락 뒤에 얼굴을 숨길 수가 없을 테니까.

충동적으로, 나는 벨라를 팔로 두르고 꽉 껴안았다. 그 향기를 들이마시고서 미소를 지었다.

"또 틀렸어. 넌 전혀 얌전하지 않아. 이렇게 유혹적으로 보일 수 있다니, 불공평해."

놀려대는 말에 벨라는 내 품에서 나오려 팔을 뻗었다. 내가 팔에 힘을 풀자, 그 애는 뒤로 몸을 젖히고는 내 얼굴을 올려다보면서, 조심스럽게 물었다.

"어떻게 유혹적인데? 그럼 갈아입을……."

어젯밤 벨라는 여자로서 자신에게 끌리느냐고 내게 물었다. 우스울 정도로 당연하다고 느꼈었는데, 어쩐지 이 애는 아직도 이해하지 못하고 있나 보네.

"넌 정말 바보다."

나는 웃으면서 그 이마에 입맞추었다. 입술에 닿는 피부의 느낌이 온몸에 전기처럼 쫙 퍼져갔다.

"네가 얼마나 유혹적인지 설명해 줄까?"

나의 손가락이 천천히 벨라의 등줄기를 쓸어내렸다. 손끝에 허리의 곡선이 느껴지더니, 이윽고 내 손은 그 애의 엉덩이가 시작되는 지점에 슬며시 닿았다. 처음에는 그저 놀려줄 생각이었지만, 곧이어 나도 그 순간에 빠져들고 말았다. 입술로 벨라의 관자놀이를 쓸어내리자, 내 숨결이 그 애의 심장에 맞추어 가빠졌다. 그 애의 손가락이 내 가슴

위로 떨려왔다.

어떻게 고개를 숙이지 않을 수 있을까. 벨라의 입술이, 너무나도 부드럽고 따스한 그 입술이 내 입술에 바로 닿을 거리에 있는데. 조심스럽게, 이 화학작용의 힘을 경계하면서, 내 입술을 그 입술과 겹쳤다.

다시금 온몸에 빛과 전류가 넘쳐흘렀다. 그러면서 나는 벨라의 반응을 기다렸다. 혹시 상황이 걷잡을 수 없이 흘러가면 몸을 뗄 준비를 해야 하니까. 하지만 이번에는 그 애가 나보다 더 조심스러웠다. 미동도 없다시피 몸을 단단히 굳히고 있었다. 심지어 떨림조차도 잦아들었다.

지금 느끼는 감정에 대응하여 알맞게 주의를 기울이면서, 나는 입술을 좀 더 강하게 누르며 벨라의 말캉한 촉감을 맛보았다. 그러다 필요한 만큼의 자제력을 그만 놓치고 말았다. 내 입속으로 그 애의 숨결을 더 느끼고 싶어서 입술이 벌어져 버렸다.

바로 그때, 벨라의 다리 힘이 풀리는 것 같더니 몸뚱이가 내 품에서 스르르 미끄러져 바닥에 주저앉았다.

나는 곧바로 그 애를 잡아 일으켜 세웠다. 왼손으로 머리를 받치자, 벨라의 머리는 목에 붙은 채 힘없이 흔들려 댔다. 두 눈은 감겨 있고, 입술은 창백했다.

"벨라?"

겁에 질려 나는 소리쳤다.

벨라는 크게 숨을 내쉬더니 눈꺼풀을 파르르 떨었다. 그러고 보니 숨소리를 한동안 듣지 못한 걸 이제야 알았다. 평소의 호흡 주기보다 더 오래 숨을 쉬지 않고 있었잖아.

다시 밭은 숨소리가 들려온 다음, 그 애는 비틀거리며 두 발로 서려 했다.

"너 때문에…… 기절……했잖아."

그 애는 눈도 제대로 뜨지 못한 채로 한숨을 쉬었다.

정말로 숨도 안 쉬고 나에게 키스했다니. 나를 힘들지 않게 하려고 이상한 시도를 했던 게 틀림없다.

"대체 널 어쩌면 좋은 걸까. 어제는 키스하니까 자기가 먼저 나를 공격하더니, 오늘은 입술이 닿자마자 기절이라니!"

나는 반쯤 으르렁거리다시피 소리쳤다. 벨라는 키득키득 웃었다. 웃음소리에 숨이 막히는 상태에서 그 애의 폐는 어떻게든 필요한 산소를 끌어들이려 애를 써 댔다.

"모든 면에서 멋진 솜씨를 발휘하는 건 역시 보통 일이 아니려나."

내가 투덜대자, 벨라는 심호흡을 하며 말했다.

"바로 그게 문제야. 넌 너무 멋져. 지나치게 멋져서 문제라고."

"속도 메슥거려?"

어쨌든 지금 벨라의 입술은 새파랗게 질리지 않았다. 내가 지켜보는 동안 은은한 분홍빛이 슬그머니 돌아오고 있었다.

그 애는 좀 더 강한 목소리로 대답했다.

"아니야, 이건 종류가 다른 현기증이야. 어떻게 된 건지 나도 모르겠어. 숨 쉬는 걸 잊어버렸나 봐."

그럴 줄 알았어.

"이런 상태론 아무 데도 못 데려가겠다."

내가 투덜대자 그 애는 다시 숨을 들이쉬더니 내 품에서 몸을 바로 세웠다. 그리고 다섯 번 눈을 빠르게 깜빡이고는 더없이 고집스러운 자세로 턱을 치켜들었다.

"괜찮아."

더 강해진 목소리에 나는 지고 말았다. 그리고 이미 얼굴의 핏기도 돌아온 상태였다.

"어차피 너희 식구는 나를 미쳤다고 생각할 텐데 무슨 상관이야?"

나는 벨라를 조심스럽게 살펴보았다. 호흡은 고른 상태였다. 심장 소리는 조금 전보다 더 강해졌다. 힘들이지 않고도 두 발로 잘 설 수 있는 것 같았다. 선명한 파란색 블라우스에 대비되어 보이는 뺨의 장밋빛 혈색은 매 초마다 점점 환해지는 것 같았다.

"네 얼굴이 그렇게 붉어지면 난 어떻게 해야 할지 모르게 되버려."

이렇게 말하자, 벨라의 혈색이 더욱 진해졌다. 빤히 쳐다보는 내 눈빛을 가로막으며 그 애는 말했다.

"있잖아, 지금 나 앞으로 닥칠 일을 생각하지 않으려고 열심히 애쓰고 있으니까 빨리 가면 안 될까?"

목소리도 정상적으로 돌아왔군.

"그러니까 너는 뱀파이어 가족을 만나는 것 자체가 아니라 뱀파이어 가족들이 너를 못마땅해할까 봐 걱정이라는 거지?"

그 애는 방긋 웃으며 대답했다.

"맞아."

나는 고개를 저었다.

"괴짜 아니랄까 봐."

벨라의 미소가 더욱 커졌다. 이윽고 그 애는 내 손을 잡고서 문으로 끌고 갔다.

운전을 누가 하느냐고 물으며 실랑이를 하느니, 그냥 내가 운전하기로 정해졌다는 듯 행동하는 편이 더 낫다는 결론을 내렸다. 벨라가 트럭까지 앞장서게는 놔 두었지만, 이웃고 나는 능숙한 솜씨로 조수석 문을 열어 주었다. 하지만 그 애는 반대의 뜻을 전혀 비치지 않았다. 심지어 날 노려보지도 않았다. 이거 좋은 징조란 느낌이 드는군.

내가 운전하는 동안 벨라는 정신을 바짝 차리고 앉아 창밖을 응시하며 바깥으로 지나가는 집들을 바라보았다. 긴장하고 있구나. 궁금하기도 하겠지. 어떤 집이 보일 때마다, 그 집으로 들어가지 않는다는 게 분명해지면 벨라는 관심을 싹 거두고는 다음 집이 나타나기를 기다렸다. 우리 집은 어떤 모습일 거라 생각하고 있을까. 궁금하군.

우리가 마을을 벗어나자 그 애는 더욱 걱정스러운 기색이 되었다. 묻고픈 게 있다는 눈초리로 나를 몇 번 슬쩍 쳐다보다가도, 눈이 마주치면 포니테일을 휙 나부끼면서 얼른 창가로 눈길을 돌렸다. 음악을 틀어놓지도 않았는데, 그 애는 박자를 맞추는 듯 앞발로 트럭 바닥을 탁탁 두드려 댔다.

이웃고 저택의 진입로로 들어서자, 벨라는 몸을 더욱 똑바로 세우더니 이제는 발끝이 아니라 무릎까지 떨어 댔다. 손가락으로 어찌나 창틀을 세게 잡았던지 끝이 하얗게 변해 갔다.

진입로가 구불구불 이어지자 이제 벨라는 눈살을 찌푸리기 시작했다. 사실 지금 우리는 초원 때처럼 아무도 살지 않는 어딘가 먼 곳으로 향하는 것처럼 보이긴 했다. 스트레스를 받은 그 애의 미간에 주름이 나타났다.

손을 뻗어 그 어깨를 쓸어 주자, 벨라는 긴장된 미소를 지어 보이고는 다시 창밖으로 고개를 돌렸다.

마침내 숲의 가장자리가 끝나고 진입로는 잔디밭으로 이어졌다. 하지만 커다란 삼나무들 그늘에 가려져 있는 풍경은 확 달라 보이지 않았다.

내게는 낯익은 집을 바라보며 처음 본 사람의 눈에는 어떻게 비칠까 상상하기란 이상했다. 에스미는 취향이 뛰어났기에, 이 집은 객관적으로 봐도 아름답다는 건 알고 있다. 하지만 벨라는 이 집이 시간을 그대로 멈춰놓은 것 같은 건물이라는 걸 알아볼까? 다른 시대 양식이지만, 또 분명하게 새롭고 튼튼한 집이라는 걸 알아볼까? 우리 집은 옛날에 지어진 저택이 오랜 세월 후에 우리에게 노화된 모습으로 나타난 게 아니라, 오히려 우리가 시간을 거꾸로 거슬러 올라간 듯한 느낌을 주고 있다는 걸 알아보려나?

"와아."

벨라는 숨을 몰아쉬며 감탄했다.

나는 시동을 껐다. 갑자기 조용해지자 우리가 다른 시대에 와 있다는 인상이 한층 강렬해졌다.

"마음에 들어?"

내가 묻자, 그 애는 곁눈질로 나를 슬쩍 보더니 다시 집 쪽으로 고개를 돌렸다.

"독특한…… 매력이 있는 집이야."

나는 웃고서 벨라의 포니테일을 슬쩍 잡아당긴 다음 차에서 내렸다. 1초도 되지 않아 나는 조수석 문을 열어 주었다.

"준비됐어?"

"준비는 조금도 안 됐지만, 들어가자."

벨라는 숨도 쉬지 않고 웃으며 말했다. 그리고 한 손으로 머리카락이 엉킨 부분이 있나 더듬어 댔다.

"안 그래도 예뻐."

나는 안심을 시켜 주며 그 애의 손을 잡았다.

벨라의 손바닥은 촉촉하게 땀에 젖었고, 평소처럼 따뜻하지도 않았다. 나는 엄지로 손등을 어루만지며 결코 위험하지 않다고, 모든 게 다 괜찮을 거라고 말없이 전해주려 했다.

현관 계단을 올라가자 그 애의 걸음이 느려지기 시작했다. 손이 덜덜 떨려왔다.

망설여봤자 이 애의 불안감만 더 길어질 뿐이겠지. 나는 문을 열었다. 이미 집안은 어떤 모습일지 정확히 알고 있었다.

부모님은 내가 마음의 눈으로 본 그대로, 생각이 들려온 곳에 계셨다. 앨리스가 환상에서 본 그대로이기도 했다. 두 분은 문에서 여섯 걸음 떨어진 곳에 서서 벨라에게 숨 쉴 여유를 주었다. 에스미는 벨라만큼 긴장한 상태였다. 물론 벨라가 덜덜 떨고 있는 것과는 달리 에스미는 꼼짝도 하지 않았다. 칼라일은 에스미를 위로하듯 그녀의 허리에 손을 얹은 채였다. 그는 인간과 거리낌 없이 교류하는 데 익숙했지만, 에스미는 수줍음이 많았다. 그녀가 필멸자들의 세상에서 혼자 섞여 드는 모험을 하는 때는 드물었다. 집에 있는 걸 좋아하는 성격답게, 에스미에게 필요했던 세상을 우리가 식구가 되어 이루어 준 것을 그녀는 매우 기뻐했다.

벨라의 눈은 재빨리 방안을 훑으며 안에 무엇이 있는지 보았다. 살짝 내 뒤에 선 모습이 내 몸을 방패로 쓰고 있는 듯했다. 나는 우리 집에 들어왔으니 당연히 기분이 편안하지만, 벨라는 정반대라는 걸 알고 있었다. 나는 그 애의 손을 꼭 쥐었다.

칼라일은 벨라에게 따스한 미소를 보냈고, 에스미도 재빨리 미소 지었다.

"칼라일, 에스미. 얘가 벨라예요."

이렇게 소개하는 내 목소리가 자랑스럽다는 걸, 벨라는 알까.

칼라일은 일부러 느린 걸음으로 다가왔다. 그리고 약간 주저하듯 손을 내밀었다.

"어서 와라, 벨라."

이미 칼라일을 알고 있어서인지, 벨라는 갑자기 편안해 보였다. 자신 있는 모습으로 그 애는 앞으로 나가서 칼라일의 손을 잡았다. 하지만 나와 잡은 손을 놓지는 않은 채로, 다른 손으로 그의 손을 잡았다. 차가웠을 텐데도 눈살 한번 찌푸리지 않았다. 물론 지금쯤은 분명히 그 냉기에 적응한 것이겠지.

"다시 뵙게 돼서 반갑습니다, 컬렌 박사님."

그 애는 진심이라는 듯 말했다.

참 용감한 애로구나. 어쩜 이렇게도 사랑스러운지. 에스미가 생각했다.

"편하게 칼라일이라고 부르렴."

그러자 벨라는 활짝 웃으며 이름을 불렀다.

"네, 칼라일."

이윽고 에스미도 칼라일과 똑같이 느리고 조심스러운 속도로 다가왔다. 한 손은 칼라일의 팔에 얹은 그녀는 다른 손을 내밀었다. 벨라는 주저하지 않고 손을 잡으며 우리 어머니에게 미소 지었다.

"만나서 정말 반가워요."

에스미는 애정이 담뿍 드러나는 미소를 지으며 말했다.

"고맙습니다. 저도 뵙게 되어 기뻐요."

지금 주고받는 대화는 양편 모두 관습적인 말이었지만, 둘 다 모두 대단한 간절함을 담아 건넨 말이라서 그 의미가 한층 더 깊었다.

이 아이는 참 사랑스럽네, 에드워드! 나와 만날 수 있게 데려와 줘서 고맙구나!

에스미의 열정 어린 말에 나는 그저 미소만 지을 따름이었다.

"앨리스랑 재스퍼는 어디 있어요?"

이 물음은 재촉이나 다름없었다. 그들이 계단 위에서 기다리고 있는 소리가 들렸다. 앨리스는 완벽하게 등장할 시기를 엿보고 있었다.

그녀는 내 질문을 기다리고 있었나 보다.

"에드워드, 왔구나!"

앨리스가 재빨리 시야에 들어오면서 소리쳤다. 그러더니 계단을 달려 내려왔다. 인간의 속도가 아니라 우리의 달리기로 계단을 마구 돌진해서 내려오더니 벨라 앞 몇 센티미터 앞에서 확 멈추었다. 칼라일과 에스미는 물론 나까지 너무 놀라 얼어붙었지만, 앨리스가 펄쩍 뛰어 벨라의 뺨에 입을 맞출 때에도 그 애는 별로 움찔하지도 않았다.

난 앨리스를 경고의 눈빛으로 쏘아보았지만, 그녀는 내게 전혀 신경 쓰지 않았다. 지금 앨리스는 이 순간과 천 가지의 미래의 순간들 사이를 넘나들어 살면서, 마침내 벨라와 친구가 되었음을 무척 기뻐하는 중이었다. 그녀의 감정은 매우 사랑스러웠지만, 난 함께 기뻐해 줄 수가 없었다. 아직 다가오지 않은 미래의 기억들 중 반 이상에서 하얗고 생기 없는 벨라가, 너무나도 흠 없고 차가운 모습으로 나타났기 때문이다.

앨리스는 벨라에게만 초점을 맞추느라 나의 반응은 까맣게 잊어버렸다.

"전엔 몰랐는데, 너한테서 아주 좋은 냄새가 나."

앨리스의 말에 벨라는 얼굴을 붉혔고, 나머지 우리 셋은 눈길을 돌려버렸다.

어색함을 없앨 방법이 뭘까 애써 생각했는데, 그 순간 마법처럼 어색함이 싹 사라졌다. 지금 나는 완벽하게 편안한 기분이었고, 벨라의 긴장감 역시 몸에서 싹 씻겨지는 게 느껴졌다.

재스퍼는 앨리스를 따라 계단에서 내려오고 있었다. 앨리스처럼 달려 내려오지는 않았지만 칼라일이나 에스미처럼 조심스럽게 내려오지도 않았다. 그는 일부러 인간인 척 할 필요가 없었다. 하지만 재스퍼가 하는 모든 행동들이 다 자연스럽고 옳은 것처럼 보였다.

사실을 말하자면, 지금 그는 자신의 능력을 좀 심하게 발휘하는 중이었다.

재스퍼에게 냉소적인 눈빛을 보내자, 그는 날 보고 씩 웃더니 나선형 계단 중앙 기둥 옆에 섰다. 우리와 묘하게 거리를 두고 혼자 선 모습이 이상할 수도 있었겠지만, 재스퍼가 마음만 먹으면 전혀 이상하게 느껴지지 않을 수 있었다.

"안녕, 벨라."

"안녕하세요, 재스퍼."

그 애는 태연히 미소를 짓고 나서 에스미와 칼라일을 보았다.

"모두 뵙게 돼서 기뻐요. 집이 참 예쁘네요."

에스미가 대답했다.

"고맙다. 네가 이렇게 와 줘서 우리도 참 기쁘단다."

이 애는 완벽하구나.

벨라는 무언가 기대하는 표정으로 계단을 또 슬쩍 보았다. 하지만 오늘 아침에는 더 이상 소개할 이는 없었다.

에스미 역시 그 애의 표정을 눈치챘다.

미안하구나. 로잘리는 아직 준비가 되지 않았단다. 에밋이 그 앨 진정시키는 중이야.

로잘리를 위해 변명을 해 주어야 할까? 하지만 무어라 말할지 마음먹기 전에 칼라일이 먼저 내 시선을 끌었다.

에드워드.

나는 무심코 그를 보았다. 칼라일의 강렬한 분위기는 재스퍼가 만든 태평한 분위기와 대조를 이루었다.

앨리스가 손님이 몇 명 오는 모습을 보았단다. 낯선 이들이야. 그들이 움직이는 속도를 따져 보면 내일 밤 우리를 찾아올 거다. 네가 빨리 알아야 한다고 생각했다.

나는 입술을 꾹 다물고는 한 번 고개를 끄덕였다. 타이밍이 상당히 나쁘군. 뭐, 그나마 불행 중 다행을 찾자면 이제는 벨라에게 내가 왜 자기를 납치하려는지 마음껏 설명할 수 있다는 점이랄까. 이 애는 이해할 거야. 찰리는 아니겠지만. 나는 가장 안전하고도 파괴를 최소화할 수 있는 계획을 찾아내야 한다. 아니, **우리가** 같이 찾아내야겠지. 이 애도 분명 자신의 의견이 있을 테니까.

나는 앨리스가 환상을 보여줄 거라 여기고 그녀를 쳐다보았지만, 지금 앨리스는 날씨 생각을 하는 중이었다.

"칠 줄 아니?"

에스미가 물었다. 시선을 돌리자 벨라가 내 피아노를 보는 모습이 보였다.

벨라는 고개를 저었다.

"아뇨. 그래도 참 아름답네요. 직접 연주하세요?"

에스미는 웃었다.

"아니. 에드워드가 음악에 재능 있다는 얘기 안 하던?"

벨라는 나를 묘한 눈초리로 바라보았다. 이 말을 듣고 짜증이 난 것처럼 말이다. 왜 저럴까? 혹시 피아노 치는 사람에 대한 편견이 있었는데 내가 몰랐던 걸까?

그 애는 에스미에게 대답했다.

"아뇨. 하긴 미리 짐작했어야 할 일인지도요."

이게 무슨 말이니, 에드워드? 에스미는 내가 답을 알기라도 하는 것처럼 궁금해했다. 다행히도 에스미의 표정이 많이 어리둥절해 보였던지, 벨라가 눈치채고 설명했다.

"에드워드는 못하는 게 없잖아요."

벨라의 말에 칼라일은 재미있어하는 기색을 자제했지만, 재스퍼는 웃음을 터뜨렸다. 앨리스는 이미 우리가 20초 후에 무슨 대화를 할지 미리 보고 있었기 때문에, 이미 아는 이야기라 큰 감흥이 없었다.

에스미는 어머니가 아이를 나무라는 표정을 지었다. 어머니의 그 모습 역시 아주 아름다웠다.

"잘난 체하면 못쓰지. 그건 무례한 짓이야."

"별로 안 했어요."

나도 웃으면서 인정했다.

에스미는 생각했다. **우리 아들 정말 행복해 보이네. 이런 모습은 처음 봤어. 정말 다행스럽게도 마침내 이 애를 찾아냈구나.**

"사실은 그동안 너무 겸손해서 탈이었어요."

벨라가 고쳐 말했다. 그리고 다시 피아노로 눈길을 던졌다.

"벨라를 위해 한 곡 연주해 주렴."

에스미가 권유했다. 나는 배신당했다는 눈초리를 어머니에게 던졌다.

"방금 잘난 체하는 건 무례한 짓이라고 하시지 않았나요?"

그러자 에스미는 웃음을 참으며 대답했다.

"모든 규칙엔 예외가 있는 법이지."

아직 네게 완전히 넘어오지 않았다면, 이걸로 넘어오게 해야지.

나는 무표정한 얼굴로 어머니를 빤히 바라보았다.

"나도 네 연주 듣고 싶어."

벨라도 나섰다.

"그럼 결정된 거네."

에스미는 내 어깨에 손을 얹고서 날 피아노 쪽으로 살짝 밀었다.

그래, 원하신다면 해 드리지요. 나는 벨라의 손을 계속 잡고 있었기 때문에 이 애도 나와 함께 움직여야 했다. 어쨌든 피아노를 쳐 달라는 건 이 애 의견이었으니까.

전에는 내가 음악을 한다는 사실을 크게 염두에 두지 않았었다. 내 음악을 들려줄 이들은 가족이나 친한 친구 외에는 아무도 없었고, 에스미 외의 가족은 내가 피아노를 치고 있어도 별 신경 쓰지 않는 듯했으니까. 그래서 지금은 처음 느껴 보는 기분이 들었다. 만약 에스미가 아까 잘난 체하지 말라고 이야기하지 않았더라면, 지금처럼 부담스럽지는 않았을 텐데.

나는 피아노 의자 한 쪽에 앉은 다음, 벨라를 내 옆에 앉혔다. 그 애는 날 보고 열정적으로 미소 지었다. 난 눈살을 찌푸린 채로 그 애를 마주보았다. 내가 피아노를 치는 건 모두 너 때문이라는 걸 알아주길 바라.

나는 에스미에게 바치는 곡을 골랐다. 즐거운 분위기의 곡이었다. 오늘의 분위기에 맞게 의기양양한 곡이기도 했다.

연주를 시작하면서 나는 곁눈질로 벨라의 반응을 지켜보았다. 건반을 볼 필요는 사실 없었지만, 내가 자신을 빤히 바라보고 있다는 생각을 들게 하고 싶지는 않았다.

처음 몇 마디만 연주했는데도 벨라의 입이 벌어졌다.

재스퍼는 다시 웃었다. 이번에는 앨리스도 같이 웃었다. 벨라의 몸이 긴장하듯 굳었지만, 뒤를 돌아보지는 않았다. 그 애는 눈을 가늘게 뜬 채로 건반을 넘나드는 내 손가락을 계속 이리저리 쳐다보았다.

앨리스가 계단을 휙 올라가는 소리가 들렸다. 동시에 칼라일의 생각도 들려왔다. **자, 그럼 우리는 이쯤에서 물러나기로 할까. 저 애에게 너무 부담을 주고 싶지 않으니.**

에스미는 실망했지만 앨리스의 뒤를 따라 계단을 올라갔다. 그들은 모두 오늘이 그저 평범한 날인 것처럼, 우리 집에 인간이 들어오는 게 대수롭지 않은 일인 척 행동했다. 그렇게 하나씩, 식구들은 흩어져 각자의 볼일을 보러 갔다. 내가 인간을 집에 데려오지 않았더라면 지금쯤 하고 있었을 일들로.

벨라는 여전히 내 손의 움직임에 온통 집중하고 있었다. 하지만 지금 보니 어쩐지…… 아까보다는 열정적인 기색이 덜한 것 같은데? 눈 위로 눈썹을 지그시 모은 모습이었다. 이게 무슨 표정일까.

나는 고개를 돌려 그 애의 주의를 끌고 윙크하면서 기분을 풀어 주려 했다. 이러면 보통은 웃어 주니까.

"마음에 들어?"

내가 묻자, 벨라는 고개를 한쪽으로 기울이더니 뭔가 깨달은 표정을 지었다. 눈이 다시 휘둥그레졌다.

"네가 작곡한 거야?"

이상하게 그 말은 비난처럼 들렸다. 나는 고개를 끄덕이며 덧붙였다.

"에스미가 가장 좋아하는 곡이야."

내 말은 사과 같았다. 대체 뭘 사과해야 하는 건지는 알 수가 없었지만.

벨라는 묘하게 쓸쓸한 표정으로 날 빤히 쳐다보았다. 그러더니 눈을 감고서 고개를 천천히 좌우로 저었다.

"왜 그래?"

내가 애원하듯 묻자, 다시 눈을 뜬 그 애는 마침내 미소를 지었지만, 기분 좋아 보이는 미소는 아니었다.

"내가 너무 하찮게 느껴져."

벨라의 솔직한 말에 난 잠시 망연자실해 버리고 말았다. 잘난 척하지 말라던 에스미의 말이 문제의 핵심이었을 줄이야. 벨라의 마음 한 켠에 아직도 날 두고 갈팡질팡하는 면이 남아 있다면, 내 음악적 재능을 보여주어 압도해 버리라던 에스미의 생각은 완전히 빗나가 버리고 말았군.

내가 할 줄 아는 모든 일들이, 내가 이런 존재가 되어 어처구니없을 만큼 쉽게 해낼 수 있게 된 일들이 내게는 전혀 의미가 없다는 사실을 어떻게 설명해야 할까? 이런 걸 할 줄 안다 해서 내가 특별해지거나 우월해지지는 않았다. 이 모든 게 내게 있은들, 날 가치있게 만들어 주지는 못한다는 사실을 이 애에게 어떻게 알려주지? 벨라야말로 내가 그토록 오랫동안 닿고 싶었던 드높은 목표라는 사실을 어떻게 알려줄 수 있지?

생각나는 방법은 하나뿐이었다. 나는 간단한 도입부를 만들어서 새로운 곡으로 넘어갔다. 그 애는 이제 내 표정을 보면서 무어라 대답하길 기다리는 중이었다. 나는 새로운 곡의 주선율 부분을 연주할 때까지 기다리면서, 곡이 바뀌었다는 걸 알아주길 바랐다.

"네가 영감을 줘서 만든 곡이야."

나는 중얼거렸다. 이 곡이 내 속의 가장 깊숙한 곳에서부터 나왔다는 걸 벨라는 느낄까? 내 모든 면 하나하나가, 전적으로 그 애를 중심에 두고 있다는 걸 알아줄까?

잠시간, 나는 결코 말로 표현할 수 없는 방식을 대신 곡이 표현하며 이 공간을 가득 채우도록 했다. 연주할수록 선율은 확장되어 이전의 단조에서 벗어나 이제는 행복한 결말부를 향해 나아갔다.

이쯤에서 이 애가 아까 품었던 두려움을 누그러뜨려 주어야겠군.

"너도 알겠지만 다들 널 좋아해. 특히 에스미가."

벨라도 분명히 그 점은 직접 알아보았을 거다.

그 애는 몸을 돌려 뒤를 슬쩍 바라보았다.

"다들 어디 가신 거야?"

"우리 둘만 있을 수 있게 살짝 비켜준 거겠지."

"네 사람은 날 좋아하지만 로잘리하고 에밋은……."

그 애가 괴로운 듯 말하자 난 초조하게 고개를 저었다.

"로잘리 걱정은 하지 마. 나중엔 돌아설 거야."

그러자 그 애는 납득하지 못하겠다는 듯 입술을 꾹 다물었다.

"에밋은?"

"글쎄, 에밋이 날 미치광이라고 생각하는 건 확실하지만, 너랑은 아무 상관없는 일이야. 그냥 로잘리 편을 들어주는 것뿐이지."

나는 짧게 웃었다. 그러자 그 애의 입가가 시무룩하게 쳐졌다.

"로잘리는 내가 왜 그렇게 못마땅하대?"

나는 숨을 들이쉰 다음 천천히 내쉬다가 멈칫했다. 필요한 부분만 최소한으로, 최대한 당황스럽지 않게 말하고 싶었다.

"로잘리는…… 우리 존재에 대해 가장 고통스러워하고 있어. 그렇기 때문에 외부인이 우리 정체를 안다는 게 싫은 거지. 게다가 조금은 질투심도 느낄 테고."

"로잘리가 나한테 질투심을 느낀단 말이야?"

벨라는 내가 농담을 하는 건가 싶은 표정이었다. 나는 어깨를 으쓱이며 말했다.

"넌 인간이잖아. 로잘리도 인간이고 싶어 하거든."

"아."

밝혀진 사실에 그 애는 한동안 멍해졌다. 하지만 이내 눈살을 찌푸렸다.

"하지만 재스퍼도……."

재스퍼가 우리에게 더 이상 집중하지 않게 되자, 모든 게 완벽하게 자연스럽고 편안하다는 감각은 곧바로 사라졌다. 혹시 이 애는 재스퍼의 감각에 영향을 받지 않고 자기소개를 했던 걸까. 그렇다면 처음 봤을 때 그가 이상하리만큼 거리를 두고 있었다는 사실을 알아보았을까.

"그건 내 탓이야. 재스퍼가 가장 최근에 우리 방식대로 살기로 한 식구라고 말했었지? 그래서 내가 거리를 유지하라고 먼저 경고해 뒀던 거고."

나는 가볍게 말했지만, 잠시 후 벨라는 몸을 부르르 떨었다.

"에스미하고 칼라일은……?"

그 애는 어서 새로운 화제를 찾아야겠다는 듯 빠르게 물었다.

"두 분은 나만큼 행복해하셔. 사실 에스미는 네가 눈이 세 개에다 발에 물갈퀴가 달렸어도 상관 안 했을걸. 에스미는 그동안 줄곧 내 걱정을 했거든. 칼라일이 나를 변모시킬 때 내가 너무 어렸기 때문에 혹시 변신과정에서 근본적인 구조에 뭔가 빠진 건 아닌지 걱정이 많았는데…… 지금은 좋아서 어쩔 줄을 모르지. 내가 너를 만질 때마다, 흡족해서 거의 숨이 막히는 표정이던걸."

그 애는 입술을 모았다.

"앨리스는 참…… 열정적인 성격인 것 같아."

나는 애써 평정심을 유지하려고 했지만, 어쩔 수 없이 말투가 냉랭해졌다.

"앨리스는 매사를 바라보는 자기만의 독특한 방식이 있어."

우리가 대화를 나누는 동안 줄곧 그 애는 긴장한 채였다. 그런데 갑자기 활짝 웃는 게 아닌가.

"하지만 그게 뭔지는 설명 안 해 줄 거구나?"

물론 그 애는 앨리스 이야기를 할 때마다 내가 이상한 반응을 보인다는 걸 죄다 눈치챈 거다. 나는 그걸 예민하게 잡아내지 못했다. 그래도 지금 이 애는 웃으면서 나의 허점을 잡아낸 걸 기뻐하고 있었다. 내가 왜 앨리스 이야기를 할 때마다 짜증을 내는지 이 애는 분명 아무것도 모르겠지. 그저 내가 뭔가를 숨기고 있다는 걸, 본인이 알아차렸다는 걸 알려주는 것만으로도 기분 좋아하는 거야. 나는 아무런 대답을 하지 않았다. 하지만 벨라 역시 대답을 기대한 것 같지도 않았다.

"조금 전에 칼라일이 한 얘기는 뭐야?"

그 애의 질문에 나는 눈살을 찌푸렸다.

"봤구나?"

음, 이건 이야기해 두어야 한다.

"당연하잖아."

재스퍼에 대해서 설명했을 때 조금 떨긴 했지……. 이 애를 또 놀라게 하고 싶지 않았지만, 이 애는 확실히 겁을 좀 먹어야 했다.

"나한테 뭔가 전할 소식이 있었는데, 내가 너한테도 알릴 생각이 있는지 모르니까 의향을 물으신 거야."

순순히 털어놓자, 벨라는 정신을 차리고 자세를 고쳐 앉았다.

"나한테 얘기할 작정이야?"

"얘기할 수밖에 없어. 앞으로 며칠 동안, 어쩌면 몇 주일 동안 내가 지나치게 과잉보호를 하려 들지도 모르거든. 공연히 네가 날 폭군으로 여기는 건 나도 원하지 않으니까."

내가 일부러 스스로를 비하하듯 말했지만, 그 애는 마음을 누그러뜨리지 않았다.

"무슨 일 있어?"

"정확히 무슨 일이 있는 건 아니야. 앨리스가 손님들이 찾아오는 걸 예견했어. 우리가 여기 있다는 걸 알고 저들이 호기심을 느낀다더군."

벨라는 내 말을 속삭여 되풀이했다.

"손님들이라고?"

"응……. 그들은 물론 사냥 습관이 우리와 달라. 아마 시내엔 아예 들어가지도 않을 거고. 그래도 그들이 사라질 때까지 널 절대 내 옆에서 떼어 놓지 않을 생각이야."

그 애가 어찌나 심하게 몸을 떨던지 피아노 의자마저 진동하는 게 느껴졌다.

"이제야 좀 이성적인 반응을 보이는군!"

나는 중얼거렸다. 그러면서 이제껏 그 애가 아무런 떨림 없이 받아들였던 나의 끔찍한 면들을 죄다 떠올렸다. 다른 뱀파이어들은 무서운 모양이구나.

"너란 애는 아예 자기보호 본능이 없는 것 같다고 생각하려는 참이었어."

벨라는 내 말을 무시하고 다시 건반 위를 오가는 내 손을 바라보기 시작했다. 그러다 몇 초 후 심호흡을 하더니 천천히 숨을 내쉬었다. 혹시 이번에도 악몽 같은 무서움을 떨쳐낸 거야? 이토록 쉽게?

그런 것 같았다. 그 애는 이제 방을 바라보는 중이었다. 천천히 고개를 돌리며 우리 집을 자세히 살펴보고 있군. 무슨 생각을 하는지 알 것 같아.

"예상한 것과 다르지?"

내 추측에 벨라는 여전히 눈으로 이것저것 훑어보며 말했다.

"응."

무엇이 제일 놀라웠을까. 집안의 밝은 색조일까, 어마어마하게 탁 트인 집안일까, 아니면 벽에 난 창문일까? 이 모든 건 에스미가 아주 세심하게 설계한 결과였다. 이곳이 요새나 정신병원 같은 느낌이 들지 않게 하려는 의도로 말이다.

나는 평범한 인간이라면 했을 법한 생각을 한 번 던져보았다. 물론 내 생각은 틀렸겠지만.

"관도 없고, 구석에 쌓아둔 해골도 없지. 아마 거미줄도 없을걸…… 그러니 얼마나 실망스럽겠어."

그 애는 내 농담에 웃지 않았다.

"참 밝고…… 시원하게 툭 트였네."

"우리가 숨을 필요 없는 유일한 곳이니까."

내가 벨라에게 집중하고 있는 동안, 연주하고 있던 곡은 기초부터 아예 흔들리고 말았다. 어느새 나는 가장 암울한 순간에 도달해버렸다. 명백한 진실을 피할 수 없는 순간이었다. 바로, 벨라는 있는 그대로 완벽한 존재라는 진실. 내 세상이 그 삶을 간섭한다면 그게 무엇이든 비극이 되리라.

곡을 되살리기에는 너무 늦었다. 난 곡조가 예전처럼 가슴 아프게 흘러가도록 내버려 두었다.

때때로 벨라와 내가 함께 있어도 괜찮다고 믿기란 너무나 쉬웠다. 그때만큼은, 그 충동이 이끌 때만은 모든 게 참 자연스럽게 다가왔고…… 그래서 난 믿었는데. 하지만 다시금 논리적으로 따져볼 때마다, 이성을 능가하는 감정을 배제하고 바라볼 때마다 결국은 이 애에게 상처만을 줄 뿐이라는 사실이 너무나 분명했다.

"고마워."

벨라가 속삭였다. 눈에는 눈물이 글썽했다. 내가 지켜보는 가운데, 그 애는 재빨리 손가락으로 눈에 맺힌 눈물을 닦아 물기를 없앴다.

벨라가 우는 모습을 본 건 두 번째였다. 첫 번째로 봤을 때는, 내가 마음 아프게 해서였지. 고의는 아니었지만, 우리가 절대 맺어질 수 없다는 암시를 해서 이 애를 아프게 했었다.

지금은 내가 만든 음악에 감동해서 울고 있구나. 기쁨의 눈물이야. 이 무언의 언어를 이 애는 얼마나 깊이 이해했을까.

눈물 한 방울이 아직 왼쪽 눈가에 달려, 방안의 불빛에 맞추어 반짝였다. 아주 작고 깨끗한 이 애의 일부분, 한 순간의 다이아몬드 같은 그 방울. 묘한 본능에 따라 나는 손을 뻗어 손끝으로 그 눈물을 훔쳐냈다. 내 피부 위에서 둥글게 맺힌 방울은 손의 움직임을 따라 빛을 내었다. 나는 재빨리 손가락을 혀에 대어, 벨라의 눈물을 맛보며 그 미세한 입자를 흡수했다.

칼라일은 우리 불멸의 존재를 해부학적으로 알아보려 수십 년을 노력해 왔다. 하지만 대부분 가정과 관찰만으로 이루어지는 어려운 작업이었다. 뱀파이어의 시체를 연구용으로 구할 수는 없었기 때문이다.

우리의 생명 체계를 두고 그가 내렸던 가장 최선의 해석이란, 우리의 내부 시스템이 아주 미세한 다공성이라는 것이었다. 우리는 뭐든 삼킬 수는 있었지만, 몸에서는 피밖에 받아들이지 못했다. 피는 우리의 근육에 흡수되어 연료가 되었다. 그리고 연료가 고갈되면, 다시금 피를 보충하는 마음이 생기도록 갈증이 심해졌다. 피 말고는 아무것도 우리를 움직일 수 없는 것 같았다.

나는 벨라의 눈물을 삼켰다. 아마도 이건 내 몸을 절대로 떠나지 않을 것이다. 이 애가 나를 떠난다 해도, 그래서 그 후로 외로운 해를 수없이 보내게 되더라도, 언제나 이 눈물 한 방울만큼은 내 속에 간직하게 되겠지.

벨라는 나를 호기심 어린 눈초리로 바라보았지만, 나는 도저히 제정신으로 설명할 길이 없었다. 그래서 대신 그 애가 아까 궁금해 했던 주제를 꺼내들었다.

"나머지 집 안도 둘러볼래?"

내 말에 그 애는 재차 물었다.

"관은 없다고 했지?"

나는 웃으면서 일어선 다음, 벨라도 피아노 의자에서 일으켜 세웠다.

"관은 없어."

우선 벨라를 데리고 2층으로 올라갔다. 1층은 대부분 본 거나 마찬가지였다. 안 쓰는 주방과 식당을 빼면 모든 게 현관에서 다 보이기 때문이었다. 2층으로 올라가면서, 그 애의 관심사가 확연히 드러났다. 난간과 옅은 색 나무 바닥, 계단 옆을 따라 쭉 걸린 그림 액자까지 모든 걸 탐구하듯 바라보고 있었으니까. 나는 각 방을 지나가며 방 주인을 알려주었고, 그 애는 퀴즈를 맞출 준비가 되었다는 듯 이름을 들으며 고개를 끄덕였다.

모퉁이를 돌아서 다음 층으로 올라가려는데, 벨라가 갑자기 멈춰 섰다. 나는 무엇을 그리 홀린 듯 보고 있는지 살펴보았다. 아하.

"웃어도 돼. 참 아이러니컬하긴 하지."

내 말에도 그 애는 웃지 않았다. 그리고 밝은 색 나무 벽에 걸려 있던 어둡고 침울한 색의 두꺼운 떡갈나무 십자가를 만져보고 싶다는 듯 손을 뻗었다. 하지만 십자가는 손끝에 닿지 못했다.

"굉장히 오래된 것 같아."

나는 어깨를 으쓱였다.

"1630년대 초반쯤의 물건이야."

그 애는 고개를 한쪽으로 갸웃 기울이며 나를 빤히 바라보았다.

"이걸 왜 여기에 걸어뒀어?"

"향수를 달래는 거지. 칼라일의 아버님 유품이거든."

"골동품을 수집하셨나?"

이렇게 말은 했지만, 자기가 말해 놓고도 틀렸다는 걸 알고 있다는 말투였다.

"아니. 직접 깎으셨다더군. 칼라일의 아버님이 목사관에서 설교할 때 연단 위 벽에 걸려 있던 거야."

내 대답을 들은 벨라는 강렬한 눈빛으로 십자가를 올려다보았다. 어찌나 오랫동안 그걸 보고 있었던지 나는 다시금 불안해졌다.

"괜찮아?"

내가 조용히 묻자, 그 애는 대뜸 물었다.

"칼라일은 몇 살이야?"

나는 한숨을 쉬면서 도로 찾아온 두려움을 애써 눌렀다. 이야기를 해 주면 받아들이기 너무 힘들려나? 나는 그 애의 미세한 근육의 떨림 하나하나를 꼼꼼히 살피면서 설명했다.

"얼마 전에 362번째 생일을 지냈어."

정확하지는 않지만 그쯤 되었다. 칼라일은 에스미를 위해서 이쯤이 본인의 생일일 거라고 최대한 추측한 날짜를 정했다.

"칼라일은 1640년대에 런던에서 태어났다더군. 당시는 연도를 정확히 따지던 때도 아니고, 더욱이 평민들에 관해선 정확한 기록이 없었겠지. 그래도 크롬웰이 영국을 다스리기 직전이었던 건 확실해. 칼라일은 영국 국교회 목사의 외아들이었어. 어머니는 칼라일을 낳다가 돌아가셨지. 아버지는 상당히 완고한 분이셨다더군. 신교도가 득세하자, 그분은 로마가톨릭 신자들과 다른 종교인들을 처단하는 데 누구보다 앞장 섰다고 해. 게다가 악의 존재란 것도 아주 굳게 믿고 계신 분이었지. 마녀와 늑대인간……, 뱀파이어 사냥을 선두에서 이끌었으니까."

그 애는 이 사실이 본인과 전혀 상관이 없는 이야기라는 듯, 전체적으로 표정 관리를 잘 해나갔다. 하지만 내가 뱀파이어라는 단어를 말하자, 어깨가 살짝 굳은 채 1초간 숨을 쉬지 못했다.

"그들은 무고한 사람들을 수도 없이 화형에 처했어. 물론 진짜였다면 쉽게 잡히지도 않았겠지."

자신의 아버지가 무고한 사람들을 살해했다는 사실에 아직도 칼라일은 괴로워했다. 게다가 칼라일 역시 마지못해 연루된 살인들 때문에 더더욱 그랬다. 시간이 지날수록 그때의 기억이 칼라일의 머릿속에서 흐려지고 사라져 가 주어서 참 다행이었다.

나는 칼라일이 인간이었을 적의 이야기를 내가 겪은 일처럼 잘 알고 있었다. 그 옛날 런던에 있던 뱀파이어 일가를 발견했을 당시 그가 겪었던 불운한 사건을 설명하면서도, 나는 이 이야기가 벨라에게 얼마나 현실적으로 들릴지 궁금했다. 이건 그 애가 가본 적도 없는 나라에서 너무 오래전 일어난 동떨어진 옛일이라, 무슨 맥락인지 알 수도 없는 이야기였다.

하지만 내가 칼라일이 뱀파이어가 되어버리고 동료들이 목숨을 잃었던 공격 사건에 대해 이야기하자, 벨라는 홀린 듯 이야기를 들었다. 물론 나는 그 애가 너무 깊이 생각하지 않았으면 하는 세부 사항은 조심스럽게 생략했다. 갈증에 날뛰는 뱀파이어가 획 돌아서서 추격자들을 덮쳤을 때, 그놈은 독니로 칼라일을 단 두 번밖에 물지 않았다. 칼라일이 팔을 뻗었을 때 손바닥을 물고, 그 다음으로 이두박근을 물었다. 당시 현장은 난장판이었다. 다른 사람들이 더 가까이 다가오기 전에, 자신을 잡고 있던 네 명의 남자를 재빨리 제압하려고 뱀파이어는 난리를 쳤다. 그 사건 이후로, 칼라일은 처음에는 이런 가설을 세웠다. 그 뱀파이어는 사람들의 피를 전부 빨고 싶었지만, 먹이를 잔뜩 먹기보다는 본인의 안전을 선택했기에 잡아갈 수 있을 만한 사람들을 잡고서 도망쳤다는 가설이었다. 물론 그 뱀파이어는 성난 군중에게 잡힐까봐 도망친 게 아니었다. 조악한 무기만을 든 남자 오십 명쯤이야 뱀파이어에게는 그저 떼 지어 날아다니는 나비 무리로 여겨졌을 것이다. 하지만 영국에서 1600킬로미터도 떨어지지 않은 곳에 볼투리 일가가 있다는 게 문제였다. 볼투리 일가가 세운 법은 천 년 전부터 그때까지 이어져 왔던지라, 모든 불멸의 존재는 동료들의 이익을 위해 신중하게 행동해야 한다는 규칙이 보편적으로 받아들여지고 있었다. 만약 런던에서 뱀파이어를 목격했다는 이야기가 들리고, 피를 빨린 시체를 본 증인이 오십 명이나 나온다면, 볼투리 일가는 절대로 그냥 보아 넘기지 않았을 테니까.

칼라일의 상처 자체는 참 안타까웠다. 손에 난 상처는 주요 혈관에서 멀리 떨어져 있었고, 팔에 난 상처 역시 쇄골동맥과 척측피정맥을 둘 다 벗어났다. 그래서 독의 확산 속도가 훨씬 느렸고, 뱀파이어로 전환되는 기간이 더 길어지게 된 것이다. 인간에서 불멸의 존재로 변신하는 과정은 우리가 경험한 그 어떤 것보다도 고통스러운 일이었기에, 아무리 봐도 그 기간이 길어진다는 건 좋은 게 아니었다.

나 역시 그 기간이 길어지는 고통을 잘 알고 있다. 칼라일은 나를 본인의 첫 번째 동료로 바꾸기로 마음먹었을 당시…… 방법에 대한 확신이 없었기 때문이다. 그는 볼투리 일가를 비롯하여 경험이 풍부한 뱀파이어들과 상당히 오랫동안 알고 지내왔기에, 더 좋은 곳을 물면 더 빨리 변신이 이루어진다는 사실을 알고는 있었다. 하지만, 그는 자신 같은 뱀파이어는 한 번도 보질 못했다. 다른 뱀파이어들은 모두 피와 권력에 사로잡혀 있었으니까. 칼라일처럼 상냥하고 가정적인 삶을 애타게 바라는 이들은 하나도 없었다. 이걸 두고, 그는 본인이 느린 속도로 변신했고, 감염이 잘 퍼지지 않는 약한 부분을 물렸다는 사실에서 이런 차이가 비롯된 것일지도 모른다고 생각했다. 그래서 첫째 아들인 나를 만들었을 때, 자기와 똑같은 상처를 내기로 결심했다. 이 행동을 두고 그는 언제나 마음이 안 좋았다. 나중이 되어, 새로이 태어난 불멸의 존재가 보이는 성격과 욕망은 변신 방법과 아무런 상관이 없다는 걸 알게 되고 나자 더욱 그랬다.

칼라일이 에스미를 발견했을 때는 실험할 시간이 없었다. 그녀는 나보다 훨씬 더 죽음에 가까운 상태였다. 에스미를 구하기 위해서는 심장 가까이에 가능한 한 많은 독을 넣어 가두는 것이 급선무였다. 전체적으로 그때 들인 노력은 나 때보다 훨씬 더 광적으로 이루어졌다. 그럼에도 에스미는 우리 중 가장 온화한 존재가 되었다.

그리고 칼라일은 우리 중 가장 강한 존재다. 이제 나는 벨라에게 스스로를 대단할 정도로 제어했던 칼라일의 변신 과정에 대해 말해주었다. 말하다 보니 나는 그 과정을 여기저기 생략해서 말하고 있었다. 이러면 안 되는 것이었을지도 모르지만, 칼라일의 심각했던 고통을 세세하게 떠올리고 싶지 않았다. 이 애는 변신 과정에 대해 분명히 호기심을 갖고 있으니, 자세히 묘사하는 게 좋았을지도 모른다. 그러면 그만 알고 싶어 했을 수도 있었겠지.

“모든 게 끝나고 나서, 칼라일은 자기가 어떤 존재가 됐는지를 깨달았어.”

설명하는 동안, 나는 이미 알고 있는 이야기였기에 멍하니 생각에 잠긴 채로 벨라의 반응을 관찰했다. 대부분 그 애는 얼굴 표정을 바꾸지 않고 유지했다. 쓸데없이 동요하지 않고, 세심하게 관심을 드러내는 표정을 보여야겠다고 생각했겠지. 하지만 자연스러워 보이기에는 너무 경직된 태도였다. 호기심은 진짜였지만, 나에게 보여주기 원하는 겉모습 말고 속으로 무슨 생각을 하고 있는 건지 난 알고 싶었다.

"기분이 어때?"

"난 괜찮아."

내 질문에 벨라는 곧바로 대답했다. 하지만 얼굴 표정이 살짝 풀렸다. 하지만 내가 읽어낸 속마음이라고는 더 알고 싶어 한다는 것뿐이었다. 그렇다면 이 이야기를 듣고도 아직 겁을 덜 먹었다는군.

"당연히 묻고 싶은 게 몇 가진 있을 테지."

그러자 그 애는 씩 웃었다. 겁을 먹기는커녕 더 없이 침착해 보이는 태도였다.

"응, 두어 가지."

나도 미소를 지어 주었다.

"그럼 가자. 보여 줄게."

20
칼라일

우리는 복도를 다시 돌아가 칼라일의 서재로 갔다. 나는 들어오라는 말을 기다리며 문 앞에서 잠시 멈추었다.

"들어와라."

칼라일의 말이 들리자 나는 벨라를 안으로 안내했다. 그 애가 생기 넘치는 표정으로 새로 들어온 방을 살펴보는 모습을 지켜보았다. 이 방은 집의 다른 부분보다 더 어두웠다. 진한 마호가니 인테리어는 칼라일이 가장 초기에 살던 옛 집을 떠올리게 했다. 벨라의 시선은 줄지어 늘어진 책들을 빠르게 훑었다. 이토록 많은 책을 들여놓은 방이 그 애에게는 꿈처럼 환상적으로 보이겠지.

칼라일은 지금껏 읽고 있던 책에 책갈피를 끼운 다음 일어서서 우리를 맞이했다.

"어떻게 왔니?"

물론 그는 복도에서 나누었던 우리의 대화를 다 들었고, 다음으로 우리가 여기에 올 거란 사실도 알고 있었다. 내가 본인 이야기를 들려주는 것도 마음 쓰지 않았다. 심지어 내가 벨라에게 모든 걸 다 이야기해 줄 거란 점에도 놀라지 않은 것 같았다.

"벨라에게 우리 역사를 좀 보여 주고 싶어요. 실제로는 칼라일의 역사지만."

"방해할 생각은 아니었어요."

벨라가 조용히 말하자, 칼라일은 안심하란 듯 대답했다.

"아니다. 어디부터 시작할까?"

"왜거너부터요."

나는 이렇게 말하고 벨라의 어깨에 손을 얹었다. 그리고 부드럽게 몸을 돌려 뒤쪽 벽을 바라보게 했다. 내 손길에 반응하는 그 애의 심장 소리가 들렸다. 이윽고 칼라일도 그 반응에 소리 없이 웃었다.

재미있구나. 칼라일은 생각했다.

칼라일의 서재 안 갤러리 벽을 보자 벨라의 눈이 휘둥그레졌다. 처음 보는 사람이라면 아마 정신을 못 차리게 될 만한 광경이긴 했다. 온갖 크기와 색깔과 종류로 이루어진 일흔세 점의 작품이 걸려 있는 모습은 마치 벽 크기의 직사각형 퍼즐을 맞춰 놓은 것 같았다. 그 애는 어디를 중점적으로 쳐다봐야 할지 모르겠는 것처럼 두리번거렸다.

나는 벨라의 손을 잡고 시작 부분으로 데리고 갔다. 칼라일은 우리를 따랐다. 책의 페이지처럼, 우리의 이야기는 맨 왼쪽 그림부터 시작했다. 화려하지 않은 단색의 지도 같은 그림이었다. 사실을 말하자면 그건 아마추어 지도 제작자가 손으로 그린 진짜 지도의 일부였다. 수백 년을 거치며 살아남은 몇 안 되는 진품 지도 중 하나다.

벨라는 이맛살을 찌푸렸다. 나는 설명을 시작했다.

"1650년대 런던의 모습이야."

"내 청년시절의 런던이지."

칼라일은 우리 뒤에 가까이 선 채로 덧붙였다. 벨라는 그가 가까이 있다는 데 놀라서 움찔거렸다. 다가오는 소리를 당연히 듣지 못했을 테지. 나는 안심시켜 주고픈 마음으로 그 손을 꼭 잡았다. 이 집은 그 애가 있기에 이상한 장소지만, 아무 위험도 없는 곳이니까.

"직접 얘기해 주시겠어요?"

칼라일에게 묻자, 벨라도 그가 무슨 말을 할지 들으려고 몸을 돌렸다.

나도 그러고는 싶지만, 미안하게도 안 될 것 같구나.

그는 벨라에게 미소를 지으며 말로 설명해 주었다.

"그러고 싶지만, 사실 지금도 좀 늦었다. 오늘 아침에 병원에서 전화가 왔는데, 스노 선생이 병가를 냈다는 거야. 게다가 그 이야기라면 너도 나만큼 잘 알잖니."

칼라일은 나를 보며 덧붙여 말했다. 그리고 방을 나서며 벨라에게 따스하게 미소지었다. 칼라일이 나가자, 그 애는 다시 자그마한 그림을 살펴보았다. 잠시 후, 다시 질문이 시작되었다.

"그래서 어떻게 됐어? 칼라일이 자기에게 어떤 일이 일어났는지 알고 난 다음엔?"

나는 자동적으로 다른 그림을 바라보았다. 첫 그림에서 한 칸 너머 한 줄 아래 걸린 좀 더 큰 그림이었다. 활기찬 그림은 아니었다. 그것은 우울하고 황량한 풍경화로, 짓누르는 듯한 구름이 잔뜩 낀 하늘이 그려졌고, 그림 속 색채는 두 번 다시 태양이 나타나지 않으리라는 걸 암시하는 듯했다. 칼라일은 스코틀랜드의 작은 성에 난 창문 너머로

이 작품을 본 적이 있었다. 이 그림은 그의 가장 어두웠던 삶의 지점을 너무 완벽하게 떠올려 주었고, 옛 기억이 고통스러웠음에도 불구하고 그는 이 그림을 간직하고 싶어 했다. 그는 이 황량한 풍경화가 존재한다는 걸 보고 한때 자신과 같은 심정을 품은 이가 있었음을 알게 됐기 때문이다.

"자기가 어떤 존재가 됐는지 처음 알게 됐을 때 칼라일은 거부했어. 스스로 파멸하려고 노력했지. 하지만 그건 쉬운 일이 아니었어."

"어떻게?"

벨라는 숨을 헐떡이며 물었다. 나는 그림에서 느껴지는 공허함을 바라보며 칼라일의 자살 시도를 설명했다.

"아주 높은 절벽에서 뛰어내리기도 하고, 바다에 빠져 죽으려고도 했지만……. 그는 젊은 나이에 새로운 생을 얻었기 때문에 대단히 강했지. 새로 태어난 지 얼마 안 된 상태에서 칼라일이 어떻게……."

나는 말을 잇다 말고 벨라를 슬쩍 쳐다보았지만, 그 애는 그림을 응시하고만 있었다.

"먹는 걸 자제했는지 놀라울 뿐이야. 그 시기에는 본능이 그 무엇보다 더 강하거든. 하지만 그는 굶어죽기로 작정할 만큼 스스로에 대한 혐오감이 컸던 거야."

"그게 가능해?"

벨라가 속삭여 물었다.

"아니, 우릴 죽일 수 있는 방법은 극히 드물어."

그러자 벨라는 입을 열려 했다. 그 뒤에 따라올 질문이 뭔지는 당연했지만, 나는 재빨리 화제를 바꾸었다.

"그래서 칼라일은 몹시 허기졌고, 그래서 나약해졌어. 의지력도 약해지고 있다는 걸 알았기 때문에 최대한 인간들이 지내는 곳을 멀리했지. 몇 달 동안이나 그는 밤마다 인적 없는 곳을 찾아 방황하며 자기혐오를 키워갔어……."

나는 계속해서 칼라일이 다른 살길을 찾아낸 밤을 묘사했다. 인간 대신 동물의 피를 마시고, 이성적인 존재로 살아갈 수 있게 된 그날 밤의 일을. 그런 다음 유럽 대륙으로 떠났던 일을 말하려던 찰나였다.

"헤엄을 쳐서 프랑스로 건너가?"

그 애는 믿을 수 없다는 듯 말을 가로막았다. 나는 사실을 말해 주었다.

"도버 해협을 수영해서 건넌 사람들은 어느 시대에나 있어, 벨라."

"그건 맞는 말이지만, 아무튼 칼라일의 얘기 속에서 들으니 우스워서. 계속해."

"수영은 우리에게 아주 쉬운……."

"너한텐 뭐든 쉽겠지."

벨라는 불평했다. 나는 미소를 지으며 그 애가 화를 마저 내기를 기다렸다. 이윽고 벨라는 눈살을 찌푸리며 말했다.

"다시는 말 막지 않을 게, 약속해."

나는 더 크게 미소지었다. 다음에 또 어떤 반응이 나올지 예상이 되어서였다.

"우리한테 수영이 쉬운 건 숨을 쉴 필요가 없기 때문이야."

"숨을 쉴 필요가……."

또 시작된 말에 나는 웃으면서 벨라의 입술에 손가락을 대었다.

"안 돼, 방해하지 않기로 약속했잖아. 얘기를 듣고 싶은 거야, 아니야?"

그 입술이 내 손가락 아래에서 오물거렸다.

"그렇게 엄청난 얘기를 해 놓고 나한테 아무 말도 하지 말라는 건 너무해."

나는 손을 그 애의 목 옆으로 내려놓았다.

"너희는 숨을 쉴 필요가 없어?"

그 질문에 난 어깨를 으쓱였다.

"그래, 반드시 필요하진 않아. 습관일 뿐이지."

"숨을 안 쉬고…… 얼마나 멀리까지 갈 수 있어?"

"아마 한계가 없을걸. 잘은 모르겠지만. 후각이 없어지면 좀 불편할 것 같긴 하군."

내가 가장 오랫동안 숨을 참은 건 며칠 정도였다. 그동안 내내 물속에 있었을 때.

"좀 불편하다니?"

속삭이다시피 가냘픈 목소리로 그 애는 내 말을 따라 했다.

눈썹을 한껏 모은 채로, 눈을 가늘게 뜨고서, 어깨를 굳힌 벨라의 모습. 조금 전까지만 해도 재미있게 나누던 대화에 갑자기 웃음기가 사라졌다.

우리는 너무 달랐다. 한때는 같은 종에 속했었지만, 지금은 단지 몇 가지 피상적인 면만을 공통점으로 둔 사이다. 벨라는 언젠가 이런 뒤틀림의 무게를, 우리 사이의 거리를 느끼게 될 것이다. 나는 그 애의 피부에서 손을 떼어 몸 옆으로 힘없이 늘어뜨렸다. 나의 이질적인 손길을 받으면 그 차이만이 더욱 뚜렷해질 뿐이니.

벨라의 괴로운 표정을 바라보며, 나는 쓸데없는 진실을 말했던 건지 알아보려고 기다렸다. 참으로 긴 듯한 몇 초가 지나자, 얼굴에 서렸던 스트레스가 누그러졌다. 그 애는 이제 내 얼굴을 빤히 바라보더니, 이번에는 다른 종류의 불안함을 내비쳤다.

벨라는 주저없이 손을 뻗어 손가락을 내 뺨에 가져다 댔다.

"왜 그래?"

또 나를 걱정하고 있구나. 그렇다면 내가 두려워했던 만큼 너무 심한 진실은 아닌 게 분명하구나.

"난 계속해서 그 순간을 기다리고 있어."

그 애는 어리둥절한 표정을 지었다.

"뭘 기다려?"

나는 심호흡을 했다.

"어느 시점엔, 내가 들려준 얘기나 네 눈으로 직접 본 무언가가 도를 넘게 되는 순간이 오리란 거 알아. 그러면 너는 비명을 지르며 나를 피해 달아나겠지."

나는 미소를 지어 주려 했지만, 잘 되지 않았다.

"난 그럼 널 막지 않을 거야. 그런 순간이 다가오길 원하고 있으니까. 네가 안전하길 바라니까. 그러면서도 난 너와 함께 있고 싶다. 이 두 욕망은 절대로 타협할 수가 없는데……."

벨라는 어깨를 쭉 펴고 턱을 치켜들었다.

"난 절대 달아나지 않아."

그 애의 약속에, 그 용감한 겉모습에 난 웃고 말았다.

"그건 두고 보기로 하고."

"아무튼 계속해 봐. 칼라일이 헤엄을 쳐서 프랑스로 건너간 거기부터."

나의 의심어린 대답을 듣고 살짝 찡그린 채로 그 애는 고집을 부렸다.

나는 잠시 벨라의 기분을 파악한 다음 다시 그림 쪽으로 고개를 돌렸다. 이번에 가리킨 그림은 이중에서도 가장 호사스럽고도 가장 밝고 화려한 그림이었다. 원래는 최후의 심판을 묘사하려는 의도였지만, 그 안에서 허우적대는 인물의 절반은 광란의 축제에 휘말린 듯했고, 또 절반은 피비린내 나는 잔혹한 전투에 휘말린 것 같았다. 대리석 광장의 대혼란을 저 위에서 내려다보는 판관들의 모습만이 고요함을 보였을 뿐이다.

이건 선물로 받은 그림이었다. 칼라일이 직접 고른 그림이 아니었다. 하지만 볼투리 일가가 함께 있던 시간을 기념하는 의미로 선물을 받아 달라 강요했을 때, 거절할 수 없었던 듯했다.

그래도 그는 이 천박한 그림과 그 안에 표현된 권력자들에게 어느 정도 애정이 있었다. 그래서 좋아하는 작품들과 함께 간직하기로 했던 것이다. 어쨌든 그들은 칼라일에게 여러모로 무척 친절을 베풀었으니까. 그리고 에스미는 이 대소동 안에 몰래 그려진 칼라일의 자그마한 형상을 좋아했다.

내가 유럽에서 칼라일이 보냈던 초창기 시절을 설명하는 동안, 벨라는 그림을 응시하면서 그 안에 보이는 온갖 형상과 어지러운 색깔을 이해해 보려고 했다. 나는 어느새 아까보다 진지한 목소리를 내고 있었다. 자신의 본성을 억누르고, 인류에게 기생적인 존재가 아닌 축복의 존재가 되고자 하는 칼라일의 도전 정신을 생각하면, 이제껏 그가 걸어온 길에 마땅한 경외감을 품지 않을 수가 없었다.

난 항상 칼라일의 완벽한 자기 제어 능력이 부러우면서도 나는 그걸 그대로 따라할 수는 없을 거라고 생각했었다. 하지만 이제는 깨달았다. 지금껏 나는 게으르게 살아왔고, 최소한의 저항만 해왔다는 사실을 말이다. 칼라일을 무척 흠모하면서도, 그분을 닮아 가려는 노력은 전혀 하지 않았던 거다. 만약 내가 지난 70년 동안 더욱 좋은 존재가 되려고 열심히 노력했다면, 지금 벨라를 통해 배우는 이 특별 훈련 과정이 지금보다는 덜 힘들었을 테니까.

벨라는 이제 나를 응시하고 있었다. 그 애의 관심을 다시 이야기에 집중시키려고, 나는 앞에 놓인 장면을 톡톡 두드렸다.

"칼라일은 이탈리아에서 공부를 하다가 다른 동료를 만났어. 그들은 런던의 시궁창에서 유령처럼 사는 존재들에 비한다면 너무도 세련되고 교육받은 존재였지."

그 애는 내가 가리키는 그림을 집중해서 바라보다가 갑자기 좀 충격받은 모습으로 웃었다. 그림 속에서는 긴 로브를 입고 있는 모습인 칼라일을 알아보았던 것이다.

"솔리메나(1657~1747. 이탈리아의 화가)는 칼라일의 친구들한테 영감을 많이 받았어. 그래서 그들을 자주 신의 모습으로 그려냈지. 아로, 마르쿠스, 카이우스야. 밤마다 나타났던 예술의 후원자들이지."

나는 그들을 가리키며 이름을 알려주었다. 그 애의 손가락이 캔버스 위에서 머뭇거렸다.

"이 사람들은 어떻게 됐어?"

"아직도 거기 있어. 몇천 년 동안 지내온 대로 여전히 건재하지. 칼라일은 그들과 아주 짧은 기간, 겨우 몇십 년 동안만 같이 지냈어. 그들의 호의와 세련된 사교생활은 존경스러웠지만, 그들이 자꾸 자연스러운 식성을 거부하는 칼라일의 혐오감을 치료해야 한다고 고집을 부렸거든. 그들은 칼라일을 설득하려 했고, 칼라일은 그들을 설득하려

했지만 둘 다 소용없었어. 어느 시점엔가 칼라일은 신대륙에서 살아 보겠다고 결심했어. 그는 자신과 같은 동족을 찾아내는 꿈을 꿨지. 몹시 외로웠으니까."

칼라일이 혼자인 채로 고군분투하다가 마침내 동료 만들기를 생각해 보기 시작했던 그 후 수십 년간의 이야기를 나는 아주 간단하게만 설명했다. 이야기는 더욱 개인적인 사항을 다시금 알려주는 쪽으로 변했다. 벨라는 전에도 이런 이야기를 들은 적이 있었다. 칼라일은 죽어가던 나를 발견하고 내 운명을 바꾼 결정을 내렸다는 내용이었다. 그리하여 지금, 그 결정은 벨라의 운명에도 역시 영향을 미치고 있다.

"그렇게 해서 우리가 만나게 된 거야."

내가 말을 맺자, 그 애는 또 물었다.

"그럼 넌 칼라일과 늘 같이 지냈어?"

틀림없는 본능을 발휘하여, 벨라는 내가 정말이지 대답하고 싶지 않은 그 단 하나의 질문을 기어코 찾아내는구나.

"거의 같이 지냈다고 봐야지."

이렇게 말하고서 나는 그 애의 허리에 손을 얹어 칼라일의 서재에서 같이 나가려고 했다. 이러면 이 애를 꼬리에 꼬리를 무는 생각에서 벗어나게 할 수 있지 않을까 싶어서였다. 하지만 이 질문에 대한 대답을 반드시 듣고야 말 거라는 사실도 알고는 있었다. 아니나 다를까…….

"거의라니?"

나는 마지못해 한숨을 쉬었다. 하지만 수치심보다는 정직함을 택해야겠지. 그래서 고백했다.

"나는 다시 태어난 뒤에, 아니 창조되었다고 해야 하나, 아무튼 그 뒤로 십년 동안은 반항심으로 가득 찬 전형적인 사춘기 같은 시간을 보냈어. 칼라일의 절제하는 삶을 놓고 코웃음 치면서 나까지 식욕을 절제하게 만드는 그를 미워했지. 그래서 한동안은 나 혼자 따로 살기도 했고."

"정말?"

벨라의 어조는 예상과는 달랐다. 혐오스러워하기는커녕, 더 듣고 싶어 하는 듯한 말투였다. 이건 초원에서 있었을 때의 반응과는 다르군. 그때는 너무 놀라는 듯해서 나는 살인죄를 저지른 기분이었다. 마치 그 진실에 대해서는 한 번도 생각해 본 적 없다는 태도였는데. 어쩌면 벨라는 그새 진실에 익숙해진 걸까.

우리는 계단을 올라가기 시작했다. 이제 그 애는 주변에 신경 쓰는 것 같지 않았다. 오로지 나만 보고 있었다.

"혐오스럽지 않아?"

벨라는 한 0.5초쯤 생각해 본 다음 곧바로 말했다.

"아니."

난 그 대답에 마음이 심란했다. 따지듯이 난 물었다.

"왜 아니지?"

"그냥…… 그게 당연한 것 같아서?"

그 애의 대답은 끝부분이 올라간 어조여서 마치 질문처럼 들렸다.

'당연한 것 같다'라. 나는 웃었다. 굉장히 거친 소리로.

그러나 당연하지도 않고 용서받을 수도 없는 삶의 방식을 그 애에게 전부 말해 주는 대신, 나는 어느새 변명을 늘어놓고 있었다.

"나는 새로운 생을 얻은 순간부터, 인간이든 인간이 아니든 주변에 있는 모든 이들의 생각을 알아차리는 재능을 갖게 되었지. 그래서 칼라일한테 더는 반항하지 않게 된 거야. 십 년 만에. 난 그의 진심을 완벽하게 읽을 수도 있고, 그가 왜 그렇게 살아가는지 이해할 수 있게 되었거든."

시오반 같은 이들을 만나지 않았다 해도, 나는 결국 방황하게 되었을까. 만약 나와 같은 존재들이 칼라일처럼 살아가는 방식을 보고 우습다고 생각한다는 걸 몰랐더라면, 나는 어긋나지 않을 수 있었을까. 그땐 타냐 자매들을 우연히 만나기 전이었으니. 만약 내가 칼라일만 알고 살았더라면, 다른 행동 방식이 있다는 걸 결코 몰랐더라면, 나는 그를 떠나지 않았으리라고 생각한다. 그래서 칼라일과 결코 비할 수 없는 이들의 말에 휘둘려 버린 나 자신이 부끄러웠다. 하지만 난 그들의 자유가 부러웠었다. 또한 나는 그들이 모두 푹 빠져 있는 도덕적 암흑의 상태에서 벗어나 살 수 있을 거라고 생각했다. 나는 특별하니까. 참으로 오만한 생각이었다. 나는 고개를 저었다.

"하지만 몇 년 지나지 않아 난 칼라일에게 돌아와서 그의 이상을 다시 따르기 시작했어. 양심의 가책에서 오는 우울함은 느끼지 않을 수 있으리라고 생각했었지. 먹이가 될 대상의 생각을 읽을 수 있기 때문에, 착한 상대는 그냥 두고 악한 자들만 쫓아다녔으니까. 살인자가 어린 소녀를 노리고 어두운 골목을 따라 걷고 있는데, 내가 그 소녀를 구한다면 나도 그렇게 끔찍한 존재는 아니지 않겠어?"

이런 식으로 내가 구한 인간들은 아주 많았다. 하지만 그럼에도 내가 사람을 죽인 죄와 결코 균형을 맞추지는 못할 것 같았다. 머릿속으로 너무 많은 인간들의 얼굴이 스치고 지나갔다. 내가 처형한 범죄자들과 내가 구한 무고한 사람들이었다.

범죄자이면서도 무고했던 이의 얼굴도 하나 어른거렸다.

1930년 9월이었다. 그해는 무척 경기가 나빴다. 은행이 파산하고,

가뭄이 들었으며, 모래 폭풍이 밀려오는 바람에 어디에서든 인간들은 살아남으려 애를 썼다. 터전을 잃은 농부들과 가족은 도시로 몰려들었지만 갈 곳이 없었다. 당시 나는 사방에서 들려오는 인간들의 마음속 절망과 두려움 때문에 나를 괴롭히기 시작한 우울증이 도진 건 아니었을까 생각했었지만, 지금 따져 봐도 내가 겪은 우울증은 전적으로 나 자신의 선택 때문이었다는 걸 알고 있다.

그때 나는 밀워키를 지나고 있었다. 그곳을 포함해 시카고와 필라델피아, 디트로이트, 콜럼버스, 인디애나폴리스, 미니애폴리스, 몬트리올, 토론토 같은 도시들을 계속 지나갔다 돌아오기를 반복하던 시절이었다. 내 인생 처음으로 유목민처럼 살던 때였다. 그보다 더 남쪽에서 머문 적은 없었다. 갓 태어난 신생 뱀파이어로 이루어진 악몽의 군대가 우글거리는 근처에서는 사냥하지 않는 편이 낫다는 걸 알고 있었으니까. 그리고 칼라일이 있는 곳도 피했다. 이 경우는 생존본능이 아니라 수치심 때문에 피했던 것이었다. 나는 한 곳에 며칠 이상 있지 않았고, 사냥감이 아닌 인간들과 절대로 교류하는 법도 없었다. 그렇게 4년 넘는 시간을 보내자, 내가 찾아야 할 생각을 품은 인간의 위치를 파악하기 점점 쉬워졌다. 어디서 그런 놈들을 쉽게 찾을 수 있을지, 또 그들이 언제 활동을 하는지 나는 잘 알았다. 내가 이상적으로 생각하는 먹잇감을 딱 찾기가 얼마나 쉽던지 충격을 받을 정도였다. 그런 놈들은 너무 많았다.

내가 우울했던 이유에는 그 점도 어느 정도 작용했을 것이다.

내가 사냥감으로 찾아다녔던 인간의 마음은 대개 인간이라면 누구나 갖는 동정심이 없었고, 탐욕과 욕망 외의 다른 감정들도 별로 없었다. 그들 마음속 냉정함과 집중력은 주변의 위험하지 않은 보통 인간들보다 눈에 띄게 두드러졌다. 물론 그들이 스스로를 먼저 포식자라고 생각하고 다른 이들을 피식자라고 생각하기까지는 대개 어느 정도 시간이 걸렸다. 그래서 내가 너무 늦어서 구해 주지 못한 희생자들은 항상 잔뜩 있었다. 나는 한 번에 한 사람만을 구할 수 있었으니까.

이런 먹잇감들의 마음을 훑어볼 때면, 악하지 않은 대부분의 다른 인간들 목소리는 안 들을 수 있는 능력도 내겐 있었다. 그날 밤 밀워키에 있었을 때도 나는 사냥 중이었다. 보통 주변에 보는 눈이 있을 때는 산책하듯 걷고, 아무도 안 볼 때면 달리곤 했다. 어둠 속에서 조용히 움직이고 있었을 무렵, 좀 다른 종류의 마음의 소리가 내 주의를 끌었다.

그는 공단 외곽 빈민가에 사는 가난한 청년이었다. 그 시절에는 고뇌하는 감정이 흔하게 들려왔지만, 그럼에도 그 청년을 사로잡은 정신적 고뇌가 나의 의식을 침범해 왔다. 그의 고뇌는 다른 이들과 달랐기 때문이다. 다른 사람들은 배고픔과 쫓겨남, 추위와 질병 같은 온갖 종류의 결핍을 두려워했지만, 청년은 자기 자신을 두려워하고 있었다.

못해. 못해. 난 못해. 못해. 못한다고. 머릿속으로 주문을 외우듯, 그 생각은 끝없이 반복되었다. 그 말은 더 강한 무언가로 귀결되지도 않았고, 난 안 할 거야라는 말로 변하지도 않았다. 게다가 못 한다고 생각하면서도, 사실은 계획을 세워갔다.

그는 아무 짓도 하지 않았다……, 아직까지는. 단지 바라는 것을 꿈만 꾸었을 뿐이다. 골목 안 연립주택에 사는 소녀를 지켜보기만 했을 뿐, 말을 건 적은 없었다.

나는 약간 당황했다. 죄를 저지르지 않은 사람에게 사형 선고를 내린 적은 이제껏 한 번도 없었다. 그러나 이 남자는 머지않아 범죄를 저지르게 될 것 같았다. 게다가 그의 마음속에 있는 소녀는 아직 어린애였다.

확신이 서지 않아서 난 기다리기로 했다. 어쩌면 그는 이 유혹을 이겨낼지도 모르니까.

그래도 미심쩍었다. 가장 기초적인 인간 본성을 최근 연구한 결과, 좋게 봐줄 여지가 거의 없었기 때문이다.

그가 사는 곳은 건물들이 위태롭게 서로 기울어진 골목이었는데, 최근에 지붕이 무너진 좁은 집이 하나 있었다. 아무도 안전하게 2층으로 올라갈 수가 없었기에, 나는 미동도 없이 그곳에 숨어서 며칠 동안 마음의 소리를 엿들었다. 스러져가는 건물들로 몰려가는 사람들의 생각을 들어 보니, 생각이 멀쩡한 사람 사이에서 머지않아. 그 소녀의 야윈 얼굴을 찾아내었다. 나는 소녀가 어머니와 오빠 둘과 함께 사는 방을 찾은 다음 하루 종일 그 애를 지켜보았다. 이건 쉬웠다. 소녀는 대여섯 살 밖에 되지 않아 멀리 돌아다니지 않았으니까. 아이가 보이지 않으면 어머니가 돌아오라 소리쳐 부르곤 했다. 그 애 이름은 베티였다.

청년 역시 하루 일거리를 찾아 거리를 여기저기 돌아다니지 않을 때면 그 애를 지켜보았다. 하지만 낮에는 소녀와 거리를 두었다. 그러던 어느 날 밤, 그 애의 가족이 사는 방에서 촛불 한 자루가 타오르는 동안, 그는 창문 밖에서 걸음을 멈추고 그늘에 숨었다. 그리고 촛불이 꺼지는 시간을 표시했다. 그는 아이의 침대를 보아두었다. 침대라 해봤자 신문지를 채워 넣은 방석을 열린 창문 아래 놓아둔 것이었다. 밤에는 추웠지만, 사람이 가득 들어찬 집의 냄새는 고약했다. 그래서 모두들 창문을 활짝 열어두었다.

난 못해. 못해. 못한다고. 그는 계속 주문을 외우듯 되뇌이면서도 준비에 나서기 시작했다. 도랑에서 밧줄을 하나 찾아냈고, 밤새워 감시를 하는 동안 재갈로 쓸 누더기 몇 가지를 빨랫줄에서 걷어내었다. 아이러니하게도, 그는 내가 숨어 있던 무너진 집에 준비한 물건을 숨겨두기로 했다. 무너진 계단 아래에는 동굴 같은 공간이 있었다. 그가 아이를 데려올 곳이었다.

그래도 나는 기다렸다. 죄를 완전히 확인하기 전에는 처벌할 마음이 없었다.

가장 힘들었던 부분, 남자가 계속 심하게 고민했던 부분은 일이 다 끝나면 아이를 죽여야 한다는 걸 알고 있었다는 부분이었다. 참으로 혐오스러웠고, 어떻게 처리할지 그는 생각하고 싶어 하지 않았다. 그러나 이 괴로움 역시 그는 극복했다. 그러느라 일주일이 더 걸렸다.

그때 난 목이 꽤 마른 상태인 데다, 그의 정신에서 되풀이되는 생각에 지루해진 참이었다. 하지만 스스로 만든 규칙을 따르지 않는다면, 내가 저지르는 살인을 정당화할 수 없다는 것도 알고 있었다. 범죄자만 처벌하자. 타인을 심하게 해치려는 자만을 처벌하여 무고한 자들을 구하자. 그게 내 규칙이었다.

그날 밤, 청년이 밧줄과 재갈을 가지러 오자 나는 묘하게 실망하고 말았다. 이성적인 생각과는 반대로, 그가 죄를 저지르지 않기를 바라고 있었으니까.

아이가 자는 열린 창문으로 다가가는 남자를 따라갔다. 그는 내가 따라오는 소리를 듣지 못했다. 뒤를 돌아보았더라도 그늘 속에 숨은 나를 보지는 못했을 것이다. 주문처럼 머릿속을 떠돌던 소리는 사라졌다. 할 수 있다는 걸, 이미 깨달았으니. 결국 할 수 있었던 거다.

나는 그가 창문 안으로 손을 뻗기를 기다렸다. 그 손가락이 아이의 팔을 쓰다듬고, 단단히 잡으려던 순간…….

나는 청년의 목을 움켜쥐고 3층 높이의 지붕으로 뛰어올랐다. 우리는 턱 소리를 내며 착지했다.

당연히 그는 자신의 목을 감싼 얼음장처럼 차가운 손가락에 깜짝 놀랐고, 공중으로 확 날아가는 동안 심하게 당황하며 이게 무슨 일인지 혼란스러워했다. 하지만 내가 그를 돌려세워 얼굴을 마주본 순간, 묘하게도 그는 깨달았다. 그 청년은 내게서 인간의 모습을 보지 않았다. 다만 나의 공허하고 검은 눈과 죽음처럼 창백한 피부를, 그래서 자신에게 내려질 심판을 보았다. 물론 내가 진짜 어쩐 존재인지 비슷하게나마 추측할 수도 없었지만, 이제 무슨 일이 일어날지는 절대적으로 잘 알고 있었다.

내가 그 아이를 자신에게서 구했다는 것을 깨닫고, 남자는 안심했다. 다른 놈들처럼 마음이 굳어버린 것도 아니었고, 냉정함과 자기 확신 같은 것도 없었다.

내가 달려들자 그는 생각했다. **난 죄를 짓지 않았어.** 저항의 말은 아니었다. 누군가 자신의 행위를 멈춰주어 그는 기뻐했다.

엄밀히 따지자면 그는 내가 유일하게도 죄가 없는데 죽인 희생자였다. 괴물로 변해 버리지 않은 희생자. 그가 악한이 되어가는 과정을 끝내 버린 건 올바른 행동이었고, 그럴 수밖에 없었다.

이 모든 것을, 내가 처형한 자들을 생각하면 난 그들 개개인이 죽었다는 점에 대해 후회하지는 않는다. 그들이 하나하나 사라진 뒤 세상은 더 좋은 곳이 되었다. 하지만 그건 중요한 게 아니었다.

결국, 피는 그저 피일 뿐이다. 나의 갈증을 며칠, 혹은 몇 주간 가라앉혀줄 뿐이었다. 육체적 쾌락이 있기는 했어도, 정신의 고통은 너무나도 깊어졌다. 나는 참으로 완고한 존재라, 진실을 피할 수가 없었다.

인간의 피를 마시지 않고 살았을 때가 더 행복했다는 진실을.

죽은 자의 수가 많아질수록 난 너무 버거웠다. 불과 몇 달 후 나는 제멋대로 떠난 정의의 사도 노릇을 포기하게 되었다. 살육에서 나름의 의미를 찾아보려던 시도를 그만둔 것이다.

내가 말하지 않은 이런 내용을 벨라는 얼마나 직감했을까. 나는 궁금해 하며 말을 이어갔다.

"하지만 시간이 지나자 내 눈에도 괴물의 모습이 보이더군. 내가 아무리 정당화하려고 해도 수많은 인간의 목숨을 빼앗은 빚은 갚을 수가 없었어. 그래서 칼라일과 에스미에게 돌아갔지. 두 분은 돌아온 탕아를 맞듯 나를 반갑게 맞아 주었고. 그럴 자격이 없는 놈이었는데도."

나를 안아 주던 두 분의 팔이 기억났다. 내가 돌아와서 기뻐하는 두 분의 마음도 기억났다.

그 애가 지금 나를 바라보는 시선 역시 내가 받을 자격이 없는 것이었다. 나의 변명이 스스로에게는 참 구차하게 들린다 해도, 효과가 있었다는 생각이 들었다. 하지만 벨라는 지금쯤이면 나를 좋은 쪽으로 생각하는 데 익숙해졌을 것이다. 그렇지 않고서야 어떻게 내 옆에 참고 있을 수 있겠는가.

우리는 이제 복도 맨 끝에 있는 방문에 다다랐다.

"내 방이야."

나는 문을 열어 주면서 말했다.

벨라가 어떤 반응을 보일지 기대가 되었다. 다시금 면밀하게 살펴보는 시선이 있었다. 그 애는 강이 보이는 풍경과 내가 모은 음반이 가득 꽂힌 선반, 음향기기를 보았고, 이 방에는 인간의 방에 으레 있을 만한 가구가 없다는 걸 보았다. 벨라의 시선은 무언가를 자세히 보다가 또 다음 사항으로 휙휙 돌아갔다. 내가 이 애 방을 재미있어했던 것만큼 이 애도 내 방을 재미있어할까?

벨라의 시선은 이제 벽에 해 놓은 장치를 보고 있었다.

"음향효과 때문이겠지?"

나는 웃으며 고개를 끄덕인 다음 음악을 틀었다. 음량은 낮게 설정했지만, 벽과 천장에 보이지 않게 설치한 스피커들 덕분에 우리는 콘서트홀에서 직접 연주를 듣는 듯한 느낌이었다. 그 애는 미소를 지은 다음 가장 가까이에 있는 CD장을 훑어보기 시작했다.

언제나 고립된 것처럼 틀어박혔던 공간의 중심에서 벨라를 보고 있자니 현실감이 느껴지지 않았다. 우리는 대부분의 시간을 인간 세상에서 보내왔으니까. 학교나 시내, 이 애의 집에서 말이다. 그때마다 나는 언제나 그곳에 속하지 않은 침입자가 된 기분이었다. 그런데 1주일도 채 안 된 지금, 내 세상의 중심에서 이 애가 이토록 여유롭고 편안하게 있을 수 있다니 믿을 수가 없었다. 벨라는 침입자가 아니었다. 이곳에 완벽하게 속한 존재였다. 이제야 이 방에 있어야 할 존재가 다 들어와 완성되었다는 느낌이었다.

게다가 내가 구실을 붙여 억지로 데려온 것도 아니었다. 난 거짓말을 하지 않았고, 나의 모든 죄악을 하나하나 다 밝혔다. 이 애는 모든 걸 다 알고 있었는데도 이 방에 오고 싶어 했다. 나와 단 둘이서 말이다.

"어떻게 정리해 놓은 거야?"

벨라는 내 음반 모음에 어떤 의미가 있는지 알아내려 하며 물었다.

그 애가 여기 있다는 사실이 너무 기뻐 정신이 팔린 나머지, 나는 곧바로 대답하지 못할 뻔했다.

"음, 연도순으로 내 선호도에 따라 정리한 거지."

내 목소리를 들은 벨라는 내가 정신을 딴 데 팔고 있다는 걸 들었다. 그래서 나를 힐끗 올려다보며 내가 왜 자기를 그토록 뚫어져라 보고 있는지 이해하려 했다.

"왜?"

그 애는 의식적으로 머리를 만지작대면서 물었다.

"마음이…… 편해질 거란 예상은 했어. 너한테 모든 걸 다 털어놓고, 아무런 비밀도 없게 되면 말이지. 그런데 그 이상의 느낌이 들 줄은 전혀 예상 못했어. 지금 기분이 참 좋은데. 어쩐지…… 행복하달까."

우리는 함께 미소를 지었다.

"기쁜데."

벨라가 말했다. 진실만을 말하고 있다는 건 쉽게 알 수 있었다. 그 눈망울에는 그늘 한 점 없었다. 나의 세상에 이 애가 들어왔다는 사실에 내가 기쁜 만큼, 그 애도 똑같이 기뻐하고 있었다.

그러다 내 표정은 불안한 기색이 스치며 일그러졌다. 오랜만에 또 석류알이 생각났다. 이 애가 여기 있는 게 올바른 일이라는 느낌이 들기는 하지만, 그건 혹시 내가 이기심에 눈멀어 버렸기 때문인 건 아닐까? 이 애는 그 무엇에도 겁을 먹지 않았기에 날 떠나지 않았지만, 그렇다고 해서 무서워하지 말아야 한다는 건 아니잖은가. 이 애는 항상 본인의 안전은 생각지도 않고 지나치게 용감하다.

벨라는 변해 버린 내 표정을 보았다.

"아직도 내가 비명을 지르며 달아나길 기다리고 있지?"

비슷하게 맞혔군. 나는 고개를 끄덕였다.

그 애는 목소리를 높여 말했다.

"네 환상을 깨뜨리긴 싫지만, 넌 네가 생각하는 것만큼 그렇게 무섭지 않아. 사실 난 네가 하나도 안 무서워."

이건 아주 그럴듯한 거짓말이었다. 평소에 벨라가 남을 속이는 데 전혀 성공하지 못한다는 걸 따져보면 특히 그랬다. 하지만 이 애는 내가 낙담하거나 걱정하지 못하게 하려는 마음으로 농담을 많이 한다는 걸, 난 알고 있다. 이 애가 나에게 너무 관대하다는 점을 가끔 후회하곤 하지만, 그래도 확실히 내 기분은 좋아졌다. 어쨌든 재미있는 농담이잖아. 이러면 장단을 맞춰주지 않을 수가 없지.

나는 미소 지으면서 송곳니를 좀 심하게 드러내 보였다.

"방금 그 말 정말로 후회하게 만들어 주겠어."

내가 사냥하는 모습을 보고 싶다고 부탁한 적도 있었으니까.

나는 실제 사냥 자세를 비슷하게 따라 행동했다. 좀 느슨하고 장난기 가득한 방식으로 말이다. 아까보다 이빨을 훨씬 더 많이 드러내면서 나지막하게 으르렁거렸다. 솔직히 말하자면 가르랑거리는 수준이었다.

벨라는 뒤로 물러섰지만, 얼굴에는 정말 무서워하는 기색이 있지는 않았다. 적어도 신체에 상해를 입을 거란 두려움은 없었다. 살짝 걱정하는 표정이 있기는 했지만, 그건 자기가 한 농담에 자기가 당해 버릴까 봐 그런 거였다.

그 애는 마른침을 삼키며 말했다.

"설마."

나는 뛰어올랐다.

벨라는 내 행동을 잘 볼 수가 없었다. 난 뱀파이어의 속도로 움직였으니까.

방을 가로질러 몸을 날리면서, 나는 옆을 휙 날아 그 애를 품 안에 들어올렸다. 그리고 내 몸으로 그 애를 방어막처럼 감싸서, 소파에 훽 떨어졌을 때도 아무런 충격을 느끼지 못하도록 했다.

나는 일부러 등으로 떨어졌다. 아직도 내 팔 안에서 웅크리고 있는 벨라를 가슴에 꼭 안았다. 그 애는 방금 무슨 일이 일어난 건지 모르는 것처럼 살짝 정신이 없는 듯해 보였다. 그리고 일어나 앉으려고 안간힘을 썼지만, 난 아직 볼일이 끝나지 않았기에 놓아 주지 않았다.

벨라는 나를 노려보려고 했지만, 눈을 너무 휘둥그레 뜨고 있어서 별로 노려보는 것 같지 않았다.

"조금 전에 뭐라고 했더라?"

난 장난기 섞인 위협적인 목소리로 물었다. 그 애는 숨을 애써 고르며 말했다.

"네가, 아주, 아주 무서운 괴물이라고 했다, 왜?"

나는 씩 웃어 주었다.

"좀 낫군."

앨리스와 재스퍼가 계단을 올라오고 있었다. 앨리스가 우리를 몹시 초대하고 싶어 하는 마음이 들렸다. 그리고 내 방에서 들려온 몸부림치는 소리가 뭔지 아주 궁금해했다. 그녀는 나를 보고 있지 않았기 때문에 방에 도착하고 나서야 보게 될 광경만을 보았을 뿐이었다. 우리가 그토록 어수선하게 굴었던 장면은 이미 과거로 흘러갔기 때문이었다.

벨라는 아직도 몸을 빼려고 꿈틀거렸다.

"음, 이제 나 일어나도 돼?"

아직도 제대로 숨도 못 쉬고 있는 그 애를 보며 나는 웃었다. 제아무리 벨라가 자신만만해도, 난 여전히 이 애를 깜짝 놀라게 할 수 있다고.

"들어가도 돼?"

앨리스가 복도에서 물었다. 벨라에게도 들리게끔 소리 내어 물은 것이었다.

나는 일어나 앉은 다음, 벨라를 무릎 위에 앉혔다. 찰리 앞에서라면 눈치껏 떨어져서 앉았겠지만, 여기서는 그럴 필요가 없다.

내가 대답도 하기 전에 앨리스는 이미 들어오고 있었다.

"들어와."

재스퍼는 아직도 문가에 서서 들어오기를 주저했지만, 앨리스는 벌써 내 방 러그에 자리를 잡고 앉아 함박웃음을 지었다.

"네가 벨라를 점심거리로 해치우는 것 같아서, 남는 게 있으면 우리도 좀 거들까 해서 왔지."

그녀가 놀려대는 말에 벨라는 마음을 다잡으면서 안심하고픈 기색으로 내 얼굴을 휙 쳐다보았다. 나는 미소를 지으며 그 애를 내 품에 꼭 안았다.

"미안하지만 남겨줄 게 없는걸."

재스퍼는 어쩔 수 없이 앨리스를 따라 방으로 들어왔다. 방안의 감정 때문에 그는 취하다시피 했다. 지금 이 순간, 벨라의 감정도 나와 똑같았다는 걸 알 수 있었다. 이 방안에 퍼진 더없이 행복한 분위기에 맞설 만한 다른 감정이 없어서, 재스퍼의 기분이 점점 고조되고 있었기 때문이다.

"사실은 말이야."

그는 화제를 바꾸며 말했다. 지금 느끼는 감정을 제어하면서 조절하고 싶어 한다는 게 보였다.

"앨리스가 오늘밤 폭풍우가 제대로 올 거래. 에밋이 공 한번 치자는

데, 같이 할래?"

나는 잠시 행동을 멈추고 앨리스를 바라보았다.

번개처럼 빠른 속도로, 그녀는 온갖 가능한 미래의 환상을 수백 가지 훑어보았다. 로잘리는 빠졌지만, 에밋은 한 경기도 놓치지 않았다. 에밋네 팀이 이겼을 때도 있었고, 내 팀이 이겼을 때도 있었다. 벨라는 그곳에서 경기를 지켜보면서 다른 세계의 야구 경기에 신나는 표정을 지었다.

"물론 벨라도 데려가야지."

앨리스는 나에게 용기를 북돋아 주었다. 내가 주저한다는 걸 이해할 만큼 나를 잘 알아서였다.

아. 재스퍼는 허를 찔려 버렸다. 속으로는 앞으로 다가올 일을 두고 자신의 생각을 다시금 조정하는 중이었다. 원래의 계획대로 긴장을 풀고 경기할 수는 없게 되겠지. 하지만 벨라와 내가 서로에게 느끼는 감정을 경험한다는 것은…… 그가 받아들일 만한 거래였다.

"같이 갈래?"

나는 벨라에게 물었다.

"당연히 좋지."

그 애는 재빨리 대답했다. 그러다가 잠시 망설이더니 물었다.

"근데 어딜 가는 건데?"

"우리가 공놀이를 하려면 천둥이 칠 때까지 기다려야 하거든. 이유는 보면 알아."

내 설명에 그 애는 뭘 걱정하는지 분명히 보여 주었다.

"우산을 가져갈까?"

이런 게 걱정이라니. 나는 웃어 버렸다. 앨리스와 재스퍼도 따라 웃었다.

"어때?"

재스퍼가 앨리스에게 물었다.

다시금 이미지가 확 지나갔다. 이번에는 폭풍우의 경로를 짚어 보는 환상이었다.

"아니. 폭풍우는 시내에만 쏟아질 거야. 공터엔 비 안 와."

"잘됐네."

재스퍼가 대답했다. 그는 벨라와 내 옆에서 많은 시간을 보낼 수 있을 거란 생각에 어느새 신이 나 있었다. 재스퍼의 열의가 몸에서 확 퍼져서 우리까지 물들였다. 벨라의 표정이 바뀌더니 경계심이 사라지고 열의가 나타났다.

좋았어. 앨리스가 생각했다. 자신의 계획이 이제 확실해져 기쁜 마음이었다. 그녀도 벨라와 함께 놀기를 원했다. **나머지 세부 사항은 너한테 맡길게.**

"칼라일도 같이 갈 건지 물어보자."

그녀는 바닥에서 벌떡 일어서면서 말했다. 재스퍼는 그녀의 옆구리를 슬쩍 찔렀다.

"이미 알면서 전혀 모르는 사람처럼 얘기하네."

그녀는 호흡을 흐트러뜨리지 않고 문밖으로 나갔다. 재스퍼는 그 뒤를 더 천천히 따라가며, 우리 곁에 머무는 매 순간을 음미했다. 밖으로 나가서도 문을 닫으려고 잠시 멈추었는데, 문을 닫는다는 구실로 그만큼 더 머물고 싶어서였다.

"우리 다 같이 뭘 한다는 거야?"

문이 닫히자마자 벨라가 물었다.

"너는 구경만 해. 우리는 야구를 할 거야."

그 애는 믿기지 않는다는 눈초리로 날 보았다.

"뱀파이어들이 야구를 한다고?"

나는 짐짓 진지한 표정을 지으며 대답했다.

"미국인의 대표적인 오락이잖아."

21
게임

시간은 언제나 너무 빨리 흘렀다. 곧 벨라는 또 식사해야 할 테지만, 현재 우리 집에는 음식이 아무것도 없었다. 나는 하루빨리 그 점을 바로잡아야겠다고 계획했다. 이제는 인간 세상으로 돌아갈 시간이다. 하지만 우리가 함께 있는 한, 그건 부담이 아니라 기쁨이었다.

그렇다면 식사 한 끼 하는 동안 그 애의 곁에서 조금 더 이 행복을 흠뻑 누리다가 다시금 그애를 떠나야 하겠지. 나를 소개하기 전에 찰리와 둘이서 이야기를 하고 싶을 테니까. 하지만 내가 벨라의 집이 있는 거리로 들어서자마자, 그날 오후를 함께 보내려던 나의 기대는 명백하게 물거품이 되었다.

평소 찰리가 차를 대 놓던 자리에는 상태가 안 좋은 1987년형 포드 템포가 세워져 있었다. 그리고 비를 잘 막아 주지도 못하는 현관 지붕 아래로 남자애 하나가 휠체어 탄 남자 뒤에 서 있었다.

벨라가 찰리보다 먼저 왔군. 운이 안 좋은데. 노인이 생각했다.

어, 벨라다! 남자애는 훨씬 열광하며 생각했다.

벨라가 아버지보다 먼저 도착한 상황을 보고 빌리 블랙은 왜 운이 나쁘다고 생각할까. 이유는 하나밖에 떠오르지 않았다. 그 이유에는 깨져 버린 조약 이야기도 들어 있다. 이건 곧 확인하게 되겠지. 아직 빌리는 나를 보지 못했으니까.

"그 조약이 실제로 보호하는 게 누구인지 잊어버린 건가?"

나는 위협적으로 중얼거렸다. 벨라는 어리둥절한 표정으로 나를 슬쩍 보았다. 하지만 내 말이 몹시 빨랐기 때문에 알아듣지 못했을 것이다.

조수석에 앉은 나를 먼저 알아본 건 빌리가 아니라 제이콥이었다.

또 걔네. 벨라는 걔랑 데이트하는 사이구나. 그의 열광적인 기분은 사라져 갔다.

안돼! 빌리의 생각은 고함 같았다. 이윽고 마음의 신음이 들려왔다. **안돼.**

웅얼대는 듯한 그의 공포가 들렸다. 아들에게 도망치라고 말할까? 이미 너무 늦었나? 이윽고 그의 죄책감이 들려왔다.

저게 어떻게 알았지?

내 예감이 맞았군. 이 방문은 그저 친분상 들른 것이 아니었어.

트럭을 연석에 세운 나는 겁에 질린 남자와 시선을 마주했다.

"이건 선을 넘는 행동인데."

이번에는 분명하게 발음했다. 그가 내 입술을 보고 무슨 말인지 알아듣기를 바랐다.

벨라는 곧바로 이해했다.

"찰리한테 경고하러 온 걸까?"

그 생각에 소름이 끼친 목소리였다. 나는 빌리에게서 시선을 떼지 않고 고개를 끄덕였다. 몇 초 후 그는 눈을 내리깔았다.

"이 문제는 나에게 맡겨 둬."

벨라가 제안했다.

사실은 트럭에서 내려서 아무 힘도 없는 그 두 사람에게 성큼성큼 다가가고 싶은 마음이 간절했다. 그들에게 위협적으로 몸을 숙이고, 내가 어떤 존재인지 슬쩍 드러내고 싶었다. 그래도 그걸 알아본 노인은 마치 나란 존재가 자신에게 온몸으로 비명을 질러대고 있다고 여길 테니까. 이빨을 드러내어 인간의 목소리라고는 전혀 생각할 수 없는 소리로 협박 어린 경고를 하고 싶었다. 그래서 그의 머리카락이 곤두서고 겁에 질린 심장이 펄떡펄떡 뛰는 소리를 듣고 싶었다. 하지만 이게 나쁜 생각이라는 걸 난 안다. 일단 칼라일이 좋아하지 않을 테지. 그리고 저 남자애는 제아무리 전설을 잘 안다 해도 절대 믿으려 들지 않을 것이다. 내가 그들의 눈앞에서 인간이 아닌 면을 보란 듯이 드러내지 않는 한은.

나는 벨라의 말에 동의했다.

"아마 그게 최선일 거야. 하지만 조심해. 저 꼬마는 아무것도 모르고 있으니까."

그러자 그 애의 얼굴에 짜증스러운 기색이 확 스쳤다. 왜 그런지는 이어지는 말을 듣고서야 알았다.

"제이콥은 나보다 몇 살 안 어려."

꼬마라는 말에 화가 난 거였군.

"나도 알아."

나는 놀리듯 말했다. 벨라는 한숨을 쉬고서 문손잡이를 잡았다. 헤어지기 싫은 건 그 애도 나와 마찬가지였다.

“어서 안으로 데려가. 그래야 내가 갈 수 있으니까. 해질녘에 다시 올게.”

“내 트럭 가져갈래?”

“난 걸어서도 이 트럭보다 빨리 집에 갈 수 있어.”

그 애는 잠시 미소를 지었지만, 이내 시무룩한 얼굴이 되어 중얼거렸다.

“네가 꼭 피해야 할 필요는 없잖아.”

“어차피 가야 해.”

나는 빌리 블랙을 슬쩍 바라보았다. 그는 다시 나를 응시하고 있었지만, 나와 눈이 마주치자 얼른 외면했다.

“저자들을 돌려보내고 난 뒤에도……. 넌 찰리한테 새 남자친구를 소개할 준비를 해야 하는 거 아닌가?”

얼굴에 어느 새 미소가 피어오르는 걸 느끼며 난 말했다. 너무 크게 웃어 버렸다.

“참 고맙기도 해라.”

벨라는 신음하듯 말했다.

하지만 벨라가 찰리의 반응을 분명히 걱정하고 있기는 해도, 이 이야기를 잘 할 거라는 것도 난 알았다. 그 애는 나에게 자신의 세상 속에 존재하는 이름을 붙여 줄 것이다. 그래서 내가 그 안에 속할 수 있는 이름을 말이다.

나는 부드러운 미소를 지었다.

“곧 돌아올게.”

나는 현관에 있는 인간들을 다시 한 번 찬찬히 바라보았다. 제이콥 블랙은 민망해 하면서, 혹시 아버지가 자기를 끌고 벨라와 남자친구를 염탐하러 온 걸까 하고 속으로 빈정거리고 있었다. 빌리 블랙은 여전히 두려움에 휩싸인 채로, 내가 갑자기 이곳의 인간을 보이는 대로 도살할 거라 예상했다. 아주 모욕적인 생각이었다.

인간들이 이런 생각을 하는 가운데, 나는 몸을 숙여 벨라에게 작별 키스를 했다. 노인의 심기를 긁어 버리려는 마음으로, 나는 그 애의 입술이 아닌 목덜미에 입 맞추었다.

빌리의 머릿속에서 고통스러운 고함이 들려왔다. 빠르게 뛰는 벨라의 심장 소리까지 합세하여 귀가 먹먹해질 지경이었다. 저 성가신 인간들이 어서 사라져주면 좋으련만.

하지만 벨라의 눈은 지금 빌리를 바라보며, 그의 괴로움을 살펴보는 중이었다.

"빨리 와."

벨라가 명령했다. 그리고 쓸쓸한 표정을 잠깐 지은 다음 문을 열고 내렸다.

그 애가 부슬비를 뚫고 현관으로 달려가는 동안 나는 미동도 없이 앉아 있었다.

"안녕하세요, 아저씨. 안녕, 제이콥."

그 애는 억지로 명랑한 목소리를 내었다.

"아빠 외출하셨는데, 오래 기다린 건 아니시죠?"

"오래 안 기다렸다."

노인은 조용하게 말했다. 그는 나를 계속 흘끔거리며 보다가 시선을 떨구었다. 그리고 갈색 종이 봉투를 들어 보였다.

"전해줄 게 있어서 잠시 들른 거다."

"고맙습니다. 잠깐 들어가서 몸이라도 말리시면 어떨까요."

벨라는 빌리의 날카로운 시선을 의식하지 못하는 것처럼 행동했다. 문을 열고서 두 사람에게 들어오라고 손짓하는 그 얼굴에는 미소가 달라붙어 있었다. 그리고 그들이 안으로 들어갈 때까지 기다렸다.

"그건 이리 주세요."

그 애는 문을 닫으며 빌리에게 말했다. 그리고 잠시 나와 눈을 마주치고는 문을 닫았다.

나는 재빨리 벨라의 트럭에서 내린 다음, 그들이 바깥 창가를 내다보기 전에 평소에 머물던 나무로 올라갔다. 블랙 가문 사람들이 돌아갈 때까지는 나도 떠나지 않을 작정이었다. 만약 퀼렛 부족과의 사이가 다시금 긴박하게 되어 버린다면, 빌리가 오늘 어디까지 선을 넘을 작정인지 정확히 알아야 했다.

"오늘도 낚시하러 갔다고? 늘 가던 데겠지? 가다가 들러서 만나보고 가야겠구나."

지금은 상황이 훨씬 급박해졌군. 이토록 나빠질 줄은 몰랐는데. 가엾은 벨라. 이 아이는 전혀 모르고 있으니…….

"아니에요."

벨라가 날카롭게 반박하는 동시에 나의 이빨이 딱딱 부딪쳤다.

"새로운 장소를 찾으신다고 했는데……. 어딘지는 저도 잘 몰라요."

벽 사이를 통해서도 그 애의 어조가 심각하게 가라앉아 있다는 게 들렸다. 빌리 역시 그 점을 알아차렸다.

이건 뭐지? 내가 찰리를 만나는 걸 꺼리고 있잖아. 내가 왜 찰리에게 경고해야 하는지 알 리 없을 텐데.

빌리가 분석하는 벨라의 표정이 보였다. 강렬한 눈빛을 보이며 고집스레 턱을 치켜든 얼굴이었다. 그 모습을 본 빌리는 자신의 딸들 중 하나를 떠올렸다. 아버지를 절대로 보러 오지 않는 딸이었다.

얘랑 둘이서 이야기를 해봐야겠군.

그는 천천히 말했다.

"제이콥, 차에 가서 레베카가 새로 보낸 사진을 좀 가져오렴. 그것도 찰리 보라고 두고 가야겠다."

"어디 있는데요?"

맑고 순수했던 제이콥의 생각은 트럭 안에서 우리가 나누었던 키스를 떠올리면서 이제 완전히 침울해진 상태였다. 우리의 모습은 그의 아버지와는 아주 다른 방식으로 그에게 영향을 주었다. 제이콥은 벨라가 자신을 봐 주기에는 둘의 나이가 너무 많이 차이 난다는 걸 알았지만, 그래도 확실한 증거를 보자 우울해졌다. 그는 코를 킁킁대고는 얼굴을 찡그리며 다른 생각을 했다.

여기서 뭔가 썩은 냄새가 나네. 제이콥이 생각했다. 그의 아버지가 선물로 가져온 종이봉투 냄새를 맡아서 그런가. 오늘 아침에는 이상한 냄새가 전혀 나지 않았는데.

"트렁크에서 본 것 같아. 네가 잘 찾아봐라."

빌리는 능숙하게 거짓말을 했다.

제이콥이 어깨를 늘어뜨리고 고개를 푹 숙인 채로 현관을 나설 때까지 빌리도 벨라도 아무런 말을 하지 않았다. 제이콥은 비를 맞는 것도 아랑곳하지 않으며 터벅터벅 차로 걸어가더니, 한숨을 쉬며 낡은 옷더미와 있는 줄도 몰랐던 잡동사니를 뒤지기 시작했다. 그는 여전히 키스 장면을 떠올리면서 벨라가 얼마나 열정적으로 반응했던 건지 따져 보려 했다.

빌리와 벨라는 복도에서 서로를 마주보았다.

어떻게 말을 꺼내야 하려나…….?

빌리가 말을 시작하기도 전에, 벨라는 몸을 돌려 주방으로 걸어갔다. 빌리는 그 모습을 잠시 지켜보다가 뒤를 따랐다.

냉장고 문이 삐그덕 열리더니 바스락거리는 소리가 들렸다.

냉장고를 쾅 닫고서 몸을 빙글 돌려 이쪽을 마주보는 벨라를 빌리는 지켜보았다. 그리고 방어적인 기색으로 굳어진 입매에 주목했다.

먼저 말을 꺼낸 건 벨라였다. 그 목소리는 불친절했다. 아무것도 모르는 척하는 건 소용없다고 마음먹은 게 분명했다.

"찰리는 금방 안 돌아올 거예요."

얘가 그걸 비밀에 부치는 데는 나름의 이유가 있겠지. 얘도 알아야 해. 어쩌면 조약을 실제로 어기는 일 없이 얘한테 충분히 경고해 줄 수도 있겠지.

"생선튀김은 다시 한 번 감사드려요."

벨라의 말은 어서 떠나란 뜻이었지만, 빌리는 물러서지 않았다. 그리고 벨라는 그 모습에 놀라지 않는 듯하다고 생각했다. 그 애는 한숨을 쉬면서 가슴께에 팔짱을 꼈다.

"벨라."

그의 목소리는 더 이상 가볍지 않았다. 지금은 더욱 낮고 진중해졌다.

벨라는 인간의 능력을 최대한 발휘하여 미동도 없이 선 채로, 빌리가 말을 잇기를 기다렸다. 빌리는 다시 그 애의 이름을 불렀다.

"벨라. 찰리는 내 둘도 없는 친구다."

"네."

그는 천천히 말을 꺼냈다.

"네가 컬렌 집안 아이와 어울리는 것 같더구나."

"네."

다시 대답한 그 애의 목소리는 이제 적개심을 간신히 감추고 있었다.

그는 벨라의 어조에 무어라 언급하지 않았다.

"내가 간섭할 일은 아니다만, 그건 좋은 생각이 아닌 것 같다."

"옳은 말씀이에요. 그건 아저씨가 간섭하실 일이 아니죠."

그 애는 쏘아붙였다.

무척 화가 났군.

빌리는 할 말을 신중하게 따져 보았고, 그의 목소리는 다시금 묵직해졌다.

"네가 잘 모르는가 본데, 컬렌 집안 사람들은 보호구역 안에서 평판이 좋지 못해."

아주 신중하군. 그는 아슬아슬하게 선을 넘지 않고 있었다.

"그건 저도 알아요."

빌리와는 반대로, 벨라의 대답은 격렬하고 빠르게 나왔다.

"하지만 근거 없는 평판이잖아요. 컬렌 집안 사람들은 보호구역에 한 발자국도 들어선 적이 없어요. 안 그래요?"

이 말을 듣자 빌리는 말문이 막혔다. **얘는 아는구나! 알고 있다니? 이럴 수가! 그런데 어떻게 아는 거지……? 아니, 알 리가 없어. 전체적인 이야기를 알 리가 없다고.** 그의 생각을 온통 물들인 혐오감 때문에 나는 다시금 이를 갈았다.

그는 마침내 수긍했다.

"그야 그렇지. 너는…… 컬렌 집안 사람들에 대해 잘 알고 있는 것 같구나. 내 예상보다 훨씬 많이."

"어쩌면 아저씨보다 더 많은 걸 알고 있을지도 모르죠."

그놈들이 얘한테 무슨 말을 했기에, 얘는 이토록 방어적인 건가? 진실을 이야기하지는 않았겠지. 분명히 뭔가 낭만적인 동화 같은 말을 해 주었겠지. 음, 내가 무슨 말을 해도 얘는 들어주지 않을 게 뻔하군.

그는 벨라의 말에 동의해야 한다는 게 짜증났다.

"그럴지도 모르지. 찰리도 알고 있니?"

빌리는 그 애가 딴청을 부리는 표정을 보았다.

"아빤 컬렌 집안 사람들을 아주 좋아하세요."

찰리는 아무것도 모르고 있군.

"내가 간섭할 일은 아니다만, 찰리가 간섭할 일은 될 수 있겠지."

빌리의 말에 벨라는 한참 동안 그의 표정을 낱낱이 살펴보았다.

얘는 변호사 같이 구는군.

"하지만 아빠가 걱정할 일인지 아닌지 판단하는 것도 역시 제가 알아서 할 일 아닌가요?"

그 애는 이렇게 물었지만 사실은 질문처럼 들리지 않았다.

다시금 둘의 눈빛이 마주쳤다.

마침내 빌리는 한숨을 쉬었다.

어쨌든 찰리도 내 말을 믿지 않겠지. 하지만 찰리가 다시 혼자가 되게 둘 수는 없어. 이 상황을 지켜볼 수 있어야 해.

"그래, 그것도 네가 알아서 할 일인 것 같구나."

벨라는 한숨을 쉬면서 굳었던 자세를 풀었다. 그리고 한결 부드럽게 말했다.

"고마워요, 빌리 아저씨."

"네가 무슨 짓을 하는지만 그저 잘 생각해 보기 바란다."

빌리가 강하게 말했지만 그 애의 대답은 너무 빨리 나왔다.

"알겠어요."

순간 또 다른 생각이 나의 주의를 끌었다. 빌리와 벨라의 대치상황에 무척 집중하고 있었던지라, 있지도 않은 걸 찾아대는 제이콥에게는 별 신경을 쓰지 않았다. 하지만 제이콥은 깨달았던 것이다.

아, 이런. 나 바보인가. 아빠는 날 자리에서 치워 버리려던 거였네.

제이콥은 아버지가 자기를 민망하게 만들어 버렸다는 사실에 무척 실망했고, 또한 벨라가 빌리에게 조약 파기에 대해서 말했을지도 모른다는 죄책감과 공포도 어느 정도 품고 있었다. 그는 트렁크를 쾅 닫고 현관으로 달려갔다.

빌리는 트렁크가 닫히는 소리를 듣자 이제 갈 때가 되었다는 걸 알았다. 그래서 마지막으로 애원했다.

"내 말뜻은…… 지금 네가 하고 있는 걸 그만두라는 거야."

벨라는 대답하지 않았지만, 표정은 한결 부드러워졌다. 빌리는 자신의 말이 설득력 있을지도 모르겠다는 한 줄기 희망을 품었다.

제이콥은 현관문을 벌컥 열어젖혔다. 빌리는 슬쩍 뒤를 돌아보아서, 나는 벨라의 반응을 볼 수가 없었다.

"차를 다 뒤졌는데도 사진 같은 건 없어요."

제이콥은 큰 소리로 투덜대었다.

"흠. 집에 두고 왔나 보구나."

빌리의 말의 그는 잔뜩 빈정대는 목소리로 쏘아붙였다.

"대단하시네요."

"그럼 벨라, 찰리한테……."

빌리는 잠시 말을 멈추었다가 이었다.

"우리가 들렀더라고 전해라."

"그럴게요."

그 애는 다시금 시큰둥한 목소리로 대답했다. 제이콥은 깜짝 놀랐다.

"벌써 가요?"

"찰리가 늦게 온다는구나."

빌리는 이렇게 설명하며 벌써 혼자 휠체어를 밀어 현관 쪽으로 갔다.

그럼 여기까지 뭐하러 온 거야? 노인네가 정신이 점점 이상해지네. 제이콥이 속으로 불평해 댔다.

"어휴. 그럼 나중에 만나, 벨라."

"그래."

벨라가 대답하자 빌리는 경고 조로 한 마디를 더했다.

"몸조심 해라."

벨라는 대답하지 않았다.

제이콥은 아버지가 휠체어로 문지방을 넘어 현관 계단 턱을 내려가도록 도와주었다. 벨라는 그들을 따라 현관으로 나왔다. 그리고 빈 트럭을 슬쩍 바라보고는, 제이콥에게 손을 흔들어 주고 나서 제이콥이 아버지를 차에 싣고 있는 동안 현관을 닫았다.

벨라에게 돌아가서 방금 일어난 일에 대해 이야기하고 싶었지만, 내 임무는 아직 끝나지 않아서 그럴 수는 없었다. 나무에서 내려가 그 애의 집 뒤쪽 숲으로 들어가는 동안, 그 애가 계단을 쿵쿵대며 올라가는 소리가 들렸다.

낮 시간에 걸어서 블랙 가문 사람들을 따라가는 건 훨씬 힘들었다. 고속도로를 달려가는 그들과 보조를 잘 맞출 수가 없었다. 숲의 우거진 부분을 들어갔다 나왔다 하면서, 나를 볼 수 있을 만큼 가까이 있는 사람이 혹시나 있을지 생각을 들어 보았다. 이윽고 나는 그들보다 더 빨리 라푸시 분기점에 도착한 다음, 눈에 보이는 차가 반대편을 향하고 있을 때를 틈타 비 오는 고속도로를 전속력으로 건넜다. 도로 서쪽에 다다른 다음부터는 숨을 곳이 많았다. 나는 낡은 포드 차가 오기를 기다렸다가 어두운 숲속을 뚫고 그들과 나란히 달렸다.

두 사람은 말이 없었다. 내가 못 들었던 사이, 제이콥이 아버지에게 대든 게 아닌가 하는 생각이 들었다. 남자애의 머릿속은 아까의 키스 장면을 계속 떠올리면서, 벨라가 그 키스에 푹 빠져 있었다는 멍청한 결론을 내리고 있었다.

빌리의 머릿속은 어떤 기억에 사로잡힌 채였다. 놀랍게도 그건 나도 기억하고 있는 내용이었다. 물론 다른 관점에서 기억하는 것이었지만.

2년 반도 더 된 이야기였다. 우리 가족은 당시 데날리에 살았지만, 그건 예전에 오랫동안 살던 터전에서 새로운 터전으로 이사 가기 전에 잠시 아는 이들을 예의상 찾아가 머무는 것에 불과했다. 워싱턴주로 이사 가기 위한 기초 작업에는 독특한 일을 한 가지 더 해야 했다. 칼라일은 이미 근무지를 정해 두었고 에스미는 보이지 않는 곳에 있는 허름한 집을 사두었다. 우리 형제자매들의 가짜 성적증명서는 포크스 고등학교로 보내놓았다. 하지만 마지막 준비 단계야말로 무엇보다도 중요했다. 그건 전형적인 과정이 전혀 아니기도 했다. 우리는 적당한 시간이 지난 후에 과거 살던 곳으로 다시 이사 온 것이었지만, 이번에는 다른 곳과 다르게 우리가 왔다는 경고를 해야 했기 때문이다.

칼라일은 인터넷으로 준비를 시작했다. 그는 마카 보호구역에서 일하는 알마 영이라는 아마추어 계보학자를 찾아냈다. 칼라일은 본인도 가문의 족보에 무척 관심 있는 척하면서, 에프라임 블랙의 후손이 아직도 그 지역에 사는지 물었다. 영 씨는 신이 나서 칼라일에게 좋은 소식을 전해 주었다. 에프라임의 손자와 증손자들은 모두 해변 아래쪽 라푸시 지역에 살고 있다는 것이었다. 게다가 칼라일에게 그들의 전화번호도 거리낌 없이 알려주었다. 칼라일이 블랙 가문의 먼 친척인 척했으므로, 빌리 블랙이 소식을 듣고 무척 기뻐할 거라고 확신했기 때문이다.

칼라일이 전화를 걸었을 때 나는 집에 있었기 때문에 칼라일이 한 말을 모두 들었다. 빌리는 바로 걸려온 전화를 받았을 때를 기억하고 있었다.

그날도 대수롭지 않은 평범한 날이었다. 쌍둥이들은 친구와 놀러 나가서, 집에는 빌리와 제이콥뿐이었다. 빌리는 아들에게 딸기나무를 깎아 바다사자를 만드는 법을 가르치고 있었는데, 전화벨이 울렸다. 그는 휠체어를 끌고 직접 주방에 갔다. 아이는 나무 깎는 일에 어찌나 집중하고 있던지 아버지가 자리를 뜨는 것도 모를 정도였다.

빌리는 전화 건 이가 해리나 찰리일 거라고 생각했다. 그래서 경쾌한 목소리로 전화를 받았다.

"여보세요!"

"안녕하세요. 빌리 블랙 씨 되십니까?"

그는 상대방의 목소리를 분간하지 못했다. 하지만 목소리에는 무언가 날카롭고 뚜렷한 기색이 있어서 어쩐지 등골이 서늘해졌다.

"네. 제가 빌리입니다. 누구십니까?"

"제 이름은 칼라일 컬렌입니다."

부드럽지만 날카로운 목소리가 빌리에게 말했다. 그 순간 그는 바닥이 푹 꺼지는 느낌이었다. 잠시 정신을 못 차린 채로, 악몽을 꾸고 있다는 생각이 들었다.

이 이름과 날카로운 음성은 전설의 일부분이자 무시무시한 이야기였다. 선대로부터 경고를 받아 준비하란 이야기를 들었지만, 그건 모두 아주 오래전 일일 뿐이었는데. 빌리는 언젠가 이런 끔찍한 이야기가 존재하는 세상에서 살게 될 거라고는 실제로 믿었던 적이 없었다.

"제 이름을 듣고 생각나는 게 있으십니까?"

상대방이 묻자, 빌리는 그 목소리가 참 젊게 들린다는 걸 알아챘다. 수백 년은 되었을 존재인데, 목소리는 반대였다.

빌리는 애써 목소리를 내려 했고, 마침내 쉰 소리로 말했다.

"그렇습니다."

그러자 희미한 한숨이 들려온 것 같았다. 괴물이 대답했다.

"좋습니다. 그렇다면 우리의 의무를 이행하기가 쉬워지겠군요."

괴물이 무슨 말을 하는지 깨닫자 빌리의 마음이 무감각해졌다. 의무라. 조약 이야기를 하고 있군. 빌리는 그토록 정성껏 외웠던 비밀 협정을 애써 기억해 보았다. 괴물이 의무를 이행하겠다 한다면, 그 뜻은 하나뿐이었다.

얼굴에서 핏기가 싹 가셨다. 휠체어에 안전하고 단단히 앉아 있다는 걸 아는데도 사방 벽이 기울어지는 것 같았다.

"돌아온다는 거군요."

목멘 소리가 흘러나왔다. 괴물은 시인했다.

"그렇습니다. 이게 들으시기…… 거북한 사항이라는 것도 압니다.

하지만 장담하건대 여러분 부족은 절대로 위험하지 않습니다. 포크스 주민들도 모두 안전할 겁니다. 우리는 삶의 방식을 바꾸지 않았습니다."

빌리는 무어라 말해야 할지 떠올릴 수가 없었다. 그는 태어나기 전부터 조약에 매인 몸이었다. 반대하고 싶었고, 위협하고 싶었지만…… 조약이 있든 없든, 그가 할 수 있는 건 아무것도 없었다.

"우리는 포크스 바깥에 살 겁니다."

괴물은 일련의 숫자들을 말해 주었다. 잠시 후 빌리는 그게 위도와 경도로 이루어진 좌표라는 걸 깨달았다. 허둥지둥 펜과 종이를 찾아보았고, 검정색 마카 하나를 찾았지만 종이는 없었다.

"다시 말해 주십시오."

그는 쉰 목소리로 요구했다.

이번에는 천천히 숫자가 들려왔다. 빌리는 자기 팔에 숫자를 휘갈겨 썼다.

"조약을 얼마나 잘 아시는지 모르겠지만……."

"압니다."

빌리는 말을 가로막았다. 피를 마시는 그 족속들은 은신처 주변 반경 8킬로미터를 금지 구역으로 정했고, 부족민들은 그 안으로 들어갈 수 없었다. 부족의 땅에 비교하면 좁은 영역이었지만 지금만큼은 너무 넓어 보였다.

어떻게 아이들에게 이 규칙을 따르도록 설득할 수 있을까? 빌리는 고집 센 두 딸들과 천하태평인 아들을 떠올렸다. 아무도 이 이야기를 믿지 않았다. 그러다 무심코 실수라도 저지른다면…… 그들은 정당한 사냥감이 되겠지.

괴물은 정중하게 말했다.

"물론, 우리도 조약을 아주 잘 알고 있습니다. 걱정하실 것 없습니다. 이 일로 폐를 끼쳐서 유감입니다만, 우리는 당신 부족민에게 어떤 식으로든 아무 영향을 주지 않겠습니다."

빌리는 다시금 무감각해진 채로 그저 듣고만 있었다.

"현재 우리의 계획은 포크스에서 십 년 정도 사는 겁니다."

빌리의 심장이 멎는 듯했다. 십 년이라니.

"우리 아이들은 이 지역 고등학교에 다닐 겁니다. 여러분 부족민들이 혹시 그 학교에 다니는 사람이 있을지 모르겠지만……."

"없습니다."

빌리가 말했다.

"음, 그래도 누군가 그 학교에 다니고 싶다면, 분명히 말씀드리지만 절대로 위험하지 않을 겁니다."

빌리의 머릿속으로 포크스 아이들의 얼굴이 스쳐 지나갔다. 그 아이들을 보호하기 위해 할 수 있는 일은 없단 말인가?

"전화번호를 알려드리겠습니다. 우리는 기꺼이 상호간의……."

"싫습니다."

빌리는 이번에는 좀 더 강한 어조로 말했다.

"알겠습니다. 편하신 대로 하십시오."

그때 무서운 생각이 불쑥 들었다. 괴물은 자기 아이들이 있다고 했지…….

"몇 명입니까?"

빌리가 물었다. 마치 목이 졸린 듯한 목소리였다.

"다시 말씀해 주시겠습니까?"

"당신네들은 몇 명입니까?"

그러자 매끄럽고 자신만만하던 목소리가 처음으로 머뭇거렸다.

"그때보다 우리 가족은 두 명이 더 늘었습니다. 우리는 지금 일곱 명입니다."

아주 느릿하게, 일부러 들으란 듯, 빌리는 전화를 끊었다.

이윽고 난 달리기를 멈춰야 했다. 아직 조약이 정한 한계선까지 가려면 멀었지만, 이 특정한 기억을 듣자 너무 가까이 한계선까지 가고 싶지 않았다. 나는 북쪽으로 방향을 돌려 집으로 향했다.

그래서 빌리의 생각 속에서는 이렇다 도움 될 만한 정보를 얻지 못했다. 하지만 그가 평소와 같은 방식을 따를 거라는 합리적인 확신은 들었다. 안전지대로 돌아가서 동료 부족민들과 연락하겠지. 그들은 새로운 정보를 듣고 계속 논의를 하겠지만, 그 정보라 해봤자 참으로 빈약했고 결국 같은 결론을 내릴 것이다. 그들은 아무것도 할 수 없었다. 조약은 그들을 보호하는 유일한 수단이었다.

아마 빌리와 찰리가 오랫동안 맺어온 우정이 논쟁점이 되겠지. 빌리는 찰리에게 좀 더 세세하게 경고할 수 있게 해 달라고 아주 강경하게 맞설 것이다. 냉혈족이 그의 외동딸을 골랐다고……. 희생자로, 목표물로, 식사거리로 말이다. 빌리가 우리의 관계를 어떻게 묘사할지 짐작이 되었다.

하지만 빌리보다 좀 더 공정한 위치에 있는 이들은, 그가 입 다물어야 한다고 주장할 게 뻔했다.

어쨌거나 빌리는 예전에도 칼라일이 병원에서 일하는 건 위험하다고 찰리에게 경고하려 했지만 잘 되지 않았다. 게다가 비현실적인 요소가 너무 많은 이야기를 더해서 경고하는 것 역시 분명히 소용없겠지. 빌리도 이미 그 점을 깨닫고 있었다.

이제 집 근처에 다다랐다. 칼라일에게 이 소식과 더불어 나름의 상황을 분석해 알려주어야겠군. 그 말고는 정말로 달리 할 일이 없었다. 그리고 칼라일의 반응도 똑같을 거라고 생각했다. 퀼렛 부족과 마찬가지로, 조약 내용을 따르는 것 외에는 달리 선택지가 없었다.

지나가는 차가 없을 때 나는 다시금 고속도로를 빠르게 건넜다. 그리고 집으로 들어가는 진입로에 이르자, 차고에서 낯익은 엔진 소리가 들렸다. 나는 차선이 하나밖에 없는 길 한복판에서 꼼짝도 않고 서서 기다렸다.

로잘리의 빨간 BMW가 커브를 돌다가 끼익 소리를 내며 멈췄다.

나는 건성으로 손을 흔들었다.

내 차가 망가지지 않는다면 널 치어 버렸을 텐데. 알지?

나는 고개를 끄덕였다.

로잘리는 다시 한 번 시동을 걸다가, 이윽고 한숨을 쉬었다.

"게임한다는 이야기 들었을 텐데."

그냥 날 보내줘, 에드워드. 마음속을 보니 로잘리는 딱히 어딜 가려는 게 아니었다. 그저 이곳에서 벗어나고 싶기만 했다. **에밋은 있을 거야. 그럼 됐잖아?**

"같이 해 주면 안 돼?"

그녀는 눈을 감고 숨을 깊이 들이마셨다. **이게 너한테 뭐가 그리 중요한지 모르겠는데.**

"너는 나한테 중요해, 로잘리."

나는 이렇게만 대답했다.

내가 없으면 다들 더 재미있을 거야.

나는 어깨를 으쓱였다. 그 말은 맞을지도 모르지.

난 착하게 안 굴 거야.

나는 미소를 지었다.

"착하게 굴어줄 필요 없어. 그냥 참아만 주면 돼."

로잘리는 망설였다. 나는 약속했다.

"그렇게 나쁘지는 않을 거야. 네가 정정당당하게 경기에서 이길 수도 있잖아. 그래서 나를 못된 놈으로 만들어 버려."

로잘리는 미소를 억지로 참으려다가 한쪽 입가를 비뚜름하게 올려 버렸다. **그럼 나는 에밋이랑 재스퍼와 같은 편 할게.**

그녀는 언제나 덩치 큰 쪽을 선택하니까.

"좋았어."

하지만 이렇게 결정해 버리자 곧바로 후회한 로잘리는 심호흡을 했다. 그녀는 벨라와 같은 장소에 있는 자신의 모습을 상상하고는…… 몸서리를 쳤다.

"오늘 밤은 아무 일도 없을 거야, 로잘리. 그 애는 아무런 결정도 내리지 않았어. 그냥 우리가 야구하는 걸 보기만 할 거라고. 그게 다야. 그냥 실험이라고 생각해 줘."

실험을 하다가…… 결국 망해 버리면?

나는 피곤한 눈초리를 지었다. 그녀는 나에게 눈을 흘겼다.

"잘 안 되면 우리는 다시 편을 짜서 다른 해결책을 찾아낼 거야."

로잘리 역시 다른 해결책이 잔뜩 있었다. 대부분 불경한 방법이었다. 그래도 어쨌든 내 말에 거의 넘어왔다. 그러니 노력은 하겠지…… 하지만 애써 예의 바르게 행동하지는 않으리란 건 알 수 있었다. 뭐,

이건 시작이니까.

그럼 옷을 갈아입어야겠네. 로잘리는 이렇게 말하고 정지해 있던 차를 후진시켜 집 쪽으로 쌩하니 달려갔다. 시야에서 사라질 때의 속력은 시속 96킬로미터였다. 나는 숲을 가로지르는 지름길을 택했다.

집안에 들어서자, 에밋은 커다란 스크린에 야구 경기를 동시에 네 개 틀어 놓고 보는 중이었다. 하지만 로잘리의 차가 차고에 끼익 들어가는 소리를 듣자 그는 고개를 돌렸다.

나는 TV를 가리키며 말했다.

"그걸 아무리 봤자 오늘밤 경기에서 이길 수는 없을 걸."

너 로잘리한테 경기 같이 하자고 말한 거야?

나는 고개를 한 번 끄덕였다. 그러자 에밋은 얼굴에 함박웃음을 지었다.

너한테 신세 졌네.

나는 입을 모으고 물었다.

"정말 그렇게 생각해?"

그는 내가 뭔가를 원한다는 사실을 알아채고 흥미가 동한 모양이었다. **물론이지. 뭘 해 주면 되겠어?**

"벨라 옆에서 최대한 얌전하게 있어 줄래?"

로잘리는 일부러 우리 둘 다 무시한 채로 거실을 가로질러 계단을 올라갔다.

에밋은 나의 부탁을 생각해 보았다. **정확히 어떻게 하라는 건데?**

"일부러 겁을 주지 말라고."

그는 어깨를 으쓱였다.

"그 정도면 적당한 것 같네."

"아주 좋아."

네가 다시 예전처럼 돌아와서 좋은 것뿐이야. 지난 몇 달 동안 에밋은 평소와 달리 전전긍긍했었다. 처음에는 내 기분 때문이었고, 다음으로는 내가 집에 없어서였다.

사과할까 했지만, 지금은 에밋이 내게 화가 나지 않았다는 걸 알기에 하지 않았다. 그는 뒤끝이 없었으니까.

"앨리스와 재스퍼는 어디 있어?"

에밋은 다시 경기를 보고 있었다. **사냥 갔어. 재스퍼가 준비를 하고 싶어 해서. 웃기더라고. 걔도 오늘밤엔 무척 신나 하는 것 같더라니까. 예상보다 더.**

"그러게. 우습네."

맞장구는 쳐 주었지만, 재스퍼가 왜 그러는지 나는 좀 더 잘 알고 있었다.

얘, 에드워드. 바닥에 물 떨어지는 소리가 들리는구나. 마른 옷으로 갈아입고 바닥을 닦아 주렴.

"죄송해요, 에스미!"

나는 이번에는 찰리에게 입고 갈 옷으로 갈아입었다. 그래서 평소에는 좀처럼 입지 않는 그럴듯한 방수 재킷을 골랐다. 날씨에 민감하게 반응하는 사람처럼 보이고 싶었다. 춥고 젖는 상황은 피하려는 세심한 사람처럼 말이다. 이런 세부사항을 신경 쓰면 인간들의 마음을 편안하게 해 줄 수 있다.

무의식적으로 새로 입은 청바지에 병뚜껑을 집어넣었다.

그리고 걸레질을 하며 오늘 밤 야구장에 가는 짧은 여정을 생각했다. 어제 일을 떠올리자 벨라가 목적지까지 나와 함께 달리는 걸 별로 안 좋아할 수도 있겠다는 생각이 들었다. 어느 정도 달리기도 하긴 해야겠지만, 그 거리가 짧을수록 좋겠지.

"나 지프 좀 빌려도 될까?"

나는 에밋에게 물었다. 그는 키득거렸다. **재킷 멋있네. 안 젖고 뽀송뽀송하게 있고 싶은 사람이 되신 건가?**

나는 지나치다 싶을 만큼 참을성 가득한 표정으로 기다렸다. 에밋은 고개를 끄덕였다.

"그래. 하지만 너도 나한테 신세 진 거야."

"형 신세라면 언제나 즐겁게 져 주지."

나는 에밋의 웃음소리에 맞추어 위층으로 뛰어 올라갔다.

칼라일과의 대화는 빠르게 끝났다. 나처럼 칼라일도 현 상황을 계속 유지하는 것 외에는 별다른 조치를 취할 수가 없었다. 이윽고 나는 서둘러 벨라에게 달려갔다.

에밋의 지프는 우리의 차 중에서도 여러모로 가장 눈에 띄는 차였다. 하지만 폭우가 내릴 때는 외출하는 사람이 많지 않았고, 세찬 빗줄기 때문에 밖에서는 운전자가 누군지 알아보기 힘들 것이었다. 사람들은 이 거대한 자동차가 외지에서 온 것이라 여기겠지.

벨라가 준비하는 데 얼마나 오래 걸리는지 알 수가 없어서, 나는 확실히 준비되었다는 생각이 들 때까지 그 애의 집에서 한 블록 떨어진 길로 들어섰다.

하지만 길 끝에 다다르기도 전에, 찰리의 머릿속이 뒤숭숭해졌다는 게 보였다. 벨라가 이야기를 시작한 게 틀림없군. 그러다 찰리의 마음에 에밋의 얼굴이 언뜻 보였다. 이건 또 무슨 일이지?

나는 집 사이에 있는 숲에 차를 세웠지만, 엔진은 공회전시켰다.

이제는 두 사람의 말소리가 분간될 정도로 거리가 가까웠다. 근처의 집들에서도 이야기 소리가 들려왔지만, 생각이든 실제 목소리이든 쉽게 무시할 수 있었다. 나는 지금 벨라의 목소리에 잔뜩 귀 기울인 상태라, 고함이 가득한 경기장 속에서도 그 소리를 골라낼 수 있었다.

"에드워드예요, 아빠."

그 애가 말하고 있었다.

"그래?"

그 애 아버지는 되물었다. 지금 나에 대해 무슨 말을 하고 있는지 애써 이해해 보았다.

"그런 셈이죠."

그 애가 순순히 말하자, 찰리는 다시금 반박했다.

"어제 저녁만 해도 시내에 있는 남자애들한테는 관심이 없다고 했잖냐."

"에드워드는 시내에 안 살아요, 아빠……. 그리고 어쨌거나 이제 겨우 시작인걸요 뭐. 자꾸 남자친구 운운하면서 민망하게 하지 마세요."

그제야 나는 대화 내용을 가늠할 수 있었다. 그리고 찰리의 감정을 살펴보며 벨라의 폭로를 듣고 얼마나 동요했는지 이해해 보려고 했지만, 그는 오늘 특별히 냉정해 보였다.

"여긴 언제 온다니?"

"좀 있으면 올 거예요."

이렇게 말하는 벨라의 목소리는 아버지보다 더욱 불안하게 들렸다.

"같이 어디 갈 건데?"

벨라는 연극조로 못마땅한 신음을 내었다.

"경찰서에서도 이젠 강제로 자백받는 관례는 없어졌잖아요. 개네 식구들하고 야구하러 갈 거예요."

잠시 침묵이 흐르더니, 찰리가 웃기 시작했다.

"네가 야구를 한다고?"

찰리의 말투로 보니, 새아버지가 야구선수인데 벨라는 야구를 별로 좋아하지 않는 게 분명했다.

"뭐, 저는 아마 옆에서 보고만 있게 되겠죠."

"너 그 녀석을 정말 좋아하는 모양이구나."

그는 더욱 의심스러운 말투였다. 그의 머릿속으로 지나가는 과거 회상 장면을 보니, 우리 관계가 얼마나 오래되었는지 따져보려는 게 분명했다. 그는 전날 밤에 품었던 의혹이 다시금 정당하다고 느꼈다.

나는 엔진을 다시 켜고 재빨리 유턴했다. 그 애는 준비 작업을 끝냈으므로, 난 어서 함께 싶은 마음이 간절했다.

나는 그 애 트럭 뒤에 주차한 다음 문가로 달려갔다. 찰리의 목소리가 들려왔다.

"넌 나를 아기 취급하더라."

초인종을 누른 다음 후드를 벗었다. 난 인간 행세에 능숙했지만, 지금은 평소보다 더욱 중요하게 느껴졌다.

찰리가 문으로 다가오는 발소리가 들렸다. 그 뒤를 벨라가 바짝 따랐다. 찰리의 머릿속은 불안함과 장난기 사이를 떠돌고 있는 듯했다. 벨라가 자발적으로 야구 경기에 참여한다는 사실을 아직도 재미있어 하는 걸까. 내 생각이 맞다는 확신이 들었다.

찰리가 문을 열었다. 그는 내 어깨쯤에 초점이 맞추었다. 키가 이보다는 작은 사람이 올 거라고 예상했었군. 찰리는 다시 눈길을 올린 다음 비틀거리며 한 발짝 물러섰다.

과거에도 이런 반응을 자주 겪어 봤기에, 이게 무슨 상황인지 다시금 생각해 볼 필요는 없었다. 여느 보통 인간들과 마찬가지로, 갑자기 뱀파이어를 코앞에 두고 서 있게 된다면 혈관에 아드레날린이 솟구치게 되었을 테니까. 아주 잠깐이겠지만 공포로 뱃속이 뒤틀렸다가도 다시금 이성이 주도권을 되찾을 것이다. 그의 뇌는 다른 사람과 다르게 보이는 나의 소소한 비인간적 모습을 무시하라고 명령할 것이다. 그는 눈의 초점을 다시 맞출 테고, 그러면 그 눈에 비친 나는 10대 소년일 뿐이겠지.

내가 생각한 대로, 찰리는 내가 평범한 10대 소년일 뿐이라고 결론을 내리는 모습을 지켜보았다. 하지만 본인의 몸에서 이상한 반응이 보였던 걸 두고 의아해할 것이다.

순간, 그의 머릿속에 칼라일의 모습이 스쳐 지나갔다. 틀림없이 우리의 얼굴을 비교하고 있는 것일 테지. 우리는 별로 닮지 않았지만, 대부분의 사람들은 유사한 피부색을 보고 우리를 닮았다고 생각했다. 하지만 찰리에게는 피부색만으로는 충분하지 않은 것도 같았다. 그는 어딘가 석연치 않은 기색을 분명하게 드러냈다.

벨라는 찰리의 어깨 너머로 초조하게 이쪽을 지켜보았다.

"들어오너라, 에드워드."

그는 물러서서 나에게 따라오라고 손짓했다. 벨라는 아버지 앞에서 얼른 비켜서야 했다.

"고맙습니다, 스완 서장님."

그는 마지못한 태도로 미소 비슷한 표정을 지었다.

"그냥 편하게 찰리라고 불러라. 비옷은 이리 주고."

나는 재빨리 어깨에서 옷을 벗었다.

"고맙습니다."

찰리는 벽을 세워 만든 자그마한 거실로 손짓했다.

"저쪽으로 가서 좀 앉아라, 에드워드."

벨라는 얼굴을 찡그렸다. 어서 우리끼리 나가고 싶은 눈치였다.

나는 안락의자를 골랐다. 다인용 소파에 앉는 건 너무 앞서간다는 생각이 들어서였다. 거기 앉으면 벨라가 내 옆에 앉아야 할 테니까. 아니, 찰리가 앉게 될 수도 있다. 공식적인 첫 데이트를 위해서라면 우선은 가족끼리 앉게 하는 게 확실히 더 낫겠지.

벨라는 내 선택을 좋아하지 않았다. 찰리가 자리를 잡고 앉는 동안 나는 그 애에게 윙크했다.

"우리 딸한테 야구하는 걸 보여 주기로 했다면서?"

재미있어하는 기색이 역력한 얼굴로 찰리가 물었다.

"네, 그럴 계획입니다."

그러자 그는 껄껄 웃었다.

"네가 주도권을 잡은 모양이로구나."

나는 공손히 따라 웃었다. 벨라는 자리에서 벌떡 일어섰다.

"됐어요. 절 갖고 농담하는 건 이쯤 해 두죠. 가자."

서둘러 복도로 간 그 애는 자신의 재킷에 팔을 밀어 넣었다. 찰리와 나는 그 뒤를 따라갔다. 나는 복도를 지나며 내 재킷을 잡고서 슬그머니 입었다.

"너무 늦지 마라, 벨라."

찰리가 주의 주었다.

"걱정마세요. 제가 일찍 데려오겠습니다."

내 말에 찰리는 나를 잠시 날카로운 눈초리로 쳐다보았다.

"네가 우리 딸 좀 잘 돌봐 줘라."

벨라는 다시 과장된 신음 소리를 냈다.

"저랑 있으면 안전할 거예요, 염려 마십시오."

이 말을 하니 생각했던 것보다 더욱 만족스러웠다. 그리고 이게 사실일 거란 확신도 들었다.

벨라는 문밖으로 나가 버렸다.

찰리와 나는 다시금 함께 웃었다. 이번에는 내 쪽의 웃음이 더욱 진심이었다. 나는 벨라를 따라 밖으로 나가며 찰리에게 손을 흔들고 미소를 지었다.

난 멀리 가지 않았다. 벨라는 에밋의 지프를 멍하니 바라보며 자그마한 현관 앞에 꼼짝도 하지 않고 서 있었다. 무엇 때문에 벨라가 도망가다 말고 멈추어 섰는지 보려고, 찰리도 내 뒤로 다가왔다.

그는 놀란 채로 휘파람을 불더니, 무뚝뚝하게 말했다.

"안전벨트 꼭 매라."

아버지의 목소리를 듣자 정신을 차린 벨라는 퍼붓는 빗속으로 재빨리 달려갔다. 나는 인간의 걸음 속도를 지키면서도 상당히 긴 다리를 이용하여 조수석에 먼저 도착한 다음 문을 열어 주었다. 그 애는 잠시 망설이며 좌석을 바라보고, 또 땅을 보더니, 다시금 좌석을 보았다. 그리고 심호흡을 하고서 마치 뛰어오르려는 듯 무릎을 굽혔다. 지프의 창문으로는 찰리가 우리의 모습을 잘 볼 수가 없었기 때문에 나는 벨라를 들어서 좌석으로 올려주었다. 그 애는 놀라서 숨을 헉 들이켰다.

나는 다시 운전석으로 돌아와서 찰리에게 손을 흔들었다. 그는 형식적으로 손을 내저었다.

차 안에서는 벨라가 안전벨트와 씨름하는 중이었다. 양손에 버클을

쥔 채로 그 애는 나를 올려다보며 말했다.

"이게 다 뭐야?"

"비포장도로용 안전장비야."

그 애는 얼굴을 찡그렸다.

"아하."

잠시 후 벨라는 벨트 클립을 찾아냈지만, 잡고 있던 두 개의 버클 중 어느 쪽에도 맞지 않았다. 나는 당황한 그 표정을 보며 킥킥 웃고서 벨트를 모두 채워주었다. 내 손끝이 그 목덜미를 스치자 심장이 빗소리보다 더 크게 쿵쿵 울렸다. 난 손끝으로 그 애의 쇄골을 한 번 쓸어본 다음 자리에 앉아 시동을 켰다.

우리가 집 앞에서 빠져나오자 벨라는 살짝 놀란 목소리로 말했다.

"굉장히…… 큰 지프도 갖고 있네."

"이건 에밋 거야. 네가 험한 길 전체를 뛰어가는 건 좋아하지 않을 것 같아서 빌려왔지."

"이런 차는 어디에 보관해?"

"근처에 있는 창고 하나를 차고로 개조했어."

그 애는 내 등 뒤로 채워지지 않은 벨트를 보더니 말했다.

"너는 안전벨트 안 맬 거야?"

나는 그저 그 애를 바라보았다.

그러자 벨라는 눈살을 찌푸리더니 눈을 흘기기 시작했지만, 그러다가 표정이 굳었다.

"험한 길 전체를 뛰어가다니? 그럼 일부는 어쨌든 뛰어가야 한다는 소리야?"

평소보다 목소리가 한 옥타브 올라가 있었다.

"넌 뛰지 않아도 돼."

내가 지적하자 그 애는 신음을 흘렸다.

"멀미할 거야."

"눈만 감으면 괜찮아."

벨라는 아랫입술을 깊이 깨물었다.

이 애를 안심시켜 주고 싶었다. 나랑 있으면 안전할 거라고. 몸을 숙여 그 애의 정수리에 입을 맞추었다. 그러다 그만 움찔하고 말았다.

머리카락에 맺힌 빗방울 때문에 내가 예상하지 못했던 방식의 향기가 풍겨 왔다. 이제껏 참 안정되었다고 생각했던 목구멍의 불길이 갑자기 확 타올랐다. 미처 막을 새도 없이 고통스러운 신음이 입 밖으로 흘러나왔다.

나는 곧바로 자세를 세우고 우리 사이에 간격을 두었다. 벨라는 어리둥절한 채로 나를 빤히 바라보았다. 난 애써 설명했다.

"비가 올 때 네 냄새, 너무 좋아."

그러자 조심스러운 표정으로 그 애는 내게 물었다.

"좋은 의미로, 나쁜 의미로?"

나는 한숨을 쉬었다.

"양쪽 다야, 늘 양쪽 다지."

우박처럼 날카롭고 큰 소리로 앞유리창에 부딪치는 빗줄기는 액체라고 생각하기에는 단단한 소리를 냈다. 나는 비포장도로길로 들어섰다. 이 길을 따라 지프로 최대한 깊숙이 숲속을 들어갈 예정이었다. 그러면 달리기를 몇 킬로미터 덜 할 수 있겠지.

벨라는 생각에 잠긴 모습으로 창밖을 응시했다. 내 대답 때문에 언짢았을까. 하지만 그때 그 애가 창틀을 굉장히 세게 붙잡고 몸을 가누고 있다는 걸 알아차렸다. 다른 손은 시트 가장자리를 꼭 쥔 채였다. 나는 속도를 줄여서 울퉁불퉁한 길과 바위를 최대한 부드럽게 달리려 했다.

벨라는 잘 달리지도 못하는 공룡 같은 본인 트럭 외에는 다른 이동 수단을 별로 좋아하지 않는 것 같았다. 그렇다면 길이 이토록 험하니, 제일 편리한 이동 방법인 내 품에 안겨 달리는 상황을 예전보다는 좀 낫게 여겨주지 않을까.

전나무로 빽빽이 둘러싸인 자그마한 공터에 이르자 비포장도로가 끝나 버렸다. 그 공터는 산을 내려가려고 차를 돌릴 만큼의 공간뿐이었다. 시동을 끄자 사방이 문득 고요해졌다. 이제껏 폭풍우를 뚫고 달려왔건만, 지금은 안개뿐이었다.

"미안하지만 여기부턴 걸어서 가야 해."

"있지, 난 여기서 기다릴래."

벨라는 숨 가쁜 소리로 말했다. 이 말이 얼마나 진심인지 알아보려고 그 애의 얼굴을 애써 읽었다. 정말로 겁먹은 건지, 아니면 고집을 부리는 건지 알 수가 없었다.

"그 많던 용기는 다 어디 갔어? 오늘 아침엔 진짜 훌륭했는데."

그러자 그 입가가 슬며시 무너지더니 아주 작은 미소로 변했다.

"지난번 기억이 아직도 잊혀지지 않았단 말이야."

난 그 미소가 무슨 뜻인지 궁금해져서 차에서 휙 내려 조수석으로 갔다. 지금 날 좀 놀리는 건가?

차 문을 열어 주었지만 벨라는 움직이지 않았다. 안전벨트 푸는 게 여전히 힘든 모양이군. 나는 빠르게 벨트를 풀어 주었다.

"이건 내가 풀 테니까 넌 어서 가."

그 애는 저항하며 말했지만, 말을 채 끝맺기도 전에 나는 벨트를 다 풀었다.

잠시 벨라의 표정을 찬찬히 바라보며 생각했다. 약간 긴장했을 뿐, 겁먹은 것 같지는 않은데. 나랑 같이 움직이는 걸 포기하지 말아 주었으면 좋겠다. 우선, 같이 달리는 게 여길 다니는 가장 간단한 방법이었으니까. 하지만 그보다도 더욱 큰 이유는…… 벨라를 만나기 전까지는 달리기야말로 내가 가장 좋아하는 것이었다. 그래서 그 애와 이 즐거움을 같이 나누고 싶었다.

일단은 먼저 한 번 더 해보라고 설득해야 했다.

어쩌면 더욱 역동적인 형태의 현혹을 시도해 봐야 할지도 모르겠군.

나는 우리가 이제껏 나누었던 상호작용을 모두 생각해 보았다. 처음에는 벨라가 나에게 보이는 반응을 종종 잘못 해석했었지만, 지금은 새로운 시각으로 상황을 볼 수 있었다. 내가 특별히 강렬한 눈빛으로 벨라의 눈을 들여다보면, 그 애는 아무 생각을 못하게 될 때가 많았다. 그리고 키스할 때면, 그 애는 온갖 것을 다 잊어버리곤 했다. 상식도, 자기 보존 본능도, 심지어 숨쉬기 같은 생명 유지 활동까지도 말이다.

나는 어떻게 하면 좋을지 곰곰이 생각했다.

"흐음……. 네 기억을 흐리게 만들 방법을 생각해 봐야겠네."

그리고 벨라를 지프에서 들어내려 부드럽게 세웠다. 그 애는 약간 긴장하고도 흥분한 상태로 나를 빤히 바라보았다.

그리고 눈썹을 치켜올리며 물었다.

"내 기억을 흐리게 만들다니?"

"말 그대로야."

예전에 벨라의 비밀스러운 속마음을 들으려고 무척 애썼을 때, 나는 그 애에게 더할 나위 없이 강렬한 영향을 끼쳤다. 하지만 아무것도 얻지 못했던 상황을 즐겁게 떠올리며 나는 이번에도 다시 시도해 보았다. 그 맑고도 짙은 눈망울을 지그시 응시했다. 내 눈은 살짝 가늘어졌고, 고요한 가운데 나는 사정없이 마음을 읽어 보려고 애썼다. 물론 아무런 소리도 들리지 않았다.

벨라는 눈을 네 번 빠르게 깜빡거렸고, 불안했던 표정이 변하더니 좀 더…… 멍한 표정이 되었다.

감이 왔다. 이 방법이 맞구나.

나는 좀 더 가까이 몸을 기대면서 벨라의 머리 양쪽으로 차체에 팔을 짚었다. 그 애는 반 발짝 물러서서 등을 문에 대었다. 혹시 나랑 떨어져 있으려는 건가? 턱을 위로 올린 얼굴이 키스하기에 완벽한 각도를 만들어냈다. 그렇다면 떨어져 있으려는 건 아닐 거야. 나는 몇 센티미터 더 가까이 다가갔다. 그 애는 반쯤 눈을 감고서 입술을 벌렸다.

"자, 정확하게 네가 걱정하는 게 뭔지 말해 봐."

내가 중얼거리자 벨라는 다시금 눈을 빠르게 깜빡이더니 숨을 가쁘게 한 번 몰아쉬었다. 내가 지금 하려는 것 때문에 호흡이 자꾸 힘들어지는 건가? 전혀 알 수가 없었다. 혹시 숨은 제대로 쉬어 보라고 때마다 말해 주어야 하나?

"어……."

그 애는 마른침을 삼키고는 다시금 밭은 숨을 쉬며 말했다.

"나무에 부딪혀서 죽을까 봐. 그리고 멀미할까 봐."

나는 벨라가 순서대로 말한 사항에 빙긋 웃었다. 그리고 아까처럼 강렬한 표정을 지어 보였다. 천천히 고개를 숙이고서, 그 쇄골 사이 오목한 부분에 입술을 대었다. 그 애는 숨을 멈추었고, 심장이 파닥거렸다.

내 입술은 그 애의 목덜미 피부 위를 움직여갔다.

"아직도 걱정돼?"

잠시 후에야 벨라는 간신히 목소리를 냈다. 속삭이는 대답 소리에는 확신이 없었다.

"응. 나무에 부딪히고…… 멀미할 거 같아."

나는 천천히 얼굴을 들어서 콧날과 입술로 목선을 훑었다. 그리고 턱 끝 바로 밑의 움푹 들어간 부분에 숨결을 던지듯 질문했다. 그동안 그 애는 눈을 꼭 감고 있었다.

"지금은?"

벨라는 빠르게 숨을 헐떡였다.

"나무랑 멀미."

그 옆얼굴을 입술로 훑은 나는 부드럽게 양쪽 눈꺼풀에 입을 맞추며 말했다.

"벨라, 정말로 내가 나무에 부딪힐 거라고 생각하는 건 아니지?"

마치 아이를 부드럽게 타이르는 어조로 나는 물었다. 결국 벨라는 내가 뭐든 잘한다고 생각하는 사람이 아니던가. 아마 이 애에게 날 믿느냐는 질문을 했다면 그렇다고 대답했을 거다.

"응. 그런데 내가 부딪히면 어떡해?"

느릿느릿하고도 계획적으로, 나는 벨라의 뺨에 키스를 이어가다가 입가에서 입맞춤을 멈추었다.

"나무에 부딪히도록 내가 내버려 둘 것 같아?"

나의 윗입술이 그 애의 아랫입술을 더할 나위 없이 약하게 살짝 건드렸다.

"아니."

벨라는 한숨을 쉬었다. 달콤하고 사랑스러운 연인들의 숨결 같이 부드러운 소리였다.

나는 입술로 그 애 입술 위를 가볍게 스치며 속삭였다.

"거 봐. 겁낼 건 하나도 없어, 안 그래?"

"응."

벨라는 파르르 떨리는 한숨을 내쉬며 그렇다고 말했다.

이 애를 압도하려고만 애쓰는 상황이지만, 문득 나는 깨달았다. 지금 나야말로 완전히 압도당해 버린 상태라는 걸.

내 정신이 온몸을 지배하는 느낌이 아니었다. 내 몸은 사냥할 때처럼 원하는 대로 움직여 댔다. 충동과 식욕이 이성을 무너뜨렸다. 지금 느끼는 이 욕망이란 내가 이제껏 제어해 왔던 예전의 욕구가 전혀 아니었다. 그 욕망은 새로운 열정이라서, 이걸 어떻게 제어해야 하는지 배운 적이 없었다.

내 입술이 너무 거칠게 벨라의 입술에 부딪혔다. 두 손으로는 그 애의 얼굴을 내 얼굴에 확 끌어당겨댔다. 그 피부를 내 온몸에 대고 느끼고 싶었다. 절대로 헤어질 수 없도록 그 애를 꼭 끌어안고 싶었다.

이런 새로운 불길은 고통 없는 불길이었고 오로지 이성만을 불살라 댔다. 벨라의 팔이 내 목을 꼭 감싸고, 그 몸이 내 몸에 딱 맞게 매달려 오자 불길은 한층 뜨거워졌다. 그 애의 열기와 맥박이 내 가슴부터 허벅지까지 온통 녹여 버렸다. 이 아찔한 감각에 빠져 숨이 멎을 것만 같았다.

벨라의 입술이 내 입술에 맞닿아 열렸다. 나의 모든 부분 하나하나는 아무것도 생각하지 못하고, 그저 그 키스를 더욱 진하게만 이어가려는 것 같았다.

아이러니하게도, 그 애를 구한 건 나의 가장 근본적인 본능이었다.

따스한 숨결이 내 입에 훅 끼쳐들자, 무의식적인 반사 작용이 일어났다. 독액이 흘러오고, 근육이 죄어들었다. 내가 다시금 제정신을 차리기에 충분한 충격이었다.

벨라의 손이 내 목과 팔을 쓸어내리는 느낌을 받으며, 난 몸을 비틀어 물러섰다.

머릿속은 온통 공포가 넘실거렸다.

방금 하마터면 이 애를 해칠 뻔하지 않았나? 죽일 뻔하지 않았느냐고!

눈앞으로 이 애가 깜짝 놀란 얼굴이 보였다. 그만큼 그 사실 역시 분명하게 다가왔다. 벨라가 없는 세상이라니. 그 운명을 너무나 많이 생각해 보았기 때문에 그 공허한 세상이 얼마나 무지막지하게 다가올지, 그 고통이 얼마나 클지 굳이 상상할 필요가 없었다. 나는 그 세상을 견디며 살 수 없으리라는 것을 알기에.

아니면…… 벨라가 비참해져 버린 세상에 살게 되겠지. 만약 아무것도 모른 채로 칼날처럼 날카로운 내 이빨 끝에 그 애가 혀를 대었다면…….

"젠장, 벨라!"

나는 숨을 헐떡이며 입을 비집고 나오는 나의 말소리를 간신히 들었다.

"너 때문에 죽겠다니까, 정말."

몸이 부르르 떨렸다. 나 자신에게 넌더리가 났다.

이 애를 죽인다면 분명 나도 죽어 버릴 것이다. 이 애의 생명은 이제 내 생명이니까. 나의 소중하고 유한한 생명이여.

벨라는 무릎에 손을 얹고 몸을 지탱한 채로 숨을 골랐다.

"넌 쉽게 죽지 않는다고 했잖아."

그 애가 중얼거렸다. 물론 나의 신체 내구성을 가리키자면 맞는 말이다. 내 몸은 벨라의 몸과 아주 다르니까. 하지만 이 애는 모른다. 이제는 내 삶이 너무나 깊이 자신의 삶과 결부되어 있다는 사실을. 그리고 하마터면 방금 그 삶이 사라져 버릴 뻔했다는 사실을.

나는 신음을 흘리며 심호흡을 했다. 벨라와 둘이 있는 건 안전하지 않다는 느낌이 들었다.

"널 만나기 전엔 나도 그렇게 믿었지. 어쨌든 내가 또 뭔가 멍청한 짓을 하기 전에 어서 가야겠군."

벨라에게 손을 내밀자, 그 애는 서둘러야 한다는 걸 이해하는 듯했다. 자기를 등에 업었을 때도 저항하지 않았다. 그 애는 팔과 다리를 나에게 꼭 둘렀고, 나의 정신이 내 몸을 통제하기 위해 난 또 1초간 고군분투를 해야 했다.

"눈 감는 거 잊지 말도록."

나는 경고했다. 그 애는 내 어깨에 얼굴을 꾹 파묻었다.

달리기는 오래 걸리지 않았지만, 내 몸을 제대로 작동시키기 힘들었던지라 가는 길이 참 멀게 느껴졌다. 내 본능을 아무것도 믿지 못할 것만 같은 기분이었다. 나의 한 가지 면을 자신 있게 제어할 수 있다고 해서 다른 면까지 당연히 제어할 수 있는 건 아니었기 때문이다. 이 애를 보호하려면 한 걸음 물러서서 조심스럽게 선을 그어야 할 것 같았다. 벨라가 숨쉬기에 방해받지 않고, 또 내 사고 능력에 영향을 주지 않는 범위로 신체 접촉을 제한해야 하겠지. 이 애가 숨쉬는 것보다 내 사고 능력을 잃지 않는 게 더 중요한 걱정이 되다니, 한심하기 짝이 없었다.

벨라는 짧은 거리를 이동하는 동안 꿈쩍도 하지 않았다. 숨소리는 고르게 들려왔고, 심박수는 약간 빨라졌지만 안정적이었다. 내가 멈춰 섰을 때도 그 애는 여전히 미동도 없었다.

나는 손을 뒤로 뻗어 그 머리카락을 쓰다듬었다.

"다 끝났어, 벨라."

벨라는 먼저 팔을 풀고 심호흡을 한 다음 뻣뻣해진 다리를 풀었다. 그 애의 체온이 갑자기 내 몸에서 사라졌다.

"어!"

그 애는 외마디 소리를 질렀다.

뒤를 휙 돌아보자 바닥에 내팽개쳐진 어린이용 인형처럼 땅바닥에 어색하게 주저앉은 모습이 보였다. 놀란 눈초리도 잠시, 그 눈빛은 빠르게 성난 기색으로 변했다. 어쩌다 여기에 와 버렸는지 전혀 모르겠지만, 누군가의 탓을 반드시 해야겠다는 표정이었다.

그 모습이 왜 이토록 우스웠을까. 마음이 너무 심란했던 탓일지도 모른다. 어쩌면 참 아슬아슬했던 상황이 다시금 끝나 버린 지금, 느껴지는 안도감이 너무 강력했기 때문일 수도 있겠지. 아니면 그냥 웃고 싶었을지도.

이유야 어떻든, 웃기 시작하자 금방 멈출 수가 없었다.

벨라는 날 보고 눈을 흘기며 한숨을 쉬더니 자리에서 일어섰다. 그리고 재킷에 묻은 진흙을 닦아내며 너무 괴로워하는 표정을 지어서 난 더 크게 웃어 버리고 말았다.

그 애가 나를 다시 노려보더니 앞으로 성큼성큼 걷기 시작했다.

나는 장난치고 싶은 마음을 꾹 참고 그 뒤를 빠르게 뒤따라가 그 애의 허리를 가볍게 잡았다. 그리고 최대한 목소리를 차분하게 가라앉히며 말했다.

"어딜 가는 거야, 벨라?"

그 애는 날 쳐다보지도 않고 대답했다.

"야구 구경 하러. 넌 이제 별 관심 없는지 몰라도 다른 사람들은 너 없이도 재미있게 놀걸."

"엉뚱한 길로 가고 있잖아."

내가 알려주었지만, 벨라는 코로 숨을 들이쉬고 나서는 더욱 고집스레 턱을 치켜들고는 몸을 180도 돌려 반대 방향으로 마구 걷기 시작했다. 나는 다시 따라잡았다. 이쪽도 맞는 방향이 아니었다.

"화내지 마. 나도 어쩔 수 없었어. 너도 네 표정을 봤어야 하는 건데."

나는 애원했지만. 결국 또 웃음소리가 새어나오고 말았다. 계속 나오는 웃음을 애써 삼켜야 했다.

벨라는 마침내 고개를 들었다. 마주친 두 눈에는 성난 불꽃이 일었다.

"너만 화낼 자격이 있는 줄 알아?"

이 애는 이중잣대를 참 싫어하지.

"너한테 화내는 거 아니야."

나는 확실하게 말했지만 벨라는 신랄한 기색을 흘리며 내 말을 따라 했다.

"'벨라, 너 때문에 죽겠다니까, 정말'이라고?"

그 말을 듣자 나의 장난기가 신랄하게 변했지만 사그라들지는 않았다. 그 순간 했던 말은 의도했던 것보다 더욱 격한 감정으로 진실을 담고 있었으니까.

"그건 사실이잖아."

그 애는 내 품에서 빠져나오면서 날 밀어내려 했다. 나는 그 애의 뺨에 손을 대어 얼굴을 돌리지 못하게 했다.

내가 무어라 말하기도 전에, 그 애는 고집스레 우겼다.

"분명 너 화났었잖아!"

"맞아."

"그런데 지금은 또……."

"너한테 화난 게 아니란 뜻이야. 아직도 모르겠어?"

이젠 아무것도 우스워 보이지 않았다. 이 애는 자기 탓을 하고 있었잖아.

벨라는 혼란스럽고 답답한 기색으로 눈살을 찌푸렸다.

"뭘 몰라?"

"난 절대로 너한테 화를 낼 수 없어. 어떻게 화를 내겠니? 용감하고, 믿음직하고…… 따사로운 너에게."

너그럽고, 상냥하고, 공감할 줄 알고, 성실하고, 착한 너에게…… 나의 생명과도 같고, 너무나 중요하고, 내게 삶을 주는 너에게……. 이 애의 좋은 점을 얼마든지 들 수 있었지만, 벨라는 내 말을 가로막았다.

"그런데 왜?"

그 애가 속삭였다. 끝까지 묻지 않은 질문은 이런 말이었을까. **그런데 왜 나한테 그토록 잔인하게 쏘아붙였던 거야?**

두 손으로 벨라의 얼굴을 잡았다. 말뿐만이 아니라 눈빛으로도 이야기하고 싶어서, 말로도, 눈으로도 더욱 강렬하게 전하고 싶어서.

"나한테 화가 난 거야. 자꾸만 널 위험에 빠뜨리는 내 행동이 싫어.

내 존재 자체가 널 위험하게 하잖아. 가끔은 정말로 내 자신이 혐오스럽다는 걸 알아야 해. 내가 더 강해져야 하는데, 더 강해져야 널…….”

순간, 그 애의 손가락이 내 입술에 닿으며 하려던 말을 가로막았다. 난 깜짝 놀랐다.

“그런 말 하지 마.”

중얼거리는 벨라의 얼굴에서는 혼란스러움이 이미 사라졌다. 그저 상냥함만 남았을 뿐.

나는 입에 닿은 그 애의 손을 들어 내 뺨에 대었다.

“사랑해. 내 행동에 대한 핑계로는 참 알량하지만, 그래도 그게 사실이야.”

날 응시하는 그 시선이 어찌나 따스하던지, 어찌나…… 흠모하는 것 같던지. 그 눈빛에 주어야 할 대답은 단 하나뿐인 것 같았다.

하지만 그 대답은 절제된 대답이어야 한다. 더는 충동적으로 행동하면 안 된다.

“이번엔 부디 얌전히 있어 줘.”

이렇게 중얼거렸지만, 그 애가 아니라 오히려 내 자신에게 한 말이었다.

부드럽게, 나는 입술을 그 입술에 살짝 포갰다.

벨라는 미동도 하지 않았다. 숨조차 참고 있었다. 나는 재빨리 몸을 일으켜서 그 애가 다시 숨쉬기를 기다렸다.

이윽고 그 애는 한숨을 쉬었다.

“스완 서장님한테 날 집에 일찍 데려다 주겠다고 약속한 거 기억나지? 어서 가는 게 좋겠다.”

또다시 날 도와주는구나. 나의 약한 면 때문에 이 애가 너무 강해져야 하는 일이 없으면 좋을 텐데.

"네, 아가씨."

나는 그 애를 놓아준 다음 손을 잡고 맞는 길로 이끌었다. 9미터쯤 가서 숲 가장자리를 지나자, 우리 가족이 공터라고 부르는 거대하고 탁 트인 들판이 나왔다. 이곳에 있던 나무들은 오래전에 빙하에 긁혀 사라졌고, 지금은 암반 위로 얇은 토양층만이 덮인 땅이었다. 여기에 무성하게 자란 것은 야생 풀과 고사리뿐이었다. 그래서 우리에게는 편리한 놀이터가 되어 주었다.

칼라일이 베이스 표시를 하는 동안, 앨리스와 재스퍼는 새로운 기술을 연습 중이었다. 그녀는 완벽한 기술을 선보이고 싶어 했다. 재스퍼가 미리 어떤 방향으로 달리기를 결정하면, 앨리스는 이 결정을 미리 보고 재스퍼가 움직이기 전에 그가 있을 곳으로 공을 던지는 기술이었다. 이런 기술이 크게 쓸모있지는 않았지만, 우리는 모두 기량이 비슷비슷하기 때문에 어떤 기술이든 남보다 앞서갈 수 있는 잠재력이 있었다.

에스미는 에밋과 로잘리 옆에 붙어 앉아서 벨라와 나를 기다리고 있었다. 하지만 우리를 본 로잘리는 에스미에게서 손을 확 빼서는 우리에게 등을 돌리고 걸어갔다.

뭐, 친절하게 굴겠다고 약속하지는 않았지. 여기에 와준 것만 해도 로잘리는 아주 많이 양보한 거다.

정말이지 어리석은 행동이구나. 에스미는 나와 생각이 달랐다. 그녀는 오후 내내 로잘리를 구슬리며 기분을 풀어 주려고 했기에, 지금은 몹시 화가 나 버렸다.

일단 경기를 시작하면 괜찮을 거야. 에밋은 이렇게 생각했다. 그는 나와 마찬가지로, 로잘리가 와주었다는 것만으로도 안심했다.

에스미와 에밋은 우리를 맞이하러 다가왔다. 내가 에밋에게 조심하라는 표정을 짓자, 그는 날 보고 씩 웃었다. **걱정 마. 약속했잖냐.**

그는 벨라를 흥미롭게 바라보았다. 물론 우리는 인간들의 세계를 방문하여 그들 곁에 머물렀지만, 인간이 우리의 세계에 방문하는 건 완전히 다른 차원의 일이었다. 흥미진진했으니까. 게다가 그가 보기에 벨라는 인간이긴 하지만 우리에게 속한 사람이었다. 그는 가족이 늘어나는 걸 좋은 경험으로만 여기고 있었다. 그래서 벨라도 어서 포함시키고 싶어서 안달이었다.

나 역시 에밋의 열의를 기쁘게 받아들였을 수도 있었겠지만, 새로운 대상을 보며 매료된 에밋의 내면에는 앨리스의 환상이 보여 준 미래를 의심하지 않는 면이 보였다.

난 인내할 것이다. 그러면 가족들도 언젠가는 모두 이해하겠지.

"에드워드, 조금 전에 네가 낸 소리였니?"

에스미가 물었다. 그녀는 벨라가 소외되지 않도록 필요 이상으로 목소리를 크게 내었다.

"곰이 숨 막혀 캑캑거리는 소리 같던데."

에밋이 거들자, 벨라는 수줍게 미소를 지었다.

"맞아요."

에밋은 그 애에게 씩 웃어 보였다. 자신과 말장난을 할 만큼 용감한 면을 보고 기뻐서였다.

"벨라가 자기도 모르게 아주 우스꽝스러운 짓을 했거든요."

내가 설명하는 동안 앨리스가 우리에게 쏜살같이 다가왔다. 앨리스가 너무 스스럼없이 행동하고 있다 해도 걱정하지 말아야 하겠지. 벨라가 무엇에 무서워하고 무엇에 아닌지 내가 추측하는 것보다 앨리스가 더 잘 알 테니까.

그녀는 팔을 뻗으면 닿을만한 거리에 우뚝 멈춰 섰다.

"시간 됐어."

앨리스가 엄숙한 목소리로 말했다. 마치 벨라를 위해 신탁을 받는 듯한 목소리였다. 때마침 고요한 공기를 뚫고 천둥이 쳤다. 나는 고개를 저었다.

"등골이 오싹하지 않아?"

에밋이 벨라에게 중얼거렸다. 그게 자신에게 한 말이라는 걸 알고 벨라가 놀라자 그는 윙크를 했다. 조금 주저하기는 했지만 그 애도 에밋에게 방긋 웃어 주었다.

에밋은 나를 슬쩍 보았다. **쟤 진짜 맘에 드는데.**

"가자."

앨리스가 에밋의 손을 잡으며 재촉했다. 그녀는 우리가 얼마나 오랫동안 마음껏 놀 수 있는지 정확히 알고 있었다. 그래서 시간을 낭비하고 싶어 하지 않았다. 에밋 역시 어서 경기를 시작하고픈 마음이 간절했다. 둘은 함께 칼라일에게 달려갔다.

벨라와 잠깐 이야기할 수 있을까? 나와 편하게 지냈으면 좋겠다 싶어서. 에스미가 간곡하게 부탁했다. 벨라가 그녀를 두려워해야 할 대상이 아니라 한 사람이자 친구로 생각한다는 게 에스미에게 얼마나 중요한 의미가 있는지 느껴졌다. 나는 고개를 끄덕인 다음 벨라를 바라보았다.

"너도 멋진 경기 구경할 준비 됐어?"

나는 빙긋 웃었다. 아까 찰리의 말을 듣고서 오늘 저녁이 이 애에게는 이례적인 일이라는 걸 쉽사리 알아챌 수 있었으니까. 음, 우리가 이 애를 재미있게 해 줄 수 있다면 좋겠군.

"파이팅!"

짐짓 꾸며낸 듯한 응원에 난 웃었다. 그리고 에스미에게 그토록 바라던 기회를 주면서 에밋과 앨리스를 쫓아갔다.

다른 이들과 같이 있으면서도 나는 벨라와 대화하는 에스미에게 귀를 기울였다. 그녀는 뭘 알려준다거나 반대로 뭘 알고 싶은 마음이 없었다. 다만 벨라와 대화를 하고 싶었을 뿐이었다. 하지만 그럼에도 나는 관심을 끊을 수가 없었다. 그래서 나의 주의를 둘로 나누어 둘의 대화와 지금 내 주변 존재들에게 각각 두었다.

"에드워드와 나는 이미 팀원을 골랐어. 재스퍼와 에밋이 나랑 같은 팀이야."

로잘리가 말했다. 앨리스는 놀라지 않았다. 에밋은 이길 가능성이 더 있었기에 좋아했다. 재스퍼는 별로 좋아하지 않았다. 그는 앨리스와 같은 팀이 되는 편을 선호했으니까. 칼라일은 나와 마찬가지로 로잘리가 같이 경기를 한다는 사실만으로도 기뻐했다.

그동안 에스미는 우리가 경기를 정정당당하게 하지 않는다며 그 애에게 불평해댔다. 우리가 벌일지도 모르는 최악의 상황에 대해 벨라에게 미리 마음의 준비를 시키는 거로군.

칼라일은 25센트 동전을 꺼냈다.

"어느 쪽인지 고르렴, 로잘리."

"로잘리는 자기 마음대로 팀을 정했어요. 그러니 선택권은 우리에게 주세요."

내가 반박했지만, 칼라일은 나를 바라보다가 앨리스를 가리켰다.

그녀는 이미 동전이 어느 쪽으로 떨어질지 보아 버렸다.

"로잘리, 고르렴."

칼라일이 다시 말하며 동전을 공중에 던졌다.

"앞면이요."

나는 한숨을 쉬었고, 그녀는 씩 웃었다. 칼라일은 떨어지는 동전을 팔 위로 잡아 눌렀다.

"앞면이구나."

그는 결과를 확인해 주었다.

"우리가 공격이네요."

로잘리가 말하자 칼라일은 고개를 끄덕였다. 그리고 나와 앨리스, 칼라일은 수비 대형으로 움직였다.

이제 에스미는 벨라에게 그녀의 첫아들에 대해 말해 주고 있었다. 대화가 이토록 내밀한 주제까지 흘러간 데 나는 놀랐다. 이건 에스미의 가장 아픈 상처였지만, 이야기하는 그녀의 모습은 부드럽고 차분했다. 어째서 이걸 말해 주기로 마음먹은 걸까.

아니, 어쩌면 에스미는 전혀 마음먹은 게 아니었을지도 모른다. 벨라가 이야기를 들어주는 방식에는 뭔가 특이한 점이 있었으니까……. 나 역시 품고 있던 어두운 비밀을 죄다 쏟아내고 싶지 않았던가? 어린 제이콥 블랙도 벨라를 즐겁게 해 주려는 마음만으로 고대의 조약을 누설하지 않았던가? 저 애는 모든 이들에게 이런 영향을 미치는 게 틀림없다.

나는 필드 왼쪽으로 깊숙이 움직였다. 벨라의 목소리가 여전히 또렷하게 들렸다.

"그럼 속상하지 않으세요? 제가…… 에드워드한테 어울리지 않는 상대라서요."

가엾은 아이. 이건 얘한테 너무도 벅찬 일일 거야. 에스미가 생각했다.

"아니야."

에스미는 벨라에게 대답했다. 속상하지 않다는 건 거짓이 아니었다. 에스미가 바라는 것은 오로지 나의 행복이니까.

"걔가 원하는 건 바로 너야. 모든 게 다 잘 해결될 거란다."

하지만 에밋처럼 에스미 역시 오로지 한 가지 방법만을 보았다. 벨라가 내 얼굴을 똑똑히 볼 수 없을 만큼 멀리 떨어져 있어서 다행이었다.

앨리스는 에스미가 심판 자리에 서고 벨라는 그 옆에 설 때까지 기다렸다. 이윽고 그녀는 즉석에서 만든 마운드에 올라섰다.

"좋아, 경기 시작!"

에스미가 외쳤다.

앨리스는 초구를 힘껏 던졌다. 에밋은 너무 열의가 넘친 상태라 엄청나게 방망이를 휘둘렀다. 휙 소리를 내며 아슬아슬하게 공을 맞추지 못한 방망이가 만들어낸 공기 압력 때문에 공의 직선 운동이 흐트러질 정도였다. 재스퍼는 공중에서 공을 낚아채고는 앨리스에게 다시 휙 던져주었다.

"스트라이크였나요?"

벨라가 에스미에게 속삭이는 소리가 들렸다. 에스미가 대답했다.

"공을 맞추지 못하면 무조건 스트라이크야."

앨리스는 다시 본루를 향해 공을 던졌다. 에밋은 다시 자세를 잡은 상태였다. 나는 배트와 공이 충돌하면서 난 폭발음을 듣기 전에 이미 달리고 있었다.

앨리스는 이미 공이 어디로 날아갈지 보았고, 내가 빨리 달려간 것도 보았다. 솔직히 말하면 이래서 경기가 살짝 재미없었다. 로잘리는 나와 앨리스를 같은 팀에 두지 말았어야 했다. 어쨌든 난 오늘밤 이길 작정이었다.

나는 공을 가지고 다시 달렸다. 공터의 가장자리에 이르자 에스미가 에밋에게 곧바로 아웃을 외치는 소리가 들렸다.

"에밋이 진짜 어려운 공을 쳤는데 에드워드의 달리기가 더 빨랐어."

에스미가 벨라에게 설명했다. 나는 그들을 향해 빙긋 웃었다. 벨라가 즐거워하는 모습을 보니 기분이 좋았다. 그 애는 눈을 동그랗게 뜨고 활짝 웃고 있었다.

에밋은 재스퍼가 방망이를 잡는 동안 홈플레이트 뒤에서 재스퍼가 맡았던 포수 자리로 갔다. 하지만 지금은 로잘리가 포수를 맡아야 할 차례였다. 짜증나는군. 벨라의 반경 3미터 안에 있는 게 뭐 그리 대단한 부담이라고 이러나. 로잘리에게 제발 와 달라고 강요하지 말았어야 했다는 생각이 슬슬 들기 시작했다.

재스퍼는 내가 얼마나 빨리 달릴 수 있는지 알아볼 마음은 없었다. 그는 자신이 에밋처럼 공을 칠 수 없다는 걸 알고 있었다. 그래서 그는 앨리스의 공을 방망이 끝으로 친 다음, 공을 칼라일 쪽으로 가까이 보내어 칼라일이 공을 잡으러 가도록 만들었다. 칼라일은 공을 잡으려고 왼쪽으로 돌진한 다음 재스퍼를 향해 1루로 달려갔다. 아주 근소한 차이로, 칼라일이 그에게 공을 대기 직전에 재스퍼의 왼발이 1루에 닿았다.

"세이프."

에스미가 선언했다.

벨라는 발끝을 동동거리며 귀를 막은 채였다. 눈썹 사이로 V자 주름이 다시 보였다. 하지만 칼라일과 재스퍼가 다시금 일어나자 금방 긴장을 풀었다. 그리고 나를 슬쩍 보더니 이내 미소를 되찾았다.

로잘리가 타석에서 방망이를 잡을 차례가 되자 팽팽한 긴장감이 느껴졌다. 비록 로잘리는 마운드에 선 앨리스와 마주보고 있어서 벨라를 볼 수가 없었지만, 그녀의 어깨는 벨라에게서 멀어지려는 듯 안쪽으로 굽어져 있었다. 자세는 뻣뻣했고 표정은 혐오감으로 굳은 채였다.

나는 비난의 눈빛으로 그녀를 노려보았다. 로잘리는 입을 비쭉 내밀었다.

네가 오라고 했잖아.

로잘리는 정신을 팔고 있던 나머지 앨리스의 공이 스쳐 지나 에밋의 손에 들어가는 것도 몰랐다. 그녀는 더욱 얼굴을 찌푸리고는 애써 집중했다.

앨리스는 다시 로잘리를 향해 공을 던졌다. 이번에는 로잘리가 공을 살짝 쳐서 3루 너머로 공을 넘겼다. 나는 달려갔지만, 앨리스가 이미 공을 잡았다. 하지만 아직 시간이 있었기에 로잘리를 아웃시키지는 않았다. 그 대신 몸을 빙글 돌려 홈으로 번개처럼 들어왔다. 재스퍼는 이미 3루와 홈 사이에 와 있었다. 그는 칼라일을 상대했을 때와 마찬가지로 앨리스를 홈에 못 들어오게 막을 것처럼 어깨를 수그리고 있었지만, 앨리스는 재스퍼가 자신에게 달려들게 내버려 두지 않았다. 그녀는 영리하게 반쯤 돌아서며 미끄러지는 술책을 써서 재스퍼를 지나쳐 뒤에서부터 그를 태그했다. 에스미는 아웃을 외쳤지만 로잘리는 그 틈을 타 2루까지 달렸다.

에밋이 재스퍼와 다시 자리를 바꾸기도 전에 난 그들의 다음 플레이를 예상할 수 있었다. 에밋은 로잘리를 홈으로 불러들이려고 길게 희생타를 칠 것이었다. 앨리스 역시 같은 장면을 보았지만, 그들이 성공할 것 같았다. 나는 다시 나무가 선 공터 가장자리로 돌아갔지만, 에밋이 정말로 공을 치기도 전에 앨리스가 본 지점을 따라 내가 공을 찾아 달려간다면 에스미가 부정행위라고 간주하고 우리에게 경고를 줄 것이었다. 나는 근육을 수축시키고 달릴 준비를 했다. 공이 아니라 앨리스가 본 미래를 따라서였다.

하지만 에밋은 공을 멀리 친 게 아니라 높이 쳤다. 중력이 나보다 느리다는 걸 알아서였다. 그 작전은 먹혔다. 로잘리가 홈을 밟자 나는 이를 갈았다.

하지만 벨라는 기뻐했다. 그 애는 경기에 무척 감명을 받아서 커다란 미소를 지으며 손뼉을 쳤다. 로잘리는 벨라가 자발적으로 박수 쳐주는데도 받아 주지 않았다. 그쪽은 쳐다보지도 않고, 대신 나를 흘겨보았다. 하지만 나는 로잘리가 아주 약간이나마…… 마음을 누그러뜨린 소리를 듣고 놀랐다. 물론 깜짝 놀랄 일은 아닐지도 모른다. 로잘리는 남들이 자신에게 감탄해 주기를 무척 바라는 성격이니까.

로잘리의 아름다움에 대해서 벨라가 늘어놓았던 칭찬 중 몇 가지를 말해 주어야 할까……. 하지만 내 말을 믿지 않겠지. 지금 벨라를 본다면, 벨라가 무척 경탄하는 모습을 볼 수 있을 텐데. 그러면 로잘리의 마음이 더욱 풀어질 텐데. 하지만 그녀는 돌아보지 않았다.

그래도 나는 좀 더 희망이 생겼다. 조금 더 시간이 흐르고 칭찬을 많이 해 준다면…… 우리는 로잘리의 마음을 돌릴 수 있을 거다.

에밋 역시 벨라가 신나서 놀라는 반응을 즐기고 있었다. 그는 예상보다 더 많이 벨라를 좋아했다. 그리고 반응이 좋은 관중을 두고 경기하는 게 더 재미있다는 사실도 알았다. 로잘리가 감탄 어린 반응을 좋아하는 것만큼, 에밋은 재미를 좋아했다.

로잘리의 팀이 수비를 맡게 되자 칼라일과 앨리스, 나는 홈으로 달려왔다. 벨라는 눈을 동그랗게 뜨고 함박웃음을 지으며 나를 맞아 주었다.

"보니까 어때?"

내가 묻자 그 애는 웃었다.

"한 가지는 확실해. 앞으로 메이저리그 야구경기는 지루해서 못 볼 것 같아."

"전엔 꽤나 많이 본 사람처럼 얘기하네."

벨라는 입술을 삐죽였다.

"어쨌든 좀 실망했어."

하지만 표정은 별로 실망한 것 같지 않았다.

"왜?"

"네가 지구상에 있는 다른 모든 사람들보다 잘하지 못하는 걸 하나쯤은 찾을 수 있을 거라고 생각했는데, 아닌 것 같아서."

으윽.

그 말을 듣고 로잘리만 이런 신음을 낸 건 아니었지만, 어쨌든 그녀의 소리가 제일 컸다.

언제까지 연애 놀이 하고 있을 거야? 폭풍이 계속 불어 대지는 않을 거라고. 로잘리가 머릿속으로 말했다.

"내 차례야."

나는 벨라에게 말한 다음 에밋이 던져둔 방망이를 집어들어 타석으로 갔다.

칼라일은 내 뒤에 웅크려 앉았다. 앨리스는 재스퍼의 투구 방향을 가르쳐 주었다.

나는 번트를 댔다.

"겁쟁이."

에밋은 예측할 수 없을 정도로 튀는 공을 쫓아가며 으르렁댔다. 로잘리는 2루에서 나를 기다리고 있었지만, 나는 시간이 무척 많았다. 그녀는 나를 향해 얼굴을 찌푸렸지만 나는 씩 웃어 주었다.

칼라일은 타석에 올라서서 몸을 숙여 자세를 취했다. 그의 의도가 들렸고, 앨리스의 예측에 따르면 성공할 것이었다. 나는 모든 근육의 능력을 힘껏 발휘할 준비를 했다. 재스퍼는 빠른 커브볼을 던졌고, 칼라일은 방망이를 정확하게 꺾었다.

벨라에게 귀를 다시 막으라고 경고할 걸 그랬군.

칼라일이 공을 쳤을 때의 소리는 천둥소리라고 둘러댈 수 있을 만한 수준이 아니었다. 인간들이 별 의심을 안 하는 성향이라는 건 다행이었다. 그들은 부자연스러운 것이 존재한다고 믿고 싶어 하지 않는다.

나는 전속력으로 달리면서 타구 소리가 메아리치는 와중에 로잘리가 숲속을 달려가는 소리를 골라 들었다. 만약 그녀가 빨리 움직인다면……. 아니다. 앨리스는 공이 땅에 떨어지는 모습을 보았다.

공이 최종 착지 지점까지 절반쯤 갔을 때 나는 홈플레이트를 밟았다. 칼라일은 지금 막 1루를 돌고 있었다. 내가 벨라에게서 몇 발짝 떨어진 곳에서 멈추자 그 애는 눈을 빠르게 깜빡였다. 내가 달려온 모습을 미처 눈으로 따라오지 못한 듯했다.

"재스퍼!"

로잘리는 깊은 숲속 어딘가에서 외쳤다. 칼라일은 3루를 지나쳐 날 듯이 달렸다. 나무를 뚫고 공이 우리 쪽으로 쌩하니 날아오는 소리가 들려왔다. 재스퍼는 쏜살같이 홈플레이트로 달려갔지만, 공이 재스퍼의 손바닥을 강타하기 직전에 칼라일은 그의 아래로 미끄러져 들어갔다.

에스미가 외쳤다.

"세이프."

"아주 잘했어."

앨리스는 우리에게 축하의 말을 건네며 손을 올려 하이파이브를 자세를 취했다. 우리는 둘 다 앨리스와 손을 맞부딪쳤다.

로잘리가 이를 가는 소리가 모두의 귀에 들려왔다.

나는 벨라에게 다가가 옆에 서서 그 애의 손을 슬며시 깍지 꼈다. 그 애는 날 보고 미소지었다. 추위 탓에 뺨과 코가 분홍빛으로 물들었지만, 눈빛은 신난 기색이 그득했다.

앨리스는 방망이를 들고서 공을 넘기는 방법을 백 가지나 생각해 댔지만 재스퍼와 에밋을 넘어설 방법을 볼 수가 없었다. 에밋은 3루 근처를 떠돌았다. 앨리스는 로잘리의 수비를 넘길 만한 근육이 없다는 걸 알기 때문이었다.

재스퍼는 직구를 던졌고, 앨리스는 공을 우익수 쪽으로 몰았다. 재스퍼는 먼저 공 쪽으로 달려가서 그걸 잡고 앨리스가 오기도 전에 베이스를 태그했다.

"아웃."

나는 벨라의 손가락을 한 번 꼭 쥔 다음, 타석으로 나갔다.

이번에 로잘리 팀보다 한 점 앞서가려고 했지만, 재스퍼는 느린 공을 던져서 내가 필요한 만큼의 추진력을 얻을 수가 없었다. 나는 땅볼을 쳤지만, 로잘리가 나를 막기 전에 1루밖에 가지 못했다.

칼라일은 바위면 땅으로 공을 그대로 쳐 냈다. 내가 홈으로 들어오기 충분한 만큼 공이 높이 튀어 시간을 끌어 주기를 바랐지만, 재스퍼가 점프해서 공을 너무 빨리 잡아 버렸다. 에밋 때문에 나는 3루까지밖에 가지 못했다.

앨리스는 타석에 다가서면서 가능성을 다 살펴보았지만, 전망은 그리 밝지 않았다. 그녀는 최선을 다해서 공을 우측 파울라인으로 최대한 세게 쳐냈다. 하지만 재스퍼는 미끼에 걸려들지 않았다. 그는 앨리스를 태그아웃시키려고도 하지 않고 홈플레이트을 벽처럼 지키고 선 에밋에게 공을 곧바로 보냈다. 난 선택의 여지가 별로 없었다. 에밋을 피해갈 수 있는 방법은 없었으니까. 하지만 우리 팀 전체가 주루에 나가서 아무도 타석에 들어갈 수 없게 되면, 우리 가족이 정한 규칙에 따라 자동적으로 이닝이 종료된다.

그래서 난 에밋에게 달려들었다. 그는 나의 선택에 짜릿함을 느낀 것 같았다. 하지만 내가 홈플레이트 가까이에서 뭘 해보려 하기도 전에 로잘리가 먼저 불평을 늘어놓았다.

"에스미, 재 억지로 아웃당하려고 하잖아요."

이것 역시 가족 규칙에 위배되는 것이기는 했다.

물론 에밋은 나를 태그아웃시켰다. 그것 말고는 다른 방법이 없었으니까.

"사기꾼."

로잘리가 험악한 목소리로 말했다.

에스미는 나무라는 표정으로 날 보았다.

"로잘리 말이 맞아. 너희 공격은 끝났으니 수비로 돌아가."

나는 어깨를 으쓱이면서 수비하러 나갔다.

이번에는 로잘리의 팀이 잘했다. 에밋이 대단한 공을 때려서 로잘리와 재스퍼가 둘 다 홈에 들어왔다. 물론 나는 로잘리가 사기를 쳤다고 확신했다. 공이 날아가다가 무언가 자그마한 비행 물체에 맞은 것처럼 경로를 바꾸었기 때문이다. 하지만 나는 숲속 너무 깊숙이 들어가 있어서 그 비행 물체가 어디에서 왔는지 볼 수가 없었다. 그래도 에밋을 아웃시킬 시간은 있었다. 로잘리의 다음번 장타는 너무 낮았다. 그 정도는 앨리스도 점프해서 잡을 수 있었다. 재스퍼는 다시 주루에 나왔지만, 나는 에밋의 공이 숲속으로 가기 전에 잡아냈고, 칼라일과 나는 3루로 나가고 있던 재스퍼를 양편에서 막았다.

경기가 진행될수록 벨라가 점점 지루해 하고 있지는 않을까 지켜보았다. 하지만 내가 볼 때마다 그 애는 완전히 몰두한 모습이었다. 이런 건 처음 봤을 테니 그렇겠지. 우리의 경기는 인간들의 경기와는 다르게 보인다는 걸 안다. 난 그 애의 표정을 주시하면서 신기해 하는 기색이 언제 사라질까 기다렸다. 아직도 폭풍이 그치려면 몇 시간은 더 있어야 하고, 에밋과 재스퍼는 경기할 기회를 놓치고 싶어 하지 않을 테니까. 벨라가 너무 피곤해하거나 춥다고 느낀다면 나는 중간에 그만둘 것이었다. 그렇다면 로잘리는 얼마나 난리를 칠지 생각하자 속이 움찔거렸다. 음, 뭐, 그래도 알아서 잘하겠지.

점수가 엎치락뒤치락하면서 경기 매너도 점점 사라져 갔다. 에스미가 경고하긴 했지만, 그래도 벨라가 우리를 어떻게 생각할까 궁금해졌다. 하지만 로잘리가 나더러 "사기를 안 치면 이기지도 못하는 비루한 자식"이라고 소리치다가(로잘리의 플라이볼을 잡기 위해 정확히 어떤 나무를 타고 올라가야 하는지 내가 알고 있었기 때문이다), 나중에는 "썩어 문드러진 돼지새끼"라고 말하자(3루에서 로잘리를 태그아웃시켰을 때였다), 벨라는 에스미와 함께 웃었다. 물론 우리가 경기할 때는 로잘리만 험한 말을 퍼붓는 것은 아니었다. 칼라일을 빼면 평소 우리는 모두 경기 중에 입이 험했으니까. 하지만 지금만큼은 칼라일 말고도 욕설을 내뱉지 않는 이가 또 있었으니, 그게 바로 나였다. 난 최선을 다해서 신사답게 행동했다. 하지만 로잘리는 이런 내 모습을 보고 평소 경기할 때 내가 그녀와 말싸움으로 맞먹을 때보다 더욱 짜증을 냈다.

그렇다면 일석이조로군.

우리 경기는 이제 11회에 접어들었다. 이 이닝은 몇 분 후면 끝날 것이었다. 회차를 정해 두고 경기하는 게 아니라, 폭풍이 끝나면 끝내야 했기 때문이다. 칼라일이 먼저 타석에 들어섰다. 앨리스는 다시금 장타를 예상했기에, 난 우리가 먼저 주루에 나가 있었으면 좋았을 거라고 아쉬워했다. 아니나 다를까, 마운드에 오른 에밋은 칼라일이 못 칠 만큼 빠른 직구를 던져보겠다는 유혹을 이기지 못했고, 그래서 칼라일은 엄청난 반동의 공을 쳤다. 공이 어찌나 세차게 날아갔던지 로잘리가 막을 수 있는 범위를 훌쩍 넘었다. 산에 울려퍼진 소리는 천둥이라기보다는 폭발음에 가까웠다.

공 소리가 여전히 우리 주위에서 메아리치고 있는 동안, 또 다른 소리가 귓가에 들려왔다.

"아!"

마치 누군가 앨리스를 주먹으로 친 것처럼, 그녀는 숨을 헐떡였다.

이미지들이 급류처럼 그녀의 머릿속에서 쏟아져 나왔다. 알아볼 수 없는 새로운 미래들이 눈사태처럼 쏟아져서 뒤섞여 소용돌이치는 모습은 서로 단절되어 맥락을 알 수가 없었다. 어떤 이미지는 눈부시게 빛났고, 어떤 이미지는 너무 어두워서 볼 수가 없었다. 천 가지나 되는 서로 다른 배경들은 대부분 낯설기만 했다.

이 순간 전까지 앨리스가 완벽하게 확신했던 미래는 아무것도 남아 있지 않았다. 대체 무슨 일인지는 몰라도, 어마어마한 무언가가 우리의 운명을 죄다 뒤바꿔 버릴 만큼 강력했다. 앨리스와 나는 둘 다 심한 두려움에 휩싸였다.

앨리스는 집중했다. 빠르게 머리를 굴리면서 새로운 환상들의 시발점을 추적했다. 뒤섞이는 이미지들은 점점 좁혀지며 한 가지 시점을 보여 주었다. 현재에 매우 가까운 그 순간은 곧 벌어질 예정이었다.

세 명의 낯선 얼굴. 뱀파이어 세 명이 우리 쪽으로 달려오는 모습을 앨리스는 보았다.

나는 벨라에게 달려갔다. 당장 이 애를 데리고 도망칠 생각이었다. 하지만 우리 둘만 있는 미래가 보였다. 그들의 수가 우리보다 더 많은 상태로…….

"앨리스?"

에스미가 물었다.

재스퍼는 앨리스의 곁으로 재빨리 다가왔다. 내가 벨라에게 다가간 것보다 더 빠르다시피 한 속도였다.

"정확히 보이지 않아서…… 몰랐어요."

앨리스가 속삭였다. 현재 그녀는 환상을 비교하는 중이었다. 그중 오래 된 환상은 내일 밤 세 명의 낯선 이들이 우리 집에 다가오는 이미지였다. 바로 내가 마음의 준비를 했던 미래였다. 이 환상 속에서 벨라와 나는 멀리 달아난 채였다.

그런데 무언가로 인해 그들이 계획을 바꾼 거다. 앨리스는 이 새로운 타임라인의 몇 분 앞을 더 내다보았다. 우호적인 만남의 가능성은 있었다. 서로 소개를 하고, 그쪽에게 요청하는 장면이었다. 앨리스는 이게 어떻게 된 일인지 깨달았다. 하지만 나는 벨라가 그 환상 속 자리에 있다는 사실에 온통 신경이 쏠려 버렸다.

이 시점에서 우리는 앨리스를 중심에 두고 동그랗게 모여 섰다.

칼라일은 가까이 몸을 숙이고 앨리스에게 한 손을 얹으며 물었다.

"무슨 일이니, 앨리스?"

앨리스는 재빨리 고개를 흔들었다. 지금 머릿속에 있는 장면들을 이해 가능하도록 줄 세우려는 것 같았다.

"생각보다 저들이 훨씬 빠르게 이동하고 있어요. 전에 본 장면은 제 착각이었나 봐요."

"뭐가 바뀐 거야?"

재스퍼는 앨리스와 오랫동안 함께 있었기 때문에, 나를 제외하면 그녀의 재능이 어떻게 작용하는지 가장 잘 알았다.

"우리가 경기하는 소리를 듣고 저들이 진로를 바꿨어."

앨리스는 우리에게 말했다. 우호적인 미래의 장면 속에서, 낯선 이들은 그 사실을 우리에게 알려주었다.

모두 벨라를 쳐다보았다.

"얼마나 가까이 왔니?"

칼라일은 내 쪽으로 얼굴을 돌리며 물었다.

그들의 소리를 듣기에는 쉽지 않을 만큼 거리는 떨어져 있었다. 지금처럼 폭풍우가 몰아치는 늦은 밤에는 주변 산에 사람이 거의 없어서 마음을 듣기에 좋았다. 이 지역에 다른 뱀파이어가 없다는 것 역시 더욱 도움이 되었다. 뱀파이어의 생각이 살짝 더 낭랑하게 들리기 때문이다. 뱀파이어의 소리는 더 멀리서도 들려왔고, 더 쉽게 분간이 된다. 그래서 난 앨리스의 환상 속에서 본 이정표의 도움을 받아 그들의 위치를 파악해 냈다. 하지만 생각은 잘 들리지 않아서, 가장 주된 것들만 잡아낼 수 있었다.

"5분도 안 걸릴 것 같네요. 같이 경기를 하고 싶어서 달려오고 있는데요."

내 말에 칼라일은 다시금 벨라를 향해 번뜩였다. **벨라를 여기서 내보내야 한다.**

"피할 수 있겠어?"

앨리스는 나를 위해 한 줄기 가능성에 초점을 맞추었다. 벨라를 등에 업고 도망치는 가능성이었다.

벨라를 업는다고 해서 달리기가 많이 느려지지는 않는다. 하지만 이 애의 무게가 문제가 아니라, 다치지 않게 하려고 조심스럽게 움직이려다 보니 나는 충분히 빠르게 달릴 수가 없을 것이었다. 이 가능성은 결국 다른 미래로 이어졌다. 우리 둘은 그들에게 둘러싸여 있었다. 그들의 수가 더 많은 채로…….

낯선 이들은 우리를 넘겨보아 줄 정도로 야구에 큰 관심이 있던 건 아니었다. 앨리스는 그들 셋이 서로 다른 각도에서 공터를 감시하며 다가오다가, 다시금 셋이서 뭉치는 모습을 보았다. 그들 중 누구라도 내가 뛰는 소리를 들으면, 분명히 조사하러 올 것이다.

나는 고개를 흔들었다.

"아뇨, 업은 상태로는……."

칼라일의 생각이 너무 놀라 움찔했다. 나는 위협적인 소리로 말했다.

"게다가 저들이 체취를 맡고 사냥을 시작하게 하는 건 곤란해요."

"몇이나 돼?"

에밋이 대뜸 물었다. 앨리스는 으르렁대듯 말했다.

"셋."

그러자 에밋은 코웃음을 쳤다. 긴장감이 역력한 상황과는 너무 동떨어진 소리라서 나는 그를 멍하니 쏘아보았다. 에밋은 비웃으며 말했다.

"셋! 얼마든지 오라고 해."

칼라일은 여러 가지 선택지를 생각하고 있었지만, 결국 하나밖에 없다는 게 보였다. 에밋의 말이 옳았다. 낯선 이들이 싸우려 한다면 자살 행위일 정도로 우리는 수가 많았다.

"하던 경기나 계속하자. 앨리스 말 들었잖니. 그냥 호기심에 오는 것뿐이라잖아."

칼라일도 에밋에게 동의하며 말했지만, 본인조차 이 결정을 얼마나 못마땅하게 여기던지, 굳이 생각을 읽지 않아도 알 수 있었다.

앨리스는 이곳 공터에서 일어날 수 있는 모든 가능성을 샅샅이 살펴보았다. 결정이 내려지자 더욱 굳어진 이미지들이었다. 비록 다들 처음에는 긴장한 상태에서 시작되었지만, 대부분 평화로운 상황인 것처럼 보였다. 여러 미래 중에는 몇 가지 특이한 결과도 보였다. 무언가 교착 상태를 촉발시켜 나온 장면이었다. 하지만 그것들은 덜 분명한 미래였다. 무엇이 갈등을 유발한 건지 앨리스는 보지 못했다. 아직 그 미래를 만들 결정이 내려지지 않았다는 의미였다. 이곳에서 물리적인 전투가 일어나는 미래는 불확실한 것뿐이었다.

하지만 아직 그녀가 해석할 수 없는 미래가 너무 많았다. 눈부신 태양이 다시 보였는데, 이게 대체 어디를 본 건지 우리는 둘 다 알 수가 없었다.

칼라일은 이런 결정을 내릴 수밖에 없었다는 걸 알지만, 그래도 속이 메스꺼웠다. 난 어쩌다 일을 이 지경으로 만들어 버렸을까?

"에드워드."

에스미가 속삭였다. **그들은 목이 마른 상태니? 지금 사냥 중이야?**

그들의 생각에는 목마른 기색이 없었다. 그리고 앨리스의 환상에서 본 그들의 눈은 포만감에 가득 찬 붉은 빛이었다.

나는 에스미에게 고개를 저어 보였다.

그나마 다행이구나. 그녀는 나만큼이나 소름이 끼친 상태였다. 에스미의 머릿속은 나와 마찬가지로, 벨라가 위험해졌다는 생각으로 헝클어진 채였다. 에스미는 싸우는 체질이 아니었지만, 이 상황 때문에 마음이 얼마나 사나워졌는지 들렸다. 그녀는 벨라를 자기 아이처럼 보호할 것이었다.

"에스미가 공 좀 받아 주세요. 전 그만할게요."

내가 말하자, 에스미는 재빨리 나와 자리를 바꾸었지만, 초점은 온통 벨라의 위치에 맞추어져 있었다.

이제는 아무도 수비하러 멀리 나가려 하지 않았다. 모두 근처를 맴돌며 숲속으로 온 신경을 곤두세웠다. 앨리스 역시 에스미처럼 벨라 근처에서 멀어질 마음이 없었다. 그녀가 벨라를 보호하려는 마음은 에스미의 모성애 같지는 않았지만, 그녀 역시 어떤 대가를 치르더라도 벨라를 보호하리라는 게 보였다.

메스꺼운 기분이 온몸을 사로잡은 가운데에도, 그들의 헌신적인 태도에 한 줄기 감사하는 마음이 피어올랐다.

"머리 풀어서 내려."

나는 벨라에게 나직하게 말했다. 이건 위장이라고 볼 수도 없었지만, 그 애의 향기와 심장 박동 외에도 피부 역시 인간임을 분명하게 드러내는 요소였다. 많이 가리면 가릴수록…….

벨라는 즉시 포니테일을 묶었던 고무줄을 풀고 고개를 흔들어서 얼굴을 머리카락으로 가렸다. 가려야 할 이유를 그 애도 느낀 게 분명했다.

"다른 이들이 지금 오고 있나 보구나."

그 목소리는 나직했지만 침착했다.

"그래. 그러니까 꼼짝도 하지 말고 조용히 내 옆에 있어."

나는 벨라의 얼굴을 가리기 위해 머리채를 잘 배치해 보았다. 하지만 앨리스가 중얼거렸다.

"소용없어. 내가 들판 건너편에 있을 때도 벨라 냄새가 나던걸."

"알아."

나는 쏘아붙였다.

"에스미가 너한테 뭘 물은 거야?"

벨라가 속삭였다. 나는 거짓말을 할까 싶었다. 그 애는 벌써 겁에 질린 게 틀림없었으니. 하지만 난 사실대로 말해 주었다.

"저들이 갈증에 시달리고 있는지."

그 애의 심장이 쿵쿵대며 평소 리듬을 벗어나더니, 이전보다 더 빠르게 뛰어댔다.

다른 이들도 이제는 경기를 그저 하는 척한다는 게 어렴풋이 느껴졌지만, 내 머릿속은 앞으로 닥칠 일에만 온통 집중했던 나머지 모두의 겉모습 외에는 아무것도 보이지 않았다.

앨리스는 굳어져 가는 환상을 지켜보았다. 나는 그녀의 머릿속을 통해 그들이 어떻게 흩어지는지, 그래서 어느 길을 택하는지, 그러다 어떻게 다시 모여 우리와 마주서는지 지켜보았다. 공터에 들어오기 전, 그들 누구도 벨라가 이전에 남겼던 자취를 알아채지 못했다는 걸 알자 안심이 되었다. 조심스러운 만남이 확정되었다면, 앨리스가 어째서 우호적인 미래를 봤는지도 이해할 수 있었다. 물론 그들이 일단 여기 오면 무슨 일이 벌어질지는 수백 가지의 가능성이 있었다. 나는 벨라를 방어하는 내 모습과, 다른 이들도 나와 함께 맞서주는 모습이 보였다. 음, 로잘리는 에밋에 옆에 서 있긴 했지만. 그녀는 에밋 외에 다른 이를 보호하려는 마음은 거의 없어 보였다. 싸움으로 이어지는 미래 역시 불확실하게 몇 가지 있었지만, 그건 수증기처럼 아스라할 뿐이었다. 그 결과가 어찌 될지는 잘 볼 수가 없었다.

이리로 다가오는 그들의 생각이 들렸다. 여전히 멀었지만 좀 더 분명한 소리였다. 그들 중 우리에게 적대감을 품은 이는 분명히 없어 보였다. 무리를 뒤따라오는 여자, 앨리스의 환상 속에서 붉은 머리카락을 지닌 여자는 겁에 질려 불안한 마음이긴 했다. 그녀는 우리가 호전적인 태도를 내비치기만 하면 도망칠 준비가 되어 있었다. 하지만 두 명의 남자는 같이 놀 수 있다는 가능성에 그저 신난 상태였다. 그들은 낯선 이들에게 다가가는 데 거리낌이 없어 보였다. 그래서 나는 그들이 북반구의 사정에 밝은 유목민일 거라고 짐작했다.

그들은 이제 흩어져서 상당히 주의를 기울이며 모습을 드러낼 준비를 했다.

만약 벨라가 여기 없었다면, 우리가 경기하는 모습을 보면서 저녁 시간을 보내라는 제안을 거절했다면 어땠을까……. 그랬다면 나는 분명히 벨라와 함께 있었겠지. 그리고 칼라일은 내게 연락해서 낯선 이

들이 예정보다 빨리 도착했다고 알려주었겠지. 당연히 난 불안해졌을 테지만, 내가 잘못한 건 없다고 여겼을 것이다.

난 이런 가능성을 예견했어야 했다. 뱀파이어들이 경기하며 내는 소음은 아주 특이했으니까. 만약 내가 우발적으로 일어날 수 있는 모든 가능성을 충분히 따져 보았다면, 그래서 낯선 이들이 내일 온다고 알려 준 앨리스의 환상을 미리 알아 다행스러운 소식으로 받아들이지 않았다면, 그래서 나의 일정을 거기에 맞추지 않았더라면, 마냥 기뻐하지만 말고 좀 더 신중하게 굴었더라면…….

이런 만남이 6개월 전에 있었다면 어땠을까. 벨라의 얼굴을 보기 전에 이들을 맞이했더라면. 그랬다면…… 차분한 태도를 보였겠지. 일단 이 자들의 생각을 읽은 다음, 걱정할 건 아무것도 없다고 자신만만했을 것이다. 그리고 새로운 이들이 와서 평소 우리가 하던 경기 패턴에 새로움을 불어넣게 되어서 분명히 신났을 테지.

하지만 이제는 두려움과 공포……, 그리고 죄책감밖에 느껴지지 않았다.

"미안해, 벨라."

나는 그 애가 들을 수 있을 정도로만 나지막히 말했다. 낯선 이들이 너무 가까이 와 있었기 때문에 더 큰 소리로 말한다면 들릴 수도 있었기 때문이다.

"널 이렇게 무방비하게 노출시키다니, 어리석고 무책임한 짓이었어. 정말 미안하다."

벨라는 흰자위가 보일 만큼 눈을 동그랗게 뜨고 나를 빤히 바라보았다. 왜 아무 말이 없을까. 내가 경고했기 때문일까. 아니면 내게 할 말이 없어서일까.

낯선 이들은 공터의 남서쪽 모서리 부분에서 다시 모였다. 이제는 그들이 움직이는 소리도 들려왔다. 나는 자세를 바꾸어 내 몸으로 벨라를 가린 다음 심장이 뛰는 소리에 맞추어 발끝으로 바닥을 조용히 두드리기 시작했다. 가능한 한 이 발소리로 심장 소리를 가릴 수 있기를 바랄 뿐.

칼라일이 그들이 조용히 다가오는 발소리 쪽으로 고개를 돌리자, 다른 가족들도 모두 따라 그쪽을 보았다. 우리는 타고난 재능이 있다는 기색을 전혀 드러내지 않을 참이었다. 뱀파이어로서 갖춘 감각 외에는 아무것도 없는 척하기로 했다.

우리는 기다렸다. 마치 공터 주위에 있는 바위로 깎아 만든 존재인 양, 미동도 없이 그 자리에 선 채로.

22
사냥

낯선 이들이 공터로 들어왔을 즈음에는 그들의 얼굴이 너무도 낯익어 보였다. 그래서 처음 보는 게 아니라 이미 알던 이를 알아보는 기분이었다.

몸집이 작고 못생긴 남자가 선두에 서서 출발했지만, 이내 그는 연습한 기술을 발휘하여 재빨리 뒤로 물러섰다.

그는 우리의 수에 집중한 채로, 위협이 될 만한 존재들을 알아보았다. 우리가 그저 둘 아니면 셋 정도의 친밀한 일가일 거라 여겨서, 같이 경기를 하자고 할 마음이었던 거다. 그는 칼라일 옆에서 위협적인 덩치를 자랑하고 있는 에밋을 상당히 의식하고 있었다. 그런 다음 누가 봐도 동요하고 있는 나를 보았다. 뱀파이어가 불안한 모습으로 몸을 비트는 건 묘한 일이었으니까. 내가 리듬에 맞추어 발소리를 내는 이유가 뭔지 그들은 알지 못했다.

아주 잠깐, 나는 그가 센 숫자가 뭔가 이상하다는 느낌을 받고 그게 뭔지 알아내려 고민했지만, 심도 있게 밝혀내기에는 너무 여유가 없었다.

선두에 선 남자는 키가 크고 뱀파이어 중에서도 외모 평균을 웃도는 미남이었다. 남자의 생각은 무척 자신만만했다. 그의 일가는 여기에 무슨 꿍꿍이를 벌일 생각은 없었다. 물론 우리처럼 많은 수의 일가라도 누군가 낯선 이가 다가오면 놀라게 마련이지만, 우리가 곧 재빨리 마음을 추스를 것이라고 그는 확신하고 있었다. 그 역시 에밋의 덩치와 나의 긴장감을 보고 반응을 보였지만, 이윽고 로잘리에게 정신이 팔리고 말았다.

저 여자에게는 짝이 있을까? 흐음, 확실히 숫자는 짝수인 것 같군.

그의 눈빛은 우리 가족 나머지를 빠르게 훑어본 다음 다시 로잘리에게 꽂혔다.

선명한 붉은빛 머리카락을 지닌 여자는 우리보다도 더욱 긴장한 상태라서, 불안감에 몸을 덜덜 떨다시피 했다. 그녀는 에밋이 강렬하게 노려보는 것을 견디기 힘들어했다.

머릿수가 너무 많잖아. 로렌트는 바보야.

그녀는 이미 탈출할 방법을 천 가지도 넘게 목록으로 만들어 두었다. 현재 그녀가 보기에 최선의 방법은 세일리시 해를 향해 정북쪽으로 전력질주하는 것이었다. 거기라면 우리가 체취를 따라갈 수 없을 테니까. 왜 훨씬 더 가까운 태평양 연안 쪽으로 가지 않는지 궁금했지만, 그녀가 구체적으로 생각하지 않는 한 그 이유를 알 수는 없었다.

초조해 보이는 여자가 차라리 우리가 엄호하는 대열에 달려들어 주기를, 나머지 남자들도 그 뒤를 따르기를 나도 모르게 바라고 있었지만, 앨리스는 그런 미래를 보지 않았다.

붉은빛 머리 여자는 못생긴 남자 쪽을 계속 바라보면서 그가 먼저 도망치기를 기다렸다. 그녀의 눈은 다시 에밋 쪽을 두리번거렸고, 두 남자가 더 가까이 다가오자 마지못해 따라왔다.

두 남자는 오랫동안 에밋에게서 눈을 떼지 못하는 듯했다. 그 탓에 나도 어느새 에밋을 평가하고 있었다. 오늘밤 그는 더욱 덩치가 커 보였고, 근육을 팽팽히 드러내며 가만히 서 있는 모습엔 불안 따위는 없다는 기색이 완연했다.

여전히 앞서서 다가오는 로렌트는 자신의 계획을 확신하고 있었다. 우리 일가가 서로 잘 지낸다면 그들과도 잘 지낼 거란 생각이었다. 모든 이들은 마음을 놓을 거고, 그러면 다같이 경기도 할 수 있을 터였다. 그리고 저 빛나는 금발머리 여자와 친해질 수 있겠지…….

그는 친근하게 미소를 지으며 다가오는 속도를 늦춘 다음 칼라일과 몇 미터 떨어진 곳에 멈춰 섰다. 그의 시선은 로잘리와 에밋, 나를 차례대로 바라본 다음 다시 칼라일에게로 돌아갔다.

"야구하는 소리를 들었지요."

그는 프랑스어 억양이 희미하게 감지되는 목소리로 말했다. 하지만 머릿속 생각은 영어로 들려 왔다.

"저는 로렌트이고, 이쪽은 빅토리아와 제임스입니다."

그들은 별로 공통점이 없어 보였다. 로렌트는 대륙에서 온 도시 여행자처럼 보였고, 나머지 둘은 야생 출신의 추종자 같았다. 로렌트의 소갯말을 들은 여자는 짜증을 냈다. 머릿속에는 온통 달아나야 한다는 생각뿐이었다. 다른 남자인 제임스 쪽은 로렌트의 자신감을 보고 좀 즐거워했다. 그는 예측할 수 없는 이 만남의 본질을 즐기면서 우리가 어떻게 반응할지 몹시 궁금해 했다.

그는 이렇게 생각했다. **빅토리아가 아직 도망치지 않았어. 그렇다면 아무 일도 일어나지 않는다는 거야.**

칼라일은 로렌트에게 미소를 지었다. 그의 표정은 겁에 질린 빅토리아조차도 잠시 마음을 풀게 만들 만큼 다정하고 개방적이었다. 아주 잠깐, 그들은 에밋이 아니라 칼라일에게 온통 신경을 집중했다.

"저는 칼라일입니다. 이쪽은 제 가족이고요. 에밋, 재스퍼, 로잘리, 에스미, 앨리스, 에드워드, 벨라입니다."

그는 나나 내 뒤에 있는 벨라에게 관심이 가지 않도록 우리 쪽으로 대충 손짓하면서 우리 일행을 소개했다. 로렌트와 제임스는 우리가 모두 한 무리라는 소리를 듣고 반응을 보였지만, 나는 그 점에는 전혀 신경 쓰이지 않았다.

칼라일이 재스퍼의 이름을 말한 순간, 내가 아까 이상하다고 생각한 게 무엇인지 깨달았다.

재스퍼는 보이는 피부마다 흉터투성이인 데다 키가 크고 몸매도 탄탄했다. 사납기로는 슬금슬금 접근하는 사자 같았고, 잔혹한 눈매에선 살육을 일삼던 과거의 기억이 배어났다. 그러니 재스퍼의 전사 같은 풍모는 지금쯤 이 협상 자리에서 큰 관심사가 돼 있어야 했다.

나는 곁눈질로 그를 슬쩍 바라보았다. 그러자…… 믿을 수 없을 정도로 따분한 기분이 들었다. 우리 무리의 한 쪽에 유순하게 서 있는 이 특징 없는 뱀파이어보다 이 세상에서 더 재미없는 존재는 없는 것만 같았다.

특징이 없어? 유순해? 재스퍼가?

재스퍼는 무척 집중하고 있었다. 만약 그가 인간이었더라면 온몸에서 땀을 뻘뻘 흘리고 있었을 것이다.

재스퍼가 이러는 걸 전에는 본 적 없었다. 심지어 이런 게 가능하리라고 생각해 본 적조차 없다. 이건 남부에 있었을 때 개발한 능력인가? 위장술인 건가?

그는 새로 온 이들을 둘러싼 긴장감을 누그러뜨리면서 자신을 바라보는 이들은 누구라도 흥미가 없어지도록 만들고 있었다. 무리의 뒤에 서 있는 이 남자를 살펴보는 것보다 따분한 일은 없어 보였다. 조금도 중요하지 않아 보이는 존재감 없는 이에게 굳이 신경 쓸 필요가 없으니까.

게다가 본인만 그렇게 만드는 게 아니었다. 그는 앨리스와 에스미, 벨라 역시 지루함의 아지랑이로 감싸고 있었다.

그래서 아직 아무도 깨닫지 못했던 거였군. 벨라가 머리카락으로 얼굴을 가려서도, 내가 우습게 발을 탁탁 쳐 대고 있어서도 아니었다. 그들은 압도적인 지루함이라는 감각을 뚫고 나가지 못한 탓에 벨라를 유심히 들여다보지 않았던 것이다. 그 애는 우리 중 하나일 뿐으로 여겨져서 자세히 살펴볼 가치도 없는 존재가 되어 있었다.

재스퍼는 우리 가족의 약한 일원을 보호하기 위해서 자신의 능력을 확장하고 있었다. 그가 온 힘을 다해 집중하는 마음이 내게도 들렸다. 만약 육탄전이 벌어진다면 이렇게 집중할 수는 없겠지만, 지금은 내 예상보다 더욱 영리한 방법으로 벨라를 보호하는 중이었다.

감사한 마음이 다시금 나를 압도했다.

나는 눈을 세게 깜빡인 다음 낯선 이들에게 다시 집중했다. 그들은 에밋의 위협적인 덩치나 나의 강렬한 눈초리를 잊지는 않았지만, 칼라일의 매력에 영향을 받았다.

나도 재스퍼가 내뿜는 마음을 달래 주고 차분한 기운을 흡수하려고 해보았다. 하지만 다른 이들이 받는 영향을 볼 수 있었는데도 나 자신은 그 기운에 접근할 수가 없었다. 그 순간, 재스퍼가 바라는 게 이 점이라는 것까지 깨달았다. 그는 내가 초조해 하면서 저들을 위협하고, 주의를 산만하게 만들어 주기를 바랐다.

뭐, 그렇다면 내 역할을 확실히 할 수 있다.

"선수를 몇 명 더 끼워주실 수 있겠습니까?"

로렌트는 칼라일만큼 다정한 말투로 물었다. 그러자 칼라일은 따스한 목소리로 대답했다.

"사실 막 끝내려는 참이었습니다. 하지만 다음번엔 꼭 같이 할 수 있으면 좋겠군요. 이 근처에서 오래 지내실 계획이십니까?"

"원래 북쪽으로 가고 있었는데 근방에 어떤 분들이 계신지 궁금해서 일부러 들렀습니다. 꽤 오랫동안 동족을 만난 적이 없거든요."

"네, 이 지역엔 여러분처럼 가끔씩 지나가는 분들 말고는 우리밖에 없으니까요."

재스퍼의 영향력과 함께 칼라일의 여유로운 친근감까지 작용한 결과, 그들은 설득당했다. 심지어 초조해 하던 붉은 머리 여자도 차분해지기 시작했다. 그녀는 머릿속으로 이 안정감을 따져 보면서 열심히 분석 중이었는데, 그 방식은 내게 묘하게 느껴졌다. 재스퍼의 능력을 혹시 알아챈 걸까. 하지만 그녀는 의심하지 않는 것 같았다. 오히려 자신의 직감에 의문을 품는 것처럼 보였다.

제임스는 경기를 금세 할 수 있을 것 같지 않아 약간 실망했다. 그리고 또…… 이 대치 상황이 누그러진 것에도 실망했다. 알 수 없는 상황이 주는 흥분감을 놓쳐 버려서였다.

로렌트는 칼라일의 침착함과 자신감을 흡수하고 있었다. 그는 우리에 대해 더 알고 싶어 했다. 그리고 우리가 눈속임을 위해 어떤 위장 방법을 쓰는지, 왜 그러는지 궁금해 했다.

"사냥은 어디까지 다니시나요?"

로렌트가 물었다. 이건 유목민들 사이에서 나올 법한 자연스러운 질문이었다. 하지만 나는 벨라가 놀랄까 봐 걱정이 됐다. 무슨 기분인지는 모르겠지만, 그 애는 내 뒤에 서서 인간이 할 수 있는 한 최대한 가만히 고요함을 유지했다. 그 심장 박동의 리듬과 내가 발로 치는 소리는 변함이 없었다.

"주로 이쪽 올림픽 산악지역인데, 가끔은 해변 위아래까지 가기도 합니다. 근처에 저희가 눌러 사는 곳이 있거든요. 우리처럼 영구적인 거주지를 갖고 있는 이들이 데날리 근처에도 있지요."

칼라일은 거짓말을 하지 않았다. 하지만 로렌트의 가정을 바로잡아 주지도 않았다.

그러자 그들은 모두 놀라고 말았다. 로렌트는 그저 어리둥절해졌을 뿐이었지만, 겁에 질린 여자의 머릿속에서 예상치 못했던 무언가가 공포로 바뀌었다. 그녀에게는 재스퍼의 노력이 즉시 효력을 잃어버린 듯했다. 하지만 제임스는 흥미를 느꼈다. 여기에는 뭔가 새롭고 색다른 게 있다는 생각, 우리가 거대한 일가인 것도 그렇지만 유목민이 아니라는 것도 특이하다는 생각. 어쩌면 여기까지 빙 돌아온 게 완전히 헛되지는 않았을지도 모른다는 생각이 나타났다.

"영구적이라고요? 어떻게 그럴 수가 있죠?"

로렌트는 당황한 기색으로 물었다. 제임스는 로렌트가 말을 해 준 데 기뻐했다. 이러면 자기가 묻지 않아도 호기심을 채울 수 있어서였다. 어찌 보면 스스로를 관심의 대상이 되게 하지 않으려는 태도는 재스퍼의 위장술보다 훨씬 더 효과적인 것도 같았다. 왜 제임스가 이런 식으로 신중을 기하려는지 나는 궁금했다. 기분 전환을 하려는 강렬한 욕망이 있는 자가 보일 법하지 않은 태도였으니까.

아니면, 그 역시 재스퍼처럼 뭔가 숨기는 게 있나?

"저희집으로 같이 가서 편하게 얘기라도 나누시죠. 사연이 깁니다."

칼라일이 제안했다. 그러자 빅토리아는 몸을 움찔했다. 딱 보니 그녀는 의지를 억지로 짜내어 이곳에 간신히 붙어 있는 상태였다. 그는 로렌트가 뭐라 대답할지 추측했다. 아, 속으로는 어찌나 도망치고 싶어하던지. 제임스는 용기를 주려는 눈빛으로 그녀를 보았지만, 그런다고 빅토리아의 스트레스를 줄여 주지는 못했다. 그런데도 그녀는 제임스의 뜻대로 할 마음이었다.

과연 일이 쉽게 풀릴까? 이들이 초대를 받아들인다면, 그래서 칼라일과 에밋이 낯선 자들을 안전하게 데려가 준다면 간단히 여기서 갈라질 수 있다. 재스퍼 덕분에 그들은 우리가 뭘 숨기고 있는지 알아채지도 못할 것이다.

나는 앨리스가 예상한 미래를 보았다. 지금은 보기가 살짝 어려웠다. 재스퍼가 앨리스를 지루함의 장막으로 감싸고 있었기 때문에 그걸 뚫고 생각을 엿보기 쉽지 않았다. 그래서 나는 재미있는 무언가가 앨리스의 생각 속에 있을 거라고 확신해야 했다.

앨리스는 가능한 한 가까운 미래에 집중하고 있었다. 그런데 모든 미래에서 대치 상태가 끝나 버린 걸 보고 나는 놀랐다. 싸움이 일어날 확률이 예전보다 좀 더 분명해졌다.

그렇다면 일이 쉽게 풀릴 리 없다 이거군.

로렌트의 머릿속에서는 흥미로움과 곧 동의해야겠다는 생각뿐이었다. 제임스 역시 찬성했다. 빅토리아는 두려움에 얼어붙은 채로 혹시 함정이 있지는 않을까 따져 보았다.

그들 중 누구도 문제를 일으키려는 마음이 없었다. 심지어 우리가 몇 명인지 자세히 보려고도 하지 않았다. 그렇다면 마음을 바꾸게 된 이유가 뭘까?

새로운 결심을 했거나 아니면 갑작스럽게 변덕을 부리는 게 아니라면 아주 확실한 이유가 될 만한 요인은 한 가지밖에 떠오르지 않았다.

날씨구나.

할 수 있는 건 아무것도 없다는 걸 알게 된 나는 마음의 준비를 했다. 재스퍼는 나를 흘깃 쳐다보았다. 내가 새로이 품은 고뇌를 느껴서였다.

"흥미롭고 반가운 말씀이시군요. 우리는 온타리오 호에서부터 줄곧 사냥을 했는데 그동안 몸을 씻지 못했습니다."

로렌트가 말했다. 빅토리아는 몸을 부르르 떨면서 미묘한 기색으로 제임스의 시선을 끌려 했지만, 그는 빅토리아를 무시했다.

"언짢게 들리실지 모르겠지만, 이 근처에선 사냥을 자제해 주시면 감사하겠습니다. 우리가 의심을 받으면 곤란하거든요."

칼라일은 그들에게 경고했다. 그의 목소리는 확신에 가득 차 있었다. 나는 아버지의 희망적인 태도가 부러웠다.

"물론이죠. 당연히 우리는 여러분의 영역을 침범하지 않을 겁니다. 어차피 최근에 시애틀 외곽에서 배를 불렸거든요."

로렌트가 동의하며 웃었다. 그러자 벨라의 심장 박동이 처음으로 불규칙하게 떨려왔다. 나의 발동작도 맞춰 떨리면서 그 변화를 애써 감추어 냈다. 다행히 낯선 자들은 아무도 눈치채지 못한 것 같았다.

"우리가 길을 안내할 테니 같이 가시죠."

칼라일이 제안했다. 하지만 앨리스와 나만은 그의 계획이 성공하기에는 너무 늦었다는 걸 알고 있었다. 그 순간이 임박해 왔다. 앨리스의 환상이 현재와 충돌하려고 질주하고 있었다.

"에밋, 앨리스, 너희는 에드워드와 벨라를 데리고 지프를 가져오너라."

벨라의 이름을 불렀던 바로 그때, 일은 일어나고 말았다.

부드러운 산들바람 한 줄기가 새로운 방향에서 온화하게 불어왔다. 서쪽으로 굽이쳐 가는 폭풍 끝자락이 만들어 낸 불규칙한 흐름이었다. 너무나 부드럽지만, 피할 수 없는 그 바람.

그 즉시 바람은 벨라의 향기를 새로이 실어다 낯선 이들의 얼굴에 훅 끼얹었다.

그리고 그들 모두가 영향을 받았다. 하지만 로렌트와 빅토리아가 갑자기 풍겨온 맛있는 냄새에 어리둥절해 하는 반면, 제임스는 순간적으로 사냥 태세를 갖추었다. 재스퍼의 위장술은 그런 집중력을 억제할 만큼 강하지 않았다.

위장해 봤자 더는 소용없었다. 마치 내 생각을 읽은 것처럼, 재스퍼는 그 순간 벨라를 숨기던 은폐의 기색을 거둬들여 자신과 앨리스만 숨겼다. 재스퍼가 이러는 편이 낫다는 건 나도 알 수 있었다. 지금도 계속 벨라를 숨기려 한다면, 이 유목민들이 경계심을 품고 그의 재능을 눈치채게 될 테니까. 하지만 그래도 어쩔 수 없이 나는 미미한 배신감을 느끼고 말았다.

하지만 나의 의식 속 배신감은 너무나 작은 부분에 불과했다. 지금 나의 정신은 대부분 압도적인 분노를 느끼고 있었다.

제임스는 몸을 앞으로 내밀며 웅크렸다. 머릿속에는 사냥해서 곧바로 만족감을 얻어야겠다는 강렬한 생각 말고는 무엇도 없었다.

나는 그에게 다시 생각해야 할 빌미를 주었다.

나는 벨라 앞에서 몸을 웅크리고 그 사냥꾼이 이 애에게 더 다가오기 전에 몸을 날릴 준비를 하면서 모든 능력을 그의 생각에 집중했다. 이 시점에서 그의 생각을 흐트러뜨릴 수 있는 것은 자기보호 본능뿐이라는 걸 알기에, 나는 그에게 경고 태세로 으르렁거렸다.

분노가 어찌나 강렬하던지, 그놈이 나의 경고를 무시해 주어서 차라리 싸움이 일어났으면 좋겠다는 마음도 반쯤 들었다.

또렷하게 초점을 맞추던 제임스의 눈이 커지더니, 벨라를 보다 말고 나를 가늠했다. 이상하게 놀라는 기색이 그의 정신을 스치고 지나갔다. 마치…… 내가 그를 막으려 나섰다는 걸 믿을 수 없다는 태도였다. 나는 제임스가 아무런 제약 없이 행동하는 데 익숙하다는 것만 추측할 뿐이었다. 그는 신중함과 욕망 중 무엇을 따를까 머뭇거렸다. 다른 이들을 무시하는 건 어리석은 짓이다. 이건 우리 둘만의 싸움만으로 끝나지 않을 테니. 하지만 그는 나의 도전을 참 힘겹게 뿌리쳤다. 정말로 싸움을 하고 싶지 않은 건지 스스로 확신하지도 못하고 있었다.

"이건 뭐죠?"

로렌트가 외쳤다. 나는 그쪽의 반응에 구태여 주의를 기울이지 않았다.

제임스가 움직이기도 전에 그의 계략이 내겐 다 보였다. 그래서 그가 새로이 움직이는 자리마다 앞서 경로를 차단했다. 그러자 제임스의 눈이 가늘어지더니 내가 내보이는 위험을 다시 평가했다.

생각보다 빠르군. 그런데 빨라도 너무 빠르잖아?

이제 그는 나를 의심하고 있었다. 그리고 우리 모두를 의심하기도 했다. 왜 저 여자애를 진작 알아차리지 못했지? 딱 봐도 인간이잖아. 저 살구색 부드러운 피부는 다른 이들의 빛나는 피부와 달리 아무런 광채도 없는데.

"저 아인 우리 일행입니다."

칼라일이 목소리를 바꾸어 경고하는 말이 들렸다. 이제 친근한 기색은 사라졌다.

제임스는 그를 힐끗 쳐다보고는 칼라일 옆에서 거대한 모습으로 싸우고 싶은 기색을 그득히 풍기고 선 에밋을 다시금 의식했다.

그의 좌절감을 느낀 나는 놀랐다. 제임스는 조심스럽게 행동하고 싶은 마음이 없었다. 오히려 싸우고 싶어 안달이 났다. 그러나 여전히 공격 태세를 갖추고 있으면서도 집중하던 기색을 나누어 빅토리아의 움직임을 살펴보려 했다. 하지만 그녀는 여전히 겁에 질려 꼼짝도 하지 않고 있었다.

그런데 로렌트가 마침내 반응을 보이자 나의 집중력은 분산되고 말았다.

"간식거릴 가져오신 건가요?"

제임스처럼 로렌트도 벨라에게 한 발짝 다가섰다. 하지만 그의 움직임은 공격적이라기보단 본능적인 행동이었다.

어쨌든 내겐 상관없었다. 더 위협적인 존재인 제임스에게서 눈을 떼지 않은 채로, 난 살짝 몸을 틀어 로렌트 쪽으로 분노와 이빨을 드러내며 으르렁대었다. 제임스와 달리 로렌트는 즉시 뒷걸음질을 쳤다.

제임스는 다시 자세를 바꾸어 나의 집중력을 시험했다. 나는 그의 움직임이 끝나기도 전에 맞설 만한 자리로 움직였다. 그러자 그는 입술을 움직여 이빨을 드러내었다.

"우리와 일행이라고 말하지 않았소."

칼라일이 재차 말했다. 그가 지금처럼 으르렁거리다시피 목소리를 내는 건 한 번도 들어본 적이 없었다.

"하지만 저 아인 인간이 아닙니까."

로렌트가 지적했다. 그의 마음속에는 아직까지 공격성이 없었다. 다만 당황하고도 겁먹었을 뿐이었다. 그는 이 상황을 이해하지 못했지만, 제임스가 그릇된 판단으로 공격을 감행한다면 그들 모두 죽게 될 거라는 사실은 깨달았다. 그는 빅토리아 쪽을 슬쩍 보면서 제임스처럼 그녀의 반응을 확인했다. 마치 빅토리아가 일종의 풍향계라도 된다는 듯이.

로렌트에게 대답한 건 에밋이었다. 그가 이 갈등 상황에 한 걸음 다가서자 땅이 울리는 듯한 느낌이 들었다. 재스퍼가 능력을 발휘해 준 걸까. 아니면 에밋이 그저 에밋다운 힘을 발휘한 걸까. 알 수 없었다.

"그렇습니다."

그는 낮은 소리로 대답했다. 에밋의 어조는 억양이 싹 사라져 감정이 전혀 드러나지 않았다. 목소리에 서린 강철 같은 기색은 대치상황의 중심을 곧장 뚫고 들어가 분위기를 삽시간에 싸늘하게 만들었다.

이건 재스퍼의 능력이 분명하다고 생각했지만, 그걸 확인하려고 집중력을 분산시킬 수는 없었다.

그건 효과적이었다. 사냥을 하려던 제임스는 엎드렸던 몸을 일으켰다.

이게 속임수일 수도 있었으므로, 나는 방어 자세를 유지하며 그의 반응을 세밀하게 읽었다. 그가 분노하고 좌절할 거라고 예상했었다.

아까 본 제임스는 무척 오만했고 마음대로 하지 못하는 상황에 익숙하지 않았으니까. 자기보다 더 커다란 힘에 굴복해야 하는 지금 분명히 격분할 거라고 여겼다.

그런데 오히려 갑자기 흥분의 감정이 제임스의 생각을 뒤흔들었다. 그는 나나 벨라에게서 눈길을 완전히 거두지는 않은 채로, 자신이 직면한 위협을 곁눈질로 파악해 댔다. 두려움이나 짜증이 아닌, 묘하고도 거친 쾌락이 느껴졌다. 그의 눈빛은 아직도 재스퍼와 앨리스를 자세히 훑지 않았고, 그저 이 전체적인 무리 안의 두 명이라고만 여기고 있었다. 하지만 에밋의 위협적인 덩치를 본 순간 무척 신난 기색이 되었다.

"우린 서로에게 배울 게 상당히 많은 것 같군요."

로렌트는 상대를 달래는 목소리로 말하며 우리를 관찰했다.

이윽고 제임스는 이해할 수 없이 의기양양한 마음을 거두고 계획을 짜기 시작했다. 전략을 세우고, 과거의 승리했던 경험을 기억했다. 그때 처음으로 나는 깨달았다. 그가 단순한 사냥꾼이 아니라는 사실을. 난 그만 소름 끼치도록 두려워졌다.

"맞습니다."

칼라일은 딱딱한 목소리로 로렌트의 말에 수긍했다.

앨리스는 지금 무얼 보고 있을지 너무나 알고 싶었다. 하지만 나는 지금 상대하고 있는 놈의 생각에서 그 어떤 세부사항도 놓쳐서는 안 되는 상황이다.

제임스가 사냥감을 얻어내기 위해 극복했던 장애물들을 쭉 정리해 갔다. 그러면서 그가 계속해서 목표물을 몰아갔던 기억이 들려 왔다. 하지만 지금 보고 있는 사냥감보다 어려웠던 도전은 이전에 없었다.

여덟, 아니 일곱 명이지. 뱀파이어 일곱 명의 일가, 그리고 그중에는 분명 재능을 가진 이도 있다. 거기에 무기력한 인간 소녀라. 그것도 지난 100년간 먹었던 식사거리보다 더욱 좋은 냄새가 나는 소녀다.

짜릿했다.

하지만 지금은 시작할 수가 없었다. 소녀를 지키는 자들이 너무 많다.

이들이 흩어질 때까지 기다리자. 그동안은 정찰을 하면 되니까.

"하지만 어쨌든 당신의 초대를 받아들이고 싶습니다."

로렌트가 칼라일에게 말했다. 제임스는 그 대화를 설렁설렁 들었다. 지금은 계획을 짜느라 정신이 없었기 때문이다. 하지만 그때 로렌트가 이렇게 덧붙였다.

"물론 우리도 저 인간 소녀를 해치진 않겠습니다. 말씀드린 대로 여러분 영역에서 사냥을 하진 않을 테니까요."

새로운 흥분과 경계 어린 집중력으로만 가득하던 제임스의 생각에 이 말이 꽂혀들었다. 그는 내게서 눈길을 돌려 흥미로운 기색으로 로렌트를 응시했다. 하지만 로렌트는 칼라일을 보고 있어서, 제임스의 충격이 곧 혐오감으로 변해 가는 모습을 보지 못했다.

감히 나대신 멋대로 말을 해?

제임스의 열띤 반응은 이들 일가가 앞으로도 온전히 유지될 수는 없음을 뚜렷하게 보여 주었다. 로렌트를 편리하게 쓸 수 있을 때까지만 이용할 것이고, 이용 가치가 없어지면 그를 버리기보다는 죽여야겠다는 결심이 들렸다. 로렌트를 죽이려는 그의 욕망은 전적으로 로렌트의 이 말 한 마디에서 비롯된 것처럼 보였다. 이 말 말고는 달리 원한을 품을 이유가 보이지 않았다. 제임스는 쉽게 흥분하는 성미군.

그리고 자비가 없다. 어쩌면 이 점을 이용할 수 있겠지.

제임스는 빅토리아가 로렌트를 고르리라는 생각을 전혀 하지 않고 있었다. 그렇다면 저 둘은 짝을 이룬 것일까. 하지만 제임스는 빅토리아에게 이렇다 할 특별한 감정이 없었다. 그들은 로렌트를 만나기 전부터 오랫동안 함께 동맹을 맺은 게 틀림없다. 저 둘이 원래 일가였고, 로렌트가 중간에 끼어든 것이다. 그렇게 생각하자면 제임스가 아무 부담 없이 새로 온 로렌트를 처리할 생각을 했다는 게 잘 이해되었다.

이어진 칼라일의 말은 부탁이라기보다는 명령이었다.

"그럼 우리가 길을 안내하겠습니다. 재스퍼, 로잘리, 에스미?"

재스퍼는 이 상황이 마음에 들지 않았다. 앨리스와 떨어지는 상황을 원래 좋아하지도 않았고, 특히 지금은 일이 잘 안 풀릴 때이니 더더욱 그랬다. 하지만 지금은 칼라일과 언쟁할 수 없었다. 우리는 단결된 모습을 보여야 했고, 재스퍼는 자신을 드러내고 싶지도 않았기 때문이다. 칼라일은 지금 재스퍼가 무슨 위장을 하고 있는지 전혀 몰랐다. 재스퍼는 필요한 만큼 계속해서 은닉할 것이다. 만약 싸움이 벌어질 예정이라면, 그는 매복할 작정이었다.

그는 앨리스를 바라보자, 그녀는 고개를 끄덕였다. 앨리스는 자신이 안전할 거라고 확신했다. 재스퍼는 수긍했지만 그래도 기분이 좋지 않았다. 앨리스는 벨라의 곁으로 쏜살같이 달려갔다.

의논할 필요도 없이 재스퍼와 에스미, 로잘리는 함께 움직여 제임스의 눈앞에서 벨라를 가리며 칼라일과 합류했다.

하지만 제임스는 동요하지 않았다. 공격하려는 욕망은 이미 없어졌다. 그는 지금 음모를 꾸미고 있었으니까.

에밋이 마지막으로 물러섰다. 그는 제임스를 주시하면서 뒤로 다가와 내 옆에 섰다.

칼라일은 로렌트와 그의 일가에게 손짓하여 공터에서 나가는 길을 안내했다. 로렌트는 재빨리 응수하며 빅토리아 바로 앞에 섰다. 빅토리아의 마음은 여전히 탈출 경로를 한가득 떠올리고 있었다.

제임스는 잠시 머뭇거리더니 다시금 우리를 돌아보았다. 벨라는 에밋 뒤에 가려져 보이지 않을 터였지만, 그는 이번에 벨라를 보려던 게 아니었다. 그는 내 눈을 똑바로 바라보며 미소지었다.

그러다 무언가 제임스의 주의를 끌었다. 앨리스였다. 재스퍼가 그녀에게서 위장을 걷어내자 제임스에게 보였던 것이다. 처음으로 앨리스의 얼굴을 알아본 그의 얼굴에 놀라운 기색이 스쳤다. 왜 지금껏 알아보지 못했을까 싶은 마음일 수도 있겠지만, 그 놀라움을 말로 설명하지 않은 채 제임스는 다른 이들에게 급히 눈길을 던졌다. 칼라일과 재스퍼는 제임스의 뒤에 바짝 붙었고, 로잘리와 에스미가 그 뒤를 따랐다.

나는 고함이나 비명을 지르지 않고 평소처럼 목소리를 내려고 애썼다.

"가자, 벨라."

벨라는 온몸이 마비된 것 같았다. 멍하니 휘둥그레진 눈망울을 보니 내가 무슨 말을 했는지도 알아듣지 못한 것 같았다. 하지만 나는 그 애를 달래줄 여유가 없었다. 충격에 빠졌다 해도 다시 정신을 차리게 해 줄 수가 없었다. 지금은 어서 달아나는 게 급선무였다.

나는 벨라의 팔꿈치를 잡고 다른 이들이 방금 떠난 방향과 반대 방향으로 이끌었다. 한 걸음 비틀거리고서 그 애는 발걸음을 내딛기 시작했고, 달리다시피 걸으며 나와 보조를 맞췄다. 에밋과 앨리스는 만일을 대비해 몸을 숨긴 채로 우리 뒤를 따라왔다.

제임스가 로렌트의 뒤를 따라 우리 집으로 가지는 않으리란 확신이 들었다. 그는 기회를 발견하는 대로 대열을 뚫고 다시 벨라의 자취를 찾으러 선회할 것이다. 제임스가 기회를 발견하기까지 얼마나 걸릴지는 알 수 없었지만, 그가 이미 보고 있다는 걸 전제로 난 움직여야 했다. 만약 정말로 그가 감시하고 있다면, 우리가 벨라의 속도에 맞추어 이동하고 있다고 생각하게 두는 편이 좋았다. 숲속에서 벨라의 향기가 갑자기 사라진다 해도 그가 오랫동안 놀랄 것 같지는 않았다. 하지만 그래도 우리가 이동하면서 최대한 향기를 지운다면, 그는 다시 벨라를 추적하기 위해 멈춰 서게 될 것이다.

많은 수의 무리가 어디쯤 갔는지는 느낄 수 있었지만, 지금 그의 생각을 특정해서 잡아내기에는 너무 거리가 멀었다. 그 무리에 제임스가 아직도 있는지는 확신할 수 없었다. 만약 그가 이 산봉우리 어딘가로 뛰어 올라갔다면, 우리의 움직임을 잘 볼 수 있을 것이다. 나는 우리의 이동 속도가 너무 느려서 짜증이 났다. 지금 이건 이동한다고 볼 수조차 없는 속도였다.

에밋과 앨리스는 우리가 느리게 걷고 있어도 아무런 언급이 없었다. 앨리스는 제임스가 뭘 하고 있는지 정확히 보지는 못했지만, 둘 다 누군가 듣고 있을지도 모른다는 점은 인식했다. 제임스는 이곳에서 우리와 마주치지는 않을 예정이었고, 가까운 미래에도 만날 일은 없었다. 애초에 앨리스는 낯선 이들이 공터에 오는 장면만을 보았을 뿐이다. 그들이 우리와 교류하기로 마음먹었기 때문이었다. 그들이 우리 가족과 함께 있지 않는 한, 앨리스가 외부인의 미래를 보는 건 쉽지 않았다. 제임스가 우리 중 하나에게 접근하기 전까지는, 대부분 그의 모습을 볼 수 없을 것이었다.

공터 끝까지 가는 데는 실제로 몇 분밖에 걸리지 않았지만, 내게는 마치 몇 시간처럼 느껴졌다. 우리를 보는 눈이 없을 정도로 숲속 깊숙이 들어오자마자, 나는 벨라를 들어올려 등에 업었다. 그러자 그 애도 이해했다는 듯, 심하게 놀라지는 않았다. 다리를 나의 허리에 단단히 감고 두 팔로는 내 목을 꼭 둘렀다. 그 애의 얼굴이 나의 어깻죽지에 다시금 안착했다.

달리면 기분이 좀 나아질 줄 알았다. 가능한 한 빠른 속도로 위험에서 벗어난다면 안전한 기분이 들 거라고 생각했었다. 하지만 아무리 추진력을 높여 봤자 나를 짓누르는 듯한 견고하고 단단한 두려움을 녹일 수는 없었다. 지금 나는 벨라를 다치게 하지 않는 범위 내에서 최대한 빠른 속도로 나무 사이를 날 듯 달려 대었다. 그러니 이 답답한 기분은 그저 나의 환상일 뿐이겠지만, 달려도 달려도 제자리를 맴돌 뿐이라는 마음을 떨쳐낼 수가 없었다.

눈앞에 지프가 나타났고, 1초도 안 되는 순간에 벨라를 뒷좌석에 앉혔지만, 뒤처지고 있다는 기분은 여전했다.

"대신 벨트 좀 채워줘."

나는 에밋에게 위협적인 목소리로 말했다. 그는 벨라와 함께 뒷좌석에 앉아 있었다. 내가 운전을 하고 있는 동안은 자신이 그 애의 경호를 맡아야 한다는 걸 알아서였다. 그는 기꺼이, 열광적으로 임무를 맡았다.

이번만은 에밋이 평소 보이던 장난스러운 기색도 싹 사라졌다. 그래서 다행이었다. 지금 같은 상황에서도 농담을 했더라면 난 참지 못했을 테니까. 에밋은 화가 치밀어 오른 상태였고, 머릿속으로는 온통 폭력적인 행동을 떠올리고 있었다.

앨리스는 내 옆에 앉았다. 그리고 내가 묻지 않았어도 우리에게 닥칠 만한 모든 미래를 빠르게 떠올렸다. 대부분 우리 앞으로 펼쳐진 어두운 도로 위로 쏜살같이 차를 몰고 가는 미래였다. 목적지는 명확하지 않았다. 하지만 이상한 방향으로 뻗어가는 미래도 있었다. 다시 포크스로 돌아가서, 벨라의 집과 우리 집으로 들어가는 장면이었다. 대체 무엇 때문에 내가 그곳으로 돌아가는지는 상상조차 되지 않았다.

우리는 차를 홱 돌려 비포장도로를 달려갔다. 지프가 전복되지 않는 범위 내에서 가능한 한 빠르게 질주했다. 하지만 자꾸만 경주에서 뒤처지고 있다는 느낌이 밀려들었다.

앨리스는 미래를 계속 찾아 대었다. 그러다 다시금 피부에 따갑게 내리쬐는 태양이 보였다. 왜 그런 곳으로 가는 미래가 보였을까? 태양이 이토록 빛나는 곳이라면 건물 안에 갇혀 있어야 할 텐데? 어쨌든 나는 길에 집중했다. 마침내 고속도로로 나왔을 때는 우리가 다른 차를 타고 있었더라면 얼마나 좋았을까 하는 생각만이 간절했다. 내 차나, 로잘리 차나, 칼라일의 차를 타고 있었더라면. 지프는 경주용으로 개조되지 않았다. 하지만 선택의 여지는 없었다.

그러다 어렴풋이 깨달았다. 나도 모르게 반쯤 욕설을 지껄이고 있었다는 사실을. 하지만 나도 어쩔 수 없이 나오는 험한 말들은 내 말이 아닌 것처럼 아스라하게만 느껴졌다.

내 목소리 말고는 엔진의 굉음 소리와 젖은 노면을 달리는 타이어 소리가 들렸다. 그리고 뒷좌석에서 벨라의 가쁜 숨소리와 쿵쿵 울리는 심장 소리가 들려왔다.

앨리스는 이제 호텔방을 보고 있었다. 하지만 어느 호텔인지는 알 수가 없었다. 커튼이 닫혀 있어서였다.

"어디 가는 거야?"

벨라의 질문 역시 저 멀리서 들려오는 것 같았다. 나의 정신은 앨리스의 환상에 너무 깊이 빠져들어 있어서 대답할 수가 없었다. 아니면 너무 두려워서 대답하기 힘들었을 수도 있다. 그 질문은 내게 물은 것이 아닌 것만 같았다.

벨라의 목소리는 속삭임에 가까울 만큼 작았었지만, 이제는 딱딱하게 변해 있었다.

"젠장, 에드워드! 날 어디로 데려가려는 거야?"

나는 혼란의 소용돌이같은 앨리스의 미래 장면에서 벗어나 다시 제정신을 차렸다. 벨라가 무척 겁먹었잖아.

"지금은 널 데리고 어서 여길 떠나야 해. 아주 멀리."

나는 설명했다. 멀리 떠난다는 생각에 좋아하며 안심할 거라고 생각했었다. 그런데 벨라는 갑자기 소리를 지르면서 안전벨트를 미친듯이 풀어대며 벗어나려고 했다.

"차 돌려! 우리 집에 데려다 줘야지!"

내가 어떻게 설명할까? 이제는 집에 못 간다고, 그 꼴도 보기 싫은 사냥꾼이 오늘밤 훨씬 더 많은 것을 훔쳐 버렸다고 어떻게 설명해야 할까?

하지만 일단 급선무는 벨라가 지프에서 뛰어내리지 못하게 막는 것이었다.

에밋은 벌써 벨라를 제지해야 하는 것 아닐까 고민 중이었다. 나는 낮고 단호한 목소리로 에밋의 이름을 불렀다. 이러면 내가 무얼 해 주기 바라는지 알겠지. 에밋은 커다란 손으로 그 애의 손목을 잡아 꼼짝

못 하게 했다. 그러자 벨라는 내게 울부짖었다.

"안 돼! 에드워드! 안 돼, 이럴 순 없어!"

내가 지금 뭘 하고 있다고 생각하는 건가? 나한테 선택지가 있는 것 같나? 벨라의 분노와 절박함을 느끼자 집중하기가 힘들었다. 추적자가 아니라 내가 그 애를 해치고 있다는 기분마저 들었다.

"어쩔 수 없어, 벨라. 제발 좀 조용히 해."

나는 위협적인 목소리를 내었다. 지금은 앨리스가 뭘 보고 있는지 봐야 했다.

"싫어! 넌 날 데려다 줘야 해. 찰리가 FBI를 부를 거야! 그럼 너희 가족을 전부 조사하겠지. 칼라일과 에스미까지! 그럼 다들 여길 떠나 영원히 숨어 살아야 할 거야!"

걱정하는 게 이거였어? 벨라가 엉뚱한 위협에 몸과 마음이 허물어진다 해도 놀랄 일은 아니겠군.

"진정해, 벨라. 우린 전에도 그런 적 있으니까."

우리는 다시 시작해야 하겠지. 하지만 지금 그건 중요하지 않았다.

"나 때문에 그렇게 할 순 없어! 나 때문에 모든 걸 망치게 할 순 없단 말이야!"

벨라는 비명을 지르더니, 에밋의 손을 뿌리치려 했다. 하지만 몸부림을 치는 와중에도 에밋에게 잡힌 손은 꿈쩍도 하지 않았다. 에밋은 당황한 기색으로 그 애를 빤히 바라보았다.

나 어떡해야 하냐?

내가 벨라에게 그게 아니라고 말하기도 전에, 아니면 에밋에게 계속 그러고 있으라고 말하기도 전에 앨리스가 미래에서 벗어나 내가 있는 현재로 돌아왔다.

"에드워드, 차 세워봐."

그녀의 차분한 목소리를 듣자 짜증이 났다. 앨리스는 지금 벨라가 한 말을 생각하고 있었다. 하지만 그 애가 하는 걱정은 전혀 중요하지 않은 게 분명한데. 앨리스는 왜 그걸 모를까. 벨라는 이게 무슨 일인지 감도 못 잡고 있다. 어떻게 알겠어? 이 맥락을 아무것도 모르는데.

앨리스도 맥락을 다 아는 건 아니라는 사실을 깨닫자, 나는 자동으로 속력을 높였다. 제아무리 예지력이 있다 해도, 그녀가 볼 수 없는 것 역시 있었으니까.

하지만 앨리스는 아주 침착한 태도로 지나치다 싶을 만큼 합리적인 목소리를 내었다.

"에드워드, 일단 얘기부터 좀 해보자."

"넌 이해 못해! 그자는 추적의 귀재야. 그걸 모르겠어? 놈은 추적자란 말이야!"

난 폭발하고 말았다. 내 말에 앨리스보다 에밋이 더욱 강하게 반응했다. 앨리스는 그 점을 이미 보았기 때문이다. 내가 그녀에게 소리치려고 결심한 순간에 말이다.

우리는 추적자들에게 노출된 적이 많지 않았다. 그들의 존재는 이야기로만 많이 들었을 뿐이다. 가장 강력한 추적자들은 멀리 이탈리아에서 복무 중이었다. 칼라일은 앨리스테어라는 이름의 추적자를 한 명 알고 있었지만, 그는 사교 활동을 전혀 하지 않았기 때문에 우리는 앨리스테어를 만나본 적이 없었다. 에밋과 앨리스는 추적자가 물건이나 사람을 잘 찾는 재능이 있다고만 알고 있었다. 그래서 추적이라는 능력이 보다 역동적인 감각으로 이루어진다는 걸 이해하지 못했다. 제임스는 단순히 누군가를 잘 찾아내는 능력이 있는 게 아니었다. 추적은 그의 전부나 마찬가지였다.

"차 세워, 에드워드."

앨리스는 마치 내가 아무 말도 안 했다는 것처럼 말했다.

나는 그녀를 노려보며 속도를 더욱 높였다.

오늘 밤은 그렇게 흘러가지 않아. 그녀는 완벽하게 확신에 찬 어조로 생각했다.

"어서."

"내 말 들어, 앨리스."

나는 속으로 부글부글 끓으며 말했다. 에둘러 말할 필요 없이, 내가 아는 걸 이번 한 번만이라도 앨리스의 머릿속에 직접 넣어줄 수 있다면 얼마나 좋을까. 앨리스는 이해를 못하고 있다.

"난 놈의 마음을 읽었어. 먹이를 추적하는 건 그자가 열렬히 집착하는 행동이야. 게다가 놈은 벨라를 원해. 아주 특별히 원하고 있지. 놈은 오늘밤 사냥을 시작할 거야."

하지만 앨리스는 나의 격앙된 반응에도 동요하지 않았다.

"하지만 어디 있는지도 모르잖아."

앨리스가 미래를 보지도 않고 말하는 데 조급해진 나는 말을 가로막았다.

"놈이 벨라의 체취를 쫓아 시내로 들어가는 데 얼마나 걸릴 것 같아? 놈은 로렌트가 이야기하기도 전에 이미 계획을 세웠어."

그러자 벨라는 숨을 헉 몰아쉬더니 다시 비명을 질렀다.

"찰리를 집에 그냥 내버려 둘 순 없어! 찰리를 두고 떠날 순 없단 말이야!"

"벨라 말이 맞아."

앨리스가 대답했다. 여전히 너무나 침착했다.

그 명령에는 따르지 않았지만, 그래도 가속 페달에서 발은 살짝 떼었다. 찰리 역시 위험에 빠뜨릴 수는 절대로 없었다. 하지만 어떻게 동시에 두 장소에 내가 있을 수 있을까?

"잠깐만이라도 어떤 선택의 여지가 있는지 생각해 보자."

앨리스가 날 달래었다. 순간 그녀의 머릿속에 떠오르는 이미지에 큰 충격을 받고 말았다. 나는 앨리스가 이런 미래를 찾는 모습을 보지 못했다. 만약 봤다면, 난 격렬하게 방해했을 것이다. 하지만 앨리스는 어떻게 한 건지 모든 걸 다 계획해 놓았다. 그것도 완벽하게.

미래의 한 장면에서 앨리스는 추적자가 흥미를 잃고 추적을 포기하는 모습을 보았다.

포상이 없다면 추적하는 의미가 없으니까. 그녀가 설명했다.

예전의 환상과 똑같은 모습이었지만, 이건 새로운 환상임을 알 수 있었다. 완전히 새로 생긴 미래였다. 타오르다시피 새빨갛게 이글거리는 눈을 한 벨라. 연마된 다이아몬드처럼 날카로운 이목구비에 얼음보다 더욱 하얀 피부를 지닌 벨라.

확실히, 추적자는 이 운명의 미래에서 사라진 채였다.

그리고 벨라는 빛나는 눈으로 나를 바라보았다. 차갑고도…… 비난어린 눈빛으로.

나는 지프 운전대를 힘껏 돌려 차를 갓길로 향한 다음 브레이크를 세게 밟았다. 덜컹이며 차가 멈추었다.

"다른 선택의 여지는 없어."

내가 앨리스에게 으르렁댔다.

"난 찰리를 두고 떠나지 않을 거야!"

벨라가 내게 소리쳤다.

"다시 데려가야 해."

에밋이 끼어들었다.

"안 돼."

에밋은 백미러로 나를 바라보았다.

"놈은 우리한테 상대가 안 돼, 에드워드. 놈은 벨라에게 손도 댈 수 없을 거야."

"놈은 기다릴 거야."

제임스는 즐기며 기다릴 줄 알았다.

에밋은 메마르게 미소지었다.

"나도 기다리면 되지."

답답한 마음에 머리를 쥐어뜯고 싶었다.

"넌 몰라서 그래, 넌 이해 못해. 일단 놈이 사냥을 시작하면 그 무엇도 막을 수 없어. 우린 놈을 죽여야 할 거다."

에밋은 내 이해력이 느리다고 탓하는 양 쳐다보았다.

당연히 그놈을 죽여야지. 그는 생각했다. 하지만 입 밖으로 낸 말투는 한결 온화했다. 지금 잡고 있는 연약한 인간을 의식하면서, 본인답지 않은 세심함을 발휘하는 중이었다.

"그것도 한 방법이겠지."

"게다가 여자는 어쩌고? 여자도 놈과 함께 있어. 싸움이 시작되면 그 우두머리도 그들 편을 들 거야."

나는 다시금 사실을 일깨워 주었다. 하지만 로렌트가 그들 편을 들지는 나도 의문이었다.

"우린 수적으로도 우세해."

에밋은 지금 로잘리와 에스미까지 계산해서 말한 건가? 물론 아닐 것이다. 그는 혼자서 처리할 마음이었다. 마치 그들이 아무런 속임수도 쓰지 않고 에밋 앞에 떡하니 나타나 줄 거라는 듯 말이다.

"다른 방법도 있어."

앨리스가 반복해서 말했다.

어쨌든 닥쳐올 상황이잖아. 왜 현실을 받아들이고 당장 안전하게 해주지 않는 거야?

위험할 정도로 분노가 덮쳐왔다. 앨리스를 사랑하긴 하지만, 지금 같아서는 정말로 그녀를 해칠 수도 있을 것만 같았다. 나는 애써 분노를 억누르며 말로만 표출하려고 했다.

"다른 방법은 없어!"

나는 앨리스의 코앞에서 고함을 질렀다. 앨리스는 움찔하지도 않았다.

이걸 봤다고 바보처럼 굴지 마. 미래는 너무나 많고, 그 사이의 우여곡절도 너무 많아서 풀 수가 없어. 이건 너무 먼 미래야. 그 자가 포기하지 않으리라는 네 생각은 맞지만…… 더 이상 추적할 동기가 없어진다면 그만둘 거야.

앨리스의 머릿속에는 내가 벨라를 숨기려는 수십 년 동안 제임스가 계속 그 애를 사냥하려는 미래가 보였다. 천 가지의 함정과 계략이 있었다. 분명히, 그는 에밋이 상상하는 것보다 죽이기 힘든 존재였다.

그렇다 해도, 나 역시 수십 년 동안 경계 태세를 유지하는 데 문제는 없었다. 더 쉬운 미래가 있다 하여 벨라의 삶과 바꾸지는 않으리라.

그때였다. 덜덜 떠는 나지막한 목소리가 우리 사이에 끼어들었다.

"내 계획을 들어 보고 싶은 사람 혹시 없어요?"

"없어."

나는 딱 잘라 말하며 계속 앨리스를 노려보았다. 그녀 역시 나를 쏘아보았다. 벨라는 계속 말했다.

"잘 들어봐, 먼저 나를 데려다 줘."

"싫어."

하지만 그 애는 이제 더욱 화난 어조로 강하게 고집을 부렸다.

"나를 집에 데려다 줘. 그럼 내가 아빠한테 피닉스 집에 가고 싶다고 말할게. 나는 짐을 싸고, 우리는 그 추적자가 지켜보는지 기다렸다가 달아나는 거야. 그럼 그자는 우릴 따라올 테고, 찰리는 안전해지겠지. 찰리가 너희 가족을 조사하도록 FBI를 부르는 일도 없을 거야. 그런 다음엔 아무 데나 어디로든 네가 날 데리고 떠나면 되잖아."

들어 보니 벨라의 생각이 아예 비이성적이지는 않았다. 찰리의 목숨이나 우리의 안전을 대가로 스스로를 희생양으로 삼는 건 아니었으니까. 정말 나름의 계획이 있었군.

"어라, 진짜 나쁜 생각은 아니네."

에밋이 가만히 생각하며 말했다. 그는 추적자의 능력을 별로 높게 치지 않았다. 그래서 적이 어떤 방향으로 나타날지 전혀 모르는 상황보다는 차라리 우리가 흔적을 남기는 편이 낫다고 보았다. 그편이 더 빠르다고도 여겼다. 아까는 언제까지든 놈을 기다리겠다고 말은 했지만, 사실 에밋은 그다지 인내심이 없었다.

앨리스는 벨라의 결심으로 미래가 어떻게 바뀌었는지 지켜보며 곰곰이 생각했다. 다른 건 몰라도, 추적자는 그곳에서 활동하기 위해 가 있으리라는 게 보였다.

"그 계획이 잘 먹힐 수도 있어."

앨리스는 인정했다. 새로운 환상이 빠르게 이전의 환상을 밀어내었다. 우리는 세 무리로 나뉘어서, 세 방향으로 흩어져 우리가 의도한 흔적만을 남겼다. 그녀는 에밋과 칼라일이 숲속에서 사냥하는 모습을 보았다. 때로는 로잘리도 거기 있었고, 때로는 에밋과 재스퍼도 있었지만, 확실하게 정해진 무리는 없었다.

"게다가 벨라 아버지를 아무 대책 없이 두고 떠날 순 없잖아. 그건 너도 알겠지."

앨리스는 계속해서 움직이는 이미지를 보며 덧붙였다. 이 점만큼은 확신했다. 우리는 벨라의 집으로 돌아가서 추적자에게 찰리 외에 집중할 수 있는 무언가를 흘릴 것이었다.

하지만 이 분명한 환상들 속에서, 추적자는 벨라와 너무 가까이 있었다. 그렇지 않아도 이미 곤두선 신경이 더욱 긴장되었다.

"너무 위험해. 절대로 놈을 두 번 다시 벨라 반경 160킬로미터 내에 두고 싶지 않다."

"에드워드, 놈은 절대 우리를 피해 가지 못해."

에밋은 내가 싸움을 막으려 한다고 생각하고는 답답해했다. 그는 조금도 위험을 느끼지 못했다.

앨리스는 이 결정이 즉각적으로 일으킬 결과를 보려고 했다. 내가 불확실한 가운데 이도 저도 못하고 있는 걸 보고, 본인이 직접 결정을 내렸을 때의 결과였다. 찰리의 집에서 결국 싸움이 벌어지는 미래는 없었다. 추적자는 그저 기다리면서 지켜볼 뿐이었다. 앨리스는 마침내 확인했다.

"놈이 우릴 공격하는 모습은 보이지 않는군. 그자는 우리가 벨라를 혼자 둘 때까지 기다리려고 할 거야."

"그런 일은 없을 거라는 걸 놈도 조만간 알아차리겠지."

"당사자인 내가 우리 집에 데려다 달라고 요구하는 거야."

벨라는 목소리를 더욱 강경하게 높이면서 명령했다.

너무나 큰 두려움과 절망과 죄책감이 눈앞을 가로막은 상황에서도 난 어떻게든 생각을 해보았다. 추적자가 직접 덫을 만들기를 기다리는 것보다 우리가 나름의 덫을 놓는 게 맞는 걸까? 그게 맞는 소리 같았지만, 그러려면 벨라를 그놈 가까이 두어야 한다. 결국 그 애를 미끼로 삼아야 한다고 상상하니 차마 그 장면을 떠올릴 수조차 없었다.

"부탁이야."

그 애는 속삭였다. 목소리에 고통이 서렸다.

추적자가 집에 혼자 있는 찰리를 찾아낸 상황을 생각해 보았다. 그게 벨라의 머릿속을 가장 크게 지배하는 생각이구나. 그 생각에 이 애가 얼마나 겁먹고 절박한 마음일지 나는 상상만 할 수 있을 따름이었다. 우리 가족 중에서는 그토록 연약한 이가 없으니까. 벨라만이 나의 유일한 약점이니까.

우리는 찰리에게서 추적자를 떼어내야 했다. 그것만큼은 분명했다. 벨라의 계획에서 실제로 중요한 부분도 그것뿐이었다. 하지만 처음 시도가 먹히지 않는다면, 만약 추적자가 우리의 연기를 보지 못한다면 어떡하나? 나는 단순히 모든 걸 운에 맡길 마음은 없었다. 우리는 다른 미래를 생각해 보았다. 일이 잘 안 풀리면, 에밋은 필요한 만큼 찰리를 돌볼 수 있다. 혼자서 추적자를 떠맡게 된다면 에밋은 좋아할 것이다. 공터에서 재스퍼가 에밋을 더욱 위협적으로 보이게 했으니, 추적자가 에밋의 반경 안으로 기꺼이 들어올 일은 없으리라는 점도 확실했다.

너무 패배감이 심하게 들었다. 난 벨라를 차마 보지도 못한 채로 말했다.

"추적자가 눈치채든 말든 넌 오늘 밤에 떠나야 해. 찰리한테는 포크스에서 드는 단 일 분도 견딜 수가 없다고 말해. 이야기는 네가 알아서 꾸며봐. 손에 닿는 물건만 챙겨서 트럭을 타고 떠나는 거야. 너희 아버지가 무슨 말로 널 말려도 들어선 안 돼. 딱 십오 분 주겠어."

나는 룸미러를 통해 그 애와 눈을 마주치며 말했다.

"알겠니? 집 안에 들어선 순간부터 십오 분 만에 나와야 해."

다시 시동을 건 나는 그 자리에서 유턴을 했다. 지금은 다른 방식으로 서둘러야 했다. 벨라를 미끼로 두는 시간을 가능한 한 빠르게 끝내고 싶었다.

"에밋?"

벨라가 그를 불렀다. 에밋의 머릿속을 보자 그 애가 잡힌 손을 바라보는 장면이 나왔다.

"아, 미안."

에밋은 중얼대며 손을 놔주었다.

그는 내가 손을 놓지 말라고 말하려나 싶어 기다렸지만, 내가 아무 말도 없자 긴장을 풀었다.

이제 결정을 내렸기에 나는 다시 앨리스의 환상에 초점을 맞추었다. 선택지는 별로 없었다. 확고해진 미래는 서른 가지쯤이었다. 대부분 추적자가 안전한 거리를 유지한 채로 우리가 찰리의 집에 도착한 후 2분 정도 있다 도착하는 장면들이었다. 몇 가지 미래에서는 우리가 떠난 뒤에 도착하기도 했다. 하지만 그럴 때도 추적자는 찰리를 무시하고 우리의 자취를 따라왔다.

그 이후의 가능성은 더욱 좁아졌다. 우리는 집으로 갈 것이었다. 추적자는 우리와 대결하는 위험을 무릅쓰고 싶지 않았기 때문에, 더욱 멀리 떨어진 곳에서 머물었다. 붉은 머리 여자는 그곳에서 추적자를 기다릴 예정이었다. 우리 가족은 세 무리로 나뉘었다. 로렌트가 추적자인 제임스와 빅토리아를 돕는 미래는 하나도 없었다. 그러니 우리는 세 무리로 나눠지면 된다.

이해가 안 가는 점은 하나 있었다. 세 무리의 구성원은 계속 바뀌고 있었다. 어떻게 이럴 수 있지?

어쨌든 다음 단계는 아주 분명했다. 나는 에밋에게 설명했다.

"다들 명심하도록. 집에 도착해서 놈이 거기 없는 게 확실하면 내가 벨라를 집 안으로 들여보낼 거야. 그리고 벨라는 십오 분 안에 다시 나와야 해."

나는 룸미러로 벨라를 다시 마주보았다.

"에밋은 집 밖을 맡아. 앨리스는 트럭에 타고 있고. 나는 벨라랑 같이 계속 집 안에 있겠어. 벨라가 집을 나온 뒤엔 둘이 이 차를 가지고 집에 가서 칼라일한테 얘기해."

"웃기지 마. 나도 같이 갈 거야."

에밋이 반대했다. **너 나한테 신세 진 거 있잖아, 까먹었어?**

그가 같이 가길 원한다는 건 놀랄 일이 아니어야 했다. 이래서 누가 어떤 무리에 들어갈지 미래가 확정되지 않았던 거로군.

"잘 생각하고 얘기해. 얼마나 오래 떠나 있어야 할지 나도 몰라."

"그때가 언제든 난 너랑 같이 갈 거야."

에밋의 마음은 흔들림이 없었다. 어쩌면 이게 최선일지도 모른다. 그렇다면 그러도록 놔두어야겠지.

앨리스의 머릿속으로, 칼라일과 재스퍼가 지금 숲에서 사냥하는 모습이 보였다.

"아무튼 놈이 거기 있으면 우리는 멈추지 않고 계속 차를 몰고 가는 거야."

내가 계속 말하자, 앨리스가 단호하게 말했다.

"우린 그자보다 먼저 집에 도착할 거야."

그건 99퍼센트 확실했다. 이보다 명확하지 않은 특이한 다른 미래들을 믿고 모험을 하지는 말아야겠지. 앨리스가 다시 물었다.

"그럼 이 차는 어떻게 할 거야?"

"네가 집까지 운전해서 가."

"난 싫어."

그녀는 더할 나위 없이 확고한 말투로 말했다.

우리 무리가 어떻게 나뉠지 다시금 미래가 바뀌었다.

나는 앨리스 쪽으로 아주 오래전에나 쓰이던 욕설을 마구 읊어댔다.

벨라가 낮은 목소리로 우리 대화에 끼어들었다.

"내 트럭에 다 탈 수는 없어요."

우리가 나무늘보처럼 느릿느릿한 고물 트럭을 타고 탈출할 것처럼 보이나. 하지만 나는 아무 말도 하지 않았다. 그 애가 본인 트럭을 두고 얼마나 예민하게 구는지 알기 때문이다. 지금은 무의미한 논쟁을 할 여력이 없었다.

내가 대답하지 않자, 벨라가 속삭였다.

"나 혼자 가야 할 것 같은데."

이 애 말뜻을 내가 못 알아들었던 거구나. 당연히 자신이 희생해야 한다고 생각했던 거다. 그래야 찰리를 지킬 경호원이 많아질 테니까.

"벨라, 제발 이번 한 번만 내가 하자는 대로 해."

나는 애원했다. 하지만 이를 악문 채로 말했기 때문에 애원처럼 들리지는 않았다.

"찰리는 멍청이가 아니야. 내일 당장 네가 없어지면, 찰리가 의심을 할 거란 말이야."

내가 미처 파악하지 못한 이 애의 말뜻이 너무나 많았다. 위험에 기꺼이 뛰어들겠다는 진짜 이유가 이거였나? 나한테 그럴듯한 알리바이를 만들어 주려고?

나는 더는 반박하지 말라는 말투로 말했다.

"그건 상관없어. 일단 너희 아버지가 안전한 것만 확인하면 그뿐이니까."

"그럼 그 추적자는 어쩔 건데? 그 사람은 오늘 네 행동을 다 봤어. 네가 어디 있든 나와 함께 있을 거라고 생각할 거야."

벨라가 반박했다. 우리는 모두 깜짝 놀라 얼어붙었다. 이런 식으로는 생각해 본 적이 없었다. 앨리스조차도. 그녀는 이제껏 다른 미래에 온통 신경 쓰느라 우리의 대화를 귀담아 듣지 않았었다.

에밋은 즉시 벨라의 논리를 받아들였다.

"에드워드. 벨라 말 들어. 나도 이 아이 말이 맞는 것 같아."

"그래, 맞아."

앨리스도 동의했다.

그녀는 벨라의 말이 옳다는 걸 이해했다. 내가 속한 무리가 어딘지 보고 추적자는 나를 따라올 것이다. 그러면 계획이 망쳐지고 모든 공격을 무용지물로 만들 것이다. 무엇보다 최악인 점은, 벨라가 다시 미끼가 될 거란 사실이었다. 그리고 이번에는 너무 많은 미래가 나와서 벨라의 안전을 보장할 수가 없었다.

그렇다면 다른 선택지는 뭐라는 건가. 벨라를 떠나란 말인가?

"그럴 순 없어."

그러자 벨라는 다시 입을 열었다. 이미 아까 했던 말이 받아들여진 것처럼, 침착한 목소리였다.

"에밋도 여기 있는 게 좋겠어요. 그 사람이 아까 에밋도 눈여겨보던걸요 뭐."

"뭐라고?"

에밋은 허를 찔린 모습으로 되물었다.

하지만 앨리스는 에밋이 진짜 싫어하는 게 뭔지 알고 있었다.

"여기 있어야 놈을 해치울 기회가 더 많긴 하지."

이제까지 그토록 심하게 요동쳤던 무리 짓기가 이제는 확정되고 있는 듯했다. 앨리스는 내가 에밋과 칼라일과 함께 있는 모습을 보았다. 처음에는 숲속을 헤치고 도망치는 장면이었고, 다음으로는 사냥을 하기 위해 길을 바꾸는 장면이었다.

그렇다면 이 미래에서 벨라는 어디에 있지?

나는 앨리스를 응시했다.

"그럼 나더러 벨라를 혼자 보내라는 거야?"

앨리스가 소리 내어 대답하기 전에 그녀의 환상이 먼저 보였다. 평범한 호텔의 스탠더드룸 안에서 벨라는 몸을 웅크린 채 자고 있었다. 앨리스와 재스퍼는 다른 방에서 꼼짝도 않고 보초를 섰다.

"물론 그건 아니지. 재스퍼랑 내가 데려갈게."

"그럴 순 없어."

난 반대했지만, 이제 목소리는 공허하게 나왔다. 다른 길은 보이지 않았다. 만약 추적자가 나를 목표로 삼고 쫓아온다면, 난 최대한 벨라에게서 멀리 떨어져 있어야 한다. 그리고 두려움과 고뇌를 제어한 다음 사냥꾼이 되어야 하리라. 이 악몽에 불을 지핀 뱀파이어를 죽여 버린다는 생각에서 그나마 애써 위안을 얻어 보았다. 벨라의 안전만을 생각하고 행동해야 한다.

벨라는 계속 제안했다.

"여기서 한 일주일만 기다려 줘."

그 애는 조용히 말했다. 나는 룸미러로 벨라를 슬쩍 바라보았다. 오늘 밤 일어난 일에 대해 정말로 아무것도 모르는구나.

"며칠만 기다리는 거야."

벨라가 다시 말했다. 내가 그 날짜에 반대하고 있다고 생각하는 모양이군. 사실은 제발 일주일 안에 끝나 주기만을 기도하고 있는데.

"찰리한테 네가 날 납치한 게 아니란 걸 확실히 보여 주면서 제임스라는 사람을 궁지로 모는 거지. 그자가 내 자취를 전혀 찾을 수 없을 때까지. 그런 다음에 와서 나랑 만나면 되잖아. 물론 여기저기 우회로를 따라 와야겠지. 그러면 재스퍼랑 앨리스도 집에 갈 수 있잖아."

난 이 계획을 들은 앨리스의 반응을 살펴보았다. 그리고 가능성이 있다는 걸 보자 오늘 밤 처음으로 안도감을 느꼈다. 앨리스, 재스퍼와 함께 있는 벨라를 내가 찾아가는 미래가 보였다. 내가 이 운명을 따라간다면, 오랫동안 빛을 보지 못하고 살게 될 것이었다. 추적자는 나를 피했다. 하지만 앨리스의 머릿속에는 더욱 많은 미래의 타래들이 엮이고 또 풀렸다. 어떤 미래에서 나는 벨라를 집에 데려다 주고 있었다. 그러다 다시금 환한 햇빛이 비쳐들더니 방향 감각을 흐트러뜨렸다. 우리가 있는 이곳이 어디지?

"어디에서 널 만나지?"

나는 물었다. 벨라가 결정을 내렸으니 미래가 정해졌을 것이다. 벨라는 이미 그 답을 알고 있을 게 틀림없었다.

그 애의 목소리는 단호했다.

"피닉스."

하지만 나는 앨리스의 머릿속에서 다음 장면을 이미 보았다. 벨라가 찰리에게 둘러댈 말을 이미 들었다. 그래서 추적자가 무슨 말을 들었을지 알고 있었다.

"안 돼. 그놈도 네가 거기 갈 거란 얘기를 어디서든 듣게 될 거야."

그러자 벨라는 짜증스러운 목소리로 최종 의견을 말했다.

"그럼 그게 너무 뻔한 계략인 것처럼 들리게 하면 되잖아. 그쪽에서 엿듣고 있다는 사실을 우리가 알고 있는 걸 그자도 알겠지. 내가 진짜로 내 행선지를 밝힌 거라고는 그 사람도 절대 믿지 않을 거야."

"너 참 대단하구나."

에밋이 키득키득 웃었다. 하지만 나는 그만한 확신이 없었다.

"그러다 놈이 알아차리면?"

"피닉스엔 수백만 명이 살고 있어."

벨라의 목소리엔 여전히 짜증이 어렸다. 혹시 너무 무서워서 참을성이 없어진 걸까. 나는 그랬는데.

"전화번호부를 뒤지는 건 어렵지 않아."

내가 으르렁대듯 말하자, 그 애는 눈을 흘겼다.

"난 집에 안 갈 거야."

"뭐?"

"벌써 혼자 살 나이도 됐잖아."

앨리스는 우리의 무의미한 말다툼을 막아 버리기로 마음먹었다.

"에드워드, 우리가 같이 있을 거라니까."

"다른 데도 아니고 피닉스에서 둘이 뭘 하겠다는 거야?"

"집 안에만 있지."

에밋은 앨리스의 환상을 볼 수 없었지만, 그가 머릿속으로 떠올린 장면은 내가 본 앨리스의 미래와 비슷했다. 에밋과 나는 숲속에서 추적자의 자취를 찾는 데 열중하고 있는 장면이었다.

"난 벨라 계획이 마음에 들어."

"닥쳐, 에밋."

"생각해 봐. 벨라를 데리고 있는 상황에서 놈과 맞서게 된다면 누군가 다칠 확률이 더 커. 벨라가 다칠 수도 있고, 보호하려다 네가 다칠 수도 있잖아. 하지만 우리끼리 놈을 처치한다면……."

에밋이 추적자가 궁지에 몰리는 모습을 상상하자, 그의 머릿속 장면이 변하면서 본인의 모습을 가까이 비추었다.

만약 우리가 해낼 수 있다면, 정말로 그 추적자를 빨리 처리할 수 있다면, 이것이 올바른 선택일 것이다. 왜 결정을 내리는 게 이토록 고통스러울까?

벨라가 본인의 안전을 조금이라도 신경 쓰고 있다는 증거가 있다면 내 기분도 좀 나아지겠지. 얼마나 위험한지 이 애가 전부 이해하고 있다면, 자신의 생명만 달려있는 게 아니라는 걸 알아준다면.

어쩌면 그게 단서일지도 모른다. 이 애는 스스로에 대한 걱정을 하는 법이 없으니까……. 하지만 언제나 나를 걱정하고 있다. 만약 그 애의 생명이 위험하다는 게 아니라 내가 괴로운 게 문제라고 알려주었다면, 아마 벨라는 조금 더 조심할지도 모른다.

나의 자제력은 약했다. 속삭이는 듯한 목소리가 간신히 나왔다. 이러다 비명을 지르게 되는 건 아닐까 걱정스러웠다.

"벨라."

그 애는 룸미러로 나와 눈을 마주쳤다. 두려워한다기보다는 방어적인 모습이었다.

"혹시라도 너한테 무슨 일이 생기면, 어떤 일이든 내가 전부 책임을 질 거야. 알겠어?"

나는 나지막이 말했다. 벨라의 입술이 떨렸다. 마침내 위험을 깨달은 걸까? 그 애는 마른침을 삼키고 중얼거렸다.

"응."

내 생각이 그리 틀리지 않았군.

앨리스의 머릿속은 지금 백만 가지 장면을 떠올렸다. 그중 많은 수가 짙게 선팅된 차창 밖으로 보이는 햇살 가득한 고속도로였다. 벨라는 언제나 뒷좌석에 앉아 멍한 표정으로 앞만을 바라보았고, 앨리스는 그 애의 어깨를 팔로 감싸고 있었다. 재스퍼는 운전석에서 그 애를 지켜보았다. 몇 시간이고 벨라의 향기로 가득한 자그마한 차 안에 갇혀 있을 나의 형을 생각했다.

"재스퍼가 이 일을 감당할 수 있을까?"

내가 불쑥 묻자, 앨리스가 타일렀다.

"재스퍼를 믿어 봐, 에드워드. 지금까지 아주 잘해 왔잖아. 모든 가능성을 다 고려한 거야."

하지만 만일을 대비하여 앨리스는 머릿속으로 열두어 가지의 장면을 스치듯 떠올렸다. 재스퍼는 단 한 번에 집중력을 잃지는 않았다.

나는 앨리스를 평가해 보았다. 자그마한 체구를 보면 연약한 것 같지만, 실은 만만치 않은 상대라는 걸 알고 있었다. 추적자든 누구든 앨리스를 보면 과소평가하겠지. 그것 역시 중요한 변수일 것이다. 그래도 앨리스가 벨라를 무력으로 보호해야 한다고 생각하니 마음이 편치 않았다.

"그러는 본인은 감당할 수 있겠어?"

앨리스의 눈이 노기를 띤 채로 가늘어졌다. 물론 장난이었다. 내가 이런 질문을 하리라는 걸 이미 알고 있었으니까.

너 같은 건 눈 감고도 처리할 수 있어.

그녀는 나를 향해 커다랗고 길게 으르렁대었다. 소름 끼치도록 사나운 소리가 지프의 유리창에 울려퍼져서 벨라의 심장이 마구 뛰어댔다.

앨리스의 우스운 연기에 0.5초 동안은 미소를 지어 버리고 말았지만, 이내 모든 웃음기가 사라졌다. 어쩌다 이렇게 되어 버렸을까? 아주 무시무시한 경호원들이 그 애를 지켜 준다 해도, 내가 어떻게 벨라와 떨어져 있을 수 있단 말인가?

그러다 기분 나쁜 생각이 새로이 뇌리를 스쳤다. 벨라와 앨리스 둘이서는 앞으로 예정된 우정을 쌓아 가겠지. 혹시 앨리스는 벨라에게 이 악몽을 끝낼 방법이 있다고 하면서, 본인이 생각한 방법을 알려주지는 않을까?

나는 한 번 빠르게 고개를 끄덕였다. 앨리스를 벨라의 보호자로 인정한다는 걸 알려 주기 위해서였다. 하지만 경고를 잊지 않았다.

"그 생각은 혼자만 품고 있도록 해."

23
작별

내 말을 끝으로, 그 후로는 아무런 말없이 우리는 포크스로 질주했다. 도착하는 상황이 난 너무 무서웠기에, 다시 돌아가는 길은 무척 짧게 느껴졌다. 우리는 너무 빨리 벨라의 집앞에 차를 세웠다. 집의 창문은 위층부터 아래층까지 죄다 환했다. 대학 농구 경기를 중계하는 소리가 거실에서 아스라이 들려왔다. 나는 근처에 사람이 있지는 않은지 긴장하며 소리를 들어 보았지만, 추적자는 아직 도착하지 않은 듯했다. 그리고 앨리스는 우리가 여기 멈춰 선 장면이 공격으로 변하는 미래를 여전히 보지 못했다.

어쩌면 우리는 그냥 여기 있어야 할 것 같았다. 벨라가 평범한 삶으로 돌아가도록 내버려 두고, 우리 모두 영원히 이곳에서 보초를 서면 어떨까. 에밋과 앨리스, 칼라일과 에스미는 찬성할 것이다. 그리고 재스퍼도 분명 나와 같이 불침번을 서 줄 거란 확신이 들었다. 이토록 많은 이들이 지켜보고 있으니, 또 마음을 읽고 미래도 볼 수 있으니, 벨라에게 다가가기가 불가능하다는 걸 추적자는 알게 될 것이다. 모두 힘을 합치는 편이 세 무리로 나누어 움직이는 것보다 더 안전하지 않을까?

하지만 내가 이 생각을 떠올리자, 앨리스는 추적자가 어떻게 기다릴 것인지, 또 어떻게 적응할 것인지 보여 주었다. 그는 지루하게 기다렸다가, 결국은 소모전을 시작할 것이었다. 밤마다 벨라의 친구들이 사라지고, 좋아하는 선생님들이 사라지고, 찰리의 동료들이 사라지게 될 것이었다. 그러다 벨라와 전혀 관련 없는 사람들도 무작위로 사라지게 된다. 희생자의 수가 점점 늘어나면 정밀 조사가 시작될 것이고, 결과에 상관 없이 우리는 사라져야 하리라. 그리고 벨라가 자신이 안전을 대가로 무고한 희생자가 생기는 상황을 어떻게 받아들일지 난 짐작할 수 있었다.

그렇다면 원래 계획대로 진행할 수밖에 없군.

이렇게 깨닫자 찾아온 이상한 신체적 감각을 처리하기란 무척 어려웠다. 몸통 한가운데 구멍이 난 느낌이었다. 물론 진짜 구멍이 난 건 아니라는 사실을 알았어도, 그 감각은 불안할 정도로 현실적이었다. 참 오랫동안 잊고 있던 인간적인 반응이었다. 불멸의 삶에서는 이런 두려움에 빠질 이유가 없었기에 받을 이유가 없었던 감각이었으니까.

우리는 움직여야 했다. 추적자에게 따라갈 대상을 주는 게 이 계획의 요점이라는 걸 알았지만, 그래도 그놈이 도착하기 훨씬 전에 벨라를 보내고 싶었다.

"여긴 없어. 들어가자."

나는 에밋에게 말했다. 앨리스는 이미 알고 있었다.

앨리스와 나는 지프에서 조용히 내렸다. 우리의 정신은 시공간을 넘나들었다. 우리가 집 안에 있는 동안 추적자가 나타나는 장면을 앨리스는 보았다. 내가 이를 가는 소리가 유난히 크게 들렸다.

"걱정 마, 벨라. 여기 일은 우리가 재빨리 해치울게."

에밋은 그 애를 안전벨트에서 풀어 주며 말했다. 내게는 너무 낙관적인 목소리로 들렸다.

"앨리스."

내가 나지막이 부르자, 그녀는 재빨리 트럭으로 달려갔다. 그리고 바닥으로 몸을 숙여 차 발판 아래로 쏙 들어갔다. 순식간에 앨리스는 차 바닥에 몸을 딱 붙였고, 뱀파이어도 볼 수 없을 정도로 몸을 숨겼다.

"에밋."

그는 이미 움직이는 중이었고, 지금은 앞마당에 있는 나무를 탔다. 몸무게 때문에 소나무가 눈에 띄게 휘었지만, 재빨리 다음 나무로 몸을 옮겼다. 우리가 안에 있는 동안 에밋은 계속 움직일 참이었다. 이러면 앨리스보다는 눈에 확연히 띄겠지만, 나무에 올라 있으니 이쪽으로 다가오는 건 뭐든 볼 수 있었고, 무엇보다도 그의 존재는 추적자가 다가오는 걸 확실하게 막아줄 것이다.

벨라는 내가 문을 열어 주기를 기다렸다. 공포 때문에 제자리에서 꼼짝못하고 굳어진 모습이었고, 유일하게 움직이는 부분은 그 뺨 위로 천천히 흐르는 눈물이었다. 내가 손을 내밀자 그 애는 다시 몸을 움직여서, 조심스러운 부축을 받아 차에서 내렸다. 이제 헤어져야 한다는 걸 알아 버린 지금, 벨라를 만지기가 얼마나 힘들던지 놀랄 지경이었다. 그 피부에서 느껴지는 열기는 새로운 고통으로 타올랐다. 낯선 고통을 애써 참으며, 나는 두 팔로 그 애를 안았다. 나의 몸이 방패가 되어 주기를 바라며, 급히 그 애를 감싼 채 집으로 향했다.

"십오 분이야."

나는 다시금 알려주었다. 너무 긴 시간이었다. 표적이 되어 버린 장소에서 멀리 떨어질 수 있기를 간절히 바랐다.

"난 할 수 있어."

벨라는 예상보다 강한 목소리로 대답했다. 턱에 강철 같은 굳센 기색이 드러났다.

우리가 현관에 다다르자, 그 애는 앞으로 가던 나와는 반대로 뒤로 물러섰다. 나는 자동적으로 발걸음을 멈추었다. 하지만 지체하지 말라며 내 온몸의 근육이 격렬히 반항했다.

벨라는 짙은 눈망울로 나를 빤히 바라보았다. 그리고 손을 내밀어 내 얼굴 양쪽을 감쌌다.

"사랑해. 앞으로 어떤 일이 일어나든 난 언제나 널 사랑할 거야."

그 애의 속삭임은 긴장감으로 가득해 마치 비명 같았다. 나의 몸에 난 구멍이 더욱 벌어져 몸통을 반으로 찢어 버리는 것만 같았다.

"너한테는 아무 일도 일어나지 않을 거야, 벨라."

나는 으르렁거리며 말했다. 그 애는 고집스레 말했다.

"그냥 계획대로만 해줘, 알겠지? 날 위해 찰리를 무사하게 지켜 줘. 찰리는 이번 일로 날 좋아하지 않게 되겠지. 그러니 나중에 사과할 기회를 갖고 싶어."

이게 무슨 말인지 알 수가 없었다. 겁먹은 머릿속이 너무 혼란스러워서 지금은 벨라의 애매한 말을 해독할 엄두가 나지 않았다. 난 그저 재촉했다.

"어서 들어가, 벨라. 서둘러야 해."

"한 가지만 더 들어. 오늘 밤에 내가 하는 말은 한 마디도 귀담아 듣지 마!"

이 말 역시 이해가 가지 않았다. 암호 같은 요청의 뜻을 파악하기도 전에, 벨라는 까치발을 들고서 입술을 내 입술에 세차게 맞대어왔다. 어쩌면 그 애에게 멍이 들 만한 힘이었다. 나조차도 이토록 강렬한 힘으로 이 애에게 키스할 엄두를 낸 적은 없었는데.

내게서 돌아선 그 애의 뺨과 이마가 새빨개졌다. 이해할 수 없었던 우리의 짧은 대화 동안 잠시 멈추었던 벨라의 눈물은 다시금 제멋대로 흘러내렸다. 왜 한쪽 다리를 들어올리는 건지 예상할 수 없었던 순간, 그 애는 현관문을 거칠게 걷어찼다. 문이 휙 열렸다.

"꺼져 버려, 에드워드!"

벨라가 목청을 다해 소리쳤다. TV 소리를 넘어설 정도였으니, 찰리가 못 들었을 리 없었다.

그 애는 내 면전에서 문을 쾅 닫았다.

"벨라?"

찰리가 놀라서 소리쳤다.

"신경 쓰지 마세요!"

그 애도 소리쳤다. 발을 쿵쿵대며 계단을 오르는 소리가 들리고, 또 다른 문이 쾅 닫히는 소리가 이어졌다.

지프에서 꼼짝않고 말이 없었던 건 겁먹어서가 아니었구나. 오히려 무슨 말을 할까 준비하는 과정이었던 게 분명했다. 벨라는 대본을 써 놓았다. 그렇다면 나의 역할은 눈에 보이지 않게 조용히 있는 것이겠지.

찰리는 그 애를 뒤따라 계단을 뛰어올랐다. 서두르는 발걸음이 불안정했다. 반쯤은 제정신이 아닌 것 같았다.

나는 집 옆을 타고 올라가 방 창문 옆에서 기다리면서 찰리가 혹시 방까지 따라들어오는지 엿보았다. 처음에는 벨라가 보이지 않아서 예상치 못했던 두려움을 느꼈지만, 이윽고 그 애가 더플백과 자그마한 니트 주머니 같은 걸 들고 침대 옆에서 벌떡 일어섰다.

찰리는 주먹으로 방문을 쾅쾅 두들겼다. 문손잡이가 덜컹거렸다. 벨라는 문을 잠가놓을 여유가 있었구나. 문이 열리지 않자, 찰리는 다시금 문을 쾅쾅 쳐댔다.

"벨라, 괜찮니? 무슨 일이야?"

내가 창문을 열고 방으로 들어가는 동안 벨라가 소리쳐 대답했다.

"집에 갈 거예요!"

"그 녀석이 너한테 뭐 잘못 했니?"

찰리는 문밖에서 대뜸 소리쳤다. 나는 짐 싸는 걸 도와주려 옷장으로 달려가면서 얼굴을 찡그렸다. 찰리의 말은 틀리지 않았으니까.

그럼에도 벨라는 소리쳤다.

"아뇨!"

그 애는 나와 같이 서랍장 앞에 섰다. 내가 와 있을 거라 예상한 모양이었다. 그 애가 더플백을 열어서 들고 있는 동안, 나는 그 안에 가능한 한 다양한 옷가지들을 집어넣었다. 티셔츠만 챙겨간다면 사람 사이에 섞여들기 힘들 터였다.

트럭 열쇠는 서랍장 위에 있었다. 나는 그걸 주머니에 챙겼다.

"그 녀석이 너한테 헤어지자고 하든?"

찰리는 조금 누그러진 목소리로 물었다. 그 질문에는 마음이 아프지 않았다.

"아뇨!"

벨라는 다시 소리쳤다. 하지만 난 생각했다. 어쩌면 이렇게 둘러대면, 우리가 헤어졌다고 한다면 제일 쉬운 변명이 되지 않을까. 이 애의 대본이 어디로 흘러갈지 종잡을 수가 없었다.

찰리는 다시 문을 쾅쾅 쳐대었다. 주먹을 두드리는 소리에서 조급함이 느껴졌다.

"무슨 일이냐, 벨라?"

그 애는 가득 찬 더플백의 지퍼를 홱 잠가 보았지만 지퍼는 올라가지 않았다.

"제가 헤어지자고 했어요!"

벨라가 소리쳤다. 나는 그 손을 치우고 대신 지퍼를 잠근 다음 한 손으로 가방의 무게를 달아보았다. 이 애한테는 너무 무거운가? 하지만 벨라는 조급한 태도로 손을 내밀었고, 나는 그 어깨에 조심스럽게 가방 끈을 걸어 주었다.

그리고 더없이 소중하게 느껴지는 1초 동안, 그 애의 이마에 내 이마를 맞대었다.

"난 트럭에 있을게, 어서 가!"

내 속삭임에서 절망적인 느낌이 그대로 묻어났다. 그리고 어서 문으로 가라고 그 애를 재촉한 다음 창문으로 나갔다. 벨라가 나올 시간에 그 자리에 있기 위해서였다.

에밋은 땅에서 날 기다리고 있었다. 그는 동쪽으로 턱짓을 했다.

그쪽으로 정신을 집중해 보자, 아니나 다를까 추적자가 800미터 남짓 되는 곳에 와 있었다.

덩치 큰 녀석이 오늘밤 보초를 서는군. 참아야지.

그렇다면 그놈은 나무에 있던 에밋을 보았군. 하지만 지금은 우리 둘을 모두 보지 못할 것이다. 내가 여기 있다고 예상했을까? 아니면 누가 매복을 하지 않았는지 지켜보려나? 지금 재스퍼가 우리와 같이 있었다면 좋았을 텐데. 우리가 세 방향에서 그놈에게 다가간다면…….

에드워드. 앨리스가 숨은 채로 주의를 주었다. 그녀는 내 생각의 흐름에 따라 파생된 가능성을 떠올렸다. 추적자는 빠져나갔다. 우리는 벨라를 다시 공격당하기 쉽게 만들어 버렸다.

"무슨 일이니? 너도 그 녀석 좋아하는 줄 알았는데."

찰리가 따져 물었다. 그는 이제 아래층에 내려와 있었다.

이제 앞으로 어떻게 해야 할지, 나는 확실한 결정을 내렸다.

내가 할게. 앨리스가 대답했다. 그녀는 트럭 아래에서 빠져나와서 지프 안으로 쏙 들어갔다. 그리고 기어를 중립에 넣은 다음, 한 손을 차체에 대고 다른 한 손은 최대한 높이 들어 두 손가락으로 운전대를 조종하도록 잡은 다음 곧바로 지프를 진입로에서 조용히 밀어내었다. 갑자기 지프 엔진이 켜지며 굉음이 난다면, 벨라의 연기에 빠져 있던 찰리의 정신이 흐트러질지도 모르기 때문이다. 그래서는 안 된다. 내가 이미 떠났다고 생각하게 두는 편이 훨씬 나으니까.

에밋은 앨리스를 0.5초간 지켜보다가 내게 눈썹을 치켜들며 물었다. **내가 도와줘야 하나?**

나는 고개를 저으며 입 모양으로 말했다. **찰리를 지켜야지. 나중에 걸어서 따라와.**

그는 고개를 끄덕이고는 나무로 뛰어올랐다. 그러면 다시 모습이 보일 테고, 추적자는 거리를 유지하겠지. 하지만 그는 에밋을 보고도 물러서지 않았다. 그는 벌어진 판에 매료되었고, 갑자기 추적이 시작

된다 해도 자신이 이길 거라는 강한 확신이 있었다. 그래서 난 그놈이 틀렸다는 걸 증명하고 싶었다. 하지만 벨라가 이토록 가까이 있는 상황에서 함정에 빠질 위험을 무릅쓸 수는 없었다.

"좋아해요."

벨라는 목메고 갈라진 소리로 말을 해댔다. 지금은 하염없이 울고 있었다. 거짓 눈물을 짜낼 정도로 연기를 잘하지는 않는다는 사실을 난 안다. 목소리에는 고통이 역력했다. 내 몸통에 난 구멍이 그에 화답하듯 마구 일그러지며 고통을 뿜어댔다. 벨라는 이런 일을 겪지 않아도 됐는데 내 실수 때문에 대가를 치르고 있는 거다. 나의 어리석음 때문에.

"그러니까 문제죠. 전 더는 이렇게 못 살겠어요! 여기서 더 이상 뿌리내리고 살 수가 없단 말이에요! 엄마처럼 저도 이렇게 지루하고 형편없는 시골에 발목 잡혀 살긴 싫어요! 엄마가 저지른 어리석은 실수를 저도 되풀이할 수는 없어요. 싫어요. 단 일 분도 여기 더 있기 싫단 말예요!"

그 애는 격분해 소리쳤다. 찰리의 정신은 예상보다 깊고 날카로운 상처를 받았다.

벨라의 무거운 발소리가 현관 쪽으로 났다. 나는 조용히 그 애의 트럭 운전석에 올라 열쇠를 밀어넣은 다음 몸을 숙였다. 에밋은 지금 집 앞 현관 가까운 곳 그늘에 숨어 있었다. 그래도 문에서 트럭까지의 거리는 길어 보였다. 나는 추적자에게 집중했다. 그놈은 움직이지 않은 채로 집안에서 펼쳐지는 드라마를 열심히 듣고 있었다.

뭘 들었을까? 벨라는 벗어날 준비, 도망칠 준비를 하고 있다는 것, 가까운 미래에 돌아오지는 않을 거라는 것, 그것까지는 들었겠지.

그는 에밋이 그를 봤다는 사실도 알게 될 것이다. 그는 지금 상황을 그가 다 듣고 있단 사실을 벨라도 인식할 거라 가정하겠지. 아니, 정말 그럴까?

"벨라, 지금은 못 간다. 밤이 늦었어."

찰리는 조용하고도 급한 목소리로 말했다.

"피곤하면 차에서 자면 돼요."

찰리는 트럭의 어두운 운전석에서 곤히 잠든 딸을 상상했다. 딸의 주위로 온통 어둡고 형체를 알 수 없는 것들이 점점 가까이 다가오는 모습도 보였다. 그다지 근거 있는 악몽은 아니었지만, 지금 난 너무 겁먹은 데다 비이성적으로 미쳐 날뛰고 있었던지라 찰리의 마음이 너무나 이해가 되었다.

"일주일만 더 기다려라. 그때쯤이면 르네도 돌아올 거야."

찰리는 애원했다. 벨라의 발걸음이 흐트러지며 멈추어 섰다. 무언가 나지막한 소리가 났다. 신발을 끌면서 아빠 쪽으로 돌아서는 소리인가?

"뭐라고요?"

나는 트럭 뒤쪽으로 슬그머니 나가서 앞마당 가운에 선 채로 머뭇거렸다. 찰리의 말에 벨라가 혼란스러워져서 늦게 나오면, 어떡해야 하지? 추적자가 가까이 왔다는 걸 벨라도 알고 있을까?

찰리는 말을 마구 더듬대면서 쏟아내었다.

"네가 외출한 사이에 전화가 왔었다. 플로리다에서 일이 잘 안 풀려서, 이번 주말까지 필이 계약서에 사인하지 못하면 애리조나로 돌아올 거라더라. 사이드윈더스 코치가 유격수 한 명이 더 필요하다고 한 모양이야."

찰리도, 나도 숨도 쉬지 못한 채 벨라의 반응을 기다렸다.

"저한테 열쇠 있어요."

그 애는 중얼거렸다. 이제 문 앞에서 발소리가 났다. 문손잡이가 돌아가기 시작했다. 나는 쏜살같이 트럭으로 돌아갔다.

벨라의 말은 그럴듯한 구실로 들리지 않았다. 추적자는 이 모든 게 찰리를 위해서 꾸며낸 것일 뿐, 진실은 아니라고 추측할 게 틀림없었다.

현관문은 열리지 않았다.

"그냥 절 보내 주세요, 찰리."

벨라가 말했다. 화난 목소리로 말하려던 게 분명했지만, 그 소리에는 무엇보다 고통이 압도적으로 드러났다.

마침내 문이 획 열렸다. 벨라가 빠르게 나왔고, 찰리는 바로 뒤에서 손을 뻗고 있었다. 그 애는 그 손을 알고 있는 듯 움찔 피했다.

나는 보이지 않도록 차 바닥에 엎드렸지만, 어쩔 수 없이 창문으로 엿보고 말았다. 벨라는 아버지 쪽을 돌아보지도 않은 채 쏘아붙였다.

"결국 우린 안 될 사이에요. 난 정말로 끔찍이도 포크스가 싫어요!"

그 애는 현관에서 확 뛰어내렸다. 하지만 찰리는 이제 미동도 하지 못했다.

몇 마디 안 되는 그 말이 울려 퍼지자, 꼼짝없이 선 찰리의 마음속을 참혹한 고통이 뚫고 지나갔다. 그의 머릿속은 마치 현기증처럼 소용돌이쳤다. 생각은 또 다른 얼굴을 떠올렸다. 눈물로 얼룩진, 벨라와 아주 똑같이 생긴 얼굴이었다. 하지만 그녀의 눈은 창백한 푸른빛이었다.

벨라는 이 대본을 공들여 쓴 것 같았다. 찰리가 망연자실한 채 부들부들 떨며 서 있는 동안, 벨라는 자그마한 잔디밭 위를 서투른 발걸음으로 뛰었다. 무거운 더플백을 메고 있어서 균형을 잡기가 힘들었기 때문이다.

"내일 전화할게요!"

그 애는 트럭 짐칸에 커다란 더플백을 두고서 찰리에게 소리쳤다.

하지만 찰리는 아직도 충격에서 헤어나오지 못한 채로 아무런 대답을 하지 못했다.

벨라는 사태의 심각성을 잘 알고 있구나. 더는 의심할 수 없었다. 만약 다른 방법이 있었더라면, 다른 사람도 아닌 자신의 아버지에게 이토록 심한 고통을 주지는 결코 않았을 테니까.

내가 이 애를 이토록 심한 지옥에 빠뜨린 거야.

벨라는 트럭 앞쪽을 돌아 뛰어왔다. 두려운 눈빛으로 재빨리 돌아본 이유는 찰리를 보고 싶어서가 아니었다. 그 애는 트럭 문을 홱 잡아당겨 열고 운전석에 뛰어들었다. 점화장치에 열쇠가 이미 꽂혀 있으리라는 걸 안다는 듯 키를 돌리려 손을 뻗었다. 밤의 정적을 깨고 트럭의 엔진이 굉음을 울렸다. 이러면 추적자가 따라오기에 충분히 쉬우리라.

나는 손을 뻗어 그 애의 손등을 쓸었다. 이 애를 위로해 줄 수 있으면 얼마나 좋을까. 하지만 그 무엇도 이 상황을 위로할 수 없다는 걸 안다.

진입로에서 벗어나자마자 벨라는 오른손을 운전대에서 내려 내가 잡을 수 있게 해 주었다. 트럭은 전속력으로 도로를 질주했다. 찰리는 아직도 현관 앞에 못 박힌 듯 서 있었지만, 도로가 꺾이면서 우리는 시야에서 빠르게 사라졌다. 나는 조수석에 올라앉았다.

"차를 세워."

내가 제안했지만, 그 애는 눈물이 줄줄 흘러내리는 눈을 세게 깜빡이고는 아직도 입고 있는 비옷으로 훔쳤다. 그리고 앨리스 곁을 지나갔지만, 길 옆에 있던 지프를 눈치채지도 못한 것 같았다. 사실은 지금 앞을 제대로 보고 있는지도 의심스러웠다.

앨리스는 찰리에게 엔진 소리를 들리지 않게 하려고 아직도 지프를 밀고 있었다. 하지만 손으로 차를 밀고 있어도 우리를 금방 따라잡았다.

"내가 운전할 수 있어."

벨라는 고집을 부렸지만, 목소리는 갈라져서 제대로 나오지도 않았다. 완전히 탈진한 듯했다.

난 벨라를 내 무릎 위로 부드럽게 끌어당긴 다음 운전석에 슬그머니 앉았다. 하지만 그 애는 별로 놀라지도 않았다. 나는 그 애를 내 옆에 바짝 붙여 앉혔다. 벨라는 몸을 그저 축 늘어뜨렸다.

"너 혼자선 집을 못 찾아갈 거야."

나는 변명하듯 말했지만, 벨라는 왜 이러는지 듣고 싶은 기색이 아니었다. 아무래도 상관없는 상태였으니.

우리는 이제 벨라의 집에서 멀리 벗어나 있었다(하지만 아직도 현관에 꼼짝않고 선 찰리의 멍해진 생각은 들을 수 있었다). 그래서 앨리스는 지프에 올라 시동을 켰다. 우리 뒤로 헤드라이트가 비쳐들자 벨라는 몸이 확 굳더니 뒷유리창을 홱 쏘아보았다. 심장이 쿵쿵 뛰어댔다.

"앨리스야."

나는 벨라의 왼손을 꼭 잡으며 말했다.

"추적자는?"

그 애가 속삭여 물었다. 엔진의 굉음이 울려퍼지는 와중에도 앨리스는 벨라의 속삭임을 쉽게 듣고서 머릿속으로 알려주었다. **지금 따라 오고 있어. 에밋은 그자가 집 근처에서 완전히 벗어날 때까지 기다리는 중이야.**

"놈은 네 연기의 마지막 부분을 들었어."

내가 말하자 그 애는 잔뜩 긴장한 목소리로 물었다.

"찰리는?"

앨리스는 계속 정보를 내게 알려주었다. **추적자는 집을 지나쳐 나왔어. 그자가 돌아가는 미래는 보이지 않아. 에밋이 곧 따라갈 거야.**

"추적자가 따라오고 있어. 지금 우리 뒤에서 달리고 있지."

나는 벨라에게 안심하라는 뜻으로 말했지만, 그 애는 안심하지 않았다. 호흡이 가빠지더니, 이윽고 내게 다시 속삭였다.

"그자를 앞지를 수 있겠어?"

"아니."

나는 솔직하게 대답했다. 이 말도 안 되게 낡은 트럭으로는 못한다.

벨라는 몸을 돌려 창밖을 내다보았다. 하지만 지프의 헤드라이트 불빛이 너무 강해서 아무것도 못 볼 게 뻔했다. 앨리스는 찰리와 연관된 모든 미래를 최대한 보는 중이었다. 그녀가 한 번도 만나본 적 없는 인간의 미래를 보기란 그다지 쉽지 않았다. 하지만 추적자나 그의 걱정 많은 동료가 찰리의 집으로 돌아갈 계획은 없는 듯했다.

현재 에밋은 우리 바로 뒤에서 도로를 달려오고 있었다. 에밋의 의도를 알자 난 놀랐다. 그가 우리를 뒤쫓고 있는 추적자를 잡아서 재빨리 이 시련을 난폭하게 끝맺고 싶어 안달이 났을 거라고 난 예상했었다. 하지만 에밋은 벨라에게 초점을 맞추었다. 경호를 몇 번 해 봤던 순간에 깊은 영향을 받은 모양이었다. 에밋의 현재 우선순위는 벨라의 안전이었다.

벨라는 모든 이들의 보호 본능을 이끌어 내었군.

에밋은 상상 속에서 추적자를 지켜보았다. 그놈이 거리를 조심스럽게 유지하고 있다는 건 앨리스와 나만 알았다. 추적자는 오늘 밤 거리를 더 좁혀오지 않을 것이었다. 하지만 그놈이 벨라에게 다가가고 싶다면 자신을 먼저 쓰러뜨려야 할 거란 점을 에밋은 분명하게 보여 주고 싶었다. 그래서 에밋은 빠르게 달려와 펄쩍 뛰더니, 트럭 위로 붕 떠서 짐칸에 착지했다. 트럭이 덜컹대는 바람에 난 운전대를 잡고 씨름해야 했다.

벨라는 비명을 질렀다. 힘겹게 나오는 목소리는 쉬어 있었다.

나는 그 애의 입을 가려서 소리를 줄였다. 그래야 내 목소리가 잘 들릴 테니까.

"에밋이야."

벨라는 코로 숨을 쉬면서 다시금 어깨를 축 늘어뜨렸다. 난 입에서 손을 떼어 주고 그 애를 내 옆으로 단단히 끌어당겼다. 벨라의 온 근육이 덜덜 떠는 것처럼 느껴졌다.

"괜찮아, 벨라. 넌 무사할 거야."

이렇게 중얼거렸지만, 그 애는 내 말을 듣지도 못한 것 같았다. 떨림은 계속되었다. 호흡은 빠르고 얕았다.

나는 벨라의 정신을 딴 데로 돌리려고 해보았다. 그래서 위험이나 공포는 없다는 듯, 평상시의 목소리로 말을 건넸다.

"조용한 시골생활을 네가 그렇게 지루해 하는 줄은 몰랐는데. 내가 보기엔 꽤 잘 적응하는 것 같았거든. 특히 최근엔 말이지. 나 때문에 네 인생이 좀더 흥미로워진 거라고 생각했는데 순전히 내 착각이었나

보다."

이런 식으로 집을 빠져나와서 벨라가 무척 심란하다는 걸 생각하면, 내가 아까의 대화 내용을 지켜보았다고 말한 건 별로 세심한 행동이 아니었을지도 모른다. 하지만 확실히 이 애의 주의를 돌릴 수는 있었다. 벨라는 안절부절못한 채 좀 더 똑바로 앉았다.

"내가 너무 못되게 굴었어."

그 애는 이렇게 속삭이며, 나의 가벼운 언사를 무시하고는 곧바로 고통스러운 부분을 털어놓았다.

"그 말은 우리 엄마가 찰리를 버리고 떠날 때 했던 말이야. 내가 치사하게 반칙한 셈이지."

찰리의 머릿속에 떠오른 이미지로 보아, 그럴 거라 짐작은 했었다.

"걱정하지 마, 찰리도 용서할 테니."

나는 낙관적으로 말해 주었다. 그 애는 나를 간절한 눈빛으로 바라보았다. 내 말이 맞을 거라고 필사적으로 믿고 싶은 기색이었다. 나는 어떻게든 웃어 보려 했지만, 얼굴이 제대로 따라주지 않았다. 하지만 다시 노력하며 말했다.

"벨라, 다 괜찮아질 거야."

그 애는 몸을 부르르 떨었다.

"하지만 난 너랑 같이 있지 않으면 괜찮을 수가 없어."

그 말은 한숨같이 나지막했다.

내 몸에 난 듯한 구멍이 확 벌어지는 느낌이 드는 동시에, 내 팔은 경련하듯 벨라의 어깨를 감쌌다. 이 애 말이 맞았으니까. 이 애가 나와 있지 않으면 모든 게 잘못될 테니까. 내가 제대로 움직일 수나 있을지 나조차도 알 수가 없었다.

나는 억지로 아무렇지 않은 표정을 지은 다음 최대한 가벼운 목소리를 내어 보았다.

"며칠 뒤엔 다시 만날 수 있어."

이 말을 하면서, 제발 이것이 진실이기를 간절히 바랐다. 하지만 여전히 거짓말인 것만 같았다. 앨리스가 본 미래는 너무 제각각이었으니까…….

"이건 네 생각이었다는 걸 잊지 마."

내가 덧붙이자, 그 애는 코를 훌쩍였다.

"그게 최선의 방법이었어. 물론 내가 생각해 낸 거고."

나는 다시 웃어 보려다가 그만두었다.

"왜 이런 일이 일어난 거지? 왜 하필 나야?"

그 애가 속삭이는 질문이 단호하게 들려왔다. 마치 질문이 아니라 독백 같았다.

그래도 나는 대답했다. 목소리에 날이 섰다.

"내 잘못이야. 그렇게 너를 노출시키다니 내가 바보였던 거지."

그 애는 놀란 눈으로 나를 빤히 바라보며 대꾸했다.

"내 말은 그런 뜻이 아니야."

그 말이 아니면 뭔데? 이게 내 잘못이 아니면 누구 잘못인데?

"난 거기 있었잖아. 그게 큰일이었지. 하지만 셋 중 둘은 나를 신경 쓰지 않았어. 그런데 그 제임스라는 자는 왜 나를 죽이려고 하느냔 얘기야. 세상엔 다른 사람도 많은데 왜 하필 나지?"

그 애는 다시 훌쩍였다. 그건 마땅히 궁금해할 만한, 정곡을 찌르는 질문이었다. 그리고 여러 가지 답이 나올 수 있었다. 벨라는 충분히 설명을 들을 권리가 있다.

"오늘 밤에 난 그자의 생각을 똑똑히 읽을 수 있었어. 일단 놈이 너를 본 뒤엔 이 일을 피할 방법이 없었다고 생각해. 부분적으로는 네 잘못이기도 해."

내 목소리가 뒤틀려 나왔다. 이게 아이러니라는 걸, 신랄한 유머이지 정말 그렇게 생각하지는 않는다는 걸 이 애는 알아줄까.

"네 체취가 그토록 육감적이지 않았다면, 그자도 별 신경을 쓰지 않았을 테니 말이야. 하지만 내가 널 보호하려고 나서는 바람에……."

내가 앞을 가로막자 그놈의 믿을 수 없다는 기색, 심지어 분개하기까지 하던 모습이 떠올랐다. 그 오만함과 분노가 생생했다.

"상황이 더 나빠진 거야. 그자는 대상이 아무리 하찮더라도 방해받는 걸 못 참는 성격이거든. 그자는 최고의 사냥꾼이라고 자처하는 놈이야. 먹이를 뒤쫓는 건 그의 존재 이유고, 놈이 삶에서 바라는 건 신나는 도전뿐이지. 그런데 우리가 갑자기 놈에게 훌륭한 도전거리를 제시한 셈이 됐고. 강한 싸움꾼들로 이루어진 대가족이 뭉쳐서는 아주 나약한 존재 하나를 보호하려 들었으니 말이야. 지금 놈이 얼마나 흥분해 있는지 넌 짐작도 못할 거야. 이건 놈이 가장 좋아하는 게임인데, 우리가 놈에게 최고로 흥미진진한 미끼를 던져 주고 말았어."

내가 어떻게 분석했든, 이 일은 어쩔 수가 없었다. 내가 이 애를 공터에 데리고 갔더니 나온 결과가 이뿐이었다. 내가 그놈의 앞을 막아서지 않았더라면, 게임에 열광하는 그 심기를 건드리지 않았을지도 모르지만.

"하지만 만일 내가 그냥 방관하고 있었다면, 놈은 아까 거기서 널 단숨에 죽였을 거야."

난 이렇게 중얼거렸지만, 그 애가 아니라 나에게 하는 말이나 다름

없었다. 그러자 벨라가 속삭였다.

"다른 뱀파이어는…… 내 체취를 너처럼 느끼지 못한다고…… 생각했어."

그 애는 망설이면서 말을 맺었다.

"네 말이 맞아."

벨라가 내게 미친 영향은, 단순히 육체적으로만 따져 봤을 때도 지금껏 내가 본 그 어떤 불멸의 존재의 생각에서 나타난 장면보다도 더욱 강렬했다.

"하지만 그렇다고 해서 모두에게 네 체취가 전혀 유혹적이지 않다는 뜻은 아니야. 만일 내가 네 체취에 이끌리는 만큼 그 추적자도 그랬다면, 혹시 다른 놈들이 더 있었더라도 그 자리에서 싸움이 일어날 수밖에 없었을 거야."

내 말에 그 애의 몸이 덜덜 떨렸다.

하지만 만약 싸움으로 이어졌더라면 더 쉬웠으리라는 걸, 이제야 깨달았다. 붉은 머리 여자는 겁에 질려 분명히 달아났을 것이고, 지는 게 뻔한 싸움에서 로렌트가 추적자 편을 들었을지도 의문이었다. 그들이 모두 힘을 합쳐 싸웠다 하더라도 절대로 살아남지 못했을 것이다. 특히 에밋에게 모든 시선이 쏠린 가운데 연막 속에서 숨어 있던 재스퍼가 기습 공격을 감행했다면 그들에게 절대로 승산은 없었다. 재스퍼가 그들 셋을 전부 처리할 수 있다고 믿었던 점을 나는 그의 기억을 통해서 충분히 보았다. 물론 에밋도 가만히 있지는 않았을 테고.

만약 우리가 평범한 뱀파이어 일가였다면(우리 수는 너무 많아서 그것부터 평범하게 여겨지지는 않았지만), 모욕을 당했다는 이유만으로 분명히 공격했을 터였다.

하지만 우리는 평범한 뱀파이어가 아니라, 문명화된 일가였다. 우리는 더 높은 기준를 추구하며 살아갔다. 더 온화하고, 더 평화로운 기준 말이다. 우리의 아버지 때문이었다.

칼라일 때문에, 오늘 밤 우리는 주저했다. 우리는 더 인간적인 방식을 선택했다. 그게 우리의 습성이자 삶의 방식이었으므로.

그래서 우리가…… 약해졌나?

나는 그 생각에 움찔했지만 이내 마음을 다잡았다. 우리의 선택 때문에 우리가 약해졌다 해도 그 선택은 여전히 올바른 것이었다. 그 점은 확실히 느껴졌다. 그리고 내 정신에, 존재에…… 그리고 내게 만약 영혼이라는 게 존재한다면, 그 영혼에 깊이 울려 퍼졌다. 설령 내게 있는 게 영혼이 아니라 다른 어떤 무엇이라도, 이 육체의 형태를 움직이는 그 실체까지 깊숙이.

이젠 상관없었다. 앨리스는 미래를 보면서 우리에게 어느 정도 힘을 실어 주겠지만, 과거는 그 누구에게나 공평한 것처럼 우리에게도 공평하게 지나가 버렸다. 우리는 공격하지 않았다. 그래서 이제는 더욱 복잡한 결과를 맞이해야 했다. 다가오는 싸움은 피할 수 없을 터였다.

"이젠 내가 놈을 죽이는 수밖에 다른 선택의 여지가 없군. 칼라일이 좋아하지 않을 거야."

나는 중얼거렸다. 하지만 칼라일은 이해할 거라고 확신했다. 우리는 이 추적자에게 물러설 기회를 주었다. 하지만 그는 우리의 제안을 받아들이지 않을 것이었다. 그렇다면 이제는 죽느냐 죽이느냐, 둘 중 하나뿐이다.

"뱀파이어는 어떻게 죽여?"

벨라의 목소리가 속삭였다. 눈물을 참는 기색이 그 목소리에 여전히 배어 있었다.

이런 질문을 하리라고 예상했어야 했어.

그 애는 전과는 전혀 다른 종류의 두려움을 품고 나를 빤히 올려다보았다. 자신에게 닥쳐올 위험만큼이나 걱정스러운 것 같았다. 물론 나는 벨라의 마음이 어떤지 정확하게 알 수는 없지만.

난 있는 그대로의 현실을 가감없이 이야기했다.

"유일한 방법은 갈가리 찢은 다음 조각조각 태우는 거야."

"그럼 다른 일행 둘도 같이 싸우려 할까?"

"여자는 그럴 거야."

만약 그녀가 공포를 억누를 수 있다면 싸우겠지.

"로렌트는 잘 모르겠더군. 그들은 서로 유대감이 깊지 않아. 편의상 합류한 것뿐이거든. 초원에서 그자는 분명 제임스 때문에 당황하고 있었어."

제임스가 로렌트를 죽일 계획을 세웠음은 말할 것도 없었다. 어쩌면 나는 로렌트에게 살짝 내비칠 수도 있겠지. 그러면 분명 동맹이 흔들릴 것이다.

"하지만 제임스와 그 여자는, 정말 널 죽이려고 할까?"

벨라가 속삭였다. 목소리는 고통에 뒤틀린 채였다.

이제야 나는 깨달았다. 평소처럼 또 엉뚱한 일로 겁먹고 있는 거였군. 나는 위협적인 소리를 냈다.

"벨라, 쓸데없이 내 걱정은 하지 마. 넌 그냥 너만 무사히 지낼 걱정만 하면 돼. 그리고 제발 무모한 짓은 하지 말아 줘."

하지만 벨라는 무시했다.

"아직도 따라오고 있어?"

"응. 하지만 집은 공격하지 않을 거야. 오늘 밤엔 아니야."

우리가 같이 있는 동안은 공격하지 않을 것이다. 우리가 갈라지는 것이 추적자가 정확히 바라는 게 맞나? 하지만 우리가 벨라를 이곳에서 지키려 했을 때, 앨리스가 본 미래를 떠올렸다. 나는 마이크 뉴튼을 조금도 좋아하지 않지만, 그 자식을 비롯하여 포크스에 있는 다른 사람들이 희생되어도 괜찮다고 여기지는 않았다.

나는 진입로로 접어들었다. 집에 왔는데도 안도감이 들지 않는다는 사실이 둔하게 와닿았다. 추적자가 살아있는 한 위험하지 않는 공간은 없었다.

에밋은 아직도 짜증이 난 채였다. 추적자의 위치를 알려주어 그의 마음을 풀어줄 수 있다면 얼마나 좋을까. 하지만 그러다 누설될 위험을 간과할 수는 없었다. 추적자는 우리에게 특별한 능력이 있다고 추측했다. 함부로 말을 했다가 뭐든 단서를 주게 된다면 그놈에게 유리해질 뿐이다.

그놈의 생각이 내 청력의 가장자리에서 왔다갔다 하는 게 느껴졌다. 그때 앨리스가 머릿속에 끼어들었다.

그자는 지금 강 건너편에서 여자를 만나는 중이야. 둘은 다시 헤어진 다음 지켜볼 거야. 여자는 산 쪽으로 갔고, 그놈은 나무 사이에 있어.

멀리 떨어져 있다는 소리를 들었어도 마음은 전혀 편하지 않았다.

경호를 하겠다는 에밋의 마음가짐은 지나치다 못해 이제는 전력으로 가동 중이었다. 우리가 집앞으로 서둘러 차를 몰고 들어오자, 그는 트럭 짐칸에서 뛰어내려서 조수석으로 향했다. 그리고 문을 비틀어 열고는 벨라에게 손을 뻗었다.

"부드럽게 해."

나는 들릴락 말락 한 목소리로 주의를 주었다.

알아.

난 에밋을 막아세울 수도 있었다. 이럴 필요까지는 없었으니까. 하지만 지금은 아무리 조심해도 지나친 게 아니지 않나? 우리가 미리 아주 조심했다면, 애초에 이런 곤경에 처하지도 않았을 테니까.

그 누구도 파괴할 수 없는 거대한 에밋이 육중한 팔에 벨라를 감싸 안은 모습을 보자 묘하게 안심이 되었다. 그 애는 에밋에게 가려서 보이지도 않을 지경이었다. 그는 1초가 지나기도 전에 현관으로 쑥 들어갔다. 앨리스와 나는 곧바로 그의 곁에 섰다.

나머지 우리 가족은 거실에 모여 있었다. 모두 둥그렇게 선 가운데 로렌트가 있었다.

로렌트의 머릿속 생각은 공포와 미안함이 뒤섞여 있었다. 에밋이 벨라를 조심스럽게 자기 옆에 세운 다음 보란 듯이 한 발짝 나서며 가슴을 울리며 낮게 으르렁대자 로렌트의 두려움은 더욱 심해지기만 했다. 그는 재빨리 반 발짝 물러섰다.

칼라일은 에밋에게 경고의 눈초리를 보내었고, 에밋은 다시 뒷걸음질쳐 제자리로 돌아왔다. 에스미는 칼라일의 곁에 바짝 붙어 선 채로, 내 얼굴과 벨라의 얼굴을 슬쩍 보았다가 다시 나를 보았다. 로잘리도 역시 벨라를 응시하고 있었다. 아니, 이글거리는 눈빛으로 노려보고 있다는 게 맞다. 하지만 나는 최선을 다해 그녀를 무시했다. 지금은 더 중요한 일을 처리해야 했다.

나는 로렌트가 날 쳐다볼 때까지 기다렸다가 말했다.

"그자가 우릴 뒤쫓고 있어요."

나는 로렌트를 보며 그를 자극했다. 그의 생각을 듣고 싶었다.

물론 제임스는 이 인간을 추적하고 있겠지. 그리고 찾아낼 거야. 그는 이제 소리 내어 말했다.

"저도 그 점을 걱정하고 있었습니다."

그는 계속 생각했다. 여기서 나가야겠어. 제임스는 내가 다른 편에 섰으리라고는 생각하지도 못하겠지. 그가 나중에 나를 찾아다니는 건 정말이지 원치 않은데. 로렌트는 부르르 떨리려는 몸을 애써 다잡았다. 아니면 내가 정보를 좀 모았다고 이야기해줄 수도 있겠지. 하지만 숲속에서 우리와 헤어졌을 때 제임스의 얼굴을 생각하면…… 그가 사냥에 몰두해 있을 동안 사라지는 편이 낫겠어.

나는 또 이를 갈아 댔다. 로렌트는 불안한 눈초리로 나를 보았다.

그는 제임스를 잘 알고 있었으므로 공터에서 다툼을 일으킨 일도 이해했다. 난 로렌트에게 호의를 베풀 마음이 조금도 없었지만, 제임스가 죽었다는 사실을 알면 고마워할 거라는 점은 알 수 있었다.

"자기야, 이리 와."

앨리스가 재스퍼의 귓가에 속삭이는 소리가 들렸다. 우리가 집안에 들어왔을 때도 특별히 재스퍼를 신경쓰지는 않았다. 그는 아직도 자신의 모습을 숨기고 있었던 거다. 재스퍼는 지금 앨리스에게 대답하지 않았다. 심지어 아무 생각도 하지 않았다. 둘은 손을 잡고 쏜살같이 위층으로 올라갔다. 로렌트는 그들이 자릴 떠났어도 굳이 고개를 돌려 보지 않았다. 그만큼 재스퍼가 내뿜는 효과가 대단했다. 로렌트가 들을 수 없도록, 앨리스가 필요한 정보를 글로 적는 모습이 보였다. 앨리스는 필요한 물건을 금방 챙길 것이다.

"이제 어떻게 나올까요?"

칼라일이 로렌트에게 물었다. 나 역시 그 대답을 알고는 있었지만 말이다.

"죄송합니다."

로렌트는 진심이 역력한 모습으로 말했다. 그 악마들을 만난 건 참 안된 일이었어. 그들과 어울리는 건 불장난보다 더 위험한 짓이라는 걸 알았어야 했는데. 너무 지루하게 살다가 멍청한 짓을 저질렀군.

"아드님이 가로막고 나서는 바람에 제임스가 더 발끈했어요. 유감이군요."

물론 발끈할 수밖에 없었겠지. 둘 다 죽을 때까지 제임스가 절대로 그만두지 않을 거라 확신했으니까. 이 이상한 자들은 딴 세상에 사는 것 같군. 아니면 딴 세상에 살고 있다고 본인들이 생각하는 것뿐인지도. 하지만 이 환상도 다가오는 현실에 깨지고 말 거야.

"당신이 막을 수 있을까요?"

칼라일은 그를 몰아세웠다. 그러자 로렌트가 속으로 코웃음을 쳤다. 하!

"제임스가 일단 사냥을 시작하면 아무도 막지 못합니다."

"우리가 막을 겁니다."

에밋이 으르렁댔다. 그러자 로렌트는 희망에 찬 듯한 눈빛으로 그를 바라보았다. 그게 가능하다면 얼마나 좋을까. 그러면 내 삶도 확실히 좀 편해질 텐데.

하지만 로렌트는 경고했다. 그는 이 정보를 주는 게 우리에게 커다란 호의를 베푸는 거라고 철석같이 믿는 것 같았다.

"여러분은 그 친구를 해치우지 못해요. 삼백 년 동안 살면서 나도 제임스 같은 친구는 단 한 번도 본 적이 없습니다. 그는 정말로 치명적인 존재지요. 내가 그의 일행에 합류한 것도 그 때문입니다."

그의 머릿속으로 제임스와 빅토리아와 함께 했던 모험의 기억이 드문드문 지나갔다. 하지만 빅토리아는 언제나 가장자리에 선 배경으로 존재했다. 제임스는 로렌트의 삶을 흥미롭게 해 주긴 했다. 하지만 지난 몇 년간은 이런 광란의 가학적 면 때문에 로렌트는 괴로워하고 있었다. 그렇지만 지금에 와서 다시 안전하게 헤어질 방법은 없었던 것이다.

지금 앞날을 희망적으로 느낄 수 있다면 참 좋았겠다는 생각을 했지만, 로렌트는 이제껏 제임스가 가망 없어 보이던 상황에서도 승리를 거둔 모습을 많이 보았다. 그는 벨라를 바라보았다. 하지만 그가 보기에는 그저 흔하디흔한 인간 여자애일 뿐, 다른 인간들과 다르다 싶은 면이 전혀 없었다.

그는 별생각 없이 입밖으로 말을 내었다.

"정말로 그럴 만한 가치가 있을까요?"

나의 이빨 사이로 괴성이 폭발음처럼 요란하게 울렸다. 로렌트는 즉시 유순한 자세가 되었고, 칼라일은 손을 들어 날 제지했다.

참아라, 에드워드. 이자는 우리의 적이 아니야.

나는 애써 분노를 가라앉혔다. 칼라일의 말은 맞았으니까. 물론 그렇다고 로렌트가 우리의 친구인 것 역시 아니었지만.

"유감스럽지만 당신도 선택을 내려야 할 것 같군요."

칼라일이 말하자 로렌트는 생각했다. **나한테는 선택의 여지가 많지 않군. 이 상황에서 물러나 있을 수밖에 없어. 나한테 신경쓸 가치는 없다고 제임스가 생각해 주기를 바라면서 말이야.** 그의 머릿속은 우리가 도착하기 전에 서로가 나누었던 대화를 돌아보았다. 그 대화는 지금보다 덜 무서운 내용이었고, 그는 한 가지 정보에 몰두하는 중이었다. 이 무리와는 사이좋게 지낼 방법이 없어졌지만, 그래도 다른 친구들을 만나 몸을 피할 수는 있겠지. 재능 있는 친구들로.

"저는 여러분이 여기에 이루어 놓은 삶에 흥미를 느낍니다."

로렌트는 우리 가족 하나하나와 애써 눈을 맞추면서 자신이 상당히 외교적인 언어를 골라 말하고 있다고 여겼다. 하지만 나는 그의 내면의 독백을 들을 수 있었기에 그 말은 오히려 내게 역효과를 내었다.

"하지만 이번 일에 끼어들진 않겠습니다. 저는 여러분에게 아무런 악의도 없지만, 그렇다고 제임스와 맞설 생각도 없습니다. 전 북쪽으로 가서 데날리에 있다는 동족을 만나볼까 합니다."

그는 칼라일과 같은 다섯 명의 낯선 이들을 상상했다. 공격 속도는 느리지만, 수도 상당히 많고 그중에는 재능 있는 이들도 있다. 그러면 제임스는 잠시 주춤할 수도 있을 거다.

감사하는 마음을 느낀 로렌트는 칼라일에게 돌아서서 다시금 경고했다.

"제임스를 과소평가하지 마십시오. 그 친구는 두뇌도 명석한 데다 누구도 따르지 못할 감각을 갖추었습니다. 여러분 못지않게 인간 세상에 익숙한 친구라, 절대로 정면 승부를 하진 않을 겁니다."

그는 제임스의 난잡한 계략 몇 가지를 떠올렸다. 추적자는 인내심이 있었고…… 심지어 유머 감각도 있었다. 물론 뒤틀린 유머였다.

로렌트는 계속 말했다.

"이런 일이 빚어지게 되어 유감입니다. 정말 미안하군요."

그는 다시금 유순한 태도로 고개를 숙였다. 하지만 벨라 쪽을 재빨리 쳐다보다 눈길을 거두고서, 그 애 때문에 우리가 감수하려는 위험에 어리둥절한 채로 이렇게 단정 지었다. 이들은 제임스에 대해 이해

못했어. 내 말을 믿지 않는군. 이들 중 몇이나 제임스가 살려 보낼지 모르겠는데.

로렌트는 우리가 약하다고 생각했다. 명백하게 드러나는 우리의 가정적인 모습을 약점이라고 본 것이다. 나도 예전엔 같은 생각으로 걱정했지만, 지금은 아니다. 나는 제임스에게 우리가 약하다는 인상을 주고 싶지 않았다. 하지만 제임스가 이길 거라고 로렌트가 믿게 놔두자. 그는 앞으로 백 년간은 두려움에 떨면서 숨어 지낼 테지. 그 때문에 딱하다는 마음은 전혀 들지 않았다.

"그럼 편히 가십시오."

칼라일의 말은 제안이자 명령이었다.

로렌트의 눈빛은 다시금 방안을 둘러보면서, 그가 오래전에 떠났던 방식의 삶을 감상했다. 이곳은 궁전처럼 호화롭고 안락하지는 않았고, 그는 여러 번 안락한 삶을 살았던 적이 있었지만, 이곳에는 그가 몇백 년 동안 느껴보지 못했던 영속성과 성스러운 분위기가 있었다.

그는 칼라일에게 고개를 끄덕였다. 아주 잠깐, 이 검은 머리 뱀파이어가 나의 아버지에게 보내는 묘한 그리움이 내게 느껴졌다. 존경심과 더불어 소속감을 느끼고 싶은 간절함이었다. 하지만 그는 이 감정이 뿌리내리기 전에 얼른 가라앉힌 다음 문으로 달려 나갔다. 안전하게 바다에 뛰어들어 체취를 추적할 수 없게 될 때까지 그는 멈추지 않을 것이다.

에스미는 거실을 가로질러 집 뒷벽을 이루는 거대한 창문 위로 금속 셔터를 내리기 시작했다.

"얼마나 가까이 왔니?"

칼라일이 내게 물었다. 로렌트는 지금 내가 들을 수 있는 반경을 거의 벗어났고, 속도를 늦추지 않았다. 그는 제임스와 마주칠 마음이 전혀 없었다. 로렌트는 우리가 한 말을 아무것도 듣지 못할 것이다. 나는 제임스를 찾아보았다. 앨리스의 환상이 내게 방향을 알려주었다. 그 역시 먼 곳에 있어서 우리 계획을 들을 수가 없었다.

"강 건너 5킬로미터쯤 되는 곳에 있어요. 여자랑 만나기 위해 주변을 돌고 있네요."

제임스는 우리가 어느 방향으로 도망치는지 알아보기 위해 더 높은 곳에서 빅토리아를 만날 예정이었다.

"계획은 세웠니?"

칼라일이 물었다. 추적자가 들을 수 없다는 걸 알고 있고, 셔터도 아직 큰 소리로 내려오고 있었지만, 나는 목소리를 낮추어 말했다.

"우리가 놈을 유인하면 재스퍼와 앨리스가 벨라를 데리고 남쪽으로 갈 거예요."

"그런 다음엔?"

나는 그가 무엇을 묻는지 알았다. 그래서 칼라일의 눈을 똑바로 바라보며 대답했다.

"벨라가 안전해지자마자 우리가 놈을 사냥하는 거죠."

칼라일 역시 이런 일을 예상했지만, 타오르는 고통을 여전히 느꼈다.

"다른 방법이 없는 것 같구나."

칼라일은 삼백 년 동안 생명을 죽이지 않도록 치밀하게 행동했다. 그는 다른 뱀파이어들과 언제나 공통점을 찾을 수 있었다. 그러니 지금 상황은 그에게 쉽지 않을 터였다. 하지만 그는 어려움을 겪어 보지 않은 분은 아니었다.

우리는 서둘러야 했다. 추적자에게 따라올 흔적을 주기 전에 필요 이상으로 시간을 줄 수는 없었다. 하지만 달아나기 전에 해결해야 할 현실적인 문제들이 있었다.

나는 로잘리와 눈을 마주치며 말했다.

"벨라를 데리고 올라가서 옷을 바꿔 입어."

냄새를 뒤섞어 혼란을 주는 게 분명히 첫 번째 방법이었다. 나 역시 벨라의 소지품을 좀 가져가서, 추적자를 끌어들일 자취를 만들 마음이었다.

로잘리도 이 점을 알기는 했지만, 믿을 수 없다는 듯 날 쏘아보았다.

쟤가 우리한테 무슨 짓을 했는지 모르겠어? 쟤 때문에 다 망했다고! 그런데도 내가 쟤를 보호하기를 바라는 거야?

그녀는 나머지 말을 입 밖으로 뱉었다. 분명히 벨라도 들으라는 마음이었다.

"내가 왜? 저 계집애가 나한테 뭐라고? 우리 모두한테 이런 곤경이나 안겨준 위험한 존재일 뿐인데!"

벨라는 로잘리에게 뺨을 맞은 듯 몸을 움찔했다.

"로잘리……."

에밋이 그녀의 어깨에 손을 얹으며 중얼거렸다. 하지만 로잘리는 손을 뿌리쳤다. 에밋의 눈이 내게 획 쏠렸다. 내가 로잘리에게 달려들지는 않을까 걱정스러운 마음이었다.

하지만 지금 무엇이 중요하겠는가. 로잘리의 안하무인인 성미는 언제나 짜증스러웠지만, 이렇게 쩨쩨한 태도로 날 도발하기에 지금은 좋은 타이밍이 아니었다. 게다가 내겐 그녀와 다툴 시간이 없었다.

오늘밤 로잘리가 누나답게 행동하지 않기로 마음먹었다면, 나는 그녀의 선택을 받아들일 것이다.

"에스미?"

나는 어머니의 반응이 무엇일지 알면서 물었다.

"물론이지!"

에스미는 시간이 없다는 걸 잘 알았다. 그녀는 에밋처럼 벨라를 조심스럽게 안아들었다. 에스미가 그 애를 안은 모습은 에밋과는 무척 달랐지만, 어쨌든 그 애와 함께 계단을 날 듯 올라갔다.

"뭘 하려는 거죠?"

에스미의 작업실에서 벨라의 목소리가 들렸다.

나는 에스미에게 일을 맡기고는 내가 할 일에 집중했다. 추적자와 그의 야생적인 파트너는 나의 능력이 미치는 범위 바깥으로 나갔다. 그들은 우리의 말을 들을 수 없었지만, 볼 수는 있을 거라 확신했다. 우리가 탄 차들이 떠나는 모습을 보겠지. 그리고 따라오겠지.

뭐가 필요할까? 칼라일이 물었다.

"위성 전화요. 그리고 커다란 스포츠가방도요. 차에 기름은 가득 있나요?"

내가 할게. 에밋은 정문으로 달려나가 차고로 향했다. 우리는 언제나 비상시를 대비하여 휘발유가 든 드럼통을 몇 개씩 준비해 놓는다.

"지프와 벤츠에 넣어. 벨라의 트럭에도."

나는 에밋에게 속삭였다. 그는 대답했다. **알았어.**

셋으로 쪼개진다고? 칼라일 역시 우리의 병력을 나누는 걸 조심스러워했다.

"앨리스가 그게 최선의 방책이랬어요."

그러자 칼라일은 수긍했다.

재는 다칠 거야. 그런데 아무 생각도 안 해. 그냥 무턱대고 달려들잖

아. 이건 다 저 여자애 때문이야!

로잘리는 불만을 하염없이 내뱉으며 나를 맹렬하게 비난했다. 나는 로잘리의 생각을 쉽게 차단했다. 그녀가 아예 없는 것처럼 행동하는 건 쉬웠다.

나는 뭘 하면 되니? 칼라일은 알고 싶어 했다. 나는 살짝 주저하다 말했다.

"앨리스는 아버지와 에밋이 나와 함께 있는 걸 봤어요. 하지만 우리는 에스미만 찰리를 보호하게 둘 수는 없는데……."

칼라일은 엄한 표정으로 로잘리를 돌아보았다.

"로잘리. 우리 가족을 위해 함께 힘써 주겠니?"

"벨라를 위해서가 아니고요?"

그녀가 코웃음 치며 대꾸했다. 칼라일은 대답했다.

"그렇단다. 그리고 내가 말했듯 우리 가족을 위해서이기도 하지."

로잘리는 원망스러운 눈빛으로 칼라일을 노려보았지만, 머릿속으로는 선택지를 곰곰이 생각하는 게 다 들렸다. 만약 그녀가 계속 싫다고 도리질 치면서 우리 모두에게 등을 돌린다면, 칼라일은 분명히 에스미와 함께 이곳에 머무를 것이고, 최전방으로 나가지는 않을 것이다. 그러면 에밋은 좀 더 위험해지게 된다. 로잘리는 오로지 에밋의 위험에만 신경 썼다. 하지만 마음 한구석으로는 내가 눈에 띄게 자기를 냉대한다는 걸 두고 초조해 하고 있었다.

그녀는 마침내 눈을 흡뜨며 말했다.

"물론 에스미를 혼자 보내지는 않을 거예요. 난 정말로 우리 가족을 아낀단 말이에요."

"고맙구나."

칼라일은 그녀에게 대답했다. 걱정했던 것보다 더욱 따스한 목소리였다. 이윽고 그는 방에서 뛰어나갔다.

에밋은 우리 가족의 스포츠용품을 넣어둔 커다란 가방을 어깨에 둘러메고 현관으로 들어오는 중이었다. 가방은 자그마한 사람 하나는 충분히 들어갈 만큼 컸다. 온갖 용품으로 가득 차 있어서 이미 안에 누가 들어있는 것도 같았다.

앨리스가 계단 위층에서 나타났다. 마침 벨라와 에스미 역시 에스미의 작업실에서 나온 참이었다. 앨리스와 에스미는 함께 벨라의 팔꿈치를 들고서 급히 계단을 내려왔다. 재스퍼가 뒤를 따랐다. 그는 초조하게 신경을 곤두세운 게 분명한 모습으로, 집앞 창문을 쉴 새 없이 두리번대고 있었다. 재스퍼의 야만적인 외모를 보면서 난 마음을 가라앉히려 해보았다. 그는 이제껏 자신을 죽이려던 수천 명의 뱀파이어를 다 없애 버렸던 상당히 치명적인 존재였다. 오늘 재스퍼는 내가 상상조차 한 적 없던 새로운 기술들을 선보였지만, 그것 말고도 숨겨놓은 기술이 더 있을 거라고 난 확신했다. 추적자는 본인이 누구와 맞닥뜨렸는지 전혀 알지 못했다. 다른 이도 아닌 재스퍼의 경호를 받는다면 벨라는 더욱 안전할 것이다. 게다가 그의 옆에는 앨리스까지 있으니, 추적자는 그들을 기습할 수 없다. 그 점을 난 애써 믿어 보려 했다.

칼라일은 이미 전화기를 가져온 참이었다. 그는 에스미에게 전화기 하나를 건네며 그녀의 뺨을 쓰다듬었다. 에스미는 더없는 자신감을 품은 채로 그를 올려다보았다. 그녀는 우리가 올바른 일을 한다는 확신이 있었고, 그래서 우리가 성공할 거라고 믿었다. 나도 어머니가 품은 믿음이 있다면 얼마나 좋을까.

그녀는 나에게 천 뭉치를 하나 주었다. 양말이었다. 벨라의 체취는 신선하고 강렬했다. 나는 양말을 주머니에 넣었다.

앨리스도 칼라일에게서 전화기를 건네 받았다.

"에스미하고 로잘리가 네 트럭을 몰고 갈 거다, 벨라."

칼라일은 허락을 구하듯 그 애에게 물었다. 칼라일다운 태도였다.

벨라는 고개를 끄덕였다.

"앨리스, 재스퍼, 너희들이 벤츠를 가져가라. 남쪽으로 가려면 선팅이 짙은 차가 필요할 거야."

재스퍼는 고개를 끄덕였다. 앨리스는 이미 알고 있었다.

"우리는 지프를 타고 간다. 앨리스, 저들이 미끼에 걸려들까?"

앨리스는 주먹을 꼭 쥐고 집중했다. 우리 중 아무와도 실제로 접촉하지 않은 상대의 기술을 찾는다는 건 쉬운 과정이 아니었지만, 앨리스는 새로운 적들의 행동에 파장을 맞추었다. 시간이 지나면 더 잘 볼 수 있을 것이다. 하지만 그럴 필요가 없었으면 좋겠다. 바라건대 내일쯤이면 다 끝나 있기를.

추적자가 달아나는 지프에 초점을 맞추며 나무 위를 날아가는 모습이 보였다. 붉은 머리 여자는 거리를 유지하면서, 몇 분 후 북쪽으로 출발할 벨라의 트럭 소리를 따라갔다. 이 미래들에는 다른 내용이 거의 없었다.

앨리스가 환상에서 깨어날 즈음에는 우리 둘 다 확신하고 있었다.

"남자는 칼라일을 따라갈 거예요. 여자는 트럭을 뒤쫓고요. 우린 그 뒤에 떠날 수 있을 거예요."

칼라일은 고개를 끄덕였다.

"가자."

난 준비가 되었다고 생각했었다. 매초마다 머릿속이 북처럼 둥둥 울려대고 있었다. 하지만 사실은 아무런 준비가 되지 않았다.

에스미의 옆에 선 벨라는 너무나 쓸쓸해 보였다. 당혹스러운 눈빛은 이 모든 게 어떻게 이토록 빠르게 변했는지 이해할 수 없는 것 같았다. 불과 한 시간 전만 하더라도 우리는 더할나위 없이 행복했는데. 그런데 지금 그 애는 사냥감이 되어, 잘 알지도 못하는 뱀파이어들의 보호를 받아야 할 처지가 되었다. 인간도 아닌 낯선 이들이 가득한 방에 홀로 서 있는 지금처럼 벨라가 연약해 보인 적은 없었다.

죽어 버린 심장이 다시 찢어질 듯 아플 수도 있을까?

나는 벨라의 곁으로 다가가서 두 팔로 그 애를 들어올려 꼭 끌어안았다. 내 팔에 안긴 그 애의 온기가 마치 유사(quicksand) 같아서, 나는 그 속에 들어가 영영 헤어 나오지 못한 채 빠져 죽고 싶었다. 그 상태로 단 한 번 키스했다. 만약 지금 이 애에서 물러서지 않으면 모든 계획이 전부 망쳐질까 봐 두려운 마음이었다. 마음 한구석으로는 포크스나 라푸시나 시애틀에 사는 인간들이 희생되든 말든, 그저 이 애를 내 옆에 두고 싶었다.

하지만 난 그보다 강해져야 했다. 이 상황을 끝낼 것이다. 그래서 이 애를 다시 안전하게 해 주리라.

그 애를 다시 내려놓자 내 몸속 세포들이 하나둘씩 죽어가는 느낌이 들었다. 손가락으로 그 애의 얼굴을 쓰다듬다가 억지로 손을 떼자, 쏘는 듯한 아픔이 느껴졌다.

이보다 강해져야 해. 나는 속으로 되뇌었다. 이 모든 고통을 다 접고서 나의 역할을 수행해야 해. 위험을 제거해야 해.

그렇게 난 벨라에게서 돌아섰다.

불붙는 듯한 고통이 새로이 느껴졌다. 익숙하다 생각했는데, 아니었구나.

칼라일과 에밋이 나에게 다가왔다. 나는 에밋에게서 가방을 건네받았다. 추적자가 예상하는 게 뭔지 알고 있었다. 내가 너무 약해서 그 애를 내 옆에 둘 수밖에 없다고 생각하겠지. 나는 미식축구 장비와 하키 스틱이 아니라 훨씬 더 소중한 무언가가 들어있는 것처럼 가방을 품에 안고서 현관문을 달려나갔다. 양옆으로 형과 아버지가 나란히 보조를 맞추었다.

에밋은 지프의 뒷좌석에 올라탔고, 나는 가방을 그 옆에 똑바로 세워둔 다음 재빨리 문을 쾅 닫으며 주변을 은밀하게 살펴보려 했다. 그런 다음 재빨리 운전석에 앉았다. 칼라일은 이미 옆에 앉아 있었다. 이윽고 우리는 엄청난 속도로 차를 뒤흔들며 운전했다. 만약 벨라가 정말로 우리 차에 탔다면 무척 겁에 질렸을 것이다.

하지만 그런 생각을 할 수는 없었다. 앨리스와 재스퍼를 믿고, 나는 내 역할에 충실해야 한다.

추적자는 아직도 너무 멀리 있어서 생각을 들을 수가 없었다. 하지만 그는 지켜보면서 우리를 따라오는 중이었다. 앨리스의 머릿속에서 난 그 장면을 이미 봤다.

북쪽으로 돌아 고속도로에 진입하면서 나는 액셀러레이터를 밟았다. 지프는 트럭보다 훨씬 빨랐지만, 아무리 빨리 달려도 앞서간다는 생각이 들지 않았다. 심지어 엔진에 무리가 가지 않는 한 최대 속도로 달리고 있는데도 그 기분은 여전했다. 하지만 지금은 추적자를 앞서서 따돌리고 싶지는 않았다. 그는 내가 탈출이 진짜 목적이라는 듯 지프를 심하게 몰고 있는 장면만 보게 될 것이다. 내가 오로지 이 목적으로만 지프를 선택했다는 걸 몰라주기를 바랐다. 그놈은 내 차고에 또 어떤 차가 있는지 모른다.

아주 잠깐, 그놈이 가까이 다가왔을 때 생각이 들렸다.

……페리를 탈까? 그렇지 않으면 너무 먼 길인데. 내가 경로를 차단할 수 있으니……

"전화하세요."

나는 입술을 거의 움직이지도 않고 말했다. 내 얼굴을 보기에는 그놈이 너무 뒤처져 있다는 걸 알긴 했지만.

칼라일은 귀에 전화기를 대지도 않았다. 다리 위에 전화기를 놓은 채로 한 손으로 조작했다. 에스미가 전화를 받자 조용히 딸깍거리는 소리를 우리 모두 들었다. 에스미는 아무 말도 없었다.

"됐어."

칼라일은 이렇게 속삭인 다음 끊었다.

그래서 나 역시 벨라와 끊어졌다. 그 애가 지금 뭘 하는지 알 수는 없었다. 이제는 목소리를 들을 기회도 없다. 절망이 몰려왔지만, 거기에 빠져 뒹굴어 대기 전에 나는 그 감정을 떨쳐 냈다.

내겐 할 일이 있었으니까.

24
매복

추적자는 우리의 목적지를 추측할 마음이 없었기에 뒤쫓는 편을 택했다. 이따금 나는 그놈의 생각 끄트머리를 잡아내곤 했지만, 단어 몇 개 아니면 우리가 탄 지프의 뒷모습 정도의 생각뿐이었다. 그놈은 더 높은 산악지역에서 우리를 따라오고 있었고, 길에서 몇 킬로미터 떨어진 곳이라도 개의치 않았다. 그래도 우리를 여전히 볼 수 있었으니까.

벨라가 지금 어디인지, 뭘 하고 있는지, 무슨 말을 하는지 생각하고 싶지 않았다. 그러면 너무 정신이 산만해질 것이다. 하지만 몇 가지 해야 할 일이 남아 있었다.

내가 칼라일에게 지시 사항을 속삭이면, 그는 앨리스의 핸드폰으로 문자를 했다. 꼭 필요한 일은 아니었지만, 그러면 내 기분이 나아졌다.

"벨라는 24시간마다 적어도 세 번은 음식을 섭취해야 해요. 수분 공급도 중요해요. 항상 물을 갖고 있어야 하죠. 이상적인 수면 시간은 여덟 시간이라고 전해 주세요. 그리고……."

칼라일은 여전히 전화기를 낮게 둔 채로 내가 말하는 즉시 재빨리 문자를 했다. 나는 주저하다가 말을 이었다.

"우리가 전에 지프에서 했던 대화를 벨라에게 이야기하지 말라고 앨리스에게 전해 주세요. 벨라가 궁금하다고 해도 둘러대고 피하라고요. 제가 아주 진지하게 부탁했다고 전해 주세요."

칼라일은 호기심 어린 눈초리로 나를 보았지만, 내 말을 그대로 문자로 보냈다.

문자를 받은 앨리스가 눈을 흘기는 모습을 상상해 보았다.

그녀는 알겠다는 뜻으로 y만을 보냈을 뿐이다. 나는 그 문자를 보고 벨라가 아직도 깨어있으며, 앨리스는 나의 지시를 잘 지킬 마음이라는 뜻으로 알아들었다. 만약 내 요청을 무시한다면 불쾌한 일이 벌어질 거란 장면을 틀림없이 보았을 것이다.

에밋은 추적자를 잡으면 어떻게 할까 같은 생각을 주로 했다. 그의 상상을 보는 것은 즐거웠다.

연료를 다시 넣을 때가 되자, 나는 에밋이 뒷좌석에 실었던 커다란 연료통 하나를 썼다. 내 주머니 속 벨라의 양말에서 나온 체취가 아주 희미하게 공기 중에 퍼졌다. 나는 다시 경주하려는 마음밖에 없다는 듯, 잔상이 남을 정도로 급히 움직였다. 그리고 추적자가 가까이 와서 지켜봤을 때는 기분이 좋았다. 잠시, 그놈은 1.6킬로미터 안까지 들어왔었다. 나는 이 기회를 이용하여 그만 도망치고 매복을 시작하고 싶었지만, 지금은 때가 너무 일렀다. 우리는 아직도 물가에 너무 가까이 있었다.

나는 우리의 경로를 애써 숨기지 않고, 목적지까지 가장 직선으로 도달하는 고속도로를 택해서 운전했다. 그리고 추적자가 이것을 내 의도대로 해석해 주기를 바랐다. 난 마음속으로 정해둔 목적지가 있었으니까. 방어할 수 있고, 안전하다고 느끼는 곳이었다. 그는 우리에 대해서 거의 모르지만, 그래도 아는 점이 있긴 있었다. 우리는 일반적인 유목민들보다는 물리적으로 이용 가능한 자산이 많았다. 게다가 수도 많았다. 어쩌면 그놈은 북쪽 숲에서 동맹군이 우리를 기다리고 있다고 상상할지도 모른다.

실제로 타냐의 가족에게 갈까도 생각해 본 적이 있었다. 그들은 분명히 도와줄 테니까. 특히 케이트가 우리 사냥팀에 합류한다면 정말 좋겠지. 하지만 그들 역시 너무 물가 가까이 살았다. 추적자는 그들 다섯 명을 보자마자 바다로 뛰어들지 모른다. 잠수해서 사라지면 그만이니까. 잠수한 자를 추적하는 건 불가능했다. 게다가 어디에서든 다시 나올 수 있었다. 8킬로미터 떨어진 해안에서 나올 수도 있었지만, 아주 멀리 일본에서 나타나는 것도 가능했다. 그러면 우리는 따라갈 수가 없다. 어쩔 수 없이 다시 모였다가 처음부터 추적을 시작해야 한다.

나는 가장 가까운 바다에서 960킬로미터 떨어진 캘거리 근처의 국립공원으로 가는 중이었다. 일단 우리가 추적자를 향해 돌아서면, 그는 이제껏 잘못 따라왔고 벨라는 우리와 함께 있지 않다는 걸 알게 되겠지. 그러면 도망칠 테고, 우리가 뒤쫓는 거다. 나는 그를 앞지를 수 있다는 자신감이 있었지만, 일단은 충분한 거리를 확보해야 했다. 960킬로미터라면 충분하고도 남는다.

난 이 상황을 빨리 끝내 버리고 싶었다.

우리는 밤새도록 차를 몰았다. 가끔 속도 위반 단속 지역이 나온다는 소리를 들었을 때만 속도를 줄였다. 추적자는 이걸 뭐라고 생각할까. 그는 이미 나에게 특별한 능력이 있다고 추측하고 있다. 그러니 이러면 내가 원하는 만큼보다 더 많은 걸 알려주는 셈이었지만, 다른 선택지는 너무 느렸다. 그러니 내게 유리한 능력이 있다는 걸 드러냄으로써 우리가 특정 목적지에 가려는 의도를 선명하게 보여 주자. 안전 가옥이 있다고 생각하지 않을까? 그러면 호기심이 생길 수밖에 없겠지.

그놈의 머릿속이 내 생각대로 움직여 주는 소리를 들을 수 있었다면 좋았을 텐데. 하지만 그놈은 거리를 멀리 유지하고 있어서 가끔 생각이 들릴 뿐이었다. 분명히 내 능력에 대해 나름 추론을 한 게 틀림없다. 그리고 멀지 않은 곳에 있을 거다.

추적자는 지치지 않고 달렸다. 그리고 몇 안 되는 기회로 생각을 엿본 바로는, 더할 나위 없이 즐기고 있었다.

그놈이 즐거워하는 모습에 난 짜증이 났지만, 따져보면 이래야 좋았다. 그놈이 현재 하는 일에 만족하는 한, 내가 선택한 지역으로 끌고 들어가서 매복할 수 있는 시간을 버는 것이니까.

하지만 시간이 흐르자 나는 초조해졌다. 태양은 이제 동쪽이 아니라 서쪽 지평선에 가까워졌다. 우리는 그저 몇 번 주유하면서 그때마다 벨라의 향기를 조금 흘렸을 뿐, 재미있는 행동은 하지 않았다. 그러니 이토록 오래 달리면서 그놈이 지루해지지는 않을까? 우리가 이대로 계속 간다면, 북쪽 지역을 벗어나 북극권까지 갈지도 모르는데 며칠이고 기꺼이 따라오려 할까? 벨라가 지프에 없다고 완전히 확신하기 전에 추적을 포기할 수도 있지 않을까?

"앨리스에게 물어봐 주세요. 우리가 준비하기 전에 추적자가 혹시 그만두는지 알고 싶어요."

칼라일은 빠르게 행동했다.

몇 분 후, no를 의미하는 n자가 왔다.

그 글자를 보자 초조함이 가라앉았다.

내가 정해 두었던 목표지점에 가까워졌을 때는 태양이 천천히 서쪽 산으로 저물고 있었다. 나는 그놈 말소리가 들릴 만큼 가까이 유인하고 싶었다. 그래서 무언가 그놈이 흥미 있어할 만한 일을 해야 했다.

현재 우리는 캘거리로 가는 자그마한 고속도로를 달리는 중이었다. 우리는 에드먼턴으로 계속 갈 수도 있었고, 완전히 어두워지기를 기다릴 수도 있었지만 나는 점점 더 불안해지기만 했다. 이쯤에서 도망치는 걸 그만두고 사냥을 시작하고 싶었다.

그래서 밴프 국립공원의 최남단으로 향하는 자그마한 샛길을 택해 들어갔다. 그 길을 따라가면 결국 캘거리로 돌아오게 되고, 어딜 가든 빨리 갈 수 있는 길이 아니었다. 말하자면 지금까지 우리가 보여 주지 않았던 새로운 행동이었다. 그러니 분명 그놈의 흥미를 자극하겠지.

칼라일과 에밋은 이 변화가 무슨 뜻인지 알고 있었다. 둘 다 순간 긴장했다. 에밋은 긴장 이상이었다. 그는 전율을 느끼며 어서 싸움을 시작하고 싶은 마음이 간절했다.

샛길로 들어서자 이제껏 캘거리로 향하던 길 양옆으로 늘어진 이른 봄의 텅 빈 농장들이 싹 사라졌다. 우리는 곧바로 산길을 달리기 시작했고, 이제는 다시 나무에 둘러싸였다. 어딘가 집으로 이어질 것만 같이 생긴 길이었지만, 그보다는 더욱 건조했다. 근처에는 사람의 생각이 전혀 들리지 않았다. 우리가 산을 오를 무렵에는 이미 태양이 산 너머로 저문 참이었다.

"에밋, 지프 새로 사 줄게."

나는 나직하게 말했다. 에밋은 한 번 키득 웃었다. 걱정 마.

우리는 다시 연료를 넣는 척할 수도 있었다. 그럴 시간도 거의 되었으니까. 하지만 지금 우리의 도주 속도가 달라져서 추적자는 초조해할 것이었다. 그렇다면 우리는 빠르게 움직여야 했다.

"제 말에 따라 줘요."

나는 둘에게 말했다. 그리고 추적자의 생각이 다시금 들려올 그 순간을 기다렸다.

에밋은 문손잡이를 잡은 채였다.

이 길은 아까보다 훨씬 험했다. 파인 땅에 걸린 지프가 덜컹이며 길을 벗어났다. 어떻게든 차를 제어하려는데, 갑자기 추적자의 목소리가 들렸다.

……거의 다 온 것 같은데…….

"가."

나는 사납게 말했다.

우리 셋은 질주하는 지프에서 확 빠져나왔다.

칼라일과 에밋이 균형을 잡기도 전에, 나는 발끝으로 착지한 다음 추적자의 생각이 들려오는 곳을 향해 전속력으로 달렸다.

오호, 결국 함정이었군!

추적자는 갑작스럽게 입장이 뒤바뀌었는데도 화가 나거나 겁먹지 않은 것 같았다. 그는 여전히 이 상황을 즐겼다.

나는 몸을 마구 던져 달렸다. 우리 옆으로 나무들이 흐릿하게 지나갔다. 내 뒤에서 칼라일과 에밋이 달리는 소리가 들렸다. 에밋은 코뿔소처럼 관목을 뚫어 댔다. 그가 내는 커다란 공격 소리 때문에 내가 움직이는 소리가 안 들릴 것도 같았다. 그러면 추적자는 내가 생각보다 더 뒤처져 있다고 여길 수도 있겠지.

지프 안에서 꼼짝 못한 채로 오랫동안 운전하다가 내 힘으로 달리게 되니 어마어마하나 안도감이 들었다. 이미 닦인 도로에만 의존하는 게 아니라, 나의 목표물을 향해 최단 경로로 움직일 수 있다는 안도감 역시 들었다.

추적자도 빨랐다. 머지않아 그놈을 잡기 위해 960킬로미터를 확보해 놓은 게 참 다행이라고 여겨졌다.

우리가 로키 산맥의 동쪽 끝으로 높이 올라갔을 때, 그놈은 저 멀리 태평양을 향해 서쪽으로 방향을 틀었다.

칼라일과 에밋은 한참 뒤에 있었다. 추적자가 바라는 게 이것이었을까? 우리를 떨어뜨려 놓은 다음 하나씩 처치하고 싶었나? 나는 불시에 공격당할 준비를 하며 단단히 방비했다. 그가 공격해 준다면 기꺼이 맞이할 마음이었다. 마음 한구석은 분노가 가득했고, 또 다른 구석은 어서 이 상황을 끝내고 싶어 안달이었으니까.

나는 그놈의 생각을 읽을 수가 없었다. 그놈은 내 능력 범위에서 약간 벗어나 있었으니까. 하지만 그놈의 체취는 쉽게 맡을 수 있었다.

그는 이제 북쪽으로 방향을 틀었다.

그놈이 달리고, 나도 달렸다. 몇 분이 지나고 몇 시간으로 이어졌다.

우리는 이제 북동쪽으로 방향을 바꾸었다.

그놈에겐 계획이라는 게 있는 건가? 아니면 그냥 날 떼어내려고 목적 없이 달리는 건가?

숲속에서는 에밋이 돌진하는 소리가 아스라이 들려올 뿐이었다. 둘은 지금 몇 킬로미터 뒤에 처져 있는 게 분명하군. 하지만 앞에서 뭔가 소리가 들려온 것 같았다. 추적자는 빠르게 움직이고 있었지만, 조용하지는 않았다. 그렇다면 나는 그놈에게 따라붙고 있는 거다.

그런데 그놈이 움직이는 소리가 갑자기 싹 사라졌다.

움직임을 멈췄나? 공격하려고 준비하는 건가?

나는 더욱 빨리 달렸다. 그의 함정을 뛰어넘고 싶은 마음이었다.

눈 쌓인 산등성이 위를 지나 가파른 절벽에서 멈추었던 순간, 저 멀리서 물보라 소리가 들렸다.

저 아래, 깊은 빙하 호수가 있었다. 좁고 기다랗게 난 호수는 강처럼 보였다.

물이었다. 그렇군.

나도 그놈을 따라 뛰어들고 싶었지만, 그러면 그놈에게 유리하게 될 뿐이라는 걸 알았다. 그놈은 몇 킬로미터나 이어진 호숫가 어디서든 나타날 수 있었다. 나는 체계적으로 행동해야 할 것이고, 그러려면 시간이 걸렸다. 하지만 그놈은 그런 제약이 없었다.

그놈의 흔적을 찾아 호수 주변을 뛰어다닐 수도 있겠지만 그건 느린 방법이었다. 추적자가 나타나는 지점을 놓치지 않도록 주의를 기울여야 했다. 그는 천천히 걸어 나와 다시 달리지는 않을 것이다. 체취를 남기지 않도록 물에서 확 튀어나와 물가와 멀리 떨어진 곳에 착지하겠지.

그보다 좀 더 빠른 방법은 에밋과 칼라일과 흩어지는 것이었다. 그러면 수색 반경을 3분의 1로 줄일 수 있으니까.

하지만 언제나 우리에겐 가장 빠른 방법이 있었다.

에밋과 칼라일이 점점 가까이 다가왔다. 나는 손을 앞으로 뻗은 채로 칼라일에게 달려갔다. 내가 뭘 원하는 건지 칼라일은 금방 알아차렸다. 그는 내게 전화기를 던져주었다. 나는 다시 돌아서서 그들에게 달려가며 앨리스에게 문자를 했다.

우리가 어느 방향으로 가면 흔적을 찾을 수 있는지 알려줘.

우리는 이제 긴 호수가 내려다보이는 곳에 도착했다. 나는 아주 나직하게 말했다.

"에밋, 이 지점부터 호숫가 남쪽으로 내려가면서 동쪽으로 올라와. 칼라일, 이 호숫가를 따라 북쪽으로 달려가 주세요. 저는 저 건너편을 맡을게요."

나는 수색하는 모습을 상상했다. 수색에 전념하는 모습을. 검푸른 물로 뛰어든 다음 반대편 호숫가로 나가서 호수 저 끝 북단에서 칼라일과 만나는 모습이었다.

전화기가 조용히 진동했다.

에밋. 남쪽 끝.

나는 둘에게 앨리스의 문자를 보여준 다음 다시 칼라일에게 전화기를 건네주었다. 칼라일은 전화기용 방수 팩을 갖고 있었다. 나는 물로 뛰어들었고, 에밋이 내 뒤로 뛰어드는 소리를 들었다. 나는 칼날처럼 몸을 꼿꼿이 편 채로 자그마한 소리가 들리는 즉시 밖으로 튀어나갈 마음을 먹었다.

매우 맑은 물은 어는 점 몇 도 위를 간신히 상회했다. 나는 수면 몇 미터 아래를 헤엄치고 있었지만, 밤이라 사방이 보이지 않았다. 에밋이 내 뒤를 따라오는 소리가 들렸지만, 그는 거의 소리를 내지 않았다. 칼라일의 소리는 전혀 들리지 않았다.

이윽고 호수 최남단에 이른 나는 슬며시 물에서 빠져 나왔다. 내 뒤에서 들리는 소리라고는 에밋에게서 떨어지는 물방울 소리와 자갈을 밟는 소리뿐이었다.

나는 오른쪽, 에밋은 왼쪽을 맡았다.

이윽고 호수에 파문이 일더니 칼라일이 나타났다. 나는 뒤를 슬쩍 돌아보았다. 그는 다시 전화기를 손에 든 채로 에밋에게 손짓했다. 나는 옳은 길을 선택했다. 아니나 다를까, 몇 미터 떨어진 곳에서 추적자의 체취가 흔적을 남겼다. 우리 바로 위였다. 그는 커다란 로지폴 소나무 가지에 뛰어올라 있었던 거다. 나무에 올라가 보니 그의 흔적이 주변 나뭇가지 여기저기에 나 있었다.

이윽고 나는 다시 추격에 나섰다.

나는 화가 치밀어 오른 채로 나무 사이를 날아다녔다. 호수에서 시간을 허비하는 바람에 그놈은 우리를 몇 킬로미터 앞서 있었다.

그놈은 우리가 왔던 길을 되돌아가는 중이었다. 남쪽으로 가기로 했나? 포크스로 돌아가서 벨라의 흔적을 찾으려는 건가? 그건 직선으로 달려도 일곱 시간은 족히 되는 거리였다. 내가 따라잡을지도 모르는 길을 그놈이 오랫동안 이동하려 할까?

그러나 끝없는 밤이 깊어지자 그놈은 열두어 차례나 방향을 바꾸었다. 주로 서쪽으로 이동하는 걸 보니, 태평양 쪽으로 천천히 움직이는 거란 생각이 들었다. 그리고 그는 우리의 속도를 계속 늦추면서 자기가 주도권을 잡아 가고 있었다.

다시 넓은 절벽이 나왔다. 우리는 각자 흩어져서 아랫부분부터 수색 방향을 정했지만, 앨리스는 계속해서 아니라며 n자를 다섯 번이나 쳤다. 그녀가 바라본 추적자의 모습은 너무 제한적이라, 우리가 그의 흔적에 어떻게 반응하는지만 보았을 뿐이었다. 그가 절벽에서 떨어지고 나서 돌을 가로질러 옆으로 올라간 흔적을 내가 알아보는 데도 너무 오래 걸렸다.

그놈은 강을 발견했다. 그래서 우리도 다시 수색 방향을 힘들여 상상해야 했다. 그는 이번에는 아주 오랫동안 강물 속에 있었다. 남서쪽으로 57킬로미터 떨어진 곳에서 칼라일이 추적자의 위치를 찾아내었다고 앨리스가 알려 주기 전까지 우리는 거의 15분을 허비하고 말았다.

미칠 지경이었다. 우리는 달리고, 헤엄치고, 최대한 빠른 속도로 숲을 헤집고 다녔지만 놈은 끊임없이 주도권을 잡아가며 우리를 놀려 댈 뿐이었다. 그놈은 매우 노련했고, 자신이 성공하리라고 믿어 의심치 않는다는 걸 난 확신했다. 이제는 놈이 전적으로 유리했다. 우리는 계속 뒤처지고 있었고, 결국 그놈은 우리를 완전히 이겨 버릴 것이다.

벨라와 내가 수천 킬로미터나 떨어져 있다는 사실에 난 언제나 불안했다. 그놈을 벨라에게서 멀리 이끌어 내자는 이 계획은 결국 사소한 지연이 되어 버렸을 뿐, 그놈은 결국 벨라를 잡으러 가는 쪽으로 상황이 기울어지고 있었다.

하지만 우리가 또 뭘 할 수 있을까? 우리는 계속해서 그놈을 쫓아다니며 어떻게든 잡을 수 있기만을 바랄 뿐이었다. 벨라를 위험에 빠뜨리지 않고 그놈을 막을 만한 큰 기회가 있었어야 했다. 우리는 맡은 일을 너무 처참하게 망쳐 가는 중이었다.

그놈은 다시 몇 킬로미터나 되는 빙하 호수에 들어가서 체취를 감추었다. 마치 거대한 손이 대륙 중앙을 손가락으로 갈기갈기 할퀴어 놓은 것처럼 캐나다 계곡에는 이런 식의 빙하 호수가 수십 군데나 남북으로 길게 나 있었다. 추적자는 호수에 자주 들어갔고, 그때마다 우리는 수색 지역을 상상하며 정한 다음 앨리스가 칼라일이나 에밋, 에드워드, y, n 같은 문자를 보내 주기를 기다려야 했다. 우리는 정신적인 부분에서 빨랐지만, 이렇게 길이 막힐 때마다 그는 훨씬 앞서가 버렸다.

해가 떴지만 오늘은 구름이 짙게 끼었고 추적자는 속도를 늦추지 않았다. 햇빛이 환했다면 그놈은 어떻게 했을까. 우리는 지금 산의 서쪽에 있어서 다시 인간 마을로 달려가는 중이었다. 주변이 환해서 목격자가 나왔을 경우, 그는 필요하다면 재빨리 죽여 버렸을 것이다.

나는 그가 바다 쪽으로 나가 탁 트인 탈출구를 찾는 거라고 확신했다. 우리는 현재 캘거리보다 밴쿠버 쪽에 훨씬 더 가까웠다. 그놈은 남쪽으로 돌아가 포크스로 갈 생각은 없는 것 같았다. 그 자취를 보면 살짝 북쪽에 치우쳐 있었으니까.

솔직히 말해서 그는 더 이상 책략을 쓸 필요가 없었다. 우리는 그를 따라잡을 가망이 없는 상황이니 그냥 이대로 쭉 해안으로 달려가도 될 만큼 주도권을 잡고 있었으니까.

하지만 그의 자취는 또 다른 호수로 이어졌다. 이건 그저 재미를 위해서 우리를 갖고 놀고 있는 거란 확신이 90퍼센트쯤 들었다. 그는 도망칠 수 있었지만, 우리가 본인 장단에 놀아나게끔 만드는 데서 더 큰 재미를 느끼기 때문이다.

그놈의 오만함이 어떻게든 역효과를 내 주기를, 그래서 나쁜 판단을 내려 우리 수중에 다시금 굴러 떨어져 주기를 바랐지만, 그럴 거란 생각은 들지 않았다. 그놈은 이 게임을 너무 잘했다.

그래서 우리는 계속 따라갔다. 포기하는 게 괜찮은 선택이란 생각은 들지 않았다.

오전 중에 에스미가 문자를 했다. **통화할 수 있어?**

그자가 우리 이야기를 들을 가능성이 있니? 칼라일이 물었다.

"그랬다면 오히려 좋았겠죠."

나는 한숨을 쉬었다.

칼라일은 에스미에게 전화했다. 전화하는 도중에도 우리는 달렸다. 그녀는 별다른 소식은 없었고, 주로 우리 걱정을 했다. 붉은 머리 여자는 아직도 근처에 있지만, 그녀는 에스미나 로잘리의 반경 8킬로미터 내로는 들어오지 않았다고 했다. 로잘리가 정찰해 본 결과, 붉은 머리 여자는 밤에 고등학교에 갔었고, 또 시내에 있는 주요 공공시설에 들어갔다 나온 것으로 밝혀졌다. 그녀는 우리 집이 있는 북쪽으로 다시는 가지 않았고, 남쪽에 있는 시립 비행장에 갔을 뿐이라고 했다. 하지만 지금은 동쪽에 숨어 있는 것 같다고, 아마도 더 큰 사냥터를 찾아 시애틀 주변으로 다가간 것 같다고 했다. 물론 찰리의 집에 한 번 다가오려 했지만, 찰리가 일하러 나간 다음에서야 다가왔다. 에스미는 그동안 찰리를 몇 미터 간격을 두고 지켰다고 했다. 그런데도 찰리는 에스미의 존재를 알아차리지 못했다니, 정말 놀라웠다.

더 이상은 아무것도, 아무런 단서도 없었다. 에스미와 칼라일은 고통스러운 어조로 사랑한다는 말을 주고받았다. 그런 다음 우리는 다시 정신이 멍해지는 추적을 재개했다. 추적자는 다시 북쪽으로 향하면서 쉽게 도망칠 수 있는데도 우리를 놀리며 너무 즐거워했다.

한밤중이 되었다. 우리는 초승달 모양의 호수에 다다랐다. 이것 역시 이제껏 그놈이 우리 속도를 늦추려고 이용했던 호수 크기였다. 우리는 의논할 필요도 없이 이제껏 해 왔던 수색 경로를 따르기로 했다. 앨리스는 재빨리 에밋이라고 답했다. 그렇다면 남쪽으로 역추적하는 거다.

다시금 그놈의 체취를 맡으며 따라가자, 우리는 산속 고개를 둘러싸인 작은 마을을 통과하게 되었다. 그 마을은 좁은 길목에서는 차가 밀릴 정도의 규모는 되었다. 그래서 우리는 속도를 줄여야 했다. 천천히 간다 해도 상관없다는 걸 알면서도 난 이 상황이 너무 싫었다. 우리는 지금 너무 뒤처져 있는지라 조금 늦게 간다 해서 큰 변화가 있지는 않았다. 하지만 그렇다면 그놈 역시 인간의 속도로 움직여야 했을 거라 생각하자 마음이 누그러졌다. 이상하긴 했다. 왜 이런 귀찮은 경로를 택했을까. 혹시 목이 말랐나. 그렇다면 여기서 사냥감을 잡아먹기 위해 시간을 써도 괜찮겠다고 생각한 거군.

우리는 이 건물 저 건물을 돌아다녔다. 혹시 누가 보고 있는지 내 능력으로 파악해 가면서, 뛸 수 있을 때는 뛰어다녔다. 우리는 이곳 날씨에 어울릴 만한 따뜻한 차림이 아니었다. 심지어 자세히 보면 옷도 흠뻑 젖은 채였다. 그래서 나는 인간의 시선에서 봐도 별 주의를 끌지 않을 지점을 찾아 동네를 다니려고 노력했다.

하지만 마을 변두리까지 뒤졌어도 살해된 지 얼마 안 된 시체를 찾아내지는 못했다. 그놈은 갈증을 해소하려던 게 아닌 거다. 그럼 뭐하러 여기에 왔을까?

자취는 지금 남쪽으로 이어졌다.

우리는 그놈의 자취를 따라 탁 트인 벌판 한가운데 있는 커다랗고 얼기설기 지은 헛간으로 갔다. 아직 겨울이라 황량한 벌판에는 가시덤불만이 우거져 있었다. 커다란 헛간 문은 열려 있었다. 그 안은 대부분 텅 비었고, 기계와 자동차용 잡동사니들이 한쪽 벽에 무더기로 쌓여 있을 뿐이었다. 헛간으로 이어진 체취는 주로 바닥에서 나타났다. 마치 얼마간 어슬렁거린 것처럼 말이다. 왜 그랬을지 이유가 하나밖에 생각나지 않아서, 나는 피 냄새를 찾아보았다. 하지만 아무것도 없었다. 나는 냄새라고는 배기 가스와…… 휘발유밖에…….

그러다 갑자기 속이 메스꺼워졌다. 처음부터 깨달았어야 했던 걸 이제야 깨닫다니. 나는 낮게 욕지기를 지껄이며 헛간에서 빠져나와 커다란 딸기나무 관목을 뛰어넘었다. 에밋과 칼라일은 몇 시간 동안 계속 망연자실하게 실패한 끝에 다시 비상 경계 태세를 갖춘 채로 따라왔다.

그러자 저 반대편으로 길고 평평하게 다져진 흙바닥이 보였다. 아주 매끄러운 그 바닥은 너비가 약 60미터였고, 적어도 1.6킬로미터 정도로 서쪽을 향해 길게 뻗어 있었다.

이건 개인용 비행장이었다.

난 다시금 욕설을 내뱉었다.

물을 이용한 도주로에만 너무 집중했던 거다. 공중으로 도주할 수도 있었는데.

비행기는 작고 느린 것일 테니 기껏해야 자동차보다 좀 더 빠른 수준일 게 분명했다. 좋은 상태라고 해도 시속 240킬로미터를 넘지는 않을 것이다. 자그맣고 엉성한 격납고를 보자 좋은 상태도 아니었을 거란 생각이 들었다. 멀리 가려면 자주 멈춰서 주유를 해야 할 거다.

하지만 이제는 어디든 갈 수 있었다. 그리고 우리는 따라갈 방법이 없었다.

나는 칼라일을 바라보았다. 그의 눈빛도 나처럼 망연자실한 채 절망적이었다.

포크스로 돌아가서 여자의 흔적을 찾을까?

나는 눈살을 찌푸렸다.

“그것도 방법이겠지만, 그다지 확실하지는 않을 것 같아요. 그놈 방식이 아니니까요.”

그럼 어디로 갈 수 있지?

나는 한숨을 쉬었다.

전화해 볼까?

나는 고개를 끄덕였다.

"하세요."

칼라일은 통화 버튼을 눌렀다. 벨 한 번 만에 전화가 이어졌다.

"앨리스?"

"칼라일."

그녀의 숨 가쁜 소리가 들렸다. 불안한 마음이 어찌나 크던지, 소리는 이미 잘 들리는데도 고개를 숙여 귀를 기울였다. 칼라일이 물었다.

"너희는 확실히 안전하니?"

"네."

"우리는 밴쿠버에서 북동쪽으로 약 257킬로미터 떨어진 곳에서 그자를 놓쳤단다. 경비행기를 타고 달아났어. 어디로 갔는지 알 수가 없어."

그러자 앨리스는 다급하게 말했다. 우리가 놓쳤다는 데 전혀 놀라지 않은 기색이었다.

"저도 방금 그자를 봤어요. 어딘지 전혀 알 수 없는 방으로 가고 있어요. 하지만 방은 특이하게 생겼어요. 사방 벽이 다 거울이고, 한가운데는 금빛 테가 둘러져 있어요. 마치 징두리테(chair rail, 의자에 스쳐서 벽이 손상되는 것을 방지하도록 벽에 두른 나무 장식 테_옮긴이)처럼요. 방에는 아무것도 없지만 한쪽 구석에 낡은 오디오가 설치되어 있어요. 그리고 다른 방도 있는데요. 거긴 어두운 방이에요. 하지만 그자가 비디오 테이프를 보는 장면밖에 보이지 않아요. 이게 무슨 뜻인지 모르겠어요. 무슨 생각으로 비행기를 탔는지는 모르지만…… 그 방으로 가려는 게 틀림

없어요."

그건 도움 될 만큼 충분한 정보는 아니었다. 우리가 보기에, 추적자는 다소 휴식 시간을 즐길 계획을 세우는 것 같았다. 어쩌면 우리를 기다리게 두어 마음 졸이게 하려는 것일지도. 그래서 우리가 불안해지도록 말이다. 이렇게 보니 그놈의 성격과 맞아떨어지는 설명 같았다. 우리가 어서 그놈이 돌아오기를 학수고대하는 동안, 아무 데나 빈집에 들어가서 고전 영화를 보며 느긋하게 기다릴 심산인 거지. 이런 상황이야말로 정말 원치 않았는데.

그래도 좋은 소식은 있었다. 이제 앨리스는 우리와는 별개로 그놈의 미래를 보게 되었다. 이렇게 계속 얼굴을 보면서 앨리스가 그놈에 대해 더 좋은 정보를 얻어 내기를 바랄 뿐이었다. 그녀가 묘사한 방들이 우리와 연관이 있을 만큼 중요한 장소인지 궁금했다. 결국 우리가 그놈을 그 방 중 어딘가로 데려간다는 의미일지도 모른다. 만약 앨리스가 주변을 더 잘 볼 수 있다면, 가능성은 있다. 그러자 조금 안심이 되었다.

나는 전화기를 달라고 손을 내밀었다. 칼라일은 전화기를 건네주었다.

"벨라와 잠깐 이야기할 수 있을까?"

"응."

그녀는 전화기에서 얼굴을 떼고 벨라를 불렀다.

"벨라?"

그러자 방을 가로질러 이쪽으로 어설프게 달려오는 벨라의 발소리가 들렸다. 내 기분이 이토록 처진 상태가 아니었다면 분명 웃었을 텐데.

"여보세요?"

그 애는 숨가쁘게 말했다.

"벨라."

내 목소리에는 안도감이 짙게 배었다. 헤어진 지 얼마 안 된 상태였지만 벌써 타격이 컸다.

"아아, 에드워드! 걱정돼서 죽을 뻔했어."

그 애는 한숨을 쉬었다. 물론 그랬겠지.

"벨라, 넌 네 걱정만 해야 해. 염려할 것 없다고 했잖아."

"어디야?"

"밴쿠버 외곽이야. 벨라, 미안해. 놈을 놓쳤어."

그놈이 우리를 어떻게 가지고 놀았는지 말하고 싶지 않았다. 너무 쉽게 그놈이 주도권을 장악했다는 걸 알면 벨라는 초조해질 뿐일 테지. 난 초조해져 버렸으니까.

"우릴 수상쩍게 여겼는지, 내가 놈의 생각을 읽을 수 없을 만큼 조심스레 거리를 유지하더군. 그러더니 지금은 사라져 버렸어. 비행기를 탄 것 같아. 포크스로 돌아가 처음부터 다시 시작할 작정이겠지."

뭐, 이것 말고 다른 추측은 할 수가 없으니까.

"나도 알아. 앨리스가 방금 그자가 달아난 장면을 예견했어."

벨라는 아주 차분한 목소리로 말했다.

"하지만 넌 걱정할 필요 없어. 놈은 너를 찾아낼 단서를 발견할 수 없을 테니까. 넌 그냥 거기 있으면서 우리가 다시 놈을 찾아낼 때까지 기다리기만 하면 돼."

"난 괜찮아. 에스미는 찰리랑 같이 있지?"

"응. 여자는 줄곧 시내에 있더군. 너희 집에도 갔지만, 찰리는 출근하고 없었어. 찰리 근처엔 얼씬대지 않았으니 걱정 말고. 에스미와 로잘리가 지켜보고 있으니 무사하실 거야."

"여자가 뭘 하려는 걸까?"

"아마 널 추적할 단서를 찾으려는 거겠지. 밤새 온 시내를 다 뒤졌어. 로잘리가 줄곧 뒤를 쫓았는데, 공항이며……."

남쪽에 있는 비행장까지 갔었다고 했지. 어쩌면 우리는 그놈의 의도를 잘못 알고 있었던 건 아니었을지도 모른다. 지금 내가 딴생각을 한다는 걸 벨라가 눈치채기 전에, 나는 얼른 말을 이었다.

"시내 주변도로, 학교까지 다 뒤지고 다녔다더군. 하지만 찾아낼 게 없었겠지."

"찰리가 무사하다는 거 **확실해**?"

"그럼, 에스미가 한순간도 빠짐없이 지키고 있는걸. 그리고 우리도 곧 갈 거야. 추적자가 포크스 근처에 오면 우리가 놓치지 않고 잡을 거다."

나는 남쪽으로 천천히 달리기 시작했다. 칼라일과 에밋도 뒤를 따라왔다.

"보고 싶어."

그 애가 속삭였다. 우리 둘이 떨어져 있으니 나의 존재가 너무나 작아진 느낌이었다.

"나도 알아. 벨라, 네 마음 내가 다 안다는 걸 믿지? 그런데 네가 떠날 때 내 반쪽을 떼어낸 것 같아."

"그럼 어서 와서 가져가."

"곧 갈게. 최대한 빨리 갈 거야. 하지만 먼저, 널 안전하게 지켜야 **해**."

난 다짐했다. 벨라는 숨 가쁘게 말했다.

"사랑해."

"이 모든 시련을 겪게 만든 게 나야. 그런데도, 나 역시 널 너무 사랑한다는 거 믿어져?"

"그럼, 당연하잖아."

벨라의 목소리에 웃음기가 섞인 것 같았다.

"곧 데리러 갈게."

"기다리고 있을게."

그 애가 약속했다.

전화를 끊으려니 마음이 아팠다. 이렇게 또 벨라와 떨어지는구나. 하지만 지금은 서둘러야 했다. 나는 보지도 않고 칼라일에게 전화기를 건넨 다음, 천천히 달리기를 그만두고 전속력으로 달리기 시작했다. 추적자가 비행기 연료를 얼마나 자주 넣어야 하는지는 모르겠지만, 포크스가 종착지라면 우리가 더 빨리 갈 수 있을지도 모른다.

칼라일과 에밋도 나와 같이 속도를 높였다.

우리는 세일리시 해를 통과하는 직선 거리를 택해서 세 시간 반만에 포크스에 돌아왔다. 우리는 곧장 찰리의 집으로 향했다. 에스미와 로잘리는 거기서 보초를 서고 있었다. 에스미는 집 뒤에서, 로잘리는 앞마당 나무 사이에 있었다. 칼라일과 내가 에스미에게 가는 동안 에밋은 재빨리 로잘리에게 갔다.

내가 여기 온 건 둘에게 감사하기 위해서였다. 로잘리는 계속해서 내가 이기적으로 군 나머지 모두의 생명을 위험에 빠뜨리고 있다고 머릿속으로 쓴소리를 해대었다. 나는 그녀에게 관심을 두지 않았다.

벨라의 집은 아래층에 여러 군데 불이 켜져 있었는데도 불길할 정도로 조용했다. 왜 이런지 난 알아차렸다. 거실에서 항상 들려오던 TV의 스포츠 중계 소리가 들리지 않았던 거다. 찰리의 생각은 항상 있던 자리에 머물렀다. 그는 지금 소파에 앉아서 불 꺼진 TV를 보고 있었다. 머릿속은 무감각해진 듯, 아무 생각이 없었다. 난 얼굴을 찡그렸다. 벨라가 이 모습을 보지 못해 다행이야.

겨우 몇 초만에 토론을 끝낸 우리는 흩어졌다. 칼라일은 에스미와 함께 머물렀다. 아버지가 어머니와 함께 있게 되니 내 기분이 훨씬 나아졌다. 에밋과 로잘리는 마을 중앙을 샅샅이 훑은 다음 버려진 경비행기가 있는지 찾아보러 비행장 주변을 뒤졌다.

나는 붉은 머리 여자의 흔적을 찾아 동쪽으로 달렸다. 할 수 있다면 그녀를 구석으로 몰아붙일 마음이었다. 하지만 체취는 퓨젓사운드(Puget Sound, 워싱턴주 서부에 있는 만_옮긴이)로만 이어졌다. 그녀는 전혀 모험을 하지 않았다.

나는 항상 다니던 올림픽 국립공원을 샅샅이 조사하며 찰리의 집으로 돌아왔다. 혹시나 붉은 머리 여자가 가다가 어딘가 흥미롭다 여긴 곳에 들리지는 않았을까 해서였다. 하지만 그녀는 정말로 퓨젯 사운드까지 직선으로 이동한 듯했다. 우리와 마주칠 지도 모르는 위험을 감수하는 부류가 아니었다.

벨라의 집으로 돌아온 나는 찰리의 집을 감시하기로 했다. 그동안 에스미와 칼라일은 북쪽을 정찰하며 붉은 머리 여자가 포트 엔젤레스 근처의 바다에서 나타나서 다른 경로를 통해 찰리의 집으로 오려는 건 아닌지 살펴보았다. 그럴 거라는 생각은 들지 않았지만, 별달리 할 일이 없었다. 만약 추적자가 포크스로 돌아오지 않는다면, 붉은 머리 여자는 그를 만나러 떠난 거겠지. 지금으로서는 그놈이 돌아오지 않을 게 확실해 보였다. 그렇다면 우리는 다시 모여 새로운 계획을 짜야 한다. 누군가 좋은 아이디어를 내 주기를. 지금 내 머리는 텅 비어 버렸으니까.

그러다 새벽 두 시 반이 되었을 무렵, 내 전화가 조용히 울렸다. 난 보지도 않고 전화를 받았다. 칼라일이 보고하는 거라고 여겼다.

하지만 전화기에서는 앨리스의 목소리가 터져 나왔다. 엄청나게 빠른 말투에, 목소리는 파르르 울려 댔다.

"그자가 여기로 오고 있어. 피닉스로 온다고. 벌써 왔을지도 몰라. 난 두 번째 방을 다시 봤어. 그러자 벨라가 방의 그림을 알아봤어. 걔네 어머니 집이었어. 에드워드, 그자가 르네를 찾아오고 있다고. 그자는 우리가 여기 있는 걸 몰라. 하지만 벨라가 그자와 너무 가까이 있어서 불안해. 그자는 잡힐 듯 잡히지 않잖아. 게다가 나한테 충분히 보이지도 않아. 우리는 벨라를 여기서 내보내야 해. 하지만 누가 와서 르네를 찾아 주어야 해. 그자는 우리를 너무 흩어 놓으려 한다고, 에드워드!"

순간 어지럽고 멍해졌다. 하지만 그건 착각이라는 것도 안다. 내 정신이나 몸에는 아무런 이상이 없으니까. 하지만 추적자는 또 내 주변에서 사라졌고, 언제나 내가 보지 못하는 곳에서만 맴돈다. 이게 계획적이든 우연이든, 내가 벨라와 2400킬로미터나 떨어져 있는 동안 그놈은 벨라와 같은 장소에 있게 된 것이다.

나는 위협적으로 말했다.

"그놈이 도착할 때까지 얼마나 걸리지? 정확히 알아낼 수 있어?"

"정확히는 못해. 하지만 곧 올 거야. 몇 시간 내로."

그렇다면 그곳으로 곧바로 날아간 건가? 우리를 일부러 아주 멀리 유인해 놓고?

"너희 중 아무도 르네 집 근처에 가지는 않았지?"

"안 갔어. 우리는 이 호텔 밖으로 한 걸음도 나가지 않았어. 여기는 집 근처도 아니야."

효율적으로 상황을 운용하기에는 너무 멀었다. 우리는 비행기를 타고 가야 한다. 대형 여객기를 타는 게 가장 빠른 길이다.

앨리스가 한발 앞서 말했다.

"시애틀 발 피닉스 행 첫 비행기는 여섯 시 사십 분에 있어. 모두는 몸을 가려야 해. 여기 햇빛이 장난 아니게 쨍쨍하거든."

"여기에 다시 에스미와 로잘리를 남겨두고 갈게. 붉은 머리 여자는 근처에 오지 않을 거야. 벨라를 준비시켜. 우리는 같은 일행으로 움직일 거야. 에밋과 칼라일과 내가 벨라를 어디 먼 곳으로 데려갈게. 아무데든. 그리고 다음에 어떻게 할지 알아낼 때까지 그곳에 있을게. 너희는 벨라의 어머니를 찾아봐."

"다들 도착하면 거기서 만나자."

앨리스는 전화를 끊었다.

나는 시애틀로 전력 질주 하면서 칼라일에게 전화를 걸었다. 둘은 거기서 날 만나게 될 거다.

25
경주

비행기 바퀴가 활주로에 내려앉았을 때도 조바심은 사그라지지 않았다. 이젠 벨라와의 거리가 1킬로미터도 떨어져 있지 않았다고, 몇 분만 있으면 다시 얼굴을 볼 수 있다고 속으로 되뇌였지만, 그럴수록 끝없이 활주로 위를 천천히 달리는 비행기가 멈추기 전에 비상탈출구를 뜯어내고 당장 대합실로 달려가고 싶은 충동만 들 뿐이었다. 칼라일은 내가 꼼짝않고 가만히 있었지만 속으로는 얼마나 동요하고 있는지 알아차렸다. 그래서 인간처럼 자연스럽게 움직이란 뜻으로 내 팔꿈치를 가볍게 건드렸다.

우리가 앉은 열의 창문은 내려져 있었지만, 비행기 안에는 직사광선이 지나치게 많이 들어왔다. 나는 팔짱을 껴서 손을 가렸고, 공항 상점에서 산 후드티의 후드를 앞으로 휙 당겨서 얼굴을 가렸다. 다른 승객은 우리 모습이 우스꽝스럽게 보였을 것이다. 특히 에밋은 몇 사이즈나 작은 후드 티셔츠를 입어서 몸집이 터질 것 같았다. 후드를 뒤집어쓰고 검은 선글라스로 얼굴을 가린 모습을 보고 유명인사는 아닐까 생각할 수도 있을 거다. 하지만 그보다는, 남동부의 봄 기온이 얼마나 높은지 전혀 모르는 북부 촌뜨기일 거라고 여기는 인간들이 더 많은 것 같았다. 우리가 이동식 탑승교를 다 지나기도 전에 전부 저 두꺼운 옷을 벗어 버릴 거라고 생각하는 한 남자의 소리가 들려왔다.

공중에 떠 있었을 때도 비행기가 참을 수 없을 정도로 느렸었는데, 지금은 또 활주로를 느릿느릿 달리다니, 답답해 죽을 것만 같았다.

조금만 더 참자. 나는 속으로 다짐했다. 이 비행기가 멈추면 벨라가 저기 있을 거야. 그러면 그 앨 데리고 여기서 벗어나자. 우리는 함께 숨어 있으면서 이 상황을 해결하면 돼. 그 생각에 마음이 좀 누그러졌다.

실제로는 비행기가 정해진 게이트를 찾고서 문이 열리고 하차하기까지 거의 시간이 걸리지 않았다. 일정이 지연되어 우리 앞길을 막을 가능성은 사실 백만 가지나 있었지만, 매끄럽게 진행된 것이다. 따져 보면 감사할 일이었다.

게다가 운 좋게도 우리는 공항의 북쪽 게이트에서 내리게 되었다. 늦은 아침 햇살을 받아 생긴 커다란 터미널 건물의 그림자가 게이트를 온통 덮었다. 이러면 우리는 빨리 이동하는 게 한결 수월해진다.

승무원들이 점검하는 동안 칼라일은 손가락을 내 팔꿈치에 가볍게 얹었었다. 비행기 바깥에는 이동식 탑승교 장치가 제자리로 이동하는 소리가 들렸다. 맞물린 탑승교가 선체에 부딪히는 소리가 울렸다. 승무원들은 그 소리를 무시했고, 앞쪽 선실의 승무원 두 사람이 승객 명단을 함께 응시하고 있었다.

칼라일은 다시 나를 쿡 찔렀고, 나는 숨 쉬는 척했다.

마침내 승무원은 문으로 다가가서 밖으로 문을 끌어내었다. 그를 도와주고 싶은 마음이 너무 간절했지만, 칼라일의 손가락을 느끼며 난 집중했다.

쉭 소리와 함께 문이 열렸다. 퀴퀴한 실내 공기와 따뜻한 바깥 공기가 섞였다. 아직 거리가 너무 멀다는 걸 알면서도, 난 바보처럼 벨라의 향기를 찾아보았다. 그 애는 에어컨이 있는 터미널 안 깊숙한 곳에 있겠지. 보안 검색대 바깥쪽에 말이야. 저 멀리 주차장을 따라 왔을 거야. 그러니 인내심을 갖자.

가벼운 딩 소리가 울리며 안전벨트 조명이 꺼졌다. 우리 셋은 움직이고 있었다. 다른 인간들을 쉽게 제치고 재빨리 문 앞으로 이동하자 승무원들은 놀라서 뒤로 물러섰다. 그래서 앞을 아무도 가로막지 않았고, 우리는 그 상황을 이용하여 밖으로 나왔다.

칼라일은 나의 후드 티셔츠 자락을 잡았다. 나는 마지못해 그가 앞장서도록 두었다. 칼라일이 가는 속도를 정한다 해도 불과 몇 초 차이밖에 나지 않을 테니까. 그리고 확실히 아버지가 나보다 더 신중한 분이다. 추적자가 무슨 짓을 했든 상관없이 우리는 규칙을 고수해야 한다.

비행기에 있는 공항 터미널 팸플릿을 보면서 이곳의 평면도를 외워두었다. 우리는 출구에서 가장 가까운 지점으로 접어드는 중이었다. 이 역시 운이 좋았다. 물론 난 벨라의 생각을 들을 수는 없지만, 앨리스와 재스퍼의 생각은 찾을 수 있을 것이다. 그들은 승객들을 맞이하려는 가족들과 섞여서 기다리고 있겠지. 오른쪽에서 살짝 앞선 자리에서 말이야.

드디어 벨라를 만나게 되어 안달한 채로, 난 다시 칼라일보다 앞서가기 시작했다.

앨리스와 재스퍼의 생각은 모닥불에 둘러싸인 스포트라이트처럼 인간들의 생각보다 두드러져 보일 것이다. 어떻게든 나는 그들의 소리를 잘…….

그 순간, 고요한 바다에 갑자기 분출된 소용돌이처럼, 앨리스의 머릿속을 잠식한 혼돈과 고뇌가 나를 확 쳤다. 그 생각은 나를 발밑부터 빨아들였다.

난 몸이 굳은 채로 비틀거리며 멈춰 섰다. 칼라일이 무어라 말했는지 들리지도 않았다. 그가 나를 끌고 가려는 것만 간신히 느껴졌다. 인간 보안 요원이 우리를 수상쩍게 바라보고 있다는 칼라일의 인식만이 어렴풋이 들렸을 뿐이다.

"아냐, 네 휴대폰은 여기에 있다고."

에밋이 너무 큰 소리로 말했다. 나의 행동을 둘러대려는 것이었다.

그는 내 팔꿈치를 잡고 날 앞으로 끌고 가기 시작했다. 에밋이 나를 반쯤은 들고 가는 동안 나는 어떻게든 발을 디뎌보려 했지만, 바닥이 느껴지지 않는 것만 같았다. 내 주변을 둘러선 사람들의 몸뚱이가 투명하게 보였다. 눈앞에 보이는 것이라고는 앨리스의 기억뿐이었다.

창백하고 억눌린 표정으로 불안에 덜덜 떨고 있는 벨라. 필사적인 눈빛으로 재스퍼와 함께 걸어가는 벨라.

그러다 환상이 보였다. 재스퍼가 흥분한 채로 앨리스에게 급히 돌아오는 모습이었다.

앨리스는 재스퍼가 올 때까지 기다리지 않았다. 대신 재스퍼가 걱정 가득한 얼굴로 여자 화장실 밖에서 기다리고 있던 곳부터 시작하여 벨라의 향기를 따라갔다.

앨리스는 이제 벨라의 향기를 따라가고 있었다. 살짝 수상쩍다 싶을 정도로 쏜살같이 두 번째 출구로 달려갔다. 사람으로 가득한 복도, 붐비는 엘리베이터, 바깥으로 이어지는 자동문. 택시와 셔틀버스가 늘어진 연석.

흔적은 거기서 끝났다.

벨라는 사라졌다.

에밋은 나를 데리고 거대한 아트리움(atrium, 현대식 건물 한가운데 유리로 지붕을 덮은 넓은 공간_옮긴이)같은 곳으로 갔다. 거기엔 앨리스와 재스퍼가 거대한 기둥 그늘에서 긴장한 채로 기다리고 있었다. 햇빛이 유리 천장을 통해 우리 쪽으로 비스듬이 내리쬐었다. 내 목을 잡고 있던 에밋은 손을 내밀어 억지로 내 고개를 수그려서 그늘지게 가렸다.

앨리스는 지금부터 몇 초 후의 벨라를 보았다. 택시를 타고서 찬란한 태양 빛을 받으며 고속도로를 달리고 있었다. 벨라는 눈을 감은 채였다.

그리고 몇 분 후의 미래도 보였다. 거울이 있는 방안, 머리 위로 형광등이 환하게 켜졌고, 바닥은 길쭉한 소나무 판지였다.

추적자가 기다리고 있었다.

그리고 피가 보였다. 너무 많은 피가.

"왜 그 애를 따라가지 않았어?"

나는 쉿소리를 냈다.

우리 둘로는 부족했어. 그랬다면 그 앤 죽었어.

다시 그 자리에서 얼어붙고 싶을 만큼 고통이 밀려들어서, 계속 움직이려면 억지로 마음을 먹어야 했다.

"어떻게 된 거니, 앨리스?"

칼라일이 묻는 소리가 들렸다.

우리 다섯은 이미 앨리스와 재스퍼가 주차해 놓은 차고 쪽으로 위협적인 대형을 이루며 움직이고 있었다. 고맙게도 유리 천장 공간을 지나자 좀 더 평범한 공간이 나타나서 햇빛을 받을 위험에서는 벗어났다. 우리는 그 어떤 인간 집단보다도 빠르게 움직였다. 심지어 환승 비행기를 놓칠까 봐 달리는 승객들보다도 더 빨리 이동했다. 하지만 난 이 속도에도 화가 났다. 너무 느리잖아. 왜 지금에서도 인간인 척해야 해? 그게 뭐가 중요하다고?

앨리스가 경고했다. **우리와 함께 있어, 에드워드. 우리가 다 필요하게 될 거야.**

그녀의 머릿속에 들어온 것은, 바로 피였다.

칼라일의 질문에 대답처럼, 앨리스는 그의 손에 종이 한 장을 쥐어 주었다. 세 번 접은 종이였다. 칼라일은 그걸 슬쩍 보고 흠칫 놀랐다.

나는 그의 머리를 통해 내용을 모두 보았다.

벨라의 필체였다. 설명이었다. 인질로 잡혔다는 것과, 사과와, 간청이 적혀 있었다.

그는 나에게 종이를 건네주었다. 나는 그걸 받아 손에 구긴 다음 주머니에 넣었다.

"그 애 어머니는?"

나는 나지막히 으르렁대었다.

"그분은 못 봤어. 그 방에 없을 거야. 어쩌면 그자가 이미……."

앨리스는 말을 끝맺지 못했다.

그녀는 전화기 너머로 들려오던 벨라의 어머니 목소리를 기억했다. 겁에 질린 목소리였다.

벨라는 어머니를 진정시키려고 다른 방으로 간 참이었다. 그러다 환상이 앨리스를 덮쳤다. 그래서 타이밍을 맞추지 못했다. 아무것도 본 게 없었다.

앨리스는 죄책감에 사로잡혀 있었다. 나는 낮은 목소리로 단호하게 속삭였다.

"지금은 죄책감을 가질 때가 아니야, 앨리스."

칼라일은 답답해 하는 에밋에게 거의 들리지 않을 만한 소리로 관련 정보를 이야기해 주고 있었다. 상황을 이해한 에밋의 머릿속으로 공포와 패배감이 느껴졌다. 하지만 나에 비하면 아무것도 아니었다.

하지만 지금은 그럴 기분을 느낄 여유가 없었다. 앨리스는 아주 좁은 창문을 보았다. 그건 불가능할지도 모른다. 벨라가 피를 흘리기 전에 그곳에 도착하는 건 아무리 봐도 불가능했다. 마음 한구석으로는 이게 무슨 뜻인지 이미 알고 있었다. 추적자가 벨라를 찾은 다음, 그 애가 죽기까지는 시간이 좀 걸릴 거라는 뜻이다. 그것도 꽤 긴 시간 차였다. 이해가 안 됐지만, 이해할 여유도 없었다.

가능한 한 빨리 가야 한다.

"우리가 어디로 가야 하는지 알고 있어?"

앨리스는 머릿속에 지도를 떠올려 보여 주었다. 그녀가 제때에 가장 중요한 정보를 얻었다는 사실에 안도감이 느껴졌다. 첫 번째 환상 이후, 하지만 벨라의 어머니에게서 전화가 걸려오기 전에, 벨라는 앨리스에게 추적자가 기다리기로 한 장소 근처의 교차로를 알려주었다. 그건 여기서 32킬로미터도 되지 않았고 거의 고속도로로 이어졌다. 몇 분 안 걸릴 것이다.

하지만 그 몇 분조차 벨라에게는 너무 길었다.

우리는 수화물 찾는 곳을 지나 엘리베이터 앞으로 다가갔다. 여행

가방을 잔뜩 실은 카트를 잡은 이들이 모여서 다음 엘리베이터가 열리기를 기다리고 있었다. 우리는 한 덩어리처럼 움직여서 계단으로 갔다. 계단은 텅 비어 있었다. 그래서 1초도 안 되는 시간에 주차장까지 날아오르듯 뛰었다. 재스퍼는 주차한 곳으로 움직이려 했지만, 앨리스가 그의 팔을 잡았다.

"우리가 어떤 차를 타든, 경찰은 차 주인을 수색할 거야."

그녀의 머릿속에 환한 고속도로가 반짝였다. 엄청난 속도로 달리며 본 길이었다. 파랗고 빨간 경광등이 깜빡였고, 도로가 봉쇄되었으며 사고가 일어난 것 같았다. 아직은 선명하지 않은 미래였다.

모두가 얼어붙었다. 이게 무슨 뜻인지 알 수 없었다.

하지만 시간이 없었다.

나는 지나치게 빠른 속도로 차들이 늘어선 곳을 움직였다. 다른 이들도 이내 정신을 차리고 나보다는 더 현명한 속도로 뒤를 따라왔다. 주차장에는 사람이 별로 없었고, 아무도 나를 노골적으로 쳐다보지 않았다.

칼라일에게 벤츠 트렁크에서 가방을 꺼내라고 지시하는 앨리스의 목소리가 들렸다. 칼라일은 비상사태를 대비하여 모든 차에 의료용 키트를 놓아두었다. 나는 그게 무슨 뜻인지 생각하지 않으려고 마음먹었다.

이 상황에 딱 맞는 차를 찾아낼 시간은 없었다. 이곳의 차들은 대부분 부피가 큰 SUV나 실용적인 세단이었지만, 다른 차보다 조금 더 빠르게 달릴 만한 차도 몇몇 보였다. 나는 포드 머스탱과 닛산 350Z 중 무엇을 탈까 고민하면서, 앨리스가 어느 것이 더 좋을지 봐 주기를 바랐다. 그런데 그때, 뜻밖의 향기가 풍겨 와 나의 시선을 끌었다.

질소 냄새를 맡은 순간, 앨리스는 내가 찾던 것을 보았다.

나는 차고의 저 끝으로 쏜살같이 달려갔다. 그곳에는 마력을 확 올린 스바루 임프레자 WRX STI가 있었다. 혹시나 누가 차를 긁을까 봐 아무도 옆에 주차하지 않기를 바라는 마음으로 엘리베이터에서 멀리 떨어진 곳에 둔 차였다.

차 도색은 끔찍했다. 용암처럼 짙은 자주색으로 보이는 색 바탕에 눈이 아플 정도로 선명한 오렌지색 거품이 내 머리만한 크기로 그려져 있었다. 지난 백 년을 통틀어 이토록 눈에 띄는 차는 처음이었다.

하지만 주인이 무척 애지중지 아끼며 잘 손질한 차라는 건 분명했다. 스플리터부터 거대한 애프터마켓 스포일러까지, 평범한 기성품은 하나도 없고 모든 부품을 경주용으로 새로 달았다. 차창도 아주 진하게 선팅되어 있어서, 아무리 이 지역에 햇빛이 작열한다지만 과연 이게 합법적인지 의심마저 들었다.

이제 도로를 본 앨리스의 환상은 더욱 선명해졌다.

그녀는 이미 내 옆에 섰다. 손에는 다른 차에서 끊어 낸 안테나를 쥐고 있었다. 그리고 손가락으로 안테나를 납작하게 만들더니 끝을 갈고리 형태로 살짝 구부렸다. 앨리스가 차 문을 따자 재스퍼와 에밋, 손에 검은 가죽 가방을 든 칼라일이 우리 쪽으로 다가왔다.

운전석에 앉은 나는 조종간의 케이스를 비틀어 떼어내고 점화장치를 함께 비틀었다. 변속 기어 옆에는 스틱이 하나 더 있었는데, 그 위에는 빨간 버튼 두 개가 있었다. 각각 'Go Go 1'과 'Go Go 2'라고 써 놓은 버튼이었다. 차 주인의 유머 감각은 좋다고 볼 수 없었지만, 이토록 마음 다해 차를 개조해 놓은 정성을 높이 평가하기로 했다. 부디 질소통이 가득 차 있기만을 바랄 뿐이다. 연료 탱크는 4분의 3이나 차 있었다. 필요한 것보다 더 많은 양이었다. 다른 이들도 차에 올라탔다. 칼라일이 조수석에 앉고, 나머지 셋은 뒷좌석에 앉았다. 복도로 후진하자 차는 기세 좋게 부릉거렸다. 아무도 내 앞을 가로막지 않았다. 우리는 거대한 차고 길을 쏜살같이 달려 출구로 향했다. 난 대시보드에 있는 가열 버튼을 눌렀다. 질소가 가열되려면 시간이 좀 걸릴 테니까.

"앨리스, 30초 앞의 미래를 봐 줘."

알았어.

밖으로 나가려면 네 층을 나선형으로 빙글빙글 돌아 내려가는 좁은 길을 거쳐야 했다. 중간쯤 내려왔을 때는 나가려던 캐딜락 에스컬레이드의 뒷부분에 그만 충돌하고 말았다. 앨리스는 이미 내가 이런다는 걸 봐두었다. 출구는 너무 좁아서 난 어쩔 수 없이 꼬리물기를 했고, 다른 운전자들은 깜짝 놀라 경적을 길게 울려댔다. 앨리스는 이래봤자 소용없다는 걸 알았지만, 난 참을 수가 없었다.

마지막 커브를 돌자 드디어 햇빛이 찬란하게 비치는 넓은 요금 정산소로 들어왔다. 여섯 개 차선 중 두 개가 비어 있었고, 앞서 가던 캐딜락이 그중 가까운 곳으로 들어갔다. 나는 이미 맨 마지막 요금소로 향하는 중이었다.

빨갛고 하얀 색의 가느다란 바가 차선 앞을 막아섰다. 그걸 그냥 뚫고 지나갈까 고민하기도 전에 앨리스가 머릿속으로 소리쳤다.

경찰이 지금부터 우리를 쫓기 시작한다면 실패하고 말 거야!

내 손은 형광 오렌지색 운전대를 너무 세게 쥐어댔다. 나는 억지로 손가락을 떼고서 자동 요금 정산소에 차를 세웠다. 칼라일은 티켓을 쥐고서, 누가 봐도 선바이저 뒤에 숨은 채로 내게 티켓을 내밀었다.

앨리스가 티켓을 낚아챘다. 기계가 작동되는 걸 참을성 있게 기다리지 못하고 내가 그만 카드 리더기에 주먹을 휘두를 가능성을 보았기 때문이었다. 나는 앞으로 60센티미터 정도 차를 움직여서, 재스퍼가 요금을 결제할 수 있게 해 주었다. 그는 창문을 내리고 우리가 익명으로 지낼 때 쓰던 무기명 현금카드를 꺼내들었다.

재스퍼는 어두운 색상의 소매를 손끝까지 잡아당겼다. 그가 표를 기계에 넣으려고 창밖으로 손을 내밀자, 아주 살짝 빛이 반짝였다.

나는 줄무늬 바를 집중해서 바라보았다. 그건 경주의 시작을 알리는 체크무늬 깃발 같았다. 그게 열리면, 레이스가 시작되리라.

카드 판독기가 윙윙거렸다. 재스퍼는 버튼을 눌렀다.

바가 위로 확 올라갔다. 나는 가속 페달을 밟았다.

길은 잘 알고 있었다. 앨리스는 우리가 가는 도로의 길이를 비롯한 모든 것을 다 보았다. 지금은 한낮이라 길이 심하게 막히지 않았다. 나는 차선 여기저기로 빠져나갈 길을 보았다. 기어를 조작해 시속 96킬로미터까지 변속하는 데 12초가 걸렸다. 기어를 낮출 마음은 없었다.

고속도로 1차선은 대부분 비어 있었지만, 저 앞으로 차선이 합쳐지는 곳이 나타났다. 노스 시스템(차의 연료탱크에 질소통을 장착하여 만든 터보 부스터를 뜻함_옮긴이)을 사용하기엔 시간이 충분하지 않았다. 다른 차가 끼어드는 상황을 피하기 위해 나는 맨 왼쪽 차선으로 이동했다.

애리조나는 확실히 장점이 있다. 물론 햇빛은 말도 안 되게 내리쬐었지만, 고속도로는 아주 좋았다. 넓고 매끄러운 6차선 도로에다 양옆으로 넉넉한 갓길도 있어서 8차선이라고 봐도 무방했다. 나는 이제 왼쪽 갓길을 달려서 본인들이 제일 빠르게 달린다고 여기는 픽업트럭 두 대를 추월했다.

고속도로에는 모든 게 평평한 가운데 햇빛이 작열했다. 이 빛에서 숨을 곳 없이 모든 게 탁 트여 있었다. 새파랗고 거대한 돔 같은 하늘은 이글거리는 햇빛에 하얗게 보일 정도였다. 이 골짜기 전체가 오븐 속에 넣은 음식처럼 햇볕을 있는대로 받았다. 간신히 목숨을 부지하고 있는 마른 나무 몇 그루를 제외하면, 거대하고 둔중한 이 지역에는 자갈뿐이었다. 대체 벨라는 이곳을 왜 아름답다고 생각했을까. 하지만 그걸 알아낼 여유는 없었다.

이제 차의 속도는 시속 193킬로미터까지 올라갔다. 스바루 임프레자니까 아마 48킬로미터는 더 높일 수 있겠지만, 아직은 이 차를 너무 몰아붙이고 싶지 않았다. 엔진이 2단계 가속이나 3단계 가속을 할 수 있게 튜닝된 건지는 알 길이 없었다. 엔진은 예민하고 불안정해질 것이다. 지금은 그저 오일 압력과 온도를 주시하면서 엔진이 얼마나 잘 작동하는지 세심하게 소리를 들어 보는 수밖에 없었다.

북쪽 고속도로로 이어지는 거대한 아치형 고가도로가 저 앞에 다가왔다. 하지만 그 도로는 1차선에 불과했다. 그래도 아주 넓은 오른쪽 갓길이 있기는 했다.

나는 6차선을 쭉 가로질러 길을 빠져나왔다. 차 몇 대가 놀라서 방향을 틀었지만, 그들이 미처 무어라 항의하기도 전에 나는 이미 상당히 거리를 벌려놓았다.

앨리스는 갓길이 그다지 넓지 않은 걸 보았다. 나는 으르렁거리며 말했다.

"에밋, 재스퍼. 이제 사이드미러가 없어질 거야. 대신 길을 봐 줘."

그들은 앉은 자리에서 몸을 돌려 각각 왼쪽과 오른쪽, 뒤를 보았다. 어쨌든 그들의 머릿속 광경을 보는 편이 사이드미러를 보는 것보다 훨씬 더 나았다.

느리게 가는 차들 옆을 나는 날 듯이 달렸다. 시속 160킬로미터 이하로 달릴 수가 없었다. 그러다 오른쪽 차로를 달리던 넓은 승합차에 긁혔을 때는 이를 악물고 운전대를 꽉 잡았다. 쇳소리와 함께 왼쪽 사이드미러가 승합차의 옆면을 긁으며 뜯겨나갔고, 오른쪽 사이드미러는 콘크리트 벽에 부딪혀 터졌다.

벨라는 하얗고 뜨거운 인도를 가로질러 비틀비틀 달리고 있었다. 아직은 아니라 해도 곧 이렇게 될 것이다.

"그냥 길만 봐 줘, 앨리스."

나는 이를 악물고 말했다.

미안해. 나도 노력중이야.

앨리스의 머릿속으로 두려움이 마구 섞여들었다. 벨라가 주차장으로 달려가고 있었다. 아직은 아니라 해도 곧 이렇게 될 것이다.

"그만해!"

앨리스는 눈을 질끈 감고서 생각을 멈추려 했지만, 다시금 인도가 보였다.

이 이미지들을 계속 보면 나는 무력해질 뿐이었다. 그걸 알기에, 나는 억지로 머릿속에서 그 광경을 밀어냈다.

그건 예상했던 것만큼 힘들지는 않았다.

내 머릿속엔 이제 도로만이 가득했다. 360도 시야를 다 볼 수 있었고, 또 30초 후의 미래도 보였다. 다시금 차선을 휙 바꾸어 왼쪽 갓길을 달려서 북쪽 고속도로로 합류했을 때는 시속 209킬로미터로 달렸다. 한데 묶인 우리의 정신은 각자의 정신을 합친 것 이상으로 더 크고 완벽한 하나의 집중적인 유기체가 된 것 같았다. 내 앞을 달리는 차들이 위치를 바꿔면서 이리저리 엉켜 대는 배열이 보였다. 그래서 혼잡한 도로 사이를 빠져나갈 길을 알 수 있었다.

두 갈래로 난 고가도로 그늘 사이를 어찌나 날 듯이 달렸는지, 도로의 그림자가 마치 번뜩이는 경광등처럼 느껴졌다.

시속 233킬로미터.

15초 후에 완벽하게 달릴 만한 길이 뚫렸다. 나는 가운데 차선으로 선회한 다음 새빨간 'Go Go 1' 버튼을 덮고 있던 안전 커버를 휙 젖혔다.

타이밍은 완벽했다. 정확한 순간이 되자 나는 버튼을 쳤다. 질소가 분사되었고, 차는 마치 대포알처럼 쏜살같이 앞으로 달려나갔다.

시속 250킬로미터.

시속 273킬로미터.

벨라는 유리문을 열고 어둡고 텅 빈 방으로 들어갔다. 아직은 아니라 해도 곧 이렇게 될 것이다.

앨리스는 다시 다른 생각에 집중했다. 그녀 역시 이편이 쉽다는 걸 알고 깜짝 놀랐다. 앨리스의 생각은 재스퍼에게로 휙 돌아갔고, 나는 그 심정을 이해했다.

평온한 상태의 재스퍼는 줄곧 힘겨워했다. 그러나 전투 모드의 재스퍼는 내가 상상했던 것 이상이었다.

우리는 이제 재스퍼가 전투에 임하는 집중력을 모두 공유하고 있었다. 전쟁을 치를 동안 그가 신생 뱀파이어들을 제대로 길들이려 할 때 사용하던 집중력이었다. 지금은 상당히 다른 상황이었어도 그 능력은 완벽하게 발휘되었다. 그래서 우리가 마음을 합쳐 고도로 기능하는 조직체가 되도록 만들었다. 나는 그 능력을 받아들였고, 현재 나의 정신은 우리의 조직체 선두에서 돌진하는 창끝이 되었다.

노스 시스템의 효과가 벌써 떨어져갔다.

시속 241킬로미터.

나는 다음 기회가 언제일지 찾아보았다.

첫 번째 바리케이드가 세워지고 있어. 앨리스가 알려주었다. 하지만 우리 둘 다 신경쓰지 않았다. 바리케이트는 너무 가까운 곳에 세워지고 있어서 우리를 저지할 수 없었다. 다 세워지기도 전에 우리는 그 옆을 지나가게 될 테니.

그리고 두 번째 바리케이드가 있어. 앨리스는 머릿속으로 지도를 떠올려 보여 주었다. 그건 너무 먼 곳에 있어서 문제가 될 것이었다. 게다가 또 4초 정도는 차를 세우고 창문을 열어야 하겠지.

내가 여러 가지 선택지를 생각하자, 앨리스는 결과를 보여 주었다. 시간이 너무 없었다. 이제는 차를 바꿔 타는 수밖에 없다.

나는 멍한 상태로 'Go Go 2' 버튼의 안전 커버를 젖히고 눌렀다. 스바루는 순순히 앞으로 달려나갔다.

시속 273킬로미터.

시속 289킬로미터.

앨리스는 앞서 달리는 차 중 특정 차종을 보여 주었다. 나는 여러 가지 선택지를 검토했다.

쉐보레 콜벳은 우리가 모두 타기엔 좁다. 그건 도로 경주용 차라서 우리 모두의 몸무게를 감당해야 한다는 것 역시 생각해야 한다. 다른 차들을 살펴보며 난 머릿속으로 엑스자를 그어댔다. 그러다 앨리스는 무언가를 보았다. 광택이 나는 검은색 BMW S1000 RR 바이크였다. 최고 속력은 시속 305킬로미터였다.

에드워드, 그건 안 돼.

날렵한 검은 오토바이를 탄 내 모습이 너무 매력적이어서 나는 잠깐 앨리스의 말을 무시했다.

에드워드, 우리가 모두 다 있어야 한다고.

순간 그녀의 생각이 유혈이 낭자한 아수라장으로 가득 찼다. 인간과 인간이 아닌 자의 비명이 울려 퍼지고, 금속이 부서지는 소리가 들려왔다. 그 가운데 칼라일은 손을 새빨갛게 물들이고 섰다.

재스퍼는 내가 길에서 벗어나지 않도록 해 주었다. 내 감정을 단단히 잡은 재스퍼의 능력이 그 순간 어찌나 강력하던지 마치 목을 꽉 조르는 것 같았다.

우리는 함께 내 정신을 앞 차선으로 되돌렸다. 이제 남은 길은 얼마 되지 않았다. 그러니 차종은 아무거나 상관없었다. 앨리스는 세단과 미니밴, SUV를 휙휙 넘겨댔다.

그러다 드디어 알맞은 차가 나왔다. 신형 포르쉐 카이엔 터보였다. 최신 기종이라 아직 정식 번호판도 달지 않은 차였다. 최고 속력은 시속 299킬로미터. 뒷유리창에는 이미 귀여운 차량용 스티커를 붙여 놓았다. 꾸며놓은 스티커 무늬를 보니 딸 둘과 개 세 마리가 있는 가족이었다.

가족이 다 타고 있다면 시간이 더 걸릴 텐데. 앨리스는 나의 결정을 이용하여 이 차를 고르면 어떤 일이 벌어지는지 보았다. 다행히도 차 안에는 운전자뿐이었다. 짙은 갈색 머리를 포니테일로 묶은 30대 여성이었다.

앨리스는 더 이상 인도에 서 있는 벨라를 보지 못했다. 그렇다면 이 부분은 벌써 과거가 된 것이다. 주차장 장면도 나타나지 않았다. 지금 벨라는 추적자와 함께 안에 있다는 뜻이다.

나는 재스퍼에게 내 정신을 맡겨서 집중시키도록 했다.

"다음 고가도로 아래에서 차를 갈아탈 거예요."

나는 모두에게 경고했다. 앨리스는 파르르 떨리는 목소리로 각자의 역할을 알려주었다. 그 소리는 벌새의 날갯짓보다 더 빠른 속도로 흘러나왔다.

칼라일은 가방을 뒤졌다.

에밋은 무의식적으로 몸을 굽혔다.

나는 하얀 SUV를 추월했다. 하지만 속도를 그 차에 맞춰 줄여야 하는 상황이 너무 싫었다. 내가 꾸물댈수록 벨라는 고통의 대가를 치러야 하니까. 하지만 나의 모든 본능을 억누르고, 나는 기어를 4단으로 낮추었다.

BMW 바이크가 손에 닿을만한 반경을 넘어서서 달려 나갔다. 나는 한숨을 억눌렀다.

고가도로는 이제 800미터 앞으로 다가왔다. 도로가 드리운 그림자의 길이는 겨우 10미터밖에 되지 않았다. 태양이 이제 우리 바로 위에서 내리쬐고 있었기 때문이다.

나는 포르쉐를 왼쪽으로 몰아가기 시작했다. 그러자 운전자는 차선을 바꾸었다. 나는 재빨리 따라간 다음 차선을 가로질러 포르쉐의 앞길을 반쯤 막았다. 그러자 포르쉐는 느려지기 시작했고, 나 역시 속도를 줄였다.

앨리스의 도움으로 타이밍을 맞추었다. 나는 포르쉐보다 약간 앞서서 차를 몬 다음 다시 왼쪽으로 틀어서 포르쉐의 차선으로 억지로 들어가며 속력을 확 늦추었다. 포르쉐 운전자는 브레이크를 세게 밟았다.

바로 뒤에서 내가 아까 탈까 고민했던 콜벳이 경적을 울리며 다른 차선으로 방향을 바꾸었다. 길 위의 차들은 우리를 피해가기 위해 죄다 오른쪽으로 급히 차선을 변경했다.

10미터의 고가도로 그늘 끝자락에서, 우리는 완전히 차를 세웠다.

우리는 모두 동시에 차에서 내렸다. 옆 차선에서 시속 112킬로미터로 달리는 차에 탄 사람들이 궁금한 표정으로 휙휙 지나갔다.

포르쉐 운전자도 차에서 내렸다. 그녀는 벌겋게 달아오른 얼굴이었고, 화가 치밀어 오른 채 포니테일을 마구 흔들어 댔다. 칼라일은 운전자를 상대하러 쏜살같이 앞으로 나갔다. 자신을 도로에서 몰아낸 사람이 누군지 본 순간, 그녀는 이제껏 본 남자 중 가장 잘생긴 미남을 보았다고 생각했다. 그리고 1초 후, 그녀는 칼라일에게로 쓰러졌다. 분명히 주사바늘이 들어가는 따끔함을 느낄 시간조차 없었을 것이다.

칼라일은 의식을 잃은 운전자의 몸을 갓길 옆에 설치된 콘크리트 지지대 위에 조심스럽게 올려 두었다. 나는 운전석에 탔다. 재스퍼와 앨리스는 이미 뒷좌석에 올랐다. 앨리스는 에밋을 위해 문을 열어두었다. 에밋은 지금 스바루 옆에 웅크리고 앉아 앨리스를 바라보며 명령이 떨어지기를 기다렸다. 앨리스는 지나가는 차를 바라보며 피해가 최소화될 순간이 다가오기를 기다렸다.

"지금이야."

그녀가 소리쳤다. 에밋은 괴상하게 생긴 스바루를 달려오는 차들 앞으로 뒤집어 날렸다.

차는 오른편에서 2차선과 3차선으로 굴러갔다. 차들이 연이어 급정거하면서 어쩔 수 없이 앞차를 들이받아 다중 추돌이 일어났다. 대쉬보드에서 에어백들이 마구 터지는 소리가 크게 들렸다. 앨리스는 부상자를 보았지만 사망자는 없었다. 이미 우리 뒤를 쫓고 있던 경찰은 이제 몇 초 후면 여기에 도착할 예정이었다.

소리가 희미해졌다. 칼라일과 에밋은 차에 탔고 나는 다시 빠르게 앞으로 운전했다. 여기서 허비한 시간을 벌충하고 싶은 마음만이 간절했다.

추적자는 벨라를 내려다보았다. 그놈은 손가락으로 벨라의 뺨을 쓰다듬었다. 이제 몇 초만 있으면 일어날 일이었다.

시속 265킬로미터.

갈라진 고속도로 양편으로 경찰차 네 대가 사이렌을 마구 울려대며 다가왔다. 모두 우리의 사고 현장으로 가는 중이었다. 그들은 북쪽으로 달리고 있는 극성스러운 엄마 운전자의 SUV에는 관심을 기울이지 않았다.

이제 출구를 두 개만 더 지나면 된다.

시속 289킬로미터.

이 SUV의 엔진에는 과부하가 느껴지지 않았다. 지금 엔진 고장이 일어날 위험은 없다는 걸 난 알고 있었다. 이 독일제 엔진은 탱크 같아서 여간해서는 손상되지 않기 때문이다. 현재는 타이어가 얼마나 믿음직한지가 문제였다. 이 정도의 속력을 견디도록 만들어진 게 아니었다. 여기서 펑크가 날 위험을 무릅쓸 수는 없었지만, 가속 페달에서 발을 떼어야 했을 때는 정말로 신체적 고통이 느껴졌다.

시속 257킬로미터.

우리는 빠른 속도로 출구로 향했다. 나는 세미트레일러 앞을 휙 지나서 우회전했다.

앨리스는 나에게 앞으로의 상황을 보여 주었다. 고가도로 길이로 교차로가 뻗어 있었다. 도로 꼭대기에는 신호등이 노란불로 막 바뀐 참이었다. 1초 후, 교차로 서쪽에서 녹색 화살표 불이 들어오면서 좌회전 차선 두 개가 길 가운데 나타날 참이었다.

타이어들이 함께 버텨 주길 묵묵히 바라며, 나는 가속 페달을 힘껏 밟았다.

시속 273킬로미터.

우리는 좁은 왼쪽 갓길을 따라 달리며, 신호를 받기 위해 멈춰선 차들 사이를 몇 센티미터 간격을 두고 쏜살같이 출구를 향해 달렸다.

방금 빨간불로 바뀐 상황이었지만 좌회전을 했다. 아슬아슬하게 방향을 트는 바람에 포르쉐의 뒷부분이 오른쪽으로 확 치우쳐서 고가도로 북쪽 콘크리트 장벽에 그만 닿을 뻔했다.

진입 차선으로 향하는 차들은 벌써 교차로를 반쯤 건넌 참이었다. 난 가던 길을 계속 가는 수밖에 달리 방법이 없었다.

나는 한 치의 여유도 없이 맨 앞에서 달리던 렉서스를 빠르게 추월했다.

캑투스 로드는 고속도로만큼이나 사방을 분간하기가 어려웠다. 차선이 단 두 개밖에 없고, 양옆으로 늘어진 집은 겨우 수십 채였으며, 군데군데 자동차 전용도로만이 나 있을 뿐이었다. 거울 방에 가기까지는 신호등을 네 군데 거쳐야 했다. 앨리스는 우리가 빨간불에 달리는 상황을 두 번 보았다.

속도제한 표지판을 우리는 휙 제쳤다. 제한 속도는 64킬로미터였다.

시속 193킬로미터.

그래도 길에는 그나마 좋은 점이 하나 있었다. 밝은 노란색으로 표시된 가역 차선(교통량에 따라 양방향으로 바꿀 수 있는 차선으로, 길 한가운데 나 있음_옮긴이)이 거의 도로 전체를 따라 나 있었기 때문이다.

벨라는 소나무 마룻바닥을 기어다녔다. 추적자는 발을 들어 올렸다.

앨리스는 다시 다른 데 생각을 집중했지만 난 정신이 멍해지고 말았다. 10분의 1초 동안, 나는 포크스에 있는 볼보 뒷좌석에 앉아서, 자살할 방법을 생각하고 있었다.

에밋은 절대로 들어주지 않겠지만……. 재스퍼라면 날 죽여줄지도 모르지. 재스퍼만은 내 마음이 어떤지 느낄 테니까. 어쩌면 그가 먼저, 내가 느끼는 이 고통에서 벗어나고 싶은 마음에 내 생명을 끝내 버리기를 원할지도 모른다. 하지만 그러진 않고 대신 도망치겠지. 앨리스의 마음을 아프게 하고 싶지 않을 테니. 그렇다면 남은 건 저 멀리 이탈리아까지 가는 것뿐이다.

재스퍼는 손을 뻗어 내 뒷목에 손끝을 대었다. 그러자 마취제가 나의 고뇌를 씻어내는 느낌이 들었다.

아무런 방해를 받지 않고 가역 차선을 1.6 킬로미터쯤 질주한 다음, 정상 차선으로 돌아와 첫 번째로 파란불을 받고 날 듯 달렸다. 곧바로 다음 교차로가 나타났다. 가역 차선은 좌회전 차선으로 변해서 이미 차가 세 대 대기중이었다. 우회전 차선은 비어 있었다. 나는 오토바이를 피하려고 1초간 불쑥 인도에 진입하면서 차가 구르지 않게 하려고 애썼다.

속도계를 슬쩍 보았다. 시속 128킬로미터라니. 이럴 순 없다.

난 교차로를 질주했다. 다행히도 이미 나를 본 몇몇 운전자들이 교차로 중간 쯤에서 급정거를 했다. 그래서 다시 가역 차선으로 들어갈 수 있었다.

시속 161킬로미터.

다시금 나타난 교차로는 아까보다 더 크고 넓었으며 두 배는 혼잡했다.

"앨리스, 모든 가능성을 다 보여 줘!"

그녀의 머릿속으로 도로 위에 꼼짝 못하고 선 차들이 보였다. 그녀는 시계 반대 방향으로 사방을 휙 보여 주었다가 다시 정면으로 돌아왔다. 나는 먼저 앞뒤로 뻗은 도로 위 차들을 본 다음 양옆으로 뻗은 도로를 보았다. 차들 사이는 비좁았지만, 아주 작은 길이 있기는 있었다. 나는 그 경로를 외웠다.

시속 193킬로미터.

만약 이 속도로 달리다가 다른 차와 충돌한다면, 두 차 모두 박살나겠지.

그러면 어쩔 수 없이 눈부시게 비치는 태양빛 아래를 달리며 벨라의 위치까지 뛰어가는 수밖에 없다. 사람들은 분명…… 무언가를 보게 될 것이다. 우리 중 나만큼 빠른 이는 없었다. 그렇다면 사람들은 이걸 무어라 여길까. 외계인? 악마? 정부의 비밀 무기? 어쨌든 뭐라고 말이 나오긴 나올 것이다. 그 다음에 어떻게 될까? 불멸의 권력자들이 와서 질문을 한다면, 내가 어떻게 벨라를 구할 수 있을까? 최후의 순간이 아닐 바에야, 볼투리 일가와 엮일 수는 없었다.

하지만 벨라가 비명을 지르고 있잖아.

재스퍼는 나에게 더 많은 양의 마취제를 투입했다. 피부에 스며든 멍한 감각이 뇌로 들어갔다.

나는 다시금 가속 페달을 밟으며 마주 오는 차선으로 방향을 틀었다.

다른 차들 사이를 이리저리 빠져나갈 공간은 그럭저럭 충분했다.

나에 비하면 차들이 모두 너무 느리게 달리고 있어서, 마치 서 있는 물체 주위를 빠져나가는 것처럼 느껴졌다.

시속 209킬로미터.

도로가 다시 뚫리자마자 나는 우측으로 가서 아무도 움직이지 않던 교차로를 스윽 빠져나갔다. 에밋이 나지막히 으르렁댔다.

"좋았어."

시속 225킬로미터.

마지막 신호는 파란불일 것이었다.

하지만 앨리스의 생각은 달랐다.

"여기서 좌회전해."

그녀는 이렇게 말하며 상업지구 뒤편의 좁은 주택가 골목길을 보여주었다. 댄스 교습소가 있는 곳이었다. 거리에 우뚝 늘어선 유칼립투스 나무들에는 초록색이 아닌 은빛 나뭇잎이 바람에 흔들리고 있었다. 얼룩덜룩 드리워진 그늘은 우리가 들키지 않고 지나갈 정도가 되었다.

"여기서 속도를 줄여."

"지금 그럴 시간이—"

그자가 우리 소리를 들으면, 그 애는 죽어!

나는 마지못해 브레이크 페달을 밟으며 속도를 늦추기 시작했다. 급하게 방향을 트는 바람에 난 하마터면 SUV를 엎을 뻔했다. 겨우 시속 96킬로미터의 속력으로 나는 좌회전을 했다.

더 천천히.

나는 이를 악물고 브레이크를 밟아 시속 64킬로미터까지 줄였다. 앨리스는 잔뜩 흥분했는데도 거의 들리지도 않을 만큼 목소리를 낮추어 아주 빠른 속도로 쉿쉿 말했다.

"재스퍼. 너는 건물 앞으로 가서 앞쪽으로 들어가. 우리 나머지는 뒤쪽으로 들어갈게. 칼라일, 준비하세요."

산산조각 난 거울에 온통 피가 흩뿌려졌다. 나무 바닥에 피가 고였다.

나는 우뚝 솟은 나무 그늘을 하나 골라 그쪽으로 포르쉐를 몬 다음 아주 조용한 소음만 내며 포장도로의 헐렁한 연석 위로 타이어를 세웠다. 주택가와 상업 지구는 2.4미터 가량의 벽돌담으로 구분되어 있었다. 길 반대편에는 치장 벽토를 바른 집들이 다닥다닥 늘어서 있었고, 햇빛에 집안이 더워지지 않도록 모두 차양을 내려 놓았다.

재스퍼 덕택에 우리는 딱 맞추어 동시에 움직였다. 쏜살같이 차에서 내릴 때는 문을 살짝 열어 두어 쓸데없는 소리를 내지 않았다. 상업 지구의 북쪽과 서쪽 도로가 모두 혼잡했다. 그러니 우리가 내는 소리는 분명히 덮일 것이다.

여기까지 4분의 1초 가량이 지났다. 우리는 담을 뛰어넘었다. 담 아래 자갈밭에 닿지 않도록 멀리 뛰어 포장 도로에 소리없이 착지했다. 건물 뒤쪽에는 작은 골목이 있었다. 커다란 쓰레기통과 플라스틱 상자 한 더미, 그리고 비상구가 보였다.

나는 망설이지 않았다. 저 문 뒤에 어떤 일이 벌어졌을지 알고 있었으니까. 아니, 지금으로부터 1초 후라고 말해야 할까. 나는 실수하지 않도록 몸의 각도를 조절했다. 추적자가 조그마한 창문으로 빠져나갈 수도 없도록. 그리고 이윽고 문으로 돌진했다.

26
피

문을 뚫었다.

내 몸과 부딪쳐 산산조각 난 문은 벽 사방으로 흩어졌다.

몸 중심에서 터져 나온 굉음은 완전히 본능적이었다. 추적자는 고개를 홱 쳐들더니, 그 아래 바닥에 있는 새빨간 형체에게 돌진했다. 창백한 손 하나가 어떻게든 그놈을 막아 보려고 뻗어 나왔지만 아무런 소용이 없는 광경이 보였다.

문이 앞을 가렸어도 나의 추진력은 느려지지 않았다. 그놈이 목표물에게 돌진하는 도중에 나는 달려들어 그놈을 멀리 내던진 다음, 나무 바닥을 부술 만큼의 힘으로 때려눕혔다.

그리고 몸을 굴려 그놈을 내 위에 놓은 다음 방 한가운데로 차 버렸다. 거기엔 에밋이 기다리고 있었다.

추적자와의 씨름은 4분의 1초가 걸렸다. 나는 그놈이 살아있는 생명체라는 의식도 별로 하지 않은 채로 싸웠다. 그놈은 내 앞길을 가로

막는 물체에 불과했다. 이제 조금만 있으면 에밋과 재스퍼를 부러워하게 되리라는 것도 알고 있었다. 직접 그놈을 할퀴고 긋고 토막 낼 수 있었다면 얼마나 좋았을까 후회하게 되겠지. 하지만 지금은 아무래도 상관없었다. 난 돌아섰다.

이미 알고 있었지만, 벨라는 깨진 거울 벽면에 웅크리고 있었다. 모든 게 빨갰다.

공항에서 앨리스의 공포를 들었던 후로 억눌러 왔던 모든 공포와 고통이 다시금 막을 수 없는 해일처럼 나를 덮쳤다.

벨라는 눈을 감고 있었다. 창백한 손을 몸 옆으로 축 늘어뜨린 채로. 심장 박동은 약했고 불규칙했다. 내 가슴과 머리로 불길이 확 타올랐지만, 서로 다른 고통이 무엇인지 분간해서 생각할 수가 없었다. 그 애를 만지는 게 무서웠다. 여러 군데 부서져 있었으니까. 내가 만지면 더 나빠질 수도 있다.

내 목소리가 들렸다. 같은 단어를 계속해서 횡설수설 외쳐 대는 소리. 그 애의 이름과 안 돼, 제발 같은 말들. 계속해서, 거듭해서 들려오는 말들이 마치 튀어대는 레코드판 같았다. 하지만 난 그 소리를 통제할 수 없었다.

내가 비명처럼 칼라일을 부르는 소리가 들렸다. 하지만 칼라일은 이미 벨라의 다른 편에 무릎을 꿇고 피에 젖은 채로 앉았다.

내 입에서 쏟아지는 말들은 더는 말이 아니라 그저 엉망으로 뒤섞인 한숨 소리와 흐느낌이었다.

칼라일은 손으로 벨라의 두피부터 발목까지 쓸어내렸다가 다시 되짚어 올라왔다. 아주 빠른 속도로 움직인 터라, 손이 잔상을 남겼다. 그는 양손으로 그 애 머리를 단단히 잡고 파열된 부위를 찾았다. 그리고 오른쪽 귀에서 약 7.6 센티미터 떨어진 지점을 두 손가락으로 단단히 눌렀다. 칼라일이 뭘 하는지는 알 수 없었다. 그 애의 머리카락은 온통 핏빛이었다.

벨라의 입술 사이로 울음소리가 약하게 새어나왔다. 얼굴이 온통 고통에 뒤틀렸다.

"벨라!"

나는 애원했다. 칼라일은 나의 처절한 비명과는 정반대로 목소리가 침착했다.

"출혈이 심하긴 하지만, 머리 상처는 깊지 않다. 다리를 조심해라, 부러졌어."

순전한 분노가 담긴 울부짖음이 방안을 마구 울렸다. 잠시 나는 에밋과 재스퍼가 곤경에 처했나 싶었다. 그래서 그들의 마음을 알아보자, 이미 둘은 그놈의 부서진 몸뚱이를 모으고 있었다. 그제야 깨달았다. 이 소리는 내가 냈다는 걸.

"늑골도 몇 개 부러진 것 같구나."

칼라일은 여전히 기이할 정도로 침착하게 덧붙였다.

그의 생각은 현실적이고 냉정했다. 내가 듣고 있다는 것도 알고 있었다. 하지만 검사 결과에 용기를 얻기도 했다. 우리는 시간 맞춰 왔다. 생명을 위협할 정도의 부상은 아니었다.

하지만 나는 칼라일의 검사 결과에서 그게 조건부라는 것 역시 포착해 냈다. 만약 출혈을 통제할 수 없다면, 혹시라도 늑골이 폐를 뚫었다면, 내부 손상이 보기보다 크다면, 상황은 심각해진다. 아직 모를 조건이 너무 많았다. 인간의 몸을 살려 두려고 오랜 세월 노력한 결과, 칼라일은 상황이 잘못될 수도 있다는 통찰력을 상당히 많이 갖게 되었다.

그 애의 피가 내 청바지에 스며들었다. 내 팔에도 묻었다. 난 온몸에 그 애 피를 묻힌 채였다.

벨라는 고통에 겨워 신음했다.

"벨라, 괜찮아질 거야. 내 말 들려, 벨라? 사랑해."

내 말은 애원이자 간청이었다.

다시 신음이 들려왔다. 아니, 그건 말이었다. 그 애는 말하려고 애를 썼다.

"에드워드."

헐떡이는 소리가 나왔다.

"그래, 나 여기 있어."

벨라가 속삭였다.

"아파."

"알아, 벨라. 나도 알아."

그 순간, 가슴 한가운데를 주먹으로 확 뚫어 버리는 것처럼 질투심이 불쑥 치솟았다. 추적자를 부숴 버리고 싶은 마음이 간절했다. 그놈을 천천히 길게 찢어 버리고 싶었다. 너무 심한 고통을 불러오고 너무 많은 피를 흘리게 한 놈인데, 이젠 난 그놈에게 죄값을 치르라 할 수도 없게 될 테지. 그놈이 불타서 죽는 것으로는 부족했다. 그건 절대로 충분한 죄값이 아니었다.

"어떻게 좀 해볼 수 없어요?"

난 칼라일에게 으르렁대었다.

"내 가방 좀 이리 다오."

그는 냉정한 목소리로 앨리스에게 말했다.

앨리스는 아주 작게 숨 막히는 소리를 냈다.

난 멍들고 피 튄 벨라의 얼굴에서 차마 눈을 뗄 수조차 없었다. 멍든 자국 아래 보이는 그 애의 피부는 이제껏 본 것 중 가장 창백했다. 눈꺼풀은 떨림조차 많지 않았다.

하지만 나는 앨리스의 마음에 다가가 더 복잡한 문제를 보았다.

난 지금 피 웅덩이에 무릎을 꿇고 있었지만 그걸 제대로 인식하지도 못하고 있었다. 물론 내 몸 어딘가에서는 분명 그 피에 반응하고 있으리라는 건 알았다. 하지만 그 반응이 어디서 생겼든, 아직은 표면화되지 않고서 고통 아래에 깊숙이 묻힌 채였다.

하지만 앨리스는 아니었다. 그녀는 벨라를 사랑했지만, 이런 상황에는 신체적 준비가 되어 있지 못했다. 그래서 망설이며 이를 악물고 독액을 애써 삼켜대었다.

에밋과 재스퍼 역시 고군분투하고 있었다. 그들은 조각난 채 흩어진 추적자의 몸을 다 주워 두었다. 난 그 조각난 몸뚱이들이 어떻게든 아직까지 고통을 계속 느껴 주기만을 간절하게 바랄 뿐이었다. 에밋은 재스퍼가 돌변하지 않을지 주의 깊게 지켜보고 있었다. 에밋 본인은 감탄할 만큼 통제력을 갖추고 있었다. 벨라를 걱정하는 에밋의 마음은 평소 태평스러웠던 성미와는 결이 다르게 깊었다.

"앨리스, 숨을 쉬지 않으면 도움이 될 거야."

칼라일이 말했다. 그녀는 고개를 끄덕이고 나서 앞으로 쏜살같이 달려갔다가 다시 돌아와 칼라일의 가죽 가방을 그의 다리 옆에 두었다. 그녀는 아주 조심스럽게 움직여서 신발에 피가 묻지도 않았다. 그리고 신선한 공기를 마시기 위해 숨을 헐떡이며 부서진 비상구로 물러섰다.

열린 문 사이로 희미한 사이렌 소리가 들려왔다. 도시의 거리를 그토록 무턱대고 질주한 차량을 찾는 소리였다. 한적한 샛길 그늘에 주차된 도난 차량을 그들이 과연 찾아낼 수 있을까. 물론 찾는다 해도 난 개의치 않을 터였다.

"앨리스?"

벨라가 헐떡였다. 나는 아무 말이나 해댔다.

"여기 있어. 앨리스가 이곳을 찾아냈어."

벨라는 흐느꼈다.

"손이 아파."

뜬금없는 소리에 난 놀랐다. 이토록 부상이 많았던 것이다.

"알아, 벨라. 칼라일이 뭔가 조치를 취해 줄 거야. 그럼 안 아플 거야."

칼라일은 찢어진 두피를 엄청나게 빠른 속도로 봉합하는 중이었다. 그의 손동작이 다시금 잔상을 남기며 빠르게 움직였다. 출혈이 나는 곳마다 그의 눈은 모두 찾아냈다. 완벽한 시설을 갖춘 병원에서 의료진의 보조를 받아 수술하는 여타의 외과 의사라도 절대로 따라할 수 없는 솜씨로, 칼라일은 아주 작게 봉합을 하여 혈관을 고쳐내었다. 잠시 일을 멈추고 벨라의 몸에 진통제를 넣어 주었으면 좋겠는데. 하지만 칼라일의 잘 정돈된 차분함 속에서도 다른 생각이 들려왔다. 괜찮다고 생각하기에는 머리 부상이 더 심했다는 것이었다. 피를 너무 많이 흘려서…….

그 순간, 벨라가 갑자기 덜덜 떨면서 상체를 비틀었다. 칼라일은 왼손으로 그 애의 머리를 잡고서 강철 같은 악력으로 머리를 고정시켰다. 그 애는 눈을 뜨고 희번덕거렸다. 충혈된 흰자 위로 터진 실핏줄이 보였다. 벨라는 어떻게 그럴 힘이 있는 건지 강하게 비명을 질렀다.

"내 손이 타고 있어!"

"벨라?"

나는 소리쳤다. 바보 같게도 그 순간 나는 내 몸에서 타오르는 불길만을 떠올릴 뿐이었다. 혹시 내가 아프게 한 건가?

그 애의 눈꺼풀이 파르르 떨렸다. 피와 피에 젖은 머리카락이 눈앞에 드리워진 얼굴이었다.

"불이야! 누가 불 좀 꺼 줘!"

벨라는 비명을 질렀다. 부러진 늑골 때문에 아픈 신음을 흘리면서도 그 애는 등을 구부렸다.

그 고통스러운 목소리에 난 멍해지고 말았다. 이게 무슨 소리인지 속뜻을 이해하기는 했지만, 그 의미가 주는 공포에 머릿속이 온통 뒤죽박죽 헝클어졌으니까. 마치 다른 누군가가 내 고개를 벨라의 얼굴에서 홱 돌려서, 그 애가 마구 뿌리쳐대고 있는 피 묻은 손끝으로, 고통에 뒤틀려 경련을 해대는 그 손가락으로 시선을 집중하게 만드는 것만 같았다.

그 애의 손바닥 두툼한 아랫부분에 작고 얕게 찢어진 상처가 있었다. 다른 부위의 부상에 비하면 아무것도 아니었다. 이미 피가 멎어가고 있었고…….

순간 이게 뭔지 알아챘다. 하지만 적당한 말을 찾을 수가 없었다.

그저 숨을 헐떡이며, 이렇게 말했을 뿐.

"칼라일! 손 좀 봐 주세요!"

그는 작업에 몰두하던 손가락을 처음으로 멈추고는 이쪽을 슬쩍 바라보았다. 그러자 칼라일의 얼굴에도 충격이 스쳤다.

그의 목소리는 공허했다.

"놈한테 물렸구나."

단 두 마디의 말. 놈에게 물렸구나. 추적자가 벨라를 물었다. 불타고 있는 건 독이었다.

느린 화면처럼, 나는 기억을 되짚어 보았다. 문을 부수고 들어왔었지. 추적자가 달려들었다. 벨라는 손을 확 내밀어 앞을 가렸다. 난 그 놈을 확 덮쳐서, 저 멀리 밀어 버렸다. 하지만 그놈의 이빨이 드러났던 거다. 길게 목을 뺀고서……. 단 백만 분의 일 초였지만, 난 너무 느렸었다.

칼라일의 손은 여전히 움직이지 않았다. **이 애를 고쳐 줘요**, 난 소리치고 싶었지만 사실은 나도, 아버지도 알고 있었다. 지금은 뭘 해도 아무런 소용이 없다는 것을. 그 애의 내부는 전부 저절로 짜 맞추어질 것이다. 부서진 뼈도, 찢어진 곳도, 피가 배어나오는 아주 작은 상처도 곧 완전히 나을 것이다.

그러다 심장이 멈추면, 다시는 뛰지 않게 되겠지.

벨라는 비명을 지르며 괴로움에 몸부림쳤다.

에드워드.

앨리스는 다시 돌아와 있었다. 무언가 새로운 결심을 알아차린 그녀는 칼라일 옆에 웅크리고 앉았다. 그녀의 신발에 새빨갛게 피가 물들었다. 앨리스는 벨라의 눈 위를 가린 피투성이 머리카락을 가볍게 쓸어넘겼다.

이대로 둘 수는 없어. 앨리스는 칼라일을 생각하고 있었다.

칼라일 역시 그때를 떠올렸다. 자신의 손바닥에 난 잇자국과, 길고 긴 고통의 시간을 견디며 변신했던 그때를.

그리고 다시금 나를 생각했다.

불길 같은 환상통이 내 손에서 퍼져 팔을 타고 올라왔다. 나 역시 그때를 떠올렸다.

"에드워드, 네가 해야 할 일이야."

앨리스가 주장했다.

난 이 과정을 더 쉽고 빠르게 줄여줄 수 있었다. 벨라를 위해서다. 그 애는 나처럼 오랫동안 고통받을 필요는 없다.

그래도 고통받겠지. 상상조차 할 수 없는 고통을. 불길은 며칠간 온몸을 고문하듯 태울 것이다. 딱 며칠만……. 그리 오랜 기간은 아닐 거야.

그리고 그 고통이 끝나면—

"안 돼!"

이렇게 외쳤지만, 지금 나의 반대는 아무런 소용이 없다는 걸 안다.

앨리스의 환상이 너무 강해서 이제는 돌이킬 수 없는 것처럼 보였다. 이건 미래의 환상이 아니라 고정된 역사 같았다. 지금 우리 주위의 살육 현장보다 백 배는 밝게 눈을 빛내고 있는, 돌처럼 단단하고 하얀 벨라의 모습.

앨리스의 환상과 나란히 다른 이미지가 불쑥 끼어들었다. 내 기억의 한 장면, 로잘리의 모습이었다. 원한과 후회가 가득한 채, 자신이 잃어버린 것을 언제나 슬프게 그리는 그녀의 모습. 로잘리는 자신에게 일어난 일을 결코 받아들이지 않았다. 본인이 선택하지 않은 모습이 된 그녀는, 절대로 우리를 용서하지 않았다.

벨라가 앞으로 천 년 간 로잘리와 똑같은 후회를 품으며 나를 노려본다면, 난 견딜 수 있을까?

견딜 수 있어! 나의 이기적인 마음이 주장했다. 이대로 사라지게 두는 것보다는 낫잖아. 나에게서 빠져나가게 둘 수는 없잖아.

하지만 그게 정말 더 나은가? 이럼으로써 따라오는 결과와 손실이 뭔지 다 이해할 수 있는 상황이라면, 그 애는 과연 이 길을 선택했을까?

아니, 나야말로 이 대가를 충분히 이해하고 있나? 불멸의 존재가 되는 대가로 내어준 게 무엇인지 완벽하게 알고는 있나? 추적자는 언젠가 내가 맞닥뜨릴 운명인 무(無)의 검은 장벽을 방금 보았던 걸까? 아니면 우리 둘에게는 영원한 불길만이 존재할까?

"앨리스."

벨라는 눈을 스르르 감은 채로 신음했다. 앨리스가 돌아온 걸 알아봤나? 아니면 나한테 도움 받기를 포기한 건가? 난 아무것도 하지 못한 채 그 자리에서 무너져 내리기만 할 뿐이었다.

벨라는 다시 비명을 지르기 시작했다. 이번에는 오랫동안 고통의 비명이 이어졌다.

에드워드! 앨리스가 나에게 소리쳤다. 내가 망설이는 모습에 앨리스의 조급함은 이제 광란으로 치닫고 있었지만, 그렇다고 본인이 직접 할 만큼 스스로를 믿지는 못했다.

앨리스는 내가 침잠하는 모습을 보았다. 그녀가 본 미래 속에서 나는 천 가지의 다양한 절망에 휩싸였다. 가까운 미래에는 내가 아직 의식적으로 고려하지도 않았고 상상조차 할 수 없는 일을 하는 모습마저 보았다. 내가 절대로 할 수 없으리라고, 그러기엔 내가 너무 약하다고 확신했던 그 일을 말이다. 앨리스의 머릿속에서 이 장면을 보고 나서야, 그 미래가 실은 내가 염두에 두고 있었다는 걸 깨달았다.

이제는 그 미래가 보였다.

벨라를 죽이는 미래가.

그게 옳은 일일까? 고통을 멈춰 주기 위해서 죽이는 것이? 내가 직면하고 있는 이 피할 수 없는 운명을 주는 것 말고, 완벽하고 완전한 순수함을, 천 가지 다른 운명을 누릴 기회를 주는 게 옳은가? 그 애를 이대로 불타도록 놔두어 피에 굶주린 차가운 존재가 되게 하는 것보다, 죽었다가 온갖 새로운 삶을 살아보게 하는 게 더 옳은가?

고통이 너무 심했다. 걷잡을 수 없이 빙빙 돌기만 하는 나 자신의 생각을 신뢰할 수가 없었다. 지금 벨라는 비명을 지르고 있었기에.

나는 칼라일의 눈과 머릿속을 바라보았다. 무언가 확신을, 결단을 받길 바라는 마음에서였다. 하지만 내가 들은 건 완전히 다른 그 어떤 생각이었다.

그는 머릿속으로 똬리를 튼 사막의 독사를 떠올렸다. 모랫빛 비늘을 겹쳐대며 메마르고 서걱거리는 소리를 내는 독사였다.

그 장면은 너무 뜻밖이라 난 다시금 충격에 얼어붙었다.

"가능성이 있을지도 몰라."

칼라일이 말했다. 그의 머릿속에는 그저 한 줄기 희망이 서렸을 뿐이었다. 그는 벨라의 고통이 지금 내게 어떤 영향을 끼치는지 보았다. 칼라일 역시 벨라를 억지로 이 삶에 밀어넣는다면 앞으로 벨라는 물론 내가 어떻게 될지 두려워하고 있었다. 그럼에도 한 줄기 희망이…….

"뭔데요?"

난 간청했다. 그 가능성이 뭘까?

칼라일은 다시금 두피를 꿰매기 시작했다. 본인의 생각을 충분히 믿었기에 그 애의 상처를 다 치료할 필요가 있다고 본 것이다.

"혹시 독을 빨아 낼 수 있는지 해 봐라. 상처는 꽤 깨끗한 편이야."

그는 다시금 차분하게 대답했다.

온몸의 근육이 싹 굳었다.

"효과가 있을까요?"

앨리스가 대뜸 물었다. 그녀는 자신이 물은 질문에 직접 대답을 찾으려고 미래를 내다보았다. 아무것도 분명하진 않았다. 어떤 결정도 내려지지 않았기 때문이다. 난 아직 마음먹지 못했으니까.

칼라일은 상처에서 눈을 떼지도 않고 말했다.

"모르겠다. 하지만 서둘러야 해."

독이 어떻게 퍼지는지는 알고 있다. 벨라는 조금 전에 처음으로 불타는 느낌을 받았다. 그 느낌은 손목을 타고 천천히 올라가 팔로 들어가겠지. 그런 다음 진행은 계속 빨라질 것이다.

꾸물댈 시간은 없었다.

하지만!

나는 소리치고 싶었다.

하지만 난 뱀파이어라고!

피를 맛본다면 나는 광란에 빠질 것이다. 그것도 벨라의 피라니. 내 목구멍 속에서, 내 가슴에서 타오르는 불꽃보다 더 강력한 건 지금 이 애가 느끼는 불길밖에 없었다. 내가 만약 아주 조금이라도 그 욕망에 굴복하고 만다면…….

"칼라일, 저는……."

수치심에 목소리가 떨려나왔다. 칼라일은 지금 무슨 제안을 한 건지 본인이 알고는 계신가?

"할 수 있을지 잘 모르겠어요."

칼라일의 손가락이 어찌나 봉합 바늘을 빨리 움직이든지 보이지 않을 정도였다. 그는 이제 벨라의 뒷머리 왼쪽을 보고 있었다. 상처가 너무 많았다.

그의 목소리는 평온했지만 무거웠다.

"어느 쪽이든 네가 결정해라, 에드워드."

죽이느냐, 살리느냐, 아니면 살아도 산 것 같지 않게 만드느냐. 그게 내 결정에 달렸다니. 하지만 내 힘으로 삶을 살릴 수가 있나? 난 그만큼 강한 적이 한 번도 없었는데.

칼라일은 내게 사과했다.

"나도 도울 수가 없는 일이란다. 네가 벨라 손에서 피를 빨아낼 생각이라면 나도 여기쯤에서 지혈을 해야 한다."

다시금 새로운 고통이 닥친 벨라는 몸을 뒤흔들며 뒤틀린 다리를 확 움직였다. 그리고 비명을 질렀다.

"에드워드!"

핏발 선 눈이 반짝 뜨였다. 이번에는 또렷하게 초점을 맞추어 내 눈을 뚫어져라 바라보았다. 애원하고, 간청하는 그 눈빛.

벨라는 불타고 있다.

"앨리스! 벨라 다리에 댈 만한 걸 찾아오너라!"

칼라일이 소리쳤다. 앨리스는 나의 시야에서 확 뛰쳐나갔다. 그녀가 나뭇바닥을 뜯어 쓸만한 크기로 자르는 소리가 들렸다.

"에드워드!"

칼라일의 목소리도 이미 자제심을 잃었다. 고통이 배인 목소리였다. 나 때문에, 벨라 때문에 느끼는 고통이었다.

"지금 당장 하지 않으면 때를 놓칠 거다."

벨라의 눈빛이, 편해지기를 간절히 바라며 애원했다.

벨라가 불타고 있어. 그런데 나는 이 애를 구하기에 너무 맞지 않아. 아무리 봐도, 말 그대로, 온 우주를 통틀어 찾아봐도 이 일에 나만큼 부적합한 자는 없어.

하지만 이 자리에서 이 일을 해내야 하는 자는 나뿐이다.

스스로에게 명령했다. **난 이걸 해내야 해. 다른 길은 없어. 실패하면 안 돼.**

난 벨라의 비틀린 손을 잡고서 꾹 쥔 손가락을 부드럽게 핀 다음 단단히 잡았다. 그리고 숨을 멈추고 그 애의 손에 고개를 숙여 입을 대었다.

상처 끝 피부는 벌써 손의 다른 부분보다 차가웠다. 변하고 있구나. 굳어가고 있어.

나는 작은 상처에 입술을 단단히 대고 눈을 감은 다음, 시작했다.

처음에는 단 한 방울의 피가 나왔다. 독액이 벌써 상처를 아물리기 시작했던 거다. 그래서 처음에는 몇 방울의 피뿐이었다. 내 혀를 간신히 적실 정도밖에 되지 않았다.

그런데도 내게 닥친 감각은 폭발적이었다. 신체와 정신을 폭격하는 폭탄 같았다. 처음에 벨라의 향기를 맡았던 순간, 난 이제 끝났다고 생각했었다. 그런데 지금에 비하면 아무것도 아니다. 그때가 종이에 베였던 수준이라면, 지금은 참수형이었다. 뇌가 몸뚱이에서 떨어져 나간 것만 같았다.

하지만 그건 고통이 아니었다. 벨라의 피는 고통의 정반대였다. 그 피에 이제껏 느꼈던 불길이 모두 누그러졌다. 게다가 단지 고통이 없어진 것만이 아니었다. 이 느낌은 만족감이자, 더없는 행복이었다. 이상한 기쁨, 바로 육체의 기쁨으로 가득 찬 이 느낌. 나는 치유되어 살아났고, 말초신경이 만족감으로 죄다 부르르 떨렸다.

내가 상처를 빨아들이자, 독액의 효과가 역전되었다. 안정적으로 흐르기 시작한 피가 내 혀과 목구멍에 감겨 왔다. 날카롭고 얼음처럼 차가운 독액의 맛은 벨라의 피와는 반대였지만, 그 효과는 너무나 약했다. 이 애의 피가 가진 위력에 비하면 아무것도 아니었다.

이 황홀함, 이 기쁨.

내 몸은 잘 알고 있었다. 바로 앞에, 마실 게 더 있다는 것을. 더 줘, 더 줘. 온몸이 윙윙 울려 댔다.

그러나 내 몸은 움직이지 못했다. 난 억지로 몸을 꼼짝못하게 굳히고 그 상태를 유지했다. 왜 이러는지 생각조차 할 수 없었지만, 난 굳힌 몸을 풀지 않고 견뎠다.

생각을 해야 해. 이 느낌을 멈추고 생각을 해.

이 더없는 행복의 바깥에 뭔가가 있단 말이야.

고통이다. 이 쾌락이 닿지 않는 곳에 고통이 있었다. 저 바깥에, 그리고 내 정신 속에 있다.

고통은 높은 소리의 불협화음이었다. 크레센도처럼 점점 커져 갔다.

벨라가 비명을 지르고 있었다.

나는 정신을 붙잡아 둘 무언가를 찾았다. 그러다 기다리고 있던 구명정을 발견했다.

그래, 에드워드. 할 수 있어. 봤지? 넌 이 애를 살릴 거야.

앨리스는 나에게 스쳐가는 천 가지의 미래를 보여 주었다. 미소 짓는 벨라, 소리 내어 웃는 벨라, 내 손을 잡아 주는 벨라, 나에게 두 팔을 벌린 벨라, 황홀한 표정으로 내 눈을 바라보는 벨라, 학교에서 나와 함께 걷는 벨라, 트럭 조수석에 앉은 나와 운전석에 앉은 벨라, 내 품에서 잠든 벨라, 내 뺨에 손을 대는 벨라, 내 얼굴을 잡고 조심스럽게 내 입술에 키스하는 벨라. 벨라가 나온 천 가지 장면들이 지나갔다. 모두 건강하고, 온전하며 활기차고 행복한 모습으로 나와 함께 있는 장면이었다.

더없는 행복감과 육체의 기쁨이 희미해졌다.

독액의 맛은 강했다. 아직 그만두기에는 너무 이르다.

언제 떼어야 할지 알려줄게. 앨리스가 약속했다.

하지만 나는 멈출 수 있는 수준을 넘어서고 있다는 게 느껴졌다. 난 자제력을 잃고 있었다. 그래서 이 애를 죽이게 될 거다. 내내 온몸에 짜릿한 기쁨을 느끼면서.

벨라의 비명이 잦아들었다. 그래서 내가 느껴야 할 고통의 연결고리가 느슨해지고 있었다. 벨라는 몇 번 훌쩍이다가 한숨을 쉬었다.

난 이 애를 죽이게 될 거다.

"에드워드?"

벨라가 속삭였다. 앨리스가 달래 주었다.

"바로 옆에 있어, 벨라."

바로 옆에서, 널 죽이려 하고 있어.

나는 이제 아무것도 알아채지 못하는 수준이었다. 소리는 희미해지고, 감은 눈꺼풀 뒤로 빛은 희미해졌다. 다른 건 정말이지 아무것도 느껴지지 않고, 다만 피뿐이었다. 내 옆에서 비명을 지르고 있는 앨리스의 생각조차도, 그저 아스라이 멀게만 들려왔다.

때가 됐어. 지금이야. 에드워드. 앨리스가 말했다.

아무것도 느끼지 못하게 된 시점이었지만 나도 맛으로 알아차릴 수 있었다. 차갑게 톡 쏘는 맛은 사라졌다. 이제는 새로운 화학약품의 맛이 느껴졌다. 마음 한구석으로는 칼라일이 빨리 조치를 취했다는 걸 알 수 있었다.

멈춰, 에드워드! 당장!

하지만 앨리스는 내가 정신을 잃은 걸 알아보았다. 그녀가 머릿속으로 미친 듯이 생각하는 소리가 들렸다. 나를 벨라에게서 떼어낼 수 있을까. 혹시 나랑 싸우다가 벨라가 더 다치게 되지는 않을까.

"에드워드, 아무 데도 가지 마."

이제는 평온해진 기색으로, 벨라가 나지막하게 말했다.

"나랑 있어……."

그 애의 가냘픈 목소리가 내 머릿속을 슬며시 파고들었다. 앨리스의 두려움보다도 더 강력하고, 나의 머릿속과 주변을 둘러싼 혼란보다도 더욱 커다란 소리였다. 확신에 찬 그 목소리를 듣자 모든 게 달라졌다. 이제 나의 뇌가 몸과 다시 연결된 것 같았다. 나는 다시 완전해졌다.

그래서 벨라의 손을 놓아 내 입술에서 떨어지게 놔두었다. 난 고개를 들고 그 애의 얼굴을 바라보았다. 여전히 피투성이에 창백한 얼굴로 눈을 감고 있었지만, 지금은 차분해진 모습이다. 그 애의 고통은 누그러졌다.

"안 갈게."

난 피 묻은 입술로 약속했다.

벨라는 입을 애써 움직여 희미한 미소를 지었다.

"다 빼냈니?"

칼라일이 물었다. 그는 진통제를 너무 일찍 쓴 건 아닌지, 그래서 독액의 타오르는 통증이 남았는데도 진통제 때문에 못 느끼는 건 아닌지 걱정하고 있었다.

하지만 앨리스는 모든 게 문제없는 미래를 보았다.

"피 맛이 깨끗해요. 모르핀 맛도 느껴졌어요."

내 목소리는 거칠고 갈라졌다.

"벨라?"

칼라일이 낮고 또렷한 목소리로 그 애를 불렀다.

"으음……?"

대답은 이렇게밖에 나오지 않았다.

"불타는 느낌은 없어졌니?"

"네."

그 애는 이제 좀 더 또렷한 목소리로 가냘프게 말했다.

"고마워, 에드워드."

"사랑해."

그 애는 여전히 눈을 감은 채로 한숨짓듯 말했다.

"알아."

가슴에서 부글거리며 키득키득 웃음이 밀려나와 난 놀라고 말았다. 그 애의 피를 혀로 맛본 상황인데. 지금 내 홍채 가장자리는 분명 빨개졌을 거다. 내 옷과 피부에도 피가 묻었다. 그런데도 이 애를 보면 난 웃게 된다.

"벨라?"

칼라일이 다시 불렀다.

"왜요?"

그 애의 어조는 이제 짜증이 묻어나왔다. 반쯤 잠든 채로 어서 잠들고 싶어 안달하는 모습이었다.

"네 어머니는 어디 계시니?"

그러자 눈을 잠시 깜빡인 벨라는 숨을 내쉬며 말했다.

"플로리다에요. 내가 속았어, 에드워드. 그자는 비디오를 본 거였어."

트라우마와 모르핀 때문에 정신없는 와중에도, 누군가 자신의 사생활을 침해했다는 생각에 그 애는 무척 불쾌한 모양이었다. 난 미소를 지었다.

그런데 벨라는 힙겹게 눈을 뜨려다 그만둘 만큼 힘든 상황에서도 최대한 다급하게 말했다.

"앨리스, 비디오에……. 그자가 앨리스를 알아요. 앨리스가 어디에서 왔는지 그자가 알고 있었어요……. 석유 냄새가 나."

에밋과 재스퍼는 우리에게 필요한 방화 물질을 차에서 뽑아온 참이었다. 사이렌은 여전히 저 멀리서 울려댔지만, 지금은 다른 방향에 있었다. 그들은 우리를 찾지 못할 것이다.

앨리스는 우울한 표정으로 이리저리 어지러운 바닥을 휙 가로질러 문 옆에 설치된 미디어 기기 쪽으로 갔다. 그리고 아직도 돌아가고 있는 자그마한 휴대형 캠코더를 집어들었다. 그녀는 스위치를 껐다.

앨리스가 캠코더를 가져가기로 결정한 순간, 수백 조각의 미래가 그녀의 뇌리를 스쳤다. 이 방과 벨라, 추적자와 피가 보였다. 앨리스가 이 비디오를 재생했을 때 보게 될 모든 이미지였지만, 너무 빨리 지나가는 그 장면들은 뒤죽박죽이라서 우리 중 누군가가 흡수할 수 있는 수준을 넘어섰다. 그녀는 내게로 눈길을 휙 돌렸다.

이건 나중에 처리하자. 지금은 이 악몽 같은 현장을 말이 되게 만들어야 하니까 할 일이 너무 많아.

앨리스는 우리가 지금 반드시 해내야 할 잡다한 일에 달려들었다.

지금 일부러 그 캠코더를 의식하지 않고 있다는 게 보였다. 하지만 나는 말리지 않았다. 그래, 나중에 하자.

"이젠 벨라를 옮겨야겠다."

칼라일이 말했다. 에밋과 재스퍼가 벽에 바르고 있는 가솔린의 냄새가 너무 심하게 풍겨왔다.

"싫어요. 전 자고 싶은 걸요."

벨라가 중얼거렸다.

"넌 자도 돼. 내가 안고 갈 거야."

나는 그 애의 귓가에 속삭였다.

벨라의 다리는 앨리스가 만든 바닥의 부목 안에 단단히 싸여 있었다. 칼라일은 그 애의 늑골을 테이프로 이미 붙여 놓았다. 이전보다 더욱 조심스럽게, 가능한 한 몸의 모든 부분을 지탱하면서 나는 그 애를 피에 젖은 바닥에서 들어올렸다.

"지금은 푹 자, 벨라."

난 속삭였다.

27
잡다한 일

앨리스가 말을 꺼냈다.

"우리가 시간이—"

"없다. 벨라는 당장 수혈을 받아야 해."

칼라일이 말을 가로막았다. 앨리스는 한숨을 쉬었다. 우리가 병원에 먼저 간다면 일이 더욱 복잡해지기 때문이었다.

칼라일은 포르쉐의 뒷좌석 내 옆자리에 앉아서, 한 손으로 벨라의 머리를 받친 채 그 애의 경동맥을 손가락으로 가볍게 누르고 있었다. 부러진 다리는 나의 다른편에 앉은 에밋의 허벅지 위에 두었다. 에밋은 숨을 쉬고 있지 않았다. 창밖을 응시하면서 벨라와 칼라일, 그리고 나에게까지 묻어 말라 가는 피를 애써 생각하지 않았다. 그리고 내가 방금 해낸 일 역시 애써 생각하지 않았다. 이 얼마나 불가능한 일인가. 에밋은 자신에게 그런 힘은 없다는 걸 알았다.

대신 그는 싸움에서 만족스럽지 못했던 점을 곰곰이 생각했다. 왜

냐면, 솔직히 따져 보면 추적자를 잡은 건 에밋이었기 때문이다. 추적자는 몸을 으스러뜨려대는 에밋의 팔에서 벗어나려고 저항하며 몸부림치며 꿈틀거렸지만, 그는 그놈을 완전히 제압했다. 아무리 몸부림쳐봤자 에밋의 팔에서 벗어날 가능성은 없었다. 그런데 에밋이 그놈을 벌써 부숴 버리고 있는 와중에 재스퍼가 피투성이인 방안으로 들이닥쳤다.

처절하고 흉포한 기색을 품고 날카롭고도 동시에 멍한 눈빛을 지닌 재스퍼의 모습은 아스라한 고대의 전쟁신 내지는 전쟁의 화신 같이 순수한 폭력의 아우라를 내뿜었다. 그 모습에 추적자는 반항을 멈추었다. 아주 잠깐 재스퍼를 보았을 뿐인데도(사실은 그때 처음으로 추적자가 재스퍼를 본 것이었지만, 에밋은 그 사실을 알지 못했다), 그놈은 운명에 굴복하고 말았다. 이미 추적자의 운명은 에밋의 손에 잡혔을 때 정해져 버렸지만, 그놈의 사기를 떨어뜨린 건 바로 그 모습이었다.

그래서 에밋은 계속 미쳐만 갔다.

조만간 에밋에게 설명해야 할 것이다. 에밋이 공터에서 어떤 모습이었는지, 그리고 왜 그렇게 보였는지. 그 말고는 에밋의 쓰라린 마음을 달랠 게 없어 보였다.

재스퍼는 운전석에 앉았다. 살짝 열어둔 차창으로 뜨겁고 건조한 바깥 공기가 들어왔지만 그 역시 에밋처럼 숨을 쉬고 있지 않았다. 앨리스는 조수석에 앉아서 모든 걸 지시하고 있었다. 어디서 회전하는지, 어느 차선을 타야 하는지, 관심을 끌지 않고 달릴 수 있는 최대 속력은 얼마인지 등등. 현재 앨리스는 시속 111킬로미터로 가라고 그에게 지시했다. 나는 제발 더 빨리 갈 수 없겠느냐고 몰아붙였을 테지만, 앨리스는 이게 내 생각보다 더 빨리 병원에 다다르는 방법이란 확신이 있었다. 경찰차를 요리조리 피해 다닌다면 오히려 느려지게 될 거고, 그러면 모든 게 더욱 복잡해지기만 할 뿐이었다.

운전의 모든 면을 감시하는 와중에도, 앨리스의 정신은 열두어 군데 다른 장소에 있었다. 그래서 미리 시켜두어야 할 일은 무엇인지, 택할 수 있는 가능성의 결과는 무엇인지 알아보는 중이었다.

그중 몇 가지 확실한 게 드러났다.

이제 앨리스는 핸드폰을 꺼내들고 항공사에 전화했다. 이미 적당한 비행편을 찾아둔 곳이었다. 그리고 2시 40분에 시애틀로 떠나는 비행기 좌석을 예약했다. 빠듯하겠지만, 그녀는 에밋이 비행기를 탄 모습을 보았다.

그녀는 마치 이미 일어나고 있는 것처럼 선명한 오늘의 일정을 보았고, 나 역시 그걸 모두 보았다.

우선, 재스퍼는 칼라일과 벨라, 나를 세인트 조셉 병원에 내려주었다. 더 가까운 병원도 있었지만, 칼라일은 그곳에 가야 한다고 고집했다. 칼라일을 보증해 줄 아는 외과의가 거기 있었고, 게다가 그 병원은 전국 공인 1급 외상센터이기도 했다. 비록 심장은 안정적으로 강하게 뛰고 있었지만 벨라의 얼굴은 창백한 데다 칼라일의 다급함 때문에 나는 달리 뭐라 하지 못했다. 그저 묵묵히 앉아 공포를 억누르며 조심스럽게 운전하는 속도를 저주하는 수밖에.

"그 애는 괜찮을 거야."

내가 다시 불평하려던 찰나, 앨리스가 조용히 나에게 으르렁대었다. 그리고 벨라가 병원 침대에 일어나 앉은 모습을 내 머릿속에 확 밀어넣었다. 온몸이 멍든 채였어도 그 애는 웃고 있었다.

하지만 나는 앨리스가 살짝 속임수를 쓰고 있다는 걸 알아챘다.

"이게 정확히 언제야?"

하루나 이틀 후야. 알았지? 길어 봤자 사흘. 괜찮을 거야. 그러니 진정해.

그 말을 알아들은 나는 급격히 겁에 질려 버렸다. 사흘이나?

칼라일은 내 생각을 읽지는 못했어도 표정으로 내 마음을 알아채었다.

"벨라에겐 시간이 필요한 것뿐이다, 에드워드. 그 애의 몸이 회복되려면 쉬어야 해. 정신도 마찬가지고. 곧 괜찮아질 거다."

칼라일은 날 안심시켰다. 나는 그 말을 받아들이려 애썼지만, 다시금 어지러움이 느껴졌다. 그래서 앨리스에게 집중했다. 쓸데없이 어지러운 내 마음보다 그녀의 체계적인 계획을 보는 편이 더 나았으니까.

앨리스가 보기에 병원 처리 방법은 까다로울 예정이었다. 우리는 현재 도난 차량에 타고 있었고, 이 차량은 101번 도로에서 일어난 27중 연쇄추돌 사고와 연관된 또 다른 도난 차량과 이어져 있었다. 병원 응급실 입구에는 감시 카메라가 여러 대였다. 우리가 잠깐 멈춰서 더 좋은 차로 갈아타면 어떨까. 앨리스가 분명히 나중에 비슷한 차를 렌터카 회사에서 가져올 수 있을 테니까……. 15분 밖에 걸리지 않을 텐데. 아주 잠깐만 돌아가는 거고, 앨리스는 정확히 어디를 봐야 하는지…….

나는 으르렁거렸지만, 앨리스는 날 보지도 않고 코웃음을 쳤다.

점점 더 짜증만 나네. 에밋은 속으로 투덜대었다.

그렇다면 차를 바꿔 탈 수는 없다. 앨리스는 그 점을 인정하고 앞으로 나아갔다. 우리는 카메라의 범위 밖에 주차해야 할 테고, 그러면 더욱 수상쩍게 보일 것이다. 왜 의식이 없는 환자를 응급실 입구 바로 아래까지 데려오지 않는 거지? 왜 필요 이상으로 먼 곳에서 환자를 데려오나? 게다가 나와 칼라일이 숨어들어 갈 그늘도 있어야 했다. 그렇지 않으면 우리는 카메라에 대놓고 찍힐 테고, 앨리스는 얼마나 강력할지 모를 보안 시스템에 들어가서 녹화된 화면을 지워야 할 것이다. 게다가 앨리스는 그럴 시간이 없었다. 호텔을 하나 잡아 체크인한 다음 그곳에서 사람이 심하게 다친 상황을 연출해야 했기 때문이다. 우리가 병원에 도착하기 전에, 사고가 어딘가에서 일어나야 했으니까.

그래서 지금은 사고를 만들어내는 게 제일 급했다. 하지만 먼저 피가 필요했다.

일단 피를 빨리 얻어내야 했다. 내가 붉은 물감을 한 양동이 뒤집어쓴 모습으로 품에 움직이지 않는 몸뚱이를 안고 응급실 문을 확 열어젖히며 들어가면 분명히 소란이 일어날 터였다. 응급실 입구 반경 90미터 안에 있던 건강한 의료진들은 즉시 몇 초만에 우리를 맞이하러 달려올 것이다. 그러면 칼라일 뒤에 있던 앨리스가 살짝 빠져나가 과감하게 접수처 앞을 지나는 건 간단하겠지. 아무도 앨리스에게 어딜 가냐고 묻지 않는 광경을 그녀는 보았다. 벽에 붙어 있는 상자 속에서 파란색 부츠 한 켤레를 꺼내 신으면 그녀의 신발 얼룩을 가려줄 것이고, 닫히려는 문 사이를 통과하여 응급실 비상 구역에 있는 혈액 보관실로 가는 건 빨리 뛰면 간단히 해결될 문제였다.

"에밋, 네 후드 티 좀 줘."

에밋은 벨라의 다리를 건드리지 않으려고 조심하면서 후드 티셔츠를 머리 위로 벗어 앨리스에게 던졌다. 그 옷은 칼라일과 내 옷에 비교하면 놀랄 만큼 깨끗했다.

에밋은 왜 그 옷이 앨리스에게 필요한지 묻고 싶었지만, 감히 입을 열지 못했다. 그러다 주변의 공기를 맛보거나 냄새를 느끼게 되면 큰 일이니까.

앨리스는 어깨를 움직여 거대한 후드 티셔츠를 입었다. 그녀의 자그마한 몸집 위로 옷이 축 늘어졌다. 그런데도 묘하게 아방가르드한 느낌으로 어울렸다. 앨리스는 무슨 옷이든 잘 소화했다.

앨리스는 다시 혈액 보관실에서 후드티의 넉넉한 주머니를 채우는 자신의 모습을 보았다.

"벨라의 혈액형이 뭐예요?"

앨리스가 묻자 칼라일이 대답했다.

"Rh+ O형이다."

이제 와 보니 타일러의 밴에 당한 벨라의 사고에도 좋은 점이 있는 것 같았다. 적어도 혈액형은 알 수 있지 않았나.

앨리스가 너무 철저한 거라고 볼 수도 있다. '사고' 현장에 남은 피 혈액형이 뭔지 누가 신경을 쓴다고 이러나? 하지만 피가 심하게 흩뿌려지면 범죄 현장처럼 보일 수도 있으니까……. 앨리스가 꼼꼼하게 굴어서 나쁠 건 없다는 생각이 들었다.

"벨라 줄 피는 모자라지 않게 남겨."

그래도 나는 주의를 주었다. 앨리스는 앉은 자리에서 살짝 몸을 돌려 눈을 흘기는 모습을 내게 보여 주고는 다시금 돌아앉아 계획을 계속 짰다.

재스퍼와 에밋은 훔친 차에 앉아 시동을 끄지 않고 있을 것이다. 앨리스가 들어갔다 나오는 데는 2분 30초밖에 걸리지 않을 예정이었다.

그녀는 시간 차가 덜 수상해 보이도록 병원 근처의 호텔을 선택할 것이다. 이렇게 마음을 먹자마자 남쪽으로 몇 블록 떨어진 곳의 호텔

이 보였다. 실제로 앨리스가 묵을 만한 종류의 호텔은 물론 아니었지만, 끔찍한 광경을 만들어내기에는 충분했다.

체크인을 하러 다가가는 그녀의 모습은 실시간처럼 느껴졌다.

앨리스는 수수한 인테리어를 한 호텔 로비로 성큼성큼 걸어 들어갔다. 적갈색 신발과 허리를 묶은 긴 후드 티셔츠는 패션 화보에 나오는 옷차림처럼 보였다. 데스크에는 여자 혼자 있었다. 그녀는 처음에 별 관심 없이 고개를 들었다가, 이윽고 눈이 멍해질 정도로 아름다운 앨리스의 얼굴을 보았다. 그녀는 경외심에 찬 눈빛으로 이쪽을 바라보았고, 앨리스가 손에 아무것도 든 게 없다는 걸 간신히 알아보았다.

하지만 앨리스는 만족하지 못했다.

환상이 다시 되감겨졌다. 앨리스가 병원에 있는 모습이 다시 보였다. 조용히 꿀렁이는 차가운 혈액 네 팩을 주머니에 넣고서 혈액 보관실을 나오는 모습이었다. 그녀는 최단거리를 택하지 않고 커튼이 쳐진 의료 구역으로 불쑥 들어갔다. 한 여자가 자고 있었다. 그 뒤에 있는 모니터로 바이탈 사인이 부저음을 냈다. 여성용 소지품이 든 주머니 옆으로 파란색 더플백이 보였다. 앨리스는 그 더플백을 가지고 복도로 나왔다. 이렇게 했어도 예정보다 2초밖에 더 걸리지 않았다.

앨리스는 호텔 로비로 돌아왔다. 그녀는 이제 후드티를 입지 않았고, 대신 더플백을 어깨에 걸쳤다. 리셉션 뒤에 있는 여자는 아까와 똑같은 반응을 보였다. 하지만 지금 이 장면에는 이상한 점이 없었다. 앨리스는 방 두 개를 달라고 했다. 하나는 2인실, 또 하나는 1인실로. 그리고 가짜가 아닌 운전면허증과 본인 명의의 신용카드를 카운터에 내밀었다. 앨리스는 일행이 곧 올 거라며 수다를 떨었다. 아버지와 오빠가 실내 주차장을 찾으러 갔다며 말이다. 여자는 컴퓨터에 정보를 입력하기 시작했다. 앨리스는 그녀의 손목을 슬쩍 보았다. 여자는 시계를 차고 있지 않았다.

환상이 멈추었다.

"재스퍼, 네 시계가 필요해."

재스퍼가 팔을 내밀자 앨리스는 주문 제작한 브레게를 그의 손목에서 벗겨냈다. 그녀가 준 선물이었다. 재스퍼는 왜 그러는지 굳이 궁금해 하지 않았다. 이런 상황에 너무 익숙했기 때문이다. 시계는 앨리스의 팔목에 헐렁했다. 그녀는 시계를 마치 뱅글 팔찌처럼 착용했는데, 아주 잘 어울렸다. 이걸 유행시킬 수도 있을 것 같았다.

환상이 다시 시작되었다.

앨리스는 손목에 우아하게 걸친 시계를 보았다.

"지금은 10시 50분밖에 안 됐어요. 여기 시계가 빠르네요."

그녀가 직원에게 말했다. 여자는 앨리스가 방금 예약한 시간을 숙박계에 입력하며 멍하니 고개를 끄덕였다.

앨리스는 여자가 작업을 마치기를 기다리며 심하다 싶을 정도로 미동도 하지 않았다. 필요 이상으로 일 처리가 오래 걸렸지만 지금은 기다리는 수밖에 없었다.

마침내 여자가 카드키 두 세트를 내밀고 그 아래 호수를 적어 주었다. 둘 다 숫자가 1로 시작했다. 106호와 108호였다.

환상이 다시 되감아졌다.

앨리스는 로비로 들어섰다. 리셉션 뒤에 있는 여자는 아까와 똑같은 반응을 보였다. 앨리스는 방 두 개를 달라고 했다. 하나는 2인실, 또 하나는 1인실로. 그러면서 말했다. **번거롭지 않으시다면, 2층 방을 주시면 안 될까요.** 앨리스는 카운터에 카드와 신분증을 내밀었다. 그리고 일행에 대해 수다를 떨었다. 여자는 컴퓨터에 숙박계를 입력했다. 앨리스는 시간을 고쳐 말했다. 그리고 앨리스는 기다렸다.

여자는 카드키 두 세트를 내밀었다. 그 아래에 209와 211이라고 적었다. 앨리스는 여자에게 미소를 지으며 카드키를 가져갔다. 그리고 사람의 속도로 계단 안으로 들어갔다.

앨리스는 두 방에 모두 들어갔다. 첫 번째 방에 더플백을 두고 불을 켠 다음 커튼을 닫았다. 그리고 '방해하지 마시오' 팻말을 밖에 걸어두었다. 손에는 혈액 팩을 들고서, 그녀는 빈 복도를 날 듯이 달려 다음 계단구역으로 향했다. 아무도 그녀를 보지 않았다. 앨리스는 계단참에 내려가서 잠시 멈추었다. 계단 아래에는 바깥으로 향하는 비상구가 있었다. 문 옆은 바닥에서 천장까지 쭉 이어진 유리창이었다. 바깥 비상구 근처에는 아무도 없었다.

앨리스는 전화를 걸었다.

"3초간 경적을 울려 줘."

불쾌하리만큼 큰 경적이 주차장에서 울려 퍼졌다. 소리가 어찌나 크던지 고속도로(이건 우리가 완전히 막아 버린 고속도로와는 다른 도로였다)에서 나는 교통 체증의 소리가 가려질 정도였다.

앨리스는 볼링공처럼 동그랗게 몸을 말고는 계단 아래로 몸을 날렸다. 그리고 높은 유리창의 정중앙을 몸으로 뚫었다. 인도와 자갈 위로 유리 조각이 떨어졌고, 일부는 주차장의 인도까지 쭉 날아갔다. 방사형으로 퍼진 유리는 위에서 내리쬐는 하얀 햇살을 받아 반짝였다. 앨리스는 문가의 그늘로 들어온 다음, 혈액 팩을 찢어서 부서진 창문 유리 위에 하나씩 뿌리고 가장자리에 핏자국을 남겼다. 혈액 팩 하나는 탈탈 털어서 유리처럼 역시 부채꼴 모양으로 흩뿌렸다. 그리고 다음

두 팩은 인도 끝에 뿌려서 피 웅덩이가 콘크리트 아래로 스며들고 인도를 따라 쭉 흘러가게 놔두었다.

경적이 멈추었다.

앨리스는 다시 전화를 걸었다.

"날 데리러 와."

포르쉐가 즉시 나타났다. 앨리스는 햇빛 아래를 휙 달려서 뒷좌석에 몸을 숨겼다. 마지막 네 번째 혈액 팩을 손에 꼭 쥔 채였다.

이윽고 나는 다시 앨리스와 함께 현실로 돌아왔다. 앨리스는 이 부분이 전개되는 방식에 만족했다. 그리고 나서 다음 부분으로 관심을 돌렸다. 별로 재미있지 않았지만, 그래도 모두 핵심적인 부분이었다.

"재밌네."

나는 코웃음을 쳤다. 앨리스는 날 무시했다.

다시 공항이었다. 앨리스는 렌터카 회사에서 하얀 쉐보레 서버번을 빌렸다. 그건 포르쉐 카옌과는 전혀 비슷하게 생기지 않았지만, 어쨌든 차체는 하얗고 컸다. 그러니 우리를 본 목격자가 하얀 포르쉐를 봤다고 언급하더라도 이 차를 잘못 본 것이라 여기고 증거로 채택되지 않을 거다. 앨리스는 그런 증언을 하는 목격자를 미래에서 보지 못했지만, 어쨌든 꼼꼼하게 일을 처리하는 중이다.

앨리스는 포르쉐를 운전했다. 그녀는 재스퍼와 에밋보다는 피 냄새를 쉽게 견뎠다. 벨라는 이제 그들의 위험에서 벗어난 상황이었지만, 피 냄새를 맡으면 여전히 갈증이 났기 때문이다. 재스퍼와 에밋은 거리를 두고 쉐보레를 운전하며 따라갔다. 앨리스는 디럭스 디테일이라는 이름의 세차장을 발견했다. 요금은 현금으로 지불하고, 카운터에서 앨리스의 얼굴에 홀려 멍하니 바라보던 소년에게 주의를 주었다.

조카가 뒷좌석에 토마토 주스를 잔뜩 토해 놓았다며, 그녀는 신발을 가리켰다. 얼이 빠진 소년은 세차하고 나면 자국 하나 남지 않게 될 거라고 장담했다. (아무도 앨리스의 말에 의문을 제기하지 않았다. 세차 기술자는 토사물 냄새를 맡고 구역질이 날까 봐 입으로만 숨을 쉴 것이다) 앨리스는 메리라는 이름을 썼다. 그리고 화장실에서 신발을 씻을까 생각하다가 별 소용이 없을 거라는 사실을 깨달았다.

세차가 끝날 때까지는 한 시간을 기다려야 했다. 그녀는 15분이 지난 다음 호텔 뒷문으로 몰래 들어가 그늘에 선 채 호텔 리셉션에 전화를 걸었다. 그곳에는 진공청소기 소리와 스프레이 소리가 계속 들려와서 아무도 통화 소리를 듣지 못했다.

앨리스는 아까 프런트에서 봤던 직원에게 정신나간 목소리로 사과했다. 친구가 잠깐 들렀는데, 뒷 계단에서 끔찍한 사고가 났다면서 말이다. 창문이 깨졌어요……. 피가 막……. (앨리스의 말은 두서가 없었다). 네, 저는 지금 친구와 병원에 와 있어요. 하지만 창문은 어떡하죠? 유리는요! 누가 또 다치면 어떡해요. 거기 출입 통제 좀 시켜주세요. 직원이 와서 청소할 때까지요. 아, 지금 끊어야겠어요. 이제 친구를 보러 가도 된대요. 고마워요. 그리고 정말 죄송해요.

앨리스는 프런트에 있던 여자가 경찰을 부르지 않는 미래를 보았다. 대신 그 직원은 경영진에게 전화를 걸었다. 경영진은 직원에게 누가 다치기 전에 그 자리를 전부 청소하라고 지시했다. 법률 서류를 제출할 때는 이렇게 말하면 된다. 고객의 안전을 위해서 증거를 전부 치워버릴 수밖에 없었다고. 그리고 비참한 마음으로 고소장이 오는 순간을 기다리겠지. 하지만 고소장은 오지 않을 것이다. 그러다 한 1년도 더 지나고 나서야 아무도 호텔에 소송을 제기하지 않았다는 놀라운 행운을 믿기 시작할 것이다.

세차가 끝나자 앨리스는 뒷좌석을 살펴보았다. 눈에 보이는 증거는 없었다. 그녀는 세차 기술자에게 팁을 주었다. 앨리스는 포르쉐에 탄 다음 코로 깊이 숨을 들이마셨다. 뭐, 혈흔 반응 검사를 한다면 걸리겠지만, 그런 일은 일어나지 않을 테니까.

재스퍼와 에밋은 그녀를 따라 스코츠데일 시내에 있는 쇼핑몰에 갔다. 그녀는 포르쉐를 거대한 주차장 3층에 주차했다. 경비원은 나흘 후에야 버려진 차가 있다며 신고할 것이다.

에밋이 렌터카에서 기다리는 동안 앨리스와 재스퍼는 쇼핑을 했다. 그녀는 사람들로 정신없는 갭 매장에서 테니스화 한 켤레를 샀다. 아무도 그녀의 발을 보지 않았다. 그녀는 현금으로 계산했다.

앨리스는 에밋의 몸에 꼭 맞는 얇은 후드티를 샀다. 그리고 본인과 칼라일, 에밋과 내 몸에 맞는 옷을 커다란 쇼핑백 여섯 개가 그득하도록 구입했다. 그리고 호텔에 제시한 것과는 다른 신분증과 신용카드를 사용했다. 옆에서 재스퍼는 앨리스의 짐꾼이 되어 주었다.

마지막으로 그녀는 모양이 제각각인 네 개의 여행 가방을 구입했다. 그녀와 재스퍼는 짐을 모두 렌터카에 실었다. 그런 다음 태그를 모두 떼고 안을 새 옷으로 채웠다.

나가는 길에, 앨리스는 피 묻은 신발을 쓰레기통에 버렸다.

이번 환상에서 되감기나 다시보기 장면은 없었다. 모든 건 완벽하게 순조로이 진행되었다.

재스퍼와 앨리스는 에밋을 공항에 데려다주었다. 에밋은 기내용 여행가방을 하나 가져갔다. 지금은 새벽 비행기를 탔을 때보다 덜 수상쩍어 보였다.

그 둘은 주차장에 놔두고 온 칼라일의 벤츠를 발견했다. 재스퍼는 앨리스에게 키스한 다음 집으로 긴 여행을 시작했다.

이제 두 남자들이 떠나자, 앨리스는 마지막 남은 혈액 팩을 렌터카 뒷좌석과 바닥에 뿌렸다. 그리고 그 차를 주유소 바깥에 설치된 셀프 세차장으로 몰고 갔다. 그녀는 세차 기술자만큼 차를 깨끗하게 청소하지는 못했다. 차를 반납할 때는 벌금을 물게 될 것이다.

에밋이 시애틀에 도착할 때쯤엔 비가 내릴 것이었다. 해가 질 때까지는 겨우 30분 남은 시간이었다. 택시를 타고 에밋은 선착장에 도착할 것이다. 여행 가방을 물속에 버린 다음 퓨젯 사운드로 들어가는 건 그에게 어렵지 않았다. 그런 다음 수영하고 또 달리면서 30분만에 에밋은 집에 도착할 예정이었다. 그리고 벨라의 트럭을 회수해서 곧바로 다시 피닉스로 돌아오면 된다.

하지만 현실로 돌아온 앨리스는 눈살을 찌푸리며 고개를 저었다. 이 계획은 너무 오래 걸렸다. 트럭이 말도 안 되게 느렸으니까.

우리는 지금 병원에서 4분 거리에 있었다. 벨라는 여전히 느리고 고른 숨을 쉬며 내 품에 안긴 채였고, 우리는 아직도 피투성이였다. 에밋과 재스퍼 역시 아직도 숨을 참고 있었다. 나는 눈을 깜빡이며 다시금 머릿속을 분간하려 했다. 앨리스의 환상이 이런 식으로 자세해지면 순간적으로 무슨 일이 일어난 건지 맥락을 놓쳐 버리기 쉬웠다. 물론 그녀는 앞뒤로 왔다갔다하는 상황에 나보다 잘 적응했다.

앨리스는 다시 핸드폰을 들고 번호를 눌렀다. 여전히 에밋의 거대한 후드티에 몸을 폭 감싸고 재스퍼의 시계를 손목에 헐렁하게 차고 있었다.

"로잘리?"

차 안은 비좁고 조용해서 로잘리의 겁먹은 목소리가 모두에게 들렸다.

"무슨 일이야? 설마 에밋이—"

"에밋은 괜찮아. 나 있지—"

"추적자는 어딨어?"

"추적자는 이제 세상에 없어."

로잘리는 다 들리게 숨을 헐떡였다. 앨리스가 지시했다.

"셀프로더 견인차 한 대 어디서 빌려놔. 아님 하나 사든가. 더 빨리 처리되는 쪽으로 해 줘. 속도 빠른 걸로. 거기다 벨라의 트럭을 싣고서 시애틀에서 에밋을 만나. 다섯 시 반에 비행기가 도착할 거야."

"에밋이 집에 온다고? 무슨 일이야? 난 또 왜 그 웃긴 트럭을 견인해야 하는데?"

잠시 난 왜 앨리스가 에밋을 집에 보내는 건지 궁금했다. 로잘리에게 여기로 트럭을 가져오라고 하면 되잖아? 딱 봐도 그게 답인데. 그러다 난 깨달았다. 앨리스는 로잘리가 그런 식으로 우리를 도와주는 모습을 보지 못했구나. 그러자 차디찬 씁쓸함이 훅 스쳐왔다. 로잘리는 그렇게 마음먹었군.

에밋은 전화기를 달라고 해서 로잘리를 진정시키고 싶어 했지만, 아직도 입을 열 수 없는 상태였다.

그와 재스퍼가 상당히 잘 참아내는 모습은 놀라웠다. 싸움까지 했으니 그 여파 역시 아직도 남아 있을 테지. 그 역시 피 냄새를 무시하는 데 도움이 된 거란 생각이 들었다.

"걱정하지 마. 지금은 잡다한 일 처리를 마무리짓고 있는 것뿐이야. 자세한 건 에밋이 이야기해 줄 거야. 에스미한테는 끝났다고 알려드려. 하지만 우리는 잠깐 여기 더 있어야 하거든. 혹시 그 붉은 머리 여자가 올지도 모르니까 벨라의 아버지 옆에 에스미가 있어야 해."

앨리스는 퉁명스레 말했다. 로잘리의 목소리가 낮아졌다.

"그 여자가 찰리를 잡으러 온다고?"

앨리스는 로잘리를 안심시켰다.

"아니. 그런 미래는 못 봤어. 하지만 그래도 안전하게 해 두는 편이 낫잖아? 칼라일은 가능한 한 빨리 에스미에게 전화할 거야. 서둘러, 로잘리. 지금 시간이 없어."

"너 진짜 짜증나."

앨리스는 전화를 끊었다.

뭐, 그래도 에밋은 그 옷을 버리지 않아도 되겠네. 그럼 좋지. 에밋한테 아주 잘 어울리는 옷일 테니까.

에밋은 전화 내용에 기뻐했다. 이제 몇 시간 후면 로잘리를 보게 된다니 행복했고, 그녀가 본인이 해 주는 이야기를 들어 줄 테니 그것도 좋았다. 재스퍼 관련한 말도 안 되는 이야기는 해 줄 필요가 없을 테지. 앨리스가 붉은 머리 여자가 문제를 일으키는 걸 보지 않았다면, 로잘리도 함께 피닉스에 올 수 있을지도 몰라. 아니, 안 오고 싶어 하려나……. 에밋은 벨라의 창백한 얼굴과 골절된 다리를 내려다보았다. 그의 마음속엔 깊은 우애와 걱정이 담겨 있었다.

얘는 진짜 착한 애야. 로잘리는 마음을 풀어야 할 거야. 하루빨리. 에밋은 속으로 생각했다.

앨리스는 이맛살을 찌푸렸다. 그녀는 잡다한 일을 세세하게 생각하면서 그녀가 내린 수백 가지 결정이 어떤 결과를 가져올지 훑어보았다. 지금은 병원에 있는 자신의 모습을 떠올리고 있었다. 여행가방 가득 든 옷을 가져와서 우리가 피 묻은 옷을 갈아입게 하는 장면이었다. 모든 사항을 다 고려했나? 혹시 사소한 것을 놓치지는 않았나?

모든 게 괜찮았다. 곧 그렇게 될 터였다.

"잘했어, 앨리스."

나는 고개를 끄덕여 주듯 속삭였다.

그녀는 미소를 지었다.

재스퍼는 응급실 입구에 달린 카메라와 거리를 유지하면서 우리가 내릴 그늘을 찾아가며 병원으로 차를 몰았다.

나는 벨라를 안은 손을 조정하고는 이 모든 것을 처음부터 다시 해나갈 준비를 했다.

28
세 가지 대화

칼라일의 친구인 사다랑가니 박사 덕분에 일처리는 한결 수월해졌다. 칼라일은 의료진들이 벨라를 위한 들것을 가져오는 동안 그를 호출했다. 몇 분 걸리지 않아, 사다랑가니 박사는 벨라에게 첫 번째 수혈을 해 주었다. 일단 그 애가 수혈을 받자 칼라일은 안심했다. 나머지는 전부 다 잘 되어갈 거라고 꽤 확신하는 중이었다.

하지만 나는 쉽사리 침착함을 되찾지 못했다. 물론 난 칼라일을 신뢰하고, 사다랑가니 박사는 유능해 보였다. 그들이 벨라의 상태에 대해 솔직한 판단을 내리는 것도 알 수 있었다. 그리고 사다랑가니 박사와 같은 팀의 의사들이 완벽하게 봉합된 벨라의 상처와 골절된 다리에 흠 잡을 데 없는 처치를 해 놓은 것을 검사하며 놀라는 소리를 들었다. 사다랑가니 박사가 방 안에서 동료들에게 이야깃거리를 늘어놓는 소리 역시 들었다. 14년전 볼티모어 시내의 병원에서 함께 일했을 때 컬렌 박사가 세운 공적이 대단했다는 얘기들이었다. 그가 칼라일의 변함없는 외모를 언급하며 놀라워하는 소리도 들었고, 속으로 수상쩍어하는 마음도 들었다. 물론 칼라일은 태평양 북서부의 시원하고 습한 공기가 젊음의 비결이라고 주장했지만, 사실은 칼라일이 성형 수술을 해 왔을 거라고 그는 의심했다. 그리고 벨라의 상황에 대해서는 퍽 낙관한 나머지, 칼라일에게 이 병원에서 아직 진단을 못 받은 환자를 좀 봐 달라고 간청하기까지 했다. 그러면서 자신의 인턴들에게는 컬렌 박사만큼 좋은 진단의학 전문의는 보지 못할 거라고 장담했다. 칼라일 역시 벨라의 상태가 좋아지리란 확신이 있었기에 기꺼이 그들을 돕겠다고 동의했다.

그들에게는 벨라의 상태가 생사를 넘나드는 긴박한 것이 아니었지만, 나에게는 그랬다. 저 들것에 실려 있는 건 나의 생명이었다. 나의 생명이 창백하고 반응 없이 누워서, 온갖 튜브와 테이프와 깁스로 고정되어 있단 말이다. 나는 있는 힘을 다해서 정신을 차렸다.

처음으로 찰리에게 전화한 사람은 담당의가 된 사다랑가니 박사였다. 그 통화를 듣고 있자니 고통스러웠다. 칼라일은 재빨리 전화를 넘겨받아 본인과 내가 여기서 무얼 하고 있는지 꾸며낸 말을 최대한 간결하게 설명했고, 모든 게 잘 될 거라고 찰리를 안심시킨 다음, 새로운 정보가 생기는 대로 전화하겠다고 약속했다. 찰리의 목소리에 담긴 공포가 들려왔다. 그 역시 나만큼이나 이 말을 믿지 못하고 있다는 게 분명했다.

머지않아 벨라는 안정된 상태로 추정되어 회복실로 들어갔다. 앨리스는 아직 일 처리 중이었다.

벨라의 몸으로 들어가는 새로운 피는 그 애의 향기를 바꾸어 버렸다. 예상했던 일이어야 했겠지만 난 깜짝 놀라고 말았다. 이 피를 향한 나의 갈증과 고통은 현저하게 줄어들었지만, 그 변화가 좋게 여겨지지 않았으니까. 이 낯선 피는 침입자이자 외계인 같았다. 이건 그 애의 일부가 아니었기에 그 안으로 들어가는 피가 증오스러웠다. 물론 나의 반응은 비이성적이었다. 그 애의 향기는 24시간만 지나면 다시 돌아올 것이고, 그 전에 벨라는 깨어나지도 않을 터였다. 하지만 그와는 별개로 이 짧은 향기의 왜곡이 너무 심한 나머지 그만 먼 미래에 있을 일까지 일깨우고 말았다. 언젠가 때가 되면, 나를 이토록 오랫동안 괴롭혀 왔던 이 향기는 내게서 영영 사라져 버리고 말겠지.

취할 수 있는 조치는 다 취했다. 이제는 기다리는 수밖에 없었다.

끝없이 이어지는 소강상태 동안, 나의 관심을 끌 만한 것은 거의 없었다. 에스미에게는 한 번 연락했다. 앨리스가 돌아왔지만 내가 혼자 있고 싶어하는 걸 보자 재빨리 떠났다. 나는 동쪽으로 난 창문으로 번화한 도로와 수수한 고층건물 몇 개를 응시했다. 그리고 제정신을 유지하려고 벨라의 규칙적인 심장 박동 소리에 귀를 기울였다.

하지만 그동안 내게 의미 있는 몇 가지 대화가 있었다.

칼라일은 나와 함께 벨라의 방에 있게 될 때까지 기다렸다가 찰리에게 다시 전화를 걸었다. 내가 통화 내용을 듣고 싶어 한다는 걸 알았기 때문이다.

"안녕하십니까, 찰리."

"칼라일? 어떻게 됐습니까?"

"벨라는 수혈을 받았고 MRI 검사를 마쳤습니다. 이제까지는 모든 게 아주 좋습니다. 못 보고 지나친 내상은 없는 듯합니다."

"딸애와 이야기할 수 있습니까?"

"의사들이 한동안은 진정제를 투여할 겁니다. 지극히 정상적인 조치입니다. 깨어있으면 통증이 너무 심할 테니까요. 벨라가 회복되려면 며칠 더 걸릴 겁니다."

칼라일이 이야기하는 동안 나는 얼굴을 찡그렸다.

"정말로 괜찮은 게 확실합니까?"

"제가 약속드리죠, 찰리. 뭔가 걱정할 일이 생긴다면 즉시 알려드리겠습니다. 벨라는 정말로 괜찮아질 겁니다. 당분간 목발을 짚고 다니겠지만, 그 외에는 정상으로 돌아올 겁니다."

"고맙습니다, 칼라일. 박사님이 거기 계셔서 참 다행입니다."

"저도 그렇게 생각합니다."

"이 일 때문에 돌아오시지도 못하고 계신다는 거 압니다."

"그런 말씀 마십시오, 찰리. 벨라가 집으로 돌아갈 준비가 될 때까지 저도 기꺼이 함께 있을 겁니다."

"그렇다면 감사합니다. 제가 훨씬 더 안심할 수 있겠군요. 그런데…… 그러면 에드워드도 함께 있게 됩니까? 제 말은, 학교도 있고 다른 일도……."

"에드워드도 이미 선생님들과 이야기를 마쳤습니다. 그래서 얘가 멀리서도 알아서 공부할 수 있도록 허락해 주셨습니다. 에드워드가 벨라의 숙제도 봐 줄 겁니다. 물론 선생님들은 벨라를 쉬게 해줄 테지만요."

칼라일은 이렇게 말했다. 물론 실제로 모든 일을 처리하는 건 앨리스일 것이다. 이제 칼라일은 목소리를 조금 낮추어 말했다.

"아시겠지만, 에드워드는 이 일로 크게 속상해 하고 있습니다."

"제가 잘 이해한 건지 모르겠습니다만, 그 애가, 그러니까 에드워드가 박사님께 피닉스에 같이 가자고 한 겁니까?"

"그렇습니다. 벨라가 떠났을 때 에드워드는 심하게 걱정을 했습니다. 그래서 책임감을 느꼈지요. 자기가 일을 바로잡아야 한다고 생각했습니다."

그러자 찰리는 당황한 목소리로 물었다.

"대체 무슨 일이 있었던 겁니까? 그때까지만 해도 모든 게 다 정상이었는데 갑자기 벨라가 박사님 아드님에게 소리를 마구 지르더니, 이상하게 돌변해서는 한밤중에 집을 뛰쳐나가지 뭡니까. 아드님한테 뭔가 제대로 된 설명을 들으셨습니까?"

"네. 여기까지 오는 길에 충분히 이야기를 나눌 기회가 있었습니다. 에드워드가 벨라에게 자기가 그 애를 얼마나 많이 아끼는지 이야기한 것 같습니다. 그랬더니 벨라가 처음에는 행복해 보였는데, 분명히 뭔가에 괴로워하기 시작한 것 같았다고 했습니다. 그러다 화를 내고는 집에 가고 싶다고 했다는군요. 그래서 집에 데려다주었더니, 꺼져 버리라고 말했다 합니다."

"예, 그 말을 했을 때 저도 그 자리에 있었습니다."

"에드워드는 아직도 왜 그런 건지 이해를 못하고 있습니다. 다시 애들이 이야기해 볼 새도 없이 그만……."

찰리는 한숨을 쉬었다.

"그 부분은 이해가 갑니다. 그 애 어머니랑 연관된 좀 복잡한 문제가 있어서요. 딸애가 약간 과민반응하고 있는 것 같습니다."

"벨라가 나름의 이유가 있을 거란 생각은 분명히 들었습니다."

찰리는 불편한 기색으로 헛기침을 했다.

"하지만 칼라일, 이게 다 뭐라고 생각하십니까? 제 말은, 애들은 그저 10대일 뿐이잖습니까. 그런데 이건 좀…… 심하지 않습니까?"

칼라일은 경쾌하게 웃으며 대답했다.

"열일곱 살 때 본인은 어떠셨는지 기억 안 나십니까?"

"솔직히 안 납니다."

그러자 칼라일은 다시 웃었다.

"처음으로 사랑에 빠지셨을 때는 기억하십니까?"

찰리는 1분간 아무 말이 없었다.

"예, 기억납니다. 잊기 힘든 일이지요."

칼라일은 한숨을 쉬었다.

"정말 그렇지요. 어쨌든 정말 유감입니다, 찰리. 우리가 이곳에 오지 않았다면 벨라도 애초에 그 계단에서 넘어질 일이 없었을 테니까요."

"아이고, 아닙니다. 그런 말씀 마십시오, 칼라일. 아드님과 그곳에 찾아가시지 않았다 해도, 딸애는 어디서든 창문에서 떨어졌을 수 있습니다. 하지만 박사님이 가까이 계시지 않았다면 이렇게 운이 좋을 수는 없었겠지요."

"벨라가 무사해서 다행스러울 뿐입니다."

"제가 거기 갈 수 없어서 너무 속이 상하는군요."

"그럼 제가 기꺼이 비행 편을—"

하지만 찰리는 한숨을 쉬었다.

"아니, 그런 문제가 아닙니다. 아시겠지만 이 지역엔 강력 범죄가 많이 발생하지 않습니다. 하지만 지난여름에 일어났던 고약한 폭행 사건이 마침내 재판에 회부되는데, 제가 증인으로 나가지 못한다면 피고 측에 좋은 일만 될 뿐이라서요."

"물론입니다. 찰리. 걱정하실 필요 없습니다. 서장님 본업을 충실히 하셔서 나쁜 자들을 잡아넣으시지요. 저는 여기서 벨라가 다 회복된 상태로 아버님께 돌아가도록 하겠습니다."

"박사님이 안 계셨더라면 제가 여기서 제정신으로 있었을 수 없었을 겁니다. 다시금 감사드립니다. 저는 르네를 그리 보내지요. 어쨌든 그러면 벨라가 더 좋아할 겁니다."

"그거 좋은 생각이십니다. 벨라의 어머니를 만나 뵙게 될 수 있다니 기쁩니다."

"제가 지금 경고해 드리는데, 르네는 꽤 야단법석을 떨 겁니다."

"어머니라면 응당 그러셔야겠지요."

"다시 한 번 고맙습니다, 칼라일. 딸애를 돌봐주셔서 고맙습니다."

"당연한 일입니다, 찰리."

전화를 끊은 칼라일은 몇 분 더 나와 앉아 있다가 또 자리에서 일어섰다. 고통받는 인간으로 가득한 병원에 가만히 앉아 있기란 그에게 언제나 어려운 일이었다. 칼라일이 벨라를 별 걱정 없이 두고 간다는 건, 벨라가 이상이 없다는 뜻이니 내 기분이 더 좋아야겠지만, 솔직히 그렇지 못했다.

다음으로 의미 있는 일이 일어났다. 벨라의 어머니가 병원에 도착했다. 자정 무렵, 앨리스는 르네가 15분 후 벨라의 병실에 올 거라고 알려주었다.

나는 병실에 딸린 욕실에서 좀 씻으려 해 보았다. 앨리스가 새 옷을 가져다주어서 지금은 피 묻은 옷차림은 아니었으니 적어도 으스스해 보이지는 않았다. 다행히도, 이때쯤 확인하면 어떨까 하는 시간에 눈을 보니, 눈 색깔은 정상적으로 돌아와 진한 황토색이 되었다. 물론 가느다랗게 빨간 테가 남았지만, 다른 점들이 다 괜찮으니 그리 두드러져 보이지는 않을 터였다. 그저 내가 그 흔적을 보고 싶지 않았을 뿐.

외모를 정돈한 후 나는 다시 곰곰이 생각했다. 벨라의 아버지는 잘 넘겼지만, 혹시 어머니 쪽에서 내게 책임을 묻지는 않을까? 만약 둘 중 한 사람이 사건의 내막을 알게 된다면…….

한참 생각에 잠겨 있는 와중, 예상치 못한 방해를 받았다. 전에는 한 번도 들어 보지 못한, 상당히 드문 소리가 들려왔던 것이다. 그 목소리가 어찌나 맑고 강력하던지 순간 나도 알아채지 못하게 누군가 병실로 들어온 줄 알았다.

내 딸, 제발. 누가 좀 도와줘요. 어디로 가야 하지? 오, 내 아가…….

다음으로 든 생각은 이거였다. 누군가 병원 아래층 로비에서 소리를 지르고 있네. 내가 집중해서 듣고 있는 목소리가 그쯤에서 들려오는 것 같았기 때문이다. 하지만 아무도 그 고함 소리를 알아차리지 못했다.

하지만 사람들은 모두 다른 사항을 알아차렸다.

서른 살 정도, 어쩌면 그보다 더 나이 먹은 여자였다. 예쁘지만 눈에 띄게 심란해 보이는 얼굴이었다. 그녀는 사람이 다니지 않는 곳에 조용히 서 있었지만, 얼굴에 비친 괴로움이 무척 심해 보여서 모두의 눈길을 끌었다. 일하러 가던 간호사 두 명과 조무사 몇 명이 멈춰 서더니 그녀에게 필요한 게 뭔지 알아보려 했다.

분명히 벨라의 어머니였다. 나는 찰리의 머릿속에서 그녀를 본 적이 있었다. 딸과 놀랄 만큼 똑같이 생긴 분이었다. 나는 찰리의 머릿속에 나타난 르네의 모습을 젊었을 때라고 생각했는데, 지금 보니 더욱 최근의 모습인 것도 같았다. 그녀는 별로 나이 들지 않았다. 이 분과 벨라는 종종 자매라고 오인받을 수도 있겠군.

"저는 딸을 찾고 있어요. 오늘 오후에 여기 입원했어요. 딸애는 사고를 당했어요. 창문에서 떨어져서요…….”

르네의 음성은 아주 정상이었고, 벨라의 목소리와 비슷하지만, 살짝 높은 음조였다. 하지만 그녀 마음의 소리는 날카로웠다.

다른 이들의 마음이 반응하는 방식은 참 매혹적이었다. 르네의 마음이 쩌렁쩌렁 울려대는 소리를 알아차린 사람은 아무도 없었지만, 그럼에도 모두는 그녀를 도와주어야겠다는 마음을 먹고 말았다. 어떻게든 사람들은 르네의 마음을 알아차렸고, 그 마음을 무시하지 못했다. 나는 르네의 마음과 사람들 마음 사이에서 일어나는 상호작용에 넋을 잃고 귀 기울였다. 조무사 하나와 간호사 하나가 그녀를 데리고 복도를 안내해 주었고, 자그마한 가방을 들어 주며 어떻게든 돕고 싶어 안달을 했다.

그러자 예전에 벨라의 어머니는 어떤 사람일까 궁금하게 여겼던 때가 떠올랐다. 대체 어떤 정신을 가진 분이 찰리와 결합하여 벨라같이 독특하고 범상치 않은 인간을 만들어 냈는지 호기심이 들었었지.

르네는 찰리와 정반대였다. 애초에 두 사람이 함께하게 된 이유도 혹시 서로가 너무 달라서 끌렸기 때문이었을까. 궁금하군.

르네를 안내해 주는 직원이 무척 많았기에, 머지않아 그녀는 벨라의 방을 찾아왔다. 지금은 또 다른 사람의 안내를 받아 오는 중이었다. 벨라에게 배정된 정규 간호사였다. 그녀도 르네의 다급한 모습을 보고 즉시 마음이 끌렸다.

잠시 난 르네를 뱀파이어라고 상상해 보았다. 그러면 르네는 자기 마음을 모두가 안 들을 수 없도록 크게 소리치는 재능을 갖게 될까? 그런 능력은 뱀파이어 사이에서 별로 인기가 없을 것 같은데. 놀랍게도 그 생각에 나도 모르게 웃음이 나와 버렸다. 옆에 있으면 진짜 정신

사납겠다.

르네는 급히 방으로 들어와, 문가에 가방을 떨구었다. 벨라의 간호사는 문을 닫았다. 처음에 르네는 내가 창문에 기대앉은 것조차 눈치채지 못하고 오로지 딸만을 바라보았다. 움직임 없이 누워 있는 벨라의 얼굴에는 온통 멍 자국이 피어올라 있었다. 다행히도 칼라일이 손을 써서 머리카락을 밀지 않아도 되었지만, 그래도 머리에는 붕대가 칭칭 감겨 있고, 온몸에 튜브와 모니터 연결선이 달린 채였다. 부러진 다리는 허벅지부터 발끝까지 깁스를 해 놓은 다음 곡선 모양의 지지대에 올려놓았다.

벨라, 오, 아가, 대체 이게 무슨 꼴이야, 어떡하면 좋아.

벨라와 비슷한 점이 또 있군. 르네의 피 역시 달콤했다. 하지만 벨라와 완전히 같지는 않았다. 르네의 피는 너무 달콤해서 질릴 것 같았다. 전적으로 끌리지는 않았지만, 흥미로운 향기였다. 나는 찰리의 향기에서 특이한 점을 전혀 느끼지 못했지만, 그 피가 르네의 향기와 결합하자 강력한 결과가 나왔던 것이다.

르네가 병상으로 다가가 손을 뻗자 간호사가 재빨리 말했다.

"아이는 진정제를 맞았어요. 잠시 의식이 없을 거예요. 하지만 며칠 있으면 이야기를 나눌 수 있게 될 거예요."

"딸애를 만져 봐도 될까요?"

르네의 말은 속삭임이었지만 위력은 고함과도 같았다.

"그럼요. 원하신다면 팔 이쪽을 쓰다듬어 주면 돼요. 하지만 부드럽게 하세요."

르네는 딸 옆에 서서 두 손가락을 벨라의 팔뚝에 가볍게 올려놓았다. 르네의 뺨에서 눈물이 하염없이 흘러나왔다. 간호사는 어머니다운 태도로 르네의 어깨에 팔을 둘렀다. 나 역시 가만히 있기가 힘들었다. 나도 르네를 위로해 주고 싶었다.

엄마가 미안해, 아가, 엄마가 정말로 미안해.

"아유, 울지 말아요, 어머니. 아이는 괜찮을 거예요. 알았죠? 예쁘장한 의사 선생님이 상처를 아주 잘 꿰매 주셨다고요. 이만큼이나 꼼꼼하게 꿰맨 건 생전 처음 봤다니까. 울 필요 없어요, 어머니. 여기 좀 앉아서 쉬어요. 응? 여기까지 비행기를 오래 타고 왔잖아요, 그렇죠? 조지아에서 왔다고 하셨던가?"

르네는 훌쩍이며 말했다.

"플로리다요."

"그럼 많이 피곤하겠네. 따님은 아무 데도 안 가고 여기 얌전하게 있을 거예요. 그러니 어머니는 좀 자는 게 어떻겠어요?"

르네는 간호사를 따라 방 한쪽에 있는 파란색 인조가죽 안락의자로 향했다.

"필요한 거 있으세요? 씻고 싶다면 카운터에서 세면도구를 받을 수 있어요."

간호사가 알려주었다. 긴 은발 머리를 묶어서 동그랗게 말아 머리 위로 올린 간호사는 할머니마냥 사람들을 잘 챙기는 타입이었다. 명찰 위로 '글로리아'라는 이름이 보였다. 나는 전에도 그녀를 봤지만 별로 눈여겨보지 않았다. 하지만 지금은 나도 모르게 그녀에게 호감을 느끼게 되었다. 이 간호사의 친절한 마음씨에 감동해서일까? 아니면 르네가 느끼는 감사함에 나도 반응하고 있는 걸까? 자신도 모르게 무의식적으로 자신의 생각을 이렇게 타인에게 투영하는 사람 곁에 있자니 참 신기했다. 이 능력은 재스퍼와 좀 비슷한 것도 같았다. 물론 재스퍼와 비교하자면 세련되지 못하고 훨씬 조악했지만 말이다. 게다가 이건 감정의 투사도 아니라 분명히 르네의 생각이었다. 이걸 알아챈 것도 전적으로 내가 그녀의 생각을 들을 수 있기 때문이다.

그래서 나는 벨라가 어머니와 지냈던 생활이 어땠는지 새로운 차원에서 깨닫게 되었다. 벨라가 그토록 타인을 보호하고 돌보는 성품이 된 것도 놀랄 게 아니로군. 벨라는 어린 시절부터 줄곧 이 여자를 헌신적으로 돌봤던 거다.

"저도 그건 챙겨왔어요."

르네는 피곤한 기색으로 문가에 놓인 자그마한 여행가방 쪽에 고갯짓을 했다.

지금 난 마치 이 방에 꿔다놓은 보릿자루 같다는 느낌이었다. 이렇게 내가 잘 보이게 있는데도, 두 사람 모두 내 존재를 눈치채지 못했다. 밤이라 불빛은 어두웠지만, 그래도 간호사들이 환자를 돌볼 수 있을 정도로는 환하건만.

나는 내 존재를 드러내기로 마음먹었다.

"제가 가져다드릴게요."

그리고 재빨리 움직여서 르네의 가방을 안락의자 옆에 있는 자그마한 탁자 위에 손 닿도록 올려놓았다.

나를 본 르네의 첫 반응은 찰리와 같았다. 갑자기 그녀의 몸에 공포와 아드레날린이 확 치솟았다. 하지만 르네는 재빨리 그 느낌을 떨쳐내었다. 그리고 자신이 너무 피곤한 데다 내가 갑자기 움직여서 깜짝 놀란 것뿐이라고 생각했다.

어휴, 깜짝 놀랐네. 근데 이 사람은 누구지? 음, 흐음. 혹시 예쁘장한 의사선생님이란 게 이 남자인가? 너무 어려 보이는데.

"어머, 너도 여기 있었구나. 집에 간 줄 알았는데."

글로리아는 살짝 못마땅한 기색으로 말했다. 그녀는 칼라일과 나를 둘 다 많이 봐서 이제는 익숙해졌다.

"아버지가 사다랑가니 박사님을 도와드릴 동안 벨라를 봐 달라고 하셔서요. 보고 싶은 사항을 구체적으로 알려주셨어요."

오늘만 해도 이렇게 둘러댄 적이 여러 번이었다. 내가 아주 자신만만하게 말하면, 간호사들은 반대하려던 마음을 슬그머니 내려놓았다.

"다들 이 시각까지 아직도 깨어서 일하신단 말이니? 그분들은 선채로 졸게 되겠구나."

물론 사다랑가니 박사는 집에 간 지 오래였다. 하지만 그는 야간 근무를 맡은 혈액학자에게 칼라일을 소개해 주었고, 그래서 칼라일은 더 어려운 문제들을 놓고 그에게 조언하느라 자리를 비운 참이었다.

벨라의 어머니는 지금 어리둥절한 기색을 마구 내보내는 중이었다. 글로리아는 당장 나를 소개해 주었다.

"이쪽은 컬렌 박사님 아드님이에요. 컬렌 박사님은 따님의 생명을 구한 분이죠."

"그럼 네가 에드워드구나."

르네는 깨달았다. **얘가 그 남자친구야? 어머, 세상에. 벨라는 절대로 헤어 나올 수가 없겠구나.**

글로리아가 말했다.

"병실에는 안락의자가 하나밖에 없는데 어떡하니? 얘, 내 보기엔 드와이어 씨가 이걸 써야 할 것 같은데."

"그럼요. 저는 아까 잤어요. 서 있어도 진짜로 괜찮아요."

"시간이 너무 늦었잖니……."

얘랑 좀 이야기를 해야겠어.

르네는 소리 내어 말했다.

"전 상관없어요. 그런데 괜찮다면 사고 이야기를 듣고 싶어요. 우리는 아주 조용히 말할게요."

난 그 말에 웃고 싶었다.

"얼마든지요. 그러면 난 회진을 돈 다음에 다시 확인하러 올게요. 그동안 어머니는 좀 자도록 해보세요."

나는 간호사를 향해 최대한 따스하게 웃었다. 그러자 그녀는 표정이 살짝 누그러졌다.

불쌍한 녀석. 걱정을 정말 많이 하네. 얘가 여기 있어서 해 될 것은 없겠지. 이제 환자의 어머니도 같이 있으니까.

나는 르네에게 다가가 손을 내밀었다. 그녀는 지친 채로 안락의자에서 일어서지도 않은 채로 잡은 손을 힘없이 흔들었다. 그러다 나의 차가운 손길에 살짝 움찔했다. 아까 분출했던 아드레날린의 여파가 다시금 그녀의 몸속에 밀려들었다.

"아, 죄송합니다. 여기는 에어컨을 추울 정도로 틀어놔서요. 저는 에드워드 컬렌이라고 합니다. 만나 뵙게 되어 정말 기쁩니다, 드와이어 씨. 다만 이런 상황에서 뵙게 되어 유감입니다."

말을 아주 어른스럽게 하네. 르네가 날 인정하는 소리가 방안에 울려 퍼졌다.

"르네라고 불러 줘."

그녀는 무의식적으로 이렇게 말했다가 당황했다.

"아……. 미안. 지금 내가 제정신이 아니구나."

어휴, 얘는 딸애 남친이잖아. 하지만 너무 잘생겼어.

"당연히 지금 정신이 없으시겠지요. 간호사 말씀대로 지금은 좀 쉬셔야 합니다."

하지만 르네는 조용하게 반대했다. 적어도 입밖으로 나온 목소리는 조용했다.

"아니야, 혹시 나랑 잠깐 이야기해도 괜찮겠니?"

"물론입니다. 묻고 싶은 게 많으시겠지요."

나는 이렇게 대답하고 벨라의 침대 옆에 둔 플라스틱 의자 하나를 집어다 르네 가까이 가져왔다.

"벨라는 나한테 네 이야기는 안 했단다."

르네가 대뜸 말했다. 머릿속은 상처받은 기색이 마구 울려댔다.

"아……, 죄송합니다. 저희는 사귄 지가…… 얼마 되지 않았습니다."

르네는 고개를 끄덕이더니 이내 한숨을 쉬었다.

"내가 보기엔 내 잘못이란다. 필의 일정 때문에 이제껏 스트레스를 많이 받았거든. 그리고 뭐, 내가 말을 잘 들어 주는 타입도 아니라서."

"벨라는 곧 어머니께 말씀드릴 예정이었을 겁니다."

그러자 르네의 얼굴에서 과연 그랬을까 하는 의심어린 표정이 나타났고, 난 거짓말을 했다.

"저도 부모님께는 전혀 말씀드리지 않았어요. 저희 둘 다 너무 빨리 이야기하면 오히려 안 될 것 같다는 불안감이 있었던 듯합니다. 좀 바보 같죠."

르네는 미소를 지었다. **귀엽네.**

"바보 같지 않아."

나도 미소를 지었다.

어쩜 웃는 것도 이렇게 가슴 떨리게 멋있을까. 아, 얘가 벨라를 갖고 노

는 게 아니었으면 좋겠는데.

나도 모르게 르네를 안심시키려고 갖은 애를 다 쓰게 되었다.

"이런 일이 벌어져서 정말 죄송합니다. 제 책임이 정말 크다고 여기고 있습니다. 어떻게든 이 상황을 바로잡겠습니다. 벨라 대신 제가 다칠 수 있었다면, 전 그랬을 테니까요."

이 말은 거짓 한 점 없는 진심이었다.

르네는 손을 뻗어 내 팔을 쓰다듬었다. 옷소매가 두꺼워서 내 피부 온도를 가려 다행이었다.

"네 잘못이 아니란다, 에드워드."

그녀의 말이 맞는다면 얼마나 좋을까.

"찰리가 어느 정도 이야기를 해 줬어. 하지만 참 두서가 없더라고."

"우리 모두 다 그랬던 것 같습니다. 벨라도요."

난 그날 밤을 떠올렸다. 처음에는 아무것도 몰랐던 그 밤을. 그저 기쁘고 행복하기만 했었지. 그런데 모든 게 어찌나 빨리 어그러졌던가. 난 아직도 실감이 나지 않았다.

갑자기 르네가 비참한 기색으로 말했다.

"그건 내 잘못이야. 내가 딸애를 망친 것 같아. 애는 널 아끼기 때문에 도망쳤던 거야……. 그건 다 내 탓이란다."

"아뇨. 그런 생각 마세요."

벨라가 이런 말을 찰리에게 했을 때 얼마나 마음 아파했는지 난 안다. 그런데 어머니가 이걸 다 본인 탓이라고 여긴다는 걸 알면 벨라는 어떤 마음이 될까.

"벨라는 아주 의지가 강합니다. 스스로 원하는 대로 행동하죠. 어쨌든, 이번에는 포크스를 떠나서 햇빛을 좀 보고 싶었던 것 같습니다."

르네는 내 말에 살짝 미소를 지었다.

"그럴지도."

"사고에 대해서 듣고 싶으세요?"

"아니야. 간호사님에게 그렇게 말하기는 했지만, 괜찮아. 벨라가 계단에서 떨어졌다면서. 별로 특이한 일은 아니거든. 창문이 불운했던 거지."

부모님 두 분 다 이 말을 어찌나 쉽게 받아들이는지 놀라울 뿐이었다.

"아주 불운했죠."

"난 그저 너를 좀 알고 싶어서 그랬단다. 벨라는 웬만한 감정으로는 이렇게 행동할 애가 아니야. 이전에는 남자를 진지하게 생각해 본 적이 없단다. 내가 보기엔 어떻게 해야 할지 몰랐던 것 같아."

나는 르네에게 다시 미소를 지었다.

"벨라도 저도 다 그랬죠."

근데 정말, 참 잘생겼네. 아주 사근사근하고. 그녀는 미심쩍게 생각했다. 그리고 좀 더 힘주어 명령했다.

"우리 애에게 잘해 줘. 얘는 만사를 아주 진지하게 받아들인다고."

"벨라를 아프게 하는 일은 절대로 하지 않겠습니다. 약속드릴게요."

난 이렇게 말하며, 더할 나위 없이 강하게 그 말을 다짐했다. 벨라를 행복하고 안전하게 지키기 위해서라면 뭐든 할 것이다. 하지만 이 말이 진실인지는 확신할 수 없었다. 무엇이 벨라를 가장 아프게 하는 건지 어떻게 아나? 난 가장 진실인 대답을 피할 수가 없었다.

석류알과 내가 속한 저승. 나의 세계가 이 애에게 얼마나 나빠질 수 있는지 이제껏 잔인한 사례를 보지 않았던가? 그래서 이 애가 부서진 몸으로 여기에 누워 있잖아.

분명히, 나와 함께 두는 것이야말로 벨라에게 가장 큰 아픔이 될 것이다.

흐음. 얘도 진심이라고 생각하고 있네. 뭐, 실연당했다가도 또 회복하는 게 사람 아니겠어. 그게 인생이지. 그러나 르네는 찰리의 얼굴을 떠올리자 마음이 불편해졌다. **생각을 못하겠어. 너무 피곤해. 아침에 일어나면 다 이해가 되겠지.**

"주무셔야죠. 지금 플로리다는 밤늦은 시간이니까요."

내 목소리가 얼마나 고통으로 얼룩져 있는지 내 귀에는 잘 들렸지만, 르네는 내 목소리를 그다지 잘 알아듣지 못했다. 그녀는 졸린 눈을 하고 고개를 끄덕였다.

"혹시 벨라가 필요한 게 생기면 날 좀 깨워줄래?"

"네, 그러겠습니다."

르네는 불편한 의자에 몸을 누이고는 재빨리 잠들었다.

나는 앉았던 의자를 벨라의 옆에 가져다 놓았다. 그 애가 가만히 잠든 모습을 보니 이상했다. 꿈꾸며 잠꼬대라도 해 주면 더 바랄 것이 없을 것 같아. 그 암흑 속에서 그 애는 과연 나와 함께 있을까. 거기에 벨라와 내가 함께 있기를 바라도 되는 건지 알 수는 없지만.

어머니와 딸이 숨 쉬는 소리를 들으며, 나는 앨리스가 여기에 날 홀로 두고 간 이후 처음으로 그녀 생각을 했다. 아무리 내 정신 상태가 절박했다지만, 앨리스가 나를 이만큼이나 혼자 놔둔 건 그녀답지 않은 행동이었다. 이제까지는 앨리스가 나를 혼자 놔둔 이유가 벨라를 확인하고 한숨 돌리라는 건 줄 알았다. 그런데 지금은 그녀가 나를 피

한 이유란 단 하나밖에 떠오르지 않았다.

그날의 사건들을 떠올릴 만한 시간은 참 많았다. 하지만 난 하나도 떠올리지 못했다. 그저 벨라를 지켜보며 내가 더 능력이 많았다면, 내가 더 좋은 존재였다면 이런 일은 없었을 거라며 헛된 한탄을 했을 뿐이다. 내가 올바른 행동이 무엇인지 찾아내고 그대로 했다면, 이런 악몽 같은 일이 벨라에게 얼씬도 하지 않았을 거란 후회만을 곱씹었다.

이제 나는 해야 하는 일이 더 있다는 걸 깨달았다. 고통스럽겠지만, 내가 느껴야 하는 고통에 비하면 충분치 못한 일이었다. 난 더 심한 고통을 받아 마땅하니까. 벨라의 병실을 떠나고 싶지 않았지만, 여기서 할 수 없는 일이었다. 앨리스에게 전화해야겠다. 어쩌면 그녀는 나를 피해 숨었는지도 모르지만.

난 복도로 나갔다. 내가 과연 병실을 떠나기는 할지 궁금해 하는 간호사 두 명은 날 무척 흥미롭게 바라보았다. 그리고 핸드폰을 꺼내들려는 순간, 계단에서 올라오는 앨리스의 생각이 들렸다. 그쪽으로 걸어간 나는 계단실 안에서 곧바로 그녀를 만났다.

앨리스는 가느다란 코드를 칭칭 두른 작고 검은 물체를 손에 들고 있었다. 손 모양은 마치 두 손으로 그걸 으깨어 부숴 버리고 싶다는 모습이었다. 마음 한구석으로는 그녀가 이걸 부수지 않아 좀 놀랐다.

너랑 이걸로 삼백 번 넘게 논쟁했는데, 널 납득시킬 수가 없더라고.

"아냐, 부수지 마. 난 이걸 봐야 해."

의견 차이를 인정해야겠군. 어쨌든 여기. 그녀는 내게 캠코더를 들이밀었다. 이걸 드디어 남에게 줄 수 있어서 기뻐하는 기색이 보였다. 난 마지못한 그걸 받아들었다. 내 손에 든 물건은 음험하고 그릇되게 느껴졌다. **혼자 있을 만한 곳으로 가.**

나는 고개를 끄덕였다. 좋은 충고였다.

난 벨라를 보고 있을게. 그럴 필요는 없지만, 이렇게 하면 네 마음이 편할 테니까.

"고마워."

앨리스는 계단을 쏜살같이 빠져나갔다.

나는 복도를 여기저기 돌아다녔다. 이 시간의 병원 복도는 고요했지만, 사람이 없지는 않았다. 어디 빈 병실에 들어갈까 생각했지만, 완전히 고립된 곳일 것 같지는 않았다. 나는 로비로 가서 바깥으로 나갔다. 그러자 좀 더 혼자가 된 느낌이었지만, 간간이 보안 요원들이 순찰을 도는 모습이 보였다. 내가 목적이 있는 듯 걷는다면 날 신경쓰지 않겠지만, 조금이라도 서성였다가는 분명히 날 조사하러 올 것이다.

나는 텅 빈 공간을 찾아보았다. 그러자 커다란 원형 진입로 바로 건너편에 인간의 생각이 들려오지 않는 공간을 발견하고 안심했다.

아무도 없는 건물이 알고 보니 대학 교회 예배당인 걸 보자 아이러니하게 느껴졌다. 늦은 시각에도 그곳은 불이 켜진 채로 열려 있었다. 칼라일이었다면 여기 들어와 편안함을 느꼈겠지만, 지금의 나에게는 아무런 도움이 되지 않을 게 뻔했다.

아무리 찾아도 안에서 문을 잠글 방법이 없어서, 나는 최대한 문에서 멀리 떨어진 앞쪽까지 갔다. 그곳에는 교회용 장의자 대신 접이식 나무 의자가 있었다. 나는 벽에서 의자 하나를 가져다가 오르간 그늘에 두고 앉았다.

앨리스는 내게 헤드폰도 주고 갔다. 나는 그걸 머리에 썼다.

눈을 감고 심호흡을 했다. 일단 이걸 보면 영원히 머릿속에 간직하게 되겠지. 절대로 해방되는 일은 없을 것이다. 그러자 공평하게 느껴졌다. 벨라는 이 순간을 견뎌내었잖아. 하지만 난 그저 지켜보기만 하면 되잖아.

나는 눈을 뜨고 캠코더의 전원을 켰다. 재생 화면 크기는 불과 5센티미터밖에 되지 않았다. 화면이 작다는 데 감사해야 할까, 아니면 이걸 더 큰 화면으로 봐야 마땅할까.

추적자의 얼굴이 클로즈업된 화면으로 비디오가 시작했다. 제임스. 그 이름은 그놈에게 너무 온순한 이름이었다. 그놈은 날 보고 미소지었다. 바로 이걸 원했구나. 날 보고 웃는 걸. 이건 다 날 위한 거였구나. 앞으로 이어질 내용은 나와 그놈의 대화가 되겠지. 일방적인 대화겠지만, 그 어떤 일이 일어나더라도, 벨라가 대화상대가 되는 일은 없었을 것이다. 상대는 나였다.

"안녕."

그는 기분 좋은 말투였다.

"쇼에 온 걸 환영한다. 내가 널 위해 준비한 쇼이니 즐겨주길 바라고. 좀 서두른 감이 없지 않은 데다, 다소 뒤엉킨 점은 유감이군. 하지만 내가 이기는 데 며칠밖에 걸리지 않을 거라고 누가 짐작이나 했겠어? 자, 말하자면 본 무대가 시작되기 전에, 하나 알려 주고 싶은 게 있는데, 이건 정말로 다 네 잘못이라는 점이야. 네가 내 앞을 막아서지 않았더라면, 빨리 끝났을 테니까. 하지만 이편이 더 재미있지 않아? 자, 그럼 다시 말하지. 즐겁게 보라고!"

비디오 화면이 검게 변하더니, 새로운 '장면'이 시작되었다. 나는 카메라 앵글을 알아보았다. 캠코더는 긴 거울 벽면 저편을 비추도록 TV 위에 올려져 있었다. 추적자는 몸을 기댄 채였다. 화면의 저 끝까지 휙 달려가는 그놈의 속도가 워낙 빨라 카메라에 제대로 찍히지 않았다. 다만 흐트러진 형체가 깜빡이는 것으로만 나타났을 뿐. 그놈은 비상구 옆에 자리를 잡고 한 손을 뻗은 채 꼼짝도 하지 않았다. 그 손은 검은 직사각형 물체를 쥐었다. 리모컨이었다. 그놈은 머리를 살짝 옆으로 기울인 채로 소리를 듣는 중이었다. 그러다 녹음되기에는 너무 작게 들려오는 소리를 듣고서 캠코더 쪽으로 미소를 지었다. 바로 내 쪽으로.

이윽고 나도 벨라가 다가오는 소리를 들었다. 달려오면서 비틀거리는 발걸음. 가쁜 숨소리. 문이 열리더니, 잠시 화면이 정지했다.

추적자는 리모컨을 들고서 버튼을 눌렀다.

지금껏 들었던 그 어떤 소리보다 큰 소리가 났다. 카메라 바로 밑에 있는 스피커에서 벨라의 어머니 목소리가 겁에 질려 외쳤다.

"벨라? 벨라?"

다른 방에서 달려오는 발소리가 다시 들렸다.

"벨라, 너 때문에 놀랐잖아!"

르네가 말했다. 벨라는 방문을 벌컥 열고 들어왔다. 당황한 표정으로 소리가 어디서 나는지 찾아대었다.

"다시는 그런 짓 하지 마라."

르네의 웃음 띤 목소리가 이어졌다.

벨라는 엄마의 목소리 쪽으로 빙글 돌아서더니, 이제는 내 쪽으로 돌아섰다. 바로 카메라 바로 밑에 시선을 집중하면서. 그 얼굴에 엄습하는 깨달음이 보였다. 그 애는 이게 속임수라는 걸 아직까지 완전히 깨닫지는 못했지만, 안심하기 시작하는 게 보였다. 어머니가 위험한 게 아니었으니까.

이윽고 스피커 소리는 조용해졌다. 벨라는 마지못해 움직였다. 보고 싶지 않았어도, 그놈이 거기 있다는 걸 알았으니. 그놈을 발견한 벨라의 몸이 굳어 버렸다. 나는 그 애의 옆모습만 볼 수 있었지만, 그놈이 벨라에게 미소 짓는 모습은 똑똑히 보였다.

그놈이 다가왔다. 난 자꾸 주먹을 쥐려는 손가락을 풀어야 했다. 캠코더를 부수기엔 너무 일렀다. 그놈은 벨라를 지나쳐 TV로 가서 리모컨을 내려놓았다. 그러면서 캠코더를 보며 날 향해 윙크했다. 이윽고 그놈은 돌아서서 벨라를 마주보았다. 돌아서면서 내게 등 돌린 채였지만, 나는 벨라의 모습을 완벽하게 볼 수 있었다. 카메라 각도는 거울에 비친 그놈 모습이 보이지 않게 설정되었다. 그건 틀림없이 놈의 실수였을 것이다. 자신이 하는 짓을 내게 다 보여 주고 싶어 했을 테니까.

"속인 건 미안하다. 하지만 뭐, 네 어머니가 진짜로 얽히는 것보다야 훨씬 낫지 않니?"

벨라는 묘한 눈빛으로 그놈을 보았다. 느긋하기까지 한 표정이었다.

"그래."

"나한테 속았다는 게 화나지 않는 모양이로군."

"맞아."

그 애의 어조에서 진실이 묻어났다.

추적자는 잠시 주저하다 말했다.

"이상하기도 하지. 진심으로 하는 말 같군."

그놈은 고개를 옆으로 갸웃거렸지만, 표정이 보이지 않아 난 추측만 할 수 있을 뿐이었다.

"너희 인간들이 꽤 흥미로울 수도 있다는 걸 알았으니, 너와 어울리던 그 이상한 가족의 심정을 조금은 알 것 같구나. 관찰하는 재미가 만만치 않겠어. 몇몇 인간들이 이기심을 완전히 버릴 수 있다는 건 참으로 놀라운 일인데그래."

그놈은 대답을 기대하는 듯 벨라 쪽으로 몸을 숙였지만, 그 애는 아무 말도 없었다. 그 불투명한 눈동자는 아무런 내색도 하지 않았다.

"네 남자친구가 네 복수를 해 줄 거라고 말하고 싶겠지?"

그는 목소리에 조롱기를 담아 물었다. 그건 그 애를 향한 조롱이 아니었다.

벨라는 조용히 대답했다.

"아니, 그렇지 않을 거야. 적어도 나는 그러지 말아 달라고 부탁했으니까."

"그 녀석은 뭐라고 대답했나?"

"나도 몰라. 편지를 남겼거든."

제발, 부디 그자를 뒤쫓지 말아 줘. 그 편지에는 이렇게 썼었다. **사랑해, 용서해 줘.**

벨라의 태도는 무심하다시피 했다. 그래서 추적자는 짜증이 나는 듯했다. 이제 그놈의 목소리는 더욱 날카로워졌고, 어조는 불길하게 뒤틀렸기 때문이다. 그놈은 역력하게 빈정거리는 목소리로 말했다.

"마지막 편지라, 참 낭만적이기도 하군. 어때, 네 생각엔 그 친구가 부탁을 들어줄 것 같은가?"

무슨 눈빛인지는 여전히 알 수 없었지만, 벨라는 차분한 얼굴로 말했다.

"들어줄 거라고 생각해."

이게 지금 내가 너한테 바라는 유일한 소원이야. 날 위해 꼭 그렇게 해 줄래? 그 애는 이렇게 썼었다.

"흐음. 그럼 우린 서로 다른 걸 바라는군."

그놈의 목소리가 심술궂게 변했다. 벨라가 침착한 모습을 보이자 자신이 계획했던 광경에 방해가 되었기 때문이다.

"이거 생각보다 너무 쉽고 간단하잖아. 솔직히 좀 실망했어. 훨씬 더 근사한 게임을 기대했다고. 어차피 나한테 필요한 건 약간의 행운뿐이었지만."

벨라는 이제 참을성 있는 표정을 지었다. 마치 아장아장 걷는 꼬마의 이야기를 들어 주는 부모 같은 기색으로, 횡설수설하리라 예상하면서도 아이가 좋아할 테니 열심히 들어 주겠다는 태도였다.

그에 맞추어 추적자의 목소리도 한층 강경해졌다.

"빅토리아가 네 아버지를 못 잡았다기에 네 뒷조사를 좀 더 부탁했지. 내가 고른 장소에서 편안하게 기다리면 되는데, 뭐 하러 온 세상을 다니며 널 뒤쫓겠어……."

추적자는 느릿느릿 우쭐하게 말을 이어갔지만, 속으로는 답답해 하는 게 느껴졌다. 이윽고 말이 점점 빨라지기 시작했다. 벨라는 반응하지 않았다. 그저 참을성 있고 정중하게 기다렸을 뿐이다. 그래서 그놈은 당황한 게 분명했다.

나는 추적자가 어떻게 벨라를 발견했을까, 라는 생각은 거의 하지도 못했다. 당장 행동하는 것 말고는 다른 데 관심을 가질 여유가 없었기 때문이다. 하지만 이 말을 듣자 이해가 되었다. 아무것도 놀라울 건 없었다. 다만 우리가 피닉스로 가는 비행기를 타는 걸 보고, 그가 마지막 장소를 정하게 되었다는 사실을 깨닫자 살짝 움찔했을 뿐이다. 하지만 그건 나의 양심이 가책을 느끼는 천 가지 실수 중 하나에 불과했다.

그놈의 독백은 마무리로 접어들었다. 내가 본인 이야기를 듣고 감명받을 거라고 여겼던 걸까? 어쨌든 난 앞으로 펼쳐질 장면에 대비해 마음을 단단히 먹었다.

"너무 쉬워서 내 기준으론 게임으로 칠 수도 없을 정도야. 그러니까, 난 네 남자친구가 복수를 하지 않을 거라는 네 말이 절대로 틀리기를 바라고 있는 거야. 이름이 에드워드라고 했던가?"

그놈이 내 이름을 잊어버린 척하는 건 어리석었다. 내가 그놈 이름을 잊어버릴 수 없는 것처럼, 그 역시 내 이름을 잊을 수 없었을 테니까.

벨라는 대답하지 않았다. 이제는 살짝 당황한 듯 보였다. 마치 핵심을 파악하지 못한 것처럼 말이다. 이게 자신을 위한 쇼가 아니라는 걸 깨닫지 못하고 있었다.

"그럼, 내가 너의 에드워드에게 작은 정성을 담은 편지를 남겨 둬도 될까?"

추적자는 화면에서 벗어날 때까지 뒤로 걸어갔다. 갑자기 화면이 벨라의 얼굴을 크게 확대했다.

이제 벨라의 표정은 내게 더없이 분명하게 보였다. 그 애는 서서히 깨달았다. 그놈이 자신을 죽이리라는 건 이미 알고 있었다. 하지만 먼저 고문할 거라고는 예상하지 못했던 거다. 어머니가 무사하다는 걸 안 이후 처음으로 겁먹은 표정이 되었다.

그 애에게 맞추어 나의 공포와 두려움도 함께 커졌다. 나라면 이 상황을 어떻게 견뎌 낼 수 있었을까? 모르겠다. 하지만 벨라는 견뎌 냈다. 그러니 나도 견뎌 내야 한다.

벨라에게 어렴풋이 떠오르는 공포를 나 역시 충분히 알아챘을 거라고 생각한 추적자는 다시금 화면 프레임을 넓게 잡은 다음 벨라의 어깨 너머로 거울에 비친 자신의 모습이 보이도록 앵글을 살짝 조정했다. 그는 다시금 자신의 연출에 만족했다. 벨라가 느끼는 공포는 그가 기대했던 극적인 부분이었다.

"미안하지만 네 남자친구는 이걸 보고 나면 나를 잡겠다는 욕망을 억누르지 못할 거다. 때문에 난 놈에게 어느 것 하나 빠뜨리지 않고 보여 주고 싶거든. 물론 이 모든 건 그놈을 위한 거다. 넌 재수 없게 엉뚱한 장소에서 엉뚱한 사람들과 엮이는 바람에 덩달아 피해를 보게 된 어리석은 인간일 뿐이야."

그놈은 벨라 가까이 다가서며 다시 화면 속으로 들어왔다. 거울에 비친 그놈은 일그러진 미소를 지었다.

"시작하기 전에……."

벨라의 입술이 하얗게 질렸다. 그놈은 거울 속으로 내 눈을 마주보았다.

"짚고 넘어갈 이야기가 하나 더 있어. 어차피 답은 처음부터 정해져 있었는데, 혹시나 에드워드가 그걸 알아차리고 내 재미를 망칠까 봐 은근히 걱정이었지. 아주 오래전에 그런 일이 한 번 있었거든. 노리고 있던 먹이가 나를 피해 달아난 적이 딱 한 번 있었단 말이지."

앨리스는 추적자가 흥미를 잃어버릴 방법을 나에게 보여준 적이 있었다. 그놈은 내가 그 생각을 거절했다는 사실을 깨닫지 못했다. 알았어도 절대로 이해할 수 없었을 터였다.

그놈은 다시금 독백을 시작했다. 우리가 그곳에 도착할 때까지 벨라가 살아남을 수 있었던 이유란 그놈이 본인의 성공에 흡족해 하고 싶어서였기 때문이라는 걸 난 알아챘다. 하지만 난 계속 답답함에 이를 갈고 있다가, 그놈이 내뱉은 계집애라는 말을 듣고서야 깨달았다. 벨라가 우리에게 말하려던 게 이거였구나. **앨리스, 비디오에……. 그자**

가 앨리스를 알아요. 앨리스가 어디에서 왔는지 그자가 알고 있었어요.

추적자는 설명을 이어갔다.

"……가엾은 그 계집애는 거의 고통도 느끼지 못하더군. 지하 감옥 같은 어두운 골방에 너무 오래 갇혀 있었던 탓이지. 백 년만 일찍 태어났어도 그 계집은, 미래를 내다본다는 이유로 마녀의 낙인이 찍힌 채 화형을 당했을 거야. 그나마 1920년대니까 정신병원에서 전기충격 치료를 받았던 거지. 새로이 젊은 몸으로 눈을 뜬 그 앤 난생처음 태양을 보는 양 새로운 세상을 만끽할 수 있었어. 늙은 뱀파이어가 그 계집애를 강한 뱀파이어로 다시 태어나게 했으니, 이젠 내가 탐을 낼 이유도 없어졌지. 그래서 난 복수심에 불타 그 늙은이를 없애 버렸다."

"앨리스."

벨라는 숨을 몰아쉬었다. 밝혀진 사실을 듣고서 그 얼굴에는 핏기 한 점 돌지 않았다. 이제 입술은 그 어느 때보다도 희미한 초록색으로 질렸다. 기절하려나? 그래 봤자 오래지 않아 깨어나게 되겠지만, 기절하면 잠깐이라도 이 상황을 벗어날 수 있지 않을까 나도 모르게 바라고 있었다.

여기서 생각해 볼 것은 아주 많았고, 어떤 부분은 앨리스의 느낌이 어떨지 알고 싶어질 것이었지만, 지금은 그런 생각을 할 때가 아니었다. 지금은 안 돼.

그는 다시금 나와 눈을 마주치며 말했다.

"그래, 바로 네 친구. 초원에서 그 애를 보고 어찌나 놀랐던지. 그러니 그 여자애 가족도 이번 경험에서 뭔가 마음의 위안을 얻을 순 있을 거다. 난 너를 손에 넣었지만, 그들은 그앨 데리고 있으니 말이야. 감히 내 손을 빠져나간 유일한 먹이를 데리고 있으니 영광으로 알아야겠지. 그 애가 얼마나 맛있는 냄새를 풍겼던지 아무도 모를 거다. 그때 맛을 보지 못한 게 아직도 후회스러울 지경이야……. 그 앤 너보다도 더 근사한 냄새를 풍겼거든. 미안하구나. 널 기분 나쁘게 할 생각은 없다. 네 냄새도 꽤 좋아. 꽃향기 같은 게 나지……."

그놈은 점점 가까이 다가와 벨라 위를 굽어 보더니, 손을 내밀었다. 나는 다시금 캠코더를 부숴 버릴 뻔했다. 그놈은 아직 벨라를 해치지 않았고, 다만 머리칼 한 줌을 쥐고서 갖고 놀며 두려움을 끌어냈다. 최대한으로.

나는 의자에서 바닥으로 힘없이 내려앉았다. 그리고 옆에 캠코더를 놓은 다음 손을 꼭 모아쥐었다. 이렇게 해서 다행이었다. 추적자가 다시금 손을 뻗어 그 애 뺨을 부드럽게 어루만졌을 때는, 내가 내 손을 부수는 건 아닌지 걱정될 정도였으니까.

"도저히 이해가 되지 않아."

추적자는 이렇게 결론을 내리고 말했다.

"자, 이젠 일을 시작해야지."

그놈은 나를 다시 보면서 희미한 미소를 지었다. 자신이 열중하고 있다는 걸, 그리고 이 상황을 즐기게 될 거라는 점을 내게 보여 주고 싶었던 거다.

"그래야 네 친구들한테 전화를 걸어서 너를 어디서 발견할 수 있을지 알려 주고, 또 내 메시지도 전할 수 있으니까."

벨라는 덜덜 떨기 시작했다. 얼굴이 어찌나 창백하던지 서 있는 것도 놀라워 보였다. 추적자는 그 애 주위를 빙빙 돌기 시작하면서, 거울을 보며 내게 미소지었다. 그리고 벨라의 얼굴로 눈길을 돌린 채 납작 엎드렸다. 미소 띤 입술 사이로 이빨이 드러났다.

겁에 질린 벨라는 뒷문으로 도망갔다. 이렇게 되기를 원했구나. 그 애를 부추겨서 움직이게 만든 거구나. 벨라의 앞으로 뛰어오른 놈은 무시무시한 백핸드로 그 애를 거울 벽으로 내던진 다음 이빨을 드러내며 흐뭇하게 웃었다.

벨라는 잠시 공중에 뜬 채 정지했다. 이윽고 금속이 부딪치는 소리, 뼈가 부서지는 소리, 거울이 깨지는 소리가 나며 벨라의 몸이 놋쇠로 만든 발레 바와 거울에 세게 부딪쳤다. 틀에서 떨어진 발레 바가 바닥에 부딪혔다. 그 애의 몸도 바닥에 부딪혔다. 미끄러져 내리는 몸뚱이에 붙은 팔다리는 축 늘어진 채였고, 깨진 유리 조각들이 빛에 반짝이며 몸 둘레에 내려앉았다. 제발 기절했기를, 난 다시금 빌었다. 그러나 그 애의 눈을 보고 말았다.

넋을 잃은 채로, 가련하고, 겁에 질린 그 눈망울을.

어찌나 손을 세게 쥐었던지 으스러지는 느낌에 손이 아파왔다. 하지만 난 손을 풀 수가 없었다.

추적자는 그 애 쪽으로 어슬렁거리며 다가왔다. 하지만 거울을 바라보는 눈은 나를 응시하고 있었다. 이 모든 게 다 자신의 계획이라는 것을 빠짐없이 내게 알려주길 원하면서, 그는 나를 가리켰다.

"아주 훌륭한 특수효과로군. 내가 찍는 영화에서 이 방이, 시각적으로 극적인 효과를 낼 수 있을 거라고 생각했지. 그래서 널 만날 장소로 군이 이곳을 선택한 거란다. 어때, 완벽하지 않니?"

그놈이 주목하고 있는 게 변했다는 걸 벨라가 알아차린 것인지, 아니면 그냥 본능적으로 움직이는 것인지 알 수가 없었지만, 그 애는 고통스럽게 몸을 비틀어 바닥에 손을 짚고 출구 쪽으로 기어가기 시작했다. 추적자는 그 애처로운 노력에 조용히 웃더니 이윽고 벨라 앞에 섰다.

앨리스는 이 장면을 내게 이미 보여 주었다. 난 고개를 돌려 버리고 싶었다. 하지만 그럴 수 없었고, 추적자의 발이 그 애의 종아리를 세차게 밟았다. 경골과 비골이 견디지 못하고 뚝 부러지는 소리가 들렸다.

벨라의 온몸이 움찔했다. 이윽고 자그마한 방 안에 울려 퍼진 비명이 유리와 반질반질한 나무에 반사되었다. 헤드폰을 낀 나의 귓가를 누가 드릴로 뚫어대는 것만 같았다. 그 애의 얼굴은 고통으로 일그러졌고, 눈 안쪽으로 미세혈관들이 터져갔다.

"네 마지막 부탁, 다시 한 번 생각해 보지 그러니?"

그놈은 벨라에게 물었다. 이제는 그 애에게 초점을 전부 맞춘 채였다. 그리고 한쪽 발끝을 세우고는 부러진 다리 부분을 슬쩍 건드렸다.

벨라는 다시 비명을 질렀다. 그 소리는 목구멍을 긁고 할퀴며 나왔다.

"구해 달라고 에드워드에게 부탁하고 싶지 않아?"

추적자는 무대 가장자리에 선 감독처럼 그 애를 떠보았다.

그놈은 벨라를 고문할 생각이었다. 그 애가 나에게 그놈을 사냥해 달라며 애원할 때까지 말이다. 강요당해서 그런 말을 했다고 해도, 내가 이해했을 거란 사실을 벨라는 왜 모르나. 이 상태로라면 분명히 그놈이 바라는 대답을 곧 하게 될 텐데.

"그놈이 듣고 싶어 하는 대로 말해 줘."

이젠 아무 소용없게 됐지만, 그래도 난 화면 속 벨라에게 속삭였다.

"안 돼!"

벨라는 쉰 목소리로 외쳤다. 그리고 처음으로 카메라 렌즈를 응시하며 핏줄 터진 눈으로 날 바라보며 애원했다.

"안 돼, 에드워드. 그러면……."

그놈은 위로 치켜든 벨라의 얼굴을 걷어찼다.

나는 이 일격으로 그 애 얼굴 왼쪽에 난 자국을 이미 보았다. 광대뼈에 작은 균열이 두 군데 생겼다. 그놈은 그래도 조심스럽게 찼던 거다. 조금이라도 힘을 주어 걷어차면 그 애는 죽을 거란 사실을 알고서. 아직 놈에게는 할 일이 남았으니까. 이건 그저 살짝 친 것에 불과했다.

벨라는 다시금 공중을 날았다.

하지만 그 애가 날아가는 궤적을 보자, 난 그놈의 실수를 즉시 알아차렸다.

유리는 이미 깨져 있었다. 금속 테를 둘러둔 가장자리가 마치 뾰족한 은빛 이빨처럼 바깥으로 일그러져 튀어나왔다. 벨라의 머리는 아까와 거의 같은 지점에 부딪혔지만, 이번에는 땅에 떨어지면서 유리가 깨어진 부분이 두피를 찢었다. 피부가 찢어지는 소리를 못 들을 리 없었다.

그놈은 돌아서서 바라보았다. 자신이 무슨 짓을 저질렀는지 알아차린 거울 속 표정이 일그러지는 게 보였다.

벌써 벨라의 머리에서 피가 나는 중이었다. 빨간 실선처럼 옆얼굴로 흘러내리는 피는 목선을 타고 오목하게 파인 쇄골 위에 고였다. 그 광경을 보기만 했을 뿐인 나도 목에 불길이 일었다. 그 피를 맛본 기억이 확 끼쳐왔다.

이제 팔꿈치에 고이기 시작한 피는 커다랗게 뚝뚝 소리를 내며 바닥으로 떨어졌다.

피가 너무 많이 났고, 또 너무 빨리 흘렀다. 압도적인 광경이었다. 이토록 피가 많이 났는데 벨라는 어떻게 살아남은 건지 난 그 모습에 충격을 받았다. 추적자 역시 그 모습을 보았다. 그놈이 세운 계획과 자만심이 모두 사라져갔다. 그 얼굴은 인간이 아니라 야생의 존재처럼 변했다. 마음 한편으로는 갈증을 견뎌내려는 마음도 조금 있었다. 눈빛에 그런 기색이 보였으니까. 하지만 지금은 스스로를 제어할 수 있는 상황이 아니었다. 이게 그저 쇼라는 것도, 나에게 보여 줘야 한다는 것도 간신히 기억할 뿐이었다.

사냥할 때 나는 고함이 그놈의 잇새에서 터져나왔다. 벨라는 본능적으로 자신을 보호하기 위해 손을 들었다. 그 애의 눈은 이미 감겨 있었고, 얼굴에서는 생명을 담은 피가 주르르 흘러내렸다.

그때, 폭탄이 터지듯 부서지는 소리와 포효가 들려왔다. 추적자는 달려들었다. 창백한 형체가 너무 빨리 번뜩이며 카메라 화면 안으로 들어와 뭐가 뭔지 분간할 수가 없었다. 추적자는 장면에서 사라졌다. 벨라의 손바닥을 스친 놈의 이빨에 붉은 자국이 보였다. 생기 없이 떨구어진 벨라의 손은 피 고인 바닥에 닿아 조용히 피를 튀겼다.

화면 속에서 나의 모습이 흐느껴 울었다. 칼라일이 그 애를 구하려고 작업했다. 그 모습을 난 완전히 무감각한 상태가 되어 바라보았다. 화면의 오른쪽 아랫부분에 가끔 눈길이 갔다. 거기에는 이따금씩 추적자의 몸뚱어리가 슬쩍 나타났다. 에밋의 팔꿈치와 재스퍼의 뒷머리도 보였다. 이렇게 스쳐가는 작은 이미지로는 그 싸움이 어땠는지 알아내기가 불가능했다. 언젠가는 에밋이나 재스퍼에게 날 위해 그때 일을 기억해 달라고 부탁할 것이다. 하지만 그걸 본다 한들 내가 느낀 분노를 조금이라도 누그러뜨릴 수 있을까. 그때 내가 직접 추적자를 갈가리 찢어 불태웠다고 해도, 결코 충분하지 않았을 것이다. 그 어떤 것도 이 상황을 다시 바로잡을 수는 없었다.

결국 앨리스가 카메라 렌즈 쪽으로 다가왔다. 그녀의 얼굴이 고통스럽게 경련했다. 녹화 장면의 환상을 봤던 거다. 지금 내가 이걸 보는 환상 역시 분명히 봤겠지. 그녀는 캠코더를 들었고, 이내 화면은 어두워졌다.

나는 캠코더 쪽으로 천천히 손을 뻗은 다음, 꼼꼼한 손길로 천천히 그걸 부수어 금속과 플라스틱 가루로 만들어 버렸다.

일을 마친 다음, 나는 몇 주 동안 들고 다니던 작은 병뚜껑을 셔츠 주머니에서 꺼냈다. 벨라를 기억하는 나의 증표이자, 그 애와 나를 물리적으로 이어 주었던, 어리석지만 안도감을 주었던 나의 부적을.

병뚜껑은 잠시 손에서 희미하게 반짝였다. 이윽고 난 그걸 엄지와 검지로 비벼 가루로 만든 다음 그 강철 파편을 캠코더의 잔해 뒤로 떨어뜨렸다.

난 벨라와 이어질 자격이 없어. 벨라를 원해서는 안 돼.

그 후로 하염없이 난 빈 예배당에 앉아 있었다. 어느 순간, 스피커에서 조용한 음악이 흘러나오기 시작했다. 하지만 아무도 들어오지 않았고, 내가 여기 있다는 걸 알아챈 인간의 기척도 없었다. 이 음악은 자동 재생되도록 맞추어 놓은 듯했다. 라흐마니노프 피아노 콘체르토 제2번 2악장 아다지오 소스테누토(Adagio Sostenuto)였다.

무감각해지고 차가운 상태로, 난 음악을 들으며 벨라가 괜찮아질 거라고 계속 되뇌어 보았다. 지금 일어서서 그 애 곁으로 돌아갈 수 있다고, 앨리스가 이제 서른여섯 시간만 더 있으면 벨라가 눈을 뜨는 미래를 보지 않았느냐고, 이제 하루 반만 참으면 된다고 말이다.

하지만 지금은 그 어떤 것도 상관없었다. 그 애가 아파야 했던 건 모두 다 내 잘못이었기에.

나는 건너편에 난 높은 창을 응시하며, 검은 밤하늘이 서서히 옅은 잿빛으로 변해 가는 모습을 지켜보았다.

그러다 지난 백 년간 한 번도 해보지 않았던 걸 했다.

바닥에 무릎을 꿇고 고개를 숙인 채, 고통에 겨워 움직이지 않은 채…… 나는 기도했다.

나의 하느님께 기도하지는 않았다. 내 종족에게는 신이 없다는 걸 본능적으로 알고 있었으니까. 불멸의 존재에게 신이 있다는 것 자체가 말이 되는가. 혹여 신이 있다 한들, 우리는 그 신의 권능에서 스스로를 빼앗은 존재다. 우리는 우리의 삶을 창조했고, 그 삶을 다시 빼앗을 수 있을 정도로 강한 힘은 우리같은 또 다른 존재밖에 없었다. 지진도 우리를 으스러뜨리지 못하고, 홍수도 우리를 익사시키지 못하고, 불길은 우리를 잡기에 너무 느렸다. 용암과 유황불은 우리와 무관했다. 우리는 우리 자신만의 또 다른 세계에서 신이 되었다. 필멸자의 세상에 살지만 그들을 뛰어넘고, 필멸자의 법에 결코 종속되지 않으며, 오로지 우리만의 법칙을 따르는 존재였다.

내가 따르는 하느님은 없었다. 그래서 나는 애원하며 빌 존재가 없었다. 물론 칼라일의 생각은 달랐다. 어쩌면, 바보 같은 생각일지도 모르지만, 칼라일 같은 분에게는 예외적으로 신이 있을 수도 있겠지. 하지만 나는 칼라일이 아니었다. 우리 종족처럼, 나는 죄 많은 존재다.

그래서 나는 대신에 그 애의 하느님께 기도했다. 벨라의 세계에 더 높고 자비로운 권능이 존재한다면, 정말이지 당연히, 그 신이 남성이든 여성이든 아니면 성별을 뛰어넘은 존재이든, 그 신은 더없이 용감하고도 상냥한 그분의 딸을 보살펴주어야 마땅하기 때문이다. 그렇지 않다면, 신이라 불리는 그 실체는 아무런 목적 없는 존재나 마찬가지

다. 이 멀게만 느껴지는 그 애의 하느님이 정말로 존재한다면, 벨라가 그분께 중요한 존재라고 믿어야 했다.

그래서 나는 그 애의 하느님께 기도했다. 내게 필요한 힘을 달라고. 나에게는 충분한 힘이 없다는 걸 아니까. 그래서 그 힘은 바깥에서 와야 할 것이다. 더없이 생생하게, 난 앨리스의 환상 속 버림받은 벨라의 모습을 떠올렸다. 생기 없고 어두운, 텅 비고 공허한 그 얼굴을. 그 애의 고통과 그 애가 겪는 악몽을. 그 애가 이토록 슬퍼할 걸 알면서도 내 결심이 무너지지 않고 굴복하지 않을 수 있을까? 아니, 상상조차 못할 일이었다. 하지만 난 해내야 한다. 그럴 힘을 얻도록 해야 한다.

그래서 그 애의 하느님께 기도했다. 저주받아 방황하는 내 영혼의 모든 고뇌를 담아서, 남성인지 여성인지 아니면 성별을 뛰어넘은 존재인지 알 수 없는 그 신에게 기도했다. 부디 벨라를 내게서 보호해 달라고.

29

필연

앨리스는 벨라가 마침내 눈을 뜨는 순간을 보았다. 그 애가 다른 사람과 대화하기 전에 나와 단둘이 함께 시간을 보내야 하는 현실적인 이유가 몇 가지 있었다. 일단, 벨라는 우리가 무슨 행동을 어떻게 꾸몄는지 전혀 알지 못했다. 물론 앨리스가 칼라일이 이걸 처리할 수 있었을 거고, 벨라는 그 나름의 이야기를 우리와 맞출 때까지 기억상실증에 걸린 척 할 수 있을 만큼 총명했지만, 앨리스는 단지 이야기를 맞추는 것 이상의 무언가가 내게 필요하다는 걸 알고 있었다.

몇 시간 기다린 끝에, 앨리스는 르네에게 자기소개를 한 다음 그녀를 현혹했고, 이제 그 둘은 아주 가까운 사이가 되었다. 적어도 르네의 머릿속은 그렇게 여겼다. 아주 적절한 때 르네에게 같이 점심을 먹으러 가자고 설득한 것도 앨리스였다.

오후 한 시를 살짝 넘긴 시각이었다. 나는 아침 햇살이 들어오지 못하도록 블라인드를 내렸지만, 곧 다시 열 수 있을 것이었다. 태양은 이제 병원 저쪽으로 넘어간 참이었다.

르네가 자리를 비우자, 나는 벨라의 침대 가까이 의자를 끌어 놓고 그 애 어깨 옆 매트리스 가장자리에 팔꿈치를 얹었다. 이 애는 시간의 흐름을 느낄 수 있었을까. 아니면 아직도 그 저주받은 거울의 방에 의식이 머물러 있을까. 벨라는 안심해야 했다. 그리고 내 얼굴을 보면 안심할 거라는 확신이 내게는 있었다. 이게 좋은 건지 나쁜 건지 모르겠지만, 내가 있으면 벨라는 안심했다.

예정된 시각에 맞추어 벨라는 꿈틀대기 시작했다. 예전에도 움직인 적은 있었지만, 이번에는 좀 더 집중해서 노력하는 기색이었다. 움직이려 하자 생긴 고통으로 이맛살이 찌푸려지고, 스트레스를 받을 때 나타나는 자그마한 V자가 나타났다. 이럴 때마다 자주 바랐던 대로, 나는 엄지를 들어 가볍게 그 눈 사이에 대고 그 주름을 지우려 했다. 주름이 살짝 희미해지더니, 이윽고 눈꺼풀이 파르르 떨리기 시작했다. 심장 박동 측정 모니터의 부저음이 살짝 빨라졌다.

벨라는 눈을 떴다가 이내 감았다. 그 애는 머리 위로 보이는 밝은 불빛에 눈살을 찌푸리면서 다시 눈을 뜨려 했다. 그러다 고개를 돌리고 창문을 바라보며 빛에 적응해 갔다. 심장은 이제 더 빠르게 뛰고 있었다. 이제 벨라는 모니터 연결선을 단 손을 힘겹게 움직이면서 코 밑에 있는 튜브에 손을 뻗었다. 보아하니 그걸 떼어 버리고 싶은 모양이었다. 난 그 손을 잡았다.

"그러면 안 돼."

내가 조용히 말했다. 내 목소리를 듣자마자 그 애의 심장이 다시 느려지기 시작했다.

"에드워드?"

벨라는 원하는 만큼 고개를 돌리지 못했다. 나는 더 가까이 다가갔다. 우리의 눈이 마주쳤다. 아직도 충혈되어 빨간 그 애의 눈에 눈물이 차오르기 시작했다.

"에드워드, 정말 미안해."

벨라가 내게 사과하다니. 내 마음이 아주 특별하고도 날카로운 방식으로 아파왔다.

"쉿. 이제 다 괜찮아졌으니까 됐어."

난 말을 막았다.

"어떻게 된 거야?"

벨라가 물었다. 이 상황의 수수께끼를 풀려는 듯 그 이마에 주름살이 졌다.

난 무어라 대답할지 계획을 세워놓았었다. 가장 부드럽게 설명할 방법을 생각해 두었다. 하지만 막상 입을 열자, 내가 느꼈던 공포와 후회가 먼저 마구 밀려나왔다.

"너무 늦을 뻔했어. 조금 더 일찍 가지 못해 미안해."

벨라는 한참 나를 응시했다. 난 그 애의 기억이 돌아오는 모습을 지켜보았다. 그 애는 얼굴을 찡그렸고, 호흡이 다시 가빠졌다.

"내가 어리석었어, 에드워드. 난 정말 그자가 엄마를 잡고 있는 줄 알았어."

"우리 모두가 속은 거야."

문득 든 급한 생각에 그 애는 미간을 찌푸렸다.

"찰리하고 엄마한테 전화해야 해."

"앨리스가 전화 드렸어."

찰리와의 연락은 칼라일 대신 앨리스가 맡았다. 지금 그녀는 하루에 몇 번씩 찰리에게 전화해서 이런저런 이야기를 했다. 르네처럼 찰리 역시 앨리스에게 홀려 버렸다. 그녀는 벨라가 깨어났다는 전화를 하기 전에 할 일을 계획해 두었다. 오늘 드디어 벨라가 의식을 회복한다는 걸 알고 신난 채였다.

"르네는 여기, 병원에 와 계시고. 지금은 뭘 좀 드시러 가신 거야."

그러자 벨라는 침대에서 벌떡 일어나려는 듯이 몸을 비틀었다.

"엄마가 여기 있다고?"

나는 그 애의 어깨를 잡고 다시 눕혔다. 벨라는 몇 번 눈을 깜빡이면서 현기증이 난 것처럼 주위를 둘러보았다.

"곧 돌아오실 거야. 그리고 넌 가만히 안정을 취해야 해."

난 벨라를 안심시켰다. 하지만 그 애는 내 의도대로 차분해지지는 못했다. 겁에 질린 눈빛이었다.

"엄마한테 뭐라고 말했어? 우리 엄마한테 내가 왜 여기 있다고 했어?"

나는 살짝 웃었다.

"넌 이층 계단에서 넘어져 창문으로 떨어진 거야."

부모님 두 분 모두 우리가 꾸며낸 이야기를 받아들인 걸 보면, 이런 사고는 그저 있을 수도 있다는 정도가 아니라 언젠가는 이럴 줄 알았다는 식이었다. 나는 이렇게 덧붙이는 게 맞다는 생각이 들었다.

"있을 수 있는 일이라는 거 너도 인정해야 할걸."

벨라는 한숨을 쉬었다. 하지만 알리바이를 알고 나자 좀 더 차분해진 기색이었다. 그 애는 이불을 덮은 자신의 몸을 몇 초간 내려다보더니 물었다.

"나 얼마나 심하게 다쳤어?"

나는 커다란 부상만 언급했다.

"한쪽 다리랑 갈비뼈 네 대가 부러졌고, 두개골엔 금이 가고. 온몸엔 멍이 든 데다 출혈도 심했어. 수혈도 여러 번 했지. 그래서 한동안 너한테 전혀 다른 냄새가 나서 난 싫었어."

그 애는 미소를 짓다가 얼굴을 찌푸렸다.

"너한테도 색다른 변화였으니 좋았겠네."

"아니, 난 원래 그대로의 네 체취가 좋아."

벨라는 내 눈을 유심히 바라보며 무언가를 탐색했다. 그리고 한참 이렇게 쳐다본 다음 물었다.

"어떻게 한 거야?"

이 화제가 왜 이렇게 불쾌하게 느껴지는지 모르겠다. 난 성공했다. 내가 해낸 일을 두고 에밋과 재스퍼, 앨리스가 어마어마하게 놀랐다는 것도 안다. 하지만 난 그들처럼 생각할 수가 없었다. 너무 아슬아슬했는걸. 내 몸이 그 더없는 행복 속에 영원히 머물기를 얼마나 간절히 바랐는지 참을 수 없으리만큼 또렷하게 기억하고 있으니까.

난 더는 벨라와 시선을 마주할 수 없었다. 그래서 그 애 손을 바라보며 조심스럽게 그 손을 잡았다. 양손에 달린 전선이 확 딸려 나왔다.

"나도 모르겠어."

내가 속삭이자 벨라는 아무 말도 하지 않았다. 하지만 그 눈빛은 좀 더 설명해 주길 바란다는 게 느껴졌다. 난 한숨을 쉬었다.

내 말은 숨결보다 약간 큰 정도로 나지막하게 나왔다.

"그걸 막는 건…… 불가능해. 불가능한 일인데, 내가 해냈네."

난 그 애와 눈을 마주치며 웃어 보려 했다.

"내가 정말로 너를 사랑하나 봐."

"냄새만큼 맛은 좋지 않았어?"

벨라는 자기가 한 농담에 방긋 웃었다가 광대뼈에 난 상처를 느끼고는 몸을 움찔했다.

하지만 난 그 애의 가벼운 어조에 장단을 맞춰주지 못했다. 아무리 봐도 벨라는 이런 농담에 웃으면 안 된단 말이야.

난 결국 솔직하게 말했다. 약간은 씁쓸한 어조였을 것이다.

"내가 상상했던 것보다 훨씬 더 좋았어."

"미안해."

나는 눈을 흘겼다.

"사과 받을 게 어디 한두 가지라야 말이지."

그 애는 내 표정을 살펴보았지만 무슨 뜻인지 실마리를 찾지 못해 언짢아 보였다.

"내가 뭘 사과해야 하는데?"

아무것도 사과할 건 없어, 이렇게 말하고 싶었지만 지금 벨라는 미안해하는 기색을 보였다. 그래서 반성할 만한 거리를 주었다.

"널 영원히 잃어버릴 뻔하게 만들었으니까."

그 애는 내 말에 수긍하며 멍하니 고개를 끄덕였다.

"미안해."

나는 벨라의 손등을 쓰다듬었다. 손등에 반창고를 잔뜩 붙여 놓은 터라 내 손길을 과연 느낄 수 있을지는 모르겠지만.

"네가 왜 그랬는지는 알아. 그래도 그건 이성적이지 못한 행동이었지. 먼저 날 기다렸다가 얘기부터 해줘야 했던 거 아닐까."

하지만 이 말은 통하지 않았다.

"그랬으면 넌 날 안 보내줬을 거야."

나는 이를 악물고 말했다.

"그래. 안 보냈겠지."

벨라의 눈빛이 잠시 멍해지더니, 심장이 빠르게 뛰었다. 그리고 온몸을 부르르 떨다가 그 때문에 생긴 통증에 신음을 내었다.

"벨라, 왜 그래?"

그 애는 가냘픈 목소리로 말했다.

"제임스는 어떻게 됐어?"

음, 마음을 편하게 해 주려면 이것까지는 말해도 되겠지.

"내가 놈을 너한테서 끌어낸 다음에 에밋과 재스퍼가 처리했어."

그러다 벨라는 눈살을 찌푸리고 얼굴을 찡그리더니 다시 표정을 누그러뜨렸다.

"에밋하고 재스퍼는 거기서 못 봤는데."

"피가 너무 많아서…… 두 사람은 다른 곳에 있어야 했거든."

피가 강물처럼 넘쳐흘렀지. 잠시 나는 아직도 피투성이가 된 기분이 들었다.

"하지만 넌 곁에 있었잖아."

그 애가 나지막이 말했다.

"그래."

"앨리스랑 칼라일도……."

벨라의 목소리에는 놀라움이 가득 어렸다. 나는 살짝 웃기만 했다.

"그들도 너를 사랑하니까."

그러자 그 애의 표정이 갑자기 걱정스레 변했다.

"앨리스가 테이프 봤어?"

"응."

그건 우리가 현재 피하고 있는 화제였다. 앨리스가 나름대로 조사를 하고 있다는 걸 난 알고 있었다. 그리고 난 아직 앨리스와 그 문제로 논의할 준비가 되지 않았다는 걸 그녀도 알고 있었다.

"앨리스는 언제나 어둠 속에 있었기 때문에 기억을 못하는 거였어."

벨라가 다급하게 말했다. 이런 상황에서도 이 애의 관심사는 죄다 남에게 쏠려 있다니, 참 벨라답군.

"알아. 이젠 본인도 알게 됐지."

지금 내 표정이 어떤지 알 수가 없었지만, 벨라는 날 보고 걱정하게 되었다. 그래서 손을 뻗어 내 뺨을 어루만지려 했지만, 손에 달린 정맥 주사 튜브 때문에 그러지 못하고 신음만을 흘렸다.

"윽."

정맥 주사가 빠졌나? 손짓이 그리 격하지는 않았지만, 내가 가까이 들여다볼 수 있는 게 아니었다. 나는 대뜸 물었다.

"왜 그래?"

"바늘 싫은데."

벨라는 이렇게 말하며 이제 천장을 올려다보았다. 마치 자기 위에 있는 기본적인 방음 타일보다 뭔가 더 재미있는 게 있다는 듯 눈빛은 집중하다가 심호흡을 했다. 그 입술 가장자리가 새파래지자 난 깜짝 놀랐다.

"바늘이 무섭다니. 널 죽을 때까지 고문하려고 달려드는 악마 같은 뱀파이어는 아무렇지도 않게 만나러 달려가면서, 정맥 주사 바늘에 덜덜 떨다니……."

내가 투덜대자 그 애는 눈을 흘겼다. 새파래진 기색은 이미 사라졌다.

이윽고 벨라는 나를 슬쩍 보더니 괴로운 어조로 물었다.

"넌 왜 여기 와 있는 거야?"

내가 왜 있느냐면……, 하지만 그건 중요한 게 아니지.

"내가 갔으면 좋겠어?"

어쩌면 내가 해야 할 일이 생각보다 쉬울지도 모르겠군. 쓸모 없는 내 심장의 모든 부분을 고통이 찔러대었다.

"아니!"

벨라는 소리쳤다. 마치 고함을 치듯이 말이다. 그 애는 일부러 목소리를 확 줄여서 속삭였다.

"그게 아니야. 내 말은 네가 여기 있는 이유를 우리 엄마가 어떻게 알고 계시느냔 뜻이야. 엄마가 돌아오시기 전에 서로 얘기를 맞춰 놔야 할 거 아냐?"

"아."

물론 그 일이 쉬울 리는 없지. 이 애가 나랑 끝났다고 생각했던 적이 얼마나 많았던가. 하지만 이 애는 전혀 아니었다.

"나는 너를 설득해서 포크스로 돌아가자는 말을 하려고 피닉스에 왔어."

나는 성실하고 정직한 목소리로 설명했다. 내가 이 방에 있어야 하는 이유를 간호사들이 믿어 주기를 바랐을 때 사용하던 목소리였다.

"넌 나와 만나기로 했고, 내가 머물고 있던 호텔까지 차를 몰고 왔어. 물론 보호자로 칼라일과 앨리스가 함께 온 거지……."

나는 눈을 커다랗게 떴다. 이러면 특히 순수해 보인다.

"그런데 네가 그만 내 방으로 올라오다가 계단에서 발을 헛디뎌 넘어진 거야……. 나머지는 너도 알겠지. 어쨌든 너는 자세한 사항은 기억할 필요 없어. 그런 부분까지 기억 못하는 게 당연할 만큼 많이 다친 걸 핑계 삼으면 돼."

벨라는 잠깐 이 변명을 곰곰이 따져보았다.

"그 얘기엔 몇 가지 문제점이 있어. 가령 호텔에 깨진 창문이 없다든가 하는 거."

나는 어쩔 수 없이 빙긋 웃었다.

"그렇지 않아. 앨리스가 그럴듯한 증거를 남기는 데 너무 재미를 붙였거든. 모든 일이 아주 자연스럽게 처리됐어. 원한다면 넌 아마 호텔을 고소할 수도 있을걸."

그 생각에 이 애는 눈에 띄게 난처해했다. 나는 멍들지 않은 쪽 뺨을 어루만지며 말했다.

"아무 걱정도 하지 마. 이제 네가 신경 쓸 일은 어서 낫는 것뿐이야."

그러자 벨라의 심장이 다시 빠르게 뛰기 시작했다. 어디 아픈 데가 있나 찾아보았고, 혹시 내가 한 말 때문에 언짢아졌나 되새겨 보았다. 그러다 동공이 커진 걸 보고 깨달았다. 내 손길에 반응해서 그랬구나.

그 애는 심장이 마구 뛰고 있다는 모니터의 신호음 쪽을 쳐다보고는 눈을 가늘게 떴다.

"민망해 죽겠군."

그 표정을 본 나는 조용히 웃었다. 멍들지 않은 뺨 위로 옅은 홍조가 나타났다.

"흠, 갑자기 궁금해지는걸……."

나는 이미 벨라의 얼굴 앞으로 바짝 다가갔다. 그리고 천천히 그 거리를 마저 좁혔다. 그 애의 심장이 더욱 빨라졌다. 키스했을 때는, 내 입술이 그저 그 애의 입술을 가볍게 스쳤을 뿐인데도 심장 박동이 마구 불규칙해졌다. 말 그대로 한 박자를 건너뛰어 버렸다.

난 몸을 홱 들었다. 그리고 심장이 다시 정상 박동수로 돌아오자 비로소 걱정을 놓았다.

"평소보다 훨씬 더 조심해야겠군."

벨라는 눈살을 찌푸리고 얼굴을 찡그리더니 말했다.

"난 아직 키스 안 끝났어. 설마 나더러 그쪽으로 오라는 얘긴 아니겠지."

나는 그 협박에 미소를 짓고서 다시금 부드럽게 그 애에게 키스했다. 하지만 심장이 다시 반응하자마자 입맞춤을 끝내 버렸다. 사실상 아주 짧은 키스였다.

그 애는 곧바로 불평하려는 듯했지만, 이번 실험은 어쨌든 보류해야 했으니까.

나는 침대에서 30센티미터 정도 의자를 뒤로 끈 다음 말했다.

"네 엄마가 오시는 소리가 들려."

르네는 지금 계단을 오르고 있었다. 가방에서 25센트짜리 동전 몇 개를 가지러 병실로 오는 중이었다. 속으로는 이 며칠간 정크 푸드를 먹은 걸 어쩌나 걱정 중이었다. 체육관에 방문할 시간이 없어서 아쉬웠지만, 지금은 계단을 오르는 것으로 만족해야 했다.

벨라의 얼굴이 일그러졌다. 난 그게 아파서라고 생각했다. 그 애에게 가까이 몸을 숙인 나는 뭐라도 도와주고 싶은 마음이 간절했다.

"가지 마."

벨라는 흐느끼는 것 같은 목소리로 말했다. 눈망울에 겁이 잔뜩 서렸다.

이런 반응을 생각하고 싶지 않아.

머릿속에 떠오른 앨리스의 환상이 날 괴롭혔다. 고통스레 몸을 웅크리고 숨을 헐떡이는 벨라의 모습이…….

나는 잠시 마음을 가다듬은 다음 아무렇지 않게 대답하려 해보았다.

“안 갈게. 난…… 낮잠이나 잘 생각이야.”

그 애에게 빙긋 웃어 준 나는 터키석 색깔의 인조가죽 안락의자로 가서 의자 등받이를 뒤로 쭉 젖혔다. 어쨌든 내가 쉬고 싶다면 이 의자를 써도 좋다고 르네가 말해 주기도 했다. 난 눈을 감았다.

“숨쉬는 거 잊지 마.”

벨라가 속삭였다. 그러자 그 애가 아버지를 속이려고 자는 척했던 게 기억나 억지로 웃음을 참아야 했다. 난 과장되게 숨을 쉬었다.

르네는 간호사 스테이션 옆을 지나고 있었다.

“좀 변한 게 있나요?”

르네는 당직을 서고 있던 간호조무사에게 물었다. 조무사는 비라는 이름의 건장한 젊은 여자였다. 르네의 멍한 어조를 보니, 그녀는 뭔가 부정적인 대답이 나올 거라 예상했나 보다. 그녀는 계속 걸었다.

“사실은 따님 모니터에 약간의 변동이 있었어요. 그래서 저도 가보려던 참이었어요.”

아, 이런, 나갔다 오지 말걸 그랬어.

근심을 느낀 르네의 보폭이 더욱 커졌다.

“내가 확인하고 알려줄게요…….”

조무사는 자리에서 일어났다가 다시 앉았다. 르네가 마음대로 먼저 하게 둔 것이다.

벨라가 몸을 비틀자 침대가 삐걱댔다. 어머니가 괴로워할 걸 생각하고서 마음이 굉장히 심란해진 게 분명했다.

르네는 조용히 문을 열었다. 물론 그녀는 벨라가 일어나 있기를 바랐지만, 그래도 시끄럽게 하면 안 된다는 느낌이었기 때문이다.

"엄마!"

벨라는 기쁨 가득한 목소리로 속삭였다.

나는 자는 척하느라 르네의 표정을 볼 수 없었지만, 그녀의 생각은 온통 난리법석이었다. 주춤거리는 발소리가 들렸다. 이윽고 그녀는 자고 있는 나를 알아챘다.

"저 앤 한 순간도 병실을 안 떠나는구나."

르네는 조용히 중얼거렸다. 하지만 머릿속으로는 거의 소리를 지르고 있었다. 그 소리 크기엔 이미 익숙해졌기 때문에 예전처럼 깜짝 놀라지는 않았다. 르네는 살짝 누그러졌다. 내가 잠을 자기는 하는지 궁금해 하기 시작하던 참이었으니까.

"엄마, 너무 반가워!"

벨라가 열정어린 목소리로 말했다. 르네는 벨라의 충혈된 눈을 보고 순간 깜짝 놀랐다. 그러다 벨라가 얼마나 아팠는지 새로이 알게 되고 나서 그 눈에 눈물이 차오르기 시작했다.

나는 살짝 실눈을 뜨고 르네가 딸을 꼭 껴안는 모습을 지켜보았다. 르네의 뺨 위로 눈물이 하염없이 흘렀다.

"벨라, 엄마가 얼마나 걱정했는지 아니?"

"미안해, 엄마. 하지만 이젠 다 괜찮아졌어."

벨라가 아픈 상태에서도 건강한 어머니를 달래는 말을 듣자 마음이 불편했지만, 난 모녀 관계가 항상 이런 식이었겠구나 생각했다. 어쩌면 타인과 교류하는 르네의 독특한 마음의 소리 때문에 그녀가 다소 자기애가 강한 사람이 된 것일 수도 있다. 내가 굳이 말하지 않아도 모든 이들이 내 마음을 알아준다면 자기애를 안 가지기 힘들겠지.

"겨우 네가 깨어난 걸 보니 정말 기쁘다."

하지만 르네는 자신과 딸이 처한 끔찍한 상황에 속으로 다시 움찔했다.

잠시 침묵이 흐르더니, 벨라가 의심스럽다는 듯 물었다.

"내가 며칠이나 정신이 없었던 거야?"

우리가 미처 이 말을 못 했구나.

"오늘이 금요일이야. 꽤 오래 의식이 없었던 거지."

르네의 말에 벨라는 충격을 받았다.

"금요일?"

"다친 데가 워낙 많아서 진정제를 많이 투여했다더라."

"나도 알아."

벨라는 힘주어 동의했다. 지금은 얼마나 많이 아픈 걸까.

"컬렌 박사님이 거기 있었으니 다행이었지. 정말 좋은 분이시더라……. 그런데 너무 젊어. 의사라기보다는 모델처럼 보이던데……."

"엄마도 칼라일을 만났어?"

"에드워드의 누나 앨리스도 만났는걸. 참 사랑스런 아가씨더구나."

"맞아!"

르네의 날카로운 생각이 다시금 내 쪽으로 돌아섰다.

"포크스에서 저렇게 좋은 친구들을 만났다는 얘기는 나한테 안 했잖아."

아주, 아주 좋은 친구들이지.

갑자기 벨라가 신음을 흘렸다.

눈이 저절로 떠졌다. 하지만 자는 척했다는 걸 들키진 않았다. 르네의 눈빛은 역시 벨라에게 묶여 있었다.

"어디가 아프니?"

르네가 다급하게 물었다.

"괜찮아."

벨라는 르네를 안심시켰지만, 그 말은 날 안심시키려는 것이기도 했다. 우리의 눈이 잠깐 마주쳤고, 난 이내 눈을 다시 감았다.

"움직이면 안 된다는 걸 잊어서 그래."

르네는 기력이 없는 딸의 몸을 하릴없이 훑어보았다. 다시 입을 연 벨라의 목소리는 밝았다.

"필은 지금 어디 있어?"

르네는 완전히 정신을 딴 데 두고 있었는데, 난 그게 오히려 요점이라는 생각이 들었다.

아직 좋은 소식을 말해 주지 못했네. 아, 벨라도 무척 좋아할 거야.

"플로리다에 있어. 아 참 벨라! 넌 짐작도 못할 거야! 우리가 막 떠나려던 찰나에 최고의 소식이 날아들었지 뭐니!"

"필이 구단이랑 계약했구나?"

벨라가 물었다. 그 애의 목소리에 깃든 웃음기가 들려왔다. 답을 확신하는 기색이었다.

"맞아, 어떻게 알았니? 선즈랑 계약을 했단다. 믿어지니?"

"잘됐다, 엄마."

벨라가 이렇게 말했지만, 말투가 약간 멍한 걸 들으니 선즈가 뭔지 전혀 모르는 듯했다.

"너도 잭슨빌이 마음에 들 거야."

르네는 열정을 폭발시킬 듯했다. 그녀의 생각이 말과 함께 쩌렁쩌렁 울려대어서, 나는 그 생각이 다른 이들에게 모두 그렇듯 벨라에게도 작용할 거라고 확신했다. 그녀는 날씨며 바다, 하얀 테두리가 달린 예쁘장한 노란 집에 대해 마구 늘어놓으며 벨라도 본인만큼이나 감격하리라고 믿어 의심치 않았다.

나는 벨라의 미래를 놓고 르네가 세운 계획의 모든 면을 이미 알고 있었다. 우리 둘이서 벨라가 깨어나기를 기다리는 동안, 르네는 자신의 행복한 소식에 대해서 속으로 수백 차례나 열광했다. 그녀의 계획은 여러모로 내가 찾던 해답과 정확히 맞아떨어졌다.

"엄마, 잠깐만!"

벨라가 당황한 채 말했다. 르네의 열광적인 마음이 마치 두터운 거위털 이불처럼 벨라를 짓누르는 모습이 그려졌다.

"그게 다 무슨 얘기야? 난 플로리다에 안 갈 거야. 난 포크스에 살잖아."

하지만 르네는 웃었다.

"바보! 너도 이제 거기서 안 살아도 돼. 필도 이젠 그렇게 많이 돌아다니지 않아도 되거든……. 우리 둘이 상의해 봤는데, 원정경기 때 절반은 필이 양보하기로 했어. 그러니까 엄마가 절반은 너랑 지내고, 절반은 필이랑 지내는 거지."

르네는 벨라가 어서 기뻐하기를 기다렸다. 하지만 벨라는 천천히 말했다.

"엄마, 난 정말로 포크스에서 살고 싶어. 학교에도 벌써 적응했고, 여자 친구들도 생겼는걸."

르네는 눈길을 돌리더니 다시 나를 노려보았다. 벨라는 말을 이었다.

"찰리한테도 내가 꼭 필요해요, 엄마. 찰리는 늘 외톨이로 지내는 데다, 요리는 아예 할 줄도 몰라."

"포크스에서 살고 싶다고? 네가? 이유가 뭐니?"

르네는 그게 말이 안 된다는 식으로 물었다.

저 남자애가 진짜 이유겠지.

"말했잖아. 학교도 그렇고 찰리 문제도 있고……. 아야!"

난 다시 눈을 떠야 했다. 르네는 벨라 위를 맴돌며 어디에 손을 대야 할지 몰라 주저하듯 손을 뻗었다. 그러다 결국 벨라의 이마에 한 손을 올려놓았다.

"벨라, 넌 포크스를 싫어하잖니."

르네는 벨라가 그 사실을 잊어버려 걱정된다는 듯 말했다. 하지만 벨라의 목소리는 방어적인 기색으로 날이 섰다.

"지내 보니 그렇게 나쁘지 않아."

르네는 본론으로 바로 들어가기로 마음먹었다.

"저 애 때문이지?"

르네가 속삭였다. 질문이라기보다 비난에 가까운 어조였다. 벨라는 망설이다가 시인했다.

"부분적으론 그렇다고 할 수 있지……. 엄마도 에드워드랑 얘기해 봤어요?"

"그래. 그래서 그 문제에 대해 너랑 할 얘기가 있어."

"무슨 얘기?"

벨라는 아무것도 모른다는 식으로 물었다. 르네가 속삭였다.

"저 앤 너한테 푹 빠져 있는 것 같더라."

"그런 것 같아."

벨라가 사랑에 빠졌다니! 내가 모르는 게 얼마나 되지? 어떻게 나한테 말을 안 할 수가 있어? 난 어떡해야 하지?

"그런데…… 넌 저 애를 어떻게 생각하니?"

벨라는 한숨을 쉬더니 이윽고 태연한 어조로 말했다.

"나도 에드워드에게 완전히 빠져 있어요."

"내가 보기에도 착한 것 같고, 엄청나게 잘생기긴 했지만, 넌 너무 어리잖니……."

그리고 넌 찰리랑 정말 똑같이 행동하는구나. 너무 성급하다고.

"나도 알아, 엄마. 그건 걱정하지 마. 그냥 한때 느끼는 감정일 뿐이야."

"그렇겠지."

르네가 말했다.

좋아. 그렇다면 저 애에게 너무 몰두해서 찰리처럼 행동하지는 않겠지. 아, 시간이 벌써 이렇게 됐나? 늦었네.

벨라는 르네가 갑자기 산만해졌다는 걸 알아차렸다.

"가 봐야 해?"

"조금 있다가 필이 전화하기로 했어…… 네가 깨어날 줄 몰라서 그만……."

지금쯤이면 집 전화기가 울리고 있을 텐데. 여기 번호를 알아낼 걸 그랬어.

"걱정하지 마, 엄마. 나 혼자도 아닌데 뭐."

벨라는 안도감을 완전히 숨기지는 못했다.

"곧 올게. 나도 줄곧 여기에서 잤단다."

르네는 이렇게 덧붙이며 좋은 엄마답게 행동했다는 걸 과시했다.

"엄마, 안 그래도 돼!"

벨라는 엄마가 자신을 위해 희생한다는 생각에 언짢아졌다. 이 모녀는 그런 관계가 아니었으니까.

"집에 가서 주무세요. 어차피 난 알지도 못할 거 아냐."

"조바심이 나서 그럴 수가 있어야지."

르네는 인정했다. 엄마답게 행동했다고 자랑한 다음에 본인이 생각해도 약간 멋쩍어진 기색이었다.

"게다가 이웃에 범죄 사건도 있고 해서 집에 혼자 있기가 싫어."

"범죄라니?"

벨라는 곧바로 신경을 곤두세웠다.

"우리 집에서 멀지 않은 길모퉁이에 있는 발레 교습소, 거기에 누가 침입해서 불을 질렀지 뭐니. 아무것도 남아나질 않았어! 건물 앞에선 도난 차량이 발견됐단다. 너도 발레 배우러 다녔던 곳인데, 기억나니?"

차를 훔친 건 우리만이 아니었다. 추적자도 발레 교습소 남쪽에 차를 대 놓았던 것이다. 우리가 저지른 범죄를 은폐하려다가 그만 그의 범죄까지 은폐해 주게 될 줄은 몰랐다. 하지만 그 차는 우리가 피닉스에 도착하기 하루 전에 훔친 것이라서, 우리의 알리바이에는 도움이 되었다.

"기억 나요."

벨라는 떨리는 목소리로 대답했다. 그 목소리를 듣자 난 자리에 가만히 있기가 힘들었다. 르네 역시 마음이 찡해졌다.

"네가 가지 말라면 그냥 여기 있을게."

"아니야, 엄마. 괜찮아. 에드워드가 같이 있을 거야."

당연히 그렇겠지. 아, 오늘은 정말로 빨래를 하고 냉장고를 청소해야 겠어. 우유가 몇 달째 안에 있잖아.

"밤에 다시 올게."

"사랑해, 엄마."

"나도 사랑한다, 벨라. 앞으론 걸어 다닐 때 좀 더 조심해 줄래? 엄만 널 잃고 싶지 않아."

나는 웃음이 터져 나오려는 걸 애써 참았다.

비가 회진을 왔다. 그녀는 능숙한 몸짓으로 르네를 빙 둘러서 벨라의 모니터 쪽으로 갔다.

르네는 벨라의 이마에 입 맞추고 손을 쓰다듬은 다음 떠났다. 속으로는 벨라가 나아졌다는 소식을 필에게 전하고 싶은 마음이 가득했다.

"불안한 일이 있나요? 심박수가 좀 높네요."

비가 묻자, 벨라는 그녀를 안심시켰다.

"전 괜찮아요."

"깨어났다고 담당 간호사 선생님한테 말씀드릴게요. 곧 와서 봐주실 거예요."

비가 나가면서 병실 문을 닫기도 전에 나는 벨라의 곁에 와서 앉았다.

그 애는 눈썹을 치켜올렸다. 걱정하는 건지, 감동한 건지 모르겠다.

"자동차를 훔쳤어?"

주차장에 있던 추적자의 차 이야기를 듣고 내게 묻는다는 건 알았다. 하지만 이 말대로 차를 훔치긴 훔쳤지. 그것도 두 대나.

"아주 빠르고 좋은 차였어."

"낮잠은 어땠어?"

그 애가 또 물었다. 이제 우리가 서로 보이던 장난기는 점점 사라져 갔다.

"재미있던걸?"

내 분위기가 바뀌자 벨라는 어리둥절해졌다.

"뭐가?"

그 애가 내 눈빛에서 무엇을 보았는지는 모르겠다. 난 그저 높이 솟아오른 벨라의 부러진 다리를 응시한 채로, 천천히 말했다.

"좀 놀랐어. 플로리다……. 네 어머니가…… 네가 원하는 게 그거라고 생각했거든."

"플로리다에 가면 넌 언제나 집 안에만 갇혀 지내야 하잖아. 진짜 뱀파이어처럼 밤에만 나와서 돌아다닐 수 있을 테고."

그 애가 말하는 방식을 듣자 난 웃고 싶었다. 하지만 한편으로는 정말이지 웃고 싶지 않았다.

"난 아마 포크스에 있을 거야, 벨라. 거기가 아니더라도 그 비슷한 곳이면 괜찮겠지. 어디가 됐든 널 더는 해칠 수 없는 곳으로 갈 거야."

벨라는 내 말이 라틴어라도 되는 양 멍한 표정으로 날 응시했다. 난 내 말뜻을 이해해 주기를 기다렸다. 이윽고 그 애의 심장이 빨리 뛰기 시작하더니, 호흡이 과호흡 수준으로 바뀌었다. 숨 쉴 때마다 부풀어 오르는 폐가 부러진 갈비뼈를 밀어 대어 몸을 움찔거렸다.

슬픔에 잠긴 벨라의 미래 모습이 그 얼굴에 언뜻 스쳤다.

지켜보기가 힘겨웠다. 그 애의 고통과 공포를 덜어 줄 말을 하고 싶었지만, 지금 이 말이야말로 올바른 것이다. 느낌은 전혀 올바르지 않은 것 같았지만, 나의 이기적인 감정을 믿을 수는 없었다.

글로리아는 오후 근무 시간이 되자마자 병실로 들어왔다. 그녀는 전문가다운 눈길로 벨라를 관찰했다.

여섯 시쯤에 깨어날 거라고 했는데, 일찍 깨어났네. 하지만 이 딱한 아이가 눈을 뜨게 되어 다행이야.

"진통제를 더 맞을 시간이 된 것 같죠?"

그녀는 정맥 주사 모니터를 두드리며 상냥하게 말했다.

"아뇨, 아니에요. 아무것도 필요 없어요."

벨라는 나지막이 말했다.

"용감한 척할 필요 없어요. 지금은 스트레스를 너무 받지 않는 게 좋아요. 쉬는 게 제일이거든요."

글로리아는 벨라가 마음을 바꾸기를 기다렸다. 벨라는 조심스럽게 고개를 저었다. 고통과 반항심이 뒤섞인 표정이었다. 글로리아는 한숨을 쉬었다.

"좋아요, 준비되면 호출 버튼을 누르세요."

그녀는 나를 힐끗 바라보았다. 내가 며칠간 자지도 않고 밤새 병실을 지켰다는 걸 어떻게 봐야 할지 모르겠다는 기색이었다. 그러다 다시 벨라의 모니터를 한 번 더 보고서, 글로리아는 병실을 떠났다.

벨라는 아직도 혼란스러운 눈빛을 보였다. 나는 두 손으로 그 애의 얼굴을 잡았다. 부서진 왼쪽 뺨은 아주 살며시 건드리기만 했다.

"쉿, 벨라. 진정해."

"날 떠나지 마."

그 애는 갈라진 목소리로 애원했다.

이래서 나 혼자만의 힘으로는 충분히 강할 수가 없다는 거다. 내가 어떻게 지금보다 더 벨라를 아프게 한단 말인가? 이 애는 온몸에 테이프를 감은 채로 누워서 고통에 몸부림치고 있는데, 단 한 가지 애원이 옆에 있어 달라는 것뿐이라니.

"안 갈게."

하지만 난 머릿속으로는 이 대답에 단서를 달았다. **네가 다시 다 나을 때까지는 안 갈게. 네가 준비되기 전까지는 안 갈게. 내가 떠날 힘을 찾기 전까지는 안 갈게.**

"이제 진정해. 안 그러면 다시 간호사를 불러서 진정제를 놔달라고 할 거야."

하지만 벨라는 내가 머릿속으로 단 단서를 들은 것 같았다. 예전에도, 이 끔찍한 공포의 사냥이 일어나기 전에도 나는 이 애에게 떠나지 않겠다고 여러 번 약속했었다. 그때마다 항상 진심이었고, 벨라는 항상 믿어 주었다. 하지만 지금 이 애는 나를 꿰뚫어 보았다. 심장 박동은 진정될 기미를 보이지 않았다.

나는 그 뺨을 손가락으로 쓰다듬으며 말했다.

"벨라, 난 아무 데도 안 가. 네가 원하는 한 여기 있을 거야."

"날 떠나지 않겠다고 맹세해?"

그 애가 속삭였다. 그리고 늑골 쪽으로 손을 실룩였다. 아픈 게 분명하구나.

지금 벨라는 너무 연약했다. 그 점을 미리 알고 기다렸어야 했건만. 르네가 방금 이 애에게 뱀파이어 없는 곳에서 살 수 있는 완벽한 조건을 제공했었더라도 기다렸어야 했다.

나는 다시금 벨라의 얼굴을 잡고서 이 애에게 느끼는 강렬한 사랑을 두 눈 가득 담았다. 그리고 백 년간 매일 기만적인 삶을 살았던 경험을 발휘하여 거짓말을 했다.

"맹세할게."

그러자 벨라의 팔다리에서 긴장이 풀렸다. 그 눈빛은 나를 풀어 주지 않았지만, 몇 초가 지나자 심장은 정상적인 박동수까지 누그러졌다.

"좀 낫니?"

그 눈망울은 여전히 조심스러웠고, 대답하는 목소리에는 확신이 없었다.

"응."

내가 아직도 뭔가를 숨기고 있다는 걸 틀림없이 눈치챘구나.

벨라는 날 믿어 주어야 했다. 안전하게 나을 수 있을 정도까지는 말이다. 나 때문에 회복이 잘 안 되는 상황을 감당할 수는 없었다.

그래서 나는 애써 아무것도 숨기지 않는 척했다. 그 애가 격앙된 반응을 보여서 화가 났다는 듯, 나는 짜증이 난 표정을 짓고서 이렇게 중얼거렸다.

"너 좀 과민반응하는 거 아니야?"

하지만 이 말을 너무 빨리 말했다. 벨라는 분명히 못 알아들었을 거다. 그 애는 떨리는 목소리로 속삭였다.

"왜 그런 말을 해? 시도 때도 없이 나를 구해 주는 데 이젠 지친 거야? 내가 없어졌으면 좋겠어?"

내가 이 애에게 지친다니. 그 생각에 난 백 년 동안 계속 웃고 싶었다. 아니, 천 년 동안 울고 싶었다.

하지만 나는 지금 확신했다. 언젠가는 벨라를 달리 설득해야 할 때가 올 것이다. 그래서 나는 속마음을 억누르고 미적지근하고 온건한 태도를 지었다.

"물론 그렇지 않아. 난 너 없이는 살고 싶은 생각이 없어. 벨라, 이성적으로 생각해. 널 구하는 일도 전혀 문제가 안 돼. 하지만 널 위험에 빠뜨리는 건 언제나 나야……. 네가 여기 누워 있는 이유도 바로 나 때문이잖아."

말을 끝맺다 보니 결국 진실이 나와 버렸다. 벨라는 나를 보고 찡그렸다.

"그래, 너 때문이야. 내가 여기 살아 있는 이유 말이야."

더 이상 미적지근한 태도를 지을 수가 없었다. 고통을 숨기려고 난 속삭였다.

"온몸에 붕대를 감고 깁스까지 하고 거의 움직이지도 못하잖아."

"가장 최근에 죽을 뻔했던 이야기를 하는 게 아니야. 난 다른 경험들을 생각했어. 너도 잘 알잖아. 네가 아니었다면, 난 벌써 포크스 공동묘지에서 썩어가고 있을 거야."

그 상상에 내 몸이 움찔했다. 하지만 난 다시 정신을 차렸다. 벨라가 내 후회 어린 결심을 방해하게 둘 수는 없었다.

"하지만 그건 최악의 상황이 아니었어. 바닥에서…… 만신창이가 되어 쓰러져 있는 네 모습을 보고 고통에 찬 네 비명을 들은 순간, 이미 너무 늦었다는 생각을 했을 때의 그 견디기 힘든 기억은 영원히 내 뇌리에서 지워지지 않을 거야. 하지만 가장 괴로웠던 순간은…… 네 피를 마시며 멈출 수 없다는 걸 알았을 때였지. 그러다 내가 직접 널 죽일 수 있다고 생각했으니까."

벨라는 눈살을 찌푸렸다.

"하지만 결과는 아니었잖아."

"얼마든지 가능한 일이었어. 그것도 아주 쉽게."

다시금 그 애의 심장이 쿵쿵 뛰기 시작했다. 벨라는 속삭였다.

"약속해 줘."

"뭘?"

벨라는 이제 나를 노려보았다.

"너도 알잖아."

내 말이 무슨 뜻인지 이미 들었구나. 내게 필요한 힘을 갖자고 스스로에게 말하던 것을 들을 수 있었던 거다. 내가 벨라의 마음을 읽는 것보다 벨라가 내 마음을 천 배는 더 잘 읽는다는 걸 기억했어야 했는데. 고백하려는 욕망은 제쳐두어야 한다. 지금 가장 중요한 건 벨라가 회복하는 거다.

그 애가 예전처럼 나를 쉽사리 꿰뚫어 보지 못하도록 난 애써 진실만을 이야기했다.

"나도 널 멀리할 만큼 강하진 않은 것 같고, 너도 목숨이…… 위험하든 말든 너 하고 싶은 대로 할 거란 건 알지."

"좋아."

하지만 벨라는 납득하지 못한다는 게 다 보였다.

"네가 그걸 어떻게 멈췄는지는 얘기를 들었으니…… 이젠 그 이유를 알고 싶어."

"이유라니?"

나는 들은 말을 멍하니 되풀이했다.

"왜 막았는지 말해 줘. 왜 그냥 독이 퍼지게 두지 않았어? 그랬으면 지금쯤 나도 너처럼 되어 있을 텐데."

나는 벨라에게 이걸 설명해 준 적이 없다. 이런 질문을 받을 때마다 아주 조심스럽게 받아넘겼을 뿐이다. 이 애가 인터넷 조사로 이 진실을 알아냈을 리 없다는 사실도 이미 안다. 잠시 분노가 치밀어 올랐다.

그리고 그 분노의 한가운데에는 앨리스의 얼굴이 있었다.

벨라는 빠르게 말을 쏟아냈다. 방금 자신이 무슨 비밀을 누설했는지 알아차리고 걱정스러운 마음에 내 주의를 다른 데로 돌리려는 것이었다.

"내가 누굴 사귀어본 경험이 없다는 건 일단 인정할게. 하지만 논리적으로 남녀가 동등한 입장이어야 한다는 것 정도는 나도 알아. 한쪽은 늘 기절해 쓰러지고 다른 쪽은 늘 구해 주는 식은 곤란하잖아. 서로 동등하게 구해 줄 수 있어야지."

그 애의 말에도 일리는 있었지만, 가장 중요한 점을 놓치고 있었다. 난 절대로 벨라와 동등할 수 없다. 나는 다시는 인간으로 돌아갈 수 없으니까. 벨라는 절대로 나처럼 되어서는 안 된다. 우리가 서로와 같은 존재가 될 수 없다는 것이야말로 우리의 유일한 동등함이었다.

나는 침대 끝에 팔을 걸치고 그 위에 턱을 대었다. 지금은 이 토론의 열기를 누그러뜨려야 할 때다.

"너도 날 구했어."

난 차분하게 말했다. 그건 사실이었다.

"언제나 내가 로이스 레인이 될 순 없어. 난 슈퍼맨도 되고 싶단 말이야."

그 애가 내게 경고했다. 난 목소리를 부드럽게 내었지만, 눈길을 피하고 말았다.

"넌 그게 무슨 의미인지 몰라."

"안다고 생각하는데."

나는 여전히 부드러운 목소리로 중얼거렸다.

"벨라, 넌 몰라. 난 거의 90년 가까이 고민했지만 아직도 확신이 서지 않아."

"칼라일이 너를 구하지 않았다면 좋겠어?"

"아니, 그건 아니야."

칼라일이 아니었다면 난 벨라를 만나지도 못했을 테니까.

"하지만 그때 내 생명은 끝장나 있었어. 아무것도 포기할 것이 없었다고."

하지만 영혼을 포기해야 했다.

"네가 바로 내 생명이야. 내가 잃어버릴까 봐 두려워하는 유일한 게 바로 너란 말이야."

그 애의 말은 우리 관계 속의 나의 상황을 정확히 묘사했다.

걔가 너한테 자기를 변신시켜 달라면 어떡할 건데? 해 달라고 졸라대면? 로잘리의 말이 내 머릿속에서 속삭였다.

"난 못해, 벨라. 난 너한테 그럴 수 없어."

그러자 그 애의 목소리가 거칠어졌다. 분노로 언성이 높아졌다.

"왜 못해? 너무 어렵다는 말은 하지 마! 오늘이 지나고 나면…… 아니 며칠 전에 그 일을 겪은 뒤로는 나도 두려울 게 없어."

나는 애써 차분함을 유지했다.

"그 고통은 어쩌고?"

그 애에게 기억을 떠올려 주었다. 생각하고 싶지도 않았다. 그 애도 이런 생각은 하지 말아 주길 바랐다.

벨라의 얼굴이 하얗게 질렸다. 쳐다보기가 힘들었다. 그 애는 잠시 동안 그 순간을 기억하며 괴로워하다가 이내 턱을 치켜들었다.

"그건 내 문제야. 내가 감당할 수 있어."

"용기도 도를 지나치면 광기가 되는 거야."

난 중얼거렸다.

"그건 이 문제와 상관없는 얘기야. 겨우 사흘이라며? 별것 아니야."

앨리스! 지금 그녀가 어디 있는지 내가 모른다는 건 분명히 다행이었다. 이제야 알겠군. 일부러 내 앞에 나타나지 않았던 거구나. 앨리스는 내가 진정할 때까지 분명히 날 피하겠지. 전화를 해서 비겁하게 도망다니는 그녀를 내가 어떻게 생각하는지 말해 주고 싶었지만, 절대로 전화를 받을 리 없을 것이다.

난 다시 대화에 집중했다. 벨라가 이 대화를 계속 이어가고 싶다면, 나 역시 계속해서 그 애가 생각지 못했던 점들을 지적할 마음이었다. 난 짧게 쏘아붙였다.

"찰리는? 르네는?"

벨라도 이 점은 가볍게 여기기 어려웠다. 오랫동안 그 애는 말없이 애써 대답할 말을 찾았다. 한 번은 입을 벌렸다가 다시 다물기도 했다. 내게서 눈길을 돌리지는 않았지만, 그 눈빛에 서렸던 반항심은 천천히 패배감으로 바뀌었다.

마침내 그 애는 거짓말을 했다. 언제나 그랬듯이 다 티가 났다.

"그것도 상관없는 거야. 엄마는 언제나 자신을 위해서 최선의 선택을 했으니까 나도 그러길 바랄 거야. 그리고 찰리는 씩씩하니까 혼자 지내는 데 곧 익숙해질 거야. 어차피 두 분을 내가 영원히 돌볼 순 없어. 나도 내 인생이 있으니까."

난 무거운 목소리로 말했다.

"맞는 말이야. 그러니까 난 네 인생을 끝내지 않을 거야."

"내가 숨을 거둘 날을 기다릴 거라면, 나도 해줄 말이 있어! 난 바로 얼마 전에 죽을 뻔했어!"

난 목소리를 확실히 차분하게 낼 수 있을 때까지 기다렸다 말했다.

"지금 회복되고 있잖아."

그 애는 심호흡을 하고 얼굴을 찡그린 다음 나지막한 목소리로 천천히 말했다.

"아니야, 그렇지 않아."

내가 지금 자신의 상태에 대해서 거짓말을 한다고 생각하나? 나는 진심을 다해 말했다.

"물론 넌 회복될 거야. 한두 군데 흉터가 생길지는 몰라도……."

"그런 얘기가 아니야. 난 죽을 거야."

더는 평정심을 유지할 수가 없었다. 입을 열자 내 목소리에 스트레스가 실려나왔다.

"벨라, 넌 며칠 지나면 퇴원할 수 있어. 길어야 2주야."

그 애는 허탈한 표정으로 나를 다시 응시했다.

"지금 당장 죽지 않을지는 몰라도…… 언젠가는 죽을 거야. 매일 매 순간 나는 죽음에 가까워질 거야. 그러면서 늙어 가겠지."

벨라의 말뜻을 파악하자 불안은 절망으로 바뀌었다. 내가 그 점을 생각하지 못했을 거라고 여기나? 너무나 뻔한 사실을 놓쳤을 거라고? 경직해 버린 채 변함없는 나의 모습과 대비를 이루며, 미세하게 변해 가는 그 얼굴을 몰라봤을 거라고? 미래를 보는 앨리스의 능력이 아니더라도, 그 명백한 미래를 내가 못 볼 거라 생각했나?

난 두 손으로 얼굴을 감쌌다.

"원래 그런 거야. 인간은 그렇게 살아야 하는 거라고. 내가 없었다면 넌 그렇게 평범하게 살았겠지. 나는, 존재하지 말았어야 해."

벨라는 코웃음을 쳤다.

확 바뀌어 버린 그 애의 분위기에 깜짝 놀란 나는 고개를 들었다.

"바보 같은 생각이야. 누군가 복권에 당첨되고 나서 돈을 찾은 다음에, '안 되겠다, 옛날로 되돌아가야겠어. 그때가 더 좋았어.'라고 말하는 것과 다를 게 뭐야. 난 그러기 싫어."

벨라의 말에 나는 으르렁거렸다.

"난 복권 당첨금이 아니야."

"맞아. 넌 그보다 훨씬 대단하니까."

난 눈을 흘겼다가, 어떻게든 평정심을 되찾아보려 했다. 이러면 벨라에게 좋을 게 없으니까. 모니터를 보니 수치가 역시나 좋지 않았다.

"벨라, 더 얘기하지 말자. 너랑 밤새도록 쓸데없는 이야기 하고 싶은 생각 없으니 그만둬."

이렇게 말해 버리자마자 이 말이 얼마나 무시하는 투로 들렸는지 깨달았다. 그 애가 눈을 가늘게 뜨기도 전에도 어떤 대답이 나올지는 짐작이 갔다.

"이걸로 끝이라고 생각한다면 넌 날 잘 모르고 있다는 뜻이야. 내가 아는 뱀파이어는 너만이 아니거든."

그 애가 내게 되새겨 주었다.

다시금 분노가 치밀어 올랐다.

"앨리스는 감히 그런 짓 못할 거야."

"앨리스는 이미 그걸 예견했잖아, 안 그래?"

벨라는 자신만만하게 말했다. 물론 앨리스가 말해 주지 않은 몇 가지 사항이 있는 것 같기는 했지만.

"그래서 앨리스 말에 네가 자꾸 발끈하는 걸 테고. 앨리스는 내가 언젠가…… 너처럼 된다는 걸 알고 있어."

이제는 나도 자신만만하게 말했다. 난 예전에도 앨리스의 미래를 피한 적이 있었으니까.

"앨리스가 잘못 알고 있는 거야. 네가 죽는 장면을 보기도 했지만 그런 일은 결국 일어나지 않았어."

"내가 몰래 앨리스랑 일을 꾸며도 넌 절대 모를걸."

그 애는 다시금 반항적으로 날 노려보았다. 내 얼굴에 단호한 주름살이 지어져가서, 난 애써 얼굴을 누그러뜨렸다. 이건 시간 낭비야. 이럴 시간이 없단 말이야.

"그럼 이제 우리 어쩌지?"

벨라는 주저하듯 물었다. 난 한숨을 쉰 다음 별로 웃음기 없이 짧게 웃었다.

"이런 걸 막다른 골목이라고 하는 거겠지."

결국 필연으로 이어질 막다른 골목이다.

그 애의 한숨 소리도 내 한숨과 이어졌다.

"어휴."

난 벨라의 얼굴을 바라본 다음 호출 버튼을 보았다.

"기분은 좀 어때?"

"괜찮아."

하지만 그 말은 믿을 것이 못 되었다. 난 미소를 지었다.

"못 믿겠는데."

그 애는 입술을 삐죽였다.

"잠들기 싫어."

"넌 쉬어야 해. 이런 말다툼은 너한테 좋지 않아."

그래, 이건 다 내 잘못이야. 언제나 내 잘못이라고.

"그러니까 항복해."

그 애의 말에 나는 호출 버튼을 눌렀다.

"생각은 가상하다."

"안 돼!"

벨라는 불평했다. 이윽고 비의 목소리가 자그마한 스피커에서 높은 기계음처럼 들려왔다.

"진통제 더 맞을 준비 됐습니다."

내가 말했다. 벨라는 나를 노려보더니 얼굴을 찡그렸다.

"담당 간호사 보내 드릴게요."

"난 거부할 거야."

벨라가 위협했다. 나는 정맥 주사 팩을 비난하는 눈초리로 바라보았다.

"간호사가 약을 알약으로 갖다 줄 것 같진 않은데."

그 애의 심박수가 다시금 올라가기 시작했다.

"벨라, 지금 너 아프잖아. 쉬어야 낫는단 말이야. 왜 이렇게 힘들게 구니? 너한테 다시 주사 바늘을 꽂겠다는 것도 아니잖아."

이제 그 애의 얼굴에서 고집스러운 기색이 모두 사라졌다. 지금은 고민만 하고 있을 뿐이었다.

"난 바늘이 두려운 게 아니야. 눈 감는 게 두려운 거지."

손을 내밀어 벨라의 얼굴을 잡았다. 그리고 더없이 진실한 얼굴로 그 애에게 미소지었다. 그건 어렵지 않았다. 벨라의 눈을 영원히 바라보는 것이야말로 내가 오로지 바라는 것이자 앞으로도 계속 바랄 것이었기에.

"내가 아무 데도 안 갈 거라고 했잖아. 겁내지 마. 널 행복하게 할 수 있는 한 언제까지나 난 여기 있을 테니."

네가 다시 다 나을 때까지는. 네가 준비되기 전까지는. 내가 떠날 힘을 찾기 전까지는 말이야.

고통스러운 와중에도 그 애는 미소를 지었다.

"그럼 내 곁에 영원히 있겠다는 말인데."

인간의 기준으로 영원이겠지.

"네가 먼저 지겨워할걸. 어차피 한때 지나가는 감정이라며."

내가 놀려대가 그 애는 고개를 저으려다가 얼굴을 찡그리고 포기했다.

"아까 엄마가 그 말을 믿었을 때도 충격이었어. 너는 좀 나을 줄 알았더니 실망이야."

나는 조용히 대꾸했다.

"인간이라 좋은 게 바로 그 점이지. 모든 게 변한다는 거."

"어디 한 번 두고 봐. 소용없을 테니까."

그 신랄한 말에 난 웃고 말았다. 내가 얼마나 오랫동안 두고 볼 수 있을지 알면서 이러다니.

글로리아는 벌써 손에 주사기를 들고 들어왔다.

걔도 참. 환자 마음을 편하게 해 주고 조용히 있을 것이지. 가엾은 아이.

글로리아가 "잠시만요."라고 말하기도 전에 난 자리를 비켜 주었다. 그리고 저쪽 벽에 기대 서서 글로리아가 일할 공간을 만들었다. 나 때문에 간호사가 짜증이 나서 다시 날 쫓아내기라도 하면 안 되니까. 지금은 칼라일이 어디 있는지도 난 모른다.

벨라는 나를 불안한 눈빛으로 응시했다. 내가 이대로 나가 버려서 어디론가 가 버릴까 봐 걱정하고 있었다. 나는 애써 안심하란 표정을 지었다. 이 애가 깨어있는 동안은 여기 있을 것이다. 날 필요로 하는 동안은.

글로리아는 튜브에 진통제를 넣었다.

"약이 들어가니까 이젠 기분이 나아질 거예요."

"고맙습니다."

벨라는 내키지 않는다는 말투로 말했다.

불과 몇 초 만에 벨라의 눈이 감기기 시작했다.

"편히 쉬어요."

글로리아가 중얼거렸다. 그녀는 나를 날카로운 눈초리로 쏘아보았지만, 나는 창밖을 응시하며 그녀를 못 본 척했다. 글로리아는 나가면서 조용히 문을 닫았다.

나는 벨라에게 재빨리 다가가 다치지 않은 얼굴을 손으로 가만히 쥐었다.

"가지 마."

웅얼대는 말이었다.

"알았어."

난 약속했다. 지금 그 애는 무의식으로 빠져들고 있었고, 그래서 난 진실을 말해도 된다는 기분이 들었다.

"아까 말했듯이 너를 행복하게 할 수 있는 한……, 너를 위해 최선이라고 생각할 때까지 곁에 있을게."

벨라는 아직 정신이 남은 채로 한숨을 쉬었다.

"그건 다른 얘긴데."

"지금은 그런 걸로 걱정하지 마. 잠이 깬 다음에 다시 얘기하면 되잖아."

그러자 벨라의 입가에 희미한 미소가 나타났다.

"알았어."

나는 고개를 숙여 그 애의 관자놀이에 입맞춘 다음 귓가에 속삭였다.

"사랑해."

"나도."

나지막히 들려오는 대답. 나는 어설프게 웃었다. 그게 문제였으니.

"알아."

그 애는 진정제 효과를 어떻게든 떨치려 하면서 내 쪽으로 고개를 돌려…… 무언가를 찾아 댔다.

나는 그 멍든 입술에 부드럽게 키스했다.

"고마워."

"고맙긴."

"에드워드?"

그 애는 간신히 내 이름을 불렀다.

"응?"

"난 앨리스를 더 믿어."

벨라가 중얼거렸다. 그리고 무의식 속으로 완전히 빠져들면서 멍한 표정이 되었다.

나는 그 애의 목덜미에 얼굴을 묻고서 날 불타오르게 하는 그 애의 진한 향기를 들이마셨다. 그리고 처음에도 그랬듯, 다시금 애처로이 소망했다. 벨라와 함께 꿈꿀 수 있었다면 얼마나 좋을까.

에필로그

특별한 날

벨라는 병원에 엿새 더 입원했다. 시간이 더디 가서 지긋지긋한 기색이 보였다. 어서 빨리 정상적인 생활로 돌아가고 싶고, 온갖 도구로 찔러대는 의사들에게서 벗어나고 싶고, 피부에 꽂은 바늘을 모두 떼어내고 싶은 마음에 그 애는 안달했다.

반대로 내게는 시간이 빠르게 흘러갔다. 물론 병원 침대에 누운 벨라를 보면서, 고통스러워하는 저 모습에도 불구하고 그걸 줄여줄 방법이 내겐 아무것도 없다는 걸 안다는 건 언제나 괴로웠다. 하지만 지금은 내가 안전하게 그 애 곁에 있을 수 있는 시간이었다. 벨라가 여전히 회복되지 않은 상황에서 떠난다면 말할 것도 없는 잘못이니까. 비록 고통스러울지라도, 난 이 순간을 매초 늘여 가고 싶었다. 하지만 시간은 내 곁을 쏜살같이 흘러갔다.

의사들이 벨라와 르네와 상담하는 동안, 나는 떨어져 있어야 했기에 그 시간이 너무 싫었다. 물론 계단실에 있어도 엿듣기는 쉬웠다. 가끔은 이게 더 나을 때도 있었다고 생각한다. 내 표정을 항상 관리할 수는 없었기 때문이다.

예를 들어, 벨라가 깨어난 첫날에 사다랑가니 박사가 엑스레이 사진을 보고 매우 기뻐하면서 뼈가 참 깨끗하게 부러졌다며, 그러니 아주 깔끔하게 붙을 거라고 말했던 순간, 내 눈앞에 떠오르는 것은 그저 추적자가 발을 그 애 다리에 내리찍는 광경뿐이었다. 내 귓가에는 그저 뼈가 바삭 부서지는 소리만이 들렸다. 그때 아무도 내 얼굴을 보지 못해 다행이었다.

벨라는 어머니가 초조해 하는 모습을 알아차렸다. 곧 돌아가지 않으면 잭슨빌의 초등학교에서 구한 기간제 교사 자리에서 해고될까 봐 그녀는 심란했다. 하지만 벨라가 피닉스에 있는 동안에는 함께 있어 줘야겠다고 마음먹기도 했다. 그래서 벨라가 자신은 괜찮으니 플로리다로 돌아가라고 르네를 설득하는 건 그다지 어려운 일은 아니었다. 르네는 우리가 떠나기 이틀 전에 잭슨빌로 돌아갔다.

벨라는 찰리와 자주 통화했다. 특히 르네가 떠난 후에 그랬다. 지금은 위험한 시기가 지나갔기에, 이제 찰리는 이 사건을 아주 다른 각도에서 생각해 볼 여유가 있어서 점점 화를 내기 시작했다. 물론 벨라에게 화낸 것은 아니었다. 찰리의 분노는 정확한 방향으로 향했다. 결국, 내가 아니었더라면 이런 일은 일어나지 않았을 테니까. 앨리스와 친해지게 되면서 찰리는 내게 전적으로 화를 낼 수는 없게 되었지만, 나는 포크스에 돌아가자마자 그의 조용한 머릿속에서 어떤 생각을 읽게 될지 확신했다.

나는 벨라와 더는 심각한 대화를 하지 않으려 애썼다. 그건 생각보다 쉬웠다. 우리는 좀처럼 혼자 있을 기회가 없었기 때문이다. 르네가 떠난 후로는 간호사들과 의사들이 계속해서 어머니의 빈자리를 채웠고, 벨라는 약물에 취해 꾸벅꾸벅 졸았다. 내가 곁에 있는 것만으로도 그 애는 만족하는 듯했다. 그리고 내게 떠나지 말라고 더는 애원하지 않았다. 하지만 때때로 그 눈빛에는 의심의 기색이 분명히 보인 것도 같았다. 그 의심을 지워줄 수 있다면, 내 약속이 진심이었다면 얼마나 좋을까. 하지만 다시 거짓말을 하느니 말하지 않는 편이 나았다.

이윽고 너무나도 빠르게, 우리는 집으로 떠날 교통편을 준비했다.

찰리의 계획은 이랬다. 벨라는 칼라일과 함께 비행기를 타고 돌아오는 동안, 나와 앨리스는 벨라의 트럭을 운전하여 워싱턴으로 오라는 것이었다. 칼라일은 전화로 찰리를 설득했다. 나의 의견을 찰리에게 알려야 한다고 우리가 굳이 상의할 필요도 없었다. 앨리스와 내가 학교에 결석한 날이 너무 많다는 말로 칼라일은 찰리를 설득했다. 찰리는 거기에 대고 항변할 수가 없었다. 우리는 다 함께 비행기를 타고 돌아가게 되었다. 칼라일은 트럭을 집으로 부칠 것이었다. 그는 찰리에게 이편이 쉽고도 비용이 전혀 비싸지 않다고 장담했다.

나의 악몽이 시작된 바로 그 공항으로 돌아가는 길은 얼마나 달랐던가. 우리는 어두워진 뒤에 비행기를 탈 예정이었고, 그래서 공항의 유리 천장이 더는 위험하지 않았다. 벨라는 그때 이 넓은 홀에서 무엇을 보았을까? 벨라도 며칠 전 이곳에 왔을 때 고통과 공포를 떠올렸을까? 더 이상 빨리 달릴 필요가 없었으므로 우리는 천천히 움직였다. 앨리스는 벨라가 앉은 휠체어를 밀었고, 그래서 난 그 애의 손을 잡고 옆에서 함께 걸을 수 있었다. 예상대로 벨라는 휠체어를 타야 하는 상황이나 가는 길에 이쪽을 향해 던져지는 호기심 어린 시선들을 좋아하지 않았다. 가끔 얼굴을 찌푸리면서 두껍고 하얀 깁스를 노려보는 눈길은 마치 맨손으로 그걸 찢어 버리고 싶다는 기색이었다. 하지만 입 밖으로 불평하지는 않았다.

벨라는 돌아오는 비행기 안에서 잠든 채 꿈속에서 조용히 내 이름을 중얼대었다. 과거야 어쨌든, 완벽했던 우리의 단 하루를 다시 떠올리자고 마음먹었다면 얼마든지 그럴 수 있었다. 그 애의 입술에서 들려오는 나의 이름이 죄책감과 불길한 징조로 이글거리며 타오르는 소리처럼 들리지 않았던 그 시간을 떠올리는 것 역시 얼마든지 할 수 있었다. 그러나 환상 속에 잠자코 빠져들기에는 다가올 이별이 너무나 날카로웠다.

찰리는 시애틀 터코마 공항에서 우리를 맞이했다. 그때는 벌써 저녁 열한 시가 넘었고 다시 포크스로 돌아가는 데는 거의 네 시간이 걸렸다. 칼라일과 앨리스는 바로 출발하지 마시라며 찰리를 설득하려 했지만, 나는 그 마음을 이해했다. 찰리의 생각은 예전처럼 흐릿하게 보였지만, 내 생각이 맞다는 건 여전히 분명했다. 그는 책임을 져야 할 상대에게 제대로 찾아온 것이다.

물론 내가 직접 벨라를 계단에서 밀었을 거라고 음험한 의심을 품지는 않았지만, 내가 벨라를 그곳으로 끌고 가지 않았다면 벨라가 이토록 충동적으로 행동할 리는 결코 없었을 거라고 찰리는 생각했다. 물론 벨라를 애리조나주까지 몰고 간 존재는 내가 아니었지만, 어쨌든 핵심적인 가정은 틀리지 않았다. 이건 결국 내 잘못이었다.

찰리의 경찰차를 따라 운전하는 동안은 속도 제한을 충실하게 지켰기에 가는 길은 꽤 오래 걸렸지만, 이 시간 역시 너무나 빨리 흘러갔다. 지금은 벨라와 잠깐 떨어져 있는 상황인데도 시간은 느리게 가지 않았다.

우리는 불필요하게 꾸물대지 않고 새로운 일상생활에 익숙해졌다. 앨리스는 벨라를 간호하며 옆에서 시녀처럼 도와주었다. 찰리는 말로 못다 할 정도로 그녀에게 고마워했다. 벨라 역시 마찬가지였다. 벨라는 가장 기본적이고 내밀한 욕구까지도 도움을 받아야 한다는 데 당황하긴 했지만, 자기를 도와주는 이가 앨리스라서 다행이라고 생각했다. 피닉스에서 같이 지낸 며칠 동안, 벨라를 가장 친한 친구로 여겼던 앨리스의 환상이 완전히 실현된 것 같았다. 그 둘은 꽤 편한 사이가 되었다. 이미 둘이서만 통하는 농담도 잔뜩 해댔고, 서로를 아주 신뢰했다. 그걸 보면 몇 주가 아니라 몇 년은 친구로 지낸 사이 같았다. 대체 딸애가 앨리스와 친하다는 사실을 왜 본인에게 한 번도 언급하지 않았는지 찰리는 가끔 어리둥절하게 지켜보았지만, 그는 앨리스에게 너무 고마워하는 데다 그녀에게 매료된 상황이라 대놓고 묻지는 못했다. 어쨌든 심하게 다친 딸을 돌봐야 하는데 그녀가 도와주게 되어 더없이 좋았기 때문에 찰리는 그저 만족했다. 앨리스는 스완 가에 나만큼이나 자주 왔다. 물론 찰리는 나보다 앨리스를 훨씬 더 많이 보았지만.

벨라는 학교 때문에 줄곧 갈등을 겪어왔다.

"한편으로는 일상으로 돌아가고 싶어. 그리고 더는 뒤처지고 싶지 않단 말이야."

벨라가 이렇게 말한 때는 우리가 돌아온 지 이틀째 되는 아주 이른 아침이었다. 그 애는 낮에 잠을 너무 많이 자서 일정이 뒤바뀌어 있었다.

"그런데 또 생각해 보니, 내가 저걸 타고 다니면 모두 나를 쳐다보겠지……."

그 애는 침대 곁에 있던 죄 없는 휠체어를 위협적으로 노려보았다.

"학교에서 내가 널 데리고 다니면 어떨까. 하지만……."

벨라는 한숨을 쉬었다.

"그러면 애들이 안 쳐다볼 것 같니?"

"아마 쳐다보겠지. 하지만 들어봐, 넌 내가 실제로는 무서운 존재라는 걸 전혀 알아주지 않긴 해도, 쳐다보는 눈길은 내가 어떻게든 해 볼 테니 안심해도 좋아."

"어떻게 할 건데?"

"두고 봐."

"이젠 좀 궁금해지는데. 그러니 최대한 빨리 학교에 가야겠어."

"하고 싶은 거 다 해도 돼."

하지만 이 말을 하자마자 속으로 난 움찔했다. 이제까지 난 병원에서 우리가 했던 대화를 다시 시작하게 될지도 모르는 말을 꺼내지 않으려고 조심했기 때문이다. 그런데 벨라는 이번에는 내 말을 못 들은 척했다.

사실을 말하자면, 그 애 역시 나만큼이나 미래에 대한 이야기를 하고 싶은 마음이 없는 듯했다. '일상으로 돌아가고' 싶은 마음이 드는 것도 그래서일 테지. 어쩌면 벨라는 우리가 이 사건이 단 한 가지의 가능한 결론을 예견하는 것이 아니라, 그저 한때의 안 좋은 일일 뿐이라고 치부하고 잊어버리기를 바라는 것일지도 모른다.

중요하지 않은 약속들을 잘 지키는 건 쉬웠다. 벨라가 학교에 다시 나간 첫날, 나는 그 애의 교실까지 매시간 휠체어를 밀어 주었다. 그리고 이쪽을 너무 궁금해 하는 사람이 나타날 때마다 눈을 마주쳐 주었다. 내가 한 건 그뿐이었지만, 눈을 살짝 가늘게 뜨고 윗입술을 아주 조금 말아 올려 보이기만 해도 이쪽을 멍하니 바라보던 이들은 재빨리 시선을 딴 데로 돌려 버렸다.

벨라는 이 현상을 납득하지 못했다.

"네가 정말 뭘 했다는 건지 난 모르겠어. 그냥 내가 별로 관심 가질 만한 대상이 아니라서잖아. 괜히 걱정했네."

칼라일의 허락이 떨어지자마자, 벨라는 석고 깁스를 의료용 보행 부츠로 바꾸고 목발을 짚고 다니기 시작했다. 나는 휠체어에 태우고 다니는 쪽이 더 좋았다. 그 애가 목발을 짚고 애써 움직이는 걸 도와주지도 못한 채 지켜보기가 힘들었기 때문이다. 하지만 벨라는 다시 자기 힘으로 움직일 수 있어서 안심한 모양이었다. 며칠이 지나자 서툴렀던 걸음도 점점 나아지기는 했다.

학교에는 모든 면에서 틀린 소문이 떠돌았다. 호텔 창문에서 벨라가 처참하게 떨어졌다는 건 이제 모두가 다 알게 되었다. 찰리 밑에서 일하는 보안관보들이 먼저 동네에 소문을 퍼뜨렸기 때문이다. 하지만 찰리는 벨라가 왜 피닉스에 갔는지에 대해선 입을 꾹 다물었다. 그래서 제시카 스탠리는 그 이유를 그럴듯하게 추측해 내었다. 벨라와 내가 피닉스에 함께 가서 그 애 어머니에게 인사를 드렸다는 것이었다. 이건 우리 사이가 꽤 진지해졌기 때문이라고 제시카는 넌지시 암시했다. 모두는 그녀의 말을 받아들였다. 그리고 인간들은 대부분 이 소문의 출처가 어디인지는 이미 잊었다.

제시카는 이 소문을 자기가 직접 꾸며내야 했다. 벨라는 수업 외의 시간을 제시카와 보낸 적이 거의 없었기 때문이다. 처음에 내가 밴을 막았을 때와 다를 게 없었다. 벨라는 마음만 먹는다면 입을 꽉 다무는 법을 알고 있었다. 그리고 지금은 점심시간마다 우리 테이블에 앨리스와 재스퍼, 나와 같이 앉았다. 그 자리에 에밋과 로잘리는 없었다.

그 둘은 이제 바깥에서 식사하는 척했고, 햇빛이 비칠 때면 차에 숨었다. 하지만 수가 줄었다 해도 인간들은 감히 우리 앞으로 와서 벨라에게 다가올 엄두를 내지 못했다. 그 애가 예전 친구들, 특히 앤젤라와 떨어지게 되어 난 마음이 좋지 않았지만, 결국은 내가 벨라의 삶에 끼어들기 이전의 상태로 모든 게 돌아갈 거라고 여겼다.

우리가 떠난 다음에는 그렇게 되겠지.

시간은 여전히 빠르게 흘러갔고, 일상생활은 평소처럼 느껴지기 시작했다. 하지만 나는 여전히 마음을 굳게 다잡았다. 가끔은 긴장이 풀릴 때도 있기는 했다. 벨라가 날 보고 미소지을 때마다, 이게 올바르다는 느낌과 우리 둘은 함께 할 운명이라는 느낌이 어찌나 강하게 들었는지 모른다. 너무나 순수하고도 강력한 이 감정을 거짓이라고 생각하긴 힘들었다. 하지만 마음을 놓으려 해도, 벨라가 몸을 너무 확 비틀다가 아직 낫지 않은 늑골의 통증으로 얼굴을 찡그리거나, 발을 너무 세게 디뎌서 숨을 헐떡이거나, 팔목을 움직여 손바닥 아랫부분을 가로지르는 빛나는 새 상처를 훤히 드러낼 때마다 난 정신을 차렸다.

벨라는 회복되었고, 시간은 흘러갔다. 나는 매 순간에 간절히 매달렸다.

앨리스는 이런 일상생활을 깨뜨릴 만한 새로운 계획을 세웠다. 기분 좋게 머릿속으로 떠올린 계획이었다. 처음에 나는 싫다고 했다. 벨라가 반대할 걸 아니까. 하지만 곰곰이 생각해 볼수록, 다른 관점에서 상황을 보게 되었다.

앨리스의 관점으로 본 건 아니었다. 앨리스의 동기는 적어도 70퍼센트는 이기적이었던 것 같으니까. 그녀는 누군가를 치장시키는 걸 아주 좋아했다. 나로 말하자면, 한 10퍼센트 정도 이기적이었다. 그래,

이건 내가 간직하고 싶은 기억이었다. 하지만 나의 주요한 동기는 벨라의 미래에 특별한 한순간을 만들어 주려는 것이었다. 그 애를 위한 것이었기에, 난 앨리스의 별난 계획에 동참했다.

나에겐 환상이 있었다. 앨리스가 보는 것처럼 미래를 진짜로 예언하는 건 아니었다. 그저 앞으로 있음직한 미래의 모습이었다. 이 환상은 내 온몸에 강렬한 아픔을 주었다. 반쯤은 괴롭고, 반쯤은 즐거운 아픔이었다.

20년 후, 벨라가 우아하고 성숙한 어른이 된 모습을 난 그려 보았다. 그 애 어머니처럼, 그 애도 다른 사람보다 더 오랫동안 젊음을 유지하겠지. 하지만 주름이 생긴다 해서 그 애의 아름다움이 사라지지는 않겠지. 어딘가 화창한 곳에 있는 단출하지만 예쁜 집에서 벨라는 살고 있으리라. 그 애의 생활방식이 크게 변하지 않는다면 그 집은 어수선할 것이다. 그 어수선함에 일조하는 아이들도 두셋 있을 테고. 그 중 아들 하나는 찰리의 곱슬머리와 미소를 닮았을 테고, 딸은 벨라처럼 엄마를 꼭 닮은 얼굴이겠지.

아이 아버지가 누구일지는 애써 상상하지 않았다. 아이들이 아버지를 닮았을 거라고 생각하고 싶지도 않았다. 고통스러울 뿐이니.

그러던 어느 날, 그 아이들이 지금의 벨라보다 어린 청소년이 되었을 때, TV에서 10대들이 나오는 하이틴 로맨스 드라마를 보게 될지도 모른다. (물론 앨리스는 내게 말했다. 10년이 지나면 미디어 시장이 상당히 변할 거라고. 그녀는 앞으로 투자하게 될 몇몇 미디어 회사들이 생겨나기만을 기다리는 중이다) 그러다 한 아이가 벨라에게 묻겠지. 엄마의 고등학교 무도회는 어땠느냐고.

그러면 벨라는 웃으면서 이렇게 대답할 것이다. "난 춤에 별로 관심이 없었어. 학교 무도회엔 간 적이 없단다." 그러면 아이들은 실망할 것이다. 우리 엄마는 학창 시절에 좋은 추억이 없었나 봐. 엄마는 정말로 재밌는 걸 하나도 안 해본 건가?

벨라는 재미있고 가벼운 이야기는 하나도 해줄 수가 없을 것이다. 평범한 경험은 해보지도 못하고, 그저 비밀스럽고 위험하고 너무나 환상적인 이야기만 품고 있겠지. 그래서 나중에는 이게 정말 있었던 일이었는지, 혹시 본인이 그저 상상했던 이야기는 아니었는지 의심하게 될지도 모른다.

하지만 이럴 수도 있지 않을까……. 아이가 묻는 말에 벨라는 웃고서, 문득 먼 곳을 바라보는 것 같은 표정으로 말하리라.

"정말 정신이 없었어. 난 무도회에 절대로 가고 싶지 않았거든. 너희들도 알다시피 난 춤 못 추잖니. 하지만 내 친구가 완전히 미쳐서는 날 납치해다가 온통 꾸며 주었단다. 그리고 내가 싫다는 데도 남자친구가 날 파티장에 데려갔어. 결국은 그리 나쁘지 않았지. 가기를 잘했다는 생각이 드네. 최소한 무도회장 장식을 볼 수 있었거든. 꼭 〈캐리〉라는 영화의 세트장을 저예산으로 만든 것 같았어. 아니, 너희는 〈캐리〉 보면 안 돼. 나이가 아직 안 됐어."

그래서 앨리스가 강압적이고도 다소 거슬리는 계획을 밀고 나가도록 내가 허락한 이유는, 바로 벨라의 미래에 다가올 이 순간을 위해서였다. 사실은 허락이라기보다는 도와주고 부추겼다고 해야겠지.

정신을 차려 보니 내가 턱시도를 입고 있던 것도 그 때문이었다. 당연히 앨리스가 골라 준 턱시도였다. 적어도 난 쇼핑을 할 필요가 없었다. 지금 계단 아래에 선 나는 손에 장식용 프리지어를 들고서, 앨리스가 어마어마하게 꾸며준 소녀를 기다리는 중이었다.

이미 앨리스의 머릿속에서 그 애의 모습을 다 봤지만, 앨리스는 아랑곳하지 않았다. 그녀는 인간의 댄스 파티에서 으레 펼쳐지는 진부한 극적 장면을 모두 원했다.

앨리스는 찰리에게 벨라가 오늘 늦을 거라고 알려 주며, 자신이 오늘 밤 처음부터 끝날 때까지 알아서 다 하겠노라고 분명히 말했다. 찰리는 앨리스가 연관된 일은 어떤 것도 반대하지 않았다. 하지만 내가 연관된 일은 종종 반대하곤 했다. 비록 마음속에만 두고 입밖으론 내지 않았지만 말이다.

귀를 기울이자, 앨리스가 절뚝이는 벨라를 도와 함께 계단을 내려오는 소리가 들렸다. 앨리스는 벨라의 허리에 팔을 둘렀고, 벨라는 앨리스의 어깨에 팔을 두른 채 몸무게를 실어 기댔다. 현재 벨라는 목발에 꽤 적응한 참이었지만, 앨리스는 오늘 밤 벨라의 목발을 뺐었다. 목발이 옷에 어울리지 않아서인지, 아니면 벨라가 도망치지 못하게 하기 위해서인지, 어느 쪽이 더 큰 이유인지 알 수 없었다. 이윽고 계단 가장자리에서 몇 걸음 떨어진 곳에 다다르자, 앨리스는 벨라의 품에서 몸을 빼더니 혼자 내려가 보라고 재촉했다. 벨라가 항의하는 소리가 들렸다.

"뭐? 난 이대로는 못 걸어."

"몇 걸음 안 되잖아. 할 수 있어. 내가 떡하니 보이면 안 돼. 결정적인 장면을 망칠 거라고."

"무슨 장면? 설마 누가 내 사진을 찍는 건 아니겠지?"

벨라의 목소리가 반 옥타브 올라갔다.

"사진 찍는다는 게 아니야. 난 보이는 장면을 말했던 거야. 진정해."

"보이는 장면이라고? 누가 보는데?"

"에드워드만 볼 거야."

음, 이러니까 먹히는군. 내 이름을 말하자 벨라의 눈이 확 밝아졌다. 그리고 머리 손질과 화장하는 동안 전혀 보여 주지 않았던 열정을 드러내며 움직이는 걸 앨리스는 보았다. 앨리스는 그래서 약간 언짢아졌다.

벨라는 천천히, 어설픈 동작으로 내 눈앞에 나타났다. 그 눈길은 나를 찾고 있었다.

난 이미 앨리스의 머릿속으로 그 드레스를 보았지만, 이 모습은 본 적 없었다. 얇은 시폰 천은 여기저기 주름이 잡혀서 언뜻 보면 단정했지만, 피부에 착 달라붙은 모습에 마음이 뒤흔들릴 지경이었다. 드레스는 하얀 석고 같은 어깨를 드러내었고, 팔 위로 우아하게 흘러내린 투명한 천이 손목에서 접히는 디자인이었다. 드레스의 몸통 부분은 비대칭적인 선으로 이루어져 그 애의 몸매를 섬세하게 잘록해 보이도록 해 주었다.

물론 드레스 색깔은 진한 파란색이었다. 앨리스는 내 취향을 미리 알아두었다.

벨라는 한쪽 발에 스틸레토 굽이 달린 파란 새틴 하이힐을 신었다. 긴 리본을 발목으로 감아올려 고정하는 스타일이었다. 다른 쪽 발에는 우중충한 의료용 보행 부츠가 보였다. 앨리스가 그걸 옷에 맞추어 파란색으로 칠하지 않았다니, 좀 놀라운걸.

나는 벨라를 바라보았다. 벨라 역시 눈을 동그랗게 뜨고 날 바라보더니 말했다.

"와!"

"동감이야."

나는 분명한 눈길로 그 애의 드레스를 평가하며 고개를 끄덕였다.

벨라는 옷을 내려다보고 얼굴을 붉혔다. 그러더니 어깨를 으쓱이는 모습이 마치 **그래, 나 드레스 입었다, 어쩔래?**라고 말하는 것 같았다.

앨리스는 벨라가 거창한 모습으로 계단을 내려가기를 바란다는 걸 난 알고 있었지만, 그건 환상에 불과하다는 걸 그녀도 이미 알고는 있었다. 나는 쏜살같이 계단을 뛰어올라 그 애에게 다가갔다. 그리고 머리카락에 프리지어를 잘 꽂아 주었다. 앨리스는 이 순간을 위해 캐스케이드 컬의 한 곳을 비워 놓았다. 이윽고 난 벨라를 두 팔에 안아 올렸다. 이제 벨라도 이렇게 안기는 데 익숙했다. 사람들이 보지 않는 곳에서 나는 이 애를 자주 안고 다녔으니까.

물론 안고 다니는 게 빠르기도 했지만, 이 애를 꼭 안으면 안도감이 들기 때문이기도 했다. 이 순간만큼은 이 애가 안전하게 보호받고 있다는 기분이 들었다.

"재밌게 보내."

앨리스는 이렇게 외치며 쏜살같이 자기 방으로 올라갔다. 그리고 내가 벨라를 안은 채로 계단 아래로 내려가기도 전에 드레스를 입고 나왔다. 로잘리를 비롯한 다른 이들은 차고에서 앨리스를 기다리는 중이었다. 참을성 있게 기다리는 이가 있는가 하면, 별로 그렇지 못한 이도 있었다. 앨리스는 잠시 멈추고 극적인 효과를 주는 아이라이너를 몇 줄 그렸다.

나는 벨라를 볼보로 데려가서 조수석에 조심스럽게 앉히고는 시폰 천과 리본이 차 문에 끼이지 않도록 꼼꼼하게 정리했다. 그런데 그 애는 아무 말이 없어서 난 놀랐다. 지금도 그렇고, 아까부터 왜 아무 말도 없을까. 화장을 시킨다며 앨리스에게 불평했을 땐 언제고, 지금은 무도회에 간다는데도 전혀 반대하지를 않네.

나는 운전석에 올랐고, 이윽고 우리는 진입로로 향했다.

"이게 다 무슨 꿍꿍인지 대체 언제쯤 얘기해 줄 거야?"

그 애가 물었다. 목소리에는 짜증이 실렸지만, 표정은 그다지 짜증스럽지 않았다.

이게 혹시 농담인가 싶어, 난 그 애의 얼굴을 자세히 바라보았다. 짐짓 괴팍하게 구는 태도이긴 했지만, 진심으로 하는 말 같았다. 이토록 까맣게 잊고 있을 줄이야. 믿을 수가 없군.

"네가 아직도 눈치를 못 챘다는 게 나한텐 더 충격적인데."

나는 빙긋 웃으며 장단을 맞추었다. 분명 벨라도 나를 놀리는 중일 테니까.

그 애는 갑자기 숨을 헉 몰아쉬었다. 난 그 이유가 뭔지 살펴보았다. 그냥 나를 빤히 보고만 있는데, 왜 이러지?

"어쨌든 너 오늘 되게 근사하단 말 내가 했던가?"

그 애가 묻자 아까 와, 하고 감탄했던 게 생각났다. 바로 이 뜻이었나 보군.

"응."

벨라는 다시 얼굴을 찡그리며 투덜대기 시작했다.

"앞으로도 앨리스가 날 실험용 바비인형처럼 다룰 생각이라면 다시는 너희 집에 안 갈 거야."

이건 앨리스 편을 들어야 하나, 아니면 같이 비난해 주어야 하나? 결정하기도 전에 주머니에 넣어둔 핸드폰이 울렸다. 혹시 앨리스가 내게 더 지시할 것이 있나 싶어 난 재빨리 폰을 꺼내들었는데, 전화를 건 이는 찰리였다.

평소 벨라의 아버지는 내게 전화하지 않았다. 그래서 좀 무서워진 채로 난 전화를 받았다.

"여보세요, 찰리."

"찰리?"

벨라 역시 걱정스런 기색으로 속삭였다.

찰리는 목소리를 가다듬었다. 전화 너머로도 그의 어색함이 느껴졌다.

"음, 그래, 에드워드. 이 밤에 음, 불쑥 전화해서 미안하다만, 그게 말이다……. 있잖냐, 타일러 크로울리가 방금 턱시도를 입고 여기 나타났는데, 걔는 자기가 벨라를 데리고 졸업 무도회에 가는 줄 알고 있지 뭐냐?"

"농담이시겠죠!"

나는 웃었다. 벨라가 아닌 다른 사람이 날 이렇게 놀라게 한 적은 거의 없었는데.

타일러가 학교에서 이런 대범한 짓을 떠올리고 있었다는 걸 알아챈 적은 없었다. 하지만 생각해 보니, 벨라와 함께 있는 매 순간에 흠뻑 빠져 있느라 아마도 듣지 못한 소소한 사항들이 있었던 게 분명하군.

"뭔데 그래?"

벨라가 새된 소리로 속삭였다.

"이거 어째야 좋을지 난감하구나."

찰리가 불편한 기색으로 말했다.

"제가 얘기할 테니 바꿔 주세요."

내가 제안하자 찰리는 안도하는 기색으로 대답했다.

"그래라."

이윽고 찰리는 전화기 너머로 말했다.

"자, 타일러. 받아 봐라."

벨라는 내 얼굴을 빤히 바라보며 아버지와 나 사이에서 무슨 일이 일어나는 건지 걱정해댔다. 그 애는 우리 옆을 갑자기 선회하며 지나가는 새빨간 차도 알아보지 못했다. 우리를 추월하며 즐거워하는 로잘리를 난 무시했다. 요즘 난 계속 로잘리를 무시하는 중이다. 지금은 통화에 집중할 시간이다.

전화를 받은 남자애의 목소리가 갈라져 나왔다.

"여보세요?"

"여보세요, 타일러, 나 에드워드 컬렌이야."

내 목소리는 더없이 정중했다. 물론 그 정중함을 계속 유지하려고 좀 노력하긴 했다. 조금 전까지만 해도 참 재미있다고 생각했어도, 순간 내 영역을 주장하고픈 마음이 확 타올라 나를 사로잡았다. 철없는 반응이었지만, 이 감정을 품었다는 걸 부정할 순 없었다.

벨라는 숨을 헉 들이켰다. 나는 곁눈질로 그 애를 슬쩍 쳐다보고서 도로 쪽을 보았다. 벨라가 대체 왜 모르는 건지는 알 수 없어도, 정말로 모르고 있었다면 지금 곧 알게 될 테니.

"유감스럽게도 서로 뭔가 오해가 있었던 모양인데, 벨라는 오늘 시간 없어."

타일러에게 말하자, 그는 이렇게만 대답했다.

"아."

질투심과 보호 본능이 계속 이어졌고, 내 대답은 필요 이상으로 점점 세졌다.

"솔직히 말할게. 벨라는 앞으로도 나 이외의 사람한테는 전혀 시간을 낼 수 없어. 기분 나쁘게 듣지는 마라. 오늘 네 헛수고에 대해서는 정말 유감이라고 생각하니까."

이런 말을 하면 안 된다는 걸 알면서도 타일러가 이걸 어떻게 받아들일까 생각하니 웃음을 참을 수가 없었다. 이제 월요일에 학교에서 마주치면 그는 무어라 느낄까. 나는 전화를 끊고서 고개를 돌려 벨라의 반응을 알아보았다.

벨라는 얼굴을 새빨갛게 물들이고 몹시 화가 난 표정을 지었다.

"마지막 말은 좀 심했나? 널 기분 나쁘게 할 생각은 아니었어."

그건 상당히 위압적인 말이었다. 벨라가 타일러에게는 전혀 관심이 없다는 걸 꽤 확신하고 있었지만, 그래도 난 그런 결정을 내릴만한 위치가 사실 아니었으니까.

내가 한 말은 여러 면으로 그릇되기도 했지만, 이 말 때문에 화가 났다고 생각한 건 나의 오산이었다.

벨라는 병원에서 대화한 이후로 내게 또 약속을 요구한 적은 없었다. 하지만 그 애는 언제나 의심하는 기색을 보였다. 벨라를 속일 수 없는 무능한 나와, 안심하기를 원하는 벨라 사이에서 난 어떻게든 균형을 잡아야 했다.

난 우리의 관계를 하루에 한 번씩, 한 시간에 한 번씩 누리는 중이었다. 미래는 보지 않았다. 미래가 오고 있다는 느낌만으로도 충분했으니까. 지금 내가 벨라에게 영원을 약속한다면, 그건 내가 볼 수 있는 영원을 의미하는 것이었다. 그리고 난 그 영원을 보지 않았다.

"날 학교 댄스파티에 데려가는 거였군!"

벨라가 소리쳤다. 정말로 모르고 있었던 거군. 이 상황에서 난 어떡해야 하지? 그럼 오늘 밤 포크스에서 정장을 차려입고 할 만한 게 댄스파티 말고 뭐가 있단 말이야?

이젠 정말로 그 애의 눈에 눈물이 그렁그렁했다. 게다가 고등학교 댄스파티라는 공포스러운 상황을 직면하느니 차라리 차에서 뛰어내리겠다는 것처럼 차 문 손잡이를 꽉 움켜쥐기까지 했다.

나는 무심코 차 문을 잠갔다.

뭐라 말해야 하나. 오해하고 있으리라고는 상상도 못했는데. 그래서 나는 이 상황에서 나올 수 있는 가장 멍청한 말을 해 버렸다.

"까다롭게 굴지 마, 벨라."

그 애는 아직도 뛰어내릴 것처럼 창밖을 응시했다.

"나한테 왜 이러는 거야?"

벨라는 신음하듯 말했다. 나는 턱시도를 가리키며 물었다.

"솔직히 말해 봐. 넌 우리가 뭘 할 거라고 생각한 거지?"

그러자 벨라는 완전히 겁에 질린 얼굴로 뺨 위에 흘러내린 눈물을 닦았다. 마치 방금 내가 네 친구들을 전부 죽였고 다음은 네 차례라고 말했다는 듯한 표정이었다. 나는 다시금 지적했다.

"정말 못 말리겠네. 왜 우는 거야?"

"화가 났으니까 그렇지!"

벨라는 소리쳤다. 나는 곰곰이 생각했다. 그냥 차를 돌릴까. 댄스 파티가 솔직히 무슨 상관인가. 이런 식으로 벨라가 화내는 건 싫어. 하지만 이 애의 미래에 벌어질 한참 뒤의 대화를 떠올리고는 내 입장을 고수했다.

"벨라."

나는 조용히 그 애의 이름을 불렀다. 나와 눈을 마주친 벨라는 분노해야겠다는 마음이 좀 풀어진 것 같았다. 다른 건 몰라도, 이 애를 현

혹시킬 힘은 여전히 내게 있군.

"왜?"

그 애는 완전히 정신이 팔린 채로 물었다.

"내가 하자는 대로 하면 안 돼?"

내가 애원하자, 그 애는 잠시 나를 쳐다보았다. 분노보다는 사랑스러움이 드러나는 눈빛이었다. 그러더니 이내 졌다는 듯 고개를 저었다. 벨라는 체념하듯 말했다.

"좋아. 얌전히 따라가기는 하겠어. 하지만 두고 봐. 더 큰 악운이 나를 덮칠 테니까. 아마 난 이 성한 다리도 부러뜨릴 거야. 이 신발 좀 보란 말이야! 이건 날 죽이려는 함정이나 다름없어!"

그 애는 발끝을 내 쪽으로 내밀었다.

벨라의 다리를 감싼 두꺼운 새틴 리본은 발레리나 스타일로 묶여 가느다란 종아리와 아름다운 대비를 이루었다. 상앗빛 피부는 패션을 초월하는 방식으로 아름다웠다. 끝없이 겨울옷만 입어야 하는 이곳에서, 전에는 보지 못했던 벨라의 몸은 참 매혹적이었다. 이 댄스파티에 작용한 내 10퍼센트의 이기심은 바로 이거였다.

나는 나지막하게 말했다.

"흐음. 오늘 밤에 앨리스한테 고맙다는 인사 꼭 하라고 일러 줘."

"앨리스도 거기 갈 거야?"

벨라의 어조를 들으니, 나보다 앨리스를 더 편안하게 생각하는군.

난 벨라에게 전부 다 말해 줘야 한다는 걸 알았다.

"재스퍼랑 에밋……, 로잘리도 올 거야."

그러자 걱정이 든 그 애의 눈썹 사이에 V자 주름이 생겼다.

에밋은 노력했다. 사실 나를 제외한 모두가 다 노력했다. 로잘리가 벨라의 목숨을 구해 주기 거부한 그날 밤 후로 난 로잘리와 한마디도 하지 않고 있다. 이제 그녀 역시 초자연적인 옹고집쟁이답게 살고 있다. 로잘리는 벨라와 같은 공간에 있던 적이 드물었지만, 같이 있게 될 때도 벨라에게 적대적인 모습을 드러내어 보인 적은 없었다. 물론 상대방의 존재를 보란 듯이 무시하는 것도 적대적인 모습이라 한다면, 할 말은 없다.

벨라는 다시금 고개를 저었다. 로잘리 생각은 안 하려고 맘먹은 게 분명했다.

"찰리도 이번 꿍꿍이에 가담한 거야?"

"물론이지."

난 이렇게만 말했다. 학교 댄스파티가 꿍꿍이라면, 포크스 전체를 비롯하여 이 근방 일대가 다 꿍꿍이에 가담했다고 봐야 하지 않을까, 란 생각은 입 밖에 내지 않았다. 심지어 온 학교에 포스터며 플래카드가 잔뜩 붙었는데 이게 무슨 비밀이라는 건가. 그러다 난 웃으며 덧붙였다.

"하지만 타일러는 계획에 없던 일이야."

그러자 벨라는 소리가 들리도록 이를 악물었지만, 이 분노는 내가 아니라 타일러를 향한 것이겠지.

우리는 학교 주차장에 차를 세웠다. 이번에는 벨라가 주차장 앞쪽 가운데에 주차한 로잘리의 차를 알아보았다. 내가 차를 대는 동안 그 애는 불안하게 로잘리 차를 바라보았다. 나는 차에서 내려 인간의 속도로 걸어서 조수석을 연 다음 벨라에게 손을 내밀었다.

그 애는 팔짱을 끼고 입술을 꾹 다문 채였다. 인간들이 보는 상황이니, 내가 본인을 어깨에 들쳐메고서 끔찍한 공포의 장소인 무시무시한 우리 학교식당으로 끌고 갈 수는 없다는 생각을 하는 모양이었다.

난 크게 한숨을 쉬었지만, 벨라는 움직이지 않았다. 결국 난 불평했다.

"누가 널 죽이려고 할 땐 사자처럼 용감해지면서, 누가 춤 얘기만 하면 움츠러드니 원……."

실망스런 기색으로 고개를 저었지만, 벨라는 춤이라는 단어만 들어도 덜컥 겁이 나는 모양이었다.

"벨라, 어떤 것도 널 해치지 못하게 내가 지켜 줄 거야. 절대로 네 손을 놓지 않을 거야. 약속해."

내가 약속하자, 그 애는 곰곰이 생각했다. 내 말에 공포가 좀 누그러지는 모양이었다.

"자, 내리자. 그렇게 괴롭지 않을 거야."

이렇게 구슬린 다음, 나는 차에 몸을 기대고 그 애의 허리에 팔을 둘렀다. 벨라의 목덜미가 내 입술에 닿았다. 그 향기는 산불처럼 강력하면서도 머리에 꽂은 꽃보다 섬세했다. 내가 차에서 들어 올리는 동안 벨라는 저항하지 않았다.

진심으로 약속했다는 걸 분명히 보여 주고 싶은 마음에, 나는 벨라의 몸에 팔을 단단히 두르고 반쯤은 안은 채로 학교로 데려갔다. 그냥 확 들어안고 갈 수가 없어서 참 답답했다.

이윽고 우리는 학교식당에 도착했다. 식당 문은 활짝 열려 있었다. 긴 방에 놓였던 테이블은 모두 사라졌다. 머리 위 조명도 모두 꺼진 공간에는 어디서 빌려 온 크리스마스 트리용 전구를 비뚤배뚤한 부채꼴 모양으로 이어지게 벽에 달아 놓았다. 안은 상당히 어두웠지만, 촌스러운 실내 장식을 못 알아볼 수는 없었다. 파스텔톤 종이 꽃장식은 색이 바래고 구겨진 모습이 예전에도 썼던 걸 재활용한 것 같았다. 그래도 풍선 아치는 새것이었다.

벨라는 키득키득 웃었다.

나는 그 애를 보며 미소지었다.

"공포영화가 시작될 것만 같아."

벨라가 장식을 보며 말하자, 나도 고개를 끄덕였다.

"글쎄, 필요 이상으로 뱀파이어들이 많이 참석하긴 했지."

나는 벨라를 데리고 매표소로 계속 이동했다. 하지만 그 애는 지금 댄스플로어에 관심이 쏠린 채였다.

나의 형제자매들은 여봐란듯 춤 솜씨를 과시하는 중이었다.

내가 보기에 이건 일종의 해방이었다. 우리는 항상 아주…… 억제된 채로 지내니까. 주목받는 상황을 피할 수가 없었고, 우리의 인간답지 않은 얼굴도 그에 한몫했지만, 어쨌든 아무도 우리를 주목할 빌미를 주지 않기 위해 온갖 노력을 기울였다.

오늘밤 로잘리와 에밋, 재스퍼와 앨리스는 정말로 춤을 추고 있었다. 그들은 수십 년 동안 있었던 백 가지 스타일의 춤을 융합하여 어느 시대에나 어울릴 만한 새로운 창작물을 만들어 냈다. 인간을 뛰어넘게 우아한 솜씨였음은 물론이다. 벨라만 그들을 빤히 쳐다보는 게 아니었다.

몇몇 용감한 인간들도 지금 춤을 추긴 했지만, 솜씨를 뽐내는 뱀파이어들과는 멀찍이 떨어져 있었다.

"너희가 멋모르는 마을 사람들을 모두 학살할 수 있도록 내가 문을 잠글까?"

벨라가 속삭였다. 학교 댄스파티라는 현실보다 대량 학살 쪽이 그 애에겐 더 매력적인 생각인가 보군.

"넌 그 계획에서 어느 쪽에 가담할 건데?"

"아, 나야 물론 뱀파이어들 편이지."

난 웃지 않을 수 없었다.

"춤만 안 출 수 있다면 뭐든지 하겠다는 얘기네."

"뭐든 상관없어."

내가 표를 두 장 사는 동안 벨라는 다시 고개를 돌려 나의 형제자매들을 바라보았다. 표를 사자마자 나는 댄스플로어를 향해 나아가기 시작했다. 제일 두려워하는 일을 빨리 끝내주는 편이 낫지. 이 애는 춤을 추기 전까지는 안절부절못할 테니까.

하지만 벨라는 아까보다 더 절뚝거리며 저항했다.

"시간은 얼마든지 있어."

나는 언젠가는 할 수밖에 없을 거란 사실을 알려주었다. 그러자 그 애는 겁에 질린 눈망울로 날 올려다보며 공포에 찬 목소리로 속삭였다.

"에드워드, 난 정말로 춤 못 춰!"

설마 내가 플로어 한가운데에 자기를 버린 다음 혼자 춤춰보라며 뒤로 물러나 구경할 거라고 생각한 건가?

"걱정하지 마, 바보. 내가 잘 추니까."

난 부드럽게 말한 다음 벨라의 팔을 내 목에 둘렀다. 그리고 내 손을 그 애의 허리에 두른 다음 바닥에서 몇 센티미터 들어올렸다. 벨라의 몸을 내 쪽으로 끌어당긴 다음 새틴 재질 슈즈와 석고 깁스가 내 신발 위에 오도록 내려놓았다.

벨라는 방긋 웃었다.

손으로 그 애의 몸무게를 지탱하면서, 우리는 나의 형제자매가 볼 거리를 제공하고 있는 플로어 한가운데로 빙글빙글 돌며 들어갔다. 난 그들과 춤으로 겨룰 생각은 하지 않고, 다만 벨라를 끌어안고서 음악에 맞추어 느슨한 왈츠 스텝으로 빙빙 돌았다.

그 애는 내 목을 꼭 끌어안았다. 우리 둘의 거리가 더욱 가까워졌다.

"다섯 살짜리 어린애가 된 기분이야."

벨라가 웃었다. 나는 그 애를 공중에서 30센티미터 들어 올린 다음 귓가에 속삭였다.

"전혀 다섯 살로 보이지 않아."

내 발 위로 다시 벨라의 발을 올려놓자 그 애는 또 웃었다. 그 눈망울에 크리스마스 전구의 불빛이 비쳐 반짝였다.

노래가 바뀌었다. 나는 우리가 추던 왈츠의 박자를 바꾸었다. 음악은 이제 더 느릿하고 몽환적으로 변했다. 그 애의 몸이 내 몸에 착 달라붙었다. 이대로 멈출 수만 있다면 얼마나 좋을까. 시간을 멈추고 이 춤을 영원히 출 수 있다면 얼마나 좋을까.

"좋아, 생각보다 그렇게 괴롭진 않네."

벨라가 중얼거렸다. 훗날 이 애가 자녀들에게 해 주기를 바라는 말과 비슷한 말이었다. 이런 결론을 내리기까지 20년씩 걸리지 않았다는 건 고무적이군.

아냐. 하지 말자. 돈은 돌려줘야겠어. 윽, 너무 쪽팔리잖아. 왜 우리 아빠는 정신이 나가 버린 거야? 퀼렛 가문답던 태도는 다 어디 갔어?

문가에서 망설이고 있는 또렷한 생각은 아주 익숙했다. 그의 불안과 자의식 속에서도 그 마음은 일종의 순수함을 발산해 댔다. 그는 대부분 사람보다 스스로에게 더욱 솔직했다.

"왜 그래?"

벨라는 내가 갑자기 정신을 멍하니 놓은 걸 알아차렸다.

난 아직 대답할 준비가 되지 못했다. 목구멍을 막아대는 깊은 분노가 느껴졌다. 컬렌 부족이 밀어붙이기로 했다 이거지. 본인들이 만든 조약에 저항하려는 거군. 그 조약의 요지는 오로지 본인들을 보호하자는 것뿐인데. 우리가 누굴 죽이는 꼴을 봐야 그들은 만족할 것 같군. 우리가 괴물이 되기를 바라는 거야.

벨라는 내 팔에서 몸을 돌려 내가 무엇을 지켜보고 있는지 보았다.

제이콥 블랙은 마지못해 문으로 들어와 눈을 깜빡이며 어두운 빛에 적응했다. 머지않아 그는 찾던 목표물을 발견했다.

어휴, 여기 있네. 나 지금 대체 뭘 하는 거야. 저 남자가 정말로 뱀파이어라고 여기다니, 아빠는 진짜 무슨 생각일까. 이건 정말이지 멍청한 짓이라고.

하지만 그는 주저하지 않았다. 매표소는 거들떠보지도 않은 채로, 제이콥은 춤추는 이들 사이를 군인처럼 뚜벅뚜벅 걸어와 우리에게 다가왔다. 난 화를 내는 와중에도 저 솔직한 용기에 감탄하고 말았다.

마늘 냄새를 풍기고 올걸 그랬군. 제이콥은 코웃음을 쳤다.

"신사적으로 행동해!"

벨라가 이렇게 외치고 나서야 난 내가 으르렁거리고 있다는 걸 알아차렸다.

"저 녀석이 너와 얘기를 하고 싶어 해."

피할 길은 없었다. 첫 번째로 춤을 췄던 것처럼, 이것도 빨리 끝내는 게 나았다. 화를 내서는 안 된다. 무기력해진 노인네 집단이 조약을 어긴 게 뭐 그리 대수란 말인가? 그들이 101번 고속도로에 〈이 지역 의사와 그집 애들은 뱀파이어입니다. 조심하십시오〉라고 광고판을 붙여 놓는다 해도 달라지는 건 별로 없을 것이다. 아무도 믿지 않을 테니까. 심지어 자기 아들마저도 믿지 않는 걸 좀 보라고.

제이콥이 다가와도 나는 움직이지 않았다. 그는 주로 벨라를 바라보면서 마지못해 우스꽝스러운 표정을 지었다.

"안녕, 벨라. 여기 오면 만날 수 있을 줄 알았어."

하지만 실제로는 절대로 만나고 싶지 않았다는 게 분명했다.

벨라는 따스한 목소리로 대답했다. 이 애도 제이콥이 괴로워하는 기색을 분명히 알아차린 거다. 그래서 그 마음을 달래 주고 싶었던 거다.

"안녕, 제이콥. 웬일이야?"

그는 벨라에게 미소를 짓더니 나를 보았다. 나와 눈을 마주치려고 고개를 들 필요는 없었다. 남자아이는 마지막으로 봤을 때보다 몇십 센티미터는 자랐다. 그때처럼 어린애로 보이지 않았다.

"잠깐 실례해도 될까?"

공손한 말투였다. 그는 주제넘게 굴려 들지 않았다.

내가 화내 봤자 의미 없다는 건 안다. 이 분노는 확실히 이 죄 없는 남자애를 향한 게 아니었으니까. 하지만 제대로 제어할 수가 없었다. 이 둘 중 하나에게 내 목소리에 서린 분노를 들려주기보다, 난 그저 벨라를 부드럽게 바닥에 세워 놓고 뒤로 물러섰다.

"고마워."

제이콥은 쾌활한 어조로 말했다. 이게 평소 어조인 것 같군.

나는 고개를 끄덕이면서, 이 일에 벨라도 만족하고 있는지 그 얼굴을 흘깃 바라본 다음 자리를 떴다.

헉, 벨라가 뿌린 향수 냄새 너무 지독하다. 제이콥이 생각했다.

이상하군. 벨라는 향수를 전혀 뿌리지 않았는데. 머리에 꽃을 꽂았을 뿐인걸. 어쩌면 저 근처로 다가온 커플의 향기일지도 모르지. 이젠 내가 없어서 그쪽으로 인간들이 갈 수 있으니까.

"와, 제이콥, 이제 키가 얼마나 되는 거야?"

"185센티미터."

그는 자기 키에 자부심을 느꼈다.

깁스 말고는 완전 멀쩡해 보이잖아. 아빠는 언제나 상황을 너무 부풀려서 말하지.

학교식당 북쪽 벽으로 간 나는 몸을 돌려 벽에 등을 기댔다. 로렌 말로리와 그녀의 상대는 제이콥의 등 바로 뒤에서 뻣뻣하게 맴돌며 춤을 추었다. 혹시 재가 지독한 냄새를 풍기는 걸까.

제이콥과 벨라는 춤을 춘다고 볼 수는 없었다. 그는 벨라의 허리에 손을 얹었고, 그 애는 제이콥의 어깨에 손을 가볍게 얹었을 뿐이었다. 벨라는 음악에 맞추어 몸을 살짝 흔들었지만, 발을 움직이지 않으려고 긴장하는 듯했다. 제이콥은 그 자리에서 발을 질질 끌기만 했다.

"어떻게 오늘 여기까지 오게 된 거야?"

진짜 궁금해서 묻는 건 아니었다. 제이콥이 이렇게 불쑥 나타난 의미가 뭔지 벨라는 이미 알아냈다.

제이콥 역시 본인을 여기 보낸 사람을 비난하고 싶어 안달이었다.

"아버지가 날 여기 보내려고 20달러나 주셨다는 거 믿어져?"

"응, 믿어져."

처음 본 거나 다름없는 사람이 자신의 삶을 이래라저래라 하려는 게 짜증났을 법도 한데, 벨라는 여전히 친절한 목소리로 대답했다.

이런 말을 듣고도 아주 상냥하네. 내가 아는 여자애 중에서 제일 착해.

"어쨌든 이왕 왔으니 맘껏 즐기면 좋겠네. 혹시 마음에 드는 여자애라도 찾았어?"

벨라는 이렇게 말을 이으며 내 왼쪽 벽에 쭉 서 있는 여자애들 쪽으로 장난스레 고갯짓했다.

"응, 그런데 그 사람은 벌써 파트너가 있어."

제이콥이 말했다. 이건 별로 놀라운 정보는 아니었다. 이 남자애가 벨라에게 반했다는 증거는 여러 번 봤으니까. 하지만 대놓고 솔직한 모습을 보이다니 뜻밖이었다. 벨라는 뭐라 대답해야 할지 몰랐다. 제이콥이 농담을 한다는 듯, 그의 얼굴을 한번 슬쩍 쳐다보았지만 그 표정은 진심이었다. 벨라는 움직이지 않는 자기 발을 내려다보았다.

이런 말은 하지 말 걸 그랬나. 아, 알게 뭐야. 난 잃을 것도 없는데.

"아무튼, 오늘 정말 예쁘다."

제이콥이 덧붙이자 벨라는 눈살을 찌푸렸다.

"음, 고마워."

그러더니 그 애는 화제를 바꾸었다. 제이콥이 절대 피하고픈 주제였던, 바로 심부름을 보낸 그의 아버지에 대해서였다.

"그나저나 빌리 아저씨가 왜 돈까지 쓰시며 널 이리로 보낸 거야?"

제이콥은 불편한 기색으로 선 자세를 계속 바꾸었다.

"아버지 말이 벨라와 얘기를 나누려면 여기가 '안전한' 장소라는 거야. 노인네가 확실히 정신이 이상해질 모양이야."

벨라는 나도 미쳤다고 생각하겠지.

벨라는 제이콥과 함께 웃었지만, 억지로 짜낸 웃음소리였다.

제이콥은 긴장감을 누그러뜨리려고 씩 웃으며 말을 이었다.

"어쨌든, 내가 아버지 말을 전하면 자동차 조립에 필요한 엔진용 실린더도 구해 주시겠다고 하더군."

벨라는 이제 진심으로 미소를 지었다.

"그럼 어서 얘기해. 나도 네 자동차 조립이 끝나는 걸 바라니까."

제이콥은 그 미소에 감동받은 채로 한숨을 쉬었다. **나도 저 남자가 뱀파이어였으면 좋겠네. 그럼 나한테도 기회가 있을 텐데.**

"화내면 안 된다."

벨라는 이미 예상했던 것보다 날 상냥하게 대해 줬지.

"내가 너한테 어떻게 화를 내겠니. 빌리 아저씨한테도 화 안 낼 거야. 그냥 할 말만 어서 해."

벨라가 약속하자 그는 심호흡을 했다.

"너무 어처구니없는 얘기라서, 미안해. 아버지는 네가 남자친구랑 헤어지길 원하셔. 나한테 특별히 '부탁'이라고 말하라고 하셨어."

제이콥은 고개를 저으며, 너무나도 불쾌한 이 메시지에서 자신은 빠지고 싶어 했다.

벨라는 동정심 가득한 미소를 지었다.

"아직도 미신에 사로잡혀 계신 거야?"

"응, 네가 피닉스에서 다쳤다는 얘기를 들었을 땐 거의…… 제정신이 아니었어. 사고라는 걸 안 믿으셨지."

그자들이 안 그랬다는 걸 믿지 않았다고. 그자들이 네 피를 빨았다는 미친 생각을 믿었다니까.

벨라의 목소리가 처음으로 가라앉았다.

"넘어진 거야."

그러자 제이콥이 재빨리 대답했다.

"나도 알아."

"내가 다친 게 에드워드 때문이라고 생각하시는구나."

이제 그 애의 목소리는 날카로웠다. 둘 다 미동도 없이 가만히 섰다. 마치 음악이 흐르지 않는 것처럼.

벨라가 노려보는 시선에 제이콥은 시선을 떨궜다.

이젠 정말로 벨라를 화나게 했네. 아빠한테는 남의 일에 신경 끄라고 해야겠다. 아님 나까지 엮지 말라고 하든가.

제이콥이 심란해 하는 걸 보자 벨라의 태도는 다시 부드러워졌다.

"제이콥."

벨라는 다시금 친절한 목소리로 말했다. 제이콥은 목소리의 변화를 알아채고 다시금 그 애와 눈을 맞추었다.

"빌리 아저씨는 아마 내 얘기를 들어도 안 믿으실 테니까, 너라도 똑똑히 들어 둬……. 에드워드는 정말로 내 목숨을 구했어. 에드워드랑 걔 아버지가 아니었다면 난 죽었을 거야."

그 애의 말에는 의심할 수 없는 진심이 담겨 있었다.

"나도 알아."

제이콥은 재빨리 대답했다. 그는 벨라가 죽는다는 건 생각하고 싶지 않았다. 마음속으로는 고마움이 피어오르기 시작했다. 다음번에 자기 아버지가 칼라일을 폄훼할 때, 제이콥은 곧이 듣지 않을 것이다.

벨라는 제이콥을 바라보며 미소 지었다.

오늘밤 그는 이상하게도 아주 나이 들어 보였다. 그 둘은 이제 또래 같았다. 아마도 제이콥이 훌쩍 키가 커진 탓이겠지. 다친 다리 때문에 그 둘의 춤은 그저 어설픈 춤 비슷한 동작처럼 보였지만, 벨라는 다른 인간 친구들보다도 제이콥과 있을 때 더 편안해 보였다. 어쩌면 그의 아주 순수하고 열린 마음이 사람들에게 영향을 주는 모양이다.

문득 이상한 생각이 들었다. 반쯤은 상상이고, 반쯤은 공포 어린 생각이었다.

벨라가 살게 될 예쁘장하고 어수선한 작은 집은, 혹시 라푸시에 있게 될까?

하지만 난 그 생각을 이내 떨쳤다. 이건 비이성적인 질투에 불과했다. 질투심이란 참으로 인간적인 감정은 강력했지만 무분별했다. 저 애가 친구와 춤을 추는 척하는 것뿐이잖아. 저걸 보고서도 질투심을 느끼다니. 다가오는 미래 때문에 곤란해질 수는 없다.

"네가 이런 일까지 하게 돼서 내가 다 미안하다. 어쨌든, 필요한 부품은 갖게 됐으니 된 거지?"

벨라가 말하자, 그는 중얼대었다.

"응."

내가 거짓말을 했다는 걸 아빠가 알아챌까? 나머지는 말할 수 없어. 이걸로 충분해.

벨라는 제이콥의 표정을 읽고서 믿을 수 없다는 듯 물었다.

"할 말이 더 있어?"

제이콥은 시선을 피하며 중얼거렸다.

"관두자. 내가 일자리 얻어서 저축해서 사면 돼."

그 애는 제이콥이 눈을 마주치기를 기다렸다.

"어서 말해 버려, 제이콥."

"너무 우스운 얘기야."

오지 말걸 그랬어. 가겠다고 한 내 잘못이야.

"난 괜찮아. 어서 얘기해 봐."

벨라가 계속 우기자, 제이콥은 숨을 깊이 들이마셨다.

"좋아……. 어휴, 정말 말도 안 되는 얘긴데. 아버지가 전하라는 말은, 아니 경고하라는 말은 이거야. 그치만 여기서 우리는 나를 포함해서 말하는 건 아니야……."

제이콥은 오른손을 들더니 두 손가락을 굽혀 허공에 따옴표 표시를 만들었다.

"아버진 '우리가 지켜보고 있겠다'고 전하라고 했어."

그는 도망칠 준비를 하면서 벨라의 반응을 지켜보았다.

벨라는 웃음을 터뜨렸다. 마치 이제껏 들어본 것 중 가장 재미있는 이야기를 들은 것 같은 웃음이었다. 그 애는 웃음을 멈추지 못하고, 웃으면서 말을 이어갔다.

"이런 일에 끌려들여서 정말 미안해, 제이콥."

제이콥은 안도감에 휩싸인 채였다. **벨라 말이 맞아. 정말 웃겨.**

"난 뭐 그렇게 싫지 않았어."

벨라 정말로 예쁘다. 여기 오지 않았다면 이렇게 드레스 입은 모습도 못 봤을 거야. 여기 온 보람이 있네. 향수 냄새는 좀 역겹지만.

"그럼 이제 돌아가서 아버지에게 벨라가 상관 마시라고 했다고 전하면 되는 건가?"

그러자 그 애는 한숨을 쉬었다.

"아니야. 가서 고맙다고 말씀드려. 아저씨가 좋은 의도로 그러신다는 거 나도 알아."

노래가 끝났다. 벨라는 팔을 내렸다. 내가 갈 차례다.

제이콥은 계속 그 애의 허리를 잡고 있었다. 도와주지 않아도 벨라가 서 있을 수 있는지 확신하지 못해서였다.

"한 곡 더 출까? 아니면 다른 데로 데려다 줄까?"

"괜찮아, 제이콥. 이제부턴 내가 알아서 할게."

제이콥은 내 목소리를 듣고 움찔 놀랐다. 이렇게 가까이 있는 줄 몰라서였다. 그는 한 발짝 물러서며, 등골이 오싹한 기분을 느꼈다.

"아, 여기 와 있는 걸 못 봤네."

그는 중얼거렸다. **아빠가 그런 말을 해서 괜히 마음만 심란해졌잖아.**

"그럼 벨라, 나중에 또 봐."

"그래, 나중에 보자."

벨라는 꽤 열정적으로 말해서 제이콥은 다시 침착함을 되찾을 수 있었다. 그는 손을 흔들며 중얼거렸다.

"미안해."

다시 한 번 사과한 다음, 제이콥은 문으로 향했다.

나는 벨라를 품으로 끌어당기며 그 애의 발밑으로 슬그머니 내 발을 넣었다. 그리고 내 안에 피어오른 냉기가 그 체온으로 누그러지기를 기다렸다. 미래를 생각하지 않으리라. 그저 이 밤만을, 이 순간만을 생각하리라.

그 애는 내 가슴에 뺨을 대고 만족스러운 콧소리를 냈다.

"기분 나아졌어?"

벨라가 속삭였다. 내 기분을 읽었구나. 당연한 일이다. 난 한숨을 쉬었다.

"아니, 전혀."

"빌리한테 화내지 마. 아저씨는 그냥 찰리를 봐서 내 걱정을 하는 것뿐이니까. 개인적인 감정은 없어."

그 애는 나를 안심시켰다.

"빌리한테 화난 건 아니야. 하지만 그 아들놈 때문에 짜증이 나."

그건 너무 지나친 진실이었다. 그리고 따지자면 그 남자애 때문에 짜증난 것도 아니었다. 평범한 인간들의 마음만 듣다가 그의 넓은 마음을 들으면 언제나 반가웠다. 하지만 제이콥이 보여 주는 모습에 난 상처 입고 말았다. 이렇게 착하고 친절한 인간이 있다니.

난 억지로라도 올바른 마음을 가져야 한다.

그 애는 몸을 떼고서 호기심과 약간의 걱정이 깃든 눈빛으로 날 바라보았다.

"왜?"

나는 두려운 마음을 떨쳐내고 장난스레 대답했다.

"우선, 그 자식 때문에 내가 약속을 어기게 됐잖아."

그 애는 약속을 기억하지 못했다. 나는 억지 미소를 지었다.

"오늘 밤엔 네 손을 절대 놓지 않겠다고 약속했었잖아."

"아, 그건 내가 용서할게."

그 애는 쉽게 대답했다. 나는 농담처럼 들리기를 바라며 눈살을 찌푸리고는 말했다.

"고마워, 하지만 다른 문제도 있어."

벨라는 내가 설명해 주기를 기다렸다.

"녀석이 너한테 예쁘다고 하더군."

내 목소리 때문에 그 말은 농담이 아닌 불쾌한 말이 되어 버렸다.

"지금 네 모습을 볼 때 그건 확실히 모욕이야. 몹시 아름답다는 말로도 모자라는데."

그 애는 이제 긴장을 풀고 웃었다. 친구를 걱정하던 마음은 어느새 싹 사라졌다.

"네가 눈이 좀 삔 거지."

이번에는 나도 좀 웃을 수 있었다.

"그렇지 않아. 게다가 난 시력이 엄청나게 좋거든."

그 애는 우리 주위를 돌고 있는 반짝이는 불빛을 응시했다. 음악에 맞추어 심장의 박동도 조금 느려졌다. 그래서 나는 그 리듬을 따라 움직였다. 머릿속으로, 또 입 밖으로 백 가지의 목소리가 우리 주위를 스쳐 지나갔다. 하지만 난 그 소리를 귀담아듣지 않았다. 벨라의 심장 소리만이 내겐 가장 중요했으니.

"이제 이 모든 일을 꾸민 이유를 설명해 줄 거야?"

노래가 다시 바뀌자 벨라가 물었다. 하지만 내가 대답하지 않자, 그 애는 종이꽃 장식을 쏘아보았다.

내가 무어라 말해줄 수 있을까. 물론 내가 본 환상은 말할 수 없다. 너무 많은 반대를 늘어놓을 테니까. 그리고 그건 너무 먼 미래이자 내가 정말이지 생각하지 않으려 애쓰는 미래였다. 하지만 어쩌면 그 뒤에 숨은 생각을 조금 말해줄 수는 있지 않을까. 물론 이것은 사람들 사이에서 할 말은 아니었다.

나는 춤의 방향을 바꾸면서 빙글빙글 원을 돌며 벨라를 뒷문으로 데려갔다. 우리는 그 애의 친구들 옆을 지나치며 춤을 추었다. 제시카가 손을 흔들었다. 속으로는 벨라의 드레스와 자기 옷을 비교하면서 언짢아했다. 벨라는 그녀에게 미소를 지어 주었다. 벨라의 인간 친구들 중에서 이 밤을 아주 기분 좋게 즐기는 이들은 없어 보였다. 하지만 단 한 쌍, 앤젤라와 벤만은 파트너의 눈을 행복하게 바라보며 춤을 추었다. 그걸 보자 절로 미소가 나왔다.

나는 여전히 춤을 추면서 등으로 문을 밀어서 열었다. 밤공기는 매우 포근했지만, 밖에는 아무도 없었다. 서쪽으로 흘러가는 구름에는 희미하게 사라져가는 금빛 석양이 아직도 서려 있었다.

아무도 우리를 볼 수 없었으므로, 나는 기꺼운 마음으로 그 애를 품에 안아들었다. 그리고 학교식당에서 멀리 데리고 나가 마드론 나무 숲속 그늘로 데려갔다. 그곳은 자정처럼 어두웠다. 나는 몇 주 전 화창한 아침에 벨라를 지켜보았던 그 벤치에 앉았다. 하지만 그 애를 내려놓지 않고 내 가슴에 꼭 품은 채였다. 동쪽에서는 레이스처럼 얇은 구름 사이로 창백한 달이 빛났다. 하늘 위로 저녁과 완연한 밤이 완벽하게 조화를 이룬 묘한 순간이었다.

그 애는 여전히 내 설명을 기다리며 조용히 물었다.

"대체 무슨 생각을 한 거야?"

"또다시 해 질 녘이야. 또 하루가 끝난 거지. 아무리 완벽한 날이라도 언제나 끝이 나게 되어 있어."

나는 생각에 잠겨 말했다. 이 시간은 너무나 중요했고, 또 너무나 빨리 끝나갔다.

벨라는 긴장했다.

"끝날 필요가 없는 것도 있어."

거기에 대해 내가 무어라 말할 수 있을까. 아무것도 없다. 벨라의 말이 옳았지만, 내가 생각하고 있는 영원한 것이란 그 애가 생각하고 있는 것과 달랐다. 예를 들면 고통이 그렇다. 고통은 끝날 필요가 없다.

난 한숨을 쉬고 나서 벨라의 질문에 대답했다.

"내가 널 학교 무도회에 데려온 건, 내 존재 때문에 네가 누려야 할 것들을 빼앗고 싶지 않기 때문이었어. 난 네가 인간이길 원해. 내가 1918년에 타고난 운명대로 죽어야 했던 것처럼 네 인생도 변함없이 이어지길 원해."

벨라는 몸을 부르르 떨더니 고개를 격렬하게 두 번 저었다. 마치 내 말을 머릿속에서 빼내려는 듯이 말이다. 하지만 다시 입을 연 그 애의 목소리는 놀리는 듯했다.

"대체 무슨 근거로 내가 내 자유의지로 학교 무도회에 왔을 거라고 짐작하는 거지? 네가 나보다 수천 배쯤 힘이 세지만 않았다면 난 절대로 이렇게 여기 끌려오지 않았을 거야."

나는 웃었다.

"그렇게 괴롭지 않다고 네 입으로 말했잖아."

그 애의 눈망울은 맑고도 아득하게 깊었다.

"그건 네가 함께 있었기 때문이지."

나는 다시 달을 바라보았다. 내 얼굴에 닿는 벨라의 시선이 느껴졌다. 이제는 미래를 걱정할 시간이 없었다. 현재가 훨씬 더 즐거우니까. 나는 아주 최근의 과거와 오늘 밤 이상하리만큼 갈피를 못 잡는 벨라를 생각해 보았다. 이 애는 누가 봐도 뻔한 무도회라는 것 말고 무슨 생각을 한 걸까?

난 그 애를 내려다보며 미소지었다.

"궁금한 게 있는데 얘기해 줄래?"

"언젠 안 그랬던가?"

"사실대로 얘기하겠다고 약속이나 해."

내가 고집을 부리자 그 애는 마지못해 수긍했다.

"좋아."

"오늘 내가 여길 데려올 작정이란 걸 알았을 때, 너 정말 놀란 것 같더라."

"그랬지."

벨라가 불쑥 끼어들었다.

"넌 다른 짐작을 하고 있었던 모양이던데……, 그게 뭔지 궁금해. 내가 무엇 때문에 너를 이렇게 요란하게 차려입혔다고 생각한 거야?"

이건 쉬운 질문 같았다. 이 순간에 장난처럼 던질 수 있는 질문 아니었을까. 내가 또 미래 생각을 하게 만들 일은 아무것도 없는 그런 질문이었다.

하지만 벨라는 주저하면서, 예상보다 더욱 심각한 표정을 지었다.

"말하고 싶지 않아."

"약속했잖아."

그러자 그 애는 눈살을 찌푸렸다.

"나도 알아."

예전에 느꼈던 호기심과 조급함이 확 몰아쳐서 난 그만 웃을 뻔했다. 절대로 변하지 않는 것들이지.

"뭐가 문제야?"

벨라는 엄숙하게 대답했다.

"얘기 들으면 네가 화를 내거나 슬퍼할 것 같아."

난 좀 바보 같은 질문을 던진 건데, 이 애는 진지한 표정을 지으니 이해가 가지 않았다. 지금은 무어라 대답할지 두려워졌다. 그렇게 피하려고 애쓰던 고통이 다시 시작될까 봐 두려웠지만, 궁금한 걸 풀지 않고 내버려 둘 수는 없었다.

"그래도 알고 싶어. 부탁이야."

벨라는 한숨을 쉬었다. 그리고 눈을 들어 흘러가는 은빛 구름을 바라보았다. 한참 후에야 대답이 나왔다.

"나는…… 뭔가 특별한 날이…… 될 모양이라고 생각했어. 하지만 그게 이렇게 하찮은 인간들의 행사인…… 학교 댄스파티일 거라곤 상상도 하지 않았지!"

그 애는 코웃음치는 소리를 냈다.

나는 시간을 두고 반응을 제어한 다음, 되물었다.

"인간들의 행사?"

그 애는 아름다운 드레스를 내려다보며 시폰 레이스를 멍하니 잡아당겼다. 무슨 말이 나올지는 알고 있었다. 하지만 벨라가 원하는 대로 말하게 기다렸다.

마침내 그 애가 입을 열었다. 날 노려보는 눈빛은 도전적이었다.

"그래, 난 네가 마음을 바꿔 먹고…… 결국엔 나를 변신하게 해줄지도 모른다고 생각하고 있었어."

이 고통을 느낄 시간은 앞으로도 차고 넘쳤다. 그런데 어째서 지금 이 고통을 느끼도록 날 몰아붙이는 건가. 제발 이러지 마. 내 품에 여전히 안겨 있는 동안은 이러지 마. 이렇게 예쁜 드레스를 입고서, 창백한 어깨 위로 달빛을 받으면서, 쇄골 곡선을 따라 밤처럼 어두운 그림자를 목에 드리운 모습으로 이러지 말란 말이야.

나는 고통을 무시하고 그 대답의 피상적인 부분에만 초점을 맞추기로 했다. 그래서 턱시도의 옷깃을 매만지며 말했다.

"넌 그게 정장을 차려입어야 하는 일이라고 생각한 거야?"

벨라는 당황해서 눈살을 찌푸렸다.

"나야 그게 어떻게 되는 건지 잘 모르지. 어쨌든 나는 그게 무도회에 참석하는 것보다 더 합리적이라고 생각했단 말이야."

나는 애써 웃어 보았지만, 그 애는 짜증을 냈다.

"웃으라고 한 말 아닌데."

"맞아. 우스운 얘기는 아니지. 그래도 네가 진심이라고 생각하느니 차라리 농담으로 받아들이겠어."

"난 진심이야."

"알아."

난 한숨을 쉬었다. 그건 이상한 종류의 고통이었다. 그 고통에는 전혀 유혹이 없었다. 벨라가 원했던 것이 나에게는 완벽한 미래이자 수십 년간의 고뇌를 말끔히 지워줄 것이었지만, 나는 전혀 끌리지 않았다. 내가 행복하자고 이 애를 죽이는 짓은 절대로 할 수 없었다.

저 멀리 계신 벨라의 하느님에게, 제발 힘을 달라고 나는 온맘을 다해 간구했다. 이만큼은 내게 해 주셔야 한다. 나는 불멸의 존재가 된 벨라를 보고 싶은 욕망이 전혀 없었다. 나의 유일한 바람, 나의 유일한 욕구는 어둠에 물들지 않은 삶을 벨라가 사는 것이었다. 그런데 그 욕구는 나를 좀먹어들었다.

미래가 암울하게 다가오겠지. 하지만 정확히 얼마나 먼 미래일지는 모른다. 나는 벨라가 완전히 나을 때까지는 곁에 있어 주기로 마음먹었기 때문에, 적어도 이 애가 다시 두 발로 설 수 있을 때까지는 몇 주 더 남았다. 마음 한구석으로는, 원래 계획대로 이 애가 나보다 나이가 많아질 때까지 기다리는 게 올바르지 않을까 하는 생각도 들었다. 그 편이 벨라에게 고통을 제일 덜 주는 게 아닐까? 그 환상에 빠지기는 매우 쉽겠지. 하지만 내가 그토록 오래 있어도 되는 건지 확신할 수가 없었다. 그 미래가 점점 더 압박해 오는 느낌이었다. 어떤 징조가 나타날지는 모르지만, 떠나야 한다는 징조가 나타나면 알아볼 수 있으리라.

이 대화를 피하려고 그토록 애썼건만. 하지만 지금 대화를 하는 편이 벨라를 더 행복하게 해줄 거라는 게 보였다. 난 모든 고통과 슬픔을 삼키고 다시 이 순간에 집중했다. 가능한 한, 이 애와 함께 있을 터였으므로.

"알아. 정말로 그걸 그토록 바라는 건가?"

내가 묻자, 벨라는 입술을 깨물고 고개를 끄덕였다. 나는 한숨을 쉬고서 손가락으로 그 애의 얼굴을 쓰다듬었다.

"이 모든 걸 끝낼 준비가 됐다는 거야? 네 인생은 이제 겨우 시작됐는데, 해 질 녘처럼 그걸 끝내 버리고 모든 걸 포기할 준비가 됐단 말이지."

"끝이 아니라 새로운 시작이잖아."

그 애는 속삭였다.

"난 그럴 만한 가치가 없어."

벨라가 인간으로서 자신이 무얼 잃을지 따져보지 않았다는 걸 난 이미 알고 있었다. 그리고 영원히 잃어버릴 것이 무엇인지도 당연히 고려하지 않았다. 그럴 만한 가치가 있는 자는 아무도 없다.

"내가 나 자신을 제대로 보지 못한다고 했던 말 기억나? 너도 네 자신을 제대로 보지 못하는 건 마찬가지야."

"난 나를 잘 알아."

그 애는 눈을 흘겼다. 아무것도 동의하지 않는 내게 짜증이 나서였다.

문득 쉽게 웃을 수 있게 되었다. 벨라는 나와 함께 있기 위해서라면 어떤 것이든 기꺼이, 조바심을 내며 거래하려 드는구나. 이런 사랑에 어찌 감동받지 않을 수 있을까.

나는 이쯤에서 살짝 장난을 쳐도 되겠다고 마음먹었다.

"그럼 이제 준비된 거야?"

한쪽 눈썹을 치켜올리며 묻자, 그 애는 초조하게 마른침을 삼켰다.

"음, 그렇다고 봐야지."

나는 벨라에게 바짝 몸을 기울이며 느긋하게 움직였다. 이윽고 내 입술이 그 애의 목덜미 살갗에 닿았다.

벨라는 다시 마른침을 삼켰다.

"지금 당장?"

내 속삭임에 그 애는 몸을 떨었다. 그 몸은 긴장하고, 손은 주먹을 꼭 쥐었으며 심장은 저 멀리 들려오는 파티장의 음악 소리보다 더욱 빨리 뛰기 시작했다. 이윽고 그 애가 속삭였다.

"응."

나의 장난은 실패했군. 난 스스로를 비웃고 다시 몸을 일으켰다.

"내가 이렇게 쉽게 항복할 거라고 정말로 믿진 않았겠지."

벨라는 긴장을 풀었다. 심장 박동은 느려졌다.

"꿈꾸는 건 내 마음이야."

"네가 꿈꾸는 게 겨우 그거야? 괴물이 되는 거?"

"꼭 그렇진 않아."

그 앤 내가 선택한 말을 마음에 들어 하지 않았다. 낮아진 목소리로 그 애는 말했다.

"난 항상 너와 영원히 함께 있는 꿈을 꿔."

벨라의 목소리에는 고통과 의심이 서렸다. 나도 같은 식으로 이 애를 원하는 게 아니라고 생각하는 건가? 이 애의 마음을 편하게 해 줄 수 있었다면 얼마나 좋을까. 하지만 그럴 순 없었다.

나는 벨라의 입술선을 어루만지며 속삭여 이름을 불렀다.

"벨라."

내 목소리에 담긴 헌신적인 마음을 알아주기를 바라.

"난 네 곁에 머물 거야."

내가 할 수 있는 한은, 내게 허락된 한은, 그래서 너를 아프게 하지 않는 한은 네 곁에 머물 거야. 징조가 나타날 때까지는. 그래서 내가 그 징조를 무시할 수 없게 될 때까지는 말이야.

"그걸로 충분하지 않을까?"

그 애는 미소지었지만, 그리 기뻐하지는 않았다.

"지금 당장은 충분해."

벨라는 모른다. 지금이야말로 우리가 가진 전부라는 걸. 나의 숨결이 신음처럼 흘러나왔다.

그 애의 손끝이 내 턱선을 쓸었다.

"난 이 세상 모든 걸 다 합친 것보다 더 널 사랑해. 그걸로 충분하지 않아?"

그러자 나는 진심으로 미소지을 수 있게 되었다.

"응, 충분해."

나는 약속했다.

"영원히 충분할걸."

이번에는 나도 진짜 영원을 말했다. 끝없이 이어질 나의 영원을.

마침내 밤이 낮의 끝자락을 뒤덮었다. 나는 다시금 앞으로 몸을 숙여 벨라의 따뜻한 목덜미에 입 맞추었다.

— 마침.

감사의 글

이 책은 참 오랜 세월 동안 나를 괴롭히는 천벌과도 같았기에, 그동안 나를 도와준 모든 분을 다 기억하기란 힘들지만, 그중에서도 나를 힘들여 도운 분들에게 감사를 표한다.

지난 15년 동안 너무나 훌륭하게 자라 주었던 개브리얼, 세스, 일라이(지금은 모두 장성한 남자가 되었다!)에게 감사한다. 나의 소설 속 인물들은 참 나쁜 선택을 하고 말썽을 부리건만, 나의 아이들은 말썽을 부리지 않았기에 난 자녀 걱정에 허비했을지도 모르는 그 모든 시간을 작품에 투자할 수 있었다.

내 삶에서 일어나는 계산과 기술 관련 문제를 대부분 해결해 준, 초인적인 능력을 가진 내 남편에게 감사한다.

내가 이 책을 포기했다는 말을 받아들이지 않고 조용히 거부하셨던, 나의 어머니 캔디에게 감사한다.

나의 사업 파트너인 메건 히벳에게 감사한다. 메건은 내가 오랜 시간 현실 세계를 버려 두었던 동안, 피클 피쉬 제작사를 본 궤도에 올려 놓았다. 또한 내가 말썽을 부리는 등장인물들 때문에 비명을 지르고 울고 분노할 때 메건 히벳은 나의 가장 친한 친구로서 나의 불평불만을 받아 주는 주요한 배출구가 되어 주었다.

나의 담당자인 조디 레이머에게 감사한다. 조디는 이 작품에 내가 시간을 충분히 들이게 허락해 주었고, 일단 준비된 순간부터 행동개시할 준비를 해 두었다.

나의 영화 담당자인 캐시 에바쉐브스키에게 감사한다. 그녀의 침착하고 좋은 감각 덕분에 나는 나락에 빠지지 않을 수 있었다.

리틀 브라운 북스 포 영 리더스에서 일하는 대단한 분들 모두에게 감사한다. 그들은 아주 범상치 않은 지지를 보내주었다. 특히 내가 글을 써 온 지 17년 동안 내내(!) 나와 함께해 준 메건 팅글리와 더없이 뛰어난 통찰력과 상냥함을 갖춘 편집자 애지아 무슈닉에게 감사한다.

놀랍고도 기억에 깊이 남을 표지 사진을 찍어 준 사진작가 로저 해거돈에게 감사한다. 당신의 예술성이 없었더라면 트와일라잇 사가(The Twilight Saga)가 어떤 느낌이 되었을지 상상할 수 없을 정도다.

메소드 에이전시의 멋진 숙녀분들인 니키와 베카에게 감사한다. 내가 해달라고 부탁하는 이상한 일을 언제나 명랑하게 받아들여 주었다.

믿을 수 없을 정도로 놀라운 트와일라잇 사가 웹사이트와 팬아트를 만들어 준 수많은 창작자들에게 감사한다. 그들의 재능은 대단했다.

내가 탈출할 수 있는 세상을 창조해 준 수많은 작가들에게 감사한다. 그들이 창조한 세상은 놀라웠다.

내 머릿속에서 알게 모르게 사운드트랙이 되어 준 수많은 음악가들에게 감사한다.

그리고 마지막으로, 이 책을 참으로 끈기 있게 간절히 기다려 준 독자들에게 감사한다. 여러분의 지지가 없었더라면 난 이 책을 결코 완성할 수 없었을 것이다. 여러분은 이 페이지에 이름을 올려야 하는 사람이다. 그러니 부디, 아래에 여러분의 이름을 적은 다음 스스로에게 잘 기다렸다고 하이파이브를 해 주시길 바란다.

midnight sun

옮긴이 심연희

연세대학교와 동 대학원에서 영문학을 공부하고 독일 뮌헨대학교 LMU에서 언어학과 미국학을 공부했다. 현재 영어와 독일어 전문 번역가로 활동 중이며 다수의 저서를 옮겼다. 그중 대표작으로는 《사악한 자매》, 《마쉬왕의 딸》, 《고양이는 내게 행복하라고 말했다》, 《퍼펙트 마더》, 《어둠의 눈》, 《이사도라 문》 시리즈, 《캡틴 언더팬츠》 시리즈 등이 있다.

미드나잇 선 2

초판 1쇄 발행 2020년 12월 24일 | 초판 6쇄 발행 2021년 2월 22일

지은이 스테프니 메이어 | 옮긴이 심연희
펴낸이 김영진, 신광수

본부장 강윤구 | 개발실장 위귀영 | 사업실장 백주현
책임편집 박현아 | 디자인 김가민
단행본팀장 이용복 | 단행본 권병규, 우광일, 김선영, 정유, 박세화
출판기획팀장 이병욱 | 출판기획 이주연, 이형배, 김마이, 이아람, 이기준, 전효정, 이우성

펴낸곳 (주)미래엔 | 등록 1950년 11월 1일(제16-67호)
주소 06532 서울시 서초구 신반포로 321
미래엔 고객센터 1800-8890
팩스 (02)6455-8816 | 이메일 bookfolio@mirae-n.com
홈페이지 www.mirae-n.com

ISBN 979-11-6413-708-4 (04840)
979-11-6413-709-1 (set)

* 북폴리오는 (주)미래엔의 성인단행본 브랜드입니다.
* 책값은 뒤표지에 있습니다.
* 파본은 구입처에서 교환해 드리며, 관련 법령에 따라 환불해 드립니다.
단, 제품 훼손 시 환불이 불가능합니다.

이 도서의 국립중앙도서관 출판예정도서목록(CIP)은 서지정보유통지원시스템 홈페이지(http://seoji.nl.go.kr)와 국가자료공동목록시스템(http://www.nl.go.kr/kolisnet)에서 이용하실 수 있습니다.(CIP제어번호: CIP2020049478)